U0601560

中國古典文學基本叢書

中州集校注

第二册

〔金〕元好問 編

張靜 校注

中華書局

中州乙集第二

祝太常簡 一十二首

簡字廉夫，單父人〔一〕。宋末登科，國初倅某州〔二〕，仕至朝奉郎太常丞，兼直史館。有《嗚嗚集》行於世。其《詩説》有云：「予政和丁酉任洺州教官〔三〕。是時，括蒼鮑慎由欽止出所注《杜詩説》〔四〕：『「天王守太白」，「守」讀如「狩於河陽」之「狩」。「高秋登寒山，南望馬邑州」，馬邑州在城州界。』予檢唐書志，寶應元年徙馬邑州於鹽井城〔五〕，欽止爲有據矣。舊注馬邑屬雁門，與杜子美作詩處全無關涉。後人遂謂王源叔謬於牽引〔六〕，不知源叔初不注杜詩。予識其孫彦朝。彦朝不説杜詩非其大父注，蓋彦朝不學，見流俗皆讀舊注，因而認有。可歎！可歎！」好問嘗以此問趙禮部〔七〕，趙云：「廉夫前輩，必不妄，試更考之。」今日見吴彦高《東山集》有《贈李東美詩》引云〔八〕：「元祐間，秘閣校對黄本。鄧忠臣字慎思〔九〕，余柳氏姨之夫。今世所注杜工部詩，乃慎思平生究竭心力而爲之者。鏤板家標題，遂以託名王源叔翰林，兩王公前後記初無一語及此注①〔一〇〕，而後記又言。如源叔之能文，止作記於後，則源叔不注杜詩爲可見矣。舉世雷同，無爲辨之者。宣和近貴李東美，有才藻，善行書，且喜作小楷。所寫杜集精密遒麗，有足嘉賞。爲作古詩一篇，紙尾因記鄧公事，後人聞此，其誰不疑。然予少時目擊，不可不識。姑以告李侯，非求信後人也。」彦高此説，正與廉夫合。近歲得浙本杜詩，是源叔之孫祖寧所傳。前有序引，備言其大父源叔未嘗注杜詩。廉夫、彦高益可信。故併記於此。廉夫詩甚工，如《賦雪》云：「雲屋無寒夢，油燈有細香。」《書懷》云：「白髮渾無賴，朱顔更不回。」「遮眼細書聊引睡，扶頭濁酒最關情。」此類甚多。

【校】

① 兩：毛本作「而」。

【注】

〔一〕單父：古縣名，今山東菏澤單縣。傳因舜帝的老師單卷居此而得名。

〔二〕倅：州郡長官的副職。

〔三〕政和：北宋徽宗年號（一一一一——一一一八）。丁酉，即政和七年（一一一七）。洺州：宋金時州名，屬河北西路，宋時轄五縣，金時轄九縣，治今河北省永年縣。因境内洺水而得名。

〔四〕括蒼：古縣名，治今浙江麗水東南。以境内有括蒼山得名。鮑慎由，一名由，字欽止，處州龍泉（今屬浙江）人。北宋元祐六年進士。早年師從王安石、蘇軾，爲文汪洋閎肆。宋徽宗時任工部員外郎。著有《夷白堂小集》二十卷，已佚。《宋史》卷四四三有傳。

〔五〕馬邑州：唐代州名，屬北庭都護府。《新唐書》卷四三下：「馬邑州，開元十七年置。在秦、成二州山谷間。寶應元年，徙於成州之鹽井故城。」

〔六〕王源叔：宋初王洙（九九七——一〇五七），字原叔，一字源叔，應天宋城（今河南省商丘市）人。累官侍講學士。世傳王洙注杜詩是杜甫詩的第一個注本，千家注杜的創始之作。原書已佚。

〔七〕趙禮部：趙秉文，字周臣，晚稱閑閑老人。磁州滏陽（今河北省磁縣）人。金世宗大定二十五年進士，累拜禮部尚書。

〔八〕吴彦高：吴激，字彦高。仕金爲翰林待制。《金史》卷一二六、《中州集》卷一有傳。

〔九〕鄧忠臣：字慎思，號玉池先生，長沙人。宋神宗熙寧三年進士，擢爲秘書省校書郎，知衡陽，入爲南宮舍人，歷考功。後入元祐黨籍，出守彭門，改汝海，以宫祠罷歸。

〔一〇〕兩王公：一爲王洙，字源叔，一爲王琪，俱北宋仁宗時人。

舟次丹陽〔一〕

船頭東下趁晨鐘，船外清霜氣暗通。斷雁聲歸煙靄裏，孤帆影落月明中。隋河波浪千年急〔二〕，梁苑池臺一旦空①〔三〕。試問碧堤無限柳，敗條衰葉幾秋風。

【校】

① 旦：毛本作「半」。

【注】

〔一〕丹陽：宋代縣名，屬兩浙路鎮江府。今江蘇省丹陽市。

〔二〕隋河：隋煬帝所開京杭大運河，途經丹陽。

〔三〕梁苑：西漢梁孝王東苑，也稱兔園。《史記・梁孝王世家》稱園林規模宏大，方三百餘里，宫室相連屬，供遊賞馳獵。故址在今河南省商丘市東南。

下第魚臺東寺〔一〕

病眼逢花亦倦開，流鶯飛去悞相猜。多情卻愛僧堂燕，才得春風卻再來。

【注】

〔一〕下第：科舉時代考試不中曰下第，又稱落第。魚臺：宋代縣名，隸屬京東西路單州。今屬山東省濟寧市。

青奴〔一〕

名實於人不可誣〔二〕，馬牛我亦受人呼〔三〕。世間物化多難曉〔四〕，誰爲此君爲此奴①〔五〕。

【校】

①爲：毛本作「謂」。

【注】

〔一〕青奴：猶青蚨。代指錢。宋吴炯《五總志》：「（劉凝之）其子羲仲，字壯輿，讀書萬卷……未幾，上疏乞骸骨。余以詩贈行云：『束帶真成屈壯圖，寧思飽死歎侏儒。便拈手版還丞相，卻覓芒鞣踏故廬。少日縈心但黄嬭，暮年使鬼欠青奴。』」

〔二〕「名實」句：言「青奴」名實不符。世間有很多人實際上早已成爲錢的奴隸。

〔三〕「馬牛」句：意爲無成心而順任自然。語出《莊子・天道》：「昔者子呼我牛也，而謂之牛；呼我馬也，而謂之馬。」

〔四〕物化：事物間的變化。《莊子・齊物論》：「昔者莊周夢爲蝴蝶，栩栩然蝴蝶也。自喻適志與！不知周也。俄然覺，則蘧蘧然周也。不知周之夢爲蝴蝶與？蝴蝶之夢爲周與？周與蝴蝶，則必有分矣。此之謂物化。」

〔五〕「誰爲」句：承首句，謂自己不願爲錢所役使，成爲錢的奴隸。

雜詩〔一〕二首

雨後清寒滿袖風，雁聲南去暮雲濃。秋來杞菊能多少〔二〕，欲助盤飧自不供〔三〕。

【注】

〔一〕雜詩：謂興致不一，不拘流例，遇物即言之詩。《文選》有雜詩一目，凡内容不屬獻詩、公宴、遊覽、行旅、贈答、哀傷、樂府諸目者，概列雜詩項。即有題如張衡《四愁》、曹植《朔風》等，内容相近，亦歸此項，如王粲、劉楨、曹植兄弟等作皆即以「雜詩」二字爲題，後世循之。《文選・王粲・

雜詩》李善注：「雜者，不拘流例，遇物即言，故云雜也。」唐李周翰注：「興致不一，故云雜詩。」

〔二〕杞菊：枸杞與菊花。其嫩芽、葉可食。菊，或説爲菊花菜，即茼蒿。唐陸龜蒙《杞菊賦》序：「天隨子宅荒，少牆屋，多隙地，著圖書所前後皆樹杞菊。夏苗恣肥日，得以採擷之，以供左右杯案。」

〔三〕盤飧：盤盛的食物。

又

榴花嬌欲鬥羅裙，石竹開成碎纈文〔一〕。更有戎葵亦堪愛〔二〕，日烘紅臉酒初醺〔三〕。

【注】

〔一〕纈：有花紋的絲織品。文：同紋。

〔二〕戎葵：即蜀葵。兩年生草本植物，花瓣五枚，有紅、紫、黄、白等顏色。供觀賞。

〔三〕醺：酒微醉。

虚極齋獨坐〔一〕

虚齋長鋏短燈檠〔二〕，明月當窗夜氣清。卻掩塵編時閉目〔三〕，胡牀獨坐聽秋聲〔四〕。

【注】

〔一〕虚極齋：書齋名。「虚極」一語出自老子《道德經》第十六章：「致虚極，守静篤。」以虚静形容空明寧静之狀態。

〔二〕長鋏：猶長劍。鋏：劍把。檠：燈臺。

〔三〕塵編：指古舊之書。

〔四〕胡牀：亦稱「交牀」「交椅」，古時一種可以折疊的輕便坐具。

相國寺鐘〔一〕

寒雞縮頸未鳴晨〔二〕，已聽春容入夢頻〔三〕。未必佛徒知警悟，秖能喚起利名人〔四〕。

【注】

〔一〕相國寺：河南開封的大相國寺，系北宋皇家寺院，寺内有鐘樓兩座。每日四更寺鐘即鳴，人上朝入市，從不間斷。相傳每當清秋霜天時擊撞此鐘，聲傳最遠。「相國霜鐘」爲「汴京八景」之一。

〔二〕鳴晨：雞鳴報曉。

〔三〕春容：聲音悠揚洪亮。唐張説《山夜聞鐘》：「前聲既春容，後聲復晃盪。」此處用以形容相國寺鐘聲。

〔四〕利名人：指上朝入市的人。宋孟元老《東京夢華録》：「相國寺每月五次開放，萬姓交易。」

春日

鶯語相喧浩蕩春，落花細點禁街塵〔一〕。遊絲飛絮狂隨馬〔二〕，遲日和風欲醉人〔三〕。

【注】

〔一〕禁街：猶御街，京城街道。宋盧祖皋《西江月》詞：「禁街微雨灑芳塵，寒食清明相近。」

〔二〕遊絲：飄動着的蛛絲。南朝梁沈約《三月三日率爾成篇》：「遊絲映空轉，高楊拂地垂。」

〔三〕遲日：春日。杜甫《絶句二首》：「遲日江山麗，春風花草香。」

夏雨

電掣雷轟雨覆盆，晚來枕簟頗宜人〔一〕。小溝一夜水三尺，便有蛙聲喧四鄰。

【注】

〔一〕簟：竹席。

和常祖命 二首〔一〕

著書不得自名家，卷裹蠅頭散眼花〔二〕。未用一杯張翰酒〔三〕，正須七椀玉川茶〔四〕。

【注】

〔一〕常祖命：其人不詳。

〔二〕蠅頭：指像蒼蠅頭那樣小的字。宋陸游《讀書》之二：「燈前目力雖非昔，猶課蠅頭二萬言。」

〔三〕「未用」句：用西晉張翰典故，喻爲人曠達，不計功名。張翰：字季鷹，吴郡（今江蘇省蘇州市）人。《世説新語・任誕》：「張季鷹縱任不拘，時人號爲江東步兵。或謂之曰：『卿乃可縱適一時，獨不爲身後名邪？』答曰：『使我有身後名，不如即時一杯酒！』」

〔四〕「正須」句：用唐人盧仝典故。玉川：本爲井名，在河南濟源縣瀧水北。盧仝喜飲茶，嘗汲井泉煎煮，因自號「玉川子」。其《走筆謝孟諫議寄新茶》詩曰：「一椀喉吻潤；兩椀破孤悶；三椀搜枯腸，唯有文字五千卷；四椀發輕汗，平生不平事，盡向毛孔散；五椀肌骨清；六椀通仙靈；七椀喫不得也，唯覺兩腋習習清風生。」極言飲茶之妙，「七椀茶」遂成爲飲茶典實。宋陸游《晝卧聞碾茶》：「玉川七盌何須爾，銅碾聲中睡已無。」

又

操筆文章學古風〔一〕，平生羞與腐儒同〔二〕。相如雖有淩雲賦〔三〕，不及東方射守宫〔四〕。

【注】

〔一〕操筆：執筆，謂作文。

〔二〕腐儒：迂腐的儒生。指只知讀書，不通世事之人。

〔三〕「相如」句：用司馬相如典故。《史記·司馬相如傳》載：相如獻《大人賦》，漢武帝讀後大悦，飄飄然有淩雲之氣。

〔四〕「不及」句：用東方朔射覆事。《漢書·東方朔傳》：「上嘗使諸數家射覆，置守宫盂下，射之，皆不能中。朔自贊曰：『臣嘗受《易》，請射之。』乃别蓍布卦而對曰：『臣以爲龍又無角，謂之爲蛇又有足，跂跂脈脈善緣壁，是非守宫即蜥蜴。』上曰：『善。』賜帛十匹。復使射他物，連中，輒賜帛。」「射覆」就是用甌、盂等器具覆蓋某一物件，讓人猜測爲何物的一種遊戲。守宫：壁虎。

檢旱〔一〕

草樹連雲緑間黄，年飢村落自荒涼。晚蟬抱樹聲聲急，野菊迎人細細香。

【注】

〔一〕檢旱：察看旱情。

張子羽 三首

子羽字叔翔，東阿人〔一〕。馬定國《薺堂集》載其師友六人〔二〕，其一香巖可道上人，《題比陽道邊僧舍》云：「山頭翠色僧房靜，山下紅塵客路長。五月行人汗如雨，豈知高處有清涼。」其一鮮于可，字東父，蜀嘉州人〔三〕。從祖侁、父之武，皆有名於時。東父詩有「小雨潤履綦，花氣襲芳襟」、「十里青山堪布屐，半篙春水已勝舟」之句。其一高鵾化，字圖南，平原人〔四〕。少有能詩聲，如「盤中酒影金蛇活」與「流虹聚石矼」之句皆奇怪不凡。其一王景徽，字彥美，祁國文獻公溥之後〔五〕。《贈定國詩》云：「澗下松杉已蔽牛，溪中蘋藻可供羞。故鄉未有終焉計，欲指吳山歸去休。」其一吳縯，字子長，東平人〔六〕。文肅公奎之孫〔七〕。年三十以食貧暫仕，即歸隱於魚山狼溪之側〔八〕。《寄定國》云：「情馳夏日流，目斷晚云碧。新詩從何來，遠自金馬客〔九〕。雄深作者意，奔軼古人跡。名高四海望，髮未一莖白。應嗤窮途士，抽簪老泉石。采蕨在南山，驅牛向東陌。勞生豈不苦，衣食迫晨夕。膏粱無宿懷，茅茨得真適。卒歲將何求，一飽惟力穡。」《訪國城石氏》云：「昔我訪君處，樹涼炎暑收。今君訪我來，城空殘雪留。經時少乘興，兩至皆空投。茅茨隔溪上，車馬度城頭。不聞機杼聲，但聽溪水流。向來方圓翁，曾伴此中遊。近聞大梁至〔一〇〕，京塵滿衣裘〔一一〕。相思懶歸步，落日風颼颼。」《山居》云：「西首魚山崦，北連黃石祠〔一二〕。崇岡在東南，我家山北陲。地僻少人事，終朝掩柴扉。尊酒不常得，書卷聊自怡。春風數日來，處處生蕨薇。寸心復何累，一飽良可期。當年終南人，捷徑以貽譏〔一三〕。知我無心者，豈顧悠悠辭。」《擬淵明貧居》云〔一四〕：「淒其歲云暮，北風無時休。晨興倦薪水，夜寐乏衾裯。缺月正裴回，宿鳥頻啁啾。欲無憔悴歎，奈此霜霰秋。松楸脱兵火，環堵且淹留。閉門念袁安〔一五〕，守賤弔黔婁〔一六〕。坐讀貧士詩，吾乃淵明儔。」《溪上招王仲先》云：「幽居復何爲，冬來性成懶。柴門俯清溪，寸步出亦罕。今晨偶攜杖，愛此晴日暖。寓目隨所之，行到南溪畔。背陰雪猶積，向暖冰全泮。揩頤卧石上，仰面蒼崖斷。泉聲何從來，乍喜兩耳换。平分意甚遲，斗落勢方悍。坐來百慮忘，還惜日景短。塵寰多憂虞，中林足閑散。故人戀明時，歸休苦遲緩。幅巾來何時，臨流話幽款。」叔翔，亦其一也。定國謂叔翔於文章無所不能，嘗仕國朝，官洛陽云。

【注】

〔一〕東阿：縣名，金代屬山東西路東平府。今屬山東省聊城市。

〔二〕馬定國：字子卿，茌平（今屬山東聊城市）人。阜昌初遊歷下亭，以詩撼齊王豫。豫召與語，大悦，授監察御史，仕至翰林學士。自號薺堂先生，有《薺堂集》。《金史》卷一二五有傳，《中州集》卷一有小傳。

〔三〕嘉州：今四川省樂山市。

〔四〕平原：縣名。宋時屬河北東路德州，金時屬山東西路德州。今屬山東省德州市。

〔五〕祁國文獻公溥：王溥（九二二——九八二），字齊物，并州祁（今山西省祁縣）人。後漢乾祐元年進士第一。歷任後周太祖、世宗、恭帝、宋太祖——兩代四朝宰相。封祁國公。卒，初謚文獻，後改謚文康。撰有《新編唐會要》百卷、《五代會要》三十卷。《宋史》卷二四九有傳。

〔六〕東平：宋金府名。宋時屬京東西路，金時屬山東西路。今爲縣，屬山東泰安市。

〔七〕文肅公奎：吴奎（一〇一一——一〇六八），字長文，濰州北海（今山東省濰坊市）人。官至左諫議大夫、樞密副使，拜參知政事。熙寧元年卒。謚文肅。《宋史》卷三一六有傳。

〔八〕魚山：山名，在山東東阿西。《史記·河渠書》：「吾山平兮鉅野溢。」裴駰集解引晉徐廣曰：「東阿有魚山。」狼溪：又稱浪溪。《明一統志》卷二三：「源發東阿縣東南二十八里狼山下，西北流經縣城内，又北流入汶水。」趙秉文《雙溪記》：「尚書右丞侯公領東平之明年，買田於黄山之下，曰浪溪。酈元注《水經》所謂狼溪者是也。『狼』與『浪』同聲，因以名之『浪溪』。東二十里而近，有佛屋，即公之舊隱讀書處也。溪源出於此，築堰滙水爲溪。」

〔九〕金馬客：指翰林學士。唐劉禹錫《分司東都蒙襄陽李司徒相公書問因以奉寄》：「早忝金馬客，晚爲商洛翁。」

〔一〇〕大梁：戰國魏都。在今河南省開封市西北。此代京城。

〔一一〕京塵：即京洛塵。晉陸機《爲顧彦先贈婦》其一：「京洛多風塵，素衣化爲緇。」後以「京洛塵」比喻功名利禄等塵俗之事。

〔一二〕黄石祠：即黄石公廟，在山東東阿縣東北五里處穀城山上。《水經注》載：「穀城有黄石臺，黄石與子房（張良）期處也。」

〔一三〕「當年」二句：用「終南捷徑」典。唐盧藏用舉進士，隱居終南山中，以冀徵召，後果以高士名被召入仕，時人稱之爲隨駕隱士。司馬承禎嘗被召，將還山，藏用指終南山曰：「此中大有嘉處。」承禎徐曰：「以僕視之，仕官之捷徑耳。」事見唐劉肅《大唐新語·隱逸》。後因以「終南捷徑」比喻謀求官職或名利的捷徑。

〔一四〕淵明貧居：晉陶淵明有《詠貧士》組詩七首，通過對古代貧士的歌詠，表現自己安貧守志、不慕名利之情懷。

〔一五〕「閉門」句：用東漢「袁安困雪」典故。《後漢書·袁安傳》李賢注引晉周斐《汝南先賢傳》：「時大雪積地丈餘，洛陽令身出案行，見人家皆除雪出，有乞食者。至袁安門，無有行路。謂安已死，令人除雪入户，見安僵卧。問何以不出。安曰：『大雪人皆餓，不宜干人。』令以爲賢，舉爲孝廉。」晉陶淵明《詠貧士》其五：「袁安困積雪，邈然不可干。」

〔一六〕「守賤」句：用黔婁典故。漢劉向《列女傳·魯黔婁妻》載，黔婁爲春秋魯人。《漢書·藝文志》、晉皇甫謐《高士傳·黔婁先生》稱其爲齊人。隱士，不肯出仕，家貧，死時衾不蔽體。後作爲貧士的代稱。晉陶淵明《詠貧士》之四：「安貧守賤者，自古有黔婁。」

遊龍門訪潛溪僧舍〔一〕

入谷訪精舍〔二〕，鐘聲先遠聞。陽光時翳竹，泉脈俄當門。山僧禁足久〔三〕，瞑目誦微言。要知鹿臺寺〔四〕，但指山頭雲。策杖御梧西〔五〕，幽蘭秀荆榛〔六〕。風煙浩難及，薄暮花紛紛。

【注】

〔一〕龍門：山名。在今河南省洛陽市南，伊闕之西，隔伊河與東山（香山）相對峙。潛溪：寺名，又名齋祓堂，是龍門西山北端的第一個大石窟。唐高宗年間（六五〇——六八三）鑿造。因在鑿窟時地下有源源不斷流出的溪流而得名。

〔二〕精舍：隱士或僧人修行的地方。

〔三〕禁足：指寺院九旬安居期間，嚴禁僧衆出於道場之外。宋吴自牧《夢粱録·僧寺結制》：「四月十五日結制，謂之『結夏』……蓋孟夏望日，乃法王禁足、釋子護生之日，自此有九十日，可以安單辨道。」

〔四〕鹿臺寺：寺名，依鹿臺山而建。在山西省沁水縣南三十里。明萬曆年間重修鹿臺寺碑載：「鹿臺寺自古有之，宋尤盛，精舍輝煌。」按詩意，寺在龍門山附近，或爲重名者。

〔五〕御栝：宋梅堯臣《潛溪》：「白栝聖君樑，緋花土人蒔。」注：「真宗嘗駐蹕白栝樹下。」故名。

〔六〕荆榛：泛指叢生灌木。

宿寶應〔一〕

重巖煙靄合〔二〕，寶閣春風暮〔三〕。山深月影遲，坐久識歸路。伊昔府中彦〔四〕，征驂同夜駐〔五〕。徂年能幾時〔六〕，變滅等輕霧①。禪房伴茗飲，豈待酒中趣。卧來清不寐，瘦鶴驚宿露。黎明覓舊題，松間宛如故。又作已復等驚霧。

【校】

① 輕：底本原作「驚」，從毛本。

【注】

〔一〕寶應：即寶應寺。在洛陽龍門山。因建於唐肅宗寶應元年，故名。

〔二〕重巖：重疊的山巖。

〔三〕寶閣：對佛寺殿閣的美稱。

〔四〕伊昔：從前。《文選·陸機·答賈長淵》：「伊昔有皇，肇濟黎蒸。」李善注：「《爾雅》曰：『伊，惟也。』郭璞曰：『發語辭也。』」彥：才德學問出衆的人，賢才，俊才。

〔五〕征驂：本指駕車遠行的馬，亦指旅人遠行的車。唐王勃《餞韋兵曹》：「征驂臨野次，別袂慘江垂。」

〔六〕徂年：流年，光陰。晉陶潛《榮木》：「徂年既流，業不增舊。」

壽張和滑益之〔一〕

理髮秋庭趁夕陽〔二〕，靜中誰可共傳觴〔三〕。雲横故國三年別，水遶孤村六月涼。病眼只貪書味永，渴心頻夢橘奴香〔四〕。魚山早有終焉計〔五〕，少日應容解印章。

【注】

〔一〕張和滑：字益之。周昂同窗好友。

〔二〕趁：乘便，利用。

〔三〕傳觴：宴飲中傳遞酒杯勸酒。

〔四〕橘奴：也稱木奴，橘樹的別稱。《三國志·吴志·孫休傳》「丹陽太守李衡」裴松之注引《襄陽記》：

「衡每欲治家，妻輒不聽，後密遣客十人於武陵龍陽汜洲上作宅，種甘橘千株。臨死，敕兒曰：『汝母惡我治家，故窮如是。然吾州里有千頭木奴，不責汝衣食，歲上一匹絹，亦可足用耳。』」李衡呼橘爲奴，畜橘養家。後遂以橘奴、木奴等作爲橘的代稱，或指可維持生計的些許家產。

〔五〕魚山：山名。在山東東阿西。《史記·河渠書》：「吾山平兮鉅野溢。」裴駰集解引晉徐廣曰：「東阿有魚山。」

朱諫議之才 一十七首

之才字師美，洛西三鄉人〔一〕。宋崇寧間登科〔二〕，入齊爲諫官。坐直言黜爲泗水令〔三〕，尋乞閑退，寓居嵫陽〔四〕，因而家焉。昆弟數人皆有文名。師美自號慶霖居士，有《霖堂集》傳於世。如云「魯甸分鴻影，齊山入馬蹄」，「門靜堪羅雀，書成不換鵝」，「雨過好花紅帶潤，日長嘉樹緑移陰」，此類甚多。子瀾，字巨觀。

【注】

〔一〕三鄉：鎮名，在今河南省宜陽縣西，金時屬福昌縣。

〔二〕崇寧：宋徽宗趙佶年號（一一〇二——一一〇六）。

〔三〕泗水：縣名，宋代屬京東西路襲慶府，金代屬山東西路兗州。今屬山東省濟寧市。

〔四〕嵫陽：金縣名，在今山東省兗州市。

南越行〔一〕

南越太后邯鄲女〔二〕，皓齒明眸照蠻土。珊瑚爲帳象作牀，錦繖高張擊銅鼓〔三〕。太液池内紅芙蓉〔四〕，自憐謫墮蠻煙中。灞陵故人杳無耗〔五〕，深宫獨看南飛鴻。隨兒作帝心不願，惟願西朝柏梁殿〔六〕。茂陵劉郎亦可人，遣郎海角來相見〔七〕。金猊夜燎龍涎香〔八〕，明珠火齊爭煌煌〔九〕。番禺秦甸隔萬里〔一〇〕，今夕得遂雙鴛鴦。白首相君佩銀印，干戈欲起蕭牆釁。莫言女子無雄心，置酒宫中潛結陣。漢家使者懦且柔，纖手自欲操霜矛〔一一〕。孤鸞竟落老梟手〔一二〕，可憐空奮韓千秋〔一三〕。樓船戈鋋師四起，或出桂陽下瀧水。越郎追斬吕嘉頭，九郡同歸漢天子〔一四〕。尉佗墳草幾番青，霸業猶與炎洲横。玉璽初從真定得，黄屋卻爲邯鄲傾〔一五〕。五羊江連湘浦竹，嬌魂應伴湘娥哭〔一六〕。

【注】

〔一〕南越：即南越國，又稱南粤。南海郡尉趙佗在秦朝南海郡、桂林郡、象郡基礎上建立的國家。共傳五世，歷九十三年，定都番禺（今廣東省廣州市），後被漢武帝所滅。南越國疆域包括今廣東、廣西的大部分，福建、湖南、貴州、雲南的部分地區和越南的北部。

〔二〕「南越」句：《史記·南越列傳》載，南越國太子趙嬰齊在長安作宿衛，娶邯鄲樛氏女，生子興。後即位，立樛氏女爲后，興爲嗣。趙興繼承王位後，其母爲樛太后。

〔三〕錦繖：即錦傘。古代儀仗的一種，用不同顏色區别品級的高下。長柄，圓頂，傘面邊緣有流蘇下垂。宋陸游《老學庵筆記》卷九：「天下神霄，皆賜威儀，設於殿帳座外。面南，東壁，從東第一架六物：曰錦繖，曰絳節，曰寶蓋，曰珠幢，曰五明扇。」

〔四〕太液池：漢代長安宫中大池，在建章宫北。《史記·封禪書》：「其北治大池，漸臺高二十餘丈，命曰太液池。中有蓬萊、方丈、瀛洲、壺梁，象海中神山龜魚之屬。」

〔五〕灞陵故人：指漢臣安國少季。《史記·南越列傳》載，樛太后未嫁趙嬰齊時，曾與灞陵人安國少季有私情。

〔六〕西朝：指長安。《文選·張衡·東京賦》：「故函谷擊柝於東，西朝顛覆而莫持。」薛綜注：「東謂函谷，在京之東；西朝，則京師也。」柏梁殿，即柏梁臺，漢代臺名。故址在今陝西省長安縣西北長安故城内。此處代指長安。

〔七〕茂陵劉郎：指漢武帝劉徹。以其陵墓曰茂陵，故稱。唐李賀《金銅仙人辭漢歌》：「茂陵劉郎秋風客，夜聞馬嘶曉無跡。」可人：善解人意，讓人稱心如意。二句記漢武帝派安國少季使南越國一事。《史記·南越列傳》：「元鼎四年，漢使安國少季往諭王、王太后以入朝，比内諸侯……王年少，太后中國人也，嘗與安國少季通，其使復私焉。」

〔八〕金猊：猊獸形銅香爐。龍涎：香料。

〔九〕火齊：即火齊珠。寶珠的一種。一説似珠之石。《文選·張衡·西京賦》：「翡翠火齊，絡以美玉。」李善注：「火齊，玫瑰珠也。」

〔一〇〕秦甸：即秦地，此處代指長安。

〔一一〕「白首」六句：記南越國太后欲殺吕嘉未遂一事。《史記·南越列傳》：吕嘉曾相三王，地位顯要，又得民心，反對南越國歸漢。國王及太后乃置酒，期借助漢使者權勢，謀誅吕嘉。酒行，太后謂嘉曰：「南越内屬，國之利也，而相君苦不便者，何也？」以激怒使者。使者狐疑，遂莫敢發。致使吕嘉乘機逃脱。

〔一二〕孤鸞：指太后。老梟，指吕嘉。叙吕嘉謀反、太后被殺一事。《史記·南越列傳》：漢武帝聞聽吕嘉不聽王，王及王太后弱孤不能制，使者又怯弱無決後，派遣韓千秋與太后弟樛樂將二千人往，入越境。吕嘉等遂反，王、太后及漢使者盡被殺。

〔一三〕韓千秋：漢將，自薦帶二百人取吕嘉頭顱者。《史記·南越列傳》：漢武帝派其征南越，越人故意放其入境，「開道給食」，使其放鬆警惕。當漢軍進到距番禺四十里時，越人突發奇兵，一舉殲滅漢軍，韓千秋和樛樂被殺。

〔一四〕「樓船」四句：記元鼎五年，漢武帝派兵征討南越，殺吕嘉，並最終滅南越國史事。《史記·南越列傳》：武帝調遣粤人以及江淮以南樓船將士十萬人，兵分五路，合擊南越，直搗番禺。番禺城破，南越王及吕嘉被擒，南越國滅亡。

〔一五〕「尉佗」四句：追述南越國立國歷史。《史記·南越列傳》：南越國開國之君趙佗，本真定人。秦末楚漢相爭之際，時任南海郡尉的趙佗擊併桂林、象郡，建立南越國，定都番禺。黄屋：本指古代帝王專用的黄繒車蓋，後常用以指代帝王和國家。詩人認爲南越國王死國傾，皆因太后邯鄲樛氏一人。事實上，這不過是表像和導火索，真正的原因在於漢武帝的統一雄心。南越太后所作所爲不過是推動了武力征討、「九郡同歸漢天子」這一歷史進程。

〔一六〕「五羊」二句：旨在反思歷史。王死國傾的最終結果，應該不是南越太后所希望看到的。她一定會爲此而傷心落淚。五羊：即五羊城，代南越國。《續南越志》云：「舊説有五仙人，騎五色羊、執六穗秬而至。至今呼五羊城是也。按其城周十里，初尉佗築之。」湘浦竹：即湘竹，傳説舜帝二妃娥皇、女英尋追舜帝到君山，聞舜帝已崩，抱竹痛哭，流淚成血，落在竹子形成斑點，故又名「淚竹」，或稱「湘妃竹」。湘娥：指湘妃，湘水女神。《文選·張衡·西京賦》：「感河馮，懷湘娥。」李善注引王逸曰：「言堯二女娥皇、女英隨舜不及，墮湘水中，因爲湘夫人。」

後薄薄酒 二首〔一〕

薄酒可以謀醉，不必霞滋玉味〔二〕。粗布可以御冬，不必狐貉蒙茸〔三〕。醜婦可以肥家，不必楚女吴娃〔四〕。獨夫長夜商祚訖〔五〕，羲和湎淫紊天曆〔六〕。李白跌宕三百杯〔七〕，阮籍沉醬六十日〔八〕。眠甕吏部寡廉恥〔九〕，解貂常侍隳法律〔一〇〕。儻使飲薄酒，未見有此失。秦昭狐腋幾喪首〔一一〕，鄭臧鷸冠貽厥咎〔一二〕。尨裘金玦豈不哀〔一三〕，繡衣朱襮固無取〔一四〕。皆緣粗衣惡不御，賈禍招譏亦何有〔一五〕。夏姬滅兩國〔一六〕，驪姬禍五世〔一七〕。捧心顰眉亡夫差〔一八〕，墮髻啼妝敗梁冀〔一九〕。醜婦似可惡，終不至顛沛〔二〇〕。勸君飲薄衣粗娶醜婦，此樂人間最長久。

【注】

〔一〕薄薄酒：宋人自擬樂府詩題，始於蘇軾。其《薄薄酒二首》序云：「膠西先生趙明叔，家貧好飲，不擇酒而醉。常云：『薄薄酒，勝茶湯。醜醜婦，勝空房。』其言雖俚而近乎達，故推而廣之，以補東州之樂府。既又以爲未也，復自和一篇，聊以發覽者之一噱云耳。」黄庭堅遂追賦《薄薄酒》二首，其叙云：「蘇密州爲趙明叔作《薄薄酒》二章，憤世疾邪，其言甚高。以予觀趙君之言，近乎知足不辱，有馬少遊之餘風。故代作二章以終其意。」蘇黄之後，仿效者甚多。薄酒：指濃度低、味道淡的酒。

〔二〕霞滋玉味：代指美酒。

〔三〕蒙茸：蓬松。

〔四〕楚女吴娃：代指美女。

〔五〕獨夫：又稱一夫，因背棄仁義而無人同情，故稱。此指商紂王。紂王爲暴君，武王伐紂，將其殺死。孟子稱贊曰：「聞誅一夫紂矣，未聞弒君也。」見《孟子·梁惠王下》。商祚：商朝的福分、國運。句言紂王因長夜作樂而亡國。

〔六〕「羲和」句：《書·胤征》：「羲和湎淫，廢時亂日。」孔傳：「羲氏、和氏，世掌天地四時之官……太康之後，沉湎於酒，過差非度，廢天時，亂甲乙。」孔穎達疏：「聖人作曆數以紀天時，不存曆數是廢天時也。」

〔七〕跌宕：縱情，沉溺，耽嗜。三百杯：寫李白豪飲。語自李白《將進酒》：「烹羊宰牛且爲樂，會須一飲三百杯。」

〔八〕「阮籍」句：《晉書·阮籍傳》：「籍本有濟世志，屬魏晉之際，天下多故，名士少有全者。籍由是不與世事，遂酣飲爲常。文帝初欲爲武帝求婚於籍，籍醉六十日，不得言而止。」沉酱：謂無節制地飲酒。酱，酗酒。

〔九〕「眠甕」句：用晉人「畢卓盜酒」典故。畢卓，字茂世，新蔡鮦陽（今安徽省臨泉鮦城）人。晉元帝太興末年爲吏部郎。《晉書·畢卓傳》：「常飲酒廢職。比舍郎釀熟，卓因醉夜至其甕間盜飲之，爲掌酒者所縛。明旦視之，乃畢吏部也，遽釋其縛。卓遂引主人宴於甕側，致醉而去。」

〔一〇〕「解貂」句：用晉人阮孚「金貂换酒」典。阮孚，字遥集，阮咸之子。西晉陳留尉氏（今屬河南）人。狂放不羈，好飲酒。《晉書·阮孚傳》：「遷黄門侍郎、散騎常侍。嘗以金貂换酒，復爲所司彈劾，帝宥之。」金貂：散騎常侍所戴之冠，插貂尾以飾。

〔一一〕「秦昭」句：用孟嘗君獻白狐裘死裏逃生典故。《史記·孟嘗君列傳》載：孟嘗君使秦，秦昭王囚孟嘗君，謀欲殺之。孟嘗君向昭王寵姬求解，姬曰：「妾願得君狐白裘。」孟嘗君有一狐白裘，天下無雙，已獻於昭王。門客中有能爲狗盜者，夜入秦宫，盜出所獻狐白裘，給秦姬。秦姬説服秦王放棄了殺孟嘗君之念，答應其回齊國。

〔二〕「鄭臧」句：用鄭子臧聚鷸冠招致殺身之禍典故。《左傳·僖公二十四年》：「鄭子華之弟子臧出奔宋，好聚鷸冠。鄭伯聞而惡之，使盜誘之。八月，盜殺之于陳、宋之間。君子曰：『服之不衷，身之災也。』《詩》曰：『彼其之子，不稱其服。』子臧之服，不稱也。」杜預注：「鷸，鳥名。聚鷸羽以爲冠，非法之服。」鷸冠：以鷸羽爲飾的冠。古時亦爲知天文者之冠。顔師古注：「鷸，水鳥，天將雨則鳴。古人以其知天時，乃象其形爲冠，使掌天文者冠之。故《逸禮》曰：知天文者冠鷸。蓋子臧是子華之弟，以兄見殺而出奔，常有復讎之志，故與知天文者遊聚，有所計議。是以鄭伯恐其返國作亂，令人誘殺之。若直以鷸羽飾冠，何必惡而殺之也。」厥咎：指災禍、凶難。

〔三〕尨裘：雜色衣服。金玦：有缺口的金環。此句用晉獻公派太子申生出征，賜其偏衣金玦事。《國語·晉語一》：「使申生伐東山，衣之偏裻之衣，佩之以金玦。」偏裻之衣，雜色衣服。杜預曰：「偏衣左右異色，其半似公服。」太子身邊的人説：拿雜色的衣服讓純正的人穿，用寒冷的金屬來分離人心，冷酷極了。又説：雜色奇異之衣，不遵常規；金環的缺口，表明君王已有决絶之心。此戰太子雖然獲勝，但最終遭讒害自盡。

〔四〕襮：衣領。朱襮：紅色的繡花衣領。

〔一五〕賈禍：自招禍患。

〔一六〕「夏姬」句：唐杜牧《杜秋娘》：「夏姬滅兩國，逃作巫臣姬。」夏姬：春秋時鄭穆公女兒，初嫁陳國，陳亡被俘楚國，後又與巫臣逃往晉國，促成晉吴聯盟，削弱楚國。漢劉向《列女傳》：「夏姬好美，滅國破陳。走二大夫，殺子之身。貽誤楚莊，敗亂巫臣。子反悔懼，申公族分。」

〔一七〕「驪姬」句：用春秋時期晉國「驪姬之禍」典。《史記・太史公自序》：「驪姬之愛，亂者五世。」晉獻公寵愛驪姬，導致國家長期内亂，直到晉文公重耳繼位，方得安寧。禍五世：先亂獻公世，殺太子申生，致重耳、夷吾出亡；獻公死，立驪姬子奚齊；奚齊被殺，又立驪姬妹之子悼子；悼子又被殺，夷吾立，爲晉惠公；晉惠公卒，其子圉立，爲晉懷公。

〔一八〕「捧心」句：用西施亡吴國之典故。越國戰敗，稱臣於吴國。越王勾踐卧薪嚐膽，謀復國。獻西施於吴王夫差，吴王被迷惑得無心國事，衆叛親離。吴國終被勾踐所滅。「捧心顰眉」出自《莊子・天運》：「故西施病心而矉其里，其里之醜人見而美之，歸亦捧心而矉其里。」成玄英疏：「西施，越之美女也，貌極妍麗。既病心痛，嚬眉苦之。而端正之人，體多宜便，因其嚬蹙，更益其美。是以閭里見之，彌加愛重。」

〔一九〕「墮髻」句：用東漢梁冀孫壽典故。《後漢書・梁冀傳》載：梁冀，字伯卓，安定烏氏（今甘肅平涼西北）人。東漢外戚和權臣。一手援立三帝，執政二十餘年。外戚專權，至梁冀而極。冀妻孫壽，色美而善爲妖態，作愁眉，啼妝，墮馬髻，折腰步，齲齒笑，以爲媚惑。孫壽性鉗忌，能制御梁冀。夫妻狼狽，貪亂跋扈。帝派千人圍其府，夫妻被迫自盡。

〔二〇〕顛沛：滅亡，死亡。《東觀漢記・田邑傳》：「朝有顛沛之憂，國有分崩之禍。」

又

薄酒粗衣吾何悲，醜婦自醜吾不知。道眼混圓宜不二〔一〕，孅惡妍陋無殊歸〔二〕。瓦罍石臼斟吾酒〔三〕，脱粟藜羹皆可口〔四〕。醉境陶然無後憂，玉盌浮蛆彼何有〔五〕。漢文天子猶弋綈〔六〕，士服粗布乃所宜。要繩屐葛同一暖〔七〕，霧縠冰紈徒爾爲①〔八〕。無鹽如漆后齊桓〔九〕，孟光舉臼配伯鸞〔一〇〕。古來傾城由哲婦〔一一〕，有德乃令家國安。我能遣婦縫粗，對婦飲薄，傍人大笑吾不惡。

【校】

①霧縠：底本原作「霞縠」。因「霞綃霧縠」爲固定搭配，從毛本。

【注】

〔一〕道眼：佛教語。指能洞察一切，辨别真妄的眼力。混圓：全圓。混同「渾」。不二：佛教語。無彼此之别，謂之不二。

〔二〕孅惡：美惡，好壞。《周禮・地官・鄙師》：「以時數其衆庶，而察其孅惡而誅賞。」殊歸：此指不同的歸宿。

〔三〕瓦罍：古代陶製的盛酒器。

〔四〕脱粟：粗糧，只脱去穀皮的粗米。藜羹：用藜等野菜做成的羹。

〔五〕浮蛆：也稱浮蟻，指酒面上的浮沫浮脂。宋陶穀《清異録·酒漿》：「舊聞李太白好飲玉浮梁，不知其果何物。余得吴婢，使釀酒，因促其功。答曰：『尚未熟，但浮梁耳。』試取一盞至，則浮蛆酒脂也。乃悟太白所飲蓋此耳。」

〔六〕「漢文」句：用漢文帝簡樸典故。《漢書·文帝紀贊》：「身衣弋綈，所幸慎夫人，衣不曳地，帷帳無文繡，以示敦樸，爲天下先。」顔師古注：「弋，黑色也。綈，厚繒。」弋綈：黑色粗厚的絲織物。弋，通「黓」。

〔七〕要繩屐葛：腰繫繩編的褲腰帶，脚穿用葛草編成的鞋。

〔八〕霧縠：薄霧般的輕紗。《文選·宋玉·神女賦》：「動霧縠以徐步兮，拂墀聲之珊珊。」李善注：「縠，今之輕紗，薄如霧也。」《文選·司馬相如·子虚賦》：「於是鄭女曼姬，被阿緆，揄紵縞，雜纖羅，垂霧縠。」劉良注：「霧縠，其細如霧，垂之爲裳也。」冰紈：潔白的細絹。《漢書·地理志下》：「後十四世，桓公用管仲，設輕重以富國，合諸侯成伯功，身在陪臣而取三歸。故其俗彌侈，織作冰紈綺繡純麗之物。」顔師古注：「冰謂布帛之細，其色鮮潔如冰者也。紈，素也。」

〔九〕「無鹽」句：用醜女無鹽典故。無鹽女：姓鍾離，名春，齊國無鹽邑（今山東省東平縣）人。其狀貌醜陋無比，年四十而未嫁。她關心政事，有隱身之術。曾自詣齊宣王，當面指責其奢淫腐敗，宣王爲之感動，乃「罷女樂，退諂諛」，並卜擇吉日，立無鹽爲后。此詩句有誤，無鹽女是「齊宣」之后，而非「齊桓」之后，兩人先後相差三百多年。齊桓公：姜小白，公元前六八五——前六四三年在位，春秋時代齊國第十五位國君，「春秋五霸」之首。齊宣王：田辟彊，公元前三〇一——前二一九年在位，戰國時代田氏齊國第五代國君。

〔一〇〕「孟光」句：用東漢梁鴻、孟光典。《後漢書·梁鴻傳》：梁鴻字伯鸞，扶風平陵人。勢家慕其高節，多欲女之，鴻並絶不娶。同縣孟氏有女，狀肥醜而黑，力舉石臼，擇對不嫁，至年三十。父母問其故，女曰：「欲得賢如梁伯鸞者。」鴻聞而聘之。及嫁，始以裝飾入門，七日而鴻不答。乃更爲椎髻，着布衣，操作而前。鴻大喜曰：「此真梁鴻妻也，能奉我矣。」梁鴻爲人賃舂。每歸，孟光爲具食，不敢仰視，舉案齊眉。

〔一一〕哲婦：多謀慮的婦人。《詩·大雅·瞻卬》：「哲夫成城，哲婦傾城。懿厥哲婦，爲梟爲鴟。」孔穎達疏：「若爲智多謀慮之婦人，則傾敗人之城國。婦言是用，國必滅亡。」後因以指亂國的婦人。

寓言　二首

獸有善觸邪〔一〕，草有能指佞〔二〕。獸草非有心，不移本天性。前王着臣冠〔三〕，俾爾效端鯁〔四〕。如何不稱服〔五〕，觸指反忠正〔六〕。吾欲取二物，豢植列臺省〔七〕。一令邪佞徒，奔逃亟深屏〔八〕。

【注】

〔一〕「獸有」句：《後漢書·輿服志下》：「獬豸，神羊，能辨別曲直，楚王嘗獲之，故以爲冠。」劉昭注：「《異物志》曰：『東北荒中有獸，名獬豸，一角，性忠，見人鬭，則觸不直者；聞人論，則咋不正者。』」

〔二〕「草有」句：晉張華《博物志》卷三：「堯時有屈軼草，生於庭。佞人入朝，則屈而指之。一名指佞草。」

〔三〕「前王」句：《後漢書·輿服志下》：「獬豸，神羊，能辨別曲直，楚王嘗獲之，故以爲冠。」胡廣説曰：「秦滅楚，以其君服賜執法近臣御史服之。」又《淮南子·主術訓》：「楚文王好服獬冠。」高誘注：「獬豸之冠，如今御史冠。」

〔四〕俾：使。爾：指御史官。端鯁：端正剛直。

〔五〕如何：表反詰，怎麼能。稱服：又作「稱伏」，此指佩服效法。

〔六〕「觸指」句：指御史官違反了觸邪獸、指佞草那種忠正的本性。

〔七〕豢：餵養牲畜。植：栽種，種植。臺省：漢代有尚書臺，三國魏有中書省，都是代表皇帝發布政令的中樞機關。後泛指政府的中央機構。

〔八〕亟：急。屏：退避。

又

風雨晦時夜，雞鳴有常聲〔一〕。霜雪枯萬幹，松柏有常青。内守初已定〔二〕，外變終難更。若人求世利①〔三〕，浮沉無定情。俯仰效桔槔〔四〕，低昂甚權衡〔五〕。反出木鳥下〔六〕，徒爲萬物靈〔七〕。

【校】

①求：毛本作「束」。

【注】

〔一〕「風雨」二句：《詩·鄭風·風雨》：「風雨如晦，雞鳴不已。」《毛詩序》：「亂世則思君子，不改其度焉。」

〔二〕内守：内在的志節。

〔三〕世利：世間的利禄。《晉書·潘岳傳》：「岳性輕躁，趨世利。」

〔四〕「俯仰」句：《莊子·天運篇》：「桔槔者，引之則俯，舍之則仰。」桔槔：古代井上汲水的一種工具。

〔五〕權衡：秤錘和秤桿。句謂人之效桔槔者，低昂俯仰的幅度遠甚於權衡。

〔六〕木鳥：指木客鳥，傳説中的鳥名。《太平御覽》卷九二七引漢楊孚《異物志》：「木客鳥，大如鵲，數千百頭爲群，飛集有度。不與群鳥相廁，人俗云「木客」。

〔七〕萬物靈：《書·泰誓上》：「惟人萬物之靈。」

謝孫寺丞惠梅華〔一〕

我來泗水上〔二〕，居與墟墓鄰。彌望多棗栗〔三〕，礙眼皆荆榛①〔四〕。忽忽度歲月，不知時已春。朝來佳公子〔五〕，遺我梅花新。秀色照窗几〔六〕，妙香襲衣巾。莽如瓦礫場，驚睹瓊瑶珍〔七〕。念昔客江南，千樹臨江津。吴儂不知貴〔八〕，但與桃李倫。自從墮東土〔九〕，夢遶江之濱。歎彼和鼎實〔一〇〕，亦復生不辰〔一一〕。窮愁坐空山，豺虎雜鳳麟。此贈意不淺，難爲俗子陳〔一二〕。

【校】

① 皆：原作「昏」。據李本、毛本改。

【注】

〔一〕寺丞：指官署中的佐吏。

〔二〕泗水：金縣名，今屬山東省濟寧市。詩人因坐直言，曾黜爲泗水令。

〔三〕彌望：充滿視野。

〔四〕礙眼：滿眼。荆榛：亦作「荆蓁」，泛指叢生灌木，多用以形容荒蕪情景。三國魏曹植《歸思賦》：「城邑寂以空虚，草木穢而荆榛。」

〔五〕朝來：早晨。佳公子：指孫寺丞。

〔六〕秀色：秀美的姿態與顔色。几：小桌子。古人坐時憑依或擱置物件的小桌。後專指放置小件器物的傢俱。《書·顧命》：「相被冕服，憑玉几。」《禮記·檀弓下》：「有司以几筵舍奠於墓左。」陳澔集説：「几，所以依神。」

〔七〕瓊瑶：美玉。《詩·衛風·木瓜》：「投我以木桃，報之以瓊瑶。」毛傳：「瓊瑶，美玉。」

〔八〕吴儂：吴地人自稱曰我儂，稱人曰渠儂、個儂、他儂。因稱人多用儂字，故以「吴儂」指吴地人。

〔九〕墮東土：指被貶泗水。

〔一〇〕和鼎：謂調味。古以鹽、梅調味，因以「和鼎」指鹽、梅。又常用來比喻輔佐君主的宰臣。

〔一一〕不辰：不得其時。《詩·大雅·桑柔》：「我生不辰，逢天僤怒。」

〔一二〕俗子：指見識淺陋或鄙俗的人。

次韻東坡跋周昉所畫欠伸美人〔一〕

巫峽昭君有奇色，毛生欲畫無由得〔二〕。但作東風背面身，看來已可傾人國〔三〕。朝來睡起鬢髮垂〔四〕，手如春筍領蝤蠐〔五〕。繡帷幽夢斷難續，想像翠黛顰修眉。春光三月濃於酒，燕燕雙飛鶯喚友。不教膩臉露桃花，且喜腰支似楊柳〔六〕。君不見漢宮多病李夫人，轉面不顧君王嗔〔七〕。古來畫工畫意亦自足，煙霧玉質何由真。

【注】

〔一〕次韻：也稱步韻，和韻的一種，按照原詩的韻脚及用韻次序來和。東坡跋周昉所畫欠伸美人：指蘇軾《續麗人行》。其詩小序云：「李仲謀家有周昉畫背面欠伸内人，極精，戲作此詩。」詩云：「深宮無人春日長，沉香亭北百花香。美人睡起薄梳洗，燕舞鶯啼空斷腸。畫工欲畫無窮意，背立東風初破睡。若教回首却嫣然，陽城下蔡俱風靡。杜陵飢客眼長寒，蹇驢破帽隨金鞍。隔花臨水時一見，只許腰肢背後看。心醉歸來茅屋底，方信人間有西子。君不見孟光舉案與眉齊，何曾背面傷春啼。」題目名爲次韻，實際上只是和詩，並非次韻。次韻也稱步韻，需按照原詩的韻脚及用韻次序來和。此詩的押韻，顯然與蘇軾原詩不同。周昉，字仲朗，唐代畫家。與顧愷之、陸探微、吴道子並稱人物畫「四大家」。傳世作品有《簪花仕女圖》、《紈扇仕女圖》等。清卞永譽《式古堂書畫彙考》卷三十九「仲朗《欠伸美人圖》」：「絹本，掛幅長三尺三寸餘，闊一尺六寸，淡色。美人長尺許，背立迴身，略呈半面，舉手欠伸，體態綽約，淡妝逸韻，芳香襲人。石畔辛夷花一株，著色鮮潤。本身絹上有内府圖書、建業文房之印，蓋歷代所珍秘者。舊有東坡一跋，今不存。」

〔二〕「巫峽」兩句：本宋王安石作《明妃曲》：「意態由來畫不成，當時枉殺毛延壽。」王昭君，南郡秭歸（今湖北省興山縣）人。巫峽之説出自《太平寰宇記》：「（歸州興山縣）王昭君宅。漢王嫱即此邑之人，故曰昭君之縣。村連巫峽是此地。」毛生：即毛延壽。《西京雜記》載：「元帝後宫既多，不得常見，乃使畫工圖其形，案圖召幸。諸宫人皆賂畫工，多者十萬，少者亦不減五萬。獨王嬙不肯，遂不得見。匈奴入朝，求美人爲閼氏，於是上案圖以昭君行。及去，召見。貌爲後宫第一，善應對，舉止閒雅。帝悔之，而名籍已定，帝重信於外國，故不復更人。乃窮案其事，畫工皆棄市。籍其家資皆巨萬。畫工有杜陵毛延壽，爲人形，醜好老少，必得其真。……同日棄市。京師畫工，於是差稀。」

〔三〕傾人國：《漢書・外戚傳上》：「延年侍上起舞，歌曰：『北方有佳人，絶世而獨立。一顧傾人城，再顧傾人國。』」極言女子容貌之美。

〔四〕朝來：早晨。

〔五〕領蝤蠐：天牛的幼蟲。色白身長。多用以比喻女子潔白豐潤的頸項。語出《詩・衛風・碩人》：「領如蝤蠐，齒如瓠犀。」

〔六〕腰支：腰肢。

〔七〕「君不見」二句：用漢武帝寵妃李夫人典故。《史記・外戚列傳》載：李夫人病篤，武帝親臨候之。夫人蒙被謝曰：「妾久寢病，形貌毁壞，不可以見帝。」武帝堅持必見之，夫人遂轉鄉歔欷而不復言。武帝不説而起。

暴雨

掣電奔雷晻靄間〔一〕，崩騰白雨襲人寒。頽山黑霧傾濃墨，倒海衝風瀉急湍。勢似陽侯誇海若〔二〕，聲如項籍破章邯〔三〕。炎歊一濯須臾耳〔四〕，已看天圍碧玉寬〔五〕。

【注】

〔一〕晻靄：昏暗的雲氣。宋王安石《定林示道源》：「迢迢晻靄中，疑有白玉臺。」

〔二〕「勢似」句：用莊子典故。《莊子・秋水》：「秋水時至，百川灌河。涇流之大，兩涘渚崖之間，不辨牛馬。於是焉河伯欣然自喜，以天下之美爲盡在己。順流而東行，至於北海。」陽侯：波浪之神，此處指河伯。海若：東海的海神。

〔三〕「聲如」句：用項羽鉅鹿之戰事。《史記・項羽本紀》載：章邯等人率秦軍包圍鉅鹿。項羽率軍破釜沉舟，渡河救鉅鹿。與秦軍九戰，截斷秦軍的甬道，大破秦軍，威震諸侯。

〔四〕炎歊：亦作炎熇，暑熱。歐陽修《憎蚊》：「荒城繁草樹，旱氣飛炎熇。」

〔五〕碧玉：本指一種半透明的軟玉，常用來比喻澄淨、青綠色景物。此處指雨過後的天空。

宿閑廐〔一〕

澹煙衰草慵回首，晚日殘霞欲斷魂。脱帽卸鞍投逆旅〔二〕，蕭蕭黄葉水邊村。

【注】

〔一〕閑廐：古時皇室飼養馬、牛、象、駝等牲畜的地方。按詩意應指地名。

〔二〕逆旅：客舍，旅館。《左傳·僖公二年》：「今虢爲不道，保於逆旅。」杜預注：「逆旅，客舍也。」

十月十五日夜作連珠詩四首〔一〕

披衣開户幾宵興，永夜無眠魂九升〔二〕。坐覺飛霜明瓦屋，天如寒鑑月如冰〔三〕。

【注】

〔一〕連珠：又名聯珠、頂針、蟬聯，是修辭手法的一種，即以上句結尾的字詞作爲下句的開頭的字詞。連珠詩，即將連珠這一修辭手法用於組詩的結構形式，即將前一首的結尾句，用作下一首詩的起始句。

〔二〕九：比喻次數多；升：升起。形容心神不寧。唐白居易《長相思》：「思君秋夜長，一夜魂九升。」

〔三〕寒鑑：寒光閃爍的鏡子。

又

天如寒鑑月如冰，僵卧家僮唤不應。卻憶少年游太學〔一〕，蕭然獨對短檠燈〔二〕。

【注】

〔一〕太學：國學。古代設於京城的最高學府。

〔二〕蕭然：指空寂蕭索的心情。短檠燈：矮架的小燈。

又

蕭然獨對短檠燈，引睡翻書睡幾曾〔一〕。自笑年來憂患熟，跏趺真作坐禪僧〔二〕。

【注】

〔一〕引睡：引發睡意。

〔二〕跏趺：佛教中修禪者的坐法：兩足交叉置於左右股上。佛家認爲這種坐禪可減少妄念，集中思想。後也泛指静坐，端坐。

又

跏趺真作坐禪僧，不學窗間故紙蠅〔一〕。湛若琉璃含寶月〔二〕，此中無減亦無增。

【注】

〔一〕「不學」句：化用佛教偈語中之譬喻。宋代白雲守端禪師（一〇二五——一〇七一）作蠅子透窗偈曰：「爲愛尋光紙上鑽，不能透處幾多難。忽然撞着來時路，始覺平生被眼瞞。」紙蠅：鑽紙蠅。

〔二〕「湛若」句：用喻禪悟所得的清澈空明的心境。

卧病有感二十韻

皋蘇粲園英〔一〕，澤芝紛水葉〔二〕。赤弁舞纖肌〔三〕，黄袍緩老頰〔四〕。鳴飛各有適〔五〕，吾獨嗟衰薾〔六〕。齒髮久已疏，又復失調燮〔七〕。粱肉謝鼎俎〔八〕，參苓富巾篋〔九〕。葵扇風未來〔一〇〕，桃笙汗初浹〔一一〕。呻吟和哀蟬，夢寐追化蝶〔一二〕。撫枕念平生，世故飽更涉。弱齡負奇志，胸蜺蟠煒曄①〔一三〕。夜徯傅巖訪〔一四〕，朝待渭濱獵〔一五〕。苟爽歲九遷〔一六〕，康侯日三接〔一七〕。功業著鐘鼎〔一八〕，聲名垂史牒②〔一九〕。那知事大謬，舉趾得躓跲〔二〇〕。多難集暮年，百願亡一愜。寒灰消寸心〔二一〕，清淚腐雙睫。坐令孤鵬騫〔二二〕，化作瘴鳶跕〔二三〕。憂來復自慰，人生幾蓂莢〔二四〕。呼吸過百歲，俯仰失千劫〔二五〕。乘流須縱櫂，遇坎即停楫〔二六〕。些語不成騷〔二七〕，商歌鼓長鋏〔二八〕。

【校】

① 蟠：毛本作「盤」。

② 牒：底本原作「諜」。據毛本改。

【注】

〔一〕皋蘇：草木名。相傳其木汁味甜，能釋人疲勞。三國魏王朗《與魏太子書》云：「萱草忘憂，皋蘇釋勞。」

〔二〕澤芝：荷花，又名蓮花。

〔三〕赤弁：亦曰赤弁丈人，蜻蜓的一種。晉崔豹《古今注·魚蟲》：「有青赤黄三種，青而大者曰青亭；小而黄者曰胡黎，一曰胡離；小而赤者曰赤卒，一曰絳騶，一名赤衣使者，亦曰赤弁丈人。總曰蜻蛉。」

〔四〕黄袍：鳥名。三國吴陸璣《毛詩草木鳥獸蟲魚疏·黄鳥於飛》：「黄鳥，黄鸝留也……或謂之黄袍。」唐末五代貫休《晚春寄張侍郎》：「鳥聽黄袍小，城臨白帝寒。」原注：「黄袍，禽也。」緩頰：本指和顔悦色地婉言勸解。此處指黄鶯清脆悦耳地鳴叫。

〔五〕鳴飛：指黄鶯的鳴叫與蜻蜓的翻飛。各有適：各得其樂。

〔六〕衰薾：亦作「衰苶」。衰弱疲倦。王安石《與耿天騭書》：「歲月如流，日就衰苶。」

〔七〕調燮：調養，調理。

〔八〕粱肉：指精美的飯食。鼎俎：鼎和俎。本指古代祭祀、燕饗時陳置食物的禮器。後泛指盛食物的器具。此處説自己久病忌口，日常生活中已與美味無緣。

〔九〕參苓：中藥名，人參與茯苓。有滋補健身的作用。巾篋：即巾箱。古人放置頭巾的小箱子。

〔一〇〕葵扇：用蒲葵葉製成的扇子，俗稱芭蕉扇。

〔一一〕桃笙：桃枝竹編的涼席。《文選·左思·吴都賦》：「桃笙象簟。」劉逵注：「桃笙，桃枝簟也，吴人謂簟爲笙。」浹：浸透。

〔一二〕「夢寐」句：用莊子典故。《莊子·齊物論》：「昔者莊周夢爲蝴蝶，栩栩然蝴蝶也。自喻適志與！不知周也。俄然覺，則蘧蘧然周也。不知周之夢爲蝴蝶與？蝴蝶之夢爲周與？」

〔一三〕蜺：彩虹邊沿之色彩較淡者，古稱雌虹。又作霓。此用喻美好的抱負。煒曄：又作煒煒：美盛貌。《文選·張協·七命》：「斯人神之所歆羡，觀聽之所煒燁也。」郭璞注：「煒曄，盛貌。」

〔一四〕徯：等待。《説文》：「徯，待也。」傅巖訪：用商王武丁訪傅説典。《史記·殷本紀》載：武丁即位，思復興殷商，而未得其佐。武丁夜夢得聖人，名曰説。於是乃使百工營求之野，得説於傅險（通巖）中。舉以爲相，殷國大治。故遂以傅險姓之，號曰傅説。

〔一五〕渭濱獵：用周文王訪賢遇吕尚事。《史記·齊太公世家》：「吕尚蓋嘗窮困，年老矣，以漁釣奸周西伯。西伯將出獵，卜之，曰：『所獲非龍非彲，非虎非羆；所獲霸王之輔。』於是周西伯獵，果遇太公於渭之陽，與語大説，曰：『自吾先君太公曰：「當有聖人適周，周以興。」子真是邪？吾太公望子久矣。』故號之曰『太公望』，載與俱歸，立爲師。」

〔一六〕「荀爽」句：用漢代荀爽升遷典故。歲九遷：謂一年之内多次升遷，比喻官職升得極快。《後漢書·荀爽傳》載：荀爽字慈明，爲荀子第十一世孫。耽思經書，徵命不應。漢獻帝即位，董卓輔政，復徵之。爽欲遁命，吏持之急，不得去，因復就拜平原相。行至宛陵，復追爲光禄勳。視事三日，進拜司空。荀爽自被徵命及登臺司，僅用九十五日。

〔一七〕「康侯」句：語本《易·晉》：「晉，康侯用錫馬蕃庶，晝日三接。」孔穎達疏：「晝日三接者，言非惟蒙賜蕃多，又被親寵頻數，一晝之間，三度接見也。」後多以「日三接」爲恩寵優獎之典。

〔一八〕鐘鼎：鐘和鼎。商周時期的鐘和鼎多鑄記事表功的文字，以頒賜有功大臣。《舊唐書·長孫無忌傳》：「自古皇王，褒崇勳德。既勒銘於鐘鼎，又圖形於丹青。」

〔一九〕史牒：猶史册。

〔二〇〕蹭蹬：顛仆、牽絆。比喻境況很不順利，屢受挫折。

〔二一〕寒灰：死灰，常用來比喻心灰意冷。杜甫《喜達行在所》：「眼穿當落日，心死逐寒灰。」

〔二二〕坐令：空使。唐韓愈《贈唐衢》：「胡不上書自薦達，坐令四海如虞唐？」孤鵬騫：大鵬高飛。比喻奮發向上，仕途得意。

〔二三〕瘴鳶跕：言瘴氣之盛，雖鳶鳥亦難以飛越而墮落，後多喻指艱難險阻。《後漢書·馬援傳》載：馬援被封爲新息侯，食邑三千户。援乃擊牛釃酒，勞饗軍士。從容謂官屬曰：「吾從弟少游常哀吾慷慨多大志，曰：『士生一世，但取衣食裁足，乘下澤車，御款段馬，爲郡掾吏，守墳墓，鄉里稱善人，斯可矣。致求盈餘，但自苦耳。』當吾在浪泊、西里間，虜未滅之時，下潦上霧，毒氣重蒸，仰視飛鳶跕跕墮水中，卧念少游平生時語，何可得也！」

〔二四〕蓂莢：又名曆草。《竹書記年·陶唐氏》稱堯時：「蓂莢階而生，隨月生死。每月朔日生一莢，至月半則生十五莢。至十六日後，日落一莢，至月晦而盡。若月小則餘一莢，厭而不落，以是占日月之數。」

〔二五〕劫：「劫波」的簡稱。佛教名詞。古印度傳説世界經歷若干萬年毁滅一次，重新再開始。這一週期謂一「劫」。上兩句寫人生短促。

〔二六〕「乘流」二句：《漢書·賈誼傳》：「乘流則逝，得坎則止。」顔師古注：「孟康曰：『《易》坎爲險，遇險難而止也。』張晏曰：『謂夷易則仕，險難則隱也。』」

〔二七〕些語：即楚些。《楚辭·招魂》句尾的語助詞。此指哀痛之辭。

〔二八〕商歌：典出《淮南子·道應訓》：「甯戚飯牛車下，望見桓公而悲，擊牛角而疾商歌。桓公聞之，撫其僕之手曰：『異哉，歌者非常人也。』命後車載之。」後以「商歌」比喻自薦求官。長鋏：典出《戰國策·齊策四》：馮諼貧乏不能自存，投孟嘗君門下。彈鋏作歌：「長鋏歸來乎？食無魚」，「長鋏歸來乎？出無車」，「長鋏歸來乎？無以爲家」，三次爲自己求待遇，滿足後不復歌。

復用九日詩韻呈黄壽鵬〔一〕

忽忽天星二十九，當年曾醉瓊林酒〔二〕。癸未歲〔三〕，登科第，適二十九年。春風射策紫垣深〔四〕，猶記靈和殿前柳〔五〕。與君雖異千佛名〔六〕，出入南宮同户牖〔七〕。春蠶食葉七千人〔八〕，看君運筆如揮帚。妙齡忠氣軼衡嵩〔九〕，餘子紛紛真培塿〔一〇〕。那知晚節岱陽城〔一一〕，白髮蒼顏兩閑叟。君材有如萬斛舟〔一二〕，顧我碌碌才筲斗〔一三〕。時窮壯士或飯牛〔一四〕，遇合封侯起屠狗〔一五〕。東皋有田供王賦〔一六〕，天寒且輟扶犂手。寂寥圭竇對書册〔一七〕，火冷燈青夜方久。先生乘興肯相過，亦有青錢沽玉友〔一八〕。

【注】

〔一〕黄壽鵬：其人不詳。

〔二〕瓊林酒：代瓊林宴，皇帝爲新科進士舉行的宴會。宋太祖規定，殿試後由皇帝宣布登科進士名次，並賜宴慶賀。因在瓊林苑舉行而得名。

〔三〕癸未：小傳言朱之才崇寧間登科。崇寧三年（一一〇三）歲次癸未。按此，詩當作於金太宗天會十年（一一三二）。

〔四〕射策：漢代考試取士方法之一。後泛指應試。紫垣：紫垣星，星座名。常借指皇宫。

〔五〕靈和殿：南朝齊武帝時所建殿名。五代李存勗《歌頭》詞：「靈和殿，禁柳千行，斜金絲絡。」此處代僞齊皇宫。

〔六〕千佛名：本爲佛經名。後借指登科名榜。以登科喻成佛。唐封演《封氏聞見記・貢舉》：「進士張繟，漢陽王柬之曾孫也。時初落第，兩手奉登科記頂戴之，曰：『此千佛名經也。』其企羡如此。」

〔七〕南宫：指禮部會試，即進士考試。以上二句説詩人與黄壽鵬雖非同榜考中進士，但曾一起同場參加過禮部會試。

〔八〕春蠶食葉：以春蠶食桑葉的沙沙聲，描摹考場中參試舉子落筆紙上的聲響。歐陽修《禮部貢院閲進士就試》：「無嘩戰士銜枚勇，下筆春蠶食葉聲。」

〔九〕衡嵩：中嶽嵩山與南嶽衡山。

〔一〇〕培塿：又作「部婁」，指小土丘。《左傳·襄公二十四年》：「部婁無松柏。」杜預注：「部婁，小阜。」漢應劭《風俗通·山澤·培》引《左傳》作「培塿」。

〔一一〕岱陽城：其地不詳，應在泰山南側。

〔一二〕斛：古代的計量器名，以十斗爲一斛，也有以五斗爲一斛的。

〔一三〕筲斗：斗筲。指容量小的盛器。比喻才短量淺。

〔一四〕飯牛：即喂牛，飼養牛。多比喻賢才屈身於卑賤之事。語本《管子·小問》：「百里徯，秦國之飯牛者也。穆公舉而相之，遂霸諸侯。」又《吕氏春秋·舉難》：「甯戚飯牛居車下，望桓公而悲，擊牛角疾歌。桓公聞之，撫其僕之手曰：『異哉！之歌者非常人也！』命後車載之。」

〔一五〕遇合：相遇而彼此投合。多指臣子逢到善用其才的君主。屠狗：宰狗賣肉。後亦泛指出身低微者，或位卑的豪傑之士。《史記·樊酈滕灌列傳》：「舞陽侯樊噲者，沛人也，以屠狗爲事。」唐張説《王氏神道碑》：「王侯無種，屠狗起於將軍；戰伐有功，爛羊超於都尉。」

〔一六〕王賦：繳納給天子的貢賦。唐白居易《題郡中荔支詩十八韻》：「近南光影熱，向北道途長。不得充王賦，無由寄帝鄉。」

〔一七〕圭竇：鑿壁而成的圭形小門，指窮苦人家的門户。《左傳·襄公十年》：「篳門圭竇之人，而皆陵其上，其難爲上矣！」杜預注：「圭竇，小户，穿壁爲户，上鋭下方，狀如圭也。」

〔一八〕青錢：即青銅錢。杜甫《北鄰》：「青錢買野竹，白幘岸江皋。」玉友：白酒的别名。亦泛指美酒。宋張表臣《珊瑚鉤詩話》卷三：「以糯米藥麯作白醪，號玉友。」

七夕長短言〔一〕

牛不可以服箱，女不可以成章〔二〕。其名則然實豈爾，政如箕斗難挹揚〔三〕。河漢特水象〔四〕，安有波浪爲津航〔五〕。惟鵲乃巢居，詎能上天搆橋梁〔六〕。星經有躔次〔七〕，東西永相望。今夕復何夕，乃謂合併如鸞皇〔八〕。一人唱誕惑萬世〔九〕，浪令兒女爭倡狂〔一〇〕。瓠牛載槃何等秩〔一一〕，金梭擲地殊荒唐〔一二〕。吾命有貴賤，吾性本直方〔一三〕。探官與乞巧〔一四〕，是豈吾所臧〔一五〕。何如舉酒邀明月，更遣清風屏炎熱。星光落盞黄金空，露華糝袂真珠滑。我方幕天席地醉兀兀〔一六〕，癡牛騃女知何物〔一七〕。

【注】

〔一〕七夕：七夕節，又名乞巧節，在農曆七月初七，是中國的傳統節日。源於牛郎織女的傳説，節日活動以乞巧爲主。《西京雜記》：「漢彩女常以七月七日穿七孔針於開襟樓，人具習之。」南朝梁宗懍《荆楚歲時記》：「七月七日爲牽牛織女聚會之夜。是夕，人家婦女結彩樓穿七孔針，或以金銀鍮石爲針。」五代王仁裕《開元天寶遺事》：「七夕，宮中以錦結成樓殿，高百尺，上可以勝數十人，陳以瓜果酒炙，設坐具，以祀牛女二星，妃嬪各以九孔針五色線向月穿之，過者爲得巧之候。動清商之曲，宴樂達旦。士民之家皆效之。」長短言：即長短句、長短歌，指句子長短不一的詩歌。清汪森《〈詞綜〉序》：「自有詩而長短句即寓焉，《南風之操》、《五子之歌》是已。」

〔二〕「牛不」二句：典出《詩·小雅·大東》：「跂彼織女，終日七襄。雖則七襄，不成報章。睆彼牽牛，不以服箱。」孔傳：「服，牝服也，箱，大車之箱也。」又《古詩十九首·迢迢牽牛星》：「迢迢牽牛星，皎皎河漢女。纖纖擢素手，札札弄機杼。終日不成章，泣涕零如雨。」服箱：負載車箱。猶駕車。不成章：織不成絲織品。

〔三〕「政如」句：《詩·小雅·大東》：「維南有箕，不可以簸揚。維北有斗，不可以挹酒漿。」箕斗：即箕宿與斗宿。

〔四〕河漢：天上銀河。特：僅。

〔五〕津航：指渡船。《藝文類聚》卷七六引南朝梁張綰《龍樓寺碑》：「彼岸何遠，津航絶濟。」

〔六〕搆橋梁：架橋。相傳每年七月初七，會有飛鵲在銀河上架起橋梁，讓牛郎和織女得以相見，稱作鵲橋。

〔七〕躔次：日月星辰在運行軌道上的位次。

〔八〕鸞皇：鸞凰配對。比喻夫妻或情侣。

〔九〕誕：欺詐，虚妄。

〔一〇〕浪：徒然。倡，通「猖」。倡狂：變易情性，失去理智。句指世人到七夕時，因牛郎織女的傳説而引發的各種情態。

〔一一〕瓠牛：皆天星名。匏瓜星，一名天雞，在河鼓東，魏曹植《洛神賦》：「又匏瓜之無匹兮，詠牽牛之獨處。」牛：指牽牛星。槃：即耕槃，耕犁部件名。横在犁轅的前面，用以拉犁前進。此處代指耕犁。元王禎《農書》：「耕槃，駕犁具也。」秩：等級。

〔一二〕金梭擲地：指王母擲金梭劃出天河，將牛郎與織女分隔天河兩岸一事。

〔一三〕直方：公正端方。《韓詩外傳》卷一：「廉潔直方，疾亂不治，惡邪不匡。」

〔一四〕探官：占卜預測未來官位的高下。乞巧：舊時風俗，農曆七月七日夜，少女們在庭院向織女星乞求智巧，稱爲「乞巧」。

〔一五〕臧：善，好。

〔一六〕「我方」句：把天作幕，把地當席。形容行爲放曠。晉劉伶《酒德頌》：「幕天席地，縱意所如。」幕，籠罩。席，包攬。醉兀兀：沉醉貌。唐白居易《對酒》：「所以劉阮輩，終年醉兀兀。」

〔一七〕癡牛騃女：癡情的牛郎織女。蘇軾《鵲橋仙·七夕》：「緱山仙子，高情雲渺，不學癡牛騃女。」

水月有興

明月落湖水，天淵體俱一〔一〕。浩蕩碧琉璃〔二〕，奩此寒玉璧〔三〕。微風觸湖波，合散作六七〔四〕。浮光逐水紋，金蛇勢盤詰〔五〕。人心湛寂初〔六〕，與月同清質〔七〕。外累一汩之〔八〕，萬態紛殊跡。因知養心者，無爲風浪失〔九〕。

【注】

〔一〕天淵：指高天和深淵。

〔二〕琉璃：常以喻晶瑩碧透之物。此喻碧波。

〔三〕玉璧：喻圓月。

〔四〕「微風」二句：言波中月影分合聚散的情形。

〔五〕金蛇：喻月光下的波紋。盤詰：即盤結，旋繞，盤繞。

〔六〕湛寂：沉寂寧靜。唐王季友《鑒止水賦》：「疑金鏡之湛寂，若琉璃之至虛。」

〔七〕清質：美好的性質、品質。二句言人之初生，其品質與月一樣清潔澄澈，亦「人之初，性本善」之意。

〔八〕外累：謂身外事物的煩擾、拖累。唐盧綸《酬李端長安寓居偶詠見寄》：「自別前峰隱，同爲外累侵。汩：擾亂。

〔九〕風浪：喻世俗追求的外物。

劉内翰著 二十四首

著字鵬南，舒州皖城人〔一〕。宣政末登進士第〔二〕。歸朝預銓調〔三〕，碌碌州縣〔四〕。年六十餘，始入翰林，充修撰。出守武、遂〔五〕，終於忻州刺史〔六〕。皖城有玉照鄉，既老，號玉照老人，示不忘本云。

【注】

〔一〕舒州：宋時初稱舒州府，後改德慶軍、安慶軍。今安徽省潛山縣。皖城，唐時縣名，宋改懷寧，在安慶城西。

〔二〕宣政：北宋末年徽宗年號政和（一一一一——一一一八）、宣和（一一一九——一一二五）的並稱。

〔三〕銓調：根據考績遷調官職。宋蘇舜欽《上集賢文相書》：「官吏一入人罪者，往往十餘年未嘗升擢，或沉於銓調，不與改官。」

〔四〕碌碌：平庸無爲的樣子。

〔五〕武：武州，唐置，遼金因之，即今山西省五寨縣。遂：遂州。今河北省徐水縣遂城。

〔六〕忻州：金州名，屬河東北路，治今山西省忻州市。

次韻彦高即事〔一〕

福威看九落〔二〕，筆削在麟經〔三〕。中道亡三鑑〔四〕，危時憶九齡〔五〕。網羅無處避〔六〕，鼙鼓不堪聽〔七〕。身遠遼陽渡〔八〕，心懷峴首亭〔九〕。脱巾頭半白，傾蓋眼誰青〔一〇〕。斷雁西風急，潸然涕泗零。

【注】

〔一〕次韻：也稱步韻，和韻的一種，按照原詩的韻脚及用韻次序來和。彦高：吴激，字彦高，號東山。建州（今福建省建甌縣）人。仕金爲翰林待制。能詩文書畫。《金史》卷一二六有傳、《中州集》卷一有小傳。

〔二〕福威：指賞罰予奪。《書·洪範》：「惟辟作福，惟辟作威。」孔穎達疏：「惟君作福得專賞人也，惟君作威得專罰人也。」按此，「九落」當指帝王。

〔三〕「筆削」句：《史記·孔子世家》：「至於爲《春秋》，筆則筆，削則削，子夏之徒不能贊一辭。」後因之謂歷史著作。麟經：《春秋·哀公十四年》：「春，西狩獲麟。」杜預注：「麟者，仁獸，聖王之嘉瑞也。時無明王，出而遇獲。仲尼傷周道之不興，感嘉瑞之無應，故因《魯春秋》而修中興之教，絶筆於『獲麟』一句。」後因稱《春秋》爲「麟經」。筆：書寫記録；削：删改時用刀削刮簡牘。

〔四〕中道：半路。三鑑：謂以鏡、古、人爲鑑。《北堂書鈔》卷一三六引漢荀悦《申鑒》：「君子有三鑒：鑒乎古，鑒乎人，鑒乎鏡。」《新唐書·魏徵傳》：「帝（唐太宗）後臨朝，歎曰：『以銅爲鑑，可正衣冠；以古爲鑑，可知興替；以人爲鑑，可明得失。朕嘗保此三鑑，内防己過。今魏徵逝，一鑑亡矣！』」

〔五〕「危時」句：《舊唐書·張九齡傳》：「九齡爲中書令時，天長節百僚上壽，多獻珍異，唯九齡進《金鏡録》五卷，言前古興廢之道。上（唐玄宗）賞異之……至德初，上皇在蜀，思九齡之先覺，下詔褒贈。」

〔六〕「網羅」句：指詩人被金朝銓調事。

〔七〕鼙鼓：小鼓和大鼓。鼙，古代軍中用的小鼓，漢以後亦名騎鼓。

〔八〕「身遠」句：指詩人仕金爲官。遼陽：今遼寧省遼河以東地區。

〔九〕峴首亭：即峴首碑。晉羊祜任襄陽太守，有政績。後人以其常遊峴山，故於峴山立碑紀念，稱「峴首碑」。《晉書·羊祜傳》：「襄陽百姓於峴山祜平生遊憩之所建碑立廟，歲時饗祭焉。望其碑者莫不流涕，杜預因名爲墮淚碑。」

〔一〇〕傾蓋：指途中相遇，停車交談，雙方車蓋往一起傾斜。形容一見如故。《孔子家語·致思》：「孔子之郊，遭程子於塗，傾蓋而語終日，甚相親。」眼青：青眼。指看重賞識。《晉書·阮籍列傳》：「籍又能爲青白眼，見禮俗之士，以白眼對之。」亦喻青春年少。唐張祜《喜王子載話舊》：「相逢青眼日，相歎白頭時。」

順安辭呈趙使君二首〔一〕

太平時世屢豐年，勝事空聞父老傳。郭外桑麻知幾頃，船頭魚蟹不論錢〔二〕。

【注】

〔一〕順安：順安軍。宋置，治高陽。在今河北省高陽縣東二十五里處。王慶生《金代文學家年譜·吴激》皇統二年下云：「熙宗以皇子濟安生，赦中外，事在皇統二年二月。……洪皓三人未仕金，故得遣歸。吴激、劉著等大約初亦有遣歸之議，後復留之。劉著有《過白溝趁順安》（略）爲遣歸而欣喜若狂。又《順安辭呈趙使君》（略）明言事在八月，正是洪皓等人歸宋之時。」

〔二〕魚蟹不論錢：化用王安石《予求守江陰未得酬昌叔憶江陰見及之作》詩句：「海外珠犀常入市，人間魚蟹不論錢。」言因物産富饒，買者給錢不論多少，賣者不再爭講價格。

又

六朝興廢渡河年〔一〕，舊國歸來更黯然〔二〕。八月邊城山未雪〔三〕，蘆花藉藉已漫天〔四〕。

【注】

〔一〕六朝：歷史上建都建康（今江蘇省南京市）的吴、東晉、宋、齊、梁和陳六個朝代。渡河年：西晉衰亡，五胡亂華，中原大地豪族士人南渡。此指靖康二年金滅北宋，詩人隨亡宋官員北渡黄河事。

〔二〕舊國：指原屬宋國的順安。黯然：感傷沮喪貌。

〔三〕邊城：指順安。因其北宋時與遼地接近，故稱。

〔四〕藉藉：衆多而雜亂貌。

次韻王子慎《玉田道中》一首，兼呈韓公美閣老〔一〕

東晉風流屬子猷〔二〕，開元峭直讓韓休〔三〕。綠綸對掌驚三儁〔四〕，尊酒更酬失四愁〔五〕。古道陰陰槐樹老，歸鴻杳杳荻花秋。浩然詩思天涯遠〔六〕，月滿江南小謝樓〔七〕。

【注】

〔一〕王子慎：王樞字子慎，良鄉（今北京市房山區）人。遼日登科，仕金爲直史館。《中州集》卷九有小傳。玉田：金縣名，屬中都路薊州。今屬河北省唐山市。韓公美：韓昉（一〇八二——一一四九），字公美。燕京人。遼天慶二年狀元。累遷少府少卿、乾文閣待制。入金官知制誥。

〔二〕「東晉」句：王徽之，字子猷，東晉琅邪臨沂（今屬山東）人。王羲之第五子。東晉名士，書法家。生性高傲，不拘禮法。此處代指王樞。

〔三〕「開元」句：韓休（六七三—七三九），字良士，京兆長安（今陝西省西安市）人。性方直，不務進趨。開元二十一年，拜黄門侍郎、同中書門下平章事。既爲相，犯顔敢諫，宋璟譽之「仁者之勇」。《舊唐書》卷九八、《新唐書》卷一二六有傳。此處指代韓昉。峭直：嚴峻剛正。

〔四〕絲綸對掌：謂在中書省代皇帝草擬詔旨。本自《禮記・緇衣》：「王言如絲，其出如綸。」對掌：共同掌管。三雋：即三雋才。雋，通「俊」，指才智出衆的人。《左傳・宣公十五年》：「酆舒有三雋才。」杜預注：「雋，絶異也。言有才藝勝人者三。」

〔五〕四愁：東漢張衡曾作《四愁詩》，抒發紆鬱不平之情。後泛指愁思。唐孟郊《百憂》：「智士日千慮，愚夫惟四愁。」

〔六〕「浩然」句：孟浩然（六八九—七四〇），號鹿門處士，襄州襄陽（今湖北省襄陽市）人。盛唐著名詩人，以田園山水詩爲主。與王維齊名，世稱「王孟」。其《送杜十四之江南》詩云：「荆吴相接水爲鄉，君去春江正渺茫。日暮征帆何處泊？天涯一望斷人腸。」

〔七〕小謝樓：一名北樓，亦稱謝公樓。位於安徽省宣城市。初建於南齊建武年間（四九四—四九六），爲時任宣城太守的謝脁所建，取名「高齋」。唐初，宣城人爲懷念謝脁，於「高齋」舊址新建一樓，因樓位於郡治之北，取名「北樓」，又名小謝樓。

出榆關〔一〕

羽檄中原滿〔二〕，萍流四海間〔三〕。少時過桂嶺〔四〕，壯歲出榆關。奇禍心如折〔五〕，羈愁鬢已斑。楚纍千萬億〔六〕，知有幾人還。

【注】

〔一〕榆關：即山海關，位於秦皇島市東北，長城的起點。

〔二〕羽檄：即羽書，古代軍事文書，插鳥羽以示軍情緊急，需迅速傳遞。

〔三〕萍流：如浮萍般四處漂流。晉木華《海賦》：「或乃萍流而浮轉，或因歸風以自反。」

〔四〕桂嶺：桂嶺山。宋樂史《太平寰宇記》卷一六一：桂嶺山，在賀州桂嶺縣（今屬廣西壯族自治區賀州市）東北一百五里，高三千餘丈。東接連州，北連道州。山有桂竹桂木。

〔五〕奇禍：特殊的、罕見的災禍。此處似指北宋滅亡、二帝被擄北上一事。

〔六〕「楚纍」句：指靖康二年被金人擄掠押往上京的數以萬計的宋朝宗室官民。纍，繩索。

渡遼〔一〕

身隔遼東渡，心懷冀北群〔二〕。會歸蘇屬國〔三〕，卻憶范將軍〔四〕。風陣橫秋雁，雷聲吼夜蚊。方言莫相笑，唐梵本殊分〔五〕。

【注】

〔一〕遼：遼河。《靖康稗史》載，靖康二年三月末四月初，金押宋俘北上，夏至燕京，在遼陽越冬，次年春往上京。

〔二〕「身隔」二句：唐韓愈《送温處士赴河陽軍序》：「伯樂一過冀北之野，而馬群遂空……東都固士大夫之冀北也。」謂自己已渡過遼河以東，心里仍懷念滯留在燕京的友人。

〔三〕蘇屬國：蘇武，字子卿。杜陵（今陝西省西安市）人。漢武帝天漢元年奉命出使匈奴，不辱漢節，被扣留十九年後，終返漢朝。漢昭帝封其爲典屬國。

〔四〕范將軍：指南朝范雲。《景定建康志》卷四十二：「范雲宅在今府城東南七里。考證陳軒《金陵集》載，何遜《行經范將軍三橋故宅》詩云：『旅葵應蔓井，荒藤已上扉。寂寂空郊野，無復車馬歸。』」《梁書・范雲傳》載，范雲字彦龍，南鄉舞陰人。晉平北將軍汪六世孫也。沈攸之舉兵圍郢城，雲與家人爲軍人所得。攸之召與語，聲色甚厲。雲容貌不變，徐自陳説。攸之召令送書入城，城内或欲誅之。雲曰：「老母弱弟，懸命沈氏。若違其命，禍必及親。今日就戮，甘心如薺。」後獲免。曾任散騎侍郎、假節建武將軍、平越中郎將等。二句表明詩人期待回歸故國，出人頭地。

〔五〕唐梵：指漢語與其他民族不同的語言。

至日〔一〕

亂離南國忽經年，一線愁添未死前。心折靈臺候雲物〔二〕，眼看東海變桑田〔三〕。燕巢幕上終非計，雉畜樊中政可憐〔四〕。安得絶雲行九萬，卻騎鯨背上青天〔五〕。

【注】

〔一〕至日：指冬至、夏至。《易·復》：「先王以至日閉關，商旅不行。」孔穎達疏：「以二至之日閉塞其關也，商旅不行於道路也。」《靖康稗史》載，靖康二年三月末四月初，金押宋俘北上，夏至燕京，在遼陽越冬，次年春往上京。按首句，詩作於天會六年，至日指夏至。

〔二〕心折：猶心碎，形容傷心至極。南朝梁江淹《別賦》：「有別必怨，有怨必盈，使人意奪神駭，心折骨驚。」靈臺：古觀象臺。《文選·張衡·東京賦》：「左制辟雍，右立靈臺。」薛綜注：「司曆紀候節氣者曰靈臺。」《晉書·天文志上》：「觀臺也，主觀雲物，察福瑞，候災變也。」雲物：雲的色彩。《周禮·春官·保章氏》：「以五雲之物，辨吉凶、水旱降豐荒之祲象。」鄭玄注：「物，色也。視日旁雲氣之色。」

〔三〕東海變桑田：比喻世事變化很大。典出晉葛洪《神仙傳·麻姑》：「麻姑自説云，接侍以來，已見東海三爲桑田。」此指北宋滅亡，中原板蕩。

〔四〕「燕巢」二句：指個人遭際滄桑，巢傾卵覆，被羈押金國事。燕巢幕上：燕子在簾幕上做窩。比喻處境非常危險。《左傳・襄公二十九年》：「夫子之在此也，猶燕之巢於幕上。」樊：關鳥獸的籠子。《莊子・養生主》：「澤雉十步一啄，百步一飲，不蘄畜乎樊中。」郭象注：「樊，所以籠雉也。」

〔五〕「安得」兩句：用莊子典故。《莊子・逍遥遊》：「北冥有魚，其名爲鯤。鯤之大，不知幾千里也；化而爲鳥，其名爲鵬。……鵬之徙于南冥也，水擊三千里，摶扶摇而上者九萬里。」二句言詩人希冀迅速由北而南返歸家園的愿望。

次韻彦高《暮春書事》 戊申歲〔一〕

平生漫浪老清暉〔二〕，卻掃丘園屬少微〔三〕。世亂傷心青眼舊〔四〕，天涯流淚白雲飛〔五〕。羈愁只憶中山酒〔六〕，貧病長懸子夏衣〔七〕。澤畔行吟誰念我〔八〕，祗應形影自相依。

【注】

〔一〕彦高：吴激字彦高，號東山。建州（今福建省建甌縣）人。仕金爲翰林待制。能詩文書畫。《金史》卷一二六有傳、《中州集》卷一有小傳。吴激原詩《中州集》未收，已佚。戊申：金太宗天會六年（一一二八）歲次戊申。

〔二〕漫浪：放縱而不受世俗拘束。宋歐陽修《自叙》：「余本漫浪者，兹亦漫爲官。」清暉：山水的代稱。宋陸游《老學庵筆記》卷八：「國初尚《文選》，當時文人專意此書，故草必稱王孫，梅必稱驛使，月必稱望舒，山水必稱清暉。」

〔三〕卻掃：不再掃徑迎客。謂閉門謝客。南朝梁江淹《恨賦》：「閉門卻掃，塞門不仕。」丘園：家園，也代隱居之處。《易・賁》：「六五，賁於丘園，束帛戔戔。」王肅注：「失位無應，隱處丘園。」少微：古星名，又名處士星。古人謂處士星所照臨之處即有處士隱居。

〔四〕青眼舊：青眼舊交，指知心朋友。

〔五〕白雲飛：喻思親。《舊唐書・狄仁傑傳》：「其親在河陽别業，仁傑赴并州，登太行山，南望見白雲孤飛，謂左右曰：『吾親所居，在此雲下。』瞻望佇立久之，雲移乃行。」

〔六〕中山酒：相傳産於中山的一種名酒，又稱千日酒。亦泛指美酒。晉干寶《搜神記》卷一九：「狄希，中山人也，能造千日酒，飲之千日醉。」

〔七〕子夏衣：即「子夏懸鶉」，語自《荀子・大略》：「子夏家貧，衣若懸鶉。」鶉：即鵪鶉。鵪鶉毛斑尾秃，似披敝衣，因以懸鶉比喻衣服破爛。子夏生活寒苦卻不願做官，衣服破爛百結，如同鶉尾。後常用來形容人衣衫襤褸、生活困頓。

〔八〕「澤畔」句：用屈原典故。《楚辭・漁父》：「屈原既放，遊於江潭，行吟澤畔，顔色憔悴，形容枯槁。」

寄題張浩然松雪樓〔一〕

入座山光秀玉柯〔二〕，岸巾絶景意如何〔三〕。瘦來豈爲寒松句〔四〕，和寡還驚白雪歌〔五〕。地近雲煙來鶴駕〔六〕，檐高星斗瀉銀河。懸知老子登臨處〔七〕，渺渺滄波月色多。

【注】

〔一〕張浩然：張浩，字浩然，遼陽（今遼寧省遼陽市）人。官至尚書令，封南陽郡王。謚文康。配享世宗廟廷，圖像衍慶宫。《金史》卷八三有傳，《中州集》卷九有小傳。

〔二〕玉柯：扣詩題「松雪」，指松樹的枝葉。

〔三〕岸巾：謂掀起頭巾，露出前額。形容態度灑脱，或衣着簡率不拘。絶景：美好無比的景色。

〔四〕「瘦來」句：指《論語·子罕》：「歲寒，然後知松柏之後彫也。」頌張浩之節操。

〔五〕「和寡」句：白雪，古琴曲名。傳爲春秋晉師曠所作。楚宋玉《對楚王問》：「其爲《陽阿》、《薤露》，國中屬而和者數百人，其爲《陽春》、《白雪》，國中屬而和者不過數十人而已。」

〔六〕「地近」句：舊題晉陶潛《搜神後記》載，遼東人丁令威學道於靈虚山，後化鶴歸遼。句用此典言張浩然鄉居。

〔七〕「懸知」句：用庾亮月夜南樓典故。《晉書·庾亮傳》：「亮在武昌，諸佐吏殷浩之徒，乘秋夜往共登南樓。俄而不覺亮至，諸人將起避之。亮徐曰：『諸君少住，老子於此處興復不淺。』便據胡牀與浩等談詠竟坐。」懸知：料想，預知。

次韻彥高《占雪》〔一〕

天秋鼓南風，雲海飄暮雪。三春猶沍寒〔二〕，九夏那苦熱〔三〕。土圭測中氣〔四〕，嘗聞先儒說。窮髮多異宜〔五〕，泥古誠亦拙〔六〕。吳侯擅六藝〔七〕，名宦端不屑〔八〕。晚歲登泰山〔九〕，蚤已探禹穴〔一〇〕。千歲可坐致〔一一〕，不待數旬月。重陰畏坎陷〔一二〕，五陽欣夬決〔一三〕。君子方履霜〔一四〕，渠肯蹈覆轍〔一五〕。雞豬與魚蒜，幸可充朝餟〔一六〕。

【注】

〔一〕占雪：通過下雪占卜未來吉凶是非。

〔二〕三春：春季三個月：農曆正月稱孟春，二月稱仲春，三月稱季春。沍寒：謂不得見日，極爲寒冷。《左傳·昭公四年》：「其藏冰也，深山窮谷，固陰沍寒，於是乎取之。」杜預注：「沍，閉也。」孔穎達疏：「牢陰閉寒，言其不得見日，寒甚之處。」

〔三〕九夏：夏季。唐太宗《賦得夏首啟節》：「北闕三春晚，南榮九夏初。」蓋古人以夏季長，謂「長夏」。「九」通「久」，故稱。

〔四〕「土圭」句：《周禮·地官·大司徒》：「以土圭之法，測土深，正日景，以求地中。」《文選·張衡·東京賦》：「土圭測景，不縮不盈。」李善注引鄭玄曰：「土，度也；縮，短也；盈，長也。謂圭長一尺五寸，夏至之日，豎八尺表，日中而度之，圭影正等，天當中也。」土圭：古代用以測日影、正四時和測度土地的器具。中氣：地球每年在黄道上移動三百六十度，從冬至起，每隔三十度爲一中氣。農曆把一年分爲十二個中氣：雨水、春分、穀雨、小滿、夏至、大暑、處暑、秋分、霜降、小雪、冬至、大寒。

〔五〕窮髮：極北不毛之地。《莊子·逍遥遊》：「窮髮之北，有冥海者，天池也。」成玄英疏：「地以草爲毛髮，北方寒沍之地，草木不生，故名窮髮，所謂不毛之地。」異宜：謂適宜程度、實際情況各不相同。《禮記·王制》：「民生其間者，五味異和，器械異制，衣服異宜。」

〔六〕泥古：拘守古代的成規或古人的説法。

〔七〕吴侯：指吴彦高。六藝：此處是指六經。即《詩》、《書》、《禮》、《樂》、《易》、《春秋》六種儒家經典。

〔八〕端：都。

〔九〕「晚歲」句：暗用《孟子·盡心上》「孔子登東山而小魯，登泰山而小天下」典。

〔一〇〕「蚤已」句：用司馬遷語。《史記·太史公自序》：「遷生龍門，耕牧河山之陽。年十歲則誦古文。二十而南游江淮，上會稽，探禹穴，窺九疑，浮於沅湘。」禹穴：相傳爲夏禹的葬地，在今浙江紹興之會稽山。一句言吴激學養深厚，閱歷豐富。

〔二〕千歲：王位的代稱。封建時代臣民對王公的尊稱。此處泛指高官。

〔三〕「重陰」句：謂依下雪的徵兆看，在北地仕金有凶險。重陰：指天陰下雪。南朝宋謝惠連《詠冬》：「繁雲起重陰，迴飈流輕雪。」坎：八卦之一，代表水，象征險難，爲北方之卦。《易·序卦》：「坎者，陷也。」

〔三〕「五陽」句：句言用《易》卜得夬卦，其意要在棄仕歸隱問題上欣然了斷，不再糾結。五陽：《易》夬卦下五爻皆陽爻，故用以代稱。夬決：果敢決斷貌。《易·夬》：「君子夬夬。」王弼注：「君子處之，必能棄夫情累，決之不疑，故曰夬夬也。」

〔四〕「君子」句：謂君子要由近及遠，見微知著，不可因仕而致險。履霜：即「履霜堅冰至」，謂踏霜而知寒冬將至。《易·坤》：「初六，履霜堅冰至。象曰：履霜堅冰，陰始凝也；馴致其道，至堅冰也。」

〔五〕渠肯：豈肯。覆轍：翻過車的道路。比喻過去失敗的做法，或前人失敗的教訓。此處是提醒吴激小心爲是，免重蹈覆轍。因原詩已佚，具體所指史事已無從考實。

〔六〕餟：吃喝。

枕上言懷

九土將分裂〔一〕，中原政擾攘〔二〕。孰爲真漢相〔三〕，卻憶假齊王〔四〕。晉室遷神鼎〔五〕，梁園作戰場〔六〕。可憐羈客夢，夜夜在家鄉。

【注】

〔一〕九土：即九州。《後漢書·張衡傳》：「思九土之殊風兮，從蓐收而遂徂。」李賢注：「九土，九州也。」

〔二〕擾攘：亦作「擾穰」，混亂；騷亂。《漢書·律曆志上》：「戰國擾攘，秦兼天下。」

〔三〕「孰爲」句：漢相指蕭何（前二五七——前一九三），沛縣豐邑（今江蘇省豐縣）人。漢初三傑之一。楚漢相爭中，定立反楚方針大計，輔助劉邦建立漢政權。後協助高祖消滅韓信、英布等異姓諸侯王，被拜爲相國。事見《史記·蕭相國世家》。此處或代指劉豫僞齊國相張孝純。金天會八年，金人立劉豫爲帝，建立齊政權，張孝純任丞相。

〔四〕「卻憶」句：《史記·淮陰侯列傳》載：漢四年，韓信平定齊國。使人言漢王曰：「齊僞詐多變，反覆之國也，南邊楚，不爲假王以鎮之，其勢不定。願爲假王便。」時漢王被楚軍急圍於滎陽，迫於形勢，遣張良往，立信爲齊王。此處或以「假齊王」代僞齊王劉豫。《金史·太宗紀》載：（天會八年）九月戊申，金朝册立宋朝降臣、原濟南知府劉豫爲皇帝，國號「大齊」，定都北京大名府，統治黄河以南地區，史稱「僞齊」。

〔五〕神鼎：鼎之美稱。古代鑄鼎作爲立國的重器，常以「定鼎」言定國都，「遷鼎」爲遷都。此處用西晉滅亡建立東晉喻北宋亡南宋延續事。

〔六〕梁園：又名梁苑、兔園。漢梁孝王劉武所建。故址在今河南省開封市東南。此處代中原。

再和彦高〔一〕

否泰由來在歲星〔二〕，誰聽叩角作商聲〔三〕。一朝漢魏成今古〔四〕，百口燕秦隔死生〔五〕。雉堞僅能逃病婦〔六〕，雁書猶記作團兄〔七〕。雪雲埋盡遼西路，有酒如淮奈此情〔八〕。

【注】

〔一〕彦高：吴激，字彦高，號東山。建州（今福建省建甌縣）人。仕金爲翰林待制。能詩文書畫。《金史》卷一二六有傳，《中州集》卷一有小傳。吴激原詩《中州集》未收，已佚。

〔二〕否泰：《易》卦名，即否卦與泰卦。古人認爲天地交、萬物通謂之「泰」；不交閉塞謂之「否」。後常以指世事的盛衰，命運的順逆。晉潘岳《西征賦》：「豈地勢之安危，信人事之否泰。」歲星：太歲之神，常用以喻災禍。古代數術家認爲凡太歲神所在之方位及與之相反的方位，均不可興造、移徙和嫁娶、遠行，犯者必凶。

〔三〕「誰聽」句：用甯戚叩角典故。《藝文類聚》卷九四引漢蔡邕《琴操》：「甯戚飯牛車下，叩角而商歌……齊桓公聞之，舉以爲相。」後因以「叩角」爲以言辭打動君主而獲顯官或遇明君被重用之典。

〔四〕「一朝」句：言朝代更迭，時世變幻。此處指北宋被金所亡，一切都成歷史。

〔五〕「百口」句：言家人皆在江南，詩人獨在塞北，就像陰陽兩界阻隔，不知音訊。百口：全家；近親一族。唐韓愈《此日足可惜贈張籍》：「誰云經艱難，百口無夭殤。」燕秦：燕國與秦國，此處代金與南宋。

〔六〕雉堞：城上短牆。《文選・鮑照・蕪城賦》：「板築雉堞之殷，井幹烽櫓之勤。」李善注：「鄭玄《周禮》注曰：『雉，長三丈，高一丈。』杜預《左氏傳》注曰：『堞，女牆也。』」也泛指城牆。

〔七〕「雁書」句：用蘇武北海牧羊，大雁傳書事。

〔八〕有酒如淮：即淮酒，又名清淮酒，產於楚州（今江蘇省淮安市）。宋梅堯臣《依韻和正仲寄酒因戲之》：「上字黄封誰可識，偷傳王氏法應真。清淮始變醅猶薄，句水新來味更醇。」自注：「清淮酒，本王九傳法於山陽。」

聞雁

千里寒雲卷朔風，當軒月午雁書空〔一〕。煩君爲報江南客〔二〕，鬒頟遼東更向東〔三〕。

【注】

〔一〕雁書空：雁陣爲「一」字形或「人」字形，故云。

〔二〕「煩君」句：暗用《漢書・蘇武傳》鴻雁傳書典。江南客：詩人自指。劉著本安徽人，故云。

〔三〕「顴頷」句：效仿唐岑參《過磧》詩句：「行到安西更向西。」

閨情二絶 己酉歲①〔一〕

天邊北斗又回春〔二〕，愁絶龍沙任酒醺〔三〕。萬里巫山歸夢斷，不知何處覓行雲〔四〕。

【校】

① 己酉：原作「巳酉」，據毛本改。

【注】

〔一〕己酉：金太宗天會七年（一一二九）歲次己酉。

〔二〕「天邊」句：北斗星周年繞北極星旋轉。《鶡冠子·環流篇》：「斗柄東指，天下皆春。斗柄南指，天下皆夏。斗柄西指，天下皆秋。斗柄北指，天下皆冬。」

〔三〕龍沙：地名。《後漢書·班超傳》：「坦步蔥雪，咫尺龍沙。」注曰：「蔥領、雪山、白龍堆、沙漠也。」後泛指塞外。

〔四〕「萬里」二句：用楚襄王夢神女典故。楚宋玉《高唐賦》序：「昔者先王嘗游高唐，怠而晝寢，夢見一婦人曰：『妾巫山之女也，爲高唐之客，聞君游高唐，願薦枕席。』王因幸之。去而辭曰：『妾在巫山之陽，高丘之岨，旦爲朝雲，暮爲行雨，朝朝暮暮，陽臺之下。』」後成爲男女歡會之典。行雲：謂神女，或用以代遠在江南的妻室。

又

蕙帳金爐冷篆煙〔一〕，故山春草幾芊芊〔二〕。只今唯有瀟湘月〔三〕，萬里相隨照不眠。

【注】

〔一〕蕙帳：帳的美稱。篆煙：盤香的煙灰。宋高觀國《御街行·賦簾》詞：「鶯聲似隔，篆煙微度，愛横影參差滿。」

〔二〕故山：舊山。喻家鄉。芊芊：草木茂盛的樣子。唐韋莊《長安清明》：「蚤是傷春夢雨天，可堪芳草更芊芊。」

〔三〕瀟湘：湘江與瀟水的並稱。多借指今湖南地區。

過白溝趁順安〔一〕

萬折狂瀾肯倒流，歸心夢寐在東周〔二〕。平生快意君知否，今日驅車過白溝。

【注】

〔一〕白溝：河名。又稱拒馬河，自西向東，在今河北省易縣、霸縣至天津一線。趁：往，到。順安：順安軍。宋置，治高陽，在今河北省高陽縣東二十五里。

〔三〕東周：周平王東遷後，史稱東周。此代指南宋故國。

題御城寺壁〔一〕

一徑埋雲草樹荒，石麟蒼蘚卧田桑〔二〕。漢家陵闕今何在，洛水嵩山滿夕陽〔三〕。

【注】

〔一〕御城：指北宋皇陵。位於今河南省鞏義市西南部，是往來東京（今河南省開封市）和西京（今河南省洛陽市）的必經之地。諸陵南依嵩山北麓，北傍洛水河岸。

〔二〕石麟：石麒麟。古代帝王陵前石雕的麒麟。《西京雜記》卷三：「驪前有三梧桐樹，樹下有石麒麟二枚，刊其脅爲文字，是秦始皇驪山墓上物也。」蒼蘚：即蒼苔，青色苔蘚。

〔三〕「漢家」二句：化用李白《憶秦娥》詞「西風殘照，漢家陵闕」句意。漢家陵闕：漢代皇帝陵墓。此處指北宋皇陵。闕：墓道前的牌樓。北宋滅亡後，金兵洗劫盜挖了宋皇陵。隨後僞齊劉豫又對宋陵進行了毀滅性盜掘。

月夜泛舟

浮世渾如出岫雲〔一〕，南朝詞客北朝臣〔二〕。傳郵擾擾無虚日〔三〕，吏俗區區老卻人〔四〕。入眼青山看不厭，傍船白鷺自相親。舉杯更欲邀明月〔五〕，暫向堯封作逸民〔六〕。

【注】

〔一〕浮世：人間，人世。舊時認爲人世間浮沉聚散不定，故稱。渾：全。出岫雲：從山中出來的雲。晉陶潛《歸去來兮辭》：「雲無心以出岫，鳥倦飛而知還。」

〔二〕「南朝」句：化用唐劉禹錫《金陵五題·江令宅》詩句「南朝詞臣北朝客，歸來唯見秦淮碧」，述自己本爲江南文人，無奈在北國金朝爲官。

〔三〕「傳郵」句：指自己所任官職整日需上傳下達，事務繁雜。傳郵：古時置郵而傳命。

〔四〕吏俗：官吏互相來往習以爲常的俗事。

〔五〕「舉杯」句：用李白《月下獨酌》「舉杯邀明月」句，有仿效之意。

〔六〕堯封：傳説堯時命舜巡視天下，劃爲十二州，並在十二座大山上封土爲壇，以作祭祀。《書·舜典》：「肇有十二州，封十有二山。」後常用以稱中國的疆域。逸民：古代稱節行超逸、避世隱居之人。《漢書·律曆志序》：「周衰官失，孔子陳後王之法，曰：『謹權量，審法度，修廢官，舉逸民，四方之政行矣。』」顔師古注：「逸民，謂有德而隱處者。」

病中寄楚卿〔一〕

月滿江樓午夜鐘〔二〕，多情多病一衰翁。行雲不道無行雨，只恐相逢是夢中〔三〕。

【注】

〔一〕楚卿：按後二句，應指在江南的妻子。古人常用「卿」爲妻的愛稱。漢樂府《爲焦仲卿妻作》：「我自不驅卿，逼迫有阿母。」

〔二〕「月滿」句：唐張繼《楓橋夜泊》有「姑蘇城外寒山寺，夜半鐘聲到客船」句。午夜即半夜，晚十一點至一點。古人稱半夜三更。

〔三〕「行雲」二句：用巫山神女典故。《文選·宋玉·高唐賦序》：「妾在巫山之陽，高山之岨。旦爲朝雲，暮爲行雨；朝朝暮暮，陽臺之下。」喻男女合歡。不道：不堪。二句言自己不堪忍受没有愛妻相伴的凄苦，即使夫妻相見，也只能是在夢中。

送客亭

十年羈旅鬢成絲〔一〕，千里淮山信息稀〔二〕。送盡長亭短亭客〔三〕，且看莊舄幾時歸〔四〕。

【注】

〔一〕十年羈旅：指入金十年，此詩約作於天會十五年前後。

〔二〕淮山：又名楚山、淝陵、八公山。位於安徽省中部、淮河中游，由大小四十餘座山峰疊嶂而成。劉著舒州皖城（今安徽省潛山）人，故以此指與家鄉失去聯繫。

〔三〕長亭短亭：古時設在路旁的亭舍，常用爲餞别處。白居易、孔傳《白孔六帖》卷九：「十里一長亭，五里一短亭。」

〔四〕「且看」句：用「莊舄思歸」典故。《史記·張儀列傳》：「越人莊舄仕楚執珪，有頃而病。楚王曰：『舄故越之鄙細人也，今仕楚執珪，貴富矣，亦思越不？』中謝對曰：『凡人之思故，在其病也。彼思越則越聲，不思越則楚聲。』使人往聽之，猶尚越聲也。」後遂用以表達不忘故國家園、愛國懷鄉之情感。

病中言懷呈韓給事〔一〕

潦倒淮山客〔二〕，金臺五見秋〔三〕。退飛嗟宋鷁〔四〕，畏暑甚吴牛〔五〕。問疾憐摩詰〔六〕，分曹類子猷〔七〕。自慚無補報〔八〕，只合隱林丘。

【注】

〔一〕給事：官名。給事中的省稱。秦漢爲列侯、將軍、謁者等的加官。侍從皇帝左右，備顧問應對，參議政事，因執事於殿中，故名。隋唐以後爲門下省之要職，掌駁正政令之違失。

〔二〕淮山：又名楚山、八公山。已見。淮山客：詩人自謂。

〔三〕金臺：黄金臺，相傳戰國時燕昭王爲招攬天下賢士而築。此處用以稱代燕山府。五見秋：指仕金五年。

〔四〕「退飛」句：用「宋鷁退飛」典。《左傳·僖公十六年》：「六鷁退飛，過宋都。」杜預注：「鷁，水鳥。高飛遇風而退，宋人以爲災。」後因以「鷁路」比喻失意的仕途或不利的處境。

〔五〕「畏暑」句：用「吴牛喘月」典。《事類賦注》卷之一引《風俗通》載：「吴牛望見月則喘。使之苦於日，見月怖而喘矣。」

〔六〕「問疾」句：用佛典。《維摩經·文殊師利問疾品》載：佛在毘耶離城庵摩羅園，城中五百長者子至佛所請説法時，居士維摩詰故意稱病不往。佛遣舍利弗及文殊師利等問疾。文殊問：「居士是疾何所因起？」維摩詰答曰：「一切衆生病，是故我病；若一切衆生得不病者，則我病滅。」後用以謂佛教徒生病。

〔七〕「分曹」句：《晉書·王徽之傳》載：「徽之字子猷。性卓犖不羈……又爲車騎桓沖騎兵參軍，沖問：『卿署何曹？』對曰：『似是馬曹。』」分司，分管。馬曹，管馬的官署。後多指閒散的官職或卑微的小官。

〔八〕補報：報答。漢蔡邕《讓尚書乞在閑冗表》：「三月之中，充歷三臺，光榮顯著，非臣愚蔽不才所當盜竊，非臣碎首糜軀所能補報。」

伯堅惠新茶緑橘，香味郁然，便如一到江湖之上，戲作小詩二首〔一〕

建溪玉餅號無雙〔二〕，雙井爲奴日鑄降〔三〕。忽聽松風翻蟹眼〔四〕，卻疑春雪落寒江。

【注】

〔一〕伯堅：蔡松年，字伯堅。官至尚書右丞相。《金史》卷一二五有傳，《中州集》卷一有小傳。緑橘：柑橘名。《吴郡志》卷三〇：「橘出洞庭東西山，比常橘特大。未霜深緑色，臍間一點先黄，味已全，可噉。故名緑橘。」

〔二〕「建溪」句：宋張舜民《畫墁録》：「有唐茶品，以『陽羨』爲上供……迨至本朝，『建溪』獨盛。」宋范希文《鬭茶歌》：「年年春自東南來，建溪先暖冰微開。溪邊奇茗冠天下，武夷先人從古栽。」建溪：水名，在福建，爲閩江北源。其地産名茶，號建茶。因亦借指建茶。玉餅：茶餅的美稱，將茶碾碎和以其它食品而成。

〔三〕雙井：宋代名茶。洪州分寧（今江西省修水縣）雙井所産。《江西通志・序》：「（江西）物産則有豫章之材，銀朱之稻，信州之楮，雙井之茶，西山之葛，金溪之苧，饒州之陶。」日鑄：宋代名茶，即日鑄雪芽。因産於浙江紹興東南會稽山的日鑄嶺，芽細而尖，遍生雪白茸毛，故名。亦作日注。宋歐陽修《歸田録》：「草茶盛於兩浙，兩浙之品，日注爲第一。」宋陳師道《茶經叢談》：「茶，洪之雙井，越之日注，莫能相先後。」

〔四〕蟹眼：螃蟹的眼睛。比喻煮茶初沸時泛起的小泡。宋龐元英《談藪》：「俗以湯之未滚者爲盲湯，初滚者曰蟹眼。」《警世通言・王安石三難蘇學士》：「（荆公）命童兒茶竈中煨火，用銀銚汲水烹之。先取白定碗一隻，投陽羨茶一撮於内。候湯如蟹眼，急取起傾入。」

又

黄苞猶帶洞庭霜〔一〕，翠袖傳看緑葉香。何待封題三百顆〔二〕，只今詩思滿江鄉。

【注】

〔一〕黄苞：指成熟的橘子。緑橘經霜後變黄。

〔二〕封題：物品封裝妥善後，在封口上題簽。五代齊己《詠茶十二韻》：「封題從澤國，貢獻入秦京。」此當指南宋入貢封裝之橘。三百顆：蘇軾詩《惠州一絶》詠荔枝，有「日啖荔枝三百顆，不辭長做嶺南人」句。

文季侍郎得緑萼香梅，子文待制有詩，輒亦同賦〔一〕

一枝緑萼冠群芳，瀟灑猶疑楚岸傍〔二〕。香骨瘦來冰蕊細，夢魂清處月波涼。賡酬便合成千首〔三〕，醒醉寧須計百觴。横玉叫雲吹不盡〔四〕，只教今古洗離腸。

【注】

〔一〕文季：司馬朴（一〇九一—一一四一？），字文季，陝州夏縣（今山西省夏縣）人。宋司馬光之侄孫，曾任晉寧軍參軍。靖康元年遷兵部侍郎，二年使金被留。金朝授以官職，託病不受，遨遊於王公之門。《中州集》卷一〇有小傳。緑蕚香梅：即緑蕚，俗稱緑梅、白梅。因蕚緑花白、小枝青緑而得名。緑蕚花色潔白，香味極濃，有「花中君子」的美稱。子文：高士談，字子文。金初詩人。亳州蒙城（今屬安徽）人。宣和末曾任忻州（今山西省忻州市）户曹參軍。後仕金爲翰林直學士。皇統六年，因宇文虛中案牽連被殺。《金史》卷七九有傳，《中州集》卷一有小傳。高士談同賦詩《中州集》未收，已佚。

〔二〕楚岸：楚地江河水邊的陸地。唐黄滔《雁》：「楚岸花晴塞柳衰，年年南北去來期。」

〔三〕賡酬：謂以詩歌與人相贈答。宋王安石《題正覺相上人籜龍軒》：「此地七賢誰笑傲，何時六逸自賡酬。」

〔四〕横玉：指笛子。玉，玉笛。宋晏幾道《蝶戀花》（千葉早梅誇百媚）：「横玉聲中吹滿地。好枝長恨無人寄。」宋李邴《念奴嬌》詞：「滿川霜曉，叫雲吹斷横玉。」

施内翰宜生 四首

宜生字明望，浦城人〔一〕。宣和末爲潁州教官〔二〕，仕齊。仕國朝，官至翰林學士。自號三住老人〔三〕。有集行於世。《賦柳》云：「朱門處處臨官道，流水年年遶禁宮。」《草書》云：「臨池翕忽雲霧集，舞劍浩蕩波濤翻。」《山谷草書》云：「行所當行止當止，錯亂中間有條理。意溢毫摇手不知，心自書空不書紙。」《社日》云：「濁澗迴湍激，青煙弄晚暉。緣隨春酒熟，分與故山違。社鼓喧林莽，孤城隱翠微。山花羞未發，燕子喜先歸。」又云：「割少詠諧語，分均宰制功。靈祇依古樹，醉叟泥村童。萬里開耕稼，三時順雨風。行春從此樂，着意酒杯中。」初在潁州日，從趙德麟遊〔四〕，頗得蘇門沾丐云〔五〕。

【注】

〔一〕浦城：縣名，宋代屬福建路建安郡。《金史》稱施宜生爲福建邵武人。

〔二〕潁州：州名。宋名潁州，後升爲順昌府。金仍名潁州，屬南京路。今安徽省阜陽市。

〔三〕三住：道家修煉以氣住、神住、形住爲「三住」。唐施肩吾《三住銘》：「氣住則神住，神住則形住，長生之道也。」一説「三住」指心住、氣住、神住。《二程語録》卷一：「持國曰：『道家有三住：心住則氣住，氣住則神住。』此所謂三守。伯淳先生曰：『此三者，人終食之頃，未有不離者，其要只在收放心。』」

〔四〕趙德麟（一〇六一——一一三四）：名令畤，初字景貺，後改字德麟，涿郡（今河北省薊縣）人。元祐六年官潁州簽書判官，與蘇軾友好，有詩文唱和，情誼甚篤。

〔五〕沾丐：謂給人以利益。《新唐書·杜甫傳》：「它人不足，甫乃厭餘，殘膏賸馥，沾丐後人多矣。」句指其曾得到蘇門濡染。

柳

魏王堤暗雨垂垂〔一〕，還似春殘欲别時。傳語西風且停待〔二〕，黛殘黄淺不禁吹〔三〕。

【注】

〔一〕魏王堤：唐代名勝之一。洛水流入洛陽城内，過皇城端門，經尚善、旌善兩坊之北，南溢爲池，貞觀中賜魏王泰，故名魏王池，有堤與洛水相隔，名魏王堤。白居易《魏王堤》：「何處未春先有思？柳條無力魏王堤。」垂垂：下落貌。宋蘇舜欽《送人還吴江道中作》：「江雲春重雨垂垂，索寞情懷送客歸。」

〔二〕西風：指秋風。

〔三〕黛：青黑色。此處代指秋天的柳葉。

無題

唱得新翻穩貼腔〔一〕，阿誰能得肯雙雙〔二〕。天寧寺裏尊前月〔三〕，分擘清寒入小窗〔四〕。

【注】

〔一〕新翻：新改編。唐劉禹錫《楊柳枝》詞：「請君莫奏前朝曲，聽唱新翻楊柳枝。」穩貼腔：指與曲譜完全吻合。宋邵雍《依韻和王安之少卿六老詩仍見率成》其七：「林下狂歌不帖腔，帖腔不得謂之狂。」

〔二〕阿誰：唐宋時期口頭語，意即「誰」。阿：名詞前綴。用在人名姓的前面，表親昵的意味。肯雙：願意成雙。

〔三〕天寧寺：寺院名，全國多地建有天寧寺。福州天寧寺，宋崇寧二年福州郡守王祖道在藤山時升里建寺，初定名極恩光孝寺。政和元年改名天寧萬壽禪寺，俗稱天寧寺。

〔四〕分擘：分配。謂分出一部分。

盆池〔一〕

盆池瀲灩蔭芭蕉〔二〕，點水圓荷未出條。分得江湖好風景，斷雲飛去晚蕭蕭。

【注】

〔一〕盆池：引水灌注而成的小池。用以種植供觀賞的水生花草。唐韓愈《盆池》五首其一：「莫道盆池作不成，藕梢初種已齊生。」唐杜牧《盆池》：「鑿破蒼苔地，偷他一片天。白雲生鏡裏，明月落階前。」芭蕉：多年生草本植物。葉長而寬大，花白色，果實與香蕉相似而小，但不能食用。秦嶺、淮河以南常栽培供觀賞。

〔二〕瀲灩：水波蕩漾貌。蘇軾《飲湖上初晴後雨》：「水光瀲灩晴方好，山色空濛雨亦奇。」

平陽書事〔一〕

春寒窣窣透春衣〔二〕，沿路看花緩轡歸〔三〕。穿過水雲深密處，馬前蝴蝶作團飛。

【注】

〔一〕平陽：宋金府名，治今山西省臨汾市。

〔二〕窣窣：象聲詞。形容細小的聲音。唐杜荀鶴《寄温州崔博士》：「懷君勞我寫詩情，窣窣陰風有鬼聽。」

〔三〕緩轡：謂放鬆繮繩，騎馬緩行。

朱葭州自牧〔一〕二十首

自牧字好謙，棣州厭次人〔二〕。皇統中，南選宋端卿榜登科〔三〕。大定初，以同知晉寧軍事卒官〔四〕。有詩云：「寒天展碧供飛鳥，落日留紅與斷霞。」又云：「水禽孤影白，霜果半腮紅」，「海氣升孤月，巖姿起暝煙」，「山雪尋崖斷，林煙逐樹低」，「燈殘星在壁，霜重水漫衾」。句法之工類如此。

【注】

〔一〕葭州：宋晉寧軍，金大定二十四年改名葭州，治今陝西省佳縣。朱卒官晉寧州，故稱。

〔二〕棣州：州名。金屬山東東路，治厭次（今山東省惠民縣）。

〔三〕南選：金代科舉初因遼宋舊制不同，而分南北選，後合併。金初舉試原遼地人參加北選，原宋地人參加南選。《金史·選舉志》：「（太宗天會）五年，以河北、河東初降，職員多闕，以遼、宋之制不同，詔南北各因其素所習之業取士，號爲南北選。熙宗天眷元年五月，詔南北選各以經義、詞賦兩科取士。」宋端卿：皇統二年詞賦狀元。見《陝西通志·選舉志》。

〔四〕晉寧軍：北宋元符二年以葭蘆寨置，屬河東路。金大定二十二年改爲晉寧州，轄境相當今陝西省佳縣、神木、吴堡等縣地。

病起書事

牢落衰年病轉侵〔一〕，醫編藥裹廢閑吟〔二〕。卧銷白日塵凝屨，起對青銅雪滿簪〔三〕。霜後癡蠅看老態〔四〕，天邊倦鳥識歸心。維摩不出文殊去〔五〕，門巷蕭條翠蘚深。

【注】

〔一〕牢落：孤寂；無聊。

〔二〕醫編：醫書。藥裹：藥包，藥囊。

〔三〕青銅：青銅鏡。唐羅隱《傷華髮》：「青銅不自見，只擬老他人。」雪，喻白髮。

〔四〕癡蠅：指秋蠅。秋季天冷，蠅行動遲緩，反應呆笨，故稱。

〔五〕「維摩」句：佛經有維摩有病不出，佛令文殊去探病的故事。此謂無人來探望自己。去，離開。

晨起趨省〔一〕

鄰雞一鳴僕再呼，三星已在東南隅〔二〕。霜風遶屋伺我出，布衾尚欲留須臾。才疏性懶真勉强，飢寒見迫誰能逋〔三〕。山靈笑我真有謂〔四〕，能使我庾如陵乎〔五〕。

【注】

〔一〕趨省：赴省。金代置尚書省，爲中央中樞機構，下轄吏、禮、户、兵、刑、工六部。

〔二〕「三星」句：《詩·唐風·綢繆》：「綢繆束薪，三星在天。」孔傳：「三星，參也。在天，謂始見東方也。」《全唐詩》卷八六二載嵩岳諸仙《嫁女》：「三星在天銀河迴，人間曙色東方來。」三星：指參宿三星。

〔三〕逋：逃亡。此指躲避。

〔四〕山靈：山神。《文選·班固·東都賦》：「山靈護野，屬御方神。」李善注：「山靈，山神也。」有謂：

有用意。唐許彬《經李翰林廬山屏風疊所居》：「深居應有謂，濟代豈無才。」

〔五〕庾：露天的穀倉。陵：小山，山頭。

自鄜州歸至新市鎮，時方渡險，喜見桑野〔一〕

闇山自天降爲田〔二〕，洛水自瀑舒爲淵〔三〕。山川險盡鞍馬穩，昔居桔槔今乘船〔四〕。三年官業無毫髮〔五〕，萬里裝囊更蕭瑟〔六〕。歸來何以謝鄉閭〔七〕，細説艱難爲土物〔八〕。

【注】

〔一〕鄜州：州名。北宋初屬永興軍路，後屬鄜延路。金沿宋制。今陝西省富縣。新市鎮：宋金鎮名，屬京兆府路。據《金史·地理志》在鄜州附近有二：一屬同州（治今陝西大荔縣）朝邑縣，一屬華州（治今陝西省華縣）下邽縣。詩言「自鄜州歸至新市鎮」乃沿洛水乘船而南下，故知指朝邑新市鎮。

〔二〕闇山：在洛水鄜州段。

〔三〕「洛水」句：言洛水鄜州段落差大，水流急，新市段地勢平，水流緩。

〔四〕桔槔：井上用杠桿原理構成的汲水工具。《莊子·天運》：「且子獨不見夫桔槔者乎？引之則俯，舍之則仰。」比喻在鄜州段洛水中大起大落的乘船情形。

〔五〕毫髮：猶絲毫。極少，極細微。杜甫《敬贈鄭諫議十韻》：「毫髮無遺恨，波瀾獨老成。」

〔六〕裝囊：行囊。

〔七〕鄉閭：鄉親。

〔八〕土物：本地的物産。句言因經濟困窘只能用當地物産贈送鄉親。

自鄜州罷任，歸宿澠池，道中有虎爲暴〔一〕

峭山之阿澠之滸〔二〕，行路蕭條正艱阻。日落山空澗水哀，市門静閉防飢虎〔三〕。前年張茅殺餉婦〔四〕，今歲食驢斷行旅。我來萬里逐一官，安可不戒爲汝脯〔五〕。晝持弓矢夜枕戈〔六〕，静匿兒童防笑語〔七〕。白額將軍莫笑人〔八〕，世無劉琨當畏汝〔九〕。

【注】

〔一〕澠池：縣名。金初屬河南府（後改中京金昌府），興定元年，澠池改置韶州，轄永寧、宜陽、沔池、利津四縣。今屬河南省三門峽市。

〔二〕峭山：山名。峭，也作「殽」。又名嶔岑山。在河南省洛寧縣北。山分東西二峭，中有谷道，阪坡峻陡，以險峻聞名，爲古代軍事要地。阿：謂山下。滸：水邊。澠池之名來源於古水池名，故云。

〔三〕市門：市場之門。古代市場出入有門，按時啟閉。

〔四〕張茅：鎮名，在陝州州東五十里。今陝縣張茅鄉。餉婦：指送飯食的婦人。

〔五〕脯：乾肉。《漢書·東方朔傳》：「生肉爲膾，乾肉爲脯。」此指成爲虎的食物。

〔六〕「晝持」句：用劉琨「枕戈待旦」典。《晉書·劉琨傳》：「吾枕戈待旦，志梟逆虜，常恐祖生先吾着鞭。」枕着兵器，等待天亮。此處指防備飢虎襲擊。

〔七〕匿：躲藏。

〔八〕白額將軍：虎的別名。《格致鏡原》卷八二引《事物原始》：「白額將軍、嘯風子皆虎之別名。」

〔九〕劉琨（二七一——三一八）：字越石，中山魏昌（今河北省無極縣）人，漢中山靖王勝之後。少負志氣，有縱橫之才，膽識過人。曾枕戈待旦，與祖逖聞雞起舞。任并州刺史時，據太原孤城抵禦匈奴劉淵、劉聰和羯人石勒十餘年。《晉書》卷六二有傳。

趁鄜州過湖城縣，武帝望思臺在焉〔一〕

寒骨千年飲恨埋〔二〕，餘哀空寄望思臺。縱令曲沃精魂見〔三〕，寧與商山羽翼來〔四〕。趙虜典刑何足正〔五〕，周公畫像可憐開〔六〕。忍心本自窮兵起，巫蠱焉能作禍胎〔七〕。

【注】

〔一〕趁：趕赴。湖城：金縣名。今河南省靈寶市。宋樂史《太平寰宇記》卷六：湖城縣，按《郊祀志》，黄帝以首山之銅鑄鼎於荆山之下，後名其地爲鼎湖，即此邑。乾元三年二月改爲湖城。望思臺：臺名，又稱「歸來望思臺」。漢武帝爲太子劉據而建，在今河南三門峽靈寶市豫靈鎮。《河南通志》載：望思臺，在閿鄉縣西北，漢武帝思戾太子築此。據《漢書·武五子傳》：巫蠱之禍後，漢武帝知太子劉據本無反心。因族江充，焚蘇文。憐太子無辜，作思子宫，並在湖縣太子遇害處建「歸來望思臺」。

〔二〕「寒骨」句：《漢書·武五子傳》：太子有三男一女，及太子敗，皆同時遇害。寒骨：屍骨。此處指太子劉據。

〔三〕「縱令」句：《國語·晉語》、《史記·晉世家》載，晉太子申生被驪姬誣陷，晉獻公將殺之。申生不願辯解，也不願作亂反抗，自縊於曲沃。死後，忠魂未滅，顯靈除惡。後人稱其爲「恭太子」。曲沃：晉國宗廟所在，今山西省曲沃縣。

〔四〕「寧與」句：用「商山四皓」典。秦末隱士東園公、夏黄公、綺里季、角里四人，因避秦亂世而隱居商山，采芝充飢，年過八旬，鬚眉皓白，世稱「商山四皓」。漢代立國後，劉邦打算另立太子。吕后、張良請「商山四皓」出山輔佐太子。劉邦知太子劉盈「羽翼已成」，遂打消廢太子的念頭。事見《史記·留侯世家》。

〔五〕「趙虜」句：《漢書·江充傳》載，江充，趙國邯鄲人。漢武帝晚年疑左右皆爲蠱祝詛，江充知上意，因言宫中有蠱氣，先治後宫希幸夫人，以次及皇后，遂掘蠱於太子宫，得桐木人。太子懼，不能自明，收充，自臨斬之。罵曰：「趙虜！亂乃國王父子不足邪！乃復亂吾父子也！」遂有「巫蠱之禍」。

〔六〕「周公」句：《史記·魯周公世家》：「自文王在時，旦爲子孝，篤仁，異於群子……武王既崩，成王少，在强葆之中。周公恐天下聞武王崩而畔（叛），周公乃踐阼代成王攝行政當國。管叔及其群弟流言於國曰：『周公將不利於成王。』……成王長，能聽政。於是周公乃還政於成王，成王臨朝……周公卒後，成王與大夫朝服以開金縢書，王乃得周公所自以爲功代武王之説。二公及王乃問史百執事，史百執事曰：『信有，昔周公命我勿敢言。』成王執書以泣。」裴駰《集解》：「譙周曰：以太王所居，周地爲其采邑，故謂周公。」周公：名旦，周武王弟，西周傑出的政治家、軍事家、思想家，古代聖賢之一。

〔七〕「忍心」二句：句謂漢武帝狠心殺子導致「巫蠱之禍」源於窮兵黷武，殺戮成性。忍心：狠心。昧着良心，硬着心腸。《詩·大雅·桑柔》：「惟彼忍心，是顧是復。」朱熹《集傳》：「忍，殘忍也。」窮兵：濫用武力。《史記·平津侯主父列傳》：「秦貴爲天子，富有天下，滅世絶祀者，窮兵之禍也。」巫蠱：巫術的一種。古人認爲使巫師祠祭或以桐木偶人埋於地下，詛咒所怨者，被詛咒者即有災難。禍胎：猶禍根。語出漢枚乘《上書諫吴王》：「福生有基，禍生有胎，納其基，絶其胎，禍何自來？」

晉寧感興〔一〕

莫將官況説葭蘆〔二〕，一味蕭條稱鄙夫〔三〕。老圃不禁蔬代肉，樵丁還喜炕連廚。兒音半已漸秦晉〔四〕，鄉信無因接魯洙〔五〕。三見秋風落庭樹，年年歸意負蓴鱸〔六〕。

【注】

〔一〕晉寧：晉寧軍。宋元符二年以葭蘆寨置，屬河東路。金大定二十二年改爲晉寧州，二十四年改名葭州，轄境相當今陝西省佳縣、神木、吴堡等縣地。

〔二〕官況：居官的境遇。唐李中《贈永真杜翺少府》：「愛静不嫌官況冷，苦吟從聽鬢毛蒼。」也指居官的心情。葭蘆：水名，即葭蘆川，源出内蒙古鄂爾多斯境，流經葭縣入黄河。此處代指晉寧軍。

〔三〕鄙夫：《荀子·非相》：「楚之孫叔敖，期思之鄙人也。」楊倞注引杜預曰：「鄙人，郊野之人也。」詩中易「人」以「夫」，用以自稱，言其生活境況如郊野農夫。

〔四〕秦晉：秦國與晉國。詩人久在鄜州、晉寧任上，地處秦晉交界，故有此句。

〔五〕魯洙：魯地洙水。洙：水名，源出今山東新泰東北，流經泰安、曲阜，至泗水北與泗水合流。此以魯洙代家鄉。

〔六〕「三見」二句：用張翰秋風思歸典故。《晉書·文苑傳·張翰》：「翰見秋風起，乃思吴中菰菜蓴羹、鱸魚膾，曰：『人生貴得適志，何能羈宦數千里以要名爵乎？』遂命駕而歸。」蓴：即蒓菜。

年節嵐州席上贈同知王子直中散〔一〕

別時風雪暗龍津〔二〕，一夢經年復見君。去國光陰雖易得〔三〕，夾河形勢且平分〔四〕。心如征馬常嘶代〔五〕，身伴秋鴻卻渡汾〔六〕。此日一尊難惜醉，新年風景舊知聞〔七〕。

【注】

〔一〕年節：謂陰曆正月初一。今稱春節。宋孟元老《東京夢華録·正月》：「正月一日年節，開封府放關撲三日。」嵐州：金州名。《金史·地理志》「嵐州」：宋舊樓煩郡軍事，天會六年置鎮西節度使。屬河東北路。治今山西省嵐縣北。同知：州知府的副職，掌通判府、州事。王子直：字中散。時爲嵐州同知，餘不詳。

〔二〕龍津：指今山西省河津市與陝西省韓城縣之間的龍門山。

〔三〕去國：指離開故鄉。蘇軾《勝相院經藏記》：「有一居士，其先蜀人……去國流浪，在江淮間。」

〔四〕夾河：隔黄河相望。嵐州與晉寧分處黄河兩邊，隔河爲鄰。

〔五〕「心如」句：用《後漢書·班超傳》「狐死首丘」「代馬依風」典。喻人心眷戀故土。嘶：形容馬引聲長鳴，聲音凄唳。代：古代郡地。後指北方邊塞地區。《文選·曹植·朔風詩》劉良注：「代馬，胡馬也。」

〔六〕秋鴻：秋天南飛的鴻雁。汾：汾河。發源於山西省寧武管涔山，上游流經嵐縣、樓煩。

〔七〕「此日」二句：言年節飲酒不要怕醉，因爲在此除舊迎新之節，再加舊日知心之友，豈能不開懷暢飲。

送鄜州節判任元老罷任東歸二首〔一〕

長途冰雪歲峥嶸〔二〕，客裏那堪送客行。萬里歸心應接淅〔三〕，一尊别酒且班荆〔四〕。春生汶水庭闈近〔五〕，人去雕陰幕府輕〔六〕。欲仗征鴻寄消息〔七〕，地寒不肯過邊城。

【注】

〔一〕任元老：曾任鄜州節判，由詩中「汶水庭闈近」「都騎騣騣指汶陽」，可知其爲山東人。

〔二〕歲峥嶸：指一年將近。《文選·鮑照·舞鶴賦》：「歲峥嶸而愁暮，心惆悵而哀離。」李善注：「歲之將盡，猶物之高。」

〔三〕「萬里」句：謂友人任元老歸心似箭，行色匆匆。接淅：捧着已經淘濕的米。《孟子·萬章下》：「孔子之去齊，接淅而行。」朱熹《集注》：「接，猶承也；淅，漬米也。漬米將炊，而欲去之速，故以手承米而行，不及炊也。」後以「接淅」指行色匆忙。

〔四〕「一尊」句：《左傳·襄公二十六年》：「楚伍參與蔡太師子朝友，其子伍舉與聲子相善……伍舉奔鄭，將遂奔晉。聲子將如晉，遇之於鄭郊，班荆相與食，而言復故。」班荆：班，布；荆，草。扯草鋪於地，聊以代席。謂朋友相遇，鋪荆坐地，共叙情懷。

〔五〕汶水：水名，黄河支流。發源於山東泰萊山區，匯泰山、蒙山諸水，自東向西流經萊蕪、泰安，經東平湖流入黄河。庭闈：内舍。多指父母居住處。《文選·束晳·補亡》：「眷戀庭闈，心不遑安。」李善注：「庭闈，親之所居。」

〔六〕雕陰：古縣名，秦置。《鄜州志》載：雕陰，州北三十里。河南爲陰，山多雕穴，故名雕陰。此處代鄜州。幕府：原指將帥出征在外之營帳，後亦泛指衙署。句謂任氏走後鄜州的人才減少，實力削弱。

〔七〕「欲仗」句：暗用《漢書·蘇武傳》鴻雁傳書典故。

又

都騎騤騤指汶陽〔一〕，關門應識棄繻郎〔二〕。暮寒煙浪歸期阻，細雨櫓花飲興長〔三〕。束帶暫爲彭澤令〔四〕，曳裾休忤漢梁王〔五〕。邊城情味君應會，爲説無憀與故鄉〔六〕。

【注】

〔一〕都騎：對他人坐騎的美稱。都者，美也。騤騤：馬馳貌。汶陽：故縣名。因在汶水之北，故名。

西漢始置，屬魯郡轄地。今山東省泰安市淝城汶陽鎮。

〔二〕「關門」句：用漢代「終軍棄繻」典故。《漢書·終軍傳》：終軍從濟南當詣博士，步入關，關吏予軍繻。軍問：「以此何爲？」吏曰：「爲復傳，還當以合符。」軍曰：「大丈夫西遊，終不復傳還。」遂棄繻而去。繻，帛邊。書帛裂而分之，合爲符信，作爲出入關的憑證。「棄繻」表示决心在關中創立事業。後因用爲年少立大志之典。此處終軍代指任元老。

〔三〕飲興：飲酒的興致。

〔四〕「束帶」句：《晉書·隱逸傳·陶潛》載，陶潛爲彭澤令，「郡遣督郵至縣，吏白應束帶見之，潛歎曰：『吾不能爲五斗米折腰，拳拳事鄉里小人邪！』義熙二年，解印去縣。」句反用陶淵明辭官典故，言自己違心姑留葭州之職。

〔五〕「曳裾」句：漢鄒陽《上吴王書》：「飾固陋之心，則何王之門不可曳長裾乎？」曳裾：即曳裾王門。裾：衣服的大襟。漢梁王：梁王劉武，代王門權貴。比喻在權貴的門下做食客。此句言自己爲了生存不得已奔走權門，奉承權貴。

〔六〕「邊城」二句：謂我的心境你定能領會，對你説的只有爲官的無聊和思鄉的悲傷。爲説：對説。無憀：無聊。

小雨不出寧海司理廳〔一〕

吏散庭空鎖碧苔，冷官門户幾曾開〔二〕。疏疏細雨槐花落，寂寂虚堂燕子來。多病始知窮有鬼〔三〕，獨賢方覺仕無媒〔四〕。故園抛擲奔馳外，剛道江山未放回〔五〕。

【注】

〔一〕寧海：金州名，本寧海軍，大定二十二年升爲州，屬山東東路。司理：執法，主管獄訟刑罰。《晉書·刑法志》：「夫刑者，司理之官。」據此推定朱自牧或爲寧海推官。

〔二〕冷官：地位不重要、事務不繁忙的官職。蘇軾《九月二十日微雪懷子由弟》其一：「短日送寒砧杵急，冷官無事屋廬深。」

〔三〕「多病」句：宋陳元靚《歲時廣記》引《文宗備問》載：「顓頊高辛時，宫中生一子，不着完衣，宫中號稱窮子。其後正月晦死，宫中葬之，相謂曰『今日送窮子』。」民間多於農曆正月某日作詩文祭送之，謂之送窮。唐韓愈有《送窮文》，把智窮、學窮、文窮、命窮、交窮稱爲虐害自己的「五鬼」。

〔四〕仕無媒：意同宋陸游《閑遊》「五世業儒書有種，一生任運仕無媒」，指仕途不順暢。

〔五〕剛道：偏説，硬説。

過渾源留别田仲祥同知節使〔一〕

金臺前夢杳無蹤〔二〕，一阻雲山莫計重。雙鯉附書常不達〔三〕，兩萍浮海偶相逢〔四〕。燕南落日車分轍，代北春風酒滿鍾〔五〕。明日去留牽世務〔六〕，燈前談笑且從容。

【注】

〔一〕渾源：金縣名。貞祐二年置渾源州，屬西京路府。田仲祥：任周知節度使，餘不詳。

〔二〕金臺：黄金臺。代燕京。朱、田二人或爲燕京故交，曾於燕南分别。

〔三〕「雙鯉」句：漢樂府《飲馬長城窟行》：「客從遠方來，遺我雙鯉魚。呼兒烹鯉魚，中有尺素書。」雙鯉：指代書信，寓意相思。

〔四〕「兩萍」句：猶萍水相逢意。浮萍隨水漂泊，聚散不定。唐王勃《滕王閣序》：「萍水相逢，盡是他鄉之客。」

〔五〕代北：渾源曾屬古代郡。鍾：盛酒器。《列子·楊朱》：「朝之室也，聚酒千鍾，積麴成封，望門百步，糟漿之氣逆於人鼻。」

〔六〕世務：謀身治世之事。

劉仲規挽辭〔一〕

富貴康强九十春，公歸無憾我傷神。人間秀氣還嵩岱〔二〕，夢裏行年屬巳辰〔三〕。名姓空留耆舊傳〔四〕，衣冠不見老成人〔五〕。淒涼通德門前路〔六〕，無復青蒲裹畫輪〔七〕。

【注】

〔一〕劉仲規：其人不詳。挽辭：亦作「挽詞」。哀悼死者的詞章。

〔二〕「人间」句：古人認爲傑出的人才是吸收天地之精華而成，死後回歸大自然。嵩岱：嵩山和泰山的並稱。

〔三〕「梦裏」句：古人以爲歲在龍蛇，賢人有厄。《後漢書·鄭玄傳》：「五年春，夢孔子告之曰：『起，起，今年歲在辰，來年歲在巳。』既寤，以讖合之，知命當終。有頃寢疾。……六月卒。」唐李賢注：「北齊劉晝《高才不遇傳》論玄曰：『辰爲龍，巳爲蛇，歲至龍蛇賢人嗟，玄以讖合之。』」句用此典，以鄭玄比劉氏。行年：流年。舊時星命家所謂某人當年所行之運。

〔四〕耆舊傳：《晉書·陳壽傳》載壽撰《益部耆舊傳》十篇。耆舊，耆老故舊，年高望重者。

〔五〕老成人：指年老敦厚者。

〔六〕通德門：東漢時爲表彰鄭玄之德在其故鄉所造之門。故址在今山東省高密縣西北。《後漢書·鄭玄傳》：「昔東海于公僅有一節，猶或戒鄉人侈其門閭，矧乃鄭公之德，而無駟牡之路？可廣開門衢，令容高車，號爲『通德門』。」

〔七〕青蒲裹畫輪：用蒲草裹纏裝飾華麗的車輪，車輪轉動時震動較小。古時常用於封禪或迎接年老賢士，以示禮敬。

訪山寺僧

踏破蒼苔叩竹扃〔一〕，晚晴庭院有餘清①。幡腰落日紅千颭〔二〕，檐際遥岑翠一横〔三〕。種秫公田聊卒歲〔四〕，栽蓮僧社擬投名〔五〕。從今興熟頻來往，未信齋鐘午後鳴〔六〕。

【校】

① 庭：李本、毛本作「夜」。

【注】

〔一〕扃：門。

〔二〕「幡腰」句：謂廟内幡旗在落日照耀、山風吹拂下曲折摇曳。

〔三〕遥岑：遠處山峰。唐韓愈孟郊《城南聯句》：「遥岑出寸碧，遠目增雙明。」

〔四〕「種秫」句：用陶淵明種秫典故。《晉書·隱逸傳》載，陶潛性嗜酒，嘗爲彭澤令。「在縣公田悉令種秫穀。曰：『令吾常醉於酒足矣！』」秫可釀酒。卒歲：度日，維持日常生活。

〔五〕「栽蓮」句：用慧遠蓮社典故。宋道誠《釋氏要覽》載：東晉慧遠法師住廬山虎溪東林寺，招賢士劉遺民、宗炳等爲會，修西方淨業，稱爲淨社。院中多植白蓮，並以蓮華分九品，次第接人，嘉此社人不爲名利淤泥所污，喻如蓮華，又稱蓮社。投名：投遞名帖。

〔六〕「未信」句：用「飯後鐘」典故。五代孫光憲《北夢瑣言》卷三：「唐段相文昌，家寓江陵。少以貧窶修進，常患口食不給，每聽曾口寺齋鐘動，輒詣謁餐，爲寺僧所厭。自此乃齋後扣鐘，冀其晚届而不逮食也。後入登臺座，連出大鎮，拜荆南節度，有詩《題曾口寺》云：『曾遇闍黎飯後鐘。』

蓋爲此也。」

謝吴堡知寨安巨濟贈紙百幅〔一〕

百幅溪牋遠見羞〔二〕，故人佳餉若爲酬〔三〕。幸將晚節收魚網〔四〕，未得良工起鳳樓〔五〕。柹葉學書差足慰〔六〕，芸香辟蠹會須求〔七〕。揮毫不見雲煙落〔八〕，愚賈操金愧暗投〔九〕。

【注】

〔一〕吴堡：即吴堡砦。宋元豐五年置。《宋史·地理志》：「元豐五年置葭蘆、吴堡二砦，隸州。因置二砦沿邊都巡檢使，遂令三州各帶沿邊都巡檢使。」金代吴堡寨屬葭州（治今陝西省佳縣）。知寨：宋金官職，從七品。巡檢寨巡檢的别稱。有文知寨和武知寨之分。《金史·百官志》：「諸知鎮、知城、知堡、知寨皆從七品，其設公使皆與縣同。」安巨濟：時任吴堡知寨，餘不詳。

〔二〕溪牋：即剡溪牋，又名剡藤紙，以産於剡縣（今浙江省嵊州市）而得名。紙以薄、輕、韌、細、白，瑩潤光澤，堅滑而不凝筆，質地精良著稱。晉張華《博物志》：「剡溪古藤甚多，可造紙，故即名紙爲剡藤。」常以此爲紙的美稱。

〔三〕若爲：怎能。

〔四〕晚節：此指晚年。杜甫《遣悶戲呈路十九曹長》「晚節漸於詩律細」即此意。魚網：代稱紙。南朝梁劉勰《文心雕龍·情采》「織辭魚網之上」范文瀾注：「《後漢書·宦者蔡倫傳》倫造意用樹膚、麻頭及敝布、魚網以爲紙。」句謂其晚年有幸得到友人的贈紙。

〔五〕良工：古代泛稱技藝高超的人，此處指文章、書法高手。起鳳樓：用韓氏「五鳳樓」典。宋楊大年《楊文公談苑》載：韓浦、韓洎兄弟二人能爲古文，洎常輕浦，語人曰：「吾兄爲文，譬如繩樞草舍，聊庇風雨而已。予之文，是造五鳳樓手。」浦聞其言，因人遺蜀箋，作詩與洎曰：「十樣蠻箋出益州，寄來新自浣溪頭。老兄得此全無用，助爾添修五鳳樓。」此句意謂安巨濟效仿韓浦，將百幅溪箋送詩人，意欲助己作詩著文之用，而自己才能不足，有負重望。

〔六〕「柿葉」句：用唐鄭虔「柿葉學書」典故。《新唐書·鄭虔傳》：「虔善圖山水，好書，常苦無紙，於是慈恩寺貯柿葉數屋，遂往日取葉肄書，歲久殆遍。」差：欠缺。句謂自己平時書寫的紙質粗劣，没有如此滿足欣慰。

〔七〕芸香辟蠹：因芸香可驅蠹蟲，故書卷中多置之。句言自己會寶惜所贈之紙。

〔八〕「揮毫」句：用杜甫《飲中八仙歌》詩句：「張旭三杯草聖傳，脱帽露頂王公前，揮毫落紙如雲煙。」以「揮毫如雲煙」比喻揮灑自如的墨跡。此處自謙。

〔九〕「愚賈」句：愚蠢的商人空操錢財，不能使其增值。《新唐書·劉子玄傳》：「禮部尚書鄭惟忠嘗問：『自古文士多，史才少，何耶？』對曰：『史有三長：才、學、識。世罕兼之，故史者少。夫有學無才，猶愚賈操金，不能殖貨；有才無學，猶巧匠無楩柟斧斤，弗能成室。』」暗投：即明珠暗投。

比喻貴重物品落到不識貨的人手裏。此句自謙非書法、文章高手，恐如愚賈一般，糟踏溪牋，不能像張旭那樣實現其應有的價值，辜負了安巨濟美意。

清河道中暮歸〔一〕

緩轡溪邊喜乍晴〔二〕，夕陽流水浸孤城。川平佛塔層層見，浪穩商舟尾尾行。十里煙霞隨野步，兩崖禾黍撼秋聲。雨暘雖有豐年兆〔三〕，久客都無地可耕。

【注】

〔一〕清河：金縣名，屬大名路恩州。今屬河北省邢臺市。

〔二〕緩轡：放鬆韁繩，騎馬緩行。

〔三〕暘：晴。

晚泊濟陽〔一〕

江北秋陰一半晴，晚涼留與客襟清。水邊畫角孤城暮〔二〕，雲底殘陽遠樹明。旅雁爲誰來有信〔三〕，斷蓬如我去無程〔四〕。寥寥天地誰知己，村酒悠然只獨傾。

【注】

〔一〕濟陽：金縣名，因在濟水之北而得名，屬山東東路濟南府。

〔二〕畫角：古管樂器。形如竹筒，本細末大，用竹木或皮革製成。因表面有彩繪，故稱。古代軍中多用吹角以警昏明。

〔三〕「旅雁」句：用鴻雁傳書典，言大雁自北而南是爲誰送信來？旅雁：指南飛的雁群。

〔四〕「斷蓬」句：言自己如飛蓬一樣飄蕩，不能自主。斷蓬：猶斷根的飛蓬。比喻飄泊無定。唐王之涣《九日送别》：「今日暫同芳菊酒，明朝應作斷蓬飛。」

冬日擬江樓晚望

萬里長空淡落暉〔一〕，歸鴉數盡下樓遲。山如駭浪高低湧，天似寒灰黯淡垂〔二〕。紫塞西横連統萬〔三〕，黄河東下接汾脽〔四〕。此邦形勢雄今古，只與羈人百不宜〔五〕。

【注】

〔一〕落暉：夕陽的光輝。

〔二〕寒灰：猶已無火熱的死灰。

〔三〕紫塞：指長城。晉崔豹《古今注·都邑》：「秦築長城，土色皆紫，漢塞亦然，故稱紫塞焉。」也用以代北方邊塞。統萬：統萬古城。五胡十六國時夏國都城。《御批歷代通鑑輯覽》卷三六：「夏築統萬城，今陝西榆林府懷遠縣有夏州故城。《元和志》：夏州即赫連勃勃所都，其城土色白而牢固。夏王勃勃以叱干阿利領將作大匠，發夷夏十萬人，築都城於朔方黑水之南。曰：『朕方統一天下，君臨萬邦，新城宜名統萬。』」故址在今陝西省靖邊縣境內，毛烏素沙漠的邊緣，無定河北岸。

〔四〕汾睢：二水名。汾，指汾河，源出山西省寧武縣管涔山，至河津市西入黄河。睢，指睢河，故道自今河南省杞縣東流，經睢縣北、寧陵及高丘市等地入泗、淮河。金時黄河改道，合淮入海。

〔五〕羈人：旅客。

對雪

寂寂袁安舍〔一〕，柴門雀可羅〔二〕。青氈無舊物〔三〕，黄竹有新歌〔四〕。罷飲瓢仍棄〔五〕，供吟筆旋呵〔六〕。殷勤掃荒逕，尚憶子猷過〔七〕。

【注】

〔一〕「寂寂」句：用東漢「袁安困雪」典故。《後漢書·袁安傳》李賢注引晉周斐《汝南先賢傳》：「時大雪積地丈餘，洛陽令身出案行，見人家皆除雪出，有乞食者。至袁安門，無有行路。謂安已死，令人除雪入户，見安僵卧。問何以不出。安曰：『大雪人皆餓，不宜干人。』令以爲賢，舉爲孝廉。」

〔二〕門雀可羅：即門可羅雀。《史記·汲鄭列傳》：「始翟公爲廷尉，賓客闐門；及廢，門外可設雀羅。」形容十分冷落，賓客稀少。

〔三〕「青氊」句：《晉書·王獻之傳》載：「（獻之）夜卧齋中，而有偷人入其室，盗物都盡。獻之徐曰：『偷兒，青氈我家舊物，可特置之。』群偷驚走。」後以「青氈」爲儒素之家祖傳舊物的代稱。句言無祖傳舊物，清寒貧困。

〔四〕「黄竹」句：《穆天子傳》卷五載：周穆王往蘋澤打獵，「日中大寒，北風雨雪，有凍人，天子作詩三章以哀民」，首句即爲「我徂黄竹」。後人多用於詠雪。南朝宋謝惠連《雪賦》：「岐昌發詠於來思，姬滿申歌於《黄竹》。」黄竹：本爲傳説中的地名，後指周穆王所作詩名。

〔五〕「罷飲」句：用古賢人許由棄瓢典故。《太平御覽》卷七六二引漢蔡邕《琴操》：「許由無杯器，常以手捧水。人以一瓢遺之，由操飲畢，以瓢掛樹。風吹樹，瓢動，歷歷有聲。由以爲煩擾，遂取捐之。」後以「掛瓢」「棄瓢」爲隱居或隱者傲世之典。

〔六〕筆旋呵：呵筆。天寒筆凍，嘘氣使解。宋梅堯臣《次韻和王景彝十四日冒雪晚歸》：「閉門吾作袁安睡，呵筆君爲謝客謡。」

〔七〕「尚憶」句：用王徽之「雪夜訪戴」典。徽之，字子猷。《世説新語·任誕》：「王子猷居山陰，夜大雪，眠覺，開室，命酌酒。四望皎然，因起彷徨，詠左思《招隱詩》。忽憶戴安道，時戴在剡，即便夜乘小船就之。」句謂盼望故人來訪。

郊行

緩轡尋春水一涯，最憐朝雨浥輕沙。小溪煙重偏宜柳，平野雲垂不礙花〔一〕。青眼步兵元好酒〔二〕，黑頭江令未還家〔三〕。興長不覺歸來晚，過盡城頭陣陣鴉。

【注】

〔一〕平野雲垂：宋王安石《清平樂》詞：「雲垂平野，掩映竹籬茅舍。」礙：遮蔽。

〔二〕「青眼」句：用阮籍典故。《晉書·阮籍傳》載，阮籍：字嗣宗，陳留尉氏人。任性不羈，而喜怒不形於色。能爲青白眼，見禮俗之士，以白眼對之。嗜酒，遂酣飲爲常。聞步兵廚營人善釀，有貯酒三百斛，乃求爲步兵校尉。元：通「原」。

〔三〕「黑頭」句：用南朝江總典故。江總（五一九——五九四），字總持，濟陽考城（今河南省蘭考縣）人。出身高門，幼聰敏，有文才。年十八，解褐宣惠武陵王府法曹參軍。歷梁、陳、隋三朝。陳後主時，官至尚書令，故世稱「江令」。江總南還尋故宅，作《南還尋草市宅》詩：「紅顏辭鞏洛，白首入轘轅。」杜甫《晚行口號》：「遠愧梁江總，還家尚黑頭。」後人遂以「黑頭江總」稱之。金元人喜用此典，如王中立詩「歸來江令頭空白」，元張思廉詩「君不見黑頭江令承恩早」等。

和郭仲榮郡城秋望〔一〕

城高野闊思何窮，人在西風一笛中〔二〕。樓影不摇溪水淨，春聲相答暮山空〔三〕。海天引望能供碧〔四〕，霜樹禁秋更倚紅〔五〕。回首客魂招不得〔六〕，蓴鱸歸興滿江東〔七〕。

【注】

〔一〕郭仲榮：其人不詳。

〔二〕一笛：喻輕微的風聲。唐杜牧《題宣州開元寺水閣》：「深秋簾幕千家雨，落日樓臺一笛風。」

〔三〕春聲：春米之聲。春：用杵臼擣去穀物的皮殼。

〔四〕引望：伸頸遠望。

〔五〕禁秋：消受秋景，留連秋景。杜甫《奉陪鄭駙馬韋曲》：「緑樽須盡日，白髮好禁春。」元盧摯《清平樂·歙郡清明》詞：「溪山今日無塵，繡衣卻待禁春。」倚，偏。

〔六〕「回首」句：杜甫《乾元中寓居同谷縣作歌》其五：「嗚呼五歌兮歌正長，魂招不來歸故鄉。」仇兆鼇注引《楚辭》朱熹注：「古人招魂之禮，不專施於死者。公詩如『剪紙招我魂』、『老魂招不得』、『南方實有未招魂』，與此詩『魂招不來歸故鄉』，皆招生時之魂也。本王逸《楚辭注》。」

〔七〕「蓴鱸」句：用西晉張翰典故。《晉書·張翰傳》載，張翰因見西風起，思念故鄉吴郡蓴羹、鱸魚膾，遂辭官還鄉。

孫内翰九鼎 一首

九鼎字國鎮，忻州定襄人〔一〕。天會六年經義第一人。在太學時〔二〕，遊金明作詩云〔三〕：「片片桃花逐水流，東風吹上木蘭舟。隔溪紅粉休相認，年少孫郎不姓劉。」弟九疇、億俱有時名，三人同榜登科。吴彦高贈國鎮詩云：「孫郎有重名，談笑取公卿。清廟瑟三歎，齋房芝九莖。」〔四〕其爲名流所稱道如此。吾州文派①〔五〕，先生指授之功爲多。年八十餘卒。

【校】

① 吾州：原作「中州」。李本、毛本皆作「吾州」。孫九鼎對文壇的影響，以家鄉忻州一帶爲主，元好問是孫九鼎的同鄉晚輩，憶忻州人頗受孫老沾丐，故從後者。

【注】

〔一〕定襄：金州縣名，屬河東北路。今山西省定襄縣。

〔二〕太學：國學。古代設於京城的最高學府。西周已有太學之名。漢武帝元朔五年（前一二四）初置，東漢大爲發展。魏晉到明清，或設太學，或設國子學（國子監），或兩者同時設立，名稱不一，制度亦有變化，但均爲傳授儒家經典的最高學府。此應指設立在汴京的北宋太學。」

〔三〕金明：金明池。又名西池、教池，北宋皇家園林，位於東京汴梁城（今河南省開封市）西，周九里十三步。原爲後周世宗伐南唐操練水師開鑿的水池，宋太祖亦曾訓練水軍於此。宋徽宗時成爲著名的游弋之地。詩用劉晨、阮肇入天臺山遇仙女結良緣典，表明自己不隨波逐流的志向。

〔四〕吴彦高：吴激，字彦高，號東山，建州（今福建省建甌縣）人。仕金爲翰林待制。能詩文書畫。《金史》卷一二六有傳、《中州集》卷一有小傳。「清廟」句：典出《禮記・樂記》：「《清廟》之琴，朱絃而疏越，一唱而三歎。」以太廟（《清廟》爲《詩・周頌》篇名，祀文王）之祭器喻指可以擔當國家重任的人。「齋房」句：典出《史記・孝武紀》「甘泉防生芝九莖」及《漢書・禮樂志》：「《齊房》十三：元封二年芝生甘泉齊房作。」句以靈瑞仙芝比人才之美。

〔五〕吾州：指忻州。元好問爲忻州秀容人，與孫九鼎爲同州，故云。

甄莊三藏真身

三藏來中土時，其師授記，謂當緣甄住①。歿後三百年，見夢於白氏，出地中。〔一〕

生自龜兹國〔二〕，來從大業年〔三〕。緣甄駐飛錫〔四〕，夢白出重泉〔五〕。鐵石亦有毁，筋骸何尚全。應知待彌勒〔六〕，萬劫庇山川〔七〕。

【校】

① 當緣甄住：李本、毛本作「當逢甄而住」。

【注】

〔一〕三藏：指通達經、律、論三藏之學者。真身：佛教語。謂爲度脱衆生而化現的世間色身。此指歿後的肉身。

〔二〕龜兹：西域古國名。又稱邱兹、丘兹等。位於天山南麓。在今新疆庫車縣一帶。

〔三〕大業：隋煬帝年號（六〇五——六一八）。

〔四〕飛錫：指僧人雲遊。据《釋氏要覽》卷下：「今僧游行，嘉稱飛錫。」

〔五〕夢白：即詩題後所言「見夢於白氏，出地中」。重泉：指地下。

〔六〕「應知」句：佛經稱，釋尊曾預言授記，當其壽四千歲（約人間五十七億六千萬年）盡時，彌勒將下生此世，於龍華樹下成佛。

〔七〕萬劫：佛經稱世界從生成到毁滅的過程爲一劫，萬劫猶萬世，形容時間極長。

劉修撰彧 二首

彧字公茂，安陽人〔一〕。天眷二年經義第一人①，自號香嵒居士。歷京兆總幕，終於翰林修撰。

【校】

①第一：毛本作「第二」。

【注】

〔一〕安陽：縣名。秦始置，屬邯鄲郡。金初屬彰德軍節度，明昌三年，彰德升爲府，治安陽。今屬河南省。

春陰

似雨非晴意思深，宿酲牽率泥重衾〔一〕。苦憐燕子寒相并〔二〕，生怕梨花晚不禁〔三〕。薄薄簾幃欺欲透〔四〕，悠悠歌管壓來沉。南園北里狂無數，唯有芳菲識此心〔五〕。

【注】

〔一〕宿酲：宿醉，謂經宿尚未全醒的餘醉。牽率：牽纏。泥：留戀。重衾：兩層被子。

〔二〕苦：甚。

〔三〕生怕：最怕。不禁：經受不住。

〔四〕欺：威逼。

〔五〕「南園」二句：謂百花園裏，蜂戀蝶繞，輕狂地貪戀者甚多，只有花朵理解我對它的珍惜愛護之心。

秋雨得雲字〔一〕

一室蕭然半掩門〔二〕，檐牙懸溜喜初聞〔三〕。棲鴉不動寒偎樹，過雁無聲冷貼雲〔四〕。歷耳半隨風淅瀝〔五〕，舞堦仍帶葉繽紛。隔籬爲問東皋叟〔六〕，麰麥前春定十分〔七〕。

【注】

〔一〕得……字：指古人作分韻詩時所選韻字。數人相約賦詩，選擇若干字爲韻，各人分拈，依拈得之韻作詩，謂之分韻。

〔二〕蕭然：空寂。

〔三〕檐牙懸溜：房檐瓦隴間尖齒形的滴水瓦傾瀉的小股水流。

〔四〕冷貼雲：緊貼冷雲而飛，極言飛得高。

〔五〕「歷耳」句：謂雨聲經耳逐漸減弱，半雜風聲。淅瀝：象聲詞，形容輕微的風雨聲、落葉聲等。

〔六〕東皋：水邊的高地。唐初隱者王績自號「東皋子」。

〔七〕「𪎊麥」句：謂明年的大麥將豐收。𪎊麥：大麥。《孟子·告子上》：「今夫𪎊麥，播種而耰之。」趙岐注：「𪎊麥，大麥也。」

趙内翰可 三首

可字獻之，高平人〔一〕。貞元二年進士，仕至翰林直學士。風流有文采，詩樂府皆傳於世，號《玉峰散人集》。子述，字勉叔，承安二年登科。賦雪云：「奇貨可居天種玉，太平有象麥連雲。」屏山《故人外傳》説〔二〕：「勉叔詩章字畫，皆有父風。性落魄嗜酒，卒以樂死。俶儻奇男子也〔三〕。」

【注】

〔一〕高平：縣名，金時屬河東南路澤州。今屬山西省高平市。

〔二〕屏山：李純甫（一一七七——一二二三），字之純，號屏山居士，弘州襄陰（今河北省陽原縣）人。承安二年進士。《金史》一二六有傳，《中州集》卷四、《歸潛志》卷一有小傳。

〔三〕俶儻：卓異不凡。《史記·魯仲連鄒陽列傳》：「魯仲連者，齊人也。好奇偉俶儻之畫策，而不肯仕宦任職，好持高節。」司馬貞《索隱》引《廣雅》云：「俶儻，卓異也。」

來遠驛雪夕 使高麗時作〔一〕

江上東風冷不禁，晚雲翻手弄晴陰。春來天氣不全好，夜久雪花如許深。暖老正思燕地玉〔二〕，辟寒誰有魏臺金〔三〕。空齋寂寞青綾被，學得東山擁鼻吟〔四〕。

【注】

〔一〕來遠驛：接待少數民族與外國來客的館舍。《建炎雜記》乙集卷一三載：南使人北境，金遣伴使來迓。常使至燕京，寓於來遠驛。若泛然之使，則居寧遠驛。趙可使高麗在大定二十七年冬，二十八年春歸。《金史・交聘表》：「大定二十七年十二月庚午，以翰林待制趙可爲高麗生日使。」

〔二〕「暖老」句：杜甫《獨坐》其一：「暖老須燕玉，充飢憶楚萍。」仇兆鼇注：「古詩『燕趙多佳人，美者顔如玉』，須燕玉，所謂八十非人不暖也。」暖老：謂幫老人取暖，給老人温暖。燕地玉：即燕玉，如玉的燕地美女。亦泛指美女。

〔三〕「辟寒」句：晉王嘉《拾遺記・魏》載：相傳三國魏明帝時，昆明國貢嗽金鳥。此鳥畏霜雪，乃起小屋處之，名曰避寒臺。鳥吐金屑如粟，宫人爭以鳥吐之金飾釵佩，謂之「辟寒金」。

〔四〕「學得」句：用謝安典故。《晉書・謝安傳》載：謝安爲洛下書生詠，有鼻疾，故其音濁。名流愛其詠而弗能及，或手掩鼻以效之。後指用雅音曼聲吟詠。因謝安曾隱居東山，故以東山代之。

雲興館曉起〔一〕

雙旌晚泊雲興館〔二〕，對面高峰絶可人。一夜山雲飛作雪，要誇千樹玉璘珣〔三〕。

【注】

〔一〕雲興館：古時出使朝鮮途中館舍。在定州與宣川之間，屬郭山郡界。明代朝鮮人李德懋《入燕記》和倪謙《朝鮮紀事》中均記有雲興館。

〔二〕雙旌：唐代節度領刺史者出行時的儀仗。《新唐書·百官志四下》：「節度使掌總軍旅，顓誅殺。初授，具帑抹兵仗詣兵部辭見，觀察使亦如之。辭日，賜雙旌雙節。」此處代金使儀仗。

〔三〕璘珣：猶嶙峋。突兀貌。宋林逋《和運使陳學士游靈隱寺寓懷》：「灑翰璘珣壁，還駕旃檀林。」

江路聞松風

雪裏雲山玉作屏①，松風入耳細泠泠〔一〕。朝來醉着江亭酒〔二〕，卻被髯龍喚得醒〔三〕。

【校】

① 玉作屏：原作「上竹屏」，據李本、毛本改。

【注】

〔一〕泠泠：清涼貌。《文選·宋玉·風賦》：「清清泠泠，愈病析酲。」李善注：「清清泠泠，清涼之貌也。」

〔二〕江亭酒：指江亭餞行送别之酒。

〔三〕髯龍：指虬枝盤曲的松樹。句謂被松林之風唤醒。

劉西嵓汲 一十一首

汲字伯深，南山翁之子。天德三年進士。釋褐慶州軍事判官〔一〕，入翰林爲供奉。自號西嵓老人，有《西嵓集》傳於家。屏山爲作序云〔二〕：「人心不同如面，其心之聲發而爲言，言中理謂之文，文而有節謂之詩。然則詩者文之變也，豈有定體哉！故《三百篇》，什無定章〔三〕，章無定句，句無定字，字無定音。大小、長短、險易、輕重，惟意所適。雖役夫室妾悲憤感激之語，與聖賢相雜而無愧，亦各言其志也已矣。何後世議論之不公耶？齊梁以降，病以聲律，類俳優然。沈宋而下〔四〕，裁其句讀，又俚俗之甚者。自謂靈均以來，此秘未睹〔五〕。此可笑者一也。李義山喜用僻事〔六〕，下奇字，晚唐人多效之，號西崑體〔七〕。殊無典雅渾厚之氣，反詈杜少陵爲村夫子〔八〕。此可笑者二也。黄魯直天資峭拔〔九〕，擺出翰墨畦逕，以俗爲雅，以故爲新，不犯正位，如參禪着末後句爲具眼〔一〇〕。江西諸君子翕然推重，别爲一派。高者雕鐫尖刻，下者模影剽竄。公言韓退之以文爲詩，如教坊雷大使舞〔一〕。又云，學退之不至，即一白樂天耳〔二〕。此可笑者三也。嗟乎！此説既行，天下寧復有詩耶？比讀劉西嵓詩，質而不野，清而不寒，簡而有理，澹而有味，蓋學樂天而酷似之。觀其爲人，必傲世而自重者。頗喜浮屠〔三〕，邃於性理之説〔四〕。凡一篇一詠必有深意，能道退居之樂，皆詩人之自得，不爲後世論議所奪，真豪傑之士也！」

【注】

〔一〕釋褐：指進士及第授官。宋高承《事物紀原·旗旐采章·釋褐》：「太平興國二年正月十二日，賜新及第進士諸科吕蒙正以下緑袍靴笏，非常例也。御前釋褐，蓋自是始。」慶州：金節鎮名，屬北京路。在今内蒙古巴林左旗西南。

〔二〕屏山：李純甫（一一七七——一二二三），字之純，號屏山居士，弘州襄陰（今河北省陽原縣）人。承安二年進士。《金史》一二六有傳，《中州集》卷四有小傳。

〔三〕什：《詩經》中《雅》、《頌》部分多以十篇爲一組，稱之爲「什」。如《鹿鳴之什》、《清廟之什》等。後用以泛指詩篇、文卷，猶言篇什。

〔四〕沈宋：初唐詩人沈佺期、宋之問的合稱。《新唐書·宋之問傳》：「建安後江左詩律屢變。至沈約、庾信，以音韻相婉附，屬對精密。及之問、佺期，又加靡麗，回忌聲病，約句準篇，如錦繡成文。學者宗之，號爲「沈宋」。」

〔五〕「自謂」二句：此説出自南朝梁沈約《宋書·謝靈運傳論》。靈均：戰國楚國詩人屈原，字靈均。屈原《楚辭·離騷》：「名余曰正則兮，字余曰靈均。」

〔六〕李義山：晚唐詩人李商隱，字義山，號玉溪生。

〔七〕西崑體：詩體之一。宋初楊億、劉筠、錢惟演等，作詩宗法温庭筠、李商隱，好用僻典麗辭，相爲唱和，合成一集，名《西崑酬唱集》，後遂稱其詩爲「西崑體」。西崑體應是宋初之事，非李純甫所説的晚唐時期。

〔八〕杜少陵：唐代詩人杜甫，字子美，自號少陵野老。村夫子：鄉村的學者。多指村學究。宋劉攽《貢父詩話》卷四：「楊大年不喜杜工部詩，謂爲村夫子。」宋朱勝非《紺珠集》卷八「村夫子」條曰：「楊大年學李義山詩體，《漢武》詩云：『力通青海求龍種，死諱文成食馬肝。待詔先生齒編貝，忍令索米向長安。』此詩過義山甚矣。然大年不喜老杜詩，嘗謂之村夫子，未曉其意。」楊大年即楊億，西崑體詩主要作家。

〔九〕黄魯直：北宋詩人黄庭堅，字魯直，自號山谷道人，晚號涪翁。

〔一〇〕具眼：又作具眼睛，佛學術語，謂對事物具有特殊之見識，或指具有特殊見識之人。

〔一一〕「公言」二句：語出宋陳師道《後山詩話》：「退之以文爲詩，子瞻以詩爲詞，如教坊雷大使之舞，雖極天下之工，要非本色。」宋蔡絛《鐵圍山叢談》卷六曰：「教坊琵琶則有劉繼安，舞有雷中慶，世皆呼之爲雷大使。」韓退之：中唐詩人韓愈，字退之，自謂郡望昌黎，世稱韓昌黎。子瞻：北宋文學家蘇軾，字子瞻。公言：公開談論。

〔三〕「學退之」二句：語出宋陳師道《後山詩話》：「蘇子瞻曰：『子美之詩、退之之文、魯公之書皆集大成者也。學詩當以子美爲師，有規矩，故可學；退之於詩本無解處，以才高而好爾；淵明不爲詩，寫其胸中之妙爾。學杜不成，不失爲工；無韓之才與陶之妙而學其詩，終爲樂天爾。』」白樂天：中唐詩人白居易，字樂天，晚號香山居士。其詩以淺易著稱。

〔三〕浮屠：佛教語。梵語音譯。指佛教。

〔四〕性理：心性與天理。

題西嵓〔一〕

人愛名與利，我愛水與山。人樂紛而競，我樂靜而閑。所以西嵓地，千古無人看。雖看亦不愛，雖賞亦不歡。欣然會予心，卜築於其間〔二〕。有石極峭屼〔三〕，有泉極清寒。流觴與祓禊〔四〕，終日堪盤桓〔五〕。此樂爲我設，信哉居之安〔六〕。

【注】

〔一〕西嵓：劉汲卜居取號處。劉祁《歸潛志》卷一三《遊西山記》：「嵓在西方丈西，數峰如嶄截，巋巍磊砢相倚，仰觀凜凜褫人神。下有屋三楹，幽潔。」

〔二〕卜築：擇地建宅，即定居之意。唐孟浩然《冬至後過吴張二子檀溪别業》：「卜築依自然，檀溪不更穿。」

〔三〕峭屼：高陡突兀。

〔四〕流觴：亦稱流杯曲水、曲水流觴，古代上巳節遊戲之一。南朝梁宗懍《荆楚歲時記》：「三月三日，士民並出江渚池沼間，爲流杯曲水之飲。」祓禊：古代習俗，於三月上巳在水邊祭祀，臨水洗濯，祓除「妖邪」。《後漢書·禮儀志》：「是月上巳，官民皆潔於東流水上，曰洗濯祓除去宿垢疢爲大潔。」

〔五〕盤桓：徘徊，逗留。

〔六〕信：果真。

又

卜築西嵓最可人〔一〕，青山爲屋水爲隣。身將隱矣文何用〔二〕，人不知之味更真。自古交遊少同志〔三〕，到頭聲利不關身〔四〕。清泉便當如澠酒〔五〕，澆盡胸中累劫塵〔六〕。

【注】

〔一〕可人：稱人心意。

〔二〕「身將」句：《史記·晉世家》載，春秋時，晉國介之推曾從晉文公重耳在外流亡十九年，有功不受禄，將隱於綿山。其母曰：「亦使知之若何？」介之推曰：「言，身之文也；身欲隱，安用文之？文之，是求顯也。」文：文飾。

〔三〕同志：指志趣相同的人。

〔四〕聲利：猶名利。句謂棄仕歸隱後不關心名利世情。

〔五〕澠酒：澠地之酒。《左傳·昭公十二年》：「有酒如澠，有肉如陵。」澠：古水名。源出今山東省淄博市東北，西北流至博興縣東南入時水。

〔六〕累劫：連續數劫。謂時間極長。塵：塵垢，喻名利。

平涼道中〔一〕

青山炯無塵〔二〕，塵滿行人衣。行人望青山，咫尺不得歸。吾歸不作難，世故苦相違〔三〕。何當臨溪水，一洗從前非。

【注】

〔一〕平涼：金府名，屬鳳翔路。今甘肅省平涼市。

〔二〕炯：明潔貌。

〔三〕「吾歸」二句：謂歸隱青山原本不難，但外界世事糾纏牽絆，屢違吾心，始終未能如願。

南園步月

雲横樹外山，樹映山巔月。微風拂寒枝，疏光散清樾〔一〕。幽歡難相遇〔二〕，此景安可忽。從來山水心，不爲塵埃没〔三〕。

【注】

〔一〕樾：樹蔭。

〔二〕幽歡：幽美歡欣。

〔三〕塵埃：猶塵俗。

不如意

朝亦不如意，暮亦不如意。今日只如此，來日復何異。一歡强欲謀，百憂已先至。乃至塵網苦〔一〕，動輒心萬計。高軒與華冕，儻來亦如寄〔二〕。規規必欲求〔三〕，愈勞終不遂。善哉榮啟期，自寬以遺累〔四〕。

【注】

〔一〕塵網：謂人在世間受到種種束縛，如魚在網，故稱塵網。晉陶潛《歸園田居》其一：「誤落塵網中，一去三十年。」

〔二〕「高軒」二句：《莊子·繕性》：「軒冕在身，非性命也。物之儻來，寄者也。」成玄英疏：「儻者，意外忽來者耳。」寄：暫時寄居。

〔三〕規規：苦心經營貌。《莊子·秋水》：「子乃規規然而求之以察，索之以辯，是直用管闚天，用錐指地也，不亦小乎！」成玄英疏：「規規，經營之貌也。」

〔四〕「善哉」二句：劉向《説苑·雜言》載：孔子見榮啟期，衣鹿皮裘，鼓瑟而歌。孔子問曰：「先生何樂也？」對曰：「吾樂甚多：天生萬物，唯人爲貴。吾既已得爲人，是一樂也；人以男爲貴。吾既已得爲男，是二樂也；人生不免繈褓。吾年已九十五，是三樂也。夫貧者，士之常也。死者，民之終也。處常待終，當何憂乎？」後用爲知足自樂之典。遺累：去除拖累。

慶州回過盤嶺宿義園〔一〕

隨馬雨不急，催人日欲晡〔二〕。山從林杪出〔三〕，路到水邊無。拘縛嗟微宦〔四〕，崎嶇走畏途。村家應最樂，雞酒夜相呼〔五〕。

【注】

〔一〕慶州：金節鎮名，屬北京路。在今内蒙古巴林左旗西南。

〔二〕晡：申時，即午後三點至五點。

〔三〕林杪：樹梢。

〔四〕拘縛：束縛，拘束。

〔五〕雞酒：即「隻雞斗酒」，指簡單的酒菜。

到家

三載塵勞慮〔一〕，翻然盡一除〔二〕。園林未摇落，庭菊正扶疏〔三〕。遶屋看新樹，開箱檢舊書。依然故山色，瀟灑入吾廬。

【注】

〔一〕塵勞：佛教謂世俗事務的煩惱。

〔二〕翻然：也作「幡然」，迅速轉變貌。《隋書·煬帝紀下》：「若有識存亡之分，悟安危之機，翻然北首，自求多福。」除：門與屏之間的通道。

〔三〕扶疏：枝葉繁茂分披貌。《世説新語·汰侈》：「枝柯扶疏，世罕其比。」

高陽道中〔一〕

杏花開過野桃紅，榆柳中間一徑通。禽鳥不呼村塢靜〔二〕，滿川煙雨淡濛濛。

【注】

〔一〕高陽：金縣名，爲河北東路安州治所。後升高陽軍。今屬河北省保定市。

〔二〕村塢：村莊。塢，地勢周圍高而中央凹的地方。杜甫《發閬中》：「前有毒蛇後猛虎，溪行盡日無村塢。」

家僮報西嵓栽植滋茂，喜而成詠〔一〕

孤雲出岫本無心〔二〕，何用微名掛士林〔三〕。近日故園消息好，西嵓花木已成陰。

【注】

〔一〕滋茂：謂植物生長繁茂。

〔二〕「孤雲」句：晉陶淵明《歸去來兮辭》：「雲無心以出岫，鳥倦飛而知還。」句謂自己離鄉出仕不是刻意追求的。

〔三〕微名：微賤之名。爲謙詞。士林：指文人士大夫階層。

留別四弟〔一〕

對牀喜清夜〔二〕，尊酒話平生〔三〕。自是今宵雨，於人卻有情。

【注】

〔一〕四弟：劉浚。元王惲《秋澗集》卷五《渾源劉氏世德碑銘》：（南山翁劉撝）生四子：曰汲，曰渭，曰滂，早世，曰浚。」

〔二〕「對牀」句：用「夜雨對牀」典。宋蘇轍《逍遥堂會宿》詩序：「轍幼從子瞻讀書，未嘗一日相舍。既壯，將游宦四方，讀韋蘇州詩至『安知風雨夜，復此對牀眠』，惻然感之，乃相約早退，爲閒居之樂。」蘇氏兄弟嚮往風雨之夜，對牀交談。後遂用夜雨對牀形容親友兄弟相聚時的歡樂之情。清夜：清靜的夜晚。

〔三〕話平生：談論平素的志趣、情誼、業績等。

酒中作

樹暗春將老，酒闌人欲歸〔一〕。徘徊風月夜①，花絮一簾飛。

【校】

① 風月夜：毛本作「風雪夜」。

【注】

〔一〕酒闌：謂酒筵將盡。《史記・高祖本紀》：「酒闌，呂公因目固留高祖。」裴駰集解引文穎曰：「闌，言希也。謂飲酒者半罷半在，謂之闌。」

劉内翰瞻 三首

瞻字嵓老，亳州人〔一〕。天德三年，南榜登科〔二〕。大定初召爲史館編修，卒官。党承旨世傑、酈著作元與、魏内翰飛卿皆嘗從之學〔三〕。嵓老自號攖寧居士〔四〕，有集行於世。作詩工於野逸〔五〕，如「廚香炊豆角，井臭落椿花」之類爲多。

【注】

〔一〕亳州：宋金州名，宋時屬於淮南路。金時屬於南京路。今安徽省亳州市。

〔二〕南榜：金代科舉初因遼宋舊制不同，而分南北選，後合併。《金史・選舉志》：「（太宗天會）五年，以河北、河東初降，職員多闕，以遼、宋之制不同，詔南北各因其素所習之業取士，號爲南北選。熙宗天眷元年五月，詔南北選各以經義、詞賦兩科取士。」天德三年，併南北選爲一，罷經義、策試兩科，專以詞賦取士。《金史・賀揚庭傳》亦載其「登天德三年經義進士第」，與此合觀，知實際上罷止南北選當在下次舉試時。

〔三〕党承旨世傑：党懷英，字世傑，號竹溪，祖籍馮翊（今陝西省馮翊縣）人，後居奉符（今山東省泰安市）。大定十年進士。官至翰林學士承旨，世稱「党承旨」。工詩善文，兼工篆籀。《金史》卷一二五、《中州集》卷三有傳。酈著作元與：酈權，字元輿（一作與），相州安陽（今河南省安陽市）人。明昌間召爲著作郎。有《坡軒集》，已佚。《中州集》卷四有小傳。魏内翰飛卿：魏摶霄，字飛卿。明昌中宏詞中選，授應奉翰林文字。

〔四〕攖寧：接觸外物而不爲所動，保持心神寧靜。《莊子・大宗師》：「其爲物無不將也，無不迎也，無不毁也，無不成也，其名爲攖寧。攖寧者，攖而後成者也。」成玄英疏：「攖，擾動也。寧，寂静也……動而常寂，雖攖而寧者也。」

〔五〕野逸：純樸閒適。杜甫《寄李十二白二十韻》：「劇談憐野逸，嗜酒見天真。」

春郊

桑芽粒粒破春青〔一〕，小葉迎風未展成。寒食歸寧紅袖女〔二〕，外家紙上看蠶生〔三〕。

【注】

〔一〕桑芽粒粒：謂桑枝上剛剛生出的嫩葉像無數顆豆粒一樣。

〔二〕寒食：寒食節，亦稱「禁煙節」「百五節」，在夏曆冬至後一百零五日，清明節前一二日。初爲節時，禁煙火，吃冷食。後世逐漸增加了祭掃、踏青、鞦韆等習俗。歸寧：已嫁女子回娘家看望父母。《詩·周南·葛覃》：「害澣害否，歸寧父母。」朱熹《集傳》：「寧，安也。謂問安也。」

〔三〕外家：女子出嫁後稱娘家爲外家。

無極道中〔一〕

銀河淡淡瀉秋光，缺月梢梢掛晚涼〔二〕。馬上西風吹夢斷，隔林煙火路蒼茫。

【注】

〔一〕無極，縣名，金時屬河北西路中山府，今屬河北省石家莊市。

〔二〕缺月：猶紘月。梢梢：細小貌。《廣雅》：「梢梢，小也。」唐韓愈《南溪始泛》其一：「點點暮雨飄，梢梢新月偃。」錢仲聯《集釋》：「梢梢者，細也。見《方言》。」

所見

傾欹石片插漣漪〔一〕，上有蕭蕭楊柳枝。藻荇半浮苔半濕，浣紗人去不多時。

【注】

〔一〕傾欹：歪斜。

郝内翰俣 二十首

俣字子玉，太原人〔一〕。正隆二年進士，仕至河東北路轉運使。子居簡，字仲寬，進士不第。有詩名太原、平陽間〔二〕。居中，字仲純，樞密院令史出身，嘗刺坊州〔三〕，人物楚楚，所謂文獻不足，猶超人群者也。正大末除鳳翔治中〔四〕，南山安撫使，詩亦有功。子玉自號虚舟居士，有集行於世。如云「勞生雖可厭，清景亦自適」，殊有古意也。

【注】

〔一〕太原：金府名，屬河東北路。今山西省會太原市。郝俣一説崞縣（今山西省原平市）人，致仕後居崞縣，並築此君軒於此，金人多有題詠，如趙秉文《題郝運使榮歸堂》，毛端卿有《題崞縣郝子玉此君軒》。

〔二〕平陽：金府名，屬河東南路。治今山西省臨汾市。

〔三〕坊州：金州名，屬鄜延路。今陝西省黄陵縣、宜君縣一帶。

〔四〕鳳翔：金縣府路名。鳳翔府，宋扶風郡鳳翔軍節度，皇統二年升爲府，軍名天興。大定十九年更軍名爲鳳翔，大定二十七年升總管府。見《金史·地理志》。今屬陝西省寶雞市。

郝吉甫蝸室〔一〕

草草生涯付短椽〔二〕，身隨到處即安然。功名角上無多地〔三〕，風月壺中自一天〔四〕。世路久諳甘縮首，麴車才值便流涎〔五〕。一生笑我林鳩拙〔六〕，辛苦營巢二十年。

【注】

〔一〕郝吉甫：其人不詳。蝸室：比喻窄小的居室。

〔二〕短椽：指極小的房屋。

〔三〕功名角：喻世間功名如蝸牛的觸角，微小之地，微不足道。

〔四〕「風月」句：即壺中日月。指悠閒清静的無爲生活。《雲笈七籤》卷二八引《雲臺治中録》：「施存，魯人。夫子弟子，學大丹道……常懸一壺如五升器大，變化爲天地，中有日月，如世間，夜宿其内，自號『壺天』，人謂曰『壺公』。」一説費長房、張申爲壺公。李白《下途歸石門舊居》：「何當脱屣謝時去，壺中别有日月天。」

〔五〕麴車：酒車。此句用杜甫《飲中八仙歌》詩句：「汝陽三斗始朝天，道逢麴車口流涎。」值：遇。

〔六〕鳩拙：鳲鳩拙而安。《禽經》：「鳩拙而安。」張華注：「鳩，鳲鳩也。《方言》云：蜀謂之拙鳥，不善營巢，取鳥巢居之，雖拙而安處也。」後用爲稱自我笨拙的謙詞。

聽雪軒

扶疏窗外竹〔一〕，歲暮亦可愛。蕭散軒中人〔二〕，高節凜相對。清寒入夢境，風雨號萬籟〔三〕。覺來聞雪落，淅瀝珠璣碎〔四〕。飢腸出佳句〔五〕，亹亹入三昧〔六〕。華堂沸絲竹〔七〕，此樂付兒輩。

【注】

〔一〕扶疏：枝葉繁茂分披貌。

〔二〕蕭散：閒散舒適。唐張九齡《林亭詠》：「從兹果蕭散，無事亦無營。」

〔三〕萬籟：自然界的一切聲響。籟，從孔穴中發出的聲音。南朝齊謝朓《答王世子》：「蒼雲暗九重，北風吹萬籟。」

〔四〕珠璣：猶珠玉，此處喻雪花。

〔五〕「飢腸」句：意同歐陽修《梅聖俞詩集序》評梅堯臣「詩窮而後工」。

〔六〕亹亹：勤逸不倦貌。三昧：佛教語。《大智度論》卷七：「何等爲三昧？善心一處住不動，是名三昧。」借指事物的要領，真諦，訣竅。唐李肇《唐國史補》卷中：「長沙僧懷素好草書，自言得草聖三昧。」

〔七〕沸：鼎沸。喻聲音紛雜宏大。絲竹：絃樂器與竹管樂器之總稱。亦泛指音樂。《禮記·樂記》：「德者，性之端也，樂者，德之華也，金石絲竹，樂之器也。」

魏處士野故莊〔一〕

郊原冷落霜風後，桑柘蕭條兵火餘〔二〕。試問當時卿與相，幾家猶有舊田廬。

【注】

〔一〕魏處士：魏野（九六〇——一〇一九），字仲先，陝州（今河南省陝縣）人，宋初高士。世代爲農，自築草堂於陝州東郊，後被譽爲陝州八景之一。魏野卒，皇帝下詔旌表，稱他「陝州處士」，人稱「魏處士」。《宋史》卷四五七有傳。

〔二〕桑柘：指農桑之事。

七月十五日夜顯仁寺東軒對月

野迥雲歸盡〔一〕，山高月上遲。暗螢依露草，驚鵲遶風枝。素影隨波遠〔二〕，新涼與酒宜。中秋更有味，試爲卜歸期。

【注】

〔一〕迥：遠。

〔二〕素影：月影。唐杜審言《和康五庭芝望月有懷》：「霧濯清輝苦，風飄素影寒。」

應制狀元紅〔一〕

仙苑奇葩別曉叢〔二〕，緋衣香拂御爐風〔三〕。巧移傾國無雙艷〔四〕，應費司花第一功〔五〕。天上異恩深雨露，世間凡卉漫鉛紅。情知不逐春歸去，常在君王顧盼中〔六〕。

【注】

〔一〕應制：指詩人應帝王之命而吟寫的詩歌。狀元紅：牡丹花名。周師厚的《洛陽牡丹記》載：「狀元紅，千葉深紅花也。色類丹砂而淺，葉杪微淡，近萼漸深，有紫檀心。開頭可七八寸，其色甚美，迥出衆花之上。故洛人以狀元呼之。」

〔二〕「仙苑」句：言美麗的牡丹原本來自仙境之花叢。

〔三〕緋衣：鮮紅的衣衫。喻牡丹花。御爐：御用的香爐。宋黄庭堅《乞姚花》其二：「乞取好花天上看，宫衣黄帶御鑪風。」

〔四〕傾國：本指美女，此處以人喻花。

〔五〕司花：司花女。唐顏師古《隋遺録》卷上：「長安貢御車女袁寶兒，年十五，腰肢纖墮，騃冶多態。帝寵愛之特厚。時洛陽進合蒂迎輦花……帝命寶兒持之，號曰司花女。」後用以指管理百花的女神。宋范成大《雨後戲書》：「司花好事相邀勒，不着笙歌不肯春。」

〔六〕顧盼：喜歡，眷顧。

疊翠樓①

畫樓西畔石州山〔一〕，指點雲煙識翠鬟〔二〕。回首十年真一夢，淡天如水夕陽閑。

【校】

① 樓：李本、毛本作「柳」。

【注】

〔一〕石州：金州名，屬河東北路，治離石縣，今山西省離石市。

〔二〕翠鬟：比喻秀麗的山巒。

題均福堂三首〔一〕

憧憧車馬競春遊〔二〕，不見溪堂五月秋。卧聽雲濤春午枕〔三〕，夢隨鷗鳥落沙洲。

【注】

〔一〕均福堂：堂名。在太原晉祠流杯池上。《山西通志》卷二〇三收録元人弋彀《重修汾東王廟記》載：「祠西山上有望川亭。祠中兩泉，北曰善利，南曰難老，皆作亭以庇之。祠南大池西岸，有流杯池，池上曰均福堂。」

〔二〕憧憧：《易·咸》：「憧憧往來，朋從爾思。」陸德明釋文引王肅曰：「憧憧，往來不絶貌。」競春遊：《水經注》卷六：「左右雜樹交蔭，希見曦景。至有淫朋密友，羈遊宦子，莫不尋梁契集，用相娱慰，於晉川之中，最爲勝處。」

〔三〕雲濤：翻滚如波濤的雲。此句化用蘇軾《監試呈諸試官》詩句「聊欲廢書眠，秋濤春午枕」。春衝擊。春午枕，謂干擾午休。

又

爲魚爲鳥知誰是〔一〕，看水看山俱得意。存亡貴賤聽天公〔二〕，只有歸休須早計〔三〕。

【注】

〔一〕爲魚爲鳥：指晉祠一景「魚沼飛梁」，位於聖母殿與獻殿之間。古稱圓者爲池，方者爲沼，沼中多魚，故曰「魚沼」；沼上架十字石橋，「架虚爲橋，若飛也」，故曰「飛梁」。東西橋面寬闊，爲通往聖母殿的要道，而南北橋面，形似鳥之兩翼，翩翩欲飛，結構奇特别致。《水經注》卷六：「沼西際山枕水，有唐叔虞祠。水側有涼堂，結飛梁於水上。」

〔二〕「存亡」句：化用南朝宋鮑照《擬行路難》其五「功名竹帛非我事，存亡貴賤付皇天」詩句。

〔三〕歸休：退休，也指辭官歸隱。

又

歸休得計即歸來〔一〕，林下空言只可咍〔二〕。莫待山靈嫌俗駕〔三〕，卻將鞍馬覓塵埃〔四〕。

【注】

〔一〕得計：如意稱心。

〔二〕林下：幽僻之境，引申指退隱或退隱之處。可咍：可笑。

〔三〕「莫待」句：南朝齊孔稚圭《北山移文》：「請回俗士駕，爲君謝逋客。」謂自己不要像假隱士周顒那樣被故山的山神嫌棄。山靈：山神。《文選·班固·東都賦》：「山靈護野，屬御方神。」李善注：「山靈，山神也。」俗駕：世俗人。

〔四〕卻：還，再。句謂不再重返塵世。

次仁甫韻〔一〕

渺渺橫煙渚，淒淒掛月村。酒非鄰舍取，詩復故人論。世態烏棲屋〔二〕，生涯雀在門〔三〕。

西山卻多思，松雪動吟魂。

【注】

〔一〕仁甫：盧洵，字仁甫，高平人。承安二年年六十一登科。歷河南府教授、河陽丞、宜陽令。有詩學，以鞏原及赤壁圖詩著名，見《中州集》卷八。盧洵原詩《中州集》未收，已佚。

〔二〕烏棲屋：即愛屋及烏。語自漢伏勝《尚書大傳·大戰》：「愛人者，兼其屋上之烏。」

〔三〕「生涯」句：用「門可羅雀」典。《史記·汲鄭列傳》：「始翟公爲廷尉，賓客闐門；及廢，門外可設雀羅。」

題温容村寺壁

草樹醒朝雨，烏鳶快晚晴〔一〕。山光自明潤，野氣亦凄清。茗碗閑中味〔二〕，紋楸静裏聲〔三〕。此懷能自適，未要縛簪纓〔四〕。

【注】

〔一〕烏鳶：烏鴉和老鷹。食肉之鳥。《莊子·列禦寇》：「莊子將死，弟子欲厚葬之……曰：『吾恐烏鳶之食夫子也。』」快：舒適，暢快。

〔二〕茗碗：茶碗。

〔三〕紋楸：楸枰，圍棋棋盤，引申指圍棋。楸木質輕而文致，古時多選做棋盤。後以「楸枰」專指棋盤，也代指下棋。唐温庭筠《觀棋》：「閑對楸枰傾一壺，黄華坪上幾成盧。」

〔四〕簪纓：古代官吏的冠飾。比喻顯貴。李白《少年行》其三：「遮莫姻親連帝城，不如當身自簪纓。」

故城道中同元東巖賦〔一〕

客亭南北厭飄零，尚喜揚鑣過故城〔二〕。桐葉不堪追往事〔三〕，泥丸尤足見民情〔四〕。青山閲世幾興廢〔五〕，白塔向人如送迎〔六〕。佇立夕陽無限思，西風禾黍動秋聲〔七〕。

【注】

〔一〕故城：晉陽故城。遺址在今山西省太原市西南晉祠附近。晉陽城始建於春秋末，歷經北齊、隋、唐的擴建，成爲北方的軍事重鎮。五代時後唐、後晉、後漢、北漢皆於此勃興。宋太平興國四年，宋軍圍攻晉陽，滅掉北漢。宋太宗以此地久爲龍興之地，火燒水淹，將這座千年古城徹底廢棄。元東巖：元德明，號東巖，秀容（今山西省忻州市忻府區）人。元好問之父。累舉不第，放浪山水間，詩酒自適。年四十八卒。有《東巖集》三卷。《金史》卷一二六有傳。《中州集》卷十有小傳。元德明有《薄游同郝漕子玉賦》，見《中州集》卷一〇。

〔二〕揚鑣：提起馬嚼子，抖動繮繩以驅馬。《文選·傅毅·舞賦》：「龍驤横舉，揚鑣飛沫。」李善注：「鑣，馬勒旁鐵。」

〔三〕「桐葉」句：用周成王桐葉封弟的故事。《史記·晉世家》：成王與叔虞戲，削桐葉爲珪以與叔虞。史佚因請擇日立叔虞。成王曰：「吾與之戲耳。」史佚曰：「天子無戲言。言則史書之，禮成之，樂歌之。」遂封叔虞於唐。叔虞死後，其子燮繼位，因有晉水，改唐爲晉國。相傳晉祠就爲紀念叔虞而建。

〔四〕泥丸：道教謂腦神名精根，字泥丸，在兩眉之間。《雲笈七籤》卷十一引《黄庭内景經·至道章》：「腦神精根字泥丸。」注：「泥丸，腦之象也。」句謂從人們的兩眉間完全可以看出其喜怒哀樂。民情：民衆的心情、願望等。

〔五〕青山：指晉祠背後的懸甕山。閲世：經歷世事，經見了許多事情。蘇軾《樓觀》：「門前古碣卧斜陽，閲世如流事可傷。」

〔六〕白塔：晉陽故城的惠明寺舍利塔。據《元一統志》，北宋太平興國四年晉陽城毁，惠明寺及佛塔亦同時傾圮。其後該處顯現靈光，宋真宗命重建惠明寺及高九十米之木塔。咸平二年塔遭地震雷電毁。四年後，重建磚塔，塔身累甃九級，高約五十二米，皇帝降詔以汾州僧啟爲住持，並欽賜金書。元豐八年，資政殿學士河東路經略安撫使吕惠卿撰《惠明寺舍利塔碑》。元德明曾專詠此塔，題爲《太原古城惠明寺塔秋望》，見《中州集》卷一〇，或爲同時所作。

〔七〕「西風」句：用《詩經》典。《詩·王風·黍離序》：「《黍離》，閔宗周也。周大夫行役至於宗周，過故宗廟宫室，盡爲禾黍。閔宗周之顛覆，彷徨不忍去而作是詩也。」後以「禾黍」爲悲慨故國破敗之典。

晚過壽寧〔一〕

稻壠分棊局〔二〕，松門入畫圖。牛羊歸自急，鷗鷺宿相呼。落日低青嶂〔三〕，高風起暝途〔四〕。歸僧上煙靄〔五〕，回首愧區區〔六〕。

【注】

〔一〕壽寧：即壽寧寺。據雍正《山西通志》卷一六八「文水縣」：「壽寧寺在縣北北徐村，唐天壽元年建，寺前翠柏千株，……金學士郝俣有詩。」即今山西省清徐縣集義鄉大常村的壽寧寺。

〔二〕棊局：棋盤。多指圍棋棋盤。

〔三〕青嶂：如屏障的青山。《文選·沈約·鍾山詩應西陽王教》：「鬱律構丹巘，崚嶒起青嶂。」吕向注：「山横曰嶂。」

〔四〕暝途：昏暗的道路。杜甫《行次昭陵》：「松柏瞻虚殿，塵沙立暝途。」

〔五〕煙靄：指雲霧籠罩處，喻指超塵脱俗的境界。

〔六〕「回首」句：謂自己因奔逐功名而深感羞愧。區，通「驅」。區區：匆忙；急忙。

子文致君九日用安字韻，聊亦同賦〔一〕

旅食京華秋又殘〔二〕，舊遊真似夢槐安〔三〕。閑居浪説重陽好〔四〕，塵世端知一笑難〔五〕。黄菊已堪增悵恨〔六〕，白衣無復慰荒寒〔七〕。馬頭明月應相笑，依舊紅塵滿客鞍。

【注】

〔一〕子文：其人不詳。致君：劉仲尹字致君，蓋州人，正隆二年進士。與郝俣爲同年。

〔二〕旅食京華：羈旅漂泊在京城。化用杜甫《奉贈韋左丞丈二十二韻》詩句：「騎驢三十載，旅食京華春。」

〔三〕「舊遊」句：用槐安夢典故。唐李公佐《南柯太守傳》載，淳于棼在門南古槐樹下喝醉後，恍惚間被兩個使臣邀至古槐穴内，見一城樓題大安槐國。其王招他爲駙馬，並任命爲南柯郡太守。三十年享盡榮華富貴。不料檀蘿國進犯，他打了敗仗，因而失寵被遣送回家。一覺醒來原來是一夢。後多用槐安夢故事比喻人生如夢，富貴無常。

〔四〕浪説：别説。重陽：指農曆九月九日重陽節。《藝文類聚》卷四引南朝梁吴均《續齊諧記》：「今世人每至九日，登山飲菊酒。」

〔五〕「塵世」句：化用唐杜牧《九日齊山登高》「塵世難逢開口笑，菊花須插滿頭歸」句意。

〔六〕「黄菊」句：與下句用典合觀，知用陶淵明《飲酒》「采菊東籬下，悠然見南山」詩意，其「悵恨」指歸隱之心願未了。

〔七〕「白衣」句：用江州刺史王弘給陶淵明送酒典。南朝宋檀道鸞《續晉陽秋·恭帝》：「王弘爲江州刺史，陶潛九月九日無酒，於宅邊東籬下菊叢中摘花盈把，坐其側。未幾，望見一白衣人至，乃刺史王弘送酒也。即便就酌而後歸。」白衣，即白衣人，特指送酒之人。

題孔氏園亭

嚴勝諸孫賢至今〔一〕，相承種德滿家林〔二〕。緑槐丹杏風流遠〔三〕，翠竹蒼松歲月深。傾蓋昔誰陪俊賞〔四〕，過庭今復嗣徽音〔五〕。此生夙有東遊願〔六〕，杖屨他時或可尋〔七〕。

【注】

〔一〕嚴勝：指孔子三十八世孫孔戣君嚴和孔戡君勝。蘇軾《和孔君亮郎中見贈》：「固知嚴勝風流在，又見長身十世孫。」自注云：「戣，字君嚴；戡，字君勝。退之誌其墓云，孔子世三十八。」唐韓愈作《唐故正議大夫尚書左丞孔公墓誌銘》。

〔二〕種德：猶布德。《書·大禹謨》：「皋陶邁種德，德乃降，黎民懷之。」孔傳：「邁，行；種，布。」此指傳續孔子家學。

〔三〕緑槐：曲阜孔林中古槐，人稱瑞槐。元迺賢《孔林瑞槐歌》序曰：「先聖墓林古槐一章，枝幹偃蹇，膚理若鐫刻，篆籀龍鳳，圖畫不及。衍聖公愈加培植，因以紀瑞云。」其詩曰：「闕里陰陰槐樹古，百尺長柯挾風雨。密葉蟠空擁翠雲，深根貫石流瓊乳。蒼皮皴蝕紋異常，天成篆籀分豪芒。遊絲縈錯科斗亂，雲氣飛動龍鸞翔。嬴秦書焚士坑戮，幾歎遺經藏壁屋。千年聖道復昭明，喜見文章出嘉木。神明元胄嗣上公，雨露滋沐深培封。清陰如水石壇靜，彈琴樹底歌薰風。」丹杏：曲阜孔廟中杏樹。《莊子·漁父》：「孔子遊於緇帷之林，休坐乎杏壇之上。弟子讀書，孔子絃歌鼓琴。」宋天禧年間，孔子第四十五代孫孔道輔重修祖廟，以講堂舊基甃石爲壇，環植以杏，取名「杏壇」。見《曲阜縣誌》和清孔繼汾《闕里文獻考》。

〔四〕傾蓋：指途中相遇，停車交談，雙方車蓋往一起傾斜。《史記·魯仲連鄒陽列傳》：「諺曰：『白頭如新，傾蓋如故。』何則？知與不知也。」司馬貞《索隱》引《志林》曰：「傾蓋者，道行相遇，軿車對語，兩蓋相切，小欹之，故曰傾。」俊賞：快意的遊賞。

〔五〕「過庭」句：《論語·季氏》：「嘗獨立，鯉趨而過庭。曰：『學詩乎？』對曰：『未也。』『不學詩，無以言。』鯉退而學詩。他日，又獨立，鯉趨而過庭。曰：『學禮乎？』對曰：『未也。』『不學禮，無以立。』鯉退而學禮。」後指承受父訓，也指晚輩受師長教育。徽音：猶德音。指令人聞美譽。《詩·大雅·思齊》：「太姒嗣徽音，則百斯男。」鄭玄箋：「徽，美也。」

〔六〕東遊：東遊曲阜，參拜孔府。

〔七〕杖屨：對老者、尊者的敬稱。

攬秀軒〔一〕

寺得新遊處，軒餘舊賦詩。山川蒲子國〔二〕，松柏晉侯祠〔三〕。行止非人力〔四〕，登臨且歲時〔五〕。道人應笑我，真負鹿門期〔六〕。

【注】

〔一〕攬秀軒：軒名。邊元鼎家築有攬秀軒。郝俣曾宿此並作詩，題爲《三月望日次邊德舉攬秀軒》。邊元鼎，字德舉，豐州（今内蒙古呼和浩特市）人。天德三年進士，曾任邢州幕官。《中州集》卷二有小傳。

〔二〕蒲子國：蒲縣古稱，也稱蒲國、蒲州。因堯帝師蒲伊子隱居於此，爲堯講道而得名。在今山西省永濟市。句言攬秀軒所在之地的山川與蒲相似。

〔三〕「松柏」句：指晉祠的松柏，「周柏唐槐」都是晉祠千年古木的代表，屬晉祠三絶之一。周柏爲北周時所植，位於聖母殿北側，本爲兩株，名爲齊年古柏。今餘一株，依然老枝縱横，茂盛蔥鬱，樹幹粗壯，數人方能合圍。此處喻攬秀軒周圍松柏古老。

〔四〕「行止」句：用孟子語。《孟子·梁惠王下》：「行，或使之；止，或尼之。行止，非人所能也。」行止：行步止息，猶言動和定。

〔五〕歲時：一年四季。句言且能一年四季隨時登臨賞景。

〔六〕「真負」句：《後漢書·逸民列傳》：龐公者，南郡襄陽人也。居峴山之南。荆州刺史劉表數延請，不就。謂曰：「夫保全一身，孰若保全天下乎？」龐公笑曰：「鴻鵠巢于高林之上，暮而得所棲；黿鼉穴於深淵之下，夕而得所宿。夫趣舍行止，亦人之巢穴也。且各得其棲宿而已，天下非所保也。」後遂攜其妻子登鹿門山，因采藥不返。鹿門：山名，在湖北襄陽城東南。

上巳前後數日皆大雪，新晴遊臨漪亭上〔一〕

十日陰風料峭寒，試從花柳問平安。野亭寂歷春將晚〔二〕，山徑縈紆雪未乾〔三〕。足踏東流方縱酒，手遮西日悔投竿〔四〕。淵明正草歸來賦〔五〕，莫作山中令尹看〔六〕。

【注】

〔一〕上巳：上巳節，古人以陰曆三月上旬的一個巳日爲「上巳節」。舊俗以此日在水邊洗濯污垢，祭祀祖先，叫做祓禊、修禊。魏晉以後，定爲三月三日，遂成水邊飲宴、郊外遊春的節日。

〔二〕寂歷：寂静，冷清。

〔三〕縈紆：盤旋環繞。唐白居易《長恨歌》：「黄埃散漫風蕭索，雲棧縈紆登劍閣。」

〔四〕投竿：丟掉釣竿。謂罷釣，借指出仕。相傳吕尚釣於渭濱，周文王出獵相遇，與語大悦，同載而歸，以爲師。事見《史記·齊太公世家》。又漢郅惲曾從鄭次都隱於弋陽山中，漁釣甚娱，後舉孝廉出仕。事見《東觀漢記·郅惲傳》。

〔五〕「淵明」句：以淵明自况，言自己正準備辭官歸田。

〔六〕「莫作」句：用山中宰相典。《南史·陶弘景傳》載：陶弘景於句容之句曲山隱居修道，梁武帝屢加禮聘，不出。「國家每有吉凶征討大事，無不前以咨詢。月中常有數信，時人謂之『山中宰相』。」令尹：楚國執政官名，相當於宰相。

奉陪太守游南湖同郭令賦

翠幄千章蔭晚空〔一〕，年華心賞兩無窮〔二〕。雲頭欲落催詩雨〔三〕，池面微生解愠風〔四〕。經笥使君談似綺〔五〕，仙舟令尹飲如虹〔六〕。娵隅自適清池樂，不信參軍是郝隆〔七〕。

【注】

〔一〕翠幄：翠色的帳幔。喻樹冠。千章：指大樹千株。唐杜甫《陪鄭廣文遊何將軍山林》：「百頃風潭上，千章夏木清。」

〔二〕年華心賞：指美好的風光和歡暢的心情。

〔三〕「雲頭」句：古人常以雨入詩，又因雨引發詩興，故稱。唐宋人多用此説，如杜甫《陪諸貴公子丈八溝攜妓納涼晚際遇雨》：「片雲頭上黑，應是雨催詩。」蘇軾《遊張山人園》：「纖纖入麥黄花亂，颯颯催詩白雨來。」宋范成大《雨涼二首呈宗偉》其二：「説與騷人須早計，片雲催雨雨催詩。」宋楊萬里《春夢紛紜》：「燭花半作紫芝開，詩興頻遭白雨催。」《旱後喜雨四首》其一：「舊日催詩元要雨，如今雨卻索詩催。」等等。

〔四〕解愠風：謂南風。語出《孔子家語·辯樂解》：「昔者舜彈五絃之琴，造《南風》之詩，其詩曰：『南風之薰兮，可以解吾民之愠兮。南風之時兮，可以阜吾民之財兮。』」

〔五〕「經笥」句：《後漢書·邊韶傳》載，邊韶字孝先，陳留浚儀人。漢桓帝時曾爲北地太守，以文學知名，才捷而善辯。「曾晝日假卧，弟子私嘲之曰：『邊孝先，腹便便。懶讀書，但欲眠。』韶潛聞之，應時對曰：『邊爲姓，孝爲字。腹便便，五經笥。但欲眠，思經事。寐與周公通夢，靜與孔子同意。師而可嘲，出何典記？』嘲者大慚。」經笥：放經書的書箱。後喻指博通經書的人。使君：漢時稱刺史爲使君。此指題中所及之「太守」。綺：本指有文彩的絲織品，後引申爲精妙，精美。蘇軾《登州海市》：「新詩綺語亦安用，相與變滅隨東風。」

〔六〕「仙舟」句：《後漢書·郭太傳》：「郭太字林宗，太原界休人也。……始見河南尹李膺，膺大奇之，遂相友善，於是名震京師。後歸鄉里，衣冠諸儒送至河上，車數千兩。林宗唯與李膺同舟而濟，衆賓望之，以爲神仙焉。」飲如虹：南朝宋劉敬叔《異苑》卷一：「晉義熙初，晉陵薛願有虹飲其釜澳，須臾噏響便竭。願輦酒灌之，隨投隨涸。便吐金滿釜。」古代有關虹飲的典故很多，明謝肇淛《五雜俎》卷一：「上官桀時，虹下宫中飲井，井爲竭。越王無諸宫中，斷虹飲於宫池，漸漸縮小，化爲男子。韋皋在蜀，宴將佐，有虹垂首於筵，吸其飲食。晉陵薛願，虹飲其釜，願輦酒灌之，遂吐金以報。劉義慶在廣陵，方食粥，虹飲其粥。張子良在潤州，虹飲其甕漿。後魏首陽山中，虹飲於溪。」

〔七〕「娵隅」兩句：用晉郝隆典故。《世説新語・排調》：「郝隆爲桓公南蠻參軍。三月三日會作詩，不能者罰酒三升。隆初以不能受罰，既飲，攬筆便作一句云：『娵隅躍清池。』桓問：『娵隅是何物？』答曰：『蠻名魚爲娵隅。』桓公曰：『作詩何以作蠻語？』隆曰：『千里投公，始得蠻府參軍，那得不作蠻語也。』」此處以郝隆自比。

三月望日次邊德舉攬秀軒〔一〕

水遶千家邑，山圍一席天。桑麻新雨露，檜柏老風煙。夢後餘芳草〔二〕，愁時更杜鵑〔三〕。亦知推不去〔四〕，端用得忘年〔五〕。

【注】

〔一〕望日：農曆十五。次：留宿，停留。邊德舉：邊元鼎，字德舉，豐州（治今内蒙古呼和浩特市）人。

與兄元勳、元恕俱有時名，號「三邊」。天德三年進士，曾任邢州幕官。家有攬秀軒。《中州集》卷二有小傳。

〔二〕「夢後」句：與下句合觀，疑用《楚辭·招隱士》「王孫游兮不歸，春草生兮萋萋」典。言其久在外未歸。

〔三〕杜鵑：傳説爲蜀帝杜宇的魂魄所化。常夜鳴，聲音淒切。一名子規，其鳴叫聲好像在説「不如歸去」。故藉以抒悲苦哀怨、思歸之情。

〔四〕推：排除。

〔五〕端用：確實需要。忘年：忘記年月。《莊子·齊物論》：「忘年忘義，振於無竟。」成玄英疏：「夫年者，生之所禀也，既同於生死，所以忘年也。」

新秋

旅食京華困鬱蒸〔一〕，可人秋意又新晴。夜窗便覺風千里，曉鏡從添雪數莖〔二〕。蟬噪不離羈客耳，燕歸還動故園情〔三〕。軟紅塵外西山色，乞與閑人眼暫明〔四〕。

【注】

〔一〕旅食京華：羈旅漂泊在京城。鬱蒸：悶熱。

〔二〕雪數莖：謂已有白髮。句意襲唐李商隱《無題》「曉鏡但愁雲鬢改」。

〔三〕「燕歸」句：言燕南歸而引發了思鄉之情。金中都即今北京市，詩人故鄉在太原，故云。

〔四〕「軟紅」二句：《世説新語·簡傲》：「王子猷作桓車參軍，桓謂王曰：『卿在府久，比當相料理。』初不答，直高視，以手版拄頰云：『西山朝來，致有爽氣。』」後用作身爲官吏無所事事，多有閑情逸致的典故。軟紅塵：指京城的繁華熱鬧。蘇軾《次韻蔣穎叔錢穆父從駕景靈宫》：「半白不羞垂領髮，軟紅猶戀屬車塵。」自注：「前輩戲語，有西湖風月，不如東華軟紅香土。」語本此。

寺樓晴望

詰曲欄杆面翠微〔一〕，葱籠窗户溢清暉〔二〕。雨侵斜日明邊過，雲望山前缺處歸。多病過春猶止酒〔三〕，薄寒向晚卻添衣。宦名不負滄波願〔四〕，羞見陂田白鳥飛〔五〕。

【注】

〔一〕詰曲：彎曲。唐宋之問《秋蓮賦》：「復道兮詰曲，離宫兮相屬。」翠微：泛指青翠的山。

〔二〕葱籠：指鬱鬱葱葱的山色。清暉：明淨的光輝、光澤。南朝宋謝靈運《石壁精舍還湖中作》：「昏旦變氣候，山水含清暉。」

〔三〕止酒：戒酒。晉陶潛《止酒》：「平生不止酒，止酒情無喜。」

〔四〕滄波：碧波。代歸隱。李白《古風》其十二：「昭昭嚴子陵，垂釣滄波間。」

〔五〕陂田：山田。

題五丈原武侯廟一首　仲純〔一〕

籌筆無功事可哀〔二〕，長星飛墮蜀山摧〔三〕。三分豈是平生志〔四〕，十倍寧論蓋世才〔五〕。壞壁丹青仍白羽〔六〕，斷碑文字只蒼苔。夜深老木風聲惡，尚想褒斜萬馬來〔七〕。

【注】

〔一〕五丈原：在今陝西岐山縣南斜谷口西側，南靠秦嶺，北臨渭水。據陳壽《三國志·蜀書·諸葛亮傳》記載：蜀後主建興十二年春，諸葛亮率兵伐魏，在此屯兵，與魏軍對陣。八月，積勞成疾病死軍中。武侯廟：紀念諸葛亮的祠廟。諸葛亮生前被封「武鄉侯」，死後追謚「忠武侯」，故其祠廟稱「武侯祠」「武侯廟」。仲純：郝居中，字仲純，郝俣次子。嘗刺坊州，官至南山安撫使。此詩爲郝居中所作，遂附於此。

〔二〕「籌筆」句：古有籌筆驛，舊址在今四川省廣元縣北，今名朝天驛，相傳諸葛亮出兵伐魏，曾駐此籌畫軍事。前人多有題詠，如唐李商隱《籌筆驛》：「管樂有才真不忝，關張無命欲何如。」唐杜牧《和野人殷潛之題籌筆驛》：「永安宫受詔，籌筆驛沉思。」

〔三〕「長星」句：相傳諸葛死時有大星墜落。《三國志》本傳注引《晉陽秋》曰：「有星赤而芒角，自東北西南流投於亮營，三投再還，往大還小，俄而亮卒。」唐胡曾《五丈原》：「長星不爲英雄住，半夜流光落九垓。」蜀山摧：謂蜀漢受到重創。

〔四〕「三分」句：謂諸葛亮於隆中定三分天下大計。《三國志》本傳載，劉備三顧茅廬，諸葛亮論天下形勢，主張與曹操、孫權鼎立三分天下，而後「霸業可成，漢室可興」。

〔五〕「十倍」句：即「十倍曹丕」，劉備托孤時語。《三國志》本傳：「章武三年春，先主於永安病篤，召亮於成都，屬以後事。謂亮曰：『君才十倍曹丕，必能安國，終定大事。』」

〔六〕丹青：當指壁畫。白羽：諸葛亮所執白色羽扇。

〔七〕褒斜：即褒斜道，南起褒谷口，北至斜谷口，貫穿褒斜二谷，故名。漢代以後秦嶺南北重要通道。蜀漢建興十二年（二三四），諸葛亮率軍由此道進駐五丈原。

張鄖城公藥　三首

公藥字元石，宰相安簡公孝純永錫之孫〔一〕。以文蔭入仕〔二〕，嘗爲鄖城令〔三〕。詩號《竹堂集》。《寒食》云：「一百五日寒食節〔四〕，二十四番花信風〔五〕。」《新年》云：「客情病裏度殘臘，老色鏡中添一年。雲樹縈寒猶漠漠，竹梢迎日已娟娟。」《春晚》云：「細風皺緑漲溪水，小雨點紅添海棠。」又云：「芭蕉葉斜卷舒雨，酴醾架小縱横春。」人喜傳之。子觀，字彦國。仕爲某軍節度副使。孫厚之，字茂弘。承安五年進士〔六〕。

【注】

〔一〕宰相安簡公孝純永錫：張孝純，字永錫，滕州（今山東省滕州市）人。宋元祐四年進士，宣和末守太原，城破，爲金人所執。金天會八年，任僞齊相。齊廢，任行臺左丞相。《中州集》卷九有小傳，言張公藥爲張孝純之子，此處稱爲張孝純之孫，誤。

〔二〕文蔭：蔭襲文職。古時因父祖的功勞或官職而得官叫蔭。

〔三〕郾城：縣名，金代屬南京路許州。今河南省漯河市。

〔四〕寒食：節日名。在清明前一日或二日。南朝梁宗懔《荆楚歲時記》：「去冬節一百五日，即有疾風甚雨，謂之寒食。」

〔五〕二十四番花信風：即花信風。應花期而來的風。自小寒至穀雨，凡四月，共八個節氣，一百二十日，每五日一候，計二十四候，每候應以一種花的信風。每氣三番。小寒：梅花、山茶、水仙；大寒：瑞香、蘭花、山礬；立春：迎春、櫻桃、望春；雨水：菜花、杏花、李花；驚蟄：桃花、棣棠、薔薇；春分：海棠、梨花、木蘭；清明：桐花、麥花、柳花；穀雨：牡丹、酴醾、楝花。參見南朝梁宗懔《荆楚歲時記》、宋程大昌《演繁露·花信風》、明王逵《蠡海集·氣候類》。一説，每月有兩番花的信風，一年有二十四番花信風。見明楊慎《二十四番花信風》引南朝梁元帝《纂要》。

〔六〕承安五年：卷九張孝純小傳稱「曾孫，字茂弘，承安二年進士」。兩處必有一誤。

許下三庚劇暑甚於他州。懷思故鄉嶧山山水，真清涼境界也。感而作詩〔一〕

魯東百里近，福地曰覓繹〔二〕。千峰開玲瓏〔三〕，絶澗瀉湍激。岱宗古獨尊〔四〕，象緯了不隔〔五〕。嶧山至泰山不遠。此山許攀聯，朝著有班秩〔六〕。虚巖互霞蔚〔七〕，秀石森玉立。泉聲動環珮，林樂盡竽瑟〔八〕。林樂出莊子。樹老潤饒菌，果熟香隕實。漱風松落花，泓雪崖溜蜜〔九〕。木皺虎磨癢〔一〇〕，沙迥鳥伸翮〔一一〕。水禽嬉戲，引吭伸翮。《劉禹錫集》。竹葉若來往，桃源當甲乙〔一二〕。曾經晉人隱〔一三〕，晉郄鑒因避亂挈兗人來嶧山。事見本傳。喜脱塵網密。事往不記年，人説猶前日〔一四〕。我來官許下，觸暑病逾劇〔一五〕。慢膚便枕簟〔一六〕，白汗沾巾幘〔一七〕。屢輟五夜眠〔一八〕，輒廢中盤食。炎官令方虐〔一九〕，著意不憐客。語此作惆悵，可以知得失。遥知舊經行〔二〇〕，雲起水邊石。平生二三子〔二一〕，相對坐横策〔二二〕。今世葛天民〔二三〕，何容挽之出〔二四〕。

【注】

〔一〕許下：許州。三庚：指夏至後第三個庚日，農曆以其爲三伏的開始。「夏至三庚便入伏。」劇暑：酷暑。宋陸游《晨至湖上》：「劍南無劇暑，長夏更宜人。」嶧山：又名鄒嶧山、東山，鄒縣東南二十里，東南鄰近滕州。

〔二〕 凫繹：即凫山和嶧山，凫山在鄒縣西南五十里。二句言凫繹二山距家鄉滕州僅百餘里。

〔三〕「千峰」句：《水經注》謂嶧山東西二十里，石間多孔穴，洞達相通，俗謂之嶧孔。清顧祖禹《讀史方輿紀要》：「《志》云：嶧山孔穴甚多……蓋環魯之山不一，而玲瓏峭特者莫如嶧山。」

〔四〕 岱宗：泰山别稱。舊謂泰山爲四岳所宗，故稱。《尚書·舜典》：「歲二月，東巡守，至於岱宗。」

〔五〕 象緯：杜甫《游龍門奉先寺》：「天闕象緯逼，雲卧衣裳冷。」仇兆鰲注：「象緯，星象經緯也。」句言凫繹二山與泰山屬同一分野。

〔六〕 朝著：猶朝班。古代群臣朝見帝王時按官品分班排列的位次。語本《左傳·昭公十一年》：「朝有著定。」杜預注：「著定，朝内列位常處，謂之表著。」佇立定處。班秩：官員的品級。杜甫《奉寄李十五秘書》其二：「班秩兼通貴，公侯出異人。」

〔七〕「虚巖」句：古人認爲山洞爲吞吐山雲之處，如陶淵明《歸去來兮辭》「雲無心以出岫」，嶧山多空穴，故有此句。

〔八〕 林樂：風吹叢林自然成樂。語出《莊子·無運》：「故若混逐叢生，林樂而無形。」

〔九〕 泓：量詞。用於清水，相當於「片」、「道」。句言山崖上有一道懸流像蜜一般流淌。

〔一〇〕 皴：皮膚裂開。木皴：樹皮裂開。句言老虎在開裂的樹皮上磨擦止癢。

〔一一〕「沙迴」句：化用唐劉禹錫《楚望賦》句：「水禽嬉戲，引吭伸翮。」

〔一二〕「竹葉」二句：謂若有美酒經常供應，嶧山可與陶淵明《桃花源記》的世外桃源相媲美。竹葉：亦稱「竹葉清」，古酒名。晉張華《輕薄篇》：「蒼梧竹葉清，宜城九醞醝。」亦泛指美酒。

〔一三〕「曾經」句：指晉代郗鑒避難事。郗鑒，字道徽，高平金鄉人。值飢荒，州人感其恩義，相與資贍。鑒分所得給宗族及鄉曲孤老，賴而全濟者甚多。宗老皆曰：「今天子播越，中原無伯，當歸依仁德，可以後亡。」遂共推鑒爲主，舉千餘家俱避難於魯之嶧山。事見《晉書·郗鑒傳》。

〔一四〕「事往」二句：清顧祖禹《讀史方輿紀要》：「今山南有大嶧，名郗公嶧。」

〔一五〕觸暑：暑熱侵凌。晉葛洪《抱朴子·交際》：「冒寒觸暑，以走權門。」

〔一六〕慢膚：細膩潤澤的肌膚。唐韓愈《鄭群贈簟》：「手磨袖拂心語口，慢膚多汗真相宜。」簟：涼席。

〔一七〕白汗：因勞累、惶恐、緊張而流的汗。此指因暑熱大汗淋漓。

〔一八〕五夜：即五更，古人將夜分爲五個時段。

〔一九〕炎官：神話中的火神。唐吴筠《遊仙》其一：「赤帝躍火龍，炎官控朱鳥。」

〔二〇〕舊經行：指從前在嶧山曾經行走的小路。

〔二一〕「平生」句：本韓愈《山石》「嗟哉吾黨二三子」，指和自己志同道合的諸位老友。平生：平素的志趣情誼。

〔二二〕横策：横拿書策。

〔二三〕葛天民：葛天氏之民。葛天氏：上古傳説中一位賢能的首領。宋羅泌《路史》卷七「葛天氏」：「其爲治也，不言而自信，不化而自行。」喻生活安定，人民自適其樂。陶淵明《五柳先生傳》：

「銜觴賦詩，以樂其志。無懷氏之民歟？葛天氏之民歟？」

〔二四〕何容：豈容。句言自己神往從前在嶧山的情形，但社會現實不允許如願。

往鄜州〔一〕

出門旋復入崎嶇，行路真將蜀道如〔二〕。掃凍村童燒積葉〔三〕，趁春田婦鬻新蔬〔四〕。雪花被岸中流黑，雲氣涵山衆壑虚。老子頻年厭羊酪〔五〕，故溪新緑正肥魚。

【注】

〔一〕鄜州：州名。北宋初屬永興軍路，後屬鄜延路。金沿宋制。今陝西省富縣。

〔二〕「行路」句：蜀地被群山環繞，古時交通不便，道路難以行走。因此蜀道常成爲難以行走的代名詞，李白《蜀道難》一詩，具言蜀道之艱難。

〔三〕掃凍：謂冬去春來，寒氣盡除。

〔四〕趁：趕趁。爲牟利而奔走，活動。

〔五〕老子：老年人自稱。猶老夫。頻年：連年，多年。羊酪：用羊乳製成的半凝固食品。「厭羊酪」用黄庭堅《蕭巽葛敏修二學子和予食筍詩次韻答之》詩句：「北饌厭羊酪，南庖豐筍菜。」

二月

二月芳事何等好〔一〕，南陌東城饒物華〔二〕。春風無意管楊柳，晴日有心烘杏花。故山隨分可娱老①〔三〕，宦遊到處聊爲家。夢歸草堂捲疏箔〔四〕，幾點白鷗眠淺沙。

【校】

① 娱老：底本原作「嫌老」，誤，從毛本。

【注】

〔一〕芳事：指春回大地，萬物復蘇，欣欣向榮的情形。

〔二〕物華：指草木之生機鬱勃。

〔三〕隨分：依據本性；按照本分。南朝梁劉勰《文心雕龍·鎔裁》：「謂繁與略，隨分所好。」周振甫注：「隨分所好，跟着作者性分的愛好。分，性分，天性，個性。」娱老：歡度晚年。

〔四〕疏箔：稀疏的竹簾子。

任南麓詢　九首

詢字君謨，易州軍市人〔一〕。父貴，有才幹，善畫，喜談兵。宣政間游江浙。君謨生於處州①〔二〕，爲人慷慨多大節。書法爲當時第一，畫亦入妙品。評者謂：「畫高於書，書高於詩，詩高於文。」然王内翰子端獨以其才具許之〔三〕。君謨正隆二年進士，歷省掾、大名總幕、益都都司判官、北京鹽使〔四〕。課殿〔五〕，降泰州節廳〔六〕。時無借力者，故連蹇不進。六十四致仕，優遊鄉里。家所藏法書名畫數百軸，日夕展玩，不知老之將至。年七十卒。平生詩數千首，君謨殁後皆散失，今所録皆得於傳聞之間。如《山居》云：「種竹六七箇，結茅三四間。稍通溪上路，不礙屋頭山。黄葉水清淺，白雲風往還。」《戊申春晚》云：「水邊團月翻歌扇，風裏垂楊學舞腰。」《南郊小隱》云：「林邊烏語月微下，竹裏花飛春又深。」前輩喜稱道之②。

【校】

① 處州：原作「虔州」。詢父任貴宣政間游江浙，處州在今浙江麗水，正合，而虔州在今江西贛州，與其父行蹤不合。據從李本改。

② 此處李本、毛本附五言詩一首：「嶺柳今何在，蘇黄世已無。皇天開老眼，特地降君謨。」

【注】

〔二〕易州：州名。隋開皇元年置，因境内有易水得名。治今河北省易縣。《宋史·地理志》：「雍熙四年，陷於契丹。宣和四年，金人以州來歸，賜郡名曰遂武，防禦。縣三：易水，淶水，容城。」遼代屬燕山府路。軍市：軍中交易場所。古代在軍隊駐扎地或屯戍地臨時設立的市場，供士兵間或兵民間進行商品交易。或因之命地名。

〔二〕處州：州名，宋時屬兩浙路，今浙江省麗水市。

〔三〕王内翰子端：王庭筠（一一五一——一二〇二），字子端，號黄華山主，又號雪溪。蓋州熊岳（今遼寧省蓋州市）人。大定十六年進士，仕爲翰林直學士。《金史》卷一二六有傳，《中州集》卷三有小傳。才具：才能。

〔四〕大名：大名府，金屬大名府路。治今河北省大名縣。益都：金府名。屬山東東路，治益都。今山東省青州市。都司：都轉運司。都司判官，分爲都勾判官、户籍判官、支度判官、鹽鐵判官等，皆從六品。詳見《金史·百官志》。北京：金貞元元年以大定府爲北京，治今内蒙古寧城西南。

〔五〕課殿：考評在職之政績爲最差者。

〔六〕泰州：金州名，屬北京路臨潢府。《金史·地理志》：「泰州昌德軍節度使，遼時本契丹二十部族牧地。海陵正隆間，置德昌軍，隸上京。大定二十五年罷之。承安三年復置於長春縣，以舊泰州爲金安縣，隸焉。」治今吉林省乾安縣北。

西湖〔一〕

西湖環武林〔二〕，澄澄大圓鏡。仰看湖上寺，即是鏡中影。湖光與天色，一碧千萬頃。堤徑截煙來，樓臺自昏暝。

【注】

〔一〕西湖：杭州西湖。詩或作於隨父江浙時。

〔二〕武林：杭州舊稱，因境内武林山得名。《漢書·地理志》：「錢唐，西部都尉治。武林山，武林水所出，東入海，行八百三十里，莽曰泉亭。」武林山即今靈隱、天竺一帶群山的總稱。

濟南黄臺三首〔一〕

滿目江南煙水秋，濟南重到憶南遊。便欲移家漁市側，輕蓑短棹弄扁舟。

【注】

〔一〕黄臺：古臺名。《山東通志》卷九「濟南府歷城縣」：「黄臺在縣北。後魏《地形志》：歷城有黄臺。」

又

柴扉水際晝還扃〔一〕，落日城頭晚更明。深緑淡黄洲渚冷〔二〕，敗荷無數似臨平〔三〕。

【注】

〔一〕扃：自外關閉門户用的門閂、門環一類。此用作動詞，指門鎖關閉。

〔二〕州渚：水中小塊陸地。

〔三〕臨平：鎮名。宋時屬臨安府。在今浙江杭州市餘杭區。境内有臨平湖、臨平山。山下藕花洲爲人所稱道。宋釋道潛《臨平道中》：「五月臨平山下路，藕花無數滿汀洲。」清俞樾《臨平志補遺》：「臨平人所豔稱者，唯宋僧道潛『藕花無數滿汀洲』一句，至今以爲美談。」

又

緑柳橋邊簇錦鞍〔一〕，紅紗影裏照煙鬟〔二〕。歸來書几高燒燭〔三〕，渾似江鄉一夢間。

【注】

〔一〕簇：積聚稠密貌。錦鞍：用錦緞做成的華麗馬鞍。

〔二〕煙鬟：指婦女的鬟髮。唐羅鄴《聞友人入越幕因以詩贈》：「稽嶺春生酒凍銷，煙鬟紅袖恃嬌饒。」

〔三〕書几：小書桌。宋黄庭堅《奉和文潛贈無咎》：「晁張趸然來，連壁照書几。」

蘇州宴〔一〕

蘇州女兒嫩如水，髻聳花籠青鳳尾〔二〕。十二紅裳醜梳洗〔三〕，植立唱歌煙霧裏〔四〕。一人豐穠玉手指〔五〕，袖挽翠雲彈緑綺〔六〕。落花一片天上來，似欲隨人波江水〔七〕。曲終宴闋歌一觴〔八〕，行人南遊道路長。明日松江千萬頃〔九〕，煙波雲樹春茫茫。

【注】

〔一〕蘇州：今江蘇省蘇州市。詩或作於隨父江浙時。

〔二〕「髻聳」句：形容髮髻高聳的形狀之美。

〔三〕十二紅：太平鳥的别稱。因其尾羽末端紅色，故名。十二，形容程度極深，比用「十分」的語氣更强。釃：本指汁液濃，味厚重。後引申指顔色的濃重，此處指濃妝。

〔四〕植立：站立。植：立。宋周敦頤《愛蓮説》：「亭亭淨植。」

〔五〕豐穠：豐滿穠麗。

〔六〕翠雲：指有雲彩圖案的緑色的衣袖。緑綺：本爲古琴名。晉傅玄《琴賦·序》：「齊桓公有鳴琴曰號鐘，楚莊有鳴琴曰繞梁，中世司馬相如有緑綺，蔡邕有焦尾，皆名器也。」後爲琴的代稱。

〔七〕「落花」二句：言聽歌唱彈奏樂曲後之聯想，悠揚動聽的音樂把人帶入迷濛的境界中。

〔八〕闋：終了。觴：盛酒的杯。句言曲終宴盡後詩人自捧酒杯飲酒放歌。

〔九〕松江：吴淞江的古稱。清錢大昕《十駕齋養新録·松江》：「唐人詩人稱松江者，即今吴江縣也……至上海縣合黄浦入海，亦名吴松江。」

庚辰十一月十九日雪〔一〕

馮夷揃水翻銀璣〔二〕，北風浩浩如兵威〔三〕。瓊臺玉樹壓金碧，三十六宫明月輝〔四〕。五更待漏雞人唱〔五〕，近衛臚傳九天上〔六〕。須臾龍馭踏飛瑶〔七〕，萬户千門寂相向。皓齒才人宫袖窄，巧畫長眉梅半額。含嚬一笑競春妍，繡勒錦韉生羽翮〔八〕。城外雪深迴馬首〔九〕，别殿傳觴燈作晝〔一〇〕。歡聲一曲借春謡〔一一〕，半夜西園滿花柳。霑濡已見盈阡陌〔一二〕，況是隆冬見三白〔一三〕。帝力如天人得知〔一四〕，今慶明年好春澤〔一五〕。

【注】

〔一〕庚辰：金海陵王正隆五年（一一六〇）歲次庚辰。

〔二〕馮夷：河伯，神話中黄河水神。《史記》張守節《正義》：「河伯，姓馮名夷，浴於河中而溺死，遂爲河伯。」揃：分隔，攪動。璣：不圓的珠。此喻浪花。

〔三〕浩浩：風力威猛貌。

〔四〕三十六宫：極言宫殿之多。漢班固《西都賦》：「離宫别館，三十六所。」

〔五〕待漏：百官清晨入朝，等待朝拜天子，謂之「待漏」。漏：古代計時器。雞人：周代官名。掌雞牲、報時等事。《周禮·春官·雞人》：「雞人掌共雞牲，辨其物。大祭祀，夜嘑旦以嘂百官。凡國之大賓客、會同、軍旅、喪紀，亦如之。」後指宫中管更漏報時之人。

〔六〕臚傳：專指傳告皇帝詔旨。《新唐書・齊映傳》：「映爲人白皙長大，言音鴻爽，故帝常令侍左右，或前馬臚傳詔旨。」

〔七〕龍馭：亦作「龍御」。指皇帝。

〔八〕勒：帶嚼子的馬絡頭。韉：馬鞍下的墊子。羽翮：翅膀。句言裝飾華麗的宫馬飛奔起來似飛鳥展翅般迅疾。

〔九〕迴馬首：勒馬回頭返程。

〔一〇〕别殿：正殿以外的殿堂。南朝宋顔延之《三月三日曲水詩序》：「離宫設衛，别殿周徼。」傳觴：宴飲中傳遞酒杯勸酒。唐盧綸《送張郎中還蜀歌》：「迴首岷峨半天黑，傳觴接膝何由得。」

〔一一〕借春謡：唐時皇帝於冬至日賜百官辛盤，表示迎新之意，謂之「借春」。此指以之爲内容的歌謡。

〔一二〕霑濡：浸漬，濕潤。阡陌：田間小路。

〔一三〕三白：三度下雪。《全唐詩》卷八八〇《占年》：「要見麥，見三白。」「正月三白，田公笑赫赫。」

〔一四〕帝力：指帝王的作用恩德。唐歐陽詢《藝文類聚》卷十一引《帝王世紀》：「（堯時）天下大和，百姓無事。有五十老人，擊壤於道。觀者歎曰：『大哉，帝之德也。』老人曰：『吾日出而作，日入而息。鑿井而飲，耕田而食。帝何力於我哉？』於是景星曜於天，甘露降於地，朱草生於郊，鳳皇止於庭，嘉禾孳於畝，醴泉湧於山。」句言天降瑞雪乃賢能君主普惠天下之回應。

〔五〕春澤：春雨。比喻恩澤。晉潘岳《西征賦》：「弛秋霜之嚴威，流春澤之渥恩。」

憶郎山〔一〕

萬壑溪流合，千峰木葉黄〔二〕。郎山五千丈，獨立見蒼蒼〔三〕。

【注】

〔一〕郎山：在易州。《畿輔通志》卷二〇：郎山，在易州西南九十里，山極地形之險。又《遼史補遺》：「《明一統志》：郎山在保定府城西北五十里。一名狼山，其峰尖鋭如削，皎然玉立。」

〔二〕木葉：樹葉。《楚辭·九歌·湘夫人》：「嫋嫋兮秋風，洞庭波兮木葉下。」

〔三〕「獨立」句：言郎山孤峰聳立，直刺蒼天。

巨然山寺〔一〕

孤撑山作碧螺髻，漫散水成蒼玉鱗〔二〕。野寺荒涼人不到，水光山影正横陳〔三〕。

【注】

〔一〕巨然山寺：巨然所作《山寺》圖。巨然：南唐江寧開元寺僧，工山水畫，師董源。有「前有荆關，後有董巨之譽。此畫宋元人多有題詠，如蘇頌、虞集等。

〔二〕蒼玉鱗：喻水波。

〔三〕横陳：雜陳，横列。

浙江亭觀潮〔一〕

海門東嚮滄溟闊〔二〕，潮來怒捲千尋雪〔三〕。浙江亭下擊飛霆，蛟蜃爭馳奮鬐鬣〔四〕。鉅鹿之戰百萬集〔五〕，呼聲響震坤軸立〔六〕。昆陽夜出雨懸河〔七〕，劍戟犇衝潰尋邑〔八〕。吴儂稚時學弄潮〔九〕，形色沮懦心膽豪〔一〇〕。青旗出没波濤裏〔一一〕，一擲性命輕鴻毛〔一二〕。須臾風送潮頭息，亂山稠疊傷心碧〔一三〕。西興浦口又斜暉〔一四〕，相望會稽雲半赤〔一五〕。詩家誰有坡仙筆〔一六〕，稱與江山作勍敵〔一七〕。援毫三叫句不成〔一八〕，但覺雲濤滿胸臆。

【注】

〔一〕浙江亭：亭名。即樟亭，在今浙江省仁和縣南錢塘江北岸。古人餞别、送人、觀潮之所。《乾道臨安志》卷二：「浙江亭，《祥符舊經》云，在錢塘舊治南，到縣一十五里。」詩或作於隨父江浙時。

〔二〕海門：錢塘江入海口，南北兩岸有龕、赭二山，對峙如門，故稱。滄溟：大海，此處指東海。

〔三〕千尋雪：極言潮頭之高。尋：古代長度單位，相當於七尺或八尺。雪：形容白色的浪濤。《史記·張儀列傳》：「蹄間三尋。」《索隱》：「七尺曰尋。按，程氏瑶田云，度廣曰尋，度深曰仞。皆伸兩臂爲度。度廣則身平臂直，而適得八尺；度深則身側臂曲，而僅得七尺。其説精巧，尋仞皆以兩臂度之，故仞亦或言八尺，尋亦或言七尺也。」

〔四〕蛟：古代傳説中的一種龍。常居深淵，能發洪水。蜃：傳説中的蛟屬，能吐氣成海市蜃樓。

〔五〕「鉅鹿」句：項羽率領五萬楚軍同秦將章邯、王離所率四十餘萬秦軍在鉅鹿激戰。事見《史記·項羽本紀》。鉅鹿，秦縣名，在今河北省平鄉縣境。

〔六〕坤軸：古人想像中的地軸。晉張華《博物志》卷一：「昆侖山北地轉下三千六百里，有八玄幽都，方二十萬里。地下有四柱，四柱廣十萬里，地有三千六百軸，犬牙相舉。」

〔七〕「昆陽」句：用昆陽之戰典故。王莽建立新朝後，各路義軍蜂起，王鳳率軍占領了昆陽，王莽大軍圍城數里。劉秀出城調軍猛擊圍軍，殺敵將王尋。城内守軍鼓噪而出，會風起雷鳴，屋瓦皆飛，雨下如注。劉秀大破莽軍。昆陽一戰，消滅了王莽主力軍，使新莽統治土崩瓦解。事見《漢書·光武帝紀》。昆陽：在今河南省葉縣。

〔八〕犇衝：以群牛受驚奔逃衝撞喻王莽大軍驚散潰逃，自相殘踏。尋邑：指王莽手下率軍圍城的大將王尋和王邑。

〔九〕吴儂：即吴人。儂，吴地方言。用於自稱或稱人。元高德基《平江記事》：「嘉定州去平江一百六十里，鄉音與吴城尤異，其並海去處，號三儂之地。蓋以鄉人自稱曰『吾儂』、『我儂』，稱他人曰『渠儂』，問人曰『誰儂』。」弄潮：在潮頭搏浪嬉戲。明田汝衡《西湖遊覽志》：「瀕江之人，好踏浪翻波，名曰『弄潮』。」

〔一〇〕沮懦：指吴人身矮體弱，氣色白淨，貌似怯懦。

〔一一〕青旗：弄潮兒手中的旗子。宋吴自牧《夢粱録·觀潮》載：南宋臨安風俗，八月觀潮，少年百十爲群，執旗泅水上，稱弄潮之戲。宋潘閬《酒泉子·長憶觀潮》詞：「弄潮兒向潮頭立，手把紅旗旗不濕。」

〔一二〕「一擲」句：指把生命看得比鴻毛還輕，將死生置之度外。李白《結韈子》：「感君恩重許君命，泰山一擲輕鴻毛。」

〔一三〕稠迭：稠密重迭，密密層層。傷心碧：形容緑到極點。李白《菩薩蠻》詞句：「平林漠漠煙如織，寒山一帶傷心碧。」

〔一四〕西興：即西陵，與杭州市隔岸相對，在蕭山縣北的錢塘江邊，屬觀濤勝地。此句化用蘇軾《八聲甘州·寄參寥子》「有情風萬里卷潮來，無情送潮歸。問錢塘江上，西興浦口，幾度斜暉」詞意。

〔一五〕會稽：山名。在浙江省紹興縣東南。相傳夏禹大會諸侯於此計功，故名。

〔一六〕坡仙：蘇軾，四川眉山縣人，號東坡居士，文才蓋世，仰慕者稱之爲「坡仙」。蘇軾通判杭州時，多有描寫觀潮的佳作，如《八月十五觀潮》五首，《瑞鷓鴣·觀潮》詞都將弄潮兒、觀潮者刻畫得栩栩如生，後人難以超越。

〔一七〕稱與：贊許。勍敵：强有力的對手，多謂才藝相當的人。句言蘇詩足以匹敵江山美景。

〔八〕援毫：執筆。援笔三叫：語自李白《贈黄山胡公求白鷴序》：「因援筆三叫，文不加點，以贈之。」狀下筆之快。

馮臨海子翼 七首

子翼字士美，大定人〔一〕。正隆二年進士。性剛果，與物多忤。用是仕宦不進，以同知臨海軍節度使事致仕〔二〕，居真定〔三〕。有詩、樂府傳於世。父仲尹，子叔獻，三世皆仕至四品，職名亦相近。士美詩有筆力，如《賦臨海乳山萬松堂》，爲可見矣。

【注】

〔一〕大定：府名，金代屬北京路，在今内蒙古寧城西南。元姚燧《中書右三部郎中馮公神道碑》：「其先居定之中山，嘗臣五代晉。由齊王虜於遼，從徙北京，家長興。」

〔二〕臨海軍：北京路大定府錦州臨海軍節度，治今遼寧省錦州市。

〔三〕真定：府名，金代屬河北西路。今河北省正定縣。

三月七日登龍尾山寺〔一〕

古寺尋龍尾，山城送馬蹄〔二〕。花濃香膃肭①〔三〕，泉瑩冷玻璃〔四〕。寒食春無幾，催歸日欲西。春風吹病眼，煙樹遠淒迷。

【校】

① 膃肭：原作「篤肭」，據毛本改。

【注】

〔一〕龍尾山：在今河南省鞏義市。《明一統志》卷二九：「青龍山，在鞏縣南四十里。以其在宋太祖陵東，故名。其尾接洛河者，曰龍尾山。」

〔二〕「山城」句：奪胎於李白《下終南過斛斯山人》：「暮從碧山下，山月隨人歸。」

〔三〕膃肭：肥軟貌。

〔四〕玻璃：比喻平靜澄澈的水面。金高士談《減字木蘭花》詞：「漲緑涵空，十頃玻璃四面風。」

佑德觀試經〔一〕

琳館清深小雪殘〔二〕，釀梅天氣不多寒〔三〕。客窗竟日無人到，只有蕭蕭竹數竿。

【注】

〔一〕佑德觀：在今河南省三門峽市陜縣。《河南通志》卷五〇「陜州」：「佑德觀，在州治東南。宋崇寧元年創建。」試經：温習經書。

〔二〕琳館：仙宫。宫殿、道院的美稱。宋歐陽修《景靈朝謁從駕還宫》：「琳館清晨藹瑞氛，玉旒朝罷奏韶鈞。」

〔三〕釀梅天氣：指春天的陰寒天氣。宋陳起《舟中得催字》：「出郭少晴日，春陰欲釀梅。」

書事

客舍如僧舍，秋風几席清。竹孫仍帶籜〔一〕，鳩婦已呼晴〔二〕。年老心情減，官卑去就輕。京師名籍甚，鄭子豈其卿〔三〕。

【注】

〔一〕竹孫：竹節上生出的新枝。蘇軾《庚辰歲人日作》其二：「不用長愁掛月村，檳榔生子竹生孫。」自注：「海南勒竹每節生枝如竹竿大，蓋竹孫也。」籜：竹筍的外皮，又稱竹皮、筍殼。杜甫《詠竹》：「緑竹半含籜，新梢才出牆。」

〔二〕鳩婦：雌鳩。歐陽修《鳴鳩》：「天將陰，鳴鳩逐婦鳴中林，鳩婦怒啼無好音。天雨止，鳩呼婦歸鳴且喜，婦不亟歸呼不已。」鳩呼鳴爲天陰雨、天放晴前的生物徵兆。

〔三〕「京師」二句：用漢人鄭樸事。晉皇甫謐《高士傳》卷中：「鄭樸，字子真，谷口人也。修道靜默，世服其清高。成帝時，元舅大將軍王鳳以禮聘之，遂不屈。揚雄盛稱其德，曰：『谷口鄭子真，耕於巖石之下，名振京師。』馮翊人刻石祠之，至今不絶。」漢揚雄《法言》卷四：「谷口鄭子真，不屈其志而耕乎巖石之下，名震於京師。豈其卿，豈其卿。」宋吴秘注曰：「子真隱居，以德有名。豈其附勢於名卿哉？河平二年，王鳳聘子真、嚴君平，皆不屈。」

和張浮休舊韻〔一〕

嫩水籠篁碧，新霜染樹紅。石潭沉曉月〔二〕，山雨暝秋空〔三〕。燈火吟窗下，關河醉眼中。西風唤張翰〔四〕，南望思何窮。

【注】

〔一〕張浮休：張舜民，字芸叟，自號浮休居士，邠州人。北宋末以元祐黨人遭貶。《宋史》卷三百四十七有傳。内鄉縣淅江朱山亭爲張所建，有窪尊石刻，金時猶存。王庭筠有《内鄉淅江張浮休窪尊爲二兄賦》詩。

〔二〕「石潭」句：用唐張若虚《春江花月夜》「江水流春去欲盡，江潭落月復西斜」意。

〔三〕「山雨」句：用唐王維《山居秋暝》「空山新雨後，天氣晚來秋」意。

〔四〕「西風」句：用張翰典故。《晉書·張翰傳》：「翰因見秋風起，乃思吴中菰菜、蓴羹、鱸魚膾，曰：

『人生貴得適志，何能羈宦數千里以要名爵乎？』遂命駕而歸。」後用以抒思鄉之情或隱歸之意。

小圃茅亭新成

榆柳清陰下，茅亭近水湄〔一〕。抵檐栽美竹，横榻賦新詩。樸陋從人笑〔二〕，棲遲止自怡〔三〕。歲寒天地肅，松雪有心期〔四〕。

【注】

〔一〕水湄：水邊、水岸。《詩·秦風·蒹葭》：「蒹葭淒淒，白露未晞。所謂伊人，在水之湄。」

〔二〕樸陋：簡陋；質樸無華。

〔三〕棲遲：遊玩休憩。語本《詩·陳風·衡門》：「衡門之下，可以棲遲。」自怡：悠然自得，自我陶醉。

〔四〕心期：心中相許。上二句取《論語·子罕》「歲寒，然後知松柏之後凋」意。

贈張壽卿〔一〕

美如冠玉張公子〔二〕，知是留侯幾世孫〔三〕。老境流離少歡趣，天涯邂逅對清尊。貂裘聊作西州客〔四〕，物化終同北海鯤〔五〕。十日相從又言别〔六〕，關山明月正銷魂〔七〕。

【注】

〔一〕張壽卿：與詩人或爲忘年交，餘不詳。

〔二〕冠玉：裝飾在帽子上的美玉。《史記·陳丞相世家》：「絳侯灌嬰等咸讒陳平曰：『平雖美丈夫，如冠玉耳，其中未必有也。』」後人遂用「冠玉」形容美男子。

〔三〕留侯：張良。張良運籌帷幄，輔佐劉邦平定天下，以功封留侯。事見《史記·留侯世家》。此處以留侯子孫稱美張壽卿。

〔四〕西州：指陝西地區。《戰國策·韓策三》：「昔者秦穆公一勝於韓原而霸西州。」句用《戰國策·秦策》「（蘇秦）説秦王書十上而説不行，黑貂之裘弊，黄金百斤盡，資用乏絶」典，言張壽卿流落陝西的困境及其才華抱負。

〔五〕物化：死亡。《莊子·刻意》：「聖人之生也天行，其死也物化。」北海鯤：大魚名。莊子《逍遥遊》：「北冥有魚，其名爲鯤。鯤之大，不知其幾千里也。」句有李清照贊項羽「生當作人傑，死亦爲鬼雄」之意。

〔六〕相從：交往，相聚。

〔七〕銷魂：謂爲情所感，若魂魄離散。形容極度哀愁。南朝梁江淹《别賦》：「黯然銷魂者，唯别而已矣。」

岐山南顯道泠香亭〔一〕

溪橋小雪晴，水村霜月冷。暗香林薄間〔二〕，得偶璀璨影〔三〕。殷勤南夫子〔四〕，移植在人境。芝蘭馥氤氳〔五〕，珠璧照光炯。小屋茅草蓋，幻此蕭灑景。看花爇松明〔六〕，醒醉漱苔井〔七〕。文章聊嬉戲，辭氣頗馳騁。州縣不着脚〔八〕，時人笑清鯁〔九〕。我官西州掾〔一〇〕，簿領不知省〔一一〕。頻遭官長駡，勢屈石在頂〔一二〕。門庭可張羅〔一三〕，陋巷車轍靜。山歌聽嘲哳〔一四〕，舞伎或瘤癭〔一五〕。引睡閱文史〔一六〕，朝日無從永〔一七〕。夢到五柳莊〔一八〕，身居六盤嶺〔一九〕。朅來南山下〔二〇〕，旅思淒以耿〔二一〕。金罍照衰朽〔二二〕，玩味得俄頃〔二三〕。傍人怪迂疏〔二四〕，佳處當自領。

【注】

〔一〕岐山：縣名，金代屬鳳翔路鳳翔府，境内有岐山、終南山、渭水。

〔二〕暗香：梅花散發的清幽香味。語自宋林逋《山園小梅》：「疏影横斜水清淺，暗香浮動月黄昏。」林薄：交錯叢生的草木。

〔三〕得偶：偶得，忽然看到。璀璨：亦作璀粲，形容光彩奪目，非常絢麗。

〔四〕殷勤：熱情的、情深意重的。南夫子：此指梅花。梅樹由南方移植而來，且不畏嚴寒，故稱。

〔五〕氤氳：濃烈的香氣。南朝梁沈約《芳樹》：「氤氳非一香，參差多異色。」

〔六〕爇松明：點燃松枝照明。

〔七〕漱：漱口，洗滌。苔井：因人少汲水而長滿苔草的井。句暗用「漱流枕石」典，言隱居生活。

〔八〕「州縣」句：言不奔走權門。

〔九〕清鯁：亦作「清骾」，清高剛直。

〔一〇〕西州掾：西州代陝西。此詩作於陝西鳳翔府掾任上。

〔一一〕簿領：謂官府記事的簿册或文書。《後漢書·南匈奴傳》：「當決輕重，口白單于，無文書簿領焉。」句謂自己不懂官場習俗。

〔一二〕勢屈：形勢屈曲。句謂處於劣勢地位，處境困難，如巨石壓頭，不得舒展。

〔一三〕「門庭」句：即門可羅雀，形容門庭冷落，賓客稀少。

〔一四〕嘲哳：象聲詞，形容樂器聲或歌聲嘈雜。唐白居易《琵琶行》：「豈無山歌與村笛，嘔啞嘲哳難爲聽。」

〔一五〕瘤癭：甲狀腺腫瘤。此處泛指多餘的疙瘩、包瘤，用以形容舞伎的醜陋無比。

〔一六〕「引睡」句：本唐白居易《晚亭逐涼》：「趁涼行繞竹，引睡卧看書。」引睡：催眠。

〔一七〕「朝日」句：言白日無聊，無法消磨時光。有晉陶淵明《怨詩楚調示龐主簿鄧治中》「及晨願烏遷」之意。

〔一八〕五柳莊：代隱逸之所。陶淵明《五柳先生傳》：「宅邊有五柳樹，因以爲號焉。」

〔一九〕六盤嶺：即六盤山。其南段稱隴山，延至陝西省寶雞以北。此處代任所鳳翔。

〔二〇〕朅來：猶言來。歸來；來到。《文選・陸機・弔魏武帝文》：「詠歸塗以反旆，登崤澠而朅來。」呂延濟注：「朅來，言歸去來也。」南山：終南山，屬秦嶺山脈。在鳳翔府境。

〔二一〕淒：孤寂淒涼。耿：言心事重重，煩煩不安，難以入眠。《詩・邶風・柏舟》：「耿耿不寐，如有隱憂。」

〔二二〕金罍：一種大型酒器和禮器，流行於商晚期至春秋中期。此處泛指酒器、酒杯。衰朽：老邁無能。唐王維《同崔員外秋宵寓直》：「更慚衰朽質，南陌共鳴珂。」

〔二三〕玩味：此指深思體味後自得其樂的心態。俄頃：片刻，一會兒。杜甫《茅屋爲秋風所破歌》：「俄頃風定雲墨色，秋天漠漠向昏黑。」

〔二四〕迂疏：猶言迂遠疏闊。

史明府旭 三首〔一〕

旭字景陽，第進士。歷臨真、秀容二縣令〔二〕。有詩一卷〔三〕，傳於世。《臨真上元夜雪》云：「斜風吹雪滿山城，壓屋雲低未肯晴。天女散花春一色，燭龍銜照夜三更。」《交口楊氏莊》云：「青黃遶屋禾將熟，紫白依闌菊半開。」《差赴綏德》云〔四〕：「也解笑人沿路菊，不堪供稅帶山田。」先人嘗從之遊〔五〕，稱其時有佳句云。

【注】

〔一〕明府：漢魏以來對郡守牧尹的尊稱，唐以後多用以專稱縣令。

〔二〕臨真：縣名，金時屬鄜延路延安府。今陝西省甘泉縣東臨鎮。秀容：縣名，金時屬河東北路忻州。今山西省忻州市忻府區。

〔三〕有詩一卷：《千頃堂書目》卷二九：「《史旭詩》一卷。」

〔四〕綏德：金州名，宋綏德軍，大定二十二年升爲州，屬鄜延路。治今陝西省綏德縣。

〔五〕先人：指元好問父元德明。

懷郭碩夫劉南正程雲翼〔一〕

已將春夢等浮生〔二〕，更着秋光比宦情〔三〕。薄有酒銷閑日月〔四〕，苦無心向老功名〔五〕。黑城村晚鴉千點〔六〕，白土坡高雁一聲〔七〕。天末何人慰寥索〔八〕，正思張丈與殷兄〔九〕。

【注】

〔一〕郭碩夫：其人不詳。劉南正：其人不詳。程雲翼：其人不詳。

〔二〕浮生：人生。莊子認爲人生在世空虛無定，故稱浮生。《莊子·外篇·刻意》：「其生若浮，其死若休。」句言人生如夢。

〔三〕宦情：做官的志趣、意願。宋陸游《宿武連縣驛》：「宦情薄似秋蟬翼，鄉思多於春繭絲。」言宦情冷淡。

〔四〕「薄有」句：言僅有薄酒可助消磨無聊的時光。

〔五〕「苦無」句：言爲官日久，心灰意懶，甚覺苦悶。

〔六〕「黑城」句：隋楊廣《野望》：「寒鴉千萬點，流水繞孤村。」宋秦觀《滿庭芳》（山抹微雲）：「斜陽外，寒鴉數點，流水繞孤村。」

〔七〕「白土」句：宋晏殊《采桑子》（時光只解催人老）：「好夢頻驚，何處高樓雁一聲。」

〔八〕寥索：猶蕭索，冷落。

〔九〕張丈與殷兄：對尊長友人的稱謂，也指代好友。語自唐白居易《歲日家宴戲示弟姪等兼呈張侍御二十八丈殷判官二十三兄》：「猶有誇張少年處，笑呼張丈喚殷兄。」宋人多用之，如葛立方《次韻道祖書懷》：「志氣蕭娘並吕姥，年華張丈與殷兄。」劉克莊《念奴嬌》（太丘晚節）：「張丈殷兄，阮生朱老，相與爲唇齒。」此處指詩題中所懷之人。

早發騕褭〔一〕

郎君坐馬臂雕弧〔二〕，手撚一雙金僕姑〔三〕。畢竟太平何處用，只堪妝點早行圖〔四〕。好問按：景陽大定中作此詩，已知國朝兵不可用。是則詩人之憂思深矣〔五〕。

【注】

〔一〕驃駞：駱駝。堋：射擊瞄準用的土牆。驃駞堋：靶場名。

〔二〕郎君：金宗室及貴臣的稱謂。《宋史·吴璘傳》：「璘以書遺金將約戰，金鶻眼郎君以三千騎衝璘軍。」雕弧：雕弓。雕刻、描繪有圖案的木弓。唐王維《少年行》其四：「一身能擘兩雕弧，虜騎千重只似無。」

〔三〕金僕姑：箭名。《左傳·莊公十一年》：「乘丘之役，公以金僕姑射南宫長萬。」杜預注：「金僕姑，矢名。」後泛指箭。

〔四〕「只堪」句：把所見軍隊早操的情形看作一幅圖畫，兵士的操練華而不實，不過是畫中的點綴而已。隱喻他們缺乏戰鬥力，有名無實。堪：可。妝點：點綴。

〔五〕「好問按」三句：金人建國以後，其風習逐漸由尚武轉向崇文。金世宗在位期間，金朝進入治世。大定五年（一一六五），與宋朝簽訂隆興和議後，雙方劃疆自守，相安無事。數十年間，金朝未進行大規模的對外用兵，社會安定。此詩通過早發射場時所見演習情景，反映金代承平時期武備廢弛的軍隊狀況，表達了對國勢和時局的憂慮。故元好問稱「詩人之憂思深矣」。

梨花

少年攜酒日尋花，老去花前欲飲茶〔一〕。今日傳觴似年少〔二〕，一枝香雪上烏紗〔三〕。

【注】

〔一〕老去：年老了。

〔二〕傳觴：宴飲中傳遞酒杯勸酒。宋王安石《試院中》其三：「青燈照我夢城西，坐上傳觴把菊枝。」

〔三〕香雪：指梨花。烏紗：官帽。

邊内翰元鼎　四十二首

元鼎字德舉，豐州人〔一〕。兄元勳、元恕俱有時名，號三邊。德舉十歲能詩，天德三年第進士，以事停銓〔二〕。世宗即位，張太師浩表薦供奉翰林〔三〕，出爲邢州幕官〔四〕。復坐詿累，遂不復仕進。德舉資禀疏俊，詩文有高意，時輩少及。如云：「雲鐘號曉月，風絮亂春燈。」「晚照入簾如有意，春風過水略無痕。」「五更好夢經年事，三月殘花一夜風。」《拂子》云：「驅去青蠅讒口遠，拂開黄卷聖言新。」「雲露月華天半白，星移河漢夜微涼。」此類甚多。

【注】

〔一〕豐州：遼時置，金時屬西京路，治在今内蒙古呼和浩特市東。

〔二〕停銓：暫停銓選。銓：古代稱量才授官、選拔官吏。

〔三〕張太師浩：張浩，字浩然，遼陽渤海人。歷仕五朝，官至尚書令，封秦國公。大定三年六月致仕。《金史》卷八三有傳。

〔四〕邢州：宋代爲信德府。金天會七年降爲邢州，屬河北西路。治今河北省邢臺市。

八月十四日對酒

梧桐葉彫轆轤井，萬籟不動秋宵永。金杯瀉酒灧十分，酒裏華星寒炯炯。須臾蟾蜍弄清影〔一〕，恍然不是人間景。金波淡蕩桂樹横〔二〕，孤在玻璃千萬頃〔三〕。玻璃無限月光冷，澒洞一色無纖穎〔四〕。清風颯颯四坐來，吹入羲黄醉中境〔五〕。醉中起歌歌月光，月光不語空自涼。月光無情本無恨，何事對我空茫茫。我醉只知今夜月，不是人間世人月。一杯美酒蘸清光，常與邊生舊交結。亦不知天地寬與窄，人事樂與哀，仰看孤月一片白。玉露泥泥從空來〔六〕。直須卧此待雞唱，身外萬事徒悠哉〔七〕。

【注】

〔一〕蟾蜍：月亮。《後漢書·天文志上》：「言其時星辰之變。」南朝梁劉昭注：「羿請無死之藥於西王母，姮娥竊之以奔月……姮娥遂託身於月，是爲蟾蠩。」後用爲月亮的代稱。

〔二〕淡蕩：水迂回緩流貌。喻月光。桂樹：指月中桂樹。

〔三〕孤：指孤月一輪。玻璃：比喻明淨的天空。

〔四〕澒洞：虚空混沌貌。宋范成大《不寐》：「丹田恍澒洞，銀海眩眵黑。」纖穎：纖細的葉片。穎：指禾本科植物小穗基部的二枚苞片。此處指纖細之物。以上四句化用唐張若虚《春江花月夜》詩句：「江天一色無纖塵，皎皎空中孤月輪。」

〔五〕羲黄：伏羲與黄帝的並稱。古人想像上古之世其民皆閒適歡娱，飲酒作樂。如元好問《題劉紫微堯民野醉圖》。句亦用此類傳説。

〔六〕泥泥：露水濃重貌。《詩·小雅·蓼蕭》：「蓼彼蕭斯，零露泥泥。」

〔七〕徒悠哉：言空思傷身，無補於事。

早春

春風走塵沙，鳥語滿京國。東皇發潛潤〔一〕，土木變顔色。桃李爭嫵媚，白紅姹容飾〔二〕。唯有松柏姿，依然蔽崖黑〔三〕。

【注】

〔一〕東皇：指司春之神。潛潤：漸漸滋潤。三國魏曹植《感節賦》：「欣陽春之潛潤，樂時澤之惠休。」

〔二〕姹：豔麗。二句以桃李喻爭相表現、獻媚爭寵者。

〔三〕「唯有」二句：以處於山間的松柏自喻，寓因不似桃李爭豔而未沾春恩之悲怨以及正直不阿、依然故我之倔强個性。

村舍二首

何事區區守一丘〔一〕，春花過了月明秋。等閑濁酒籬邊興〔二〕，寂寞寒花雨裏愁。不識故人今在否，每思前事隔重遊〔三〕。西風又是青山晚，落葉無聲水自流〔四〕。

【注】

〔一〕區區：指小，少。守一丘：語本唐劉叉《答孟東野》：「生死守一丘，寧計飽與飢。萬事付杯酒，從人笑狂癡。」一丘：指田一區。丘，丈量土地面積的單位。

〔二〕「等閑」句：南朝宋檀道濟《續晉陽秋·恭帝》：「王弘爲江州刺史，陶潛九月九日無酒，於宅邊東籬下菊叢中摘花盈把，坐其側。未幾，望見一白衣人至，乃刺史王弘送酒也。即便就酌而後歸。」句用此典，寓企盼友人關顧自己之意。

〔三〕隔重遊：言很想與以前學友重聚，但因路途遥遠，不能如願。

〔四〕「西風」二句：暗用戰國楚宋玉《九辯》：「悲哉，秋之爲氣也。蕭瑟兮，草木摇落而變衰。」及《論語·子罕篇》：「子在川上，曰：『逝者如斯夫，不舍晝夜。』」以愁秋傷逝寓人生過半、時光空流之感。

又

牆外青山半在樓，山村盡晚雨儵儵①〔一〕。旃裘擁腫無餘事〔二〕，尊酒飄零又一秋。學得屠龍無用處〔三〕，衹如畫虎反成羞〔四〕。回頭爲向淵魚道〔五〕，鴻鵠而今不願遊〔六〕。

【校】

① 儵儵：原作「倏倏」，形似致誤，據毛本改。

【注】

〔一〕儵儵：象聲詞。雨聲貌。蘇軾《舟行至清遠縣見顧秀才極談惠州風物之美》：「江雲漠漠桂花濕，海雨儵儵荔子然。」

〔二〕旃裘：古代北方遊牧民族用獸毛等製成的衣服。《史記·匈奴列傳》：「自君王以下，咸食畜肉，衣其皮革，被旃裘。」

〔三〕「学得」句：《莊子·列禦寇》：「朱泙漫學屠龍於支離益，單千金之家。三年技成，而無所用其巧。」常用來比喻技藝雖高，卻不實用。宋黄庭堅《林爲之送筆戲贈》：「早年學屠龍，適用固疏闊。」亦用來指不爲世所用的真才實學。宋陸游《登千峰榭》：「一生未售屠龍技，萬里猶思汗馬功。」屠龍：指屠龍術，屠龍之技。

〔四〕「祇如」句：漢馬援《誡兄子嚴敦書》：「效伯高不得，猶爲謹敕之士，所謂『刻鵠不成尚類鶩』者也。效季良不得，陷爲天下輕薄子，所謂『畫虎不成反類狗』者也。」比喻好高騖遠，終無成就，反成笑柄。

〔五〕淵魚：淵中之魚。喻消遥塵網之外的隱者。

〔六〕鴻鵠：天鵝，常用以比喻胸懷大志、有理想與追求的人。用陳勝「鴻鵠之志」典。《史記·陳涉世家》：「陳涉少時嘗與人傭耕，輟耕之壟上，悵恨久之。曰：『苟富貴，無相忘。』傭者笑而應曰：『若爲傭耕，何富貴也。』陳涉太息曰：『嗟乎！燕雀安知鴻鵠之志哉。』」二句表明自己的人生取向，有隱逸山林，自由自在，不願像鴻鵠那樣爲原先的理想抱負而奔波之意。可與小傳「出爲邢州幕官，復坐詿累，遂不復仕進」合觀。

懷友

曾聯金轡賞春風，花裏風前酒面紅。行樂昔年君我醉，詩觴何日我君同〔一〕。一聲啼鳥青春晚〔二〕，幾樹殘紅野寺空。相憶情懷正蕭索〔三〕，半山夕日水聲東。

【注】

〔一〕詩觴：詠詩飲酒。

〔二〕青春：春天。亦兼指青年時期。

〔三〕蕭索：冷落，淒涼。

夜深

月落秋山萬象清，濕螢微近露枝明〔一〕。夢魂黯慘家千里①，鼓角淒涼夜幾更。弟子亡來鄉校冷〔二〕，舍人別後子虛成〔三〕。銀河漸轉梧桐黑，何處江湖望客星〔四〕。

【校】

①黯慘：毛本作「黯淡」。

【注】

〔一〕濕螢：被秋露霧氣沾濕的熒火蟲。

〔二〕亡來：離開之後。鄉校：古時鄉間的公共場所，既是學校，又是鄉人聚會議事的地方。

〔三〕舍人：猶公子。宋金時期常稱權貴子弟。子虛：漢司馬相如《子虛賦》中虛構的人名。此指虛構或不真實的事。句言自己滿懷抱負離開鄉校，結果一事無成。

〔四〕「何處」句：相傳天河與海相通，每年八月有浮槎來往。有人乘槎至天河，並與牽牛晤談。返回後，至蜀，嚴君平告之曰：某年月日有客星犯牽牛宿，計之，正是此人到天河之時。見晉張華

《博物志》卷一〇。句言故鄉親友是否在想望自己。客星：代指客人。

春花零落

春花零落雁秋悲，已過流年二十期〔一〕。有舌能忘坐韉辱〔二〕，無金莫怪下機遲〔三〕。世情冷熱雖予問，人事升沉未汝知。何日上方容請劍〔四〕，會乘風雨斷鯨鯢〔五〕。

【注】

〔一〕流年：指如水般流逝的光陰、年華。期：期年，一整年。

〔二〕「有舌」句：用戰國張儀典故。《史記·張儀列傳》載：張儀遊説諸侯，嘗從楚相飲，已而，楚相亡璧，門下意張儀，曰：「儀貧無行，必此盜相君之璧。」於是執張儀，掠笞數百。其妻曰：「嘻！子毋讀書遊説，安得此辱乎？」張儀謂其妻曰：「視吾舌尚在不？」妻笑曰：「舌在也。」儀曰：「足矣。」韉：馬鞍下的墊子。坐韉辱，指遊説取辱。

〔三〕「無金」句：用戰國蘇秦典故。《戰國策·秦策一》：蘇秦遊説秦王不成，落魄而歸。「歸至家，妻不下紝，嫂不爲炊，父母不與言」。後蘇秦遊説成功，爲趙國相，將説楚王，路過洛陽。「父母聞之，清宫除道，張樂設飲，郊迎三十里。妻側目而視，側耳而聽。嫂蛇行匍伏，四拜自跪而謝。蘇秦曰：『嫂何前倨而後卑也？』嫂曰：『以季子位尊而多金。』」狀世態之炎涼。

〔四〕「何日」句：《漢書·朱雲傳》載：「臣願賜尚方斬馬劍，斷佞臣一人以厲其餘。」顔師古注：「尚方，少府之屬官也，作供御器物，故有斬馬劍。劍利，可以斬馬也。」宋陸游《書志》：「鑄爲上方劍，舋以佞臣血。」上方，通「尚方」。

〔五〕鯨鯢：海中大魚，雄曰鯨，雌曰鯢。後常用以比喻凶惡的敵人。

出門騎馬

出門騎馬即三千〔一〕，面目塵埃動慘然。生計若爲田二頃〔二〕，飢顔翻愧宦三年〔三〕。乾坤造物能無用〔四〕，富貴由時枉自鞭〔五〕。達否從今已知計，五湖煙裏有漁船〔六〕。

【注】

〔一〕三千：《書·吕刑》：「惟敬五刑以成三德。五刑者，墨罰之屬千，劓罰之屬千，剕罰之屬五百，宫罰之屬三百，大辟之屬二百。五刑之屬三千。」後因以指古代所有的刑罰。句言自己出任以來，屢遭處罰。

〔二〕「生計」句：用蘇秦典故。《史記·蘇秦列傳》：「蘇秦喟然歎曰：『……且使我有洛陽負郭田二頃，吾豈能佩六國相印乎？』」後多用作歸隱之詞。

〔三〕「飢顔」句：用靈輒典故。《左傳·宣公二年》：「（趙）宣子田於首山，舍於翳桑，見靈輒餓，問其病。曰：『不食三日矣。』食之，舍其半。問之，曰：『宦三年矣，未知母之存否，今近焉，請以遺之。』」

〔四〕「乾坤」句：奪胎於李白《將進酒》：「天生我材必有用。」

〔五〕「富貴」句：言仕途之升遷乃由能否應時適俗所定，自我鞭策，想憑藉真才實學取得富貴是枉費苦心。

〔六〕「五湖」句：用范蠡遊五湖典故。《越絶書》：「吴亡後，西施復歸范蠡，同泛五湖而去。」後遂以泛五湖代指歸隱。

帝城〔一〕

帝城回想夢魂中，秋月春花在處同〔二〕。朱雀橋南三月草〔三〕，鳳凰樓上四更風〔四〕。錦囊別後吟箋少〔五〕，玉笛閑來酒盞空〔六〕。贏得當時舊標格〔七〕，九分憔悴入青銅〔八〕。

【注】

〔一〕帝城：京都，皇城。

〔二〕在處：處處。

〔三〕朱雀橋：即朱雀桁。東晉時王導、謝安等豪門巨宅多在其附近。唐劉禹錫《烏衣巷》：「朱雀橋邊野草花，烏衣巷口夕陽斜。」此指京城南門外之橋。

〔四〕鳳凰樓：指京都的酒樓之類。

〔五〕「錦囊」句：唐李商隱《李長吉小傳》：「每旦日出……背一古破錦囊，遇有所得，即書投囊中。及暮歸，太夫人使婢受囊出之，見所書多，輒曰：『是兒要當嘔出心始已爾！』」後用作嘔心瀝血的典故。吟箋：詩稿。句言離别京城後，不再那樣有興致，詩作漸少。

〔六〕「玉笛」句：言貶離京城後官職閑冷，唯以飲酒作樂來消磨時光。

〔七〕標格：風範，風度。句應指當年在京城應舉、供職事。

〔八〕青銅：指銅鏡。

新香

新香終比舊香濃，只是相逢久不容〔一〕。繡被暫同巫峽夢〔二〕，銀鞍多負景陽鐘〔三〕。寶檀煙斷閑金獸〔四〕，玉鎖聲傳惱睡龍〔五〕。簾影漸分風又起，一塘秋水落芙蓉。

【注】

〔一〕「只是」句：言與「新香」只能短暫相會，不能長久。

〔二〕巫峽夢：戰國楚宋玉《高唐賦》記楚襄王遊高唐，夢與巫山神女相會。後遂用爲稱男女合歡之事。

〔三〕景陽鐘：南朝齊武帝以宮深不聞端門鼓漏聲，置鐘於景陽樓上。宮人聞鐘聲，早起裝飾。後人稱之爲「景陽鐘」。事見《南齊書・武穆裴皇后傳》。

〔四〕寶檀：檀香木。以其珍貴，故稱。此處指燃燒的香。前蜀毛文錫《虞美人》詞：「寶檀金縷鴛鴦枕，綬帶盤宮錦。」金獸：指獸形的香爐。

〔五〕玉鎖：鎖的美稱。蘇軾《武昌西山》：「江邊曉夢忽驚斷，銅環玉鎖鳴春雷。」蘇轍《次韻子瞻十一月旦日鎖院賜酒及燭》：「銅鐶玉鎖閉空堂。」句言其睡意甚濃，被外面的叩門聲驚擾，心情不快。

聞簫

弄玉吹簫玉管低①〔一〕，秋風散入滿天悲。滄波夜漲龍吟細〔二〕，琪樹霜風鳳嘯遲〔三〕。漢月有情如靜聽，蕭郎無路不相知〔四〕。秦樓虛負清宵意〔五〕，惆悵乘鸞舊有期〔六〕。

【校】

①玉管：毛本作「玉琯」。

【注】

〔一〕「弄玉」句：漢劉向《列仙傳・蕭史》載：蕭史善吹簫，作鳳鳴。秦穆公以女弄玉妻之。作鳳樓，居其上，教弄玉吹簫，感鳳來集。弄玉乘鳳，蕭史乘龍，夫婦同仙去。玉管：即玉琯。一種玉製的古樂器，用以定律。《漢書·律曆志上》「竹曰管」顔師古注引三國魏孟康曰：「《禮樂器記》：『管，漆竹，長一尺，六孔。』……古以玉作，不但竹也。」《舊唐書·音樂志三》：「律周玉琯，星迴金度。」

〔二〕龍吟：漢馬融《長笛賦》：「近世雙笛從羌起，羌人伐竹未及已。龍鳴水中不見已，截竹吹之聲相似。」後因以「龍吟」形容笛聲。

〔三〕琪樹：仙境中的玉樹。《文選·孫綽·遊天臺山賦》：「建木滅景於千尋，琪樹璀璨而垂珠。」吕延濟注：「琪樹，玉樹。」鳳嘯：《文選·孔稚珪·北山移文》「聞鳳吹於洛浦」李善注引《列仙傳》曰：「王子喬，周宣王太子晉也。好吹笙，作鳳鳴。」後因稱笙、簫等樂器聲爲「鳳吹」或「鳳嘯」。

〔四〕蕭郎：善吹簫的蕭史。

〔五〕秦樓：秦穆公爲弄玉所作鳳樓，此指吹笛人所處居所。清宵：清静的夜晚。

〔六〕乘鸞：指弄玉乘鳳成仙去。

和致仕李政奉韻〔一〕

車馬年年陌路塵，安知六驥過窗頻〔二〕。雲泉是處堪爲樂〔三〕，軒冕從來只累人〔四〕。浮世夢中無限事〔五〕，紅顔花上霎時春。五湖興有扁舟笛〔六〕，好在晴天月一輪。

【注】

〔一〕致仕：因年老或疾病辭去官職。李政奉：其人不詳。

〔二〕六驥：相傳羲和爲日御，駕六龍，故以「六驥」喻日光、光陰。《史記·李斯列傳》：「夫人生居世間也，譬猶騁六驥過決隙也。」

〔三〕雲泉：白雲清泉。借指勝景。唐白居易《偶吟》其一：「猶殘少許雲泉興，一歲龍門數度遊。」是處：處處。句謂致仕後放意山水間足可安樂。

〔四〕軒冕：古時大夫以上官員的車乘和冕服。借指官位爵禄。

〔五〕「浮世」二句：謂世間所有的那些功名利禄如夢境般虚幻，春花般短暫。浮世：人間，人世。舊時認爲人世間是浮沉聚散不定的，故稱。

〔六〕「五湖」句：用范蠡遊五湖典故，表功成身退之意。

别友

從來雞鶴不同群〔一〕，涇渭何人與細分〔二〕。鏡裏光陰誰念我〔三〕，雲中岐路已饒君〔四〕。清觴且吸年時月〔五〕，白雪休徵夢裏雲〔六〕。别後相思不相見，水邊黄葉暮山村。

【注】

〔一〕「從來」句：晉戴逵《竹林七賢論》：「嵇紹入洛，或謂王戎曰：『昨於稠人中始見嵇紹，昂昂然若野鶴之在雞群。」唐鄭啟《嚴塘經亂書事》：「鯤爲魚隊潛鱗困，鶴處鷄群病翅低。」同群：共處；爲伍。

〔二〕涇渭：涇水與渭水。二水清濁分明，因常用「涇渭」喻人品的優劣清濁，事物的真僞是非。句言其「復坐詿累」，又有誰能挺身而出，仗義直言，爲自己辨白是非真假呢？

〔三〕「鏡裏」句：合觀邊氏《偶題二首》「强鑷鬢絲臨晚鏡，瞥然塵念不勝悲」及《答文伯二首》「息心鐘鼎休看鏡」諸語，當化用李白《秋浦歌》其十五：「白髮三千丈，緣愁似箇長。不知明鏡裏，何處得秋霜。」及杜甫《江上》：「勳業頻看鏡，行藏獨倚樓。」謂昔日攬鏡自照，唯恐勳業無成，時不我待，痛自鞭策。如今飽受摧抑，白髮叢生，身心憔悴。

〔四〕「雲中」句：仕途險惡，今日自己不得已棄仕之緣由友人都了解，心知肚明。

〔五〕清觴：指美酒。句謂終日以飲酒解怨。

〔六〕「白雪」句：《莊子·逍遥遊》：「藐姑射之山，有神人居焉，肌膚若冰雪，綽約若處子。不食五穀，吸風飲露。乘雲氣，御飛龍，而遊乎四海之外。」元張雨《趙魏公寫生梨花折枝》：「遥知姑射山頭雪，化作楊君夢裏雲。」句言即使再有飛黄騰達的美夢也不動心驗證了。

送妹夫之太原〔一〕

山含秋氣冷參差〔二〕，送客西城落日低。怨别弟兄歸怏怏〔三〕，戀鄉車馬去遲遲。浮萍聚散元無定，流水東西卻有期〔四〕。惆悵黄榆故山路〔五〕，碧天回首雁南飛。

【注】

〔一〕之：往，到。太原：府名。金時屬河東北路。今山西省太原市。

〔二〕「山含」句：指山中温度降得很快，頃刻間變冷。

〔三〕怏怏：鬱鬱不樂貌。

〔四〕「流水」句：用唐白居易《長樂坡送人賦得愁》詩意：「行人南北分征路，流水東西接御溝。終日坡前恨離别，謾名長樂是長愁。」句謂分别之悲卻按時而來。

〔五〕黄榆故山路：唐李宣遠《并州路》：「秋日并州路，黄榆落故關。」黄榆：山嶺名，在今河北省邢臺市西北。元好問有《下黄榆嶺》詩。

惜春

春來春去惱春情，花落花開又幾經。夜雨多情愛沾灑〔一〕，楊花無賴只飄零〔二〕。每成宴賞須成醉，不恨歸來卻恨醒。眼見紅英留不住〔三〕，緑枝深處一星星。

【注】

〔一〕沾灑：謂水珠灑落並附着於物。《北齊書·竇泰傳》：「電光奪目，駛雨沾灑。」

〔二〕無賴：指似憎而實愛。含親昵意。唐段成式《折楊柳》其四：「長恨早梅無賴極，先將春色出前林。」

〔三〕紅英：指花朵。

客思

客思逢春易感傷，不堪殘淚愛家鄉〔一〕。離親恍惚來千里〔二〕，餬口淒涼在四方。羞向孫劉圖富貴〔三〕，浪從李杜學文章〔四〕。官街坐對黄昏月〔五〕，半屋清燈滿地霜。

【注】

〔一〕不堪：忍受不住。

〔二〕「離親」句：言告别親人，心情迷茫地來到千里之外。

〔三〕「羞向」句：《三國志·魏書·辛毗傳》載：「時中書監劉放、令孫資見信於主，制斷時政，大臣莫不交好，而毗不與往來。毗子敞諫曰：『今劉、孫用事，衆皆影附，大人宜小降意，和光同塵，不然必有謗言。』毗正色曰：『主上雖未稱聰明，不爲闇劣，吾之立身自有本末，就與劉、孫不平，不過令吾不作三公而已，何危害之有？』」

〔四〕浪：徒然地。李杜：唐代詩人李白、杜甫。

〔五〕官街：都市中的大街。

暮鐘

落日行人斷，深秋暝雨殘。一聲煙樹外，千里暮山寒。倦鳥方知止〔一〕，哀猿冷不安。蕭蕭風葉下，時有野僧還①〔二〕。

【校】

① 有：毛本作「與」。

【注】

〔一〕倦鳥：倦飛之鳥。止：棲息。

〔二〕野僧：山野僧人。

夢斷

繡枕紅衾晚意濃，啼鶯大似不相容〔一〕。夢魂苦恨歸來早，不盡瀛洲第一峰〔二〕。

【注】

〔一〕「繡枕」二句：奪胎於唐金昌緒《春怨》：「打起黄鶯兒，莫叫枝上啼。啼時驚妾夢，不得到遼西。」

二句言其睡意正濃卻被啼鶯吵醒，極似故意不讓我做美夢。

〔三〕瀛洲：傳説中的東海仙山。按「冶中仍作不祥金」（《閑題》）「落手功名亦儻來」（《答文伯二首》）諸詩句，詩人棄仕後仍心戀朝闕，「瀛州」當指唐太宗所置文學館，時以房玄齡、杜如晦、虞世南、孔穎達等十八人爲學士，時人傾慕之，稱入館者爲「登瀛州」。

花開人散二首

花開人散正消魂〔一〕，花語無情獨閉門。看即春光留不住，一聲啼鴂又黄昏〔二〕。

【注】

〔一〕人散正消魂：南朝梁江淹《别賦》：「黯然銷魂者，唯别而已矣。」消魂：銷魂。形容極度的悲傷、愁苦。

〔二〕啼鴂：亦作鶗鴃，即杜鵑鳥。《文選·張衡·思玄賦》：「恃己知而華予兮，鶗鴂鳴而不芳。」李善注：「《臨海異物志》曰：『鶗鴂，一名杜鵑，至三月鳴，晝夜不止。』」

又

閑花閑草滿芳洲，春水無人自在流。白日遲遲倦遊子〔一〕，一聲啼鳥一聲愁。

【注】

〔六〕「白日」句：《詩·豳風·七月》：「春日遲遲。」白日遲遲：指春天白晝漸長。

聞笛

雌鸞無鳳怨西風〔一〕，月女愁寒淚灑空〔二〕。牙板急隨聲不斷〔三〕，滿天敲碎玉玲瓏〔四〕。

【注釋】

〔一〕「雌鸞」句：唐白居易等《白孔六帖》卷九四：「孤鸞見鏡，睹其影謂爲雌，必悲鳴而舞。」後常用作失偶的典故。句用此典形容笛聲之淒悲哀怨。西風，常用指拆散夫妻的社會、家庭勢力。如金元好問《摸魚兒·雙蕖怨》：「相思樹，流年度，無端又被西風誤。」

〔二〕「月女」句：月女指嫦娥。句化用唐李商隱《霜月》「青女素娥俱耐冷，月中霜裏鬬嬋娟」以及《嫦娥》「嫦娥應悔偷靈藥，碧海青天夜夜心」，以喻笛聲之淒哀。

〔三〕牙板：亦作「牙版」。象牙或木製的拍板，歌時擊之爲節拍。

〔四〕玲瓏：玉聲。形容清越的聲音。《文選·班固·東都賦》：「鳳蓋棽麗，龢鑾玲瓏。」李善注引《埤蒼》：「玲瓏，玉聲。」

王文伯還家，詩以迎之〔一〕

陌上東風故國春〔二〕，瘦騣羸僕倦行塵〔三〕。十年一夢成何事〔四〕，千首新詩不負人。重對孤燈聽軟語〔五〕，遽憐華髮各清貧〔六〕。西齋煙草應知舊〔七〕，桃李新蹊滿四隣〔八〕。

【注】

〔一〕王文伯：邊氏同鄉詩友，二人交往較密，後有《答文伯二首》。

〔二〕故國：指故鄉。唐曹松《送鄭谷歸宜春》：「無成歸故國，上馬亦高歌。」

〔三〕瘦騣羸僕：瘦馬弱僕。

〔四〕「十年」句：化用唐杜牧《遣懷》「十年一覺揚州夢」。此指十年仕途。邊詩《山中》「十年積毁應銷骨」，《閑題》「十年一夢到灰心」皆指此。

〔五〕軟語：指温和委婉的話語。

〔六〕遽：遂。

〔七〕西齋：指文人的書齋。

〔八〕桃李新蹊：桃李不言，下自成蹊。語自《史記·李將軍列傳》。意謂桃李自不招引人，但因它有嘉花美實，人們也會趨之若鶩，在它下面踩出一條小路。比喻實至名歸。

晚行

隔浦行聞晚寺鐘〔一〕，斷坡寂歷對寒松〔二〕。蒼煙暮合孤城暗，破月微昏遠岫重〔三〕。宿翼飛投空自急〔四〕，斷蓬無計竟何從〔五〕。新年又入應添歲，歸把青銅怨暮冬〔六〕。

【注】

〔一〕浦：水邊。

〔二〕斷坡：陡峭的山坡。寂歷：猶寂靜，冷清。

〔三〕遠岫：遠處的峰巒。

〔四〕宿翼：投林歸巢之鳥。

〔五〕斷蓬：猶飛蓬。比喻漂泊無定。

〔六〕青銅：青銅鏡。暮冬：冬末。二句言將入新年，又增一歲，對鏡自照，容顏漸衰，感傷歲月流逝之快。亦暗用杜甫《江上》：「勳業頻看鏡，行藏獨倚樓。」有勳業未成而年歲空逝之悲。

山中

世路風波老不禁〔一〕，一廛歸買就槐陰〔二〕。坐詩爲累言難解〔三〕，因酒成狂病轉深。山月荒涼窺斷夢〔四〕，壁燈青黯伴微吟。十年積毀應銷骨〔五〕，豈礙孤雲萬里心〔六〕。

【注】

〔一〕「世路」句：言仕途險惡，變幻莫測，年歲已大，再禁不起挫折打擊了。

〔二〕一廛：泛指一塊土地，或一處居宅。唐柳宗元《柳公行狀》：「無一廛之土以處其子孫，無一畝之宮以聚其族屬。」

〔三〕「坐詩」句：因詩而被判罪，或指爲邢州幕官任上「復坐誣累」之起因。言難解，有口難辯。

〔四〕「山月」句：謂夢醒後在山月荒涼的情境中追憶消失的夢境。斷夢：中斷的夢，消失的夢。

〔五〕「十年」句：《史記·張儀列傳》：「臣聞之，積羽沉舟，群輕折軸，衆口鑠金，積毀銷骨。」積毀應銷骨：原指毀謗不止，使人毀滅。後喻流言可畏，能顛倒是非，置人於死地。十年：指十年仕途。邊詩《王文伯還家，詩以迎之》「十年一夢成何事」、《閑題》「十年一夢到灰心」皆指此。

〔六〕孤雲：喻貧士。《文選·陶潛·詠貧士》：「萬族各有托，孤雲獨無依。」李善注：「孤雲，喻貧士也。」萬里心，指高遠的理想抱負和桀驁不馴的個性。二句言儘管「衆口鑠金，積毀銷骨」的官場令人痛恨，但自己的高遠理想依然存在。

自歎

終日忘言一炷香〔一〕，散花時復遶繩牀〔二〕。久貧自沃三彭熾〔三〕，一醉齊休六賊狂〔四〕。道士生涯孤似鶴〔五〕，衲僧門户冷於霜〔六〕。自知衰病耽杯酒〔七〕，擬及温柔老是鄉〔八〕。

【注】

〔一〕忘言：《莊子・外物》：「言者所以在意，得意而忘言。」句謂對莊子人生哲學頂禮膜拜，心領神會，無需用言語説明。

〔二〕散花：佛教語，即爲供佛而散布的花朵。《大般若波羅密多經》：「散花於佛上，是爲供養佛寶。」佛教認爲在佛前散花，爲對佛的供養。繩牀：即交椅、胡牀。佛徒有坐繩牀者。《晉書・佛圖澄傳》：「坐繩牀，燒安息香。」

〔三〕「久貧」句：言長久貧困，對各種熾烈的欲求自我扼殺澆滅之。三彭：道教語，即三尸，也叫三蟲。尸者，神主之意。道教認爲人體有上中下三個丹田，各有一神駐蹕其内，統稱「三尸」。唐張讀《宣室志》載，三尸姓彭，常居人體中作祟，向天訴説人的過惡。學仙者當先絶三尸。

〔四〕「一醉」句：言酒醉可將諸種欲望煩惱全部摒除。六賊：佛教語。即色、聲、香、味、觸、法六塵。佛家認爲此六塵能以眼、耳等六根爲媒介，而産生種種嗜欲，導致種種煩惱，劫掠「法財」，損害善性，故稱。見《楞嚴經》卷四。

〔五〕孤似鶴：孤飛的鶴。道士生活閒散、脱離世事，如閑雲野鶴。

〔六〕衲僧：代指僧人。僧衣常用許多碎布拼綴而成，故稱。

〔七〕耽：專愛。

〔八〕「擬及」句：舊題漢伶玄《飛燕外傳》：「是夜進合德，帝大悦，以輔屬體，無所不靡，謂爲温柔鄉。謂嫕曰：『吾老是鄉矣，不能效武皇帝求白雲鄉也。』」此處以「温柔鄉」喻美酒。

新秋示友

一頃山田半已蕪〔一〕，閉門高卧著潛夫〔二〕。不才分作溝中斷〔三〕，舊好誰瞻屋上烏〔四〕。南阮强須攀北富〔五〕，東丘何用歎西愚〔六〕。自憐幽默相忘久〔七〕，鬬鳥鳴蜩枉叫呼〔八〕。

【注】

〔一〕頃：百畝爲頃。

〔二〕潛夫：即《潛夫論》，東漢王符所著。王符性情耿介，終身不仕，隱居著書三十六篇，以抨擊時政之得失，取名爲《潛夫論》。書以討論治國安民之術的政論文章爲主，也涉及哲學問題。

〔三〕「不才」句：用「青黄溝木」典。《莊子·天地》：「百年之木，破爲犧尊，青黄而文之，其斷在溝中。比犧尊於溝中之斷，則美惡有間矣，其於失性一也。」成玄英疏：「既削刻爲牛，又加青黄文飾，其一斷棄之溝瀆，不被收用。」溝中斷，指刻木爲犧後扔在溝瀆中的其餘廢棄木料。後以喻被遺棄者。不才，没有才能，常作「我」的謙稱。分：自分，自己認爲。

〔四〕「舊好」句：《韓詩外傳》卷三：「愛其人，及屋上烏；惡其人者，憎其胥餘。」舊好：昔日老友。屋上烏：指推愛之所及，愛屋及烏。句謂昔日友人中有如「犧尊」一樣被重用者，誰還會因同枝連理而關顧引薦我呢？

〔五〕「南阮」句：《世説新語·任誕》：「阮仲容（咸）、步兵（阮籍）居道南，諸阮居道北，北阮皆富，南阮貧。七月七日，北阮盛曬衣，皆紗羅錦綺。仲容以竿掛大布犢鼻褌於中庭。人怪之，答曰：『不能免俗，聊復爾耳。』」句言自己仍想憑借友人提攜出仕爲官。

〔六〕「東丘」句：《孔子家語》載，孔丘的西鄰不知孔丘才學出衆，輕蔑地稱之爲「東家丘」。後用爲才高而不被世人所識者的典故。李白《送薛九被讒去魯》：「宋人不辨玉，魯賤東家丘。」句以孔子自此，有「人不知而不愠」意。

〔七〕幽默：寂靜無聲。

〔八〕枉：徒勞。

偶題二首〔一〕

當年樂事歎今衰，人世空驚日未移〔二〕。風榭醉眠摧鳳燭〔三〕，雨窗狂飲殢蛾眉〔四〕。長松茂草窮年事〔五〕，野水孤村入夢時。强鑷鬢絲臨晚鏡〔六〕，瞥然塵念不勝悲〔七〕。

【注】

〔一〕偶題：偶然而題。多見於詩題，如杜甫有《偶題》詩，宋陸游有《晨起偶題》詩等。

〔二〕日未移：謂太陽照常升落，毫無變化。二句有物是人非之感。

〔三〕榭：建在高臺上的木屋。摧：殘。鳳燭：做成彩鳳形的燭臺。此指燭火。

〔四〕殢：迷戀。蛾眉：美女的代稱。二句指當年之「樂事」。

〔五〕窮年：晚年。

〔六〕鑷：用鑷子夾取毛髮。鬢絲：兩鬢的白髮。

〔七〕瞥然：忽然，迅速地。唐白居易《與微之書》：「平生故人，去我萬里，瞥然塵念，此際暫生。」塵念：塵俗功名之念。

又

短髮臨風懶不冠，窪尊塵坌寂無歡〔一〕。離騷夕賦醒尤獨〔二〕，孤憤空書説轉難〔三〕。晚節慣成林壑僻〔四〕，幽居深入水雲寒。蒼崖瘦柏無窮思，鵠立溪頭盡日看。

【注】

〔一〕窪尊：形狀凹陷、可以盛酒的山石，亦借指深杯。唐白居易《雙石》：「窪樽酌未空，玉山積已久。」塵坌：灰塵。句言久不飲酒，寂寞無趣。

〔二〕「離騷」句：用戰國楚屈原典故。《離騷》是屈原所作的一首長篇政治抒情詩。醒尤獨：屈原《漁父》：「舉世皆濁我獨清，衆人皆醉我獨醒，是以見放。」

〔三〕「孤憤」句：用韓非典故。《史記・老子韓非列傳》：「（韓非）悲廉直不容於邪枉之臣，觀往者得失之變，故作《孤憤》。」司馬貞《索隱》：「孤憤，憤孤直不容於時也。」書：寫。説轉難：《説難》也是韓非名篇，剖析遊説的種種困難。

〔四〕晚節：晚年。林壑：指隱居之地。僻：通「癖」，嗜好。

新居

鏡裏巖花落澗泉，對窗青壁便參天〔一〕。幾當雪月開春酒〔二〕，時有松風入夜絃〔三〕。遠劚山田多種黍〔四〕，稀經城市少言錢〔五〕。平生漫忽王公貴〔六〕，俯仰村鄰更可憐〔七〕。

【注】

〔一〕青壁：青色的山壁。《晉書・隱逸傳・宋纖》：「（馬岌）銘詩於石壁曰：『丹崖百丈，青壁萬尋。』」

〔二〕春酒：指春天釀造秋冬始熟之酒。句言屢次在雪地月明中開飲。

〔三〕松風：《樂府詩集》卷六〇引《琴集》曰：「《風入松》，晉嵇康所作也。」李白《鳴皋歌送岑徵君》：

「盤白石兮坐素月，琴松風兮寂萬壑。」此一語雙關。

〔四〕斸：指用砍刀、斧等工具砍削草木以墾荒。多種黍：用阮籍東皋種黍稷典。《晉書·阮籍傳》：「方將耕於東皋之陽，輸黍稷之餘稅。」

〔五〕少言錢：晉王衍口不言錢。《晉書·王衍傳》：「衍疾郭之貪鄙，故口未嘗言錢。郭欲試之，令婢以錢繞牀，使不得行。衍晨起見錢，謂婢曰：『舉阿堵物卻！』其措意如此。」

〔六〕漫忽：輕視忽略。

〔七〕俯仰：指入鄉隨俗。句言其棄仕歸鄉後仍難隨聲附和於鄉鄰，更覺孤單可憐。

閑題

十年一夢到灰心〔一〕，歸鬢吴霜漸欲侵〔二〕。物外少逢稀有鳥〔三〕，冶中仍作不祥金〔四〕。閑雲閣雨終何事，枯木因風亦自吟〔五〕。卻歎淵明非達道，無絃猶是未忘琴〔六〕。

【注】

〔一〕十年一夢：用杜牧《遣懷》「十年一覺揚州夢」句。此指十年仕途。邊詩《山中》「十年積毁應銷骨」、《王文伯還家，詩以迎之》「十年一夢成何事」皆指此。

〔二〕吴霜：吴地之霜，以喻白髮。語出唐李賀《還自會稽歌》：「吴霜點歸鬢，身與塘蒲晚。」

〔三〕「物外」句：舊題漢東方朔《神異經・中荒經》：「(崑崙之山)有大鳥，名曰『希有』。南向張左翼覆東王公，右翼覆西王母。背上小處無羽，一萬九千里，西王母歲登翼上會東王公也。」李白《大鵬賦序》：「余昔於江陵見天台司馬子微，謂余有仙風道骨，可與神遊八極之表，因著《大鵬遇稀有鳥賦》以自廣。」句以李白自比，言雖有絶世才華，但未遇知音。

〔四〕「冶中」句：《莊子・大宗師》：「今之大冶鑄金，金踴躍曰：『我且必爲鏌鋣。』大冶必以爲不祥之金。」成玄英疏：「夫洪鑪大冶，鎔鑄金鐵，隨器大小，悉皆爲之。而鑪中之金，忽然跳躑，殷勤致請，願爲良劍，匠者驚嗟，用爲不善。」宋王安石《和崔公度家風琴八首》其七：「繫身高處本無心，萬竅鳴時有玉音。欲作鏌耶爲物使，知君能笑不祥金。」句言在是非不辨、賢愚同淪的世道中，自己仍存用世之志，心猶未甘。

〔五〕「閑雲」二句：言歸鄉後的隱逸生活於世無補，非己所願，故像枯木因風而鳴一樣，申訴其心中之怨。

〔六〕「卻歎」二句：用陶淵明無絃琴典。《晉書・陶潛傳》：「性不解音，而畜(蓄)素琴一張，絃徽不具。每朋酒之會，則撫而和之，曰：『但識琴中趣，何勞絃上聲。』」

答文伯二首〔一〕

老情無賴畏虚勞〔二〕，已絶朱絃又一操〔三〕。閑事每來知酒聖〔四〕，浮生欲去愧僧高〔五〕。息心鐘鼎休看鏡〔六〕，安枕茅茨不夢刀〔七〕。遥羡郭西王處士〔八〕，道傍羸馬詠風騷〔九〕。

【注】

〔一〕文伯：王文伯，詩人同鄉詩友。其歸鄉，詩人有《王文伯還家，詩以迎之》。

〔二〕無賴：謂情緒因無依託而煩悶。宋蘇舜欽《奉酬公素學士見招之作》：「意我羈愁正無賴，欲以此事相詩招。」虚勞：中醫名詞。病久體弱則爲虚，久虚不復則爲損，虚損日久則爲勞。

〔三〕朱絃：精美的琴。操：彈奏。句言其以彈琴調節陶冶心境。

〔四〕「閑事」句：謂每逢煩惱來襲，就以酒解憂，在醉鄉中得到升華，充分領略到酒的魔力。

〔五〕浮生：語本《莊子·刻意》：「其生若浮，其死若休。」以人生在世，虚浮不定，因稱爲「浮生」。句言欲擺脱世俗名利的困擾時，就更因僧人超然物外的高潔德行而感到慚愧。

〔六〕息心：不再想望。鐘鼎：喻富貴榮華。句用杜甫《江上》：「勳業頻看鏡，行藏獨倚樓。」言其心灰意冷，不再因功名未遂擔心年華虚度而常常攬鏡自照了。

〔七〕茅茨：指簡陋的居室。晉袁宏《後漢紀·桓帝紀下》：「不慕榮宦，身安茅茨。」夢刀：指官吏升遷。典出《晉書·王濬傳》：「濬夜夢懸三刀於卧屋梁上，須臾又益一刀。濬驚覺，意甚惡之。主簿李毅再拜賀曰：『三刀爲州字，又益一者，明府其臨益州乎？』及賊張弘殺益州刺史皇甫晏，果遷濬爲益州刺史。」後因以「夢刀」爲官吏升遷之典。

〔八〕王處士：指王文伯。處士：本指有才德的隱居不仕之人，後亦泛指未做過官的士人。

〔九〕風騷：風指《詩·國風》，騷指《楚辭·離騷》。後泛指詩歌。

又

晚窗清鏡卷浮埃①〔一〕，恨入新秋不可裁〔二〕。露浥野花三徑合②〔三〕，風傳雲壑七松哀〔四〕。忘機魚鳥真相識〔五〕，落手功名亦儻來〔六〕。萬古消沉一杯酒，直須白骨點蒼苔〔七〕。

【校】

① 晚：毛本作「曉」。

② 浥：原作「酒」，因形似致訛，據李本、毛本改。

【注】

〔一〕浮埃：附着在物體表面上的塵土。南朝梁江淹《别怨》：「膏鑪絶沉燎，綺席生浮埃。」

〔二〕裁：引申爲消除，解除。唐張泌《碧户》：「詠絮知難敵，傷春不易裁。」二句意本李白《秋浦歌》：「白髮三千丈，緣愁似個長。不知明鏡裏，何處得秋霜。」言因愁恨而白髮叢生，鑷不勝鑷。

〔三〕三徑：漢趙岐《三輔決録》：「蔣詡字元卿，隱於杜陵。舍中三徑，惟羊仲、求仲從之遊。」後稱隱士所居田園爲「三徑」。

〔四〕七松：《新唐書·鄭薰傳》：「既老，號所居爲隱巖，蒔松於廷，號『七松處士』云。」

〔五〕「忘機」句：用「鷗鳥忘機」典。《列子·黄帝》載：海上喜歡鷗鳥者如無捕捉之意，鷗鳥願與其相處，及至存心捕捉，鷗鳥便飛而不下。後遂用來比喻純樸無雜念的人。句言自己棄仕歸隱，與魚鳥成爲親密朋友。

〔六〕儻來：意外得到。《莊子·繕性》：「軒冕在身，非性命也。物之儻來，寄者也。」成玄英疏：「儻者，意外忽來者耳。」

〔七〕「萬古」二句：本杜甫《蘇端薛復筵簡薛華醉歌》：「忽憶雨時秋井塌，古人白骨生青苔，如何不飲令心哀。」言其欲縱酒狂歡，不以生死爲慮。

閲見一十首〔一〕

君居淄右妾河陽〔二〕，平白相逢惹斷腸〔三〕。蠟燭已殘歌欲闋〔四〕，併教離恨遶飛梁〔五〕。

【注】

〔一〕閲見：匯總所經之見聞。

〔二〕「君居」句：化用南朝江淹《别賦》「又若君居淄右，妾家河陽，同瓊佩之晨照，共金爐之夕香」句，言與心愛之人相距之遠，相思之切。淄右，今山東省淄水以西淄博市一帶。河陽，今河南省黄河北之孟州市。

〔三〕「平白」句：言偶然相遇後，又將離別，使人更加痛心。平白：憑空，無緣無故。

〔四〕闋：樂終。

〔五〕併：連同。遶飛梁：形容歌聲高亢迴旋，久久不息。典出《列子·湯問》：「昔韓娥東之齊，匱糧，過雍門，鬻歌假食。既去，而餘音繞梁欐，三日不絕。」

又

蕭史吹笙鳳女臺〔一〕，月高霜冷鳳笙哀。不堪好酒沉沉夜，又遣青鸞獨自來〔二〕。

【注】

〔一〕「蕭史」句：漢劉向《列仙傳·蕭史》：蕭史善吹簫，作鳳鳴。秦穆公以女弄玉妻之，作鳳樓，教弄玉吹簫，感鳳來集，弄玉乘鳳，蕭史乘龍，夫婦同仙去。後世稱鳳樓爲鳳臺。

〔二〕青鸞：即青鳥。舊題漢班固《漢武故事》：「又七月七日，上（漢武帝）於承華殿齋。日正中，忽見有青鳥從西方來，集殿前。上問東方朔，朔曰：『西王母暮必降尊像，上宜灑掃以待之。』……有頃，王母至……有二青鳥如鸞，夾侍王母旁。」後因以指愛情的信使。

又

鳳紙銜封玉鏡臺，繡鸞傳記已相猜〔一〕。傾城笑臉千金様〔二〕，莫對閑人一例開。

【注】

〔一〕「鳳紙」二句：用温嶠玉鏡臺典故。《世説新語·假譎》：温嶠北征劉聰，獲玉鏡臺一枚。從姑有女，囑代覓婿，温有自婚意，「因下玉鏡臺一枚，姑大喜。既婚交禮，女以手披紗扇，撫掌大笑曰：『我固疑是老奴，果如所卜。』」後用「玉鏡臺」爲婚娶聘禮的代稱。鳳紙：繪有金鳳的名紙。銜封：藏封。繡鸞傳記：指用華貴的包裝所付達的求婚信息。唐張紘《行路難》：「君不見温家玉鏡臺，提攜抱握九重來。」

〔二〕傾城：形容女子極其美麗。《漢書·外戚傳》載李延年作《北方有佳人》：「寧不知傾城與傾國？佳人難再得！」千金：即千金小姐，富家女。

又

歌裏銜銜笑裏嗔〔一〕，深情會處幾何人。憑君爲向五陵道〔二〕，冶葉倡條不是春〔三〕。

【注】

〔一〕銜銜：感情激動貌。嗔：埋怨。

〔二〕憑：憑藉。爲：替。五陵：漢代五個皇帝的陵墓，在長安附近。當時富家豪族和外戚都居住在五陵附近，後常以五陵稱富豪人家聚居之地。唐白居易《琵琶行》：「五陵年少爭纏頭，一曲紅綃不知數。」

〔三〕冶葉倡條：原形容楊柳的枝葉婀娜多姿，後比喻妖豔苗條、搔首弄姿的妓女。春：喜愛的姿色。

又

笑裏低眉引醉波〔一〕，閬風秋月一聲歌〔二〕。明知畫燭無情物，何是尊前淚更多〔三〕。

【注】

〔一〕引醉波：吸引陶醉的眼光。

〔二〕閬風：山名，神仙所居之處。《楚辭·離騷》：「朝吾將濟於白水兮，登閬風而緤馬。」王逸注：「閬風，山名，在崑崙之上。」句言女子貌美不俗，歌聲清麗。

〔三〕「明知」二句：化用唐杜牧《贈別二首》其二：「多情却似總無情，唯覺樽前笑不成。蠟燭有心還惜別，替人垂淚到天明。」畫燭：有畫飾的蠟燭。

又

笑不成歡歌斂眉〔一〕，景陽鐘動酒闌時〔二〕。此情卻羨牽牛會，一歲相過可是遲〔三〕。

【注】

〔一〕「笑不」句：出唐白居易《琵琶行》：「醉不成歡慘將別。」

〔二〕景陽鐘：《南齊書·武穆裴皇后傳》：「宫内深隱，不聞端門鼓漏聲，置鐘於景陽樓上。宫人聞鐘聲，早起裝飾。」後人稱之爲「景陽鐘」。此處指别時之鐘聲。酒闌：酒宴將盡。

〔三〕「此情」二句：言此情侣别後再會遥遥無期，故對牛郎織女一年一度的七夕之會甚爲羡慕。

又

牛女佳期歲一過〔一〕，都緣迢遞隔金河〔二〕。可憐馬上香車畔，只隔珠簾更不多〔三〕。

【注】

〔一〕牛女佳期：相傳每年農曆七月七日牛郎織女鵲橋相會。

〔二〕緣：因。迢遞：遥遠貌。金河：天河，天上銀河。

〔三〕「可憐」二句：謂男騎馬上，女坐香車，雖僅隔珠簾，卻有咫尺天涯之感。

又

輕蓮素質澹蕭蕭〔一〕，葉密溪深未可招〔二〕。雨暗蘭舟人去後，卻容白鷺逞風標〔三〕。

【注】

〔一〕素：白色。澹：水波起伏。引申爲飄動，摇動。蕭蕭：風吹動摇的樣子。

〔二〕「葉密」句：言蓮花因葉密溪深没有招來光顧者。

〔三〕「雨暗」二句：唐杜牧《晚晴賦》：「復引舟於深灣，忽八九之紅芰。姹然如婦，斂然如女，墮蕊黦顔，似見放棄。白鷺潛來兮，邈風標之公子；窺此美人兮，如慕悦其容媚。」風標：形容優美的姿容神態。

又

雙鸞夾鏡鳳横釵〔一〕，捧額黄梅小雁排〔二〕。爲報阿環休調戲〔三〕，雙成西母總相猜〔四〕。

【注】

〔一〕雙鸞夾鏡：雙鸞圖案的銅鏡。鳳横釵：鳳釵横。

〔二〕「捧額」句：《太平御覽》卷九七〇引《宋書》：武帝女壽陽公主，人日卧於含章殿簷下，梅花落公主額上，成五出花，拂之不去。皇后留之。自後有梅花妝，後人多效之。唐李商隱《蝶三首》其三：「壽陽公主嫁時妝，八字宫眉捧額黄。」句言額上染貼的黄色梅花妝像小雁行一樣。

〔三〕阿環：楊貴妃小字爲玉環，故稱之。調戲：嘲謔；玩耍。

〔四〕雙成：董雙成。神話中西王母侍女名。見《漢武帝内傳》。唐白居易《長恨歌》：「金闕西廂叩玉扃，轉教小玉報雙成。」

又

膩髮堆雲鏡舞鸞〔一〕，五雲仙洞接清歡〔二〕。歸來失卻吹簫伴〔三〕，腸斷崑山昨夜寒〔四〕。

【注】

〔一〕膩髮堆雲：有光澤的頭髮梳成的髮髻。鏡舞鸞：南朝宋范泰《鸞鳥》詩序言，昔罽賓王獲一鸞鳥，三年不鳴。其夫人曰：「嘗聞鳥見其類而後鳴，何不懸鏡以映之。」王從其意。鸞睹形悲鳴，哀響冲霄，一奮而絶。《白孔六帖》卷九四：「孤鸞見鏡，睹其影謂爲雌，必悲鳴而舞。」後常用作夫妻離散的典故。此指女子歡聚前精心打扮的情形。

〔二〕五雲仙洞：仙人居住之地。接：持續。清歡：清雅恬適之樂。後唐馮贄《雲仙雜記·少延清歡》：「陶淵明得太守送酒，多以春秫水雜投之，曰：『少延清歡數日。』」

〔三〕吹簫伴：用蕭史吹簫典。以弄玉喻佳人情侣。

〔四〕崑山：崑崙山，傳説有瑶池、閬苑、層城、懸圃等仙境。此指五雲仙洞。

李承旨晏　七首

晏字致美，高平人〔一〕。唐順宗第十六子福王綰之苗裔〔二〕。父森，字彦實。工於詩。

有云：「少年日日醉花邊，短白長紅一一憐。自笑老來心尚在，惡風常廢五更眠。」又《賦梅》云：「冰骨有香魂乍返，玉顔無暈酒全消。」人多傳誦之。致美，皇統二年經義進士〔三〕，釋褐臨汾丞〔四〕。時張太師浩判平陽〔五〕，一見愛其才，爲之延譽，稍遷遼陽幕官〔六〕。與興陵有藩邸之舊〔七〕，入翰林爲學士。高文大册，號稱獨步。拜御史中丞。初，遼人掠中原人，及得奚、渤海諸國生口〔八〕，分賜貴近或有功者。大至一二州，少亦數百，皆爲奴婢。輸租爲官，且納課給其主，謂之二税户。大定初，一切免爲民。閭山寺僧賜户三百〔九〕，與僧共居，供役而不輸租，故不在免例。訴者積年，臺寺不爲理。又訴於致美。致美上章，大略謂：天子作民父母，當同仁一視。分别輕重，乃胥吏舞文法之敝。陛下大明博照，豈可使天下有一民不被其澤者？且沙門既謂之出家〔一〇〕，而乃聽其與男女雜居乎？書奏，宰相持不可。世宗詔致美與相詰難。致美伏御座前曰：「前日車駕幸遼東，閭山寺曾供從官一宿之具。寺僧物，陛下物也。陛下無以此直寺僧，而使三百家受屈。」世宗大笑曰：「李晏劫制我耶？」即日免之。明昌初，爲禮部尚書，分諸道府試。復經義〔一一〕，設經童科〔一二〕，皆自致美發之。出爲沁南軍節度使〔一三〕，告老，不從。改昭毅軍節度使〔一四〕，且授子仲略澤州刺史以榮之〔一五〕。時澤、潞旱甚〔一六〕，致美擅發倉粟三萬石捄餓者，因上章請罪。章奏，而本道提刑彈章亦至。章宗謂宰相言：「提刑職當然，李晏義當然，不之罪也。」仲略字簡之，大定二十二年進士〔一七〕。仕至山東路按察使。道陵愛其俊快〔一八〕，比爲脱帽鶻云〔一九〕。致美自號遊仙野人，簡之丹源釣徒，有集傳於世〔二〇〕。簡之之子肯播，字克紹。肯穫，字克守。肯德，字克脩。

【注】

〔一〕高平：縣名，金時屬河東南路澤州。今山西省高平市。

〔二〕福王綰：名浥，唐順宗第十五子，初授光禄卿，封河東郡王。《舊唐書》卷一五〇有傳。

〔三〕皇統二年：《金史·李晏傳》：「皇統六年，登經義進士第。」據今人王慶生考證，當爲皇統六年。

〔四〕臨汾：縣名，金代屬河東南路平陽府。今山西省臨汾市堯都區。

〔五〕張浩：字浩然，遼陽渤海人。歷仕五朝，官至尚書令，封秦國公。《金史》卷八三有傳。平陽：府名，金時屬河東南路。今山西省臨汾市。

〔六〕遼陽：府名，金時屬東京路。今遼寧省遼陽市。

〔七〕興陵：指金世宗完顏雍，死後葬於興陵（今北京市房山區）。藩邸：藩王之邸。貞元三年，海陵王完顏亮征宋，完顏雍爲遼東留守。

〔八〕奚：古族名。分布在饒樂水（今内蒙古自治區西拉木倫河）流域。隋唐時稱奚。以遊牧爲生，後漸與契丹人同化。渤海：唐代以靺鞨族爲主體所建立的政權。《新唐書·北狄傳·渤海》：「渤海，本粟末靺鞨附高麗者，姓大氏。」生口：指俘獲的人，包括百姓。

〔九〕閭山：醫巫閭山，在今遼寧省錦州市。

〔一〇〕沙門：佛教術語，泛指出家修行者。此處指僧人。

〔一一〕經義：科舉考試科目之一。宋金以經書中文句爲題，應試者作文闡明其義理，故稱。《宋史·選舉志一》：「神宗始罷諸科，而分經義、詩賦以取士。」《金史·熙宗本紀》：「（天眷元年）五月己亥，詔以經義、詞賦兩科取士。」《金史·選舉志一》：「天德三年，併南北選爲一，罷經義、策試兩科，專以詞賦取士。」至大定二十八年，復經義科。

〔一二〕經童科：金代設經童科。其制，凡士庶子年十三以下，能誦二大經、三小經，又誦《論語》、諸子及五千字以上，府試十五題通十三以上，會試每場十五題，三場共通四十一以上，爲中選。見《金史·選舉志一》。

〔一三〕沁南軍：金代屬河東南路懷州。治今河南省沁陽市。

〔一四〕昭毅軍：金代屬河東南路。在今山西省長治市。

〔一五〕澤州：州名，金代屬河東南路。今山西省澤州縣。

〔一六〕潞：潞州，金代屬河東南路。治今山西省長治市。

〔一七〕大定二十二年進士：《金史·李仲略傳》：「登大定十九年詞賦進士第。」另《金文最》卷八三孔叔利《改建題名碑》：「大定十九年張行簡下：李仲略，高平。」李仲略登第應以大定十九年爲準。

〔一八〕道陵：金章宗完顔璟，死後葬於道陵（今北京市房山區）。俊快：灑脱迅捷。《金史·李仲略傳》：

「仲略性豪邁，有父風，剛介特立，不阿權貴，臨事明敏無留滯，故所任以幹濟稱云。」

〔一九〕比爲脱帽鶻：《金史·李仲略傳》：「一日，奏事退，上顧謂侍臣曰：『仲略精神明健，如俊鶻脱帽。』又曰：『李仲略健吏也。』」鶻：鷹隼類。俊鶻：指女真人所珍視的海冬青。明李時珍《本草綱目》：「雕出遼東，最俊者謂之海東青。」海東青目光敏鋭，行動果敢勇猛。在空中發現獵物後，迅速收拢兩翅，急速俯衝而下，如同投射出的一支飛鏢，徑直冲向獵物，準確無誤地將其捕獲。金人常以海東青來比擬人物，如李純甫《送李經》「髯張元是人中雄，喜如俊鶻盤秋空」，劉祁《歸潛志》卷三稱王鬱「儀狀魁奇，目光如鶻」，元好問《太原贈張彦遠》「閑閑騎鯨去滅没，當年愛君俊於鶻」等等。俊鶻脱帽：形容李仲略行事瀟脱迅捷，準確無誤，幹練利索。

〔二〇〕有集傳於世：集名《丹源釣徒集》。《山西通志》卷一七五：「李仲略《丹源釣徒集》。」《千頃堂書目》卷二九：「李仲略《丹源釣徒集》。」

白雲亭

白雲亭上白雲秋，桂棹蘭槳記昔遊。往事已隨流水去，青山空對夕陽愁。興亡翻手成舒卷〔一〕，今古無心自去留。獨倚西風一惆悵，數聲柔櫓下汀洲〔二〕。

【注】

〔一〕翻手：形容時間短暫。舒卷：開卷。唐元稹《春晚寄楊十二兼呈趙八》：「傾樽就殘酌，舒卷續微吟。」

〔三〕柔櫓：指船槳輕划之聲。宋陸游《夏夜泛溪至南莊復回湖桑歸》：「數點殘燈沽酒市，一聲柔櫓採菱舟。」汀洲：水中小洲。《楚辭·九歌·湘夫人》：「搴汀洲兮杜若，將以遺兮遠者。」

贈燕

王謝堂前燕〔一〕，秋風又送歸。向人如惜别，入户更低飛。海闊迷煙島〔二〕，樓高近落暉〔三〕。不知從此去，幾日到烏衣〔四〕。

【注】

〔一〕「王謝」句：唐劉禹錫《烏衣巷》：「舊時王謝堂前燕，飛入尋常百姓家。」

〔二〕煙島：煙波中的島嶼。

〔三〕落暉：夕陽，夕照。

〔四〕烏衣：烏衣巷。代指燕子在南方的棲息之地。

通州道中〔一〕

冉冉年華老〔二〕，飄飄客路難〔三〕。塵埃山色斷，雲霧日光寒。念遠心先折〔四〕，孤吟鼻亦酸。平生江海意[五]，潦倒愧儒冠[六]。

【注】

[一]通州：州名，金代屬中都路。今北京市通州區。

[二]冉冉：慢慢地。

[三]飄飄：行止不定。

[四]心折：猶心碎，形容傷心至極。南朝梁江淹《別賦》：「有別必怨，有怨必盈，使人意奪神駭，心折骨驚。」

[五]江海：舊時指隱士的居處。《莊子·刻意》：「就藪澤，處閒曠，釣魚閒處，無爲而已矣。此江海之士，避世之人。」

[六]儒冠：代指讀書做官的人。杜甫《奉贈韋左丞丈二十二韻》：「紈袴不餓死，儒冠多誤身。」

高麗平州中和館後草亭[一]

藤花滿地香仍在，松影拂雲寒不收。山鳥似嫌遊客到，一聲啼破小亭幽。

【注】

[一]詩題：李晏於大定十二年使高麗，爲讀册官。

題武元直赤壁圖〔一〕

鼎足分來漢祚移〔二〕，阿瞞曾困火船歸〔三〕。一時豪傑成何事，千里江山半落暉。雲破小蟾分樹暗〔四〕，夜深孤鶴掠舟飛。夢尋仙老經行處〔五〕，只有當年舊釣磯〔六〕。

【注】

〔一〕武元直：字善夫，北平（今北京市）人。金代畫家，長於山水。元夏文彦《圖繪寶鑒》：「武元直字善夫，明昌名士，能畫。有《巢雲》、《曙雪》等作。」明昌：金章宗完顏景年號（一一九〇——一一九六）。赤壁：山名。在今湖北省赤壁市西北長江南岸。漢獻帝建安十三年，曹操率約三十萬大軍南下。孫權和劉備聯軍以五萬拒之，雙方在赤壁對峙。孫劉聯軍在周瑜指揮下，用火攻擊敗北軍，從而形成曹、劉、孫三方鼎峙的局面。赤壁圖：武元直畫，上有趙秉文書蘇軾《赤壁賦》，又有元好問《題閑閑書〈赤壁賦〉後》。明李日華《六研齋筆記》卷二：「丙寅夏，余購得《東坡遊赤壁圖》……元遺山跋云，畫系武元直所作。」武元直《赤壁圖》所畫爲蘇軾所遊、所詠之赤壁，在今湖北省黄岡市。此畫金人多有題詠，如趙秉文《東坡赤壁圖》、曹益甫《東坡赤壁圖》，元好問《赤壁圖》等。

〔二〕鼎足：指魏蜀吴三分天下。祚：指皇位。

〔三〕阿瞞：曹操。此句叙火燒赤壁、曹操敗歸事。

〔四〕小蟾：指月亮。宋吴文英《霜葉飛·重九》詞：「小蟾斜影轉東籬，夜冷殘蛩語。」

〔五〕仙老：坡仙，指蘇軾。句言蘇軾《前赤壁賦》和《後赤壁賦》所言行跡。上二句所言即本《後赤壁賦》「山高月小」、「適有孤鶴，横江東來……掠予舟而西」諸語。

〔六〕舊釣磯：指東坡赤壁，本爲赤壁磯，並非曹劉激戰處。

嗅梅圖　簡之〔一〕

朧朧霽色冷黄昏〔二〕，缺月疏籬水外村。人在天涯花在手，一枝香雪寄銷魂〔三〕。

【注】

〔一〕簡之：李仲略，字簡子，李晏子。《金史·李仲略傳》：「仲略，字簡之。聰敏力學，登大定十九年詞賦進士第，調代州五臺主簿。」此詩爲李仲略所作，附録於其父李晏名下。

〔二〕朧朧：微明貌。霽色：雨雪轉晴後的天色。唐元稹《飲致用神曲酒三十韻》：「雪映煙光薄，霜涵霽色冷。」

〔三〕「一枝」句：《太平御覽》卷九七○引南朝宋盛弘之《荊州記》：「陸凱與范曄相善，自江南寄梅花一枝，詣長安與曄，并贈花詩曰：『折花逢驛使，寄與隴頭人。江南無所有，聊寄一枝春。』」後用作思念和問候遠方友人的典故。銷魂：本南朝梁江淹《别賦》：「黯然銷魂者，唯别而已矣。」指悲傷的别情。唐錢起《别張起居》：「有别時留恨，銷魂況在今。」

蓮塘陪諸公賦

潦倒何堪接俊遊〔一〕，神仙空羡李膺舟〔二〕。官曹只在空湖畔〔三〕，簿領如山屋打頭〔四〕。省幕在城外〔五〕，極卑陋，故云。

【注】

〔一〕俊遊：指與英俊之人的遊賞。宋陸游《自詠》：「三十年前接俊遊，即今身世寄滄州。」

〔二〕「神仙」句：《後漢書·郭太傳》：「郭太字林宗，太原介休人也。家世貧賤……乃遊於洛陽。始見河南尹李膺，膺大奇之，遂相友善，於是名震京師。後歸鄉里，衣冠諸儒送至河上，車數千輛。林宗唯與李膺同舟而濟，衆賓望之，以爲神仙焉。」

〔三〕官曹：官吏辦事機關；官吏辦事處所。此處指省幕。

〔四〕簿領：謂官府記事的簿册或需要處理的文書。屋打頭：矮屋。

〔五〕省幕：客省幕。應指三省的分支官署辦公之地。

王都運寂 七首

寂字元老，薊州玉田人〔一〕。系出三槐〔二〕。父礎，字鎮之。國初名士，仕至歸德府判官〔三〕。元老天德三年進士，興陵朝以文章政事顯〔四〕，終於中都路轉運使。壽六十七，謚文肅。有《拙軒集》、《北遷録》傳於世。三子欽哉、直哉、鄰哉俱爲能吏。元老專於詩。有云：「生涯貧到骨，家俱少於車。」《元夕感懷》云：「殘夢關河鼇禁月〔五〕，舊遊燈火馬行春。」《留别郭熙民》云：「五年風雪黄州閏，萬里關河渭水秋。」《與涿郡先主廟》詩〔六〕：「當年竹馬戲兒曹，笑指樓桑五丈高〔七〕。故國神遊得無恨，壞垣風雨夜蕭騷〔八〕。」人共傳之。《行記》載其先人《雞山》一詩云〔九〕：「記得垂髫此地遊〔一〇〕，雞山孤立水平流。而今重過山前路，山色青青人白頭。」予謂詩固佳，恨其依倣蘇才翁太甚耳〔一一〕。

【注】

〔一〕玉田：縣名，金代屬中都路薊州，今河北省玉田縣。

〔二〕三槐：三槐王氏。王寂《拙軒集》卷六《先君行狀》：「由先君而上，六世祖諱晝，宋魏國文正公旦之從弟也。初文正之父晉公，歷顯漢、周，逮建隆、開寶間卒。以直道不容，不登大用。嘗手植三槐於庭，曰：『吾後世子孫，必有爲公者。』至文正，信然。故世號其門曰『三槐王氏』。」王寂常署名爲「三槐王元老」。

〔三〕歸德：府名，金時屬南京路。治今河南省商丘市。

〔四〕興陵：金世宗完颜雍，死後葬於興陵。

〔五〕鼇禁：亦作「鰲禁」。翰林院的别稱。宋司馬光《神宗皇帝挽詞》其四：「鼇禁叨承詔，金華侍執經。」

〔六〕先主廟：蜀先主劉備廟，在涿州（今河北省涿州市）。王庭筠有《涿州重修漢昭烈帝廟碑》。

〔七〕「當年」二句：《三國志·蜀志·先主傳》：「舍東南角籬上有桑樹生高五丈餘，遥望見童童如小車蓋，往來者皆怪此樹非凡，或謂當出貴人。先主少時與宗中諸小兒於樹下戲，言：『吾必當乘此羽葆蓋車。』」元郝經《郝氏續後漢書》：「涿郡郡南十里而近曰樓桑廟，昭烈故居也。……兒童故老婆娑其下，指是葆桑竹馬之處。」

〔八〕蕭騷：形容風吹樹木的聲音。宋歐陽修《呈元珍表臣》：「披條泫轉清晨露，響葉蕭騷半夜風。」

〔九〕《行記》：應指王寂的《鴨江行部志》。民國朱希祖《鴨江行部志跋》：「《行部志》在金元之際，似有刻本。元好問《中州集》『王寂小傳』言：《行記》載其先人雞山詩云：……此詩今見《鴨江行部志》，惟『平流』、『東流』稍異。元氏所稱《行記》，即《行部志》無疑。」

〔一〇〕垂齠：亦作「垂髫」。指兒童或童年。髫，兒童垂下的頭髮。晉陶潛《桃花源記》：「黄髮垂髫，並怡然自樂。」

〔二〕蘇才翁：蘇舜元（一〇〇六——一〇五四），字才翁，一字子翁。蘇舜欽兄。《宋史·文苑傳四·蘇舜欽傳》：「兄舜元，字才翁，爲人精悍任氣節，爲歌詩亦豪健，尤善草書，舜欽不能及。」

易足齋

吾愛吾廬事事幽〔一〕，此生隨分得優遊〔二〕。窮冬夜話蒲團暖〔三〕，長夏朝眠竹簟秋。一榻蠹書閑處看〔四〕，兩盂薄粥飽時休。紅旗黄紙非吾事〔五〕，未羡元龍百尺樓〔六〕。

【注】

〔一〕吾愛吾廬：語出陶淵明《讀山海經》其一：「衆鳥欣有托，吾亦愛吾廬」。事事幽：杜甫《江村》：「清江一曲抱村流，長夏江村事事幽。」

〔二〕随分：依隨本性。優遊：悠閑自得。《詩·大雅·卷阿》：「伴奂爾游矣，優游爾休矣。」

〔三〕蒲團：以蒲草編織而成之圓形扁平坐具。又稱圓座。常作爲僧人坐禪及跪拜所用之物。

〔四〕蠹書：代書。《穆天子傳》卷五：「仲秋甲戌，天子東游，次於雀梁，曝蠹書於羽陵。」郭璞注：「謂暴書中蠹蟲，因云蠹書也。」

〔五〕「紅旗」句：語本唐白居易《劉十九同宿》：「紅旗破賊非吾事，黄紙除書無我名。」謂自己不想求取殺敵破賊、做官封侯的功名。黄書：寫在黄麻紙上的詔書。除書，拜官授職的文書。

〔六〕元龍百尺樓：胸懷大志者的代稱。典自《三國志·魏志·陳登傳》：「（劉備）曰：『君（許汜）求田問舍，言無可采，是元龍所諱也，何緣當與君語？如小人，欲卧百尺樓上，卧君於地，何但上下牀之間邪？』」

送張仲謀使三韓〔一〕

照海旌幢出樂浪〔二〕，過家上冢路生光〔三〕。鴨江桃葉朝迎渡〔四〕，岊嶺松花夜煮湯〔五〕。恩詔肅將芝檢重①〔六〕，醉鞭低裊玉鞘長〔七〕。遺民笑指天車道〔八〕，酷似南陽異姓王〔九〕。高麗稱中原使節皆曰「天車某官」。事見閻子秀《鴨江行記》。

【校】

① 檢：原作「撿」。據李本、毛本改。

【注】

〔一〕張仲謀：張汝猷，字仲謀。張浩之子。明昌三年出使高麗，承安五年任少府監。《金史·章宗紀》：「明昌三年十二月癸卯，以東上閤門使張汝猷爲高麗生日使。」三韓：公元二世紀到四世紀間，在朝鮮半島上並存的三個部落聯盟，分別爲馬韓、辰韓和弁韓。後以代高麗國。

〔二〕旌幢：泛指使節儀仗。旌，是古代用犛牛尾裝飾和用鳥的彩色羽毛裝飾的旗子。幢，形似傘，垂筒形，飾有羽毛、錦繡的旗幟。樂浪：古郡名。漢武帝元封三年置，治所在朝鮮縣（今平壤大同江南岸），管轄朝鮮半島北部。西晉後期，被高句麗吞併。

〔三〕過家：還鄉。上冢，亦稱「上墓」，俗稱「上墳」。《後漢書·吴漢傳》：「漢振旅浮江而下，至宛，詔令過家上冢，賜穀二萬斛。」據《金史·張浩傳》其爲遼陽渤海人。句言張仲謀使高麗途中，皇上恩准過家上冢。

〔四〕鴨江：鴨緑江。古稱淇水，漢朝稱爲馬訾水，唐朝始稱鴨緑江。遼金以此與高麗分界。《金史·高麗傳》：「高麗國王王楷，其地鴨緑江以東，海蘭路以南，東南皆至於海。」桃葉朝迎渡：即桃葉渡，用王獻之典。宋祝穆《方輿勝覽》卷一四：「桃葉渡，一名南浦渡。《金陵覽古》：在秦淮口。桃葉者，晉王獻之愛妾名也。獻之詩云：『桃葉復桃葉，渡江不用楫。但渡無所苦，我自迎接汝。』」

〔五〕岊嶺：又名慈悲嶺。《朝鮮志》卷下：「慈悲嶺，在瑞興府西六十里。一名岊嶺，自平壤通京都舊路也。多虎害，路遂廢。今由棘城路以行。」松花：亦作「松華」，松樹的花，可食用。明李時珍《本草綱目·木一·松》：「松花，别名松黄……潤心肺，益氣，除風止血。亦可釀酒。」

〔六〕肅將：猶敬奉或敬獻。《書·泰誓上》：「皇天震怒，命我文考，肅將天威。」芝檢：即玉檢，古代帝王玉簡文書的封篋。

〔七〕「醉鞭」句：當指高麗國一種迎接貴賓的儀式。《宋史·儀衛志六》：「鳴鞭，唐及五代有之，《周官》條狼氏執鞭趨辟之遺法也。內侍二人執之，鞭鞘用紅絲而漬以蠟。行幸，則前騎而鳴之；大祀禮畢還宮，亦用焉；視朝、宴會，則用於殿庭。」

〔八〕天車：高麗國對中國使者之稱。見詩後注。

〔九〕南陽：即南陽王，金代封王郡號之一。《金史·百官志》：「凡封王：大國號二十……封王之郡號十：金源、廣平、平原、南陽、常山、太原、平陽、東平、安定、延安。」

自東營來廣寧，道出牽馬嶺，經梁利器墓下〔一〕

毀譽譊譊息蓋棺〔二〕，百年春夢大槐安〔三〕。功名倒挽九牛尾〔四〕，富貴真成一鼠肝〔五〕。故國鶯花人事改〔六〕，空山風雨夜臺寒。平生老我心如鐵〔七〕，醉眼西州淚不乾〔八〕。

【注】

〔一〕詩題：《拙軒集》爲《再過墳下》。此詩前一首爲長題：《自東營來廣寧，道出牽馬嶺。嶺西去路幾半里，松檜鬱然，桃李間發。問之，云：利器梁侯之先塋也。其櫬尚附淺土，遂命酒，哭奠而去。公初待我以國士，雖晚意少疏，而恩禮未易忘也》。可知元好問選入第二首《再過墳下》時，把第一首詩題中的內容作了概括，以示詩歌內容。東營：東營子，今遼寧省營口市東北。廣寧：金府名，治今遼寧省北寧市。牽馬嶺：山名，在錦州市。《明一統志》：「牽馬嶺，在廣寧衛西北六十里。山脈與醫巫閭山相接，勢極險峻，中通驛路，過者必下馬，攀緣乃可上，故名。」廣寧衛：即金之廣寧府。梁利器：其人不詳。

〔二〕譊譊：爭辯，論辯。《莊子·至樂》：「彼唯人言之惡聞，奚以夫譊譊爲乎！」息蓋棺：指對一個人的是非功過的議論到死後纔停止。唐韓愈《同冠峽》：「行矣且無然，蓋棺事乃了。」

〔三〕「百年」句：唐李公佐《南柯太守傳》：淳于棼在古槐樹下喝醉，恍惚間被兩個使臣邀至古槐穴内，見一城樓題大槐安國。其王招他爲駙馬，並任命爲南柯郡太守，三十年享盡榮華富貴，後因打了敗仗，被遣送回家。一覺醒來原來是一夢。後多用槐安夢比喻人生如夢、富貴無常。百年：指人的一生。春夢：短暫的美夢。

〔四〕倒挽九牛尾：謂花費力氣很難做到的事情。杜甫《古柏行》：「大厦如傾要梁棟，萬牛迴首丘山重。」

〔五〕鼠肝：比喻輕微卑賤之物。《莊子·大宗師》：「偉哉造化！又將奚以汝爲？以汝爲鼠肝乎？以汝爲蟲臂乎？」

〔六〕鶯花：鶯啼花開。泛指春日景色。

〔七〕心如鐵：即心如鐵石。心腸像鐵石一樣堅硬。

〔八〕「醉眼」句：用羊曇醉哭西州典。羊曇：謝安外甥。《晉書·謝安傳》：「羊曇者，太山人，知名士也，爲安所愛重。安薨後，輟樂彌年，行不由西州路。嘗因石頭大醉，扶路唱樂，不覺至州門。

左右白曰：『此西州門。』曇悲感不已，以馬策扣扉，誦曹子建詩曰：『生存華屋處，零落歸山丘。』慟哭而去。」後用爲感舊興悲之典。

黄桃花

應嗔國色朝酣酒〔一〕，賜與羽衣如太真〔二〕。道士厭看千樹老〔三〕，令君別換一城新〔四〕。緗梅拂額更不俗〔五〕，栗玉削肌殊可人〔六〕。想得乞漿尋舊約，東風不似去年春〔七〕。

【注】

〔一〕國色朝酣酒：唐李正封《牡丹詩》：「國色朝酣酒，天香夜染衣。」句言醉顔般的紅牡丹見了黄桃花也應妒嫉嗔惱。

〔二〕羽衣：常稱道士或神仙所着衣爲羽衣。太真：道教稱黄金爲太真。《釋名》引陶弘景曰：「仙方名金爲太真。」

〔三〕「道士」句：化用唐劉禹錫《元和十一年自朗州承召至京戲贈看花諸君子》「玄都觀裏桃千樹，盡是劉郎去後栽」及《再游玄都觀》「種桃道士歸何處，前度劉郎今又來」。

〔四〕「令君」句：晉潘岳任河陽（今河南省孟縣西）令，於一縣遍種桃李，傳爲美談。唐白居易《白氏六帖・縣令》：「潘岳爲河陽令，樹桃李花，人號曰『河陽一縣花。』」

〔五〕「緗梅」句：《太平御覽》卷九七〇引《宋書》曰：武帝女壽陽公主，人日卧於含章殿檐下。梅花落公主額上，成五出花，拂之不去，皇后留之。自後有梅花妝，後人多效之。後六朝婦女額上塗貼黄色，以此爲美，相沿至唐，稱「額黄」。緗梅：淺黄色梅花。元陶宗儀《説郛》卷七〇引宋范成大《范村梅譜》：「百葉緗梅亦名黄香梅，亦名千葉香。梅花葉至二十餘瓣，心色微黄，花頭差小而繁密。」

〔六〕「粟玉」句：宋蔡戡《和胡端約巖桂》：「萬妃蕊珮影珊珊，沉水薰肌粟玉顔。」粟玉：黄色玉石。宋杜綰《雲林石譜》「兗州石」：「兗州出石如褐色，謂之粟玉。有巉巖峰巒勢，無穿眼。其質甚堅潤，扣之有聲。」

〔七〕「想得」二句：用唐人崔護謁漿事。唐孟棨《本事詩》：清明時節，崔護獨游於都城南，因酒渴扣門求水，與門内女子互生愛慕之情。來歲清明日，忽思之，徑往尋之。庭院如故，門已扃鎖。崔因題詩曰：「去年今日此門中，人面桃花相映紅。人面不知何處去，桃花依舊笑春風。」王寂風流才子的本性於此可見。元好問《續夷堅志・京娘墓》曾載王與女鬼京娘結歡事。這些小説家之言並非空穴來風，應是在其年輕時風流韻事的基礎上形成的。

沁水山寺〔一〕

兩峽山高月半輪〔二〕，五更人起馬嘶頻。無端又上長安道〔三〕，輪與僧窗飽睡人。

【注】

〔一〕沁水：縣名，金屬河中府澤州，今屬山西省晉城市。

〔二〕「兩峽」句：化用李白《峨眉山月歌》：「峨眉山月半輪秋，影入平羌江水流。」

〔三〕無端：無來由。此處有「無奈」之意。

奉題少保張公曲阿別墅二首〔一〕

休沐時時散馬蹄〔二〕，緑陰如染轉長堤。帝城和氣融春圃，相國餘波到兩溪〔三〕。無數龜魚欣作主，不言桃李自成蹊〔四〕。聖時正要傳衣事〔五〕，賀監從渠老會稽〔六〕。

【注】

〔一〕少保張公：指遼陽張浩之子張汝霖。《金史》本傳載其多次兼任太子少師。少保：指太子少保，輔導太子的官，多爲榮譽職銜。曲阿：指中都（今北京市）附近的某一山灣。

〔二〕休沐：休息洗沐，猶休假。《初學記》卷二〇：「休假亦曰休沐。漢律：『吏五日得一休沐。』言休息以洗沐也。」

〔三〕「相國」句：張浩及其子汝霖皆爲相。二句頌揚他們的政績恩澤。

〔四〕「不言」句：用「桃李不言，下自成蹊」典，語自《史記·李將軍列傳》。

〔五〕傳衣：傳衣鉢，本爲佛教術語。謂傳授佛法。衣，袈裟；鉢，食具。佛教禪宗六祖以前皆以衣鉢相傳，作爲傳法信證。後亦泛稱師徒傳授繼承。宋洪邁《容齋隨筆》四筆卷四「和范杜蘇四公」：「後晉相和凝以唐長興四年知貢舉，取范質爲第十三人。唐故事，知貢舉者所放進士，以已及第時名次爲重，謂之傳衣鉢。」

〔六〕「賀監」句：賀知章，會稽永興人，晚年歸鄉。《舊唐書·賀知章傳》：「知章晚年尤加縱誕，無復規儉，自號『四明狂客』，又稱『秘書外監』，遨遊里巷。醉後屬詞，動成卷軸，文不加點，咸有可觀。又善草隸書，好事者供其箋翰，每紙不過數十字，共傳寶之。」賀知章嘗官秘書監，晚年自號秘書外監，故稱。此處以賀監比張相。

又

鍾湖亭下水淙淙〔一〕，緑野平泉未易雙〔二〕。十里藕花紅步障〔三〕，一軒松蔭碧油幢〔四〕。洛中獨樂有司馬〔五〕，天下不名知曲江〔六〕。紙尾欲煩賢宅相〔七〕，雨蓑添我坐篷窗〔八〕。

【注】

〔一〕鍾湖：曲阿別墅中的小湖。

〔二〕緑野：唐相裴度在洛陽建別墅名緑野堂，與白居易、劉禹錫等作詩酒之會。見《新唐書·裴度傳》。平泉：唐相李德裕在洛陽的别墅名平泉莊。《舊唐書·李德裕傳》：「東都於伊闕南置平泉別墅，清流翠篠，樹石幽奇。」句言裴、李的别墅也難以與曲阿别墅相提並論。

〔三〕步障：用以遮蔽風塵或視線的一種屏幕。《晉書·石崇傳》：「崇與貴戚王愷、羊琇之徒，以奢靡相尚……愷作紫絲步障四十里，崇作錦步障五十里以敵之。」此處以「紅步障」比十里荷花。

〔四〕碧油幢：青緑色的油布車帷。南齊時公主所用，唐以後御史及其他大臣多用之。《南齊書·輿服志》：「自輦以下，二宫御車，皆緑油幢，絳系絡。御所乘，雙棟。其公主則碧油幢云。」此處用以比松林。

〔五〕「洛中」句：獨樂園，宋司馬光建於洛陽的宅第。宋李格非《洛陽名園記》：「獨樂園：司馬温公在洛陽自號『迂叟』，謂其園曰『獨樂園』。卑小不可與他園班。」宋張端義《貴耳集》：「獨樂園，司馬公居洛時建。東坡詩曰：『青山在屋上，流水在屋下。中有五畝園，花竹香而野。』」

〔六〕「天下」句：曲江，唐開元名相張九齡之號，因其籍貫屬廣東省曲江縣，故稱。九齡以忠亮負重望，而文章高雅，亦不減燕、許，有《曲江集》二十卷。《新唐書·張九齡傳》：「開元後，天下稱曰曲江公而不名云。」

〔七〕紙尾：書面文字結尾處。常署名或寫年月日等。宅相：《晉書·魏舒傳》：「（舒）少孤，爲外家甯氏所養。甯氏起宅，相宅者云：『當出貴甥。』外祖母以魏氏甥小而慧，意謂應之。舒曰：『當爲外氏成此宅相。』」後用作外甥的代稱。賢宅相：指張浩外甥王庭筠，字子端，曾任職翰林，金中葉著名畫家、文學家。《中州集》卷九「張左相汝霖小傳」：「王子端内翰，太師（張浩拜太師）之外孫，其淵源有自云。」

〔八〕雨蓑：用蓑草或棕毛製成的雨衣。蓬窗：猶船窗。蘇軾《贈二小詩》「篷窗高枕雨如繩」。

蓮峰真逸喬扆 一首

扆字君章，初名逢辰，洪洞人〔一〕。天德三年進士。詩、樂府俱有名。子宇，字德容。八歲能鼓琴，召入東宫〔二〕。顯宗稱其不凡〔三〕。大定十六年登科。貞祐初爲益都按察轉運使〔四〕，與田琢器之俱殁兵間〔五〕。

【注】

〔一〕洪洞：縣名。金時屬河東南路平陽府。今山西省洪洞縣。

〔二〕東宫：太子所居之宫；亦指太子。《詩·衛風·碩人》：「東宫之妹，邢侯之姨。」毛傳：「東宫，齊太子也。」孔穎達疏：「太子居東宫，因以東宫表太子。」

〔三〕顯宗：金世宗太子完顔允恭的廟號。

〔四〕益都：府名。金代屬山東東路，治今山東省青州市。

〔五〕田琢器之：田琢，字器之，蔚州定安人。明昌五年進士。累官至山東東路轉運使，權知益都府。興定三年，部屬張林亂，琢倉猝與戰，不能勝。宣宗度不能制林，而欲馴致之，乃遣人召琢還。

行至壽張，疽發背，卒。《金史》卷一〇二有傳。

凌虛堂〔一〕

木暗蒼煙合，池荒碧草深。高臺平竹杪〔二〕，幽徑入花陰。奔走成何事〔三〕，登臨慰此心。晚涼山更好，風處一披襟。

【注】

〔一〕凌虛堂：《嘉慶重修一統志》載陝西鳳翔有凌虛臺，《金石萃編》卷一五六《蓮峰真逸詩刻》載喬扆《興慶池》、《李氏園》二首，有跋謂其「正隆之亂，丞蒲邑，保全一城，關陝至今稱之。京兆所留題詠，雖一時遊戲，然今日運會有足奇者」。按詩「高臺平竹杪」，凌虛堂當即凌虛臺，詩當喬扆年輕時所作。

〔二〕竹杪：竹枝的末梢。

〔三〕奔走：指仕途奔波。

中州丙集第三

劉龍山仲尹 二十八首〔一〕

仲尹字致君，蓋州人〔二〕，後遷沃州〔三〕。正隆二年進士，以潞州節度副使〔四〕，召爲都水監丞，卒。致君家世豪侈，而能折節讀書，詩、樂府俱有藴藉。有《龍山集》。嘗於其外孫欽叔處見之〔五〕，參涪翁而得法者也〔六〕。

【注】

〔一〕龍山：劉仲尹號。見劉祁《歸潛志》卷四小傳。

〔二〕蓋州：州名，金時屬東京路遼陽府。治今遼寧省蓋州市。

〔三〕沃州：州名，金時屬河北西路真定府，治今河北省趙縣。

〔四〕潞州：潞州昭義軍，金時屬河東南路，治今山西省長治市。

〔五〕欽叔：李獻能，字欽叔，河中（今山西省永濟市）人。金末官翰林，與元好問交密。

〔六〕涪翁：北宋詩人黄庭堅，字魯直，號涪翁。

墨梅一十首

瘦損昭陽鏡裏春〔一〕，漢家公主奉烏孫〔二〕。淚痕滴盡穹廬月〔三〕，誰道神香解返魂〔四〕。

【注】

〔一〕昭陽：漢代宫殿名。

〔二〕漢家公主：漢武帝實行和親，細君公主和解憂公主先後適烏孫。烏孫：漢時西北遊牧民族建立的國家。在今甘肅境内的祁連山間，北鄰匈奴。

〔三〕「淚痕」句：《漢書·西域傳下》：「（烏孫）使使獻馬，願得尚漢公主……漢元封中，遣江都王建女細君爲公主，以妻焉……公主悲愁，自爲作歌曰：『吾家嫁我兮天一方，遠托異國兮烏孫王。穹廬爲室兮旃爲牆，以肉爲食兮酪爲漿。居常土思兮心内傷，願爲黄鵠兮歸故鄉。』」穹廬：古代遊牧民族居住的氈帳。《漢書·匈奴傳下》：「匈奴父子同穹廬卧。」顔師古注：「穹廬，旃帳也。其形穹隆，故曰穹廬。」

〔四〕返魂：指梅花。據吴景旭《歷代詩話》，唐韓偓詩：「玉爲通體依稀見，香號返魂容易迴。」此詩題云：「嶺南梅花，一歲再發，故言返魂也。」後人多用此典，如蘇軾《岐亭道上見梅花戲贈季常》：「蕙死蘭枯菊亦摧，返魂香入嶺頭梅。」又《次韻楊公濟奉議梅花十首》：「臨春結綺荒荆棘，誰信幽香是返魂。」

又

絶纓人醉燭花殘，主意方濃未厭歡〔一〕。十五瓊兒梳洗薄，琵琶才許近簾彈〔二〕。

【注】

〔一〕「絶纓」二句：用楚王宴群臣典故。漢劉向《説苑·復恩》：楚莊王宴群臣，日暮酒酣，燈燭滅。有人引美人之衣。美人援絶其冠纓，以告王，命上火，欲得絶纓之人。王不從，令群臣盡絶纓而上火，盡歡而罷。用以形容男女聚會，不拘形跡。

〔二〕「十五」二句：唐李商隱《燒香曲》「蜀殿瓊人伴夜深」，清朱鶴齡《李義山詩集注》引《拾遺記》：「蜀先主甘后玉質柔肌，先主置於白綃帳中，如月下聚雪。」《中州集》卷八元日能《紅梅》「乞與瓊兒薄梳洗，才情留待月中人」皆本此。薄：通「敷」，裝飾，塗抹。

又

生憎施粉與施朱〔一〕，換骨玄都亦自姝〔二〕。疏影冷香題不到〔三〕，夢驚煙雨暗西湖。

【注】

〔一〕生憎：最恨，偏恨。粉：白粉。朱：胭脂。句用唐張祜《集靈臺二首》其二：「虢國夫人承主恩，平明騎馬入宫門。卻嫌脂粉污顔色，淡掃蛾眉朝至尊。」宋周邦彦《醜奴兒·詠梅》：「肌膚綽約真仙子，來伴冰霜，洗盡鉛黄，素面初無一點妝。」

〔二〕换骨：道家謂服食仙酒、金丹等使之化骨升仙。姝：美麗。句用唐劉禹錫《元和十一年自朗州承召至京戲贈看花諸君子》「玄都觀裏桃千樹」詩意，以桃花比梅花。元馮子振《梅花百詠》「角哀已矣伯桃死，此日空遺雪對春」即以桃喻梅。

〔三〕疏影：宋西湖處士林逋《山園小梅》寫月夜水邊梅花：「疏影横斜水清淺，暗香浮動月黄昏。」冷香：指清香的梅花。宋曾鞏《憶越中梅》：「今日舊林冰雪地，冷香幽絶向誰開？」二句言梅花的鮮豔林、曾二人都未寫出，至夢中還嗔怪越地多雨少晴，未能充分展示梅花的優勢。

又

趙郎愛香人不知，羅浮山下有佳期。春寒徹骨角聲起，才記參横月墮時〔一〕。

【注】

〔一〕詩詠趙師雄醉憩梅下事。趙郎：趙師雄。《廣東通志》卷六四引《龍城録》：「隋開皇中，趙師雄遷羅浮。一日天寒日暮，在醉醒間，於松林酒肆旁舍見一女人，淡妝素服，出迓師雄。時已昏黑，月色微明，師雄與語，言極清麗，芳香襲人，因叩酒肆門，相與飲。少頃有一緑衣童來，笑歌戲舞。師雄醉寢，但覺風寒相襲。久之，東方已白，起視，在梅花樹下，上有翠羽啾嘈相顧，月落參横，惆悵而已。」

又

君王鳳駕九龍池〔一〕，後輦傳呼召雪兒〔二〕。狼藉玉臺銀燭暗〔三〕，丁香小麝印宮眉。

【注】

〔一〕鳳駕：帝王車乘。《漢書・揚雄傳上》：「乃撫翠鳳之駕，六先景之乘。」顔師古注：「翠鳳之駕，天子所乘車，爲鳳形而飾以翠羽也。」九龍池：又名景龍池，在長安城中。唐玄宗李隆基幼時曾居是處，登基後於此建興慶宮。南唐張洎《賈氏譚録》：「興慶宮九龍池在大同殿故臺之南，西對瀛洲門，周環數頃，水深廣，南北望之渺然。東西微狹，中有龍潭，泉源不竭，雖歷冬夏未嘗減耗。」元王惲《雙鴛鴦・樂府合歡曲》詞序云：「讀《開元遺事》，去取唐人詩而爲之，一名『百衲錦』，因觀任南麓所畫華清宮圖而作。」其八云：「九龍池，百花時，樂按梁州愛急吹。揭手便拈金椀舞，上皇驚笑勃挐兒。」詩或詠唐玄宗梅妃江采萍事。元陶宗儀《説郛》卷一一一下録曹鄴《梅妃傳》：「梅妃姓江氏，莆田人。……妃善屬文，自比謝女。淡妝雅服而姿態明秀，筆不可描畫。性喜梅，所居闌檻悉植數株，上榜曰『梅亭』。梅開賦賞，至夜分，尚顧戀花下不能去，上以其所好，戲名曰梅妃。」

〔二〕雪兒：唐李密愛姬。能歌舞。密每見賓僚文章有奇麗入意者，即付雪兒叶音律以歌之。事見《太平廣記》卷二〇〇引宋孫光憲《北夢瑣言·韓定辭》。此處代梅妃。

〔三〕玉臺：《漢書·禮樂志》：「遊閶闔，觀玉臺。」顔師古注引應劭曰：「玉臺，上帝之所居。」後泛指仙境，亦借指皇宫。

又

鐘鼓沉沉度苑牆〔一〕，玉繩初直殿東廂〔二〕。荀妃早發鷄鳴埭〔三〕，殘月微分燭下妝〔四〕。

【注】

〔一〕詩詠南朝齊武帝景陽鐘事。《南齊書·皇后》：「上數遊幸諸苑囿，載宫人從後車。宫内深隱，不聞端門鼓漏聲，置鐘於景陽樓上，宫人聞鐘聲，早起裝飾。至今此鐘唯應五鼓及三鼓也。車駕數幸琅邪城，宫人常從，早發至湖北埭，雞始鳴。」

〔二〕玉繩：星名。《文選·張衡·西京賦》：「上飛闥而仰眺，正睹瑶光與玉繩。」李善注引《春秋元命苞》：「玉衡北兩星爲玉繩。」

〔三〕荀妃：齊武帝寵姬。《南齊書·皇后》：「寵姬荀昭華居鳳華柏殿。」鷄鳴埭：埭名，因早行，宫人至湖北埭，鷄始鳴，故呼爲鷄鳴埭。

〔四〕微分：稍稍看清楚。妝：梅妝，南朝盛行之妝。《太平御覽》卷三〇引《雜五行書》：「宋武帝女壽陽公主，人日卧於含章殿簷下，梅花落公主額上，成五出花，拂之不去。皇后留之，看得幾時，經三日，洗之乃落。宫女奇其異，競效之，今梅花妝是也。」五代前蜀牛嶠《紅薔薇》：「若綴壽陽公主額，六宫爭肯學梅妝。」

又

衡州何處問花光〔一〕，抹月批風只欠香〔二〕。安得江南斷腸句〔三〕，爲題風雨浣啼妝〔四〕。

【注】

〔一〕「衡州」句：宋代衡州花光山長老仲仁能作墨梅，人謂花光梅。元陶宗儀《説郛》卷九一《畫梅譜序》：「墨梅始自華光仁老之所酷愛，其方丈植梅數本。每花放時，輒移牀其下，吟詠終日，莫知其意。偶月夜未寢，見窗間疏影横斜，蕭然可愛，遂以筆規其狀，凌晨視之，殊有月下之思。因此好寫得其三昧，標名於世。」花光：亦作華光。

〔二〕「抹月」句：用黄庭堅語。宋惠洪《冷齋夜話》：「衡州花光仁老以墨寫梅花，魯直歎曰：『如嫩寒春曉行孤山籬落間，但欠香耳。』」抹月批風：語本宋釋道原《景德傳燈録》：「薄批明月，細抹清風。」指華光於月夜下用禪意的眼光觀梅之所得。

〔三〕江南斷腸句：稱賀鑄詞。宋賀鑄《青玉案》詞：「碧雲冉冉蘅皋暮。彩筆新題斷腸句。」黄庭堅

《寄賀方回》：「解作江南斷腸句，只今惟有賀方回。」句言如何才能有像賀鑄那樣的才思妙筆。

〔四〕啼妝：東漢時，婦女以粉薄拭目下，有似啼痕，故名。《後漢書·五行志一》：「啼妝者，薄拭目下若啼處。……始自大將軍梁冀家所爲，京都歙然，諸夏皆倣效。」梁冀家：東漢權臣梁冀妻孫壽。《後漢書·梁冀傳》：「壽色美而善爲妖態，作愁眉、啼妝、墮馬髻、折腰步、齲齒笑等以爲媚惑。」

又

高髻長蛾滿漢宮，君王圖玉按春風。龍沙萬里王家女，不着黄金買畫工〔一〕。

【注】

〔一〕詩詠王昭君事。晉葛洪《西京雜記·王嬙》：「（漢）元帝後宮既多，不得常見，乃使畫工圖形，案圖召幸之。諸宮人皆賂畫工，多者十萬，少者亦不減五萬。獨王嬙不肯，遂不得見。匈奴入朝，求美人爲閼氏，於是上案圖以昭君行。及去，召見。貌爲後宮第一，善應對，舉止閒雅。帝悔之，而名籍已定，帝重信於外國，故不復更人，乃窮案其事。畫工皆棄市，籍其家資巨萬。」將王昭君與梅聯繫在一起者，始於唐王建《塞上詠梅》：「天山路旁一株梅，年年花發黄雲下。昭君已殁漢使回，前後征人惟繫馬。」此後宋姜夔《暗香》：「昭君不慣胡沙遠，但暗憶、江南江北。想佩環、月夜歸來，化作此花幽獨。」

又

古絹誰藏謝女真〔一〕，天寒翠袖一招魂〔二〕。江山嫁盡風流夢，雪滿冰溪月掛村〔三〕。

【注】

〔一〕謝女：指晉代女詩人謝道韞。謝女以詠雪著稱，但唐宋時期多有謝女詠梅畫流傳，明徐應秋《玉芝堂談薈》卷三十載，闕仝有《謝女詠梅圖》。宋郭若虚《圖畫見聞志》卷二載：江夏人梅行思工畫，鬬雞名聞天下。兼工人物，有《謝女詠梅圖》。

〔二〕「天寒」句：用杜甫《佳人》「天寒翠袖薄，日暮倚修竹」詩句。句謂古絹上的謝女畫像形神畢現。

〔三〕「江山」二句：《世説新語》：「謝太傅（安）寒雪日内集，與兒女講論文義。俄而雪驟，公欣然曰：『白雪紛紛何所似？』兄子胡兒曰：『撒鹽空中差可擬。』兄女曰：『未若柳絮因風起。』公大笑樂。即公大兄無奕女，左將軍王凝之妻也。」劉孝標注引《婦人集》曰：「謝夫人名道韞，有文才。」風流：指魏晉風度。《晉書·王凝之妻謝氏》：「道韞風韻高邁，叙致清雅」，「王夫人神情散朗，故有林下風氣」。二句盛贊謝道韞的文才與風度。

又

妙畫工意不工俗〔一〕，老子見畫只尋香〔二〕。未應塗抹相欺得，政自不爲時世妝〔三〕。

【注】

〔一〕「妙畫」句：蘇軾《書鄢陵王主簿所畫折枝二首》：「論畫以形似，見與兒童鄰。賦詩必此詩，定非知詩人。詩畫本一律，天工與清新。邊鸞雀寫生，趙昌花傳神。」句承此畫論觀，以「工俗」指繪畫重形似者，言畫之妙品重神似不重形似。

〔二〕「老子」句：用前注黄庭堅感歎華光梅「但欠香」典，言老於此道者只重神似。

〔三〕「未應」二句：宋陳善《捫蝨新話》「東坡山谷詩可謂畫本」：「正如市倡東塗西抹，忽見謝家夫人蕭散，自有林下風采，亦復可喜。」二句以婦女妝飾爲喻，言詩畫要重神似，就需從根本著手，重形似者似市倡打扮時髦，乃效顰學步者之所爲。塗抹，謂婦女用脂粉打扮。宋陸游《阿姥》：「猶有塵埃嫁時鏡，東塗西抹不成妝。」

自理

日日南軒學蠹魚〔一〕，隱中獨愛隱於書〔二〕。兒癡婦笑謀生拙，不道從來與世疏。

【注】

〔一〕蠹魚：又稱魚蠹，指蛀書的蟲。學蠹魚：指讀書。

〔二〕「隱中」句：白居易《中隱》：「大隱住朝市，小隱入丘樊……不如作中隱，隱在留司官。似出復似處，非忙亦非閑。不勞心與力，又免饑與寒。」宋末方回《書隱齋銘》：「大抵嗜美仕者必廢書。閑居不仕，必有讀書之暇，是之謂隱於書，本無他奇説也。」

西溪牡丹〔一〕

爲雲爲雨定成虚〔二〕，醉臉籠嬌試粉初〔三〕。舉國春風避姚魏〔四〕，换胎天質到黄徐〔五〕。百年金谷憑欄袖〔六〕，三月揚州載酒車〔七〕。我欲禪居淨餘習〔八〕，湖灘枕石看遊魚。

【注】

〔一〕西溪：在山西陵川縣。《大清一統志》卷一百七「澤州府」：西溪在陵川縣西南四里，發源棲鳳山之麓。陵川人秦略，自號西溪老人，與此溪有關。詩人曾官潞州，詩當作於此時。

〔二〕爲雲爲雨：用巫山神女典。宋玉《高唐賦序》言巫山神女辭曰：「妾在巫山之陽，高丘之岨，旦爲朝雲，暮爲行雨。」句言巫山神女自薦枕席之夢雖美，但定有夢破成虚之時。

〔三〕「醉臉」句：言西溪牡丹似少女酒醉之臉，紅粉嬌艷。

〔四〕姚魏：即姚黄魏紫。牡丹花的兩個名貴品種。姚黄爲千葉黄花，出於民姚氏家；魏紫爲千葉肉紅花，出於魏相仁溥家。見宋歐陽修《洛陽牡丹記·花釋名》。後泛指牡丹中的極品。句用宋梅堯臣《次答公度》「姚黄魏品若盡有，春色定應天下空」詩意。

〔五〕黄徐：五代花鳥畫家黄荃與徐熙的合稱。宋郭若虚《圖畫見聞志》：「諺云『黄家富貴，徐熙野逸』。」句言黄、徐二人所畫牡丹皆形神兼備。

〔六〕「百年」句：用金谷緑珠典。金谷園是西晉權臣石崇的别墅，中有專爲緑珠修建的緑珠樓。故址在今河南洛陽西北。《晉書·石崇傳》載：石崇有妓曰緑珠，美而豔。孫秀使人求之，不得，矯詔收崇。崇正宴於樓上，謂緑珠曰：「我今爲爾得罪。」緑珠泣曰：「當效死於君前。」因自投於樓下而死。唐杜牧《金谷園》：「繁華事散逐香塵，流水無情草自春。日暮東風怨啼鳥，落花猶似墜樓人。」後人遂以「緑珠墜玉樓」爲牡丹命名。此花花瓣色白如玉脂，上有顆顆緑點，猶如緑珠點綴其上，故名。清余鵬年《曹州牡丹譜》：「緑珠墜玉樓，俗名青翠滴露。長胎，胎色與莖俱同昆山夜光，花白溶溶，蕊緑瑟瑟。」昆山夜光，又稱夜光白，白牡丹中的極品，胎莖俱緑。

〔七〕「三月」句：化用杜牧《遣懷》「落魄江湖載酒行，楚腰纖細掌中輕。十年一覺揚州夢，贏得青樓薄倖名」詩意。句以揚州人觀芍藥的盛况來比擬欣賞西溪牡丹遊人如織。古人常將洛陽牡丹與揚州芍藥並論，如明李時珍《本草綱目》：「昔人言洛陽牡丹、揚州芍藥甲天下。」唐宋時期春日揚州賞芍藥爲一大盛况，宋王觀《揚州芍藥譜》載：揚州春月習以往來遊樂爲事。「揚之人與西洛不異，無貴賤皆喜戴花，故開明橋之間，方春之月，拂旦有花市焉。」植芍藥者在花盛開之時，嘗飾亭宇以待來遊者，逾月不絶。唐代張祜、杜牧、盧仝、崔涯、章孝標、李嶸、王播皆一時名士而工於詩者也，或觀於此，或遊於此。

〔八〕餘習：没有改掉的、遺留的習染、風尚。唐王維《偶然作》其六：「不能捨餘習，偶被世人知。」

秋盡

利禄蝸涎壁〔一〕，年華蟻夢槐〔二〕。秋隨庭樹老，寒逐雁聲來。養性論三適〔三〕，分愁詠七哀〔四〕。閉門人客少，書籍遶牀堆。

【注】

〔一〕蝸涎壁：留在牆壁上蝸牛所分泌的黏液。比喻無用有害的東西。

〔二〕蟻夢槐：槐安夢。唐李公佐《南柯太守傳》載，淳于棼醉古槐樹下，夢入蟻穴大安槐國，盡享榮華富貴。後多用槐安夢故事比喻人生如夢、富貴無常。

〔三〕三適：唐白居易《三適贈道友》：「足適已忘履，身適已忘衣。况我心又適，兼忘是與非。」

〔四〕七哀：樂府詩題之一，多爲反映社會動亂、抒發悲傷感情的五言詩。《文選·曹植·七哀詩》唐吕向題解：「七哀，謂痛而哀，義而哀，感而哀，怨而哀，耳目聞見而哀，口歎而哀，鼻酸而哀也。」

晚陰

歲澇饒秋雨，雲寒結暝陰〔一〕。晚芳留凍蝶，疏木立飢禽。閑覺交遊減〔二〕，衰從老病尋。

安眠恐徼幸〔三〕，底用説初心〔四〕。

【注】

〔一〕瞑陰：猶陰暗。宋宋祁《擬杜子美峽中意》：「驚風借壑爲寒籟，落日容雲作瞑陰。」

〔三〕「閑覺」句：《史記・汲鄭列傳贊》：「始翟公爲廷尉，賓客填門；及廢，門外可設雀羅。」

〔三〕「安眠」句：言每晚能安然入睡，不再擔心焦慮，就已喜出望外了。

〔四〕底用：何用，不必用。初心：本意。此指年輕時的抱負理想。

冬日

刁騷短髮鑷還生〔一〕，鏡裏形骸只自驚。睡枕食槃翻歲月，頭風股痺識陰晴〔二〕。鳩棲任笑謀生拙〔三〕，兔簡難忘照眼清〔四〕。不用暖爐公庫酒〔五〕，試容擁被聽雞聲。

【注】

〔一〕刁騷：頭髮稀落貌。鑷還生：用鑷子拔去的白髮又長出來。

〔二〕「頭風」句：因患有風濕性疾病，變天就會發作，故能預知陰晴。頭風：腦中風。痺：指由風、寒、濕等引起的肢體疼痛或麻木的疾病。

〔三〕鳩棲：斑鳩笨拙不善營巢。比喻人不善治理家業。

〔四〕兔簡：筆和紙。照眼：耀眼，惹眼。清：指眼睛閃放清亮光色，乃人在喜悦之時的神情。猶元好問《太原》：「夢里鄉關春復秋，眼明今得見并州。」

〔五〕公庫酒：公庫所釀之酒。公庫：又稱官庫、公使庫，官營的釀酒酒坊，俗稱兵廚酒。程大昌《演繁露續集》卷六：「今人謂公庫酒爲兵廚酒，言公庫之酒因犒軍而醞也。」

寒夜

漏聲穿竹夜霜清，儘着功夫伴短檠〔一〕。睡足梅花半梢月，虚徐老鼻學香生〔二〕。

【注】

〔一〕短檠：油燈的代稱。檠：托燈盤的立柱。唐韓愈《短燈檠歌》：「長檠八尺空自長，短檠二尺便且光。」

〔二〕虚徐：從容不迫，舒緩。學：如，像。

秋日東齋

一區寂寞子雲家〔一〕，便腹那能貯五車〔二〕。筋力只今如老鶴〔三〕，筆頭新愛綰秋蛇〔四〕。樹間風定葉漫徑，籬外雨寒梅着花。勝日一尊能笑客〔五〕，更須官鼓候晨撾〔六〕。

【注】

〔一〕「一區」句：《漢書·揚雄傳上》：「揚雄字子雲，蜀郡成都人也。……漢元鼎間避仇復溯江上，處岷山之陽曰郫，有田一廛，有宅一區，世世以農桑爲業。」唐盧照鄰《長安古意》：「寂寂寥寥揚子居，年年歲歲一牀書。」西漢揚雄，字子雲，有文才，歷三朝而不得升遷，後世詩文中常以揚子雲表達懷才不遇之感。一區：表數量。指一間小屋。

〔二〕便腹：肥滿之腹。蘇軾《寶山晝睡》：「七尺頑軀走世塵，十圍便腹貯天真。」五車：即五車書。形容讀書非常多，學識淵博。語自《莊子·天下》：「惠施多方，其書五車。」

〔三〕「筋力」句：言如今年老筋力虛軟，如瘦骨嶙峋的老鶴。

〔四〕綰秋蛇：形容書法柔弱無力，缺乏豪邁之氣，就像秋蛇爬行的痕跡。《晉書·王羲之傳》中評蕭子雲書法：「行之若縈春蚓，字字如綰秋蛇。」綰：旋轉打結。

〔五〕勝日：節日，或親友相聚的日子。尊：盛酒器。

〔六〕官鼓：即官街鼓，又稱「咚咚鼓」，一種報時信號。《新唐書·百官志》：「左右街使，掌分察六街徼巡。……日暮，鼓八百聲而門閉；……五更二點，鼓自内發，諸街鼓承振，坊市門皆啟，鼓三千撾，辨色而止。」撾：敲，擊。

窗外梅蕾二首

玉兒秀稚雲幄藏〔一〕，鼻觀已覺瓶水香〔二〕。過眼空花均一寓〔三〕，十分春色屬秋堂〔四〕。

【注】

〔一〕雲幄：輕柔飄灑似雲霧的帷幄。此處指未開梅蕾的外層。

〔二〕鼻觀：以鼻聞之。宋朱熹《梅花開盡不及吟賞感歎成詩聊貽同好》其二：「鼻觀殘香裏，心期昨夢中。」瓶水香：梅插瓶水中之香。宋楊萬里《小瓶梅花詩》：「蕭蕭只隔窗間紙，瓶裏梅花總不知。」

〔三〕「過眼」句：謂以前所經見的繁花都如匆匆過客，早已無影無蹤。

〔四〕秋堂：指書生攻讀課業之所。唐王建《送司空神童》：「秋堂白髮先生別，古巷青襟舊伴歸。」

又

細蕾初看柳麥肥〔一〕，春風得得遶窗扉〔二〕。道人方作玉溪夢〔三〕，石塢竹橋風雪飛〔四〕。

【注】

〔一〕柳麥：柳芽初長成時像麥粒的形狀。

〔二〕得得：頻頻，頻仍。

〔三〕「道人」句：化用韓愈詩文而來。玉溪，指河南濟源之玉陽山，東西對峙。韓愈《河南少尹李公墓誌銘》：「吕氏子炅，棄其妻，著道士衣冠，謝其母曰：『當學仙王屋山。』（按，玉陽山即王屋山之支脈。）去數月復出，間詣公。公立之府門外，使吏卒脱道士衣冠，給冠帶，送付其母。」所謂「玉溪夢」疑指此。

〔四〕塢：四面高中間低的地方。風雪飛：指飄落的花瓣。

初秋夜涼

小蟲機杼月西廂〔一〕，風雨纔分半枕涼。白髮自疏河漢夢〔二〕，一瓶秋水玉簪香〔三〕。

【注】

〔一〕機杼：機杼聲，指織機的聲音。

〔二〕河漢夢：用以比喻想法荒誕不經。

〔三〕玉簪：花名。多年生草本植物。花未開時如簪頭，故名。秋季開花，色白如玉，芳香濃鬱，夜間開放。

謝孔遵席後堂畫山水圖　後堂號秀隱君〔一〕

家在龍沙弱水東〔二〕，竭來塵世笑春風〔三〕。都將天外蓬壺景〔四〕，漏作人間畫手工。玉腕雪遊犀管細〔五〕，寶煤香散鳳綃空〔六〕。只應大地山河影，常記飛鸞下月中〔七〕。

【注】

〔一〕秀隱君：金代畫家。元好問有《秀隱君山水》詩。清王毓賢《繪事備考》卷七：「秀隱君，不詳其姓氏。貞祐中於檀州善果寺畫初祖面壁圖，觀者雲集，歡喜贊歎。主者因求再畫，笑而不答。明日訪之，已無跡矣。」

〔二〕龍沙：指塞外。《後漢書·班超傳》：「坦步葱雪，咫尺龍沙。」注：「葱嶺、雪山、白龍堆、沙漠也。」龍沙本爲兩地，皆在西北塞外。泛用爲塞外通稱。弱水：古水名。《禹貢》中爲最西邊的河水。《水經注》卷二：「長老傳聞條支有弱水，西王母亦未嘗見。自條支乘水西行，可百餘日近日所入也。或河水所通西海矣。」

〔三〕竭來：猶言來，來到。

〔四〕蓬壺：蓬萊與方壺。古代傳説中的二座仙山。

〔五〕犀管：用犀角製的毛筆管。借指毛筆。唐王勃《七夕賦》：「握犀管，展魚箋。」

〔六〕寶煤：珍貴的墨。鳳綃：有鳳凰圖案的絹。

〔七〕飛鸞：當用「鸞舞鏡」典，以鏡喻月。

別墅二首

牆根雨大土花碧，秋筍寒添一兩莖。愛買僻書人笑古〔一〕，痛憎俗事自知清。黄花催織鈿鈿出〔二〕，白髮欺人故故生〔三〕。饘粥年來吾稍具①〔四〕，厭隨鞍馬逐浮名。

【校】

① 吾：毛本作「我」。

【注】

〔一〕僻書：冷僻的書籍，極罕見的書籍。宋計有功《唐詩紀事·温庭筠》：「令狐綯曾以舊事訪於庭筠，對曰：『事出《南華》，非僻書也。』」

〔二〕「黄花」句：黄花指菊花，秋末開花。古時有秋涼趕做衣裳的習俗，故云「催織」。鈿鈿：形容黄華落地之多。

〔三〕故故：故意，特意。

〔四〕饘粥：稀飯。代指最基本的生存條件、生活資料。

又

風雨驅寒入弊裘，閑齋氣味冷颼颼。年華過眼驚飛鳥〔一〕，利禄催人窘督郵〔二〕。竈下旋添温坑火，牀頭剩買讀書油〔三〕。可人誰似黄夫子，着意裁詩寄四休〔四〕。

【注】

〔一〕過眼：經過眼前。喻迅疾短暫。

〔二〕「利禄」句：用陶淵明典故。《晉書·陶潛傳》：「郡遣督郵至縣，吏白應束帶見之。潛歎曰：『吾不能爲五斗米折腰。』」

〔三〕剩：多。唐岑參《玉門關蓋將軍歌》：「我來塞外按邊儲，爲君取醉酒剩酤。」

〔四〕「可人」二句：用北宋太醫孫昉事。宋黄庭堅《四休居士詩序》：「太醫孫君昉，……自號四休居士。山谷問其説。四休笑曰：『粗茶淡飯飽即休，補破遮寒暖即休，三平二滿過即休，不貪不妒老即休。』山谷曰：『此安樂法也。』」可人：有才德的人。引申爲可愛的人。《禮記·雜記下》：「其所與遊，辟也。可人也。」孔穎達疏：「可人也者，謂其人性行是堪可之人也。」黄夫子：指黄庭堅。四休：四休居士孫昉。

龍德宮〔一〕

碧栱朱甍面面開〔二〕，翠雲稠疊鎖崔嵬〔三〕。連昌庭檻渾栽竹〔四〕，罨畫溪山半是梅〔五〕。藻井香銷塵化網〔六〕，銅欄秋澀雨留苔。只應千古華清月〔七〕，狼藉春風媿露臺〔八〕。

【注】

〔一〕龍德宮：宋汴京（今河南省開封市）宮殿名，位於外城，景龍江以北，與皇城有夾城相連。宋徽宗退位居於此。劉祁《歸潛志》卷七：「南京同樂園故宋龍德宫，徽宗所修。其間樓觀花石甚盛。每春三月花發及五六月荷花開，官縱百姓觀。雖未嘗再增葺，然景物如舊。」

〔二〕栱：在立柱與横梁交接處向外伸出弓形的承重結構。甍：屋檐。《文選·鮑照·詠史》：「京都十二衢，飛甍各鱗次。」李周翰注：「甍，屋檐也。」

〔三〕稠疊：稠密重迭，密密層層。崔嵬：高聳貌；高大貌。《楚辭·九章·涉江》：「帶長鋏之陸離兮，冠切雲之崔嵬。」王逸注：「崔嵬，高貌。」句言巍峨的宫殿掩映在翠緑的叢林中。

〔四〕連昌：連昌宫，又名蘭昌宫、玉陽宫，是唐代行宫之一。唐元稹《連昌宫詞》：「連昌宫中滿宫竹，歲久無人森似束。」渾：全。

〔五〕罨畫：罨畫池，蜀地名園，初名「東亭」。始建於唐代，是蜀州地方官待客、遊賞的衙署園林，景色以梅花和菱花煙柳爲勝。杜甫《和裴迪登臨蜀州東亭送客逢早梅相憶見寄》「東閣官梅動詩興」一句，使園中梅閣和梅園深入人心。

〔六〕藻井：傳統建築中天花板上的一種裝飾處理。一般做成圓形、方形或多邊形的凹面，上有各種花紋、雕刻和彩畫。《文選·張衡·西京賦》：「蔕倒茄於藻井，披紅葩之狎獵。」薛綜注：「藻井，當棟中交木方爲之，如井幹也。」

〔七〕華清：華清宫。以温泉湯池著稱。在今陝西省西安市臨潼區驪山北麓。唐貞觀十八年唐太宗詔令在此造殿，賜名湯泉宫。天寶六載改名華清宫。臺殿環列，盛況空前。至唐末廢圮，五代成爲道觀。

〔八〕露臺：露天臺榭。《史記·孝文本紀》：「孝文帝從代來，即位二十三年，宫室苑囿狗馬服御無所增益，有不便，輒弛以利民。嘗欲作露臺，召匠計之，直百金。上曰：『百金，中民十家之産，吾奉先帝宫室，常恐羞之，何以臺爲！』」後遂以「露臺」爲帝王節儉之典。

酴醾〔一〕

相看絶似好交友，着眼江梅季孟中〔二〕。海窟笙簫來鶴背〔三〕，月林冰雪繞春風。滿前玉蕊名尤重，特地梨花夢不同〔四〕。安得涪翁香一瓣，種成聊供小南豐〔五〕。

【注】

〔一〕酴醾：花名。落葉小灌木，攀緣莖。花白色，有香氣。本酒名，以花顔色似之，故取以爲名。《廣群芳譜》卷四二「酴醾」：「藤身灌生，青莖多刺。一穎三葉，如品字形，面光緑，背翠色，多缺刻。花青跗紅萼，及開時變白，帶淺碧，大朵千瓣，香微而清。盤作高架，二、三月間爛熳可觀。盛開時折置書册中，冬取插鬢，猶有餘香。本名荼蘼，一種色黄似酒，故加西字。」

〔二〕江梅：一種野生的梅花。宋范成大《梅譜》：「江梅，遺核野生，不經栽接者……花稍小而疏瘦有韻，香最清，實小而硬。」季孟：猶伯仲之間，謂不相上下。

〔三〕「海窟」句：以海窟龍宫、鶴背仙人之樂喻酴醾的超塵脱俗，清絶卓異。鶴背：鶴的脊背。傳説爲修道成仙者騎坐處。唐司空圖《雜題》其二：「世間不爲蛾眉誤，海上方應鶴背吟。」

〔四〕特地：特别，特殊。梨花夢：唐王建《夢看梨花雲歌》：「薄薄落落霧不分，夢中唤作梨花雲。瑶池水光蓬萊雪，青葉白花相次發……落英散粉飄滿空，梨花顔色同不同。眼穿臂短取不得，取得亦如從夢中。無人爲我解此夢，梨花一曲心珍重。」「梨花雲」指夢中恍惚所見如雲似雪的繽紛梨花。

〔五〕「安得」二句：用黄庭堅詩典。黄庭堅寫酴醾的詩作頗多，水準亦高。如《酴醾》：「漢宫嬌額半塗黄，入骨濃薰賈女香。日色漸遲風力細，倚欄偷舞白霓裳。」《觀王主簿家酴醾》：「肌膚冰雪薰沉水，百草千花莫比芳。露濕何郎試湯餅，日烘荀令炷爐香。」《冷齋夜話》引青神注：「詩人詠花，多比美女，山谷賦酴醾，獨比美丈夫。」黄庭堅詠酴醾以美男子何晏喻其色白，以荀彧留香比喻其芳香，獨出心裁，爲後人所稱道。宋陳師道《觀兗文忠公家六一堂圖書》：「向來一瓣香，敬爲曾南豐。」曾鞏爲陳師道的老師。後句用此典，以小南豐指陳師道。涪翁：宋詩人黄庭堅之號。香一瓣：佛教語，猶一炷香。佛教禪宗長老開堂講道，燒至第三炷香時，長老即云這瓣香敬獻傳授道法的某某法師。後以「一瓣香」指師承或敬仰某人。

夏日

牀頭書册聚麻沙〔一〕，病起經旬不煮茶。更爲炎蒸設方略〔二〕，細烹山蜜破松花〔三〕。

【注】

〔一〕麻沙：「麻沙本」的省稱。古書版本名。福建建陽麻沙鎮附近，盛産榕樹等木材，質地松柔，易於雕板，自南宋至明，該地書籍刻印業極爲發達，所印書籍行銷全國。然訛誤多，其品質次於杭州及四川刻本。宋周煇《清波雜誌》卷八：「若麻沙本之差舛，誤後學多矣。」今人程千帆、徐有富《校讎廣義》第四章第三節：「還有一點應當説明的就是建陽麻沙鎮所刻書，由於粗製濫造，當時及後世都獲得了不好的名聲。麻沙本幾乎成了劣本的代稱。」

〔二〕炎蒸：亦作「炎烝」。暑熱薰蒸。北周庾信《奉和夏日應令》：「五月炎烝氣，三時刻漏長。」方略：指解暑的方案。

〔三〕松花：又稱松黄，具有食用與藥用價值。宋蘇頌《本草圖經》：其花上黄粉名松黄，山人及時拂取，作湯點之甚佳。明李時珍《本草綱目》：「久服令輕身，療病勝似皮、葉及脂。」味甘，性温，無毒。主潤心肺，益氣，除風止血，也可以釀酒。

不出

好詩讀罷倚團蒲〔一〕，唧唧銅瓶沸地爐〔二〕。天氣稍寒吾不出，氍毹分坐與狸奴〔三〕。

【注】

〔一〕團蒲：即蒲團。用蒲草編織成的圓墊，多爲僧人坐禪及跪拜時所用。後也作坐具。

〔二〕唧唧：象聲詞，形容燒水時的絲絲聲。銅瓶：此處指爐上燒水用的銅壺。

〔三〕氍毹：也作氍毺。用毛織成的地毯。狸奴：貓的別名。宋陸游《贈貓》：「裹鹽迎得小貍奴，盡護山房萬卷書。慚愧家貧策勳薄，寒無氈坐食無魚。」

一室

老來湖海媿陳登〔一〕，只有頭鬚未是僧。坐對黄昏鐘鼓定，竹根吹火上吟燈〔二〕。欽叔所傳「少時豪氣愛陳登，老去真成有髮僧」。

【注】

〔一〕「老來」句：《三國志·魏志·張邈傳》：「陳元龍湖海之士，豪氣不除。」陳登：字元龍，下邳淮浦（今江蘇省漣水縣）人。年二十五，舉孝廉，除東陽長。建安初奉使赴許，向曹操獻滅吕布之策，被授廣陵太守。以滅吕布有功，加伏波將軍。陳登之才氣與豪邁，後人多稱引。如宋張元幹《水調歌頭》（舉手釣鼇客）：「元龍湖海豪氣，百尺卧高樓。」湖海：即湖海之士。形容氣慨豪放之人。

〔二〕吟燈：詩人的照明用燈，供詩人讀書吟詠所用之燈。

劉記室迎 七十六首

迎字無黨，東萊人〔一〕。初以廕試部掾。大定十三年用薦書對策爲當時第一。明年登進士第〔三〕，除豳王府記室〔三〕，改太子司經。顯宗特親重之〔四〕，二十年，從駕涼陘〔五〕，以疾卒〔六〕。章宗即位，録舊學之勞，賜其子國樞進士第。無黨自號無諍居士，有詩文樂府，號《山林長語》，詔國學刊行。

【注】

〔一〕東萊：萊州，金時屬山東東路，治掖縣，今山東省萊州市。

〔二〕明年登進士第：時間有誤。明年，即大定十四年。大定年間三年一試，十三年、十六年爲科舉年。十四年非科學年，既稱「登進士第」，劉迎登第應在大定十三年。

〔三〕豳王：豫王永成。《金史·豫王永成傳》：本名鶴野。大定十一年，進封豳。

〔四〕顯宗：金章宗之父，太子允恭之廟號。

〔五〕涼陘：又名金蓮川，金主駐夏避暑之所，在西京路桓州，灤河上源地區。

〔六〕以疾卒：劉迎卒年大定二十年，有誤。王慶生以劉迎撰《左丞唐括安禮碑》、吊姚孝錫詩爲證。今補一證：劉迎有《代王簿上梁孟容副公二首》，而梁肅拜副相參知政事在大定二十一年三月，可知劉迎在大定二十一年尚在世。

淮安行〔一〕

淮安城壁空樓櫓〔二〕，風雨半摧雞糞土〔三〕。傳聞兵火數年前，西觀竹間藏乳虎〔四〕。迄今井邑猶荒涼〔五〕，居民生資惟榷場〔六〕。馬軍步軍自來往，南客北客相經商。邇來户口雖增出，主户中間十無一〔七〕。里閭風俗樂過從〔八〕，學得南人煮茶喫。青衫從事今白頭〔九〕，一官乃得西南陬〔一〇〕。宦遊未免簡書畏〔一一〕，歸去更懷門户憂〔一二〕。世緣老矣百不好〔一三〕，落筆尚能哦楚調〔一四〕。從今買酒樂昇平，爛醉歌呼客神廟。

【注】

〔一〕詩題：爲即事名篇的新題樂府。淮安：《金史·地理志》「唐州」下：宋淮安郡，嘗置榷場。治今河南省唐河縣。

〔二〕樓櫓：古代軍中用以瞭望、攻守的無頂蓋的高臺。

〔三〕雞糞土：淮安城牆用雞糞土修築，不堅固結實。下篇《修城行》：「淮安城郭真虛設，父老年前向予説。築時但用雞糞土，風雨即摧乾更裂。」

〔四〕乳虎：育子的母虎，或初生的幼虎。

〔五〕井邑：村莊。

〔六〕榷場：指遼、宋、西夏、金政權各在邊界交接地點所設置的互市市場。紹興和議後，金國在唐州、泗州（今江蘇境内）、壽州（今安徽省鳳臺縣）、蔡州（今河南省汝南縣）、鄧州（今河南省鄧州市）、潁州（今安徽省阜陽市）等地置立榷場。

〔七〕主户：指佔有土地、交納賦税者。

〔八〕過從：互相往來；交往。元范梈《王繼學晚過舍下》：「頗得過從樂，相看莫厭頻。」

〔九〕青衫：古時學子所服，故借指學子，書生。從事：漢以後三公及州郡長官皆自辟僚屬，多以從事爲稱。

〔一〇〕西南陬：淮安位於在開封西南，又與宋境接，故云。陬：邊遠偏僻的地方。

〔一一〕簡書：用於告誡、策命、盟誓、徵召等事的文書。亦指一般文牘。

〔一二〕門户：猶門第。指家庭在社會上的地位等級。古人爲官可光宗耀祖，封妻蔭子。金劉撝《誡子》：「元自蓬蒿出門户，莫教門户卻蓬蒿。」

〔一三〕世緣：俗緣。指處世圓通的人情世故。

〔一四〕楚調：原指古代楚地的曲調，後爲樂府相和調之一。唐陶翰《燕歌行》：「請君留楚調，聽我吟燕歌。」

修城行〔一〕

淮安城郭真虚設〔二〕，父老年前向予説。築時但用雞糞土，風雨即摧乾更裂。祇今高低如堵牆〔三〕，舉頭四野青茫茫。不知地勢實衝要，東連鄂渚西襄陽〔四〕。誰能一勞謀永逸〔五〕，四壁依前護塼石。免令三歲二歲間，費盡千人萬人力。唐州後竟用此策也。

【注】

〔一〕詩題：爲即事名篇的新題樂府。行，樂府詩體裁之一。宋姜夔《白石詩話》：「體如行書曰行，放情曰歌，兼之曰歌行。」詩人大定十三年曾爲唐州幕官，詩作於次年，是對位居要衝的邊城提出合理的防禦建議。

〔二〕淮安：宋郡名，金置唐州，治所在泌陽（今河南省唐河縣）。時爲金朝南疆邊城。

〔三〕堵牆：一堵牆，普通牆垣。此處狀淮安城牆的低矮殘破。

〔四〕鄂渚：《楚辭·涉江》：「乘鄂渚而反顧兮，欸秋冬之緒風。」洪興祖注：「鄂州，武昌縣地是也。隋以鄂渚爲名。」世稱鄂州爲鄂渚。時爲南宋荊湖北路治所，在唐州東南。襄陽：襄陽古城，今湖北襄陽市襄城區。時爲南宋京西南路及襄陽府治所，在唐州西南。

〔五〕一勞謀永逸：謂勞苦一次，可永久安逸。典出漢班固《封燕然山銘》：「茲可謂一勞而久逸，暫費而永寧者也。」

河防行〔一〕

南州一雨六十日〔二〕，所至川源皆泛溢。黄河適及秋水時〔三〕，夜來決破陳河堤。河神憑陵雨師借〔四〕，晚未及晴昏復下。傳聞一百五十村，蕩盡田園及廬舍。我聞禹時播河爲九河，一河既滿還之他〔五〕。川平地迥勢隨弱，安流是以無驚波。祇今茫茫餘故跡，未易區區議疏闊〔六〕。三山橋壞勢益南〔七〕，所過泥沙若山積。大梁今世爲陪京〔八〕，財賦百萬資甲兵。高談泥古不須爾〔九〕，且要築堤三百里。鄭爲頭〔一〇〕，汴爲尾〔一一〕，準備他時漲河水。

【注】

〔一〕詩題：古時黄河常泛濫成災，歷朝設置機關防禦水患，稱「河防」。《金史·河渠志》「黄河」：「金始克宋……數十年間，或決或塞，遷徙無定。金設官置署，以主其事。沿河上下凡二十五埽。」此指詩人任河防之職巡視黄河堤防。詩爲即事名篇的新題樂府。

〔二〕南州：泛指南方地區。此指黄河下游地區。

〔三〕秋水：秋雨、秋霖。《莊子·秋水》：「秋水時至，百川灌河；涇流之大，兩涘渚崖之間不辨牛馬。」

〔四〕河神：河伯，黄河水神。河伯名馮夷，始見於《莊子》、《楚辭》、《山海經》等。憑陵：横行，猖獗。

雨師：掌管雨的神。源於中國古代神話。《山海經·大荒北經》：「蚩尤作兵，伐黄帝，請風伯雨師，縱大風雨。」借：借勢，依靠。

〔五〕「我聞」二句：用「禹播九河」事。大禹治水時曾鑿龍門，播九河，終歸於海。《尚書·禹貢》云：「導河積石，至於龍門；南至於華陰，東至於砥柱，又東至於孟津，東過洛汭，至於大伾；北過降水，至於大陸；又北播爲九河，同爲逆河，入於海。」孔傳：「北分爲九河，以殺其溢。」播：分散。

〔六〕「未易」句：《金史·河渠志》「黄河」：「大定八年六月河決李固渡，水潰曹州城，分流於單州之境。九年正月，朝廷遣都水監梁肅往視之……肅亦言：『新河水六分，舊河水四分，今若塞新河，則二水復合爲一。如遇漲溢，南決則害於南京，北決則山東、河北皆被其害。不若李固南築隄，以防決溢爲便。』」合觀「大梁」二句，詩人持論與梁肅等同。區區：拘泥，局限。晉葛洪《抱朴子·百家》：「狹見之徒，區區執一。」疏闢：疏通開浚。

〔七〕「三山」句：金時黄河東至開封北離故道，轉向東南與淮河合流入海。《金史·河渠志》「黄河」：「（大定）二十年，河決衛州及延津京東埽，瀰漫至歸德府。檢視官南京副留守石抹輝者言：『河水因今秋霖潦暴漲，遂失故道，勢益南行。』」三山：其地不詳。當指河南一段。開封市有「三山不顯」之説，疑三山橋指汴京中汴河上之橋。汴河自滎陽引黄河水，東南流入淮河。

〔八〕大梁：戰國魏都。在今河南省開封市西北。陪京：即陪都。因政治地理、政治軍事形勢，朝廷在正式首都之外建立的輔助性都城。海陵王於貞元元年以開封爲南京，作爲南進攻宋的基地。

〔九〕泥古：拘泥，固執。拘泥於古人的説法而不知變通。

〔一〇〕鄭：鄭州，即宋滎陽郡，金代轄七縣三鎮。

〔一一〕汴：宋之汴京，金之南京，今河南省開封市。

【五】

普照旃檀像，舊物也。方丈老人比以見還，作詩謝之〔一〕

我昔遊京師，稽首禮瑞像〔二〕。堂堂紫金身〔三〕，示現大法藏〔四〕。裝嚴七寶几〔五〕，重疊九霞帳。光如百千日，晃耀不容望。想初法王子，運力攝諸匠。瓌材發神秘，妙斲出智創〔六〕。

風流蜀居士，翰墨老彌壯〔一七〕。雷霆大地底，音樂諸天上〔一八〕。猶疑三十二〔一九〕，不具梵音相〔二〇〕。不知一點真，正勝千語浪〔二一〕。嗚呼五因緣〔二二〕，語綺反成謗〔二三〕。我今獨何幸，相見問無恙。文殊本無二〔二四〕，何處覓真妄。庶修香火供〔二五〕，獲脱煩惱障〔二六〕。天龍想驚喜〔二七〕，訶衛日歸向〔二八〕。已覺海潮音〔二九〕，人天會方丈〔三〇〕。

【注】

〔一〕普照旃檀像：檀香木刻的釋迦牟尼像。舊物：先人的遺物；原先所有之物。比：近日。

〔二〕稽首：古時一種跪拜禮，叩頭至地，是九拜中最恭敬者。瑞像：佛教語。稱佛教始祖釋迦牟尼之像。

〔三〕紫金身：經稱佛身爲紫金色。《禪林類聚》：「世尊於涅槃會上，以手摩胸告衆云：『汝等善觀吾紫磨金色之身，瞻仰取足，勿令後悔。』」

〔四〕法藏：佛教語。又作如來藏。意指其中含攝無量無形佛法。

〔五〕裝嚴：謂裝束整齊。七寶：佛教所稱七種珍寶，諸經所説略有不同。如《般若經》所説爲金、銀、琉璃、珊瑚、琥珀、硨磲、瑪瑙。几：矮桌。

〔六〕「想初」四句：佛教對釋迦牟尼尊稱法王。亦借指高僧。如清金農《得宋高僧手寫〈涅槃經〉殘本即題其後》：「法王力大書體肥，肯落人間寒與飢。」四句言雕刻旃檀像的高僧之製作情況。瓌材：珍奇的木材。妙斲：精妙的刀工。

〔七〕翰墨：意同「筆墨」，原指文辭。後世亦泛指文章、書法和繪畫。

〔八〕諸天：佛教指諸天神，亦指諸天神所居之處。

〔九〕三十二：佛教稱佛有三十二相，八十種好。謂三十二種殊勝容貌，八十種微妙形相。

〔一○〕梵音相：三十二相之一。謂佛的清淨梵音，聲洪圓滿，微妙最勝，聞者愛樂，得益無量。

〔一一〕浪：空虛無用。

〔一二〕五因緣：此處當指佛教所稱在家佛徒應持的五戒：不殺生、不偷盜、不邪淫、不妄語、不飲酒。

〔一三〕語綺：即綺語。指乖背真實巧飾言辭。十惡之一。屬五戒中「妄語」之列。謗：誹謗。佛教稱，謗佛，即犯「謗三寶戒」。

〔一四〕「文殊」句：《首楞嚴經》：「世尊曰：『文殊，吾今問汝，如汝文殊，更有文殊？是文殊者，爲無文殊。』文殊曰：『如是，世尊！我真文殊，無是文殊。何以故？若有是者，則二文殊。然我今日非無文殊，於中實無是非二相。』」

〔一五〕庶：但願。

〔一六〕煩惱障：又名惑障。即貪嗔癡等煩惱，能使衆生流轉於三界生死，因而障礙涅槃之業，故名。

〔一七〕天龍：佛教指諸天神與龍神，爲八部衆之二衆。

〔一八〕訶衛：指神靈保佑。《護法録》：「佛語所至，百神訶衛，無能捐者。」

〔一九〕海潮音：佛教稱佛講經説法或僧衆誦經的聲音，好像海潮之聲，響亮無盡。

〔二○〕人天：佛教指七趣中的人與天神。方丈：指禪寺中住持和尚的居室。

梁忠信平遠山水〔一〕

憶昔西游大梁苑〔二〕，玉堂門閉花陰晚。壁間曾見郭熙畫，江南秋山小平遠〔三〕。别來南北今十年，塵埃極目不見山。烏靴席帽動千里〔四〕，只慣馬蹄車轍間。明窗短幅來何處〔五〕，亂點依稀澒寒具〔六〕。焕然神明頓還我，似向白玉堂中住〔七〕。濛濛煙靄樹老蒼，上方樓閣山夕陽。一千頃碧照秋色，三十六峰凝曉光〔八〕。懸崖高居誰氏宅，縹緲危欄蔭青樾〔九〕。定知枕石高卧人，常笑騎驢遠遊客。當時畫史安定梁〔一○〕，想見泉石成膏肓〔一一〕。獨將妙意寄毫楮〔一二〕，我愧雨立隨諸郎〔一三〕。此行真成幾州錯，區區世路風波惡〔一四〕。還家特作發願文〔一五〕，伴我山中老猿鶴〔一六〕。

【注】

〔一〕梁忠信：北宋畫家，河南開封人。宋郭若虚《圖畫見聞誌》卷四：「京師人。仁宗朝爲圖畫院祗候，工畫山水，體近高克明，而筆墨差嫩。又寺宇過盛，棧道兼繁，人或譏之也。以上各有圖軸傳於世。」平遠山水：即《平遠山水圖》，梁忠信畫作，後人多有題詠。平遠：山水畫的一種取景方法，自近山望遠山，意境綿邈曠遠。宋郭思纂集《林泉高致》載其父郭熙之説：「山有三遠：自山下而仰山顛，謂之「高遠」；自山前而窺山後，謂之「深遠」；自近山而望遠山，謂之「平遠」。」

〔二〕大梁：即汴京開封。在今河南省開封市西北。宋時汴京城西皇家園林甚多，著名的有瓊林苑、金明池等，系汴京規模最大的園苑，乃宴進士之所。

〔三〕「壁間」二句：郭熙（一〇二三——一〇八五？）：字淳夫，河陽温縣（今屬河南）人。熙寧間爲御畫院藝學，後任翰林待詔直長。善山水寒林。《宣和畫譜》共收録其畫作三十幅，其中有《平遠圖》二幅。見宋《宣和畫譜》卷一一。

〔四〕烏靴：古代官員所穿的黑色靴子。席帽：古帽名。以藤席爲骨架，形似氈笠，四緣垂下，可蔽日遮顔。宋吴處厚《青箱雜記》卷二：「蓋國初猶襲唐風，士子皆曳袍重戴，出則以席帽自隨。」

〔五〕短幅：尺幅比較短小的畫。

〔六〕涴：汙，弄髒。寒具：禦寒的衣物。《宋史·劉恕傳》：「（恕）自洛南歸，時方冬，無寒具。司馬光遺以衣襪及故茵褥。」

〔七〕白玉堂：指翰林院。

〔八〕三十六峰：登封少室山，其上有三十六峰。唐李白《贈嵩山焦煉師》詩序：「余訪道少室，盡登三十六峰。」唐高適《别楊山人》：「不到嵩陽動十年，舊時心事已徒然。一二故人不復見，三十六峰猶眼前。」

〔九〕青樾：成蔭的緑樹。

〔一〇〕「當時」句：此句追述梁忠信郡望。安定郡（今甘肅省平涼西北）：西漢元鼎三年置。這一支梁氏，始祖是春秋時晉國大夫梁益耳，東漢最爲興盛，就形成了郡望安定。

〔一一〕「想見」句：《舊唐書·田遊巖傳》載：田遊巖，京兆三原人。遊於太白山。每遇林泉會意，輒留連不能去。後入箕山，自稱「許由東鄰」。高宗幸嵩山，遊巖山衣田冠出拜，帝曰：「先生養道山中，比得佳否？」遊巖曰：「臣泉石膏肓，煙霞痼疾，既逢聖代，幸得逍遥。」後人遂用「泉石膏肓，煙霞痼疾」代山水癖好者，尤稱山水畫家。《佩文齋書畫譜》卷一六「明王肯堂論畫」：「前輩畫山水皆高人逸士。所謂泉石膏肓，煙霞痼癖，胸中丘壑，幽映迴繞，鬱鬱勃勃不可終遏，而流於縑素之間，意誠不在畫也。」泉石膏肓：指對山水的癡迷已到無可救藥之地步。

〔一二〕毫楮：指毛筆和紙。楮：落葉喬木，樹皮是製造桑皮紙和宣紙的原料。後用爲紙的代稱。

〔一三〕「我愧」句：《史記·滑稽列傳》：「秦始皇時，置酒而天雨，陛楯者皆沾寒，優旃見而哀之……優旃曰：『汝雖長，何益，幸雨立。我雖短也，幸休居。』於是始皇使陛楯者得半相代。」後以「雨立」爲侍從之典。郎，漢制，二千石以上官員得任其子爲郎，擔任護衛侍從。劉迎正隆末以蔭入仕，爲部掾。

〔一四〕區區：平庸的、凡俗的。

〔一五〕發願文：願文。佛教語，指法事時述施主願事的表白。

〔一六〕猿鶴：猿和鶴。隱者所遊從。

連日雪惡，用《聚星堂雪》詩韻〔一〕

朔風朝來放雲葉〔二〕，紛紛吹落龍沙雪〔三〕。山河大地同一如〔四〕，變化須臾亦奇絶。參天松項老猶强①，搶地竹頭低欲折。亂飄書帙愛窗明〔五〕，狂入地爐驚火滅。重衾方擁膚尚粟〔六〕，凍筆將書肘先掣。未容衰白點鬢華，只許醉紅生面纈〔七〕。何人清唱墮梁塵〔八〕，有客高吟霏鋸屑〔九〕。昔賢句法今尚在〔一〇〕，斷臂阿誰心地瞥〔一一〕。後生曠世安敢望〔一二〕，故事歷劫徒能説〔一三〕。是中聖處公會無〔一四〕，一粒靈丹工點鐵〔一五〕。

【校】

①項：李本、毛本作「頂」。

【注】

〔一〕《聚星堂雪》：蘇軾七言詠雪「禁體」古詩。其詩序曰：「元祐六年十一月一日，禱雨張龍公，得小雪，與客會飲聚星堂。忽憶歐陽文忠作守時，雪中約客賦詩，禁體物語，於艱難中特出奇麗，爾來四十餘年莫有繼者。……故輒舉前令，各賦一篇，以爲汝南故事云。」按，歐陽修《雪中會客賦詩序》：「玉、月、梨、梅、練、絮、白、舞、鵝、鶴、銀等事，皆請勿用。」蘇軾其詩韻脚分别爲：雪，絶，折，滅，掣，纈，屑，瞥，説，鐵。

〔二〕雲葉：猶雲片，雲朵。南朝陳張正見《初春賦得池應教》：「春光落雲葉，花影發晴枝。」

〔三〕龍沙：地名。《後漢書·班超傳》：「坦步葱雪，咫尺龍沙。」注曰：「葱領、雪山、白龍堆、沙漠也。」後泛指塞外。

〔四〕一如：完全相同，没有差别。

〔五〕書帙：泛指書籍。宋蘇轍《南窗》：「西齋書帙亂，南窗初日升。」

〔六〕膚尚粟：因寒冷而皮膚上起雞皮疙瘩。

〔七〕面纈：兩頰紅暈。此處指酒後臉上呈現的紅暈。

〔八〕清唱：不用音樂伴奏的歌唱。梁塵：比喻嘹亮動聽的歌聲。南朝宋鮑照《學古》：「調絃俱起舞，爲我唱梁塵。」

〔九〕霏鋸屑：鋸屑霏霏。形容娓娓不絶言談。語出《晉書·胡毋輔之傳》：「彦國吐佳言如木屑，霏霏不絶，誠爲後進領袖也。」蘇軾《生日王郎以詩見慶》：「高論無窮如鋸屑，小詩有味似連珠。」

〔一〇〕「昔賢」句：蘇軾《聚星堂雪》：「汝南先賢有故事，醉翁詩話誰能説。當時號令召聽取，白戰不許持寸鐵。」句指蘇詩之句法。

〔一一〕「斷臂」句：指禪宗二祖慧可斷臂，以示求法决心。《景德傳燈録》載，慧可詣嵩山少林寺菩提達摩，曾終宵立於雪中，並自斷左臂，以示求道决心，終蒙達摩接納。心地：在禪宗，指達摩所傳之菩提。心地瞥：指其瞥然發明心地，即明心見性。瞥，忽然；迅速地。

〔二〕曠世：（才華）當代無人能比。句言自己不敢以曠世之才自許。

〔三〕歷劫：佛教語。謂宇宙在時間上一成一毁。經歷宇宙的成毁爲「歷劫」。句言蘇軾與賓客在聚星堂飲酒賦雪、切磋詩藝之事，雖經改朝換代仍能流傳講述。

〔四〕是中聖處：指對蘇軾詩藝的神妙領悟。《老子》：「絶聖棄智，民利百倍。」王弼注：「聖智，才之善者。」會：知曉，領悟。

〔五〕「一粒」句：即點鐵成金，比喻修改詩文，化腐朽爲神奇。宋黄庭堅《答洪駒父書》：「古之能爲文章者，真能陶冶萬物，雖取古人之陳言入於翰墨，如靈丹一粒，點鐵成金也。」謂巧妙點撥，使學人開悟。《樂邦文類》：「還丹一粒，點鐵成金。真理一言，革凡成聖。」

徐夢弼以詩求蘆菔，輒次來韻〔一〕

昔聞趙州老〔二〕，老大猶泛愛。説法利人天〔三〕，機緣不勝在〔四〕。當年鎮府話，蓋以小喻大〔五〕。具眼領略之，於兹豈無待。嗚呼後來者，見趣遠不逮。又聞東坡公，謫居飽鮭菜〔六〕。暮年海南住，几席溪山對。自饌一杯羹，老狂猶故態。最喜霜露秋，味出雞豚外〔七〕。乃知作詩本，口腹不無賴〔八〕。風流二大士，妙處無向背。在家與出家，相投若針芥〔九〕。先生今復然，秀句筆端快。誰云修法供〔一〇〕，遊戲出狼狽〔一一〕。一飽待明年，桑麻歌佩佩〔三〕。

【注】

〔一〕徐夢弼：其人不詳。蘆菔：即蘿卜。北魏賈思勰《齊民要術·蔓菁》：「種菘、蘆菔法，與蕪菁同。」石聲漢注：「『蘆菔』，現在寫作『蘿卜』、『萊菔』。」

〔二〕趙州老：法號從諗，唐代高僧。幼年出家，後得法於南泉普願禪師，爲禪宗六祖慧能大師之後的第四代傳人。唐大中年間至趙州傳禪，僧俗共仰，人稱「趙州古佛」。其證悟淵深，享譽南北禪林。圓寂後，寺内建塔供奉衣鉢和舍利，謚號「真際禪師」。

〔三〕人天：佛教語。六道輪回中的人道和天道。亦泛指諸世間、衆生。

〔四〕機緣：佛教語。謂衆生信受佛法的機會和因緣。

〔五〕「當年」二句：指趙州禪師著名的公案「鎮州蘿卜」：「問：承聞和尚親見南泉，是否？師曰：鎮州出大蘿卜頭。」事見《趙州禪師語録》。

〔六〕「又聞」二句：蘇軾在貶謫期間，用蘿卜等蔬菜烹調了鮭菜羹。《東坡羹頌》：「東坡羹，蓋東坡居士所煮菜羹也。不用魚肉五味，有自然之甘。其法以菘，若蔓菁，若蘆菔，若薺，皆揉洗數過，去辛苦汁，以生油少許塗釜緣及瓷盌，在菜湯中，入生米爲糝。」

〔七〕「最喜」二句：蘇軾《狄韶州煮蔓菁蘆菔羹》：「我昔在田間，寒庖有珍烹。常支折脚鼎，自煮花蔓菁。中年失此味，想像如隔生。誰知南粤老，解作東坡羹。中有蘆菔根，尚含曉露清。勿語貴公子，從渠嗜羶腥。」

〔八〕「乃知」二句：由東坡羹引發對作詩根本的聯想領悟，即蘇軾《書黃子思詩集後》所引司空圖論詩云：「梅止於酸，鹽止於鹹，飲食不可無鹽梅，而其美常在鹹酸之外。」

〔九〕針芥相投：磁石引針，琥珀拾芥，因以「針芥相投」謂相投契。四句言趙州老與蘇軾論詩契合。

〔一〇〕修法供：修法供養。佛教語。法供：佛教謂以佛法供養，即以佛法施與衆生。

〔一一〕狼狽：喻生活艱難窘迫。二句言友人以詩求蘿卜卻無法滿足的戲語，使詩人非常尷尬。

〔一二〕桑麻：泛指農作物。佩佩：《釋名·釋衣服》：「佩，倍也。言其非一物，有倍貳也，有珠，有玉，有容刀，有帨巾，有觿之屬也。」

再次前韻

神農嘗草木，濟世以仁愛〔一〕。根源列郡出，品目成書載〔二〕。中云萊菔根〔三〕，試驗頗爲大〔四〕。昌谷嘔時須〔五〕，文園渴嘗待〔六〕。食異地黃並〔七〕，效與蕪菁逮〔八〕。豈惟齒衆藥，政自冠諸菜〔九〕。五州風土宜，罫布畦壠對〔一〇〕。墾鋤盡衆力，封培窮百態。翠角春雨中，黃花晚煙外。日送盤箸資〔一一〕，歲給瓶罌賴〔一二〕。片玉出頭顱，層冰起膚背。脆美掩蓴葵〔一三〕，甘辛敵薑芥〔一四〕。物生貴有用，對此一何快。儲貯得沉涵〔一五〕，棄遺免狼狽〔一六〕。但足齊人滄〔二七〕，何慚楚臣佩〔二八〕。

【注】

〔一〕「神農」二句：指神農氏嘗百草福澤萬代事。神農：傳説中的炎帝，三皇五帝之一。他既是農業之神，教民耕種，也是醫藥之神，遍嘗百草，創醫學。晉干寶《搜神記》：「神農以赭鞭鞭百草，盡知其平、毒、寒、温之性，臭味所主。」

〔二〕「根源」二句：寫神農氏追根溯源，標産地出處，彙集成書。宋鄭樵《通志》卷一載：神農嘗百藥之時，皆口嘗而身試之，一日之間而遇七十毒，其所得三百六十物。後世承傳爲書，謂之《神農本草》。

〔三〕萊菔根：蘿卜。

〔四〕試驗：效驗。《神農本草經疏》卷二七「萊菔根」：「味辛，甘温無毒。散服及炮煮服食，大下氣，消穀，去痰癖，肥健人。生搗汁服，主消渴，試大有驗。」

〔五〕「昌谷」句：唐李商隱《李長吉小傳》：「恒從小奚奴，騎距驢，背一古破錦囊，遇有所得，即書投囊中。及暮歸，太夫人使婢受囊出之，見所書多，輒曰：『是兒要當嘔出心始已爾！』」李賀居昌谷（今河南省宜陽縣西），别號昌谷，故稱。因其寫詩有嘔心瀝血之説，故戲其須吃蘿卜來滋補。

〔六〕「文園」句：《史記·司馬相如列傳》載，漢司馬相如曾任孝文園令，「常有消渴疾」，因此稱病閒居。後遂以「文園病」指消渴病，即現代醫學所稱的糖尿病。蘿卜主治消渴，見注〔四〕，故有此句。

〔七〕地黄：藥用植物。中醫以根狀莖入藥。新鮮者，有清熱生津的作用。乾燥後，有養陰涼血功能。句謂蘿卜的療效可與地黄媲美。

〔八〕蕪菁：植物名。又名蔓菁。塊根肉質，花黄色。塊根可做蔬菜。俗稱大頭菜。

〔九〕「豈惟」二句：言吃蘿卜不僅有藥效，而且味美可口，是上等菜肴。

〔一〇〕罫布：棋譜。明方以智《通雅》卷三五：「罫布，曰卦圃。罫棋，枰線目也。古人稱方格謂之目。……退之《虢州三堂詩》：『罫布畦堪數。』言疏（蔬）圃列畦成行，如卦畫分明可數也。」

〔一一〕盤箸資：指做菜的食材、原料。箸：筷子。

〔一二〕瓶罌：泛指小口大腹的陶瓷容器。此句言蘿卜可補充糧食之匱乏。

〔一三〕蓴：蓴菜。蓴菜又名水葵，爲多年水生宿根草本植物。《齊民要術》：「諸菜之中，蓴菜第一。」葵：葵菜。古代重要蔬菜之一。可醃製，稱葵菹。

〔一四〕薑芥：生薑黄芥，調味品，味辛。

〔一五〕沉涵：此指將蘿卜入窖保存。

〔一六〕「棄遺」句：舊有「糠菜半年糧」之説，蘿卜在荒年救飢中担任重要角色。句言以蘿卜爲食，遺棄蘿卜就會斷炊，難以爲繼。狼狽：喻生活艱難窘迫。

〔一七〕齊人：平民。晉劉琨《勸進表》：「齊人波蕩，無所繫心。」飡：飯食，食物。

〔一八〕楚臣佩：戰國楚屈原《離騷》：「紉秋蘭以爲佩。」

鰒魚〔一〕

君不見二牢山下獅子峰〔二〕，海波萬里家魚龍〔三〕。金雞一唱火輪出，曉色下瞰扶桑宫〔四〕。槲林葉老霜風急〔五〕，雪浪如山半空立。貝闕軒騰水伯居〔六〕，瓊瑰噴薄鮫人泣〔七〕。長鑱白柄光芒寒〔八〕，一葦去橫煙霧間〔九〕。峰巒百疊破螺甲，宫室四面開蠔山〔一〇〕。碎身粉骨成何事，口腹之珍乃吾祟〔一一〕。郡曹受賞雖一言〔一二〕，國史收痂豈非罪〔一三〕。筠籃一一千里來，百金一笑收羹材〔一四〕。色新欲透瑪瑙盌，味勝可浥葡萄醅。飲客醉頰浮春紅，金盤旋覺放箸空〔一五〕。齒牙寒光漱明月，胸臆秀氣噴長虹〔一六〕。平生浪説江瑶柱〔一七〕，大嚼從今不論數〔一八〕。我老安能汗漫遊〔一九〕，買船欲訪漁郎去。

【注】

〔一〕鰒魚：又稱石决明，即今之鮑魚。明李時珍《本草綱目》：「石决明，形長如小蚌而扁，外皮甚粗，細孔雜雜，内則光耀。背側一行有孔如穿成者。生於石崖之上。」《後漢書·伏湛傳》：「張步遣使隨隆，詣闕上書，獻鰒魚。」唐李賢注引《廣志》：「鰒，無鱗，有殼，一面附石，細孔雜雜，或七或九。」

〔二〕二牢山：即大小嶗山。元于欽《齊乘》卷一：「大小二嶗山，即墨東南六十里，岸海名山也。」《山東通志》卷六：「又南爲大嶗山小嶗山，瀕於海，群峰聳峙，爲岱脈之東南障。」獅子峰：在嶗山太平宫東北，巨石相疊，狀若雄獅，故名。

〔三〕魚龍：魚和龍。泛指鱗介水族。《周禮·地官·大司徒》「鱗物」漢鄭玄注：「魚龍之屬。」

〔四〕扶桑宫：相傳爲扶桑大帝所居宫殿。晉葛洪《枕中書》：「扶桑大帝住在碧海之中，宅地四面，並方三萬里。上有太真宫。碧玉城萬里，多生林木，葉似桑。又有椹，樹長數千丈，二十圍，兩兩同根偶生，更相依倚，名爲扶桑。」《淮南子·天文訓》：「日出暘谷，浴於咸池，拂於扶桑，是謂晨明。」

〔五〕槲：落葉喬木或灌木，葉可喂柞蠶，樹皮可做染料，果實可入藥。

〔六〕貝闕：以紫貝爲飾的宫闕。指河伯所居的龍宫水府。語出《楚辭·九歌·河伯》：「魚鱗屋兮龍堂，紫貝闕兮朱宫。」軒騰：上揚開張。水伯：即河伯。

〔七〕瓊瑰：泛指珠玉。《左傳·成公十七年》：「初，聲伯夢涉洹，或與己瓊瑰食之。」杜預注：「瓊，玉；瑰，珠也。」鮫人，魚尾人身，眼淚化珠。晉張華《博物志》：「南海外有鮫人，水居如魚，不廢織績，其眼能泣珠。」

〔八〕長鑱：古代農具。唐杜甫《乾元中寓居同谷縣作歌》其二：「長鑱長鑱白木柄，我生託子以爲命。」此處指下海捕捉鰒魚之工具。因鰒魚生於石崖之上「有殼，一面附石」，故用長鑱。

〔九〕一葦：小船的代稱。《詩·衛風·河廣》：「誰謂河廣，一葦杭之。」孔穎達疏：「言一葦者，謂一束也，可以浮之水上而渡，若桴栰然，非一根葦也。」

〔一〇〕蠔山：指簇聚而生的蠔。蠔附石而生，相黏如山，故稱蠔山。明李時珍《本草綱目·介二·牡蠣》引蘇頌曰：「初生止如拳石，四面漸長，至一二丈者，嶄巖如山，俗呼蠔山。」以上二句描繪捕鰒的艱辛場面。

〔一一〕「碎身」二句：寫人們爲了飽口腹私欲，不惜粉身碎骨。祟：意爲鬼使神差，不能自已。

〔一二〕「郡曹」句：漢明帝時，臨淄太守爲嘉獎吴良，曾賞賜「鰒魚百枚」。事見《東觀漢記·吴良傳》。

〔一三〕「國史」句：用劉邕性喜食痂典。《南史·劉穆之傳》：「（劉）邕性嗜食瘡痂，以爲味似鰒魚。」

〔一四〕「筠籃」二句：用彦回食鰒魚典。《南史·褚裕之傳》：「時淮北屬，江南無復鰒魚，或有間關得至者，一枚直數千錢。人有餉彦回鰒魚三十枚，彦回時雖貴，而貧薄過甚，門生有獻計賣之，云可得十萬錢。彦回變色曰：『我謂此是食物，非曰財貨，且不知堪賣錢，聊爾受之。雖復儉乏，寧可賣餉取錢也。』悉與親游噉之，少日便盡。」筠籃：竹籃。

〔一五〕「金盤」句：言鰒魚味美，食客風捲殘雲，瞬間杯盤狼藉，放筷停食。

〔一六〕秀氣噴長虹：形容氣概豪壯。《禮記·聘義》：「氣如白虹，天也。」

〔一七〕浪説：輕易稱許。江瑶柱：一作江珧柱。江珧的肉柱。即江珧的閉殼肌，一種名貴的海味。宋陸游《老學庵筆記》卷一：「明州江瑶柱有二種：大者江瑶，小者沙瑶。然沙瑶可種，逾年則江瑶矣。」

〔一八〕大嚼：《文選·曹植·與吴季重書》：「過屠門而大嚼。」李善注引桓譚《新論》：「知肉味美，對屠門而大嚼。」句言吃過鰒魚以後，就再不饞貪江瑶柱等美食了。

〔一九〕汗漫遊：世外之遊。形容漫無涯際的遠遊。典出《淮南子·道應訓》：盧敖周遊各地，遇一人，邀其同遊，此人曰：「吾與汗漫期於九垓之外，吾不可以久駐。」遂入雲中。唐杜甫《奉送王信州崟北歸》：「復見陶唐理，甘爲汗漫遊。」

樓前曲〔一〕

樓前山色秋横碧，樓下水光秋漫白。眼看對此千里愁〔二〕，樓下長歌古離别。蕭蕭郎馬何時歸〔三〕，雁奴去作斜行飛〔四〕。灞橋過客夕陽遠〔五〕，渭城行人朝雨微〔六〕。玉淒花冷令人瘦〔七〕，日暮倚樓雙翠袖〔八〕。蕙炷猶殘鸂鶒香〔九〕，麴塵半着鴛鴦繡〔一〇〕。五雲飛過芙蓉城〔一一〕，洞天冷落雲間笙〔一二〕。妾身有願化春草，伴君長亭仍短亭〔一三〕。

【注】

〔一〕曲：樂府詩體之一。

〔二〕「眼看」句：秋季是婦女擣衣寄遠之時，故有「千里愁」之語。

〔三〕蕭蕭：馬鳴聲。

〔四〕雁奴：雁群夜宿時專司警戒的雁。此泛指雁。

〔五〕灞橋：古橋名，位於西安城東。春秋時期，秦穆公稱霸西戎，改滋水爲灞水，並在水上修橋，是爲「灞橋」。唐朝時，灞橋設驛站，凡送别親朋好友，多在此分手，折柳相贈。

〔六〕「渭城」句：唐王維《送元二使安西》：「渭城朝雨浥輕塵。」

〔七〕「玉淒」句：《古詩十九首》：「行行重行行，與君生别離……相去日已遠，衣帶日已緩。」

〔八〕「日暮」句：晚唐温庭筠《夢江南》：「梳洗罷，獨倚望江樓。過盡千帆皆不是，斜暉脈脈水悠悠。腸斷白蘋洲。」

〔九〕蕙炷：指香。鸂鶒：水鳥名。形大於鴛鴦，而多紫色，好並遊。俗稱紫鴛鴦。此處指鴛鴦型的香爐。

〔一〇〕麴塵：亦作「麯塵」。酒麴上所生菌。因色淡黄如塵，亦用以指淡黄色。

〔一一〕五雲：指仙人所乘之車。北周庾信《道士步虚詞》之六：「東明九芝蓋，北燭五雲車。」倪璠注引《漢武内傳》：「漢武帝好仙道，七月七日夜漏七刻，王母乘雲車而至於殿。」芙蓉城：《古今事通》：「王迥子高與仙女周瑶英遊芙蓉城，凡百餘日。」此處代女子所居之處。

〔一二〕洞天：道教語，指神道居住的名山勝地。舊題漢劉向撰《列仙傳》：「王子喬者，周靈王太子晉也。好吹笙，作鳳凰鳴。遊伊、洛之間，道士浮丘公接以上嵩高山。三十餘年，後求之於山上，見桓良曰：『告我家，七月七日待我於緱氏山巔。』至時，果乘白鶴駐山頭，望之不得到，舉手謝時人，數日而去。」句言期待遠方的夫君而失望，獨守空房，冷落孤寂。

〔三〕長亭仍短亭：古時設在路旁的亭舍，常用爲餞别處。唐白居易等《白孔六帖》卷九：「十里一長亭，五里一短亭。」上二句意同宋張先《江南柳》：「斜照後，新月上西城。城上樓高重倚望，願身能似月亭亭，千里伴君行。」

題十眉圖〔一〕

寶箱拂塵金鈿鈒〔二〕，周昉丹青見真筆〔三〕。春風曾憶賦妖嬈〔四〕，人共畫圖成十一。燭奴香底花光凝〔五〕，錚錚鐵響聞三更〔六〕。車聲雷動不通語，眼態波横空送情〔七〕。蠻雲盤鶴遼天闊〔八〕，犀玉依依對書札〔九〕。人生何處不相逢，還醉武陵溪上月〔一〇〕。

【注】

〔一〕十眉圖：十樣不同的美女眉型畫圖。唐玄宗命畫工繪製。唐張泌《妝樓記·十眉圖》：「明皇幸蜀，令畫工作十眉圖，横雲、斜月，皆其名。」明楊慎《丹鉛續録·十眉圖》：「唐明皇令畫工畫十眉圖。一曰鴛鴦眉，又名八字眉；二曰小山眉，又名遠山眉；三曰五岳眉；六曰月稜眉，又名卻月眉；七曰分梢眉；八曰逐煙眉；九曰拂雲眉；十曰倒暈眉。」

〔二〕鋸鉞：也作「屈戌」。門窗箱櫃等器物上的環紐，搭扣。元陶宗儀《輟耕録·屈戌》：「今人家窗户設鉸具，或鐵或銅，名曰環紐，即古金鋪之遺意，北方謂之屈戌，其稱甚古。」

〔三〕「周昉」句：周昉，字景元，唐玄宗時長安人。傳寫婦女爲古今之冠，人稱韓幹得形似，昉得精神姿致，歸爲「神品」。生平圖繪甚多，而散佚不少。宋宫所藏七十有二。見《宣和畫譜》卷六。真筆：真跡。

〔四〕春風：喻美麗的容貌。杜甫《詠懷古跡》：「畫圖省識春風面，環珮空歸月夜魂。」

〔五〕燭奴：原爲雕刻成人形的燭臺。後泛指燭臺。五代王仁裕《開元天寶遺事·燭奴》：「（申王）每夜中與諸王貴戚聚宴，以龍檀木雕成燭髮童子，衣以緑衣袍，繫之束帶，使執畫燭列立於宴席之側，目爲燭奴。」

〔六〕錚錚：象聲詞。常形容金、玉等物的撞擊聲。

〔七〕「車聲」二句：言詩人看到圖中美女乘車而來，眉目含情。

〔八〕「鸞雲」句：化用遼東鶴典以寓美女仙去，改朝换代，人世滄桑之悲。舊題晉陶潛《搜神後記》卷一：「丁令威，遼東人，學道於靈虚山。後化鶴歸遼，集城門華表柱。時有少年，舉弓欲射之。鶴乃飛，徘徊空中而言曰：『有鳥有鳥丁令威，去家千年今始歸。城郭如故人民非，何不學仙冢纍纍。』」

〔九〕犀玉：指以犀牛角和美玉裝飾成的畫軸書簽。書札：又稱手札、信札、尺牘，即書信。

〔一〇〕武陵溪：即晉陶淵明所記之桃花源，代指清幽隱居之地。杜甫《水宿遣興奉呈群公》：「丹心老未折，時訪武陵溪。」

雲中君圖〔一〕

衣若新沐蘭湯薰〔二〕，靈巫拜舞方迎神〔三〕。怳然相見帝者服，九歌昔詠雲中君〔四〕。畫史亦可人，妙入造化域〔五〕。羽衣玉塵美且閑〔六〕，此意不知何處得。空明倏忽紛溟濛〔七〕，胡爲眷眷臨壽宫〔八〕。飄然來下復遠舉，想像決去隨飛龍〔九〕。祠空人散秋蕭瑟，落日猿聲喚秋色。湘天極目青茫茫，憑高一望無南北。

【注】

〔一〕雲中君：一説是雲神。王逸《楚辭章句·雲中君》注：「雲中君，雲神，豐隆也，一曰屏翳。」

〔二〕蘭湯：加入香料的浴湯。《楚辭·九歌·雲中君》：「浴蘭湯兮沐芳，華采衣兮若英。」

〔三〕靈巫：即巫師。

〔四〕《九歌》：《楚辭》篇名。屈原據楚地民間祭神樂歌加工而成，共十一篇。有《東皇太一》、《雲中君》、《湘君》、《湘夫人》等。

〔五〕造化：自然界的創造者。亦指自然。《莊子·大宗師》：「今一以天地爲大鑪，以造化爲大冶，惡乎往而不可哉？」

〔六〕羽衣：常稱神仙所着衣爲羽衣。三國魏曹植《平陵東行》：「閶闔開，天衢通，被我羽衣乘飛龍。」玉麈：玉柄麈尾，類羽扇。

〔七〕空明：指空曠澄淨的天空。蘇軾《海市》：「東方雲海空復空，群仙出没空明中。」倏忽：頃刻之間。指極短的時間。溟濛：也作「冥蒙」。模糊不清的樣子。

〔八〕眷眷：依戀反顧貌。《詩·小雅·小明》：「念彼共人，睠睠懷顧。」壽宫：供神之宫。《楚辭·九歌·雲中君》：「蹇將憺兮壽宫，與日月兮齊光。」王逸注：「壽宫，供神之處也。祠祀皆欲得壽，故名爲壽宫也。」

〔九〕決去：辭别而去。《漢書·蘇武傳》：「（李陵）與武決去。」顔師古注：「決，别也。」

楚山清曉圖〔一〕

山娟娟〔二〕，江茫茫，緣山林木老已蒼。穿林細路縈羊腸，汀洲人家蘭杜香〔三〕。兩山秀出江中央，宛如雙劍森鋒鋩。層巒架空化寶坊〔四〕，塔波突兀一氣傍〔五〕。雞聲喔喔林鳥翔，顧瞻曙色開東方〔六〕，清風宿霧方蒼涼。兜羅綿網淡平野〔七〕，紫磨金餅暾浮桑〔八〕。櫓聲才動欲離岸，鐘韻已殘猶殷牀〔九〕。當年有米維楚狂〔一〇〕，生子亦復肖阿章〔一一〕。想從乃翁住朝陽〔一三〕，收拾山緑飡湖光，膝前翰墨觀琳琅〔一三〕。此圖戲出遂擅場〔一四〕，彼衆史者何敢當〔一五〕。不然安得牙籤犀軸古錦囊〔一六〕，賞覽一朝蒙古皇〔一七〕。

【注】

〔一〕詩題：宋米友仁曾作《楚山清曉圖》。《宋史》卷四四四《文苑六》載：米芾，字元章。召爲書畫學博士，賜對便殿，上其子友仁所作《楚山清曉圖》，擢禮部員外郎。

〔二〕娟娟：形容南方小山之清秀嫵媚。

〔三〕汀洲：水中小洲。蘭杜：蘭草與杜衡，代香草。

〔四〕架空：懸空。房屋下面用柱子等支撑而離開地面。寳坊：寺院的美稱。佛經稱欲界色界之中間有大寳坊，佛於此説《大集經》。

〔五〕塔波：也作塔婆，塔的梵文音譯。此處指畫中佛塔。突兀：高聳貌。一氣：聲氣相通；一伙同類。

〔六〕顧瞻：回視；環視。

〔七〕兜羅綿：即木棉。《翻譯名義集·沙門服相》：「兜羅，……或名妬羅綿。妬羅，樹名。綿從樹生，因而立稱，如柳絮也。」古人常以之喻雲。宋米芾《丹陽淨齋記》：「兜羅密而靈光生，陰霧合而大霆走。」網：籠罩。唐王昌齡《灞上閑居》：「空林網夕陽，寒鳥赴荒園。」

〔八〕紫磨金餅：指太陽。紫磨金：上品黄金。北魏酈道元《水經注·温水》：「華俗謂上金爲紫磨金。」暾：形容日光明亮温暖。浮桑：即扶桑。指太陽出來的地方。《古文苑·張衡·髑髏賦》：「西經昧谷，東極浮桑。」章樵注：「日出之處曰扶桑。」

〔九〕「鐘韻」句：化用杜甫《大雲寺贊公房四首》其一詩句：「梵放時出寺，鐘殘仍殷牀。」殷：震動，如雷聲般震動。

〔一〇〕有米維楚狂：指宋代書畫家米芾。米芾，字元章，號襄陽居士。祖籍太原，後遷居湖北襄陽。善詩，書畫自成一家。天資高邁，人物蕭散，恃才傲物，世號「米顛」。蘇軾《米芾石鐘山硯銘》稱其「米楚狂」，時人多以稱之，如賀鑄《金山夜集招米芾元章不至作》：「惜無杯中物，可以延楚狂。」宋李彭《賦米芾所畫金山圖》：「楚狂潑墨掃絹素，澄神卧遊知處所。」

〔一一〕「生子」句：米芾子友仁，字元暉，力學嗜古，亦善書畫，世號小米。《宋史》卷四四四《文苑六》有傳。阿章：米芾，字元章，故稱。宋賀鑄《約十客同集金山，米芾元章約而不至。坐中分題，以元章未至分韻作詩拈鬮，韻應口便作，滯思即罰巨觥，予得章字》：「九客相逢思楚狂，停歌罷鋏緩行觴。座中那更添嚴令，分韻吟詩招阿章。」

〔一二〕乃翁：他的父親。朝陽：山的東面。《詩·大雅·卷阿》：「鳳凰鳴矣，于彼高岡。梧桐生矣，于彼朝陽。」毛傳：「山東曰朝陽。」

〔一三〕「膝前」句：《孝經·聖治》：「故親生之膝下。」唐玄宗注：「膝下，謂孩幼之時也。」《世説新語·方正》：「藍田愛念文度（王坦之），雖長大，猶抱著膝上。」琳琅：精美的玉石。後借指美好的事物，如優美詩文、圖畫、書籍等。晉葛洪《抱朴子·任命》:「崇琬琰於懷抱之内,吐琳琅於毛墨之端。」

〔一四〕擅場:壓倒全場。指技藝高超出衆。杜甫《冬日洛城北謁玄元皇帝廟》:「畫手看前輩,吴生遠擅場。」

〔一五〕「彼衆」句:《莊子·田子方》:「宋元君將畫圖,衆史皆至,受揖而立。舐筆和墨,在外者半。有一史後至者,儃儃然不趨,受揖不立,因之舍。公使人視之,則解衣般礴蠃。君曰:『可矣,是真畫者也。』」二句旨在推崇游戲翰墨、寫意重趣的文人畫,輕視亦步亦趨、拘謹於形似的普通畫師。元好問《許道寧寒溪古木圖,爲翟器之賦》:「翟卿論畫凡馬空,能知詩與畫同宗,解衣盤礴非衆工。」《胡壽之待月軒三首》:「形似何曾有定名,第從游戲得天成。」其意趣與此相同。

〔一六〕牙籤犀軸:以象牙做畫簽,以犀牛角作畫軸。錦囊:用錦繡綢緞做成的畫套。

〔一七〕蒙:雲氣。《漢書·揚雄傳上》:「翕赫曶霍,霧集蒙合兮。」顔師古注:「蒙,天氣下也。」古皇:傳説中有巢氏之號。宋羅泌《路史·前紀九·有巢氏》:「(有巢氏)駕六龍從日月,是曰古皇。」羅苹注:「《河圖》云:『有巢氏王天下也,駕六龍飛麟從日月,號古皇氏。』」代指朝日。

題劉德文戲綵堂〔一〕

郵傳文書日旁午〔二〕,過眼不容留頃許。先生遣決談笑間〔三〕,退食歸來奉慈母。吾不愛錦衣榮歸誇梓里〔四〕,吾不愛繡衮徒步登槐府〔五〕。傳家所愛作寧馨〔六〕,入室不愁無阿堵〔七〕。

堂中怡愉奉顏色〔八〕，堂下嬉戲同兒女〔九〕。十分壽斝泛醇酎〔一〇〕，五色綵衣紛雜組〔一一〕。映堦萱草弄春色〔一二〕，循陔蘭葉榮朝雨〔一三〕。先生蘊藉古人似〔一四〕，早歲聲名天尺五〔一五〕。拘縻豈合坐冗曹〔一六〕，獻納直宜趨禁所〔一七〕。更書屈指今幾日〔一八〕，竚看褒詔傳天語〔一九〕。龍光歆艷動庭闈〔二〇〕，湯沐疏封分郡土〔二一〕。芝封鈿軸爛雲錦〔二二〕，羽衣寶帔輝金縷〔二三〕。形容何止入畫圖〔二四〕，歌詠亦須流樂譜〔二五〕。區區賤子獨何幸〔二六〕，晚喜宗盟同鼻祖〔二七〕。他年一笑約升堂〔二八〕，萬石尊前拜嚴姥〔二九〕。

【注】

〔一〕劉德文：其人不詳。戲綵堂：堂名。因孝養父母而名。取自二十四孝老萊子戲綵娛親事。漢劉向《列女傳》：「老萊子孝養二親，行年七十，嬰兒自娛，着五色綵衣。嘗取漿上堂，跌仆，因卧地爲小兒啼。或弄烏鳥於親側。」

〔二〕郵傳：轉運官物，傳送文書。《宋史·王全斌傳》：「郵傳不通者月餘，全斌等甚懼。」

〔三〕遣決：處理，解決。宋代文瑩《玉壺清話》卷八：「舊例，丞相待漏於廬，燃巨燭尺盡始曉，將入朝，尚有留案遣決未盡。」

〔四〕錦衣榮歸誇梓里：用「衣錦還鄉」典故。《史記·項羽本紀》載：「項王見秦宮室皆以燒殘破，又心懷思欲東歸，曰：『富貴不歸故鄉，如衣繡夜行，誰知之者！』」後用以指富貴後回到故鄉，含有向親友鄉里誇耀之意。《梁書·柳慶遠傳》：「高祖餞於新亭，謂曰：『卿衣錦還鄉，朕無西顧之憂矣。』」梓里：故鄉。

〔五〕繡衮：衮繡，「衮衣繡裳」之省稱。指畫有卷龍的上衣和繡有花紋的下裳。古代帝王與三公的禮服。《詩·豳風·九罭》：「我覯之子，衮衣繡裳。」朱熹《集傳》：「之子，指周公也。」相傳周公東征勝利，成王以三公冕服相迎。後借指顯宦。徒步：平民的代稱。古時平民出行無車，故稱。槐府：三槐之府。三公的官署或宅第。宋万俟詠《三臺·清明應制》詞：「清明看，漢宮傳蠟炬，散翠煙，飛入槐府。」《周禮·秋官·朝士》：「朝士掌建邦外朝之法。……面三槐，三公位焉，州長衆庶在其後。」鄭玄注：「樹棘以爲位者，取其赤心而外刺，象以赤心三刺也。槐之言懷也，懷來人於此，欲與之謀。」後以「三槐」代稱三公。《漢書·公孫弘傳》：「弘自見爲舉首，起徒步，數年至宰相封侯。」《舊唐書·令狐楚牛僧孺等傳論》：「彭陽、奇章，起徒步而升臺鼎。」

〔六〕「傳家」句：寧馨：本爲晉人俗語，表「如此」「這般」之意。《晉書·王衍傳》載，山濤稱王衍「何物老嫗，生寧馨兒」。後人遂以「寧馨兒」贊美别人兒子或子弟。

〔七〕「入室」句：《世説新語·規箴》：「王夷甫雅尚玄遠，常嫉其婦貪濁，口未嘗言錢字。婦欲試之，令婢以錢遶牀不得行。夷甫晨起，見錢閡行，呼婢曰：『舉卻阿堵物。』」阿堵：本爲是晉人俗語，表「這個」之意。因王衍語，後人遂以「阿堵物」指錢。

〔八〕怡愉：喜悦，和悦。《宋史·孝宗紀贊》：「父子怡愉，同享高壽。」奉顏色：侍奉父母，使之喜悦。

〔九〕「堂下」句：謂娱親，在堂下玩耍如同小孩一樣天真活潑。

〔一〇〕壽斝：壽觴。宋蘇轍《宣徽使張安道生日》：「從公淮陽今幾年，憶持壽斝當公前。」醇酎：味道醇厚的美酒。

〔一一〕「五色」句：用「老萊衣」之典。漢劉向《列女傳》：「老萊子孝養二親，行年七十，嬰兒自娱，着五色綵衣。」雜組：雜色的、有文采的寬絲帶。

〔一二〕萱草：諼草，忘憂草。《詩·衛風·伯兮》：「焉得諼草，言樹之背。」朱熹注：「諼草，令人忘憂；背，北堂也。」清趙翼《陔餘叢考》卷四《萱堂》：「按古人寢堂之制，前堂後室，其由室而之内寢有側階，即所謂北堂也。見《尚書·顧命》注疏及《爾雅·釋宫》。凡遇祭祀，主婦位於此。主婦則一家之主母也。北堂者，母之所在也。後人因以北堂爲母。而北堂既可樹萱，遂稱曰萱堂耳。」樹萱即旨在爲母消憂。唐孟郊《遊子詩》：「萱草生堂階，遊子行天涯。慈母倚堂門，不見萱草花。」

〔一三〕循陔：即循陔采蘭，奉養父母。《詩·小雅》有《南陔》篇。《毛傳》謂：「《南陔》，孝子相戒以養也。」其辭失傳，晉束皙據《毛傳》補作。《文選·束皙·南陔》：「循彼南陔，言采其蘭。眷戀庭闈，心不違安。」李善注：「循陔以采香草者，將以供養其父母。」陔：田埂。借指畦，田畝。

〔一四〕藴藉：寬厚而有涵養。《後漢書·桓榮傳》：「榮被儒衣，温恭有藴籍。」李賢注：「藴籍，猶言寬博有餘也。」

〔一五〕天尺五：謂離天甚近。此處極言其聲名之高。漢辛氏《三秦記》：「城南韋、杜，去天尺五。」意謂韋杜兩大族居近長安，地位很高，接近皇帝。杜甫《贈韋七贊善》：「爾家最近魁三象，時論同歸尺五天。」

〔一六〕拘縻：束縛羈絆。宋惠洪《次韻過醴陵驛》：「此生一寄耳，夢幻相拘縻。」冗曹：閒散冗雜人員多的官署。

〔一七〕獻納：指獻忠言供采納。禁所：宮禁之所。皇帝居住、視政的地方。宮中禁衛森嚴，故稱。

〔一八〕更書：變更調任官職的任命書。金制一般三年任職期滿調換官職。

〔一九〕竚看：等待看到。竚，通佇，久立。褒詔：褒美嘉獎的詔書。天語：謂天子詔諭，皇帝所語。唐劉禹錫《送源中丞充新羅册立使》：「身帶霜威辭鳳闕，口傳天語到鷄林。」

〔二〇〕龍光：榮光。龍，通「寵」。指皇帝給予的恩寵。語本《詩·小雅·蓼蕭》：「既見君子，爲龍爲光。」毛傳：「龍，寵也。」鄭玄箋：「『爲寵爲光』，言天子恩澤光耀被及己也。」歆艷：歆羡，羡慕。宋李綱《論福建海寇札子》：「小民歆艷，皆有倣效之意。」庭闈：内舍。多指父母居住處。《文選·束晳·南陔》：「眷戀庭闈，心不遑安。」李善注：「庭闈，親之所居。」

〔二一〕湯沐：即湯沐邑。周代諸侯朝見天子，天子賜以王畿以内的、供住宿和齋戒沐浴的封邑。《禮記·王制》：「方伯爲朝天子，皆有湯沐之邑於天子之縣内。」鄭玄注：「給齋戒自絜清之用。浴用湯，沐用潘。」後也指國君、皇后、公主等收取賦税的私邑。唐楊炯《瀘州都督王湛神道碑》：

「毋常山公主，河東有湯沐邑，因家焉。」」疏封：分封。指帝王把土地或爵位分賜給臣子。分郡土：《左傳・哀公二年》：「克敵者，上大夫受縣，下大夫受郡。」杜預注：「《周書・作雒篇》：『千里百縣，縣有四郡。』」陸德明釋文：「千里百縣，縣方百里；縣有四郡，郡方五十里。」古代裂土分侯，萬户侯分一縣地。《金史・百官一》：「凡食邑……郡公二千户，實封二百户。」

〔二二〕芝封：北周庾信《漢武帝聚書贊》：「芝泥印上，玉匣封來。」古人緘封書札物件用印泥封。鈿軸：鑲嵌金、銀、玉、貝等物的卷軸。唐白居易《妻初授邑號告身》：「弘農舊縣受新封，鈿軸金泥告一通。」雲錦：織有雲紋圖案的絲織品。此指用以寫字的絹帛。

〔二三〕帔：婦女用的披在肩背上的服飾。金縷：金絲。二句言封贈先人和妻子的詔誥裝幀精美及衣物之珍貴。

〔二四〕「形容」句：《漢書・蘇武傳》：「上（宣帝）思股肱之美，乃圖畫其人於麒麟閣。」唐太宗圖畫功臣於淩煙閣。後用作建功立業、留芳千古之典。

〔二五〕「歌詠」句：《詩經》中有歌詠周公、召公等樂章。參見注〔五〕。

〔二六〕區區：微小，常用以代指自己。賤子：自謙之語。

〔二七〕宗盟：同宗，同姓。鼻祖：始祖，有世系可考的最初的祖先。劉迎因與劉德文同姓，故云。

〔二八〕升堂：即升堂拜母。古代摯友相訪，行登堂拜母禮，結通家之好，表示友誼篤厚。《三國志・吴志・周瑜傳》：「堅子策與瑜同年，獨相友善，瑜推道南大宅以舍策，升堂拜母，有無通共。」

〔二九〕萬石：漢官秩的最高級。《漢書·百官公卿表》顔師古注：「漢制，三公號稱萬石，其俸月各三百五十斛穀。」此指尊貴的封號。巖姥：母親。

送劉德正〔一〕

驥騄蟻垤空〔二〕，莫干犀革斷〔三〕。人材必超軼〔四〕，物理乃融泮〔五〕。先生廊廟具〔六〕，冰雪自湔盥〔七〕。十年處繁劇〔八〕，風力濟詳練〔九〕。堂堂八面敵〔一〇〕，了了一笑粲〔一一〕。雲中國西邑〔一二〕，食貨資輓轉①〔一三〕。中臺輟之去〔一四〕，正倚咄嗟辦〔一五〕。從容九年蓄，坐想出鞭算〔一六〕。向來鹽鐵使〔一七〕，緒業著家傳〔一八〕。春朝觀上計〔一九〕，廣厦奉閑燕〔二〇〕。行矣需詔除〔二一〕，鵷行聳榮觀〔二二〕。

【校】

① 輓轉：毛本作「轉輓」。

【注】

〔一〕劉德正：其人不詳。

〔二〕「驥騄」句：宋祝穆《古今事文類聚·别集》卷七：「問蟻封，曰蟻垤也。北方謂之蟻樓，如小山子，乃蟻穴也。其泥墳起如丘垤，中間屈曲如古巷道。古語云：乘馬折旋於蟻封之間。言蟻封之間，巷路屈曲狹小，而能乘馬折旋於其間，不失其馳驟之節，所以爲難也。」驥騄：指良馬。蟻垤：蟻穴外隆起的小土堆。

〔三〕莫干：即鏌干。良劍鏌鎁、干將的並稱。《莊子·達生》：「復讎者不折鏌干。」王先謙《集解》：「鏌邪、干將。」犀革：犀牛皮，其性堅韌。

〔四〕超軼：謂高超不同凡俗。

〔五〕融泮：融會。二句言人的才能杰出，方能通達融會人情事理。

〔六〕廊廟具：指能擔負國家重任的棟梁之材。杜甫《自京赴奉先縣詠懷五百字》：「當今廊廟具，構厦豈云缺。」

〔七〕冰雪：形容心地純淨潔白或操守清正貞潔。湔盥：洗濯。此指去除不良之習。宋文天祥《正氣歌》：「或爲遼東帽，清操厲冰雪。」

〔八〕處繁劇：謂任事特别繁重之職。晉郭璞《辭尚書表》：「以無用之才，管繁劇之任。」

〔九〕風力：氣概與魄力。《宋書·孔覬傳》：「覬少骨梗有風力，以是非爲己任。」濟：增益。詳練：指周詳練達。

〔一〇〕堂堂：形容志氣宏大。《漢書·蕭望之傳贊》：「望之堂堂，折而不橈，身爲儒宗，有輔佐之能，近古社稷臣也。」八面敵：謂功力深厚，能應付各種情况。五代王定保《唐摭言·海叙不遇》：「子華（吴融）才力浩大，八面受敵，以八韻著稱。」

〔一一〕了了：聰慧，通曉事理。

〔一二〕雲中：金西京大同（今山西省大同市）古稱雲中。《金史·地理上》：「大同府，中，西京留守司。……遼析雲中置，金因之。」西邑：位居西方的都邑。唐白居易《代書詩一百韻寄微之》：「東垣君諫諍，西邑我驅馳。」

〔一三〕食貨：錢糧貨物。《漢書·叙傳下》：「厥初生民，食貨惟先。」輓轉：用車運輸。

〔一四〕中臺：即尚書省。

〔一五〕正倚：全權委任。咄嗟辦：比喻馬上就辦到。咄嗟：一呼一諾之間，形容時間短。

〔一六〕鞭算：以鞭算數，用唐劉晏事。劉晏總糧儲，每朝會，馬上以鞭算數。事見《新唐書》卷一四九。

〔一七〕鹽鐵使：唐朝後期主管鹽、鐵、茶專賣及徵税的使職。金代户部置三司，謂兼勸農鹽鐵度支。劉德正或曾任鹽鐵度支。

〔一八〕緒業：指父祖的遺業。家傳：記載父兄及先祖事跡的傳記。

〔一九〕春朝：帝王在春季接受諸侯、臣子朝見。上計：上計吏之省稱。《後漢書·和帝紀》：「是歲，初復郡國上計補郎官。」劉昭注：「上計，今計吏也。」

〔二〇〕閑燕：私宴。三國魏曹植《車渠椀賦》：「俟君子之閑燕，酌甘醴於斯觥。」趙幼文校注：「閑燕，閑，私也；燕與讌通。」

〔二一〕行矣：《漢書·孝武衛皇后傳》：「武帝獨説子夫。平陽主送子夫入宫，子夫上車，主拊其背曰：

『行矣。』」顏師古注：「行矣，猶今言好去。」詔除：詔命拜官授職。

〔三〕鵷行：指朝官的行列。唐温庭筠《病中書懷呈友人》：「鳳闕分班立，鵷行竦劍趨。」聳：驚動。榮觀：謂宫闕。《老子》：「雖有榮觀，燕處超然。」河上公注：「榮觀，謂宫闕。」

盤山招隱圖〔一〕

溪山不難買，所費千金儲。不如數峰雲，朝昏對吾廬。交遊豈無人，轉盼傷離居〔二〕。不如吾兄弟，相應如笙竽〔三〕。左侯薊名族〔四〕，温温器璠璵〔五〕。身雖市朝寄，心與功名疏〔六〕。伯也亦可人〔七〕，文華炳於菟〔八〕。風神聳魁偉〔九〕，襟韻含沖虚〔一〇〕。平生一片心〔一一〕，緣塵不關渠〔一二〕。相期有幽事〔一三〕，歲晚山林俱〔一四〕。綵服照黄冠〔一五〕，歡呼奉親輿。大婦侍巾帨〔一六〕，中婦供庖廚〔一七〕。諸孫戲膝前，翩然鳳將雛〔一八〕。朝采南澗芹〔一九〕，暮漉西溪魚〔二〇〕。煙霞入杖屨，風月來窗疏。觀竹上巢雲〔二一〕，禮佛登香爐。紅龍雪浪湧，白塔蒼煙孤。冰絃寫天籟〔二二〕，茶甌泛雲腴〔二三〕。快哉天下樂，俯仰餘何須〔二四〕。正恐左太沖，招隱昔所無〔二五〕。

【注】

〔一〕盤山：山名，在今天津薊縣城西北，原稱無終山，因漢末田疇隱居於此而得名。盤山招隱圖：不知何人所畫，金人多有題詠。

〔二〕轉盼：猶轉眼。喻時間短促。蘇軾《徐大正閑軒》：「君如汗血駒，轉盼略燕楚。」

〔三〕相應：互相呼應。笙竽：笙和竽。爲形制相類樂器，故常聯用。晉左思《吴都賦》：「蓋象琴筑並奏，笙竽俱唱。」此喻兄弟諧和。

〔四〕左侯：《金史・左企弓傳》：「左企弓字君材。八世祖皓，後唐棣州刺史，以行軍司馬戍燕，遼取燕，使守薊，因家焉。」仕遼，拜中書侍郎平章事，封燕國公。降金後，任太傅、中書令。天輔七年被叛將張覺所殺。

〔五〕温温：温和柔潤貌。璠璵：美玉名。《初學記》卷二七引《逸論語》：「璠璵，魯之寶玉也。」比喻美德賢才。《詩・秦風・小戎》：「言念君子，温其如玉。」

〔六〕「身雖」二句：唐白居易《中隱》：「大隱住朝市，小隱入丘樊。」

〔七〕伯也：伯，兄弟中的老大。也，語氣助詞。此當指左泌。《金史・左泌傳》：「企弓子泌、瀛、淵。泌字長源，企弓長子也。仕遼，官至棣州刺史。太祖平燕，泌從企弓歸朝。……貞元初爲濬州防禦使，遷陝西路轉運使，封戴國公。泌性夷澹，好讀莊老，年六十一，即請致仕。親友或以爲早，泌歎曰：『予年三十秉旄鉞，侵尋仕路又三十年，名遂身退，可矣。』時人高之，卒年七十四。」

〔八〕文華：才華。於菟：虎的别稱。《左傳・宣公四年》：「楚人謂乳穀，謂虎於菟。」

〔九〕風神：風采；神態。《晉書・裴楷傳》：「楷風神高邁，容儀俊爽。」

〔一〇〕襟韻：胸懷氣度。冲虚：恬淡虚静。《三國志・魏志・王粲傳》：「粲特處常伯之官，興一代之制，然其冲虚德宇，未若徐幹之粹也。」

〔二〕一片心：唐王昌齡《芙蓉樓送辛漸》：「洛陽親友如相問，一片冰心在玉壺。」

〔三〕緣塵：塵緣。與塵世的因緣。

〔三〕相期：相約。幽事：雅事。

〔四〕「歲晚」句：言晚年同隱居山林。

〔五〕「綵服」句：用二十四孝中老萊子綵衣娛親事。綵服：綵衣。黄冠：借指農夫野老之服。《禮記·郊特牲》：「野夫黄冠；黄冠，草服也。」孔穎達疏：「黄冠是季秋之後草色之服。」

〔六〕大婦：長子之妻。《玉臺新詠》卷一《相逢狹路間》：「大婦織羅綺，中婦織流黄。小婦無所作，挾瑟上高堂。丈人且安坐，調絲未遽央。」巾帨：手巾。宋朱熹《訓學齋規》：「凡盥面，必以巾帨遮護衣領，卷束兩袖，勿令有濕。」

〔七〕中婦：次子之妻。庖廚：指肴饌。

〔八〕「翩然」句：蘇軾《送宋構朝散知彭州迎侍二親》：「鞶韉上壽白玉壺，公堂登歌鳳將雛。」翩然：輕疾飛翔貌。鳳將雛：古歌曲名。《宋書·樂志一》：「《鳳將雛》歌者，舊曲也。（三國魏）應璩《百一詩》云：『爲作《陌上桑》，反言《鳳將雛》。』」按此，《鳳將雛》應爲喜慶之歌。鳳雛也有讚譽少年風神清秀之寓意。

〔九〕「朝采」句：《詩·魯頌·泮水》：「思樂泮水，薄采其芹。」鄭箋：「芹，水菜也。」

〔一〇〕漉：用網撈取。

〔一一〕巢雲：雲巢。上古之民於樹上築巢而居。後也指隱居之所。宋陸游《書懷》：「青城築雲巢，擬住三千年。」

〔一二〕冰絃：琴絃的美稱。傳説中有用冰蠶絲作的琴絃，故稱。寫：傾吐。天籟：語出《莊子·齊物論》，指自然界的各種聲音。後世用以比喻富有天韻、真樸自然的音樂、詩文。

〔一三〕雲腴：茶的别稱。宋黄儒《品茶要録叙》：「借使陸羽復起，閲其金餅，味其雲腴，當爽然自失矣。」

〔一四〕俯仰：《孟子·梁惠王上》：「必使仰足以事父母，俯足以畜妻子。」何須：猶何必，何用。三國魏曹植《野田黄雀行》：「利劍不在掌，結友何須多？」

〔一五〕「正恐」二句：言本詩所言隱逸之樂趣，恐怕左思的《招隱》詩亦未言及。左思：字太沖，齊國臨淄（今山東省淄博市）人，西晉詩人。有《招隱》詩兩首，文筆流麗，「非必絲與竹，山水有清音」句，尤受後人贊賞。

寄題禹城孫氏茂德亭〔一〕

濟南孫夫子，養素抱絶識〔二〕。家有五畝園，種樹如種德〔三〕。枝葉深覆護，根本飽封殖〔四〕。要令方寸地，不著荆與棘。流芳被鄰里，餘蔭連阡陌。居然物隨化，草木盡佳色。河陽藝桃李〔五〕，壽張蒔梓漆〔六〕。至今青史上〔七〕，相望如黑白〔八〕。乃知百年用〔九〕，賴此一日積。君今尚隱約〔一〇〕，白首勤墾闢。人心亦天理，否泰有終極〔一一〕。會待東風來，吹春滿花國。

【注】

〔一〕禹城：縣名，金代屬山東東路濟南府，今山東省禹城市。茂德：培育品德，使之充盛。

〔二〕養素：修養並保持其本性。《文選·嵇康·幽憤詩》：「志在守樸，養素全真。」張銑注：「養素全真，謂養其質以全真性。」絶識：卓越的見識。

〔三〕種德：指培植品德。《書·大禹謨》：「臯陶邁種德，德乃降，黎民懷之。」孔傳：「邁，行；種，布。」

〔四〕封殖：初作「封埴」，「封植」。指壅土培育。《左傳·昭公二年》：「宿敢不封殖此樹。」杜預注：「封，厚也；殖，長也。」

〔五〕「河陽」句：用晉潘岳「河陽一縣花」典。唐白居易等《白孔六帖》卷七七「河陽花」：「潘岳爲河陽（今河南省孟州市）令，滿植桃李花，人號曰『河陽一縣花。』」

〔六〕「壽張」句：用壽張侯樊宏之父樊重種梓漆事。《後漢書·樊宏傳》：樊重，字君雲，世善農稼，好貨殖。嘗欲作器物，先種梓樹與漆樹，時人嗤之。然積以歲月，皆得其用，向之笑者都向他求借。蒔：種植。

〔七〕青史：古代以竹簡記事，故稱史籍爲「青史」。

〔八〕如黑白：言是非得失有如黑白分明。

〔九〕百年用：指史書對人一生的評定。

〔一〇〕隱約：《後漢書·趙典傳》：「典少篤行隱約，博學經書。」李賢注：「隱，靜也。約，儉也。」句指隱居儉樸的生活。

〔一一〕「人心」二句：言人心與天理相通，善惡最終會各有報應，種德必有泰來。否泰：《易》卦名。天地交，萬物通謂之「泰」；天地不交，閉塞謂之「否」。後常以指世事的盛衰，命運的順逆。終極：窮盡。

郭熙秋山平遠用東坡韻〔一〕

槐花忙過舉子閑〔二〕，舊遊憶在夷門山〔三〕。玉堂曾見郭熙畫〔四〕，拂拭縑素塵埃間①〔五〕。楚天極目江天遠〔六〕，楓林渡頭秋思晚。煙中一葉認扁舟，雨外數峰橫翠巘〔七〕。淮安客宦踰三霜〔八〕，雲夢澤連襄漢陽〔九〕。平生獨不見寫本〔一〇〕，慣飲山緑飡湖光。老來思歸真日日，夢想林泉對華髮。丹青安得此一流，畫我橫笻水中石〔一一〕。

【校】

① 縑：李本、毛本作「練」。

【注】

〔一〕郭熙：宋代畫家。《宣和畫譜》：「郭熙，河陽温縣人，爲御畫院藝學。善山水寒林，得名於時。」

平遠：山水畫的一種取景方法，自近山望遠山，意境綿邈曠遠。宋郭思纂集《林泉高致》載其父郭熙之説：「山有三遠：自山下而仰山顛，謂之高遠；自山前而窺山後，謂之深遠；自近山而望遠山，謂之平遠。」用東坡韻：詩用蘇軾《郭熙畫秋山平遠》原韻。用韻：和韻的一種，即以原詩韻脚爲韻脚，而不按其次序。

〔二〕「槐花」句：即俗語所謂「槐花黄，舉子忙」。在唐代，槐花盛開之時，舉子們忙着作文或行卷，故云。宋陳元靚《歲時廣記》卷二「作夏課」：「《南部新書》：長安舉子落第者，六月後不出，謂之過夏。多借淨坊廟院作文章，曰夏課。時語曰：槐花黄，舉子忙。」又唐李淖《秦中歲時記》：「進士下第，當年七月復獻新文，求拔解，故曰：『槐花黄，舉子忙。』」

〔三〕夷門山：夷山。明李濂《汴京遺跡志》卷四「夷山」：「夷山在裏城内，安遠門之東。以山之平夷而得名也。亦名夷門山。古有夷門，乃侯嬴監守之處。《史記》云：夷門，汴之城東門也。」此代指京都。

〔四〕玉堂：官署名。漢侍中有玉堂署，宋以後多稱翰林院爲玉堂。

〔五〕縑素：指書册或書畫。宋陳鵠《耆舊續聞》卷三：「命蔡京、梁師成、黄冕輩編類其真贋，紙書縑素，備盡卷帙。」

〔六〕極目：縱目遠望。

〔七〕翠巘：青翠的山峰。

〔八〕三霜：三秋，三年。李白《上安州裴長史書》：「見鄉人相如大誇雲夢之事，云楚有七澤，遂來觀焉。而許相公家見招，妻以孫女，便憩跡於此，至移三霜焉。」劉迎於大定十三年爲淮安幕。

〔九〕雲夢澤：古大澤名。《周禮·夏官·職方氏》：「正南曰荆州，其山鎮曰衡山，其澤藪曰雲夢。」鄭玄注：「衡山在湘南，雲夢在華容。」參見漢司馬相如《子虚賦》。襄漢陽：泛指湖北地區。山南水北曰陽。

〔一〇〕寫本：摹寫之本。

〔一一〕筇：手杖。因筇竹可爲杖，即稱杖爲筇。

南口〔一〕

危峰張屏幃，峻壁開户牖。崩騰來陣馬〔二〕，翔舞下靈鷲〔三〕。秀色紛後前，晴嵐迷左右。重陰忽障翳〔四〕，虚籟競呼吼〔五〕。深迂愛風日〔六〕，高亢捫星斗〔七〕。帝居望北闕〔八〕，村落當南口。軍都漢時縣〔九〕，遺跡奄存否。中郎讀書處〔一〇〕，遺構想摧朽〔一一〕。誰云用武地，經訓乃淵藪〔一二〕。我家膠東湄〔一三〕，樸學歎白首〔一四〕。居鄰通德里〔一五〕，况此見師友。慚無書帶草〔一六〕，采采爲盈手〔一七〕。何以醉先生〔一八〕，清溪緑如酒。

【注】

〔一〕南口：地名。在北京市昌平區西，居庸關入口處，後魏名居庸下口，北齊名夏口，遼金以後名居庸南口。《欽定日下舊聞考》卷一五四：「原居庸關南口有城，南北二門，《魏書》謂之下口，《常景傳》『都督元譚據居庸下口』是也。《北齊書》謂之夏口。」

〔二〕崩騰：奔騰。唐張籍《廢居行》：「胡馬崩騰滿阡陌，都人避難唯空宅。」陣馬：衝鋒陷陣的戰馬。用喻山勢起伏。元好問《潁亭》：「落日青山萬馬來。」

〔三〕「翔舞」句：杭州西湖的飛來峰，傳説由印度靈鷲山飛來。此乃如來説法處，或云山形像鷲頭而得名。

〔四〕障翳：遮蔽。

〔五〕虚籟：指風。杜甫《游龍門奉先寺》：「陰壑生虚籟，月林散清影。」楊倫箋注：「虚籟謂風也。」

〔六〕深迂：幽深曲折。

〔七〕高亢：指地勢高。捫：摸。

〔八〕帝居：指京都。《文選·張衡·西京賦》：「重門襲故，奸宄是防，仰福帝居，陽曜陰藏。」薛綜注：「帝居，謂太微宫，五帝所居。」此指燕都。

〔九〕軍都：古縣名，建於戰國末年，治所軍都城，俗稱土城。今北京市昌平區。因境内有軍都山而得名。

〔一〇〕「中郎」句：東漢盧植（一三九—一九二），字子幹，涿郡（今河北省涿州市）人，身長八尺二寸，聲如洪鐘。少與鄭玄俱事馬融，能通古今學，好研精而不守章句。黄巾起兵，拜植北中郎將，破黄巾帥張角，累遷尚書。漢靈帝中平六年，董卓欲廢少帝，立陳留王。盧植反對，險遭殺害，逃到幽州，隱居上谷軍都山中（南口一帶），設榻讀書講學。《後漢書》卷六四有傳。

〔二〕遺構：前代留下的建築物。摧朽：摧敗枯朽，不復存在。

〔三〕「誰云」二句：指盧植文武雙全，雖官中郎將，卻以經學爲根本。經訓：經籍義理的解説。淵藪：猶根源。宋王安石《贈陳君景初》：「堂堂潁川士，察脈極淵藪。」

〔三〕膠東：古郡國名。秦時置膠東郡，漢時置膠東國。今山東膠萊平原以東的半島地區。湄：水邊，岸旁。

〔四〕樸學：本指上古樸質之學。後泛指儒家經學。《漢書·儒林傳·歐陽生》：「寬有俊材，初見武帝，語經學。上曰：『吾始以《尚書》爲樸學，弗好，及聞寬説，可觀。』」

〔五〕通德里：東漢儒學大師鄭玄的故里，故址在今山東省高密縣西北。《後漢書·鄭玄傳》：「昔東海于公僅有一節，猶或戒鄉人侈其門閭，矧乃鄭公之德，而無駟牡之路。可廣開門衢，令容高車，號爲通德門。」盧植與鄭玄俱從馬融學習經學，故及之。

〔六〕書帶草：草名。又名沿階草、麥冬，葉長而極其堅韌。相傳漢鄭玄取以束書，故名。蘇軾《書軒》：「庭下已生書帶草，使君疑是鄭康成。」

〔七〕采采：猶言采了又采。《詩·周南·芣苢》：「采采芣苢，薄言采之。」盈手：滿手。

〔八〕先生：指盧植。

晚到八達嶺下，達日乃上〔一〕

車馬兩山間，上下數百里。縈紆來不斷〔二〕，奕奕似流水〔三〕。鯨形曲腰膂〔四〕，蛇勢長首尾。我車從其間，摇兀如病齒〔五〕。推前挽復後，進寸退還咫。息心固安分〔六〕，尚氣或被指〔七〕。徐趨自循轍，躁進應覆軌。行行非我令，梶亦豈吾使〔八〕。倦僕困號呼，疲牛苦鞭箠〔九〕。紞如五更鼓〔一〇〕，相慶得戾止〔一一〕。歸來幸無恙，喘汗正如洗。何以慰此勞，村醅正浮蟻〔一二〕。

【注】

〔一〕八達嶺：軍都山的山口之一，因地處居庸關北要隘，又稱北口，與南口相對。明蔣一葵《長安客話》：「路從此分，四通八達，故名八達嶺，是關山最高者。」《明一統志》卷五「延慶府」：「八達嶺在州城南三十三里，居庸關外。」在今北京市西北六十公里處。

〔二〕縈紆：盤旋環繞。

〔三〕奕奕：形容山勢接連不斷。

〔四〕膂：背脊。

〔五〕摇兀：摇擺。

〔六〕息心：排除雜念。

〔七〕尚氣：意氣用事。《宋史·賀鑄傳》：「竟以尚氣使酒，不得美官，悒悒不得志，食宫祠禄，退居吴下。」被指：遭受責難。

〔八〕梶：本指阻擋車輪不使其轉動的木塊。此處指停車、刹車。

〔九〕鞭箠：鞭打。

〔一〇〕紞如：形容擊鼓的聲音。《晉書·良吏傳·鄧攸》：「紞如打五鼓，鷄鳴天欲曙。」

〔一一〕戾止：到來。《詩·魯頌·泮水》：「魯侯戾止，言觀其旂。」毛傳：「戾，來；止，至也。」

〔一二〕村醅：農家自釀的未過濾的酒。宋陸游《客至》：「野果嘗皆澀，村醅壓尚渾。」浮蟻：指酒面上的浮沫。

出八達嶺

山險略已出〔一〕，彌望盡荒坡〔二〕。風土日已殊〔三〕，氣象微沙陁〔四〕。我老倦行役，驅車此經過。時節春已夏，土寒地無禾。行路不肯留，奈此居人何〔五〕。作詩無佳語，以代勞者歌。

【注】

〔一〕略：全；盡。

〔二〕彌望：滿眼，充滿視野。

〔三〕風土：指一方的氣候和土地。

〔四〕氣象：景色，景象。沙陁：沙丘斜坡。

〔五〕「奈此」句：謂當地的居民該怎麽忍受啊！

隰川〔一〕

隰川來西州，數郡被其利。刺陵放而南〔二〕，奔馳不可制。兹焉幸不幸〔三〕，長策未容議〔四〕。且復觀其瀾，雄豪快人意。

【注】

〔一〕隰川：《水經注》中稱隰水。今桑乾河上游。桑乾河發源於山西省寧武縣，東北流經山西應縣、河北陽原、涿鹿等地。

〔二〕刺陵：當爲桑乾流域之一地名。桑乾河至河北省懷來縣轉爲南流，至北京爲永定河，經天津入海。

〔三〕「兹焉」句：「幸」就桑乾河上游「數郡被其利」而言；「不幸」則就自「刺陵放而南」而言。因桑乾河上游帶來大量泥沙，河牀遷徙不定，故又稱「渾河」、「無定河」，是黃河之外又一害河，不僅洪水泛濫成災，而且歷代爲治河勞民傷財，收效甚微。」

〔四〕「長策」句：言制定良策治理水患刻不容緩，不容再爭議不決。

上谷〔一〕

磨笄聳然來〔二〕，隰水洶而去〔三〕。山川俯城郭，藩翰重畿輔〔四〕。桑麻數百里，煙火幾萬户。長橋龍偃蹇〔五〕，飛閣鳳騰翥〔六〕。傳聞山西地，出入此其路〔七〕。源源百貨積，井井三壤賦〔八〕。葡萄秋倒架，芍藥春滿樹。盤躃多布韋〔九〕，嬋娟半娥素〔一〇〕。永懷小靖節〔一一〕，厚德皆忠恕。至今受一廛〔一二〕，如昔歌五袴〔一三〕。傷心隔生死，知己今有數。歸日當驅車，生芻奠其墓〔一四〕。

【注】

〔一〕上谷：古郡名。秦始皇所分三十六郡之一。春秋戰國時燕國北疆五郡之一。上谷郡北有燕山屏障，南擁軍都山，東扼居庸鎖鑰，西有小五臺山與代郡毗鄰。境内有桑乾、洋河、永定、嬀河四水。所轄範圍大致包括今河北張家口以及北京延慶等地。

〔二〕磨笄：山名。在今河北省張家口市東南。春秋末，趙襄子姊爲代王夫人，襄子既殺代王，迎其姊。夫人曰：「代已亡矣，吾將何歸。」遂磨笄自殺。百姓憐之，爲立廟，因以名山。事見《史記·趙世家》。

〔三〕隰水：今桑乾河上游。

〔四〕藩翰：國家、國都之屏障。《詩·大雅·板》：「价人維藩，大師維垣，大邦維屏，大宗維翰。」毛傳：「藩，屏也；翰，幹也。」畿，京畿；輔，三輔。此指金中都（今北京市）。

〔五〕偃蹇：宛轉委曲；屈曲。《漢書·司馬相如傳》：「掉指橋以偃蹇兮，又旖旎以招搖。」顏師古注引張揖曰：「偃蹇，委曲貌。」

〔六〕騰翥：飛舉，飛升。宋梅堯臣《送徐絳秘校罷涇尉而歸》：「心曾不計茶有無，隼在高風自騰翥。」

〔七〕「傳聞」二句：言太行山以西的西京路、河東路（今大部屬山西省）到中都要路經上谷地區的張家口、八達嶺一線。

〔八〕井井：形容整齊，有條理。《荀子·儒效》：「井井兮其有理也。」楊倞注：「井井兮，良易之貌；理，有條理也。」三壤：古時按土質肥瘠將耕地分爲上、中、下三品，稱爲三壤。賦：賦税，貢賦。《書·禹貢》：「咸則三壤，成賦中邦。」孔穎達疏：「土壤各有肥瘠，貢賦從地而出，故分土壤爲上中下。計其肥瘠，等級甚多，但齊其大較，定爲三品。」

〔九〕盤蹓：指長途運輸貨物之人步履蹣跚的形態。宋范成大《問天醫賦》：「久立則蹐，久行則蹓。」布韋：「布衣韋帶」之省稱。布做的衣服，韋皮做的帶子。指古代未仕或隱居在野者的粗陋服裝。借指貧寒之士。韋：熟牛皮。

〔一〇〕嬋娟：姿態美好貌。《文選·張衡·西京賦》：「嚼清商而卻轉，增嬋娟以此豸。」薛綜注：「嬋娟此豸，姿態妖蠱也。」姮素：素娥，指白衣美女。

〔一一〕靖節：即陶潛，字元亮，私謚靖節徵士。南朝宋顔延之《陶徵士誄》：「若其寬樂令終之美，好廉克己之操……詢諸友好，宜謚曰靖節徵士。」小靖節：陶氏後人。陶驥，字子駿，北宋人。蘇軾《陶驥子駿佚老堂二首》其二：「能爲五字詩，仍戴漉酒巾。人呼小靖節，自是葛天民。」按「知己今有數」，此應指劉迎友人。

〔一二〕「至今」句：用孟子語。一廛：古時一夫所居之地。《孟子·滕文公上》：「遠方之人，聞君行仁政，願受一廛而爲氓。」

〔一三〕「如昔」句：用漢代廉范惠民典故。《後漢書·廉范傳》：廉范字叔度，京兆杜陵人，趙將廉頗之後。建初中，遷蜀郡太守。舊制禁民夜作，以防火災。范毁削先令，嚴使儲水，百姓爲便。乃歌：「廉叔度，來何暮？不禁火，民安作。平生無襦今五袴。」後用以稱頌地方官吏施行善政。

〔一四〕「生芻」句：典出《後漢書·徐穉傳》：「郭林宗有母憂，穉往弔之，置生芻一束於廬前而去。」生芻：亦作「生蒭」。鮮草。後用以稱弔祭之禮物。

蔡有鄰碑〔一〕

我爲山西行〔二〕，叱馭過近縣〔三〕。傳聞蔡有鄰，石刻古今冠。風流書以來，妙絶隸之變。

銀鉤鸞鳳舞〔四〕，鐵畫蛟龍纏〔五〕。憑誰致墨本〔六〕，故舊詫珍獻〔七〕。正恐賦分薄〔八〕，一夕碎雷電。平生六一老，集古藏千卷〔九〕。惜此方殊鄰，公乎未之見〔一〇〕。

【注】

〔一〕蔡有鄰：唐代書法家。濟陽（今屬山東）人。擅長隸書，嚴勁而有情致。唐竇蒙《〈述書賦〉注》：「有鄰善八分，始拙弱，至天寶間，遂至精妙。」宋歐陽修《六一題跋》：「唐世以八分名家者四人，韓擇木、蔡有鄰、李潮、史惟則也。」

〔二〕山西：指太行山以西今山西省北部地方。參上詩「傳聞山西地」注。

〔三〕「叱馭」句：用漢王尊典。漢琅邪王陽爲益州刺史，行至邛郲九折阪，歎曰：「奉先人遺體，奈何數乘此險！」因折返。及王尊爲刺史，至其阪，叱其馭，曰：「驅之！王陽爲孝子，王尊爲忠臣。」事見《漢書·王尊傳》。後因以「叱馭」爲報效國家、不畏艱險之典。

〔四〕銀鉤：比喻遒媚剛勁的書法。鉤：鉤勒。杜甫《陳拾遺故宅》：「到今素壁滑，灑翰銀鉤連。」

〔五〕鐵畫：形容剛勁的書法。畫：筆畫。「鐵畫」與「銀鉤」常並用，形容書法運筆的剛健柔美。唐歐陽詢《用筆論》：「徘徊俯仰，容與風流。剛則鐵畫，媚若銀鉤。」

〔六〕墨本：碑帖的拓本。歐陽修《石篆》詩序：「因爲詩一首，並封題墨本以寄二君。」

〔七〕故舊：舊友。詫：驚奇貌。珍獻：珍貴之物。

〔八〕賦分：命。

〔九〕「平生」二句：北宋文人歐陽修，字永叔，晚號「六一居士」。嘗集三代以來金石刻一千卷，爲《集古録》。其曰：「吾集古録一千卷，藏書一萬卷，有琴一張，有棋一局，而常置酒一壺，吾老於其間，是爲六一。」語見宋韓琦所作《墓誌》。歐陽修《六一題跋》：「有鄰之書，亦頗難得，而小字尤佳。」

〔一〇〕「惜此」二句：謂在此山西異域之地所得蔡有鄰墨本，可惜歐陽修《集古録》未收録。方殊：異域。

車轣轆〔一〕

馬虺隤〔二〕，牛觳觫〔三〕，山行縈紆車轣轆〔四〕。路旁指點是官人〔五〕，老矣一翁雙鬢秃。汝牛幸可耕，汝馬幸可騎，有此可載琴書歸。胡爲奔走東西道，白髮刁騷被人笑〔六〕。

【注】

〔一〕詩題：屬新題樂府詩，《樂府詩集》有《車遥遥》。轣轆：象聲詞。形容車輪的轉動聲。

〔二〕虺隤：疲極致病貌。《詩·周南·卷耳》：「陟彼崔嵬，我馬虺隤。」毛傳：「虺隤，病也。」

〔三〕觳觫：恐懼戰慄貌。《孟子·梁惠王上》：「吾不忍其（指牛）觳觫，若無罪而就死地。」趙岐注：「觳觫，牛當到死地處恐貌。」

〔四〕縈紆：盤旋曲折。

〔五〕指點：指責。

〔六〕刁騷：頭髮稀落貌。

沙漫漫〔一〕

沙漫漫，草班班〔二〕，南山北山相對看，我行乃在山之間。行人仰不見飛鳥，樹木足知邊塞少。沙漫漫，草班班，我行欲趁西風還〔三〕。僕夫汝莫愁衣單〔四〕，我但着衣思汝寒〔五〕。

【注】

〔一〕漫漫：廣遠貌。

〔二〕班班：盛多貌。

〔三〕「我行」句：言我此邊塞行要趕在秋涼之季返回内地。西風：指秋風。

〔四〕僕夫：駕馭車馬的僕人。《詩·小雅·出車》：「召彼僕夫，謂之載矣。」毛傳：「僕夫，御夫也。」

〔五〕但：只要。《資治通鑑·後唐明宗天成四年》：「汝但妄奏事，會當斬汝。」

摧車行〔一〕

渾河洶湧從西來〔二〕，黄流正觸山之崖。山崖路窄僅容過，小誤往往車輪摧。車摧料理動半日，後人欲過何艱澀〔三〕。深山日暮人已稀，食物有錢無處覓。何時真宰遣六丁〔四〕，鏟此疊嶂如掌平〔五〕。憧憧車馬山西路〔六〕，萬古行人易來去。

【注】

〔一〕詩題：爲即事名篇的新題樂府。摧：損壞，折斷。

〔二〕渾河：即永定河。原名治水，也稱盧溝河、小黄河、渾河，因其遷徙不定，又稱無定河。清厲鶚《遼史拾遺》卷一四：「蘇志皋《固安縣志》曰：渾河在縣西二十餘里。本桑乾河，又名漯河，俗呼渾河，亦曰小黄河，以流濁故也。」固安縣，今屬河北省廊坊市。

〔三〕艱澀：指道路阻塞，通行困難。

〔四〕真宰：天帝。六丁：道教所謂的六陰神。即丁卯、丁巳、丁未、丁酉、丁亥、丁丑，其爲天帝所役使；道士可用符籙召請，以供驅使。《後漢書·梁節王劉暢傳》：「從官卞忌自言能使六丁。」李賢注：「六丁，謂六甲中丁神也。若甲子旬中，則丁卯爲神，甲寅旬中，則丁巳爲神之類也。役使之法，先齋戒，然後其神至，可使致遠方物及知吉凶也。」

〔五〕「鏟此」句：暗用五丁開路典。《藝文類聚》卷九四引《蜀王本紀》：「（蜀王）使五丁力士，拖牛成道，致三枚於成都，秦得道通。」唐駱賓王《餞鄭安陽入蜀》：「劍門千仞起，石路五丁開。」

〔六〕憧憧：往來不絕貌。《易·咸》：「憧憧往來，朋從爾思。」陸德明釋文引王肅曰：「憧憧，往來不絕貌。」

敗車行〔一〕

前車行，後車逐，車聲夜隨山詰曲〔二〕。前車失手落高崖，車輪直下聲如雷。同行急救救不得，人牛翻壓嗚聲哀。我時潛聞後車説，前車使牛何太拙〔三〕。只知拍手笑前人，不道後來當改轍。前途猶有坡陀在〔四〕，後車當以前車戒。

【注】

〔一〕詩題：爲即事名篇的新題樂府。

〔二〕詰曲：屈曲，屈折。唐宋之問《秋蓮賦》：「複道兮詰曲，離宮兮相屬。」

〔三〕「前車」句：言前車的駕御之術太差勁。

〔四〕坡陀：即陂陀，不平坦。

數日冗甚，懷抱作惡，作詩自遣〔一〕

生涯吾亦愛吾廬〔二〕，踏地從來出賦租〔三〕。胸次有懷空磈磊〔四〕，人間無處不崎嶇。扶摇安得三千里〔五〕，應見真成百億軀〔六〕。直欲棄家參學去〔七〕，一龕香火供齋盂。

【注】

〔一〕冗：（事務）冗雜繁重。懷抱：心情。作惡：《世説新語·言語》：「謝太傅語王右軍曰：『中年傷於哀樂，與親友别，輒作數日惡。』」後稱悒鬱不快爲「作惡」。遣：消除鬱結。

〔二〕吾亦愛吾廬：用陶淵明《讀山海經》詩句：「衆鳥欣有託，吾亦愛吾廬。」

〔三〕「踏地」句：蘇軾《魚蠻子》：「人間行路難，踏地出賦租。不如魚蠻子，駕浪浮空虚。」古代廢除井田制以後，即履田畝而税。踏地：以步丈量土地。《公羊傳·宣公十五年》：「初者何？始也。税畝者何？履畝而税也。」句言從古到今，百姓耕田繳賦納税。

〔四〕「胸次」句：《世説新語·任誕》：「王孝伯問王大：『阮籍何如司馬相如？』王大曰：『阮籍胸中壘塊，故須酒澆之。』」磈磊：壘積不平的石塊。比喻鬱結在胸中的不平之氣。

〔五〕「扶摇」句：出自《莊子·逍遥遊》：「鵬之徙於南冥也，水擊三千里，摶扶摇而上者九萬里。」後世以「鯤鵬之志」喻懷抱高遠。

〔六〕百億軀：佛教語。佛、菩薩爲化度衆生，在世上現身説法時變化成種種形象。隋慧遠《大乘義章》卷十九：「佛隨衆生現種種形，或人或天，或龍或鬼，如是一切，同世色像。」二句言超越塵世之外纔能領悟到佛法之妙。

〔七〕參學：静修佛學，領悟佛理。

寄題安嵓起官舍北溟〔一〕

一軒高占鳳麟洲〔二〕，要作人間汗漫遊〔三〕。海國風煙自朝暮，洞天日月幾春秋〔四〕。夢魂欲拂三花樹〔五〕，活計聊隨一葉舟。待我丹成訪君去，閬風佳處卜菟裘〔六〕。

【注】

〔一〕安嵓起：其人不詳。官舍：官吏的住宅。唐白居易《代書詩一百韻寄微之》：「官舍黄茅屋，人家苦竹籬。」北溟：北海。官舍名。

〔二〕鳳麟洲：海中仙洲。漢東方朔《海内十洲記》：「鳳麟洲在西海之中，四面有弱水繞之，鴻毛不可越也，其上多鳳麟，數萬各爲群。」

〔三〕汗漫遊：世外之遊。形容漫無涯際的遠遊。汗漫：假託的某神仙名，或形容漫無涯際。典出《淮南子·道應訓》：盧敖周遊各地，遇一人，邀其同遊，此人曰：「吾與汗漫期於九垓之外，吾不可以久駐。」遂入雲中。唐杜甫《奉送王信州崟北歸》：「復見陶唐理，甘爲汗漫遊。」

〔四〕洞天：道教稱神仙的居處，意謂洞中别有天地。

〔五〕三花樹：即貝多樹。一年開花三次，故名。唐段成式《酉陽雜俎·廣動植物之三》：「貝多樹出摩伽陀國，長六七丈，經冬不凋。此樹有三種，……西域經書，用此三種皮葉。」嵩山少室有三花樹。唐楊炯《少室山少姨廟碑銘》：「餘基隱嶙，仍知萬歲之亭；古木摧殘，尚辨三花之樹。」李白《鳴皋歌奉餞從翁清歸五崖山居》：「去時應過嵩少間，相思爲折三花樹。」

〔六〕閬風：即閬風巔。山名。傳説中神仙居住的地方，在崑侖之巔。漢東方朔《海内十洲記・崑侖》：「山三角：其一角正北，干辰星之輝，名曰閬風巔；其一角正西，名曰玄圃堂；其一角正東，名曰崑崙宫。」菟裘：古邑名。春秋魯地。在今山東泰安東南。《左傳・隱公十一年》：「使營菟裘，吾將老焉。」後世用以稱士大夫告老退隱的處所。

莫州道中〔一〕

楓林葉葉墮霜紅，天末晴容一鏡空〔二〕。野曠微聞烏烏樂〔三〕，草寒時見馬牛風〔四〕。人生險阻艱難裏，世事悲歌感慨中。白髮孀親倚門處〔五〕，夢魂千里付歸鴻〔六〕。

【注】

〔一〕莫州：金州名，屬河北東路，治任丘，在今河北省任丘市北。

〔二〕天末：天的盡頭。指極遠的地方。杜甫《天末懷李白》：「涼風起天末，君子意如何？」

〔三〕烏烏：烏鴉。《左傳・襄公十八年》：「師曠告晉侯曰：『烏烏之聲樂，齊師其遁。』」楊伯峻注：「烏鳥祇是烏。」

〔四〕馬牛風：馬牛奔逸。語出《書·費誓》：「馬牛其風。」蔡沈集傳：「馬牛風逸。」

〔五〕「白髮」句：《戰國策·齊策六》：「王孫賈年十五，事閔王。王出走，失王之處。其母曰：『女(汝)朝出而晚來，則吾倚門而望；女(汝)暮出而不還，則吾倚閭而望。』」李白《送蕭三十一之魯中兼問稚子伯禽》：「高堂倚門望伯魚，魯中正是趨庭處。」孀親：寡居的母親。

〔六〕歸鴻：歸雁。詩文中多用以寄託歸思。三國魏嵇康《贈秀才入軍》其四：「目送歸鴻，手揮五絃。」

上施内翰〔一〕

十年不見建安公〔二〕，草木依然臭味同〔三〕。賴有酒尊煩北海〔四〕，可無香瓣禮南豐〔五〕。天壻禮樂三千字〔六〕，海國鵾鵬九萬風〔七〕。正以高軒肯相過〔八〕，免教書客感秋蓬〔九〕。

【注】

〔一〕施内翰：施宜生，字明望，浦城人。宣和末爲潁州教官。仕金，官至翰林學士。《金史》卷七九有傳，《中州集》卷二有小傳。王慶生《金代文學家年譜·劉迎》定此詩正隆五年。

〔二〕建安公：施宜生爲浦城人，浦城時屬福建路建安郡，故稱。

〔三〕「草木」句：《左傳·襄公八年》：「今譬於草木，寡君在君，君之臭味也。」杜預注：「言同類。」句言施内翰雖官居高位，仍存文雅志趣，喜愛文士。

〔四〕「賴有」句：漢末孔融爲北海相，時稱孔北海。融性寬容少忌，好士，喜獎益後進。及退閒職，賓客日盈其門。常歎曰：「坐上客恒滿，尊中酒不空，吾無憂矣。」見《後漢書·孔融傳》。後常用作典實，以喻主人之好客。

〔五〕香瓣：瓣香。表師承、敬仰之意。南豐：曾鞏，字子固，建昌南豐（今屬江西）人，世稱「南豐先生」。陳師道《觀兖國文忠公家六一堂圖書》：「向來一瓣香，敬爲曾南豐。」任淵注云：「諸方開堂至第三瓣香，推本其得法所自，則云此一瓣香，敬爲某人云云。」

〔六〕「天墀」句：用宋夏竦《廷試》「縱横禮樂三千字，獨對丹墀日未斜」詩句，言施氏中舉。天墀：帝王宫殿的臺階。禮樂：古代帝王常用興禮樂爲手段以求達到尊卑有序、遠近和合的統治目的。《吕氏春秋·孟夏》：「乃命樂師習合禮樂。」高誘注：「禮所以經國家，定社稷，利人民；樂所以移風易俗。」此代指中原禮儀之邦的文明盛事。

〔七〕「海國」句：用莊子典故。《莊子·逍遥遊》：「鵬之徙于南冥也，水擊三千里，摶扶摇而上者九萬里。」喻展翅高飛，有所作爲。此指施氏位至翰林。

〔八〕「正以」句：用唐李賀典故。李賀，字長吉，七歲能辭章。韓愈、皇甫湜始聞未信，過其家，使賀賦詩。援筆輒就如素構，自目曰「高軒過」，二人大驚。自是有名。事見《新唐書·李賀傳》。高軒：高大的車，顯貴者所乘。借指施内翰。

〔九〕「免教」句：化用李賀《高軒過》詩句：「龐眉書客感秋蓬，誰知死草生華風。我今垂翅附冥鴻，他日不羞蛇作龍。」表達對施宜生的感激之情並望其提攜自己。

題吴彦高詩集後〔一〕

片雲蹤跡任飄然，南北東西共一天。萬里山川悲故國〔二〕，十年風雪老窮邊〔三〕。名高冀北無全馬〔四〕，詩到西江別是禪〔五〕。頗憶米家書畫否①，夢魂應逐過江船〔六〕。

【校】

①書：毛本作「詩」。

【注】

〔一〕吴彦高：吴激，字彦高，號東山。建州（今福建省建甌縣）人。仕金爲翰林待制。能詩文書畫。有《東山集》十卷行於世，後佚。《中州集》存其詩二十五首。《金史》卷一二六有傳，《中州集》卷一有小傳。

〔二〕「萬里」句：吴激使金被羈留，雖遠隔萬里山川，仍思念宋朝。

〔三〕「十年」句：吴激於金天會五年（宋靖康二年）入金，至皇統二年出任深州卒，在上京（今黑龍江省阿城市南白城）渡過十多年的時間，此舉整數而言之。窮邊：荒僻的邊遠地區。

〔四〕「名高」句：韓愈《送温處士赴河陽軍序》：「伯樂一過冀北之野，而馬群遂空。夫冀北馬多於天下，伯樂雖善知馬，安能遂空其群邪？解之者曰：吾所謂空，非無馬也，無良馬也。伯樂知馬，遇其良輒取之，群無留良焉。」稱美吴激善於發現人才，提攜後進。

〔五〕西江：指江西詩派。禪：禪祖，宗派始祖或傳人。宋楊萬里《送分寧主簿羅宏才秩滿入京》：「要知詩客參江西，正似禪客參曹溪。」可知江西詩派之影響。此句謂吴激詩比江西詩毫不遜色，當爲詩客參拜。

〔六〕「頗憶」二句：用米芾「米家船」典故。黄庭堅《戲贈米元章二首》：「滄江静夜虹貫月，定是米家書畫船。」任淵注：「崇寧間，元章爲江淮發運，揭牌於行舸之上，曰：『米家書畫船。』」米芾，字元章，宋代書畫家。書法得王獻之筆意，山水自成一派。《宋史·文苑》有傳。吴激爲米芾女婿，元好問《中州集》小傳稱吴激「字畫得其婦翁筆意」，故有此二句。

代王簿上梁孟容副公二首〔一〕

妙年椽筆賦長楊〔二〕，一日聲名滿四方。天上風流青瑣客〔三〕，人間嘉慶緑衣郎〔四〕。錦囊看讀金花誥〔五〕，畫戟閑凝燕寢香〔六〕。預恐政成趨急詔，海沂無計駐王祥〔七〕。

【注】

〔一〕王簿：其人不詳。梁孟容：梁肅，字孟容，奉聖州（今河北省涿鹿縣）人。天眷二年進士。以廉，入爲尚書省令史。大定二十一年起復彰德軍節度使，召拜參知政事。二十八年，薨。謚正憲。《金史》卷八九有傳。副公：副宰相，即參知政事。

〔二〕妙年：少壯之年。椽筆：《晉書·王珣傳》：「珣夢人以大筆如椽與之，既覺，語人云：『此當有大手筆事。』俄而帝崩，哀册謚議，皆珣所草。」後因以「椽筆」指大手筆，稱譽他人文筆出衆。長楊：漢揚雄所作《長楊賦》的省稱。句言梁氏試詞賦登第事。

〔三〕青瑣客：指出入宫禁，接近皇帝的清要之臣。青瑣：宫門上雕刻的青色連環圖紋。後借指宫門或宫庭。《後漢書·百官志三》：「黄門侍郎……掌侍從左右，給事中，關通中外。」劉昭注引《漢舊儀》曰：「黄門郎屬黄門令，日暮入，對青瑣門拜，名曰夕郎。」

〔四〕嘉慶：喜慶的事。宋晏殊《訴衷情》詞：「世間榮貴月中人（舊稱登科爲「折桂」、「月桂」），嘉慶在今辰。」緑衣郎：指新科進士。唐制，新進士例賜緑袍，因稱。

〔五〕金花誥：古代以金花綾羅紙書製的賜爵封贈的誥書。宋胡繼宗《書言故事·命婦類》：「婦人誥，謂金花誥。」

〔六〕「畫戟」句：化用唐韋應物《郡齋雨中與諸文士燕集》詩句：「兵衛森畫戟，燕寢凝清香。」言梁肅在節度使任喜納文士的風流韻事。燕寢：泛指閑居之處。

〔七〕「海沂」句：《晉書·王祥傳》載，徐州刺史吕虔檄爲别駕，王祥以年事已高拒絶。弟王覽勸其出仕，並替他準備車牛，王祥才受召。王祥率勵兵士，時常擊破寇盜，州界清静，政化大行。時人歌之曰：「海沂之康，實賴王祥。邦國不空，别駕之功。」祥於魏末拜司空，轉太尉，入晉官至太保。二句用此典言梁肅政成升任時的留戀之情。海沂：海邊。

又

自笑微官馬骨高〔一〕，十年霜鬢雪刁騷〔二〕。長林豐草未適性〔三〕，尖帽短靴安得豪〔四〕。名宦真同一雞肋〔五〕，簿書空束兩牛腰〔六〕。故園清興湖山裏〔七〕，歸去經營一把茅〔八〕。

【注】

〔一〕微官馬骨高：用杜甫佚詩：「縣古槐根出，官清馬骨高。」言官微俸少以至坐騎瘦弱的生存窘況。

〔二〕刁騷：頭髮稀落貌。

〔三〕「長林」句：晉嵇康《與山巨源絶交書》：「雖飾以金鑣，饗以嘉肴，愈思長林而志在豐草也。」句言未能順應性情以隱逸山林。

〔四〕尖帽短靴：指簡樸的服裝，貧賤者所服。

〔五〕雞肋：比喻做無多大意義而又不忍舍棄之事情。語本《三國志·魏志·武帝紀》「備因險拒守」裴松之注引晉司馬彪《九州春秋》楊修語：「夫雞肋，棄之如可惜，食之無所得。」

〔六〕牛腰：比喻簿書之多，卷起來有牛腰那樣粗。李白《醉後贈王歷陽》：「書禿千兔筆，詩裁兩牛腰。」王琦注：「言其卷大如牛腰也。」

〔七〕清興：清雅的興致。唐王勃《山亭夜宴》：「清興殊未闌，林端照初景。」

〔八〕一把茅：禪林指出世説法。《禪林寶訓》：「爾輩他日若有把茅蓋頭，當以此而自勉。」此指結草爲庵，過隱居生活。

清明前十日作

雨餘天氣動朝寒，寒食都來數日間。羯鼓催開小桃李〔一〕，畫屏圍出好溪山。塵埃老我真堪笑〔二〕，風物撩人欲破慳〔三〕。梅雪已殘春過半，一尊何處與公閑①。

【校】

①何處：毛本作「無處」。

【注】

〔一〕羯鼓：古代打擊樂器的一種。起源於印度，從西域傳入，盛行於唐開元、天寶間。《通典·樂四》：「羯鼓，正如漆桶，兩頭俱擊。以出羯中，故號羯鼓，亦謂之兩杖鼓。」

〔二〕塵埃老我：言自己奔波於紅塵中逐漸衰老。

〔三〕破慳：使慳吝者拿出錢財。

聞丘丈晚集慶壽，作詩戲之〔一〕

桃李欲開風雨多，花時猶得屢經過。緩聽一曲玉連瑣〔二〕，滿泛十分金卷荷〔三〕。紅燭影紗聞喚馬〔四〕，翠羅承韈見凌波〔五〕。杜陵老矣孤春事〔六〕，奈此詩愁惱亂何〔七〕。

【注】

〔一〕丘丈：其人不詳。

〔二〕玉連瑣：宋琵琶曲名。蘇軾《宋叔達家聽琵琶》：「新曲翻從玉連鎖，舊聲終愛鬱輪袍。」李厚注云：「玉連鎖，今曲名。」宋陳師道《後山詩話》：歐陽公謫永陽，其倅杜彬善琵琶。彬抱器而出，手不絶彈，盡暮而罷。公作詩云：「座中醉客誰最賢？杜彬琵琶皮作絃。自從彬死世莫傳，玉連鎖聲入黄泉。」

〔三〕金卷荷：酒盞、酒杯名。歐陽修《答和閣老劉舍人雨中見寄》：「蕭條兩鬢霜後草，瀲灧十分金卷荷。」

〔四〕喚馬：即「呼牛喚馬」。《莊子・天道》：「老子曰，夫巧知神聖之人，吾自以爲脱焉。昔者子呼我牛也而謂之牛，呼我馬也而謂之馬。苟有其實，人與之名而弗受，再受其殃。」謂隨物所名有實，故不以毀譽經心。此處戲稱丘丈的閨中之樂，被喚牛喚馬，毫不在意。

〔五〕凌波：三國魏曹植《洛神賦》：「凌波微步，羅襪生塵。」後世以「凌波」形容美人步履的輕盈。此指美女的脚。

〔六〕杜陵：杜甫自稱杜陵野老。其《曲江陪鄭南史飲》：「自知白髮非春事，且盡芳樽戀物華。」此處代丘丈。孤，辜負。《後漢書·朱儁傳》：「國家西遷，必孤天下之望。」春事：指男女歡愛之事。

〔七〕惱亂：煩憂，打擾。唐白居易《和微之十七與君別及隴月花枝之詠》：「別時十七今頭白，惱亂君心三十年。」奈何：怎麽辦。

明日復會客普照，繼呈此詩，去及瓜不數日矣〔一〕

室中呼起散花天，來伴維摩到處禪〔二〕。百刻篆香消晝永〔三〕，一番風雨破春妍。雲山真欲追聲叟〔四〕，風腋何妨借玉川〔五〕。他日相思共明月，舊遊應説禁煙前〔六〕。

【注】

〔一〕普照：寺名。及瓜：指任職期滿。《左傳·莊公八年》：「齊侯使連稱、管至父戍葵丘，瓜時而往，曰：『及瓜而代』。」言任期一年，今年瓜時往，來年瓜時代之。

〔二〕「室中」二句：用「天女散花」典，出《維摩詰經》。維摩詰大士在丈室中「示疾」説法。時丈室中有一天女，爲了試探會上大衆的道行，把花瓣撒向他們。花瓣飄到菩薩的身上，紛紛掉落地上；

而碰到弟子们身上，便緊粘不掉。天女對弟子们説，大菩薩花不着身，是因爲他们没有「分別想」。你们還有「分別想」，因此花瓣就粘在身上了。到處禪，處處談禪。言維摩詰示疾之時，亦在弘傳佛法。

〔三〕百刻篆香：猶盤香，又稱百刻香。唐宋時將香料做成篆文形狀，點其一端，依香上的篆形印記，燒盡計時。它將一晝夜劃分爲一百個刻度，用作計時器，還有驅蚊等作用。

〔四〕聱叟：唐元結别號。元結自稱浪士，及有官，人呼爲漫郎。後移居武昌樊口，左右皆漁者，少長相戲，放情山水，以耕釣自娱，悉心著書。又呼爲聱叟。事見《新唐書·元結傳》。

〔五〕「風腋」句：用唐詩人盧仝詩典。盧仝，自號玉川子，范陽（治今河北省涿州市）人。唐代詩人。好茶成癖，其《走筆謝孟諫議寄新茶》中「七碗茶詩」膾炙人口：「七碗吃不得也，唯覺兩腋習習清風生。」後用「兩腋生風」爲飲茶典故。

〔六〕禁煙：即禁煙節，亦稱寒食節，在夏曆冬至後一百零五日，清明節前一二日。初爲節時，禁煙火，吃冷食。

觀古作者梅詩，戲成一章

翠袖佳人修竹傍〔一〕，風姿綽約破湖光〔二〕。靜中慣識形神影，妙處誰知色味香。觀想有靈通水月〔三〕，孤音無侶伴冰霜〔四〕。故人愁絶今何許，煙雨霏霏子半黄〔五〕。

【注】

〔一〕「翠袖」句：用杜甫《佳人》詩句：「天寒翠袖薄，日暮倚修竹。」

〔二〕風姿綽約：形容女子風韻姿態柔美動人。風：風度。綽約：女子姿態柔美。

〔三〕「觀想」句：宋林逋《山園小梅》：「疏影横斜水清淺，暗香浮動月黄昏。」

〔四〕「孤音」句：言梅花在大雪隆冬、百花俱息之季傲然獨放。冰霜：比喻操守堅貞清白。

〔五〕「故人」二句：化用宋賀鑄《青玉案》詞意：「試問閒愁都幾許，一川煙草，滿城風絮，梅子黄時雨。」故人：朋友。此指梅花。

秋郊馬上二首

故壠松楸暗〔一〕，空城草棘荒。數峰横鳥道〔二〕，一徑繞羊腸〔三〕。桑葉露仍沃，稻花風已香。兒時十年夢，懷舊一悲涼。

【注】

〔一〕故壠：舊墳。松楸：松樹與楸樹。墓地多植，因以代稱墳墓。

〔二〕鳥道：形容道路險峻狹窄。李白《蜀道難》：「西當太白有鳥道，可以横絶峨眉巔。」

〔三〕羊腸：喻指狹窄曲折的小路。杜甫《喜聞官軍已臨賊境》：「路失羊腸險，雲横雉尾高。」

又

海色樓臺市，山容水墨圖。風疏水楊柳，煙瘦石菖蒲〔一〕。歲熟多同社〔二〕，村閑絶詬租〔三〕。平生亦何事，塵土眷吾廬。

【注】

〔一〕菖蒲：植物名。多年生水生草本。北魏酈道元《水經注·伊水》：「石上菖蒲，一寸九節，爲藥最妙，服久化仙。」

〔二〕歲熟：年成豐熟。《宋史·食貨志》：「即同鄉三老、里胥召集餘夫，分畫曠土，勸令種蒔，候歲熟共取其利。」同社：猶同鄉，同里。古以二十五家爲一社。

〔三〕詬租：謂罵罵咧咧地催交租税。唐李賀《章和二年中》：「關中父老百領襦，關東吏人乏詬租。」

贈人

何必羅浮訪稚川〔一〕，相逢一笑共談玄〔二〕。蓬萊咫尺三萬里〔三〕，銅狄因循五百年〔四〕。夢幻莫論身外事，嘯歌聊得醉中天。幾時丹竈同收拾〔五〕，去入雲山了舊緣〔六〕。

【注】

〔一〕羅浮：山名。在廣東省東江北岸。晉葛洪曾在此山修道，道教稱爲「第七洞天」。稚川：晉葛洪字。葛洪好神仙之事，死後，人以爲其成仙。

〔二〕談玄：談論深奥幽微的玄理。魏晉名士列《易》、《老子》、《莊子》爲「三玄」。

〔三〕蓬萊：蓬萊山。古代傳説中的神山名。亦常泛指仙境。《史記·封禪書》：「自威、宣、燕昭使人入海求蓬萊、方丈、瀛洲。此三神山者，其傳在勃海中。」句言成仙得道之事近在咫尺，遠在天涯，可望而不可及。

〔四〕銅狄：銅人。《漢書·五行志》：「秦始皇二十六年，有大人長五丈，足履六尺，皆夷狄服，凡十二人見於臨洮……是歲始皇初併六國，反喜以爲瑞，銷天下兵器，作金人十二以象之。」後因稱「銅人」爲「銅狄」。《後漢書·薊子訓傳》：「後人復於長安東霸城見之，與一老公共摩挲銅人，相謂曰：『適見鑄此，已近五百歲矣。』」李賢注引《水經注》曰：「魏文帝黄初元年，徙長安金狄，重不可致，因留霸城南。」陸游《齋中雜興十首》：「何當五百歲，相與摩銅狄。」因循：流連；徘徊不去。唐姚合《武功縣中作》：「門外青山路，因循自不歸。」

〔五〕丹竈：古人煉丹用的爐竈。南朝梁江淹《别賦》：「守丹竈而不顧，鍊金鼎而方堅。」

〔六〕了：了卻。

別後有懷元濟〔一〕

聞説風流靖長官〔二〕，宦遊寥落廢清閑〔三〕。酒狂吞盡喙三尺〔四〕，詩瘦聳成肩兩山〔五〕。世事君方厭蝸角〔六〕，生涯我欲賦魚蠻〔七〕。脱身何日扁舟去，相對一蓑煙雨間。

【注】

〔一〕元濟：其人不詳。

〔二〕「聞説」句：靖長官爲傳説中唐時學道成仙之人。宋辛棄疾《鷓鴣天·吴子似過秋水》詞：「看君不了癡兒事，又似風流靖長官。」鄧廣銘箋注：「曾慥《集仙傳》：『靖，不知何許人。唐僖宗時爲登封令，既而棄官學道，遂仙去，隱其姓而以名顯，故世謂之靖長官。』」此處代元濟。

〔三〕寥落：謂孤單，寂寞。

〔四〕「酒狂」句：語本《莊子·徐無鬼》：「丘（孔子）願有喙三尺。」形容能言善辯。蘇軾《次韻答邦直子由五首》：「欲吐狂言喙三尺，怕君嗔我卻須吞。」句言元濟以酒澆胸中塊壘，閉口不談世事。

〔五〕肩兩山：用以狀兩肩高聳、瘦削之貌。

〔六〕蝸角：《莊子·則陽》：「有國於蝸之左角者曰觸氏，有國於蝸之右角者曰蠻氏，時相與爭地而戰。」郭象注：「誠知所爭者若此之細也，則天下無爭矣。」後世用「蝸角虚名」指微不足道的空名。

〔七〕魚蠻：亦作「魚蠻子」。漁夫，漁民。蘇軾《魚蠻子》：「人間行路難，踏地出賦租。不如魚蠻子，駕浪浮空虛。」

贈董丞秉國〔一〕

迫窄十年冠蓋場〔二〕，誰憐王謝有諸郎〔三〕。俗緣不脱三生債〔四〕，豪氣都無萬丈長。遣興久憑詩作社〔五〕，避愁專欲酒爲鄉〔六〕。黄塵投老逢青眼〔七〕，賴有知音未可忘〔八〕。

【注】

〔一〕董丞秉國：其人不詳。

〔二〕「迫窄」句：化用宋王安石《昆山慧聚寺次孟郊韻》詩句：「久遊不忍還，迫迮冠蓋場。」迫窄：窘迫，困頓。冠蓋場：猶官場。冠蓋指官員的冠服和車乘，故稱。

〔三〕王謝有諸郎：又稱烏衣諸郎，指東晉時王謝兩大貴族的子弟以才華著稱。

〔四〕俗緣：佛教以因緣解釋人事，因稱塵世之事爲俗緣。三生：佛教語。指佛家所説的三世轉生，即前生、今生和來生。三生債：即前世今生的因果聯繫中所要償還的事情。

〔五〕詩作社：建立詩社。

〔六〕酒爲鄉：唐王績著《醉鄉記》，指酒醉進入迷離恍惚的境界。

〔七〕黄塵：指塵世。投老：將老。青眼：眼睛正着看，黑眼珠在中間，表示喜愛或器重。典出《晉書·阮籍傳》：「（嵇）康乃齎酒挾琴造焉，籍大悦，乃見青眼。」後亦借指知心朋友。唐權德輿《送盧評事婺州省覲》：「客愁青眼别，家喜玉人歸。」

〔八〕知音：用俞伯牙、鍾子期典，指知己朋友。《吕氏春秋·本味》：「鍾子期死，伯牙破琴絶絃，終身不復鼓琴，以爲世無復足爲鼓琴者。」

聞彦美服藥，以詩問訊〔一〕

耳邊塵事且無喧，聽我歸耕郭外村〔二〕。賤子自藏蝸殻舍〔三〕，故人誰并雀羅門〔四〕。書窗共作三年計〔五〕，尊酒相逢一笑温〔六〕。不信家山不堪隱，仇池今在古銅盆〔七〕。

【注】

〔一〕彦美：王景徽，字彦美，祁國文獻公溥之後。見《中州集》卷二「張子羽」小傳。服藥：指服丹藥以修煉。問訊：問候，慰問。

〔二〕聽：聽從。

〔三〕賤子：自我的謙稱。杜甫《奉贈韋左丞丈二十二韻》：「丈人試静聽，賤子請具陳。」蝸殻合：喻矮小簡陋的房屋。晉崔豹《古今注》卷中《魚蟲》：「蝸牛，陵螺也……野人結圓舍，如蝸牛之殼，故曰蝸舍。」

〔四〕雀羅門：門可羅雀。典出《史記·汲鄭列傳》：「始翟公爲廷尉，賓客闐門；及廢，門外可設雀羅。」形容十分冷落，賓客稀少。

〔五〕三年計：指科舉及第之理想願望。金代科舉考試，正常爲三年一次。

〔六〕尊酒相逢：逢時以杯酒相敬。以上二句之句式仿蘇軾《正月二十日與潘郭二生出郊尋春，忽記去年是日同至女王城作詩，乃和前韻》：「江城白酒三杯釅，野老蒼顔一笑温。」

〔七〕「仇池」句：用蘇軾銅盆貯仇池事。蘇軾《予昔作壺中九華詩，其後八年復過湖口，則已爲好事者取去，乃和前韻以自解云》：「賴有銅盆修石供，仇池玉色自瑽瓏。」自注：「家有銅盆貯仇池石，正緑色，有洞穴達背。」仇池：仇池石。此處代玩賞奇石。

和人七夕韻〔一〕

今古良宵此會同，望窮雲物有無中。人間鈿合三山隔〔二〕，天上靈槎一水通〔三〕。鳷鵲樓空紈扇月〔四〕，鴛鴦機冷苧羅風〔五〕。不須更乞蛛絲巧〔六〕，久矣人生百巧窮〔七〕。

【注】

〔一〕七夕：農曆七月初七之夕。民間傳説，牛郎織女每年此夜在天河相會。舊俗婦女於是夜在庭院中進行乞巧活動。見南朝梁宗懔《荆楚歲時記》。

〔二〕「人間」句：用白居易《長恨歌》中唐明皇楊貴妃事。楊妃在海上仙山蓬萊宫，天上人間兩相隔，托道士將鈿合帶還唐明皇。二人曾於七月七日在長生殿有誓：「在天願作比翼鳥，在地願爲連理枝。」故常用以詠七夕。三山：指蓬萊等三座海上仙山。

〔三〕「天上」句：晉張華《博物志》卷一〇載：舊説天河與海相通，每年八月有浮槎來往。有人乘槎至天界，遥見織女，並與牽牛晤談。槎：木筏。

〔四〕鳷鵲：漢宫觀名，在長安甘泉宫外。《文選·司馬相如·上林賦》：「過鳷鵲，望露寒，下棠梨，息宜春。」郭璞注引張揖曰：「此四觀，武帝建中元年中作，在雲陽甘泉宫外。」此代指班婕妤所居長信宫。也兼指喜鵲。清李慈銘《蓬萊驛》：「看他額黄稀，眉青鎖……只憶着填橋鳷鵲待黄姑。」舊謂牛郎織女每年七夕於鵲橋相會。宋胡仔《苕溪漁隱叢話》前集卷一一：「據《淮南子》云：烏鵲填河成橋而渡織女。」今本《淮南子》不見其句。紈扇月：漢班婕妤《怨詩》：「新裂齊紈素，鮮潔如霜雪。裁爲合歡扇，團團似明月。出入君懷袖，動摇微風發。常恐秋節至，涼風奪炎熱。棄捐篋笥中，恩情中道絶。」（見《玉臺新詠》）南朝梁劉孝儀《閨怨》：「空勞織素巧，徒爲《團扇》詞。」

〔五〕鴛鴦機冷：指織女因傷心無心織錦。《古詩十九首·迢迢牽牛星》：「終日不成章，泣涕零如雨。」鴛鴦機：織機的美稱。蘇軾《鵲橋仙·七夕和蘇堅》詞：「與君各賦一篇詩，留織女鴛鴦機上。」宋黄庭堅《鵲橋仙·席上賦七夕》：「鴛鴦機綜，能令儂巧，也待乘槎仙去。」苧羅：山名，西施的故鄉。山邊有石，云是西施浣紗石。李白《西施》：「西施越溪女，出自苧蘿山。」宋辛棄疾《賀新郎·賦海棠》：「莫厭霓裳素，染臙脂、苧羅山下，浣沙溪渡。」二句言自古紅顔薄命，有才貌者没有好結果。

〔六〕乞蛛絲巧：南朝梁宗懔《荆楚歲時記》：「七月七日，爲牽牛織女聚會之夜。是夕，人家婦女結綵縷，穿七孔針，或以金銀鍮石爲針，陳几筵酒脯瓜果於庭中以乞巧。有喜子網於瓜上，則以爲符應。」喜子，一種小蜘蛛。

〔七〕百巧窮：百巧成窮，指有才能者境遇反而不好。宋陳師道《寄單州張朝請》：「一言悟主心猶壯，百巧成窮髮自新。」

海上

潮蹙三山島〔一〕，煙横萬里沙。蜃樓春作市〔二〕，鼍鼓暮催衙〔三〕。一曲水仙操〔四〕，片帆漁父家。安期定何處，試問棗如瓜〔五〕。

【注】

〔一〕蹙：接近，迫近。三山島：指傳説中的海上三神山。

〔二〕「蜃樓」句：即海市蜃樓。本是光線經過不同密度的空氣層，發生折射或全反射，把遠處景物顯示在空中或地面而形成的奇異景象，常發生在海上或沙漠地區。古人誤認爲蜃吐氣而成，故稱。語出《史記·天官書》：「海旁蜃氣象樓臺；廣野氣成宮闕然。雲氣各象其山川人民所聚積。」晉伏琛《三齊略記》：「海上蜃氣，時結樓臺，名海市。」蜃，大蛤。

〔三〕鼉：揚子鱷，其皮可以製鼓，聲響如鼉鳴。鼉鼓：此指鼉鳴聲。唐許渾《贈所知》：「湖日似陰鼉鼓響，海雲纔起蜃樓多。」此言鼉鳴聲如催人上晚衙的鼓聲。舊時官署有晚衙。長官一日早晚兩次坐衙治事，晚衙在傍晚申時。

〔四〕水仙操：琴曲名。相傳爲伯牙所作。唐吴競《樂府古題要解》卷下《水仙操》：「舊説伯牙學鼓琴於成連先生，三年而成。至於精神寂寞，情志專一，尚未能也。成連曰：『吾師方子春在海中，能移人情。』乃與伯牙延望，無人。至蓬萊山，留伯牙曰：『吾將迎吾師。』刺船而去，旬日不返。但聞海上水汩汲崩澌之聲，山林窅寞，群鳥悲號，愴然而歎曰：『先生將移我情。』乃援琴而歌之。曲終，成連刺船而還，伯牙遂爲天下妙手。」此處用喻海水拍崖之聲。

〔五〕「安期」二句：用漢代術士安期生事。安期：亦稱安期生，舊題漢劉向《列仙傳》載謂其秦漢間人，曾習黄老之説，賣藥於東海邊。後人謂其爲居海上之神仙。《史記·封禪書》載，方士李少君與漢武帝言：「臣嘗游海上，見安期生食巨棗，大如瓜。安期生，仙者，通蓬萊中，合則見人，不合則隱。」

次曹次仲韻，因以自感〔一〕

自笑區區學道難〔二〕，未容香火訪名山〔三〕。因循憂患餘生裏〔四〕，收斂光芒窘步間〔五〕。白社祝公今日始〔六〕，丹丘容我幾時還〔七〕。相從願結翻經會〔八〕，共過壺中日月閑〔九〕。

【注】

〔一〕次……韻：即次韻：也稱步韻，和詩的一種。按照原詩的韻脚及用韻次序來和詩。曹次仲：其人不詳。

〔二〕區區：愚拙，凡庸。學道：學習道行。此指學仙。《漢書·張良傳》：「迺學道，欲輕舉。」

〔三〕「未容」句：李白《夢遊天姥吟留别》：「且放白鹿青崖間，須行即騎訪名山。」香火：借指道觀。

〔四〕因循：拖延。

〔五〕窘步：步履艱難。句言收斂鋒芒，韜光隱晦於險象叢生、舉步唯艱的世俗中。

〔六〕「白社」句：《晉書·隱逸傳》：「董京字威輦，不知何郡人也。初與隴西計吏俱至洛陽，被髪而行，逍遥吟詠，常宿白社中。」白社在今洛陽市東，後用以泛指隱士居處。

〔七〕「丹丘」句：《楚辭·遠遊》：「仍羽人於丹丘兮，留不死之舊鄉。」王逸注：「丹丘晝夜常明也。」傳説中神仙所居之地。

〔八〕翻經會：農曆六月六日，諸業林各以藏經曝烈中日。僧人集村嫗爲翻經會。

〔九〕壺中日月：舊指道家悠閑清静的無爲生活。李白《下途歸石門舊居》：「何當脱屣謝時去，壺中別有日月天。」

寒食阻雨，招元功會話〔一〕

滿城風雨殿餘春〔二〕，燕坐翛然亦可人〔三〕。楊柳杏花相對晚，石泉槐火一時新〔四〕。愁邊興味渾宜酒〔五〕，句裏機緣欲脱塵〔六〕。早晚阿咸來過我〔七〕，坐中軟語慰情親〔八〕。

【注】

〔一〕元功：商冊，字元功，商衡叔曾祖。元好問《曹南商氏千秋録》：「冊字元功，丹字大忠，後改名愈，字師心，爲施内翰朋（明）望詩酒之交。」冊之弟丹與施宜生爲詩酒之交，詩人亦有《上施内翰》一詩，故或爲此人。會話：聚談；對話。唐孟郊有《與二三友秋宵會話清上人院》詩。

〔二〕殿：居後。

〔三〕燕坐：安坐；閑坐。翛然：無拘無束貌；超脱貌。《莊子·大宗師》：「翛然而往，翛然而來而已矣。」成玄英疏：「翛然，無繫貌也。」

〔四〕「石泉」句：用蘇軾詩句。《東坡志林》載，蘇軾在黄州，夢詩句云：「寒食清明都過了，石泉槐火一時新。」槐火：用槐木取火。相傳古時往往隨季節變換燃燒不同的木柴以防時疫，冬取槐火。

〔五〕渾：皆。

〔六〕機緣：指對話時的隨機應變，靈感驟至，妙語天成的境地。

〔七〕阿咸：三國魏阮籍侄阮咸，有才名，後因稱侄子爲「阿咸」。清薛雪《一瓢詩話》卷一〇四：「阿戎例呼從弟，阿咸例以呼侄，何必拘拘如此？」《晉書・阮咸傳》：「咸任達不拘，與叔父籍爲竹林之遊。」

〔八〕軟語：柔和而委婉的話語。

次韻諸園不暇遊覽

故人家有小池臺，桃李成蹊手自栽。尊酒幾時邀客去，園林無日不花開。丹青一一歸圖畫，紅紫紛紛費剪裁。勝概須公與題品〔一〕，杖藜何惜醉中來〔二〕。

【注】

〔一〕勝概：美景。題品：題詩品評。

〔二〕杖藜：謂拄着手杖行走。藜，野生植物，莖堅韌，可爲杖。

自解〔一〕

投紱歸來歲月過〔二〕，清閑殊勝吏分窠〔三〕。人思狡兔藏三窟〔四〕，我願白鷗同一波〔五〕。綦局何妨爛樵斧〔六〕，印章終欲博漁蓑〔七〕。人間萬事俱塵土，醉倒尊前奈我何〔八〕。

【注】

〔一〕自解：自請解職。《宋書・隱逸傳・陶潛》：「親老家貧，起爲州祭酒，不堪吏職，少日，自解歸。」

〔二〕投紱：棄去印綬。謂辭官。蘇軾《和致仕張郎中春節》：「投紱歸來萬事輕，消磨未盡祇風情。」

〔三〕殊勝：猶勝。窠：同科，指官職。唐鄭谷《錦二首》其二：「禮部郎官人所重，省中別占好窠名。」

〔四〕狡兔三窟：喻藏身處多，便於避禍。《戰國策・齊策四》：「狡兔有三窟，僅得免其死耳；今君有一窟，未得高枕而卧也；請爲君復鑿二窟。」

〔五〕白鷗：水鳥名。李白《江上吟》：「仙人有待乘黄鶴，海客無心隨白鷗。」此處謂隱於江湖，與白鷗同群。

〔六〕「棊局」句：用王質爛柯典。南朝梁任昉《述異記》卷上：晉時王質伐木於石室山，見童子數人，棋而歌，質因聽之。俄頃，童子謂曰：「何不去？」質起，視斧柯爛盡，既歸，無復時人。後以「爛柯」謂歲月流逝，人事變遷。

〔七〕印章：圖章。用作取信之物。此處指官印。《後漢書・公孫述傳》：「多刻天下牧守印章，備置公卿百官。」博：换取。漁蓑：漁人的蓑衣。句言辭官歸隱。

〔八〕「醉倒」句：用劉伶縱酒典。《世説新語・任誕》：「劉伶病酒，渴甚，從婦求酒。婦捐酒毁器，涕泣諫曰：『君飲太過，非攝生之道，必宜斷之。』伶曰：『甚善。我不能自禁，惟當祝鬼神自誓斷之耳，便可具酒肉。』婦曰：『敬聞命。』供酒肉於神前，請伶祝誓。伶跪而祝曰：『天生劉伶，以酒爲名。一飲一斛，五斗解醒。婦人之言，慎不可聽。』便引酒進肉，隗然已醉矣。」

陪諸友登三山亭二首〔一〕

半濠清淺芰荷彫〔二〕，落日登臨未寂寥。山色逼秋渾作市〔三〕，海聲迎暮欲吞潮。沙頭白鳥疑相熟，木末青旗苦見招〔四〕。不似常時對官府，可無閑話及漁樵。

【注】

〔一〕三山亭：亭名，在萊州。《山東通志》卷九：「三山亭，在萊州府城北。世傳漢武帝時建，以其可望海中三山也。」

〔二〕濠：淺水溝。芰荷：菱葉和荷葉。

〔三〕逼：逼近。渾：渾然，全然。市：言其色彩紛繁如同集市。

〔四〕青旗：指酒旗。

又

霜林餘葉未全彫，極目西風對泬寥〔一〕。萬里沙荒秋後草，三神山動晚來潮〔二〕。移尊正及兵廚近〔三〕，結客何須驛騎招〔四〕。老素撫牀端可必〔五〕，未甘隨分隱耕樵〔六〕。

【注】

〔一〕泬寥：指晴朗的天空。南朝梁江淹《學梁王兔園賦》：「仰望泬寥兮數千尺。」

〔二〕三神山：指海上蓬萊等三仙山。

〔三〕移尊：端着酒杯喝酒。兵廚：兵廚酒，又稱公庫酒，即公庫所釀之酒。公庫：又稱官庫、公使庫，官營的釀酒酒坊。程大昌《演繁露續集》卷六：「今人謂公庫酒爲兵廚酒，言公庫之酒因犒軍而醞也。」

〔四〕驛騎：乘馬送信、傳遞公文的人。

〔五〕「老素」句：用「衛瓘撫牀醉諫」典故。《晉書·衛瓘列傳》：「惠帝之爲太子也，朝臣咸謂純質，不能親政事。瓘每欲陳啟廢之，而未敢發。後會宴陵雲臺，瓘托醉，因跪帝牀前曰：『臣欲有所啟。』帝曰：『公所言何耶？』瓘欲言而止者三，因以手撫牀曰：『此座可惜！』帝意乃悟，因謬曰：『公真大醉耶？』瓘於此不復有言。」老素：善於預測的人。《國語·吴語》：「夫謀必素見成事焉，而後履之。」韋昭注：「素，猶豫也。」端：真，應。可必：謂可以預料其必然如此。句言自己尚有見微知著、預見未來的長處。

〔六〕隨分：隨意，任意。

秋郊

秋水四五尺，暮山三兩峰。浮雲白毫相〔一〕，落日紫金容〔二〕。蓑笠前村笛，樓臺古寺鐘。殷勤小平遠〔三〕，圖畫記渠儂〔四〕。

【注】

〔一〕白毫相：佛家指如來三十二相之一。謂其眉間有白色毫毛，能放光明。衆生若遇其光，可消除業障，身心安樂。

〔二〕紫金容：指佛的金色容貌。《大乘本生心地觀經》：「我以天眼觀世間，一切無有如佛者。希有金容如滿月，希有過於優曇華。」

〔三〕平遠：山水畫的一種取景方法，自近山望遠山，意境綿邈曠遠。宋郭思纂集《林泉高致》載其父郭熙之説：「山有三遠：自山下而仰山顛，謂之『高遠』；自山前而窺山後，謂之『深遠』；自近山而望遠山，謂之『平遠』。」

〔四〕渠儂：方言。第三人稱代詞。元高德基《平江記事》：「嘉定州去平江一百六十里，鄉音與吳城尤異，其並海去處，號三儂之地。蓋以鄉人自稱曰『吾儂』、『我儂』，稱他人曰『渠儂』，問人曰『誰儂』。」此指如畫的景色。

次劉元直韻二首〔一〕

秋來何事憶歸頻，正以家無妒婦津〔二〕。未許桂枝招隱士〔三〕，不妨桃葉贈行人〔四〕。夢魂歷歷千山遠〔五〕，客宦悠悠五斗貧〔六〕。犀箸鸞刀許何日，歸來舉案得紛綸〔七〕。

【注】

〔一〕次……韻：即次韻，也稱步韻，和詩的一種。按照原詩的韻脚及用韻次序來和詩。劉元直：其人不詳。

〔二〕妒婦津：代妒婦。晉劉伯玉妻段氏甚妒忌。伯玉嘗誦《洛神賦》，曰：「娶婦如此，吾無憾矣！」其妻恨曰：「君何得以水神美而輕我？我死，何愁不爲水神？」乃投水而死。後因稱其投水處爲「妒婦津」。相傳婦人渡此津，必壞衣毀妝，否則即風波大作。事見唐段成式《酉陽雜俎·諾皋記上》。

〔三〕桂枝招隱士：出自《楚辭·招隱士》：「攀援桂枝兮聊淹留。虎豹鬬兮熊羆咆，禽獸駭兮亡其曹。王孫兮歸來，山中兮不可以久留！」

〔四〕桃葉：名結之，唐白居易家妓。白居易《楊柳枝二十韻》：「小妓攜桃葉，新歌踏柳枝。」後白居易年老多病，遂賣馬放妓，桃葉被棄放江南。白氏《對酒有懷寄十九郎》詩云：「往年江外抛桃葉，去歲樓中別柳枝。」

〔五〕「夢魂」句：言自己的靈魂在夢中歸家，其情景依稀可記。醒來意識到仍在天涯，路途遥遠。元好問《夢歸》：「青山歷歷鄉國夢，黄葉瀟瀟風雨秋。」

〔六〕五斗：即五斗米。用以指微薄的官俸。《晉書·隱逸傳·陶潛》：「郡遣督郵至縣，吏白應束帶見之，潛歎曰：『吾不能爲五斗米折腰，拳拳事鄉里小人邪！』義熙二年，解印去縣。」

〔七〕「犀箸」二句：用杜甫《麗人行》詩句：「犀筯厭飫久未下，鸞刀縷切空紛綸。」犀筯：用犀角製成的筷子。鸞刀：古代祭祀時割牲所用、刀環有鈴的刀。《詩·小雅·信南山》：「執其鸞刀，以啟其毛，取其血膋。」孔穎達疏：「鸞即鈴也。謂刀環有鈴，其聲中節。」舉案：《後漢書·梁鴻傳》：「（鴻）每歸，妻（孟光）爲具食，不敢於鴻前仰視，舉案齊眉。」後用作夫妻互相敬愛的典故。紛綸：此指豐美的食物。

又

半年歸夢別離間，只有音書雁足還〔一〕。羅幕翠横秋掩冉〔二〕，玉壺紅濕淚斕斑〔三〕。天明不作霧非霧〔四〕，月破可憐山復山〔五〕。準擬春風對眉嫵〔六〕，一尊相對洗愁顏。

【注】

〔一〕音書雁足還：《漢書·蘇武傳》：「後漢使復至匈奴，常惠請其守者，與俱得夜見漢使。具自陳道，教使者謂單于言：天子射上林中，得雁，足有係帛書，言武等在某澤中。」

〔二〕羅幕：絲羅帳幕。翠横：應指帷帳前横掛飾以翠羽的帳簷。唐盧照鄰《長安古意》：「生憎帳額（帳簷）繡孤鸞，好取門簾帖雙燕。雙燕雙飛繞畫梁，羅幃翠被鬱金香。」掩冉：即奄冉，猶荏苒。形容時光漸去，光陰流逝。

〔三〕玉壺紅濕：語出晉王嘉《拾遺記·魏》：魏文帝所愛美人薛靈芸，常山人。以良家女被選入宫。靈芸聞别父母，歔欷累日，淚下沾衣。至升車就路時，以玉唾壺盛淚，壺中即如紅色。既發常山，及至京師，壺中淚凝如血。後用作傷别的典故。斕斑：斑痕狼藉貌。多形容淚點。蘇軾《琴枕》：「斕斑漬珠淚，宛轉堆雲鬟。」

〔四〕霧非霧：用唐白居易《花非花》詩句：「花非花，霧非霧，夜半來，天明去。來如春夢不多時，去似朝雲無覓處。」句言天明夢境難以延續。

〔五〕月破：月殘。

〔六〕準擬：打算，準定。眉嫵：即眉憮。謂眉樣嫵媚可愛。《漢書·張敞傳》：「又爲婦畫眉，長安中傳張京兆眉憮。」顔師古注：「孟康曰：『憮音詡，北方人謂媚好爲詡畜。』蘇林曰：『憮音嫵。』蘇音是。」

次韻夜雨〔一〕

海山何處是蓬瀛〔二〕，節物催人意自驚〔三〕。客裏厭逢今舊雨〔四〕，夢餘愁聽短長更。故園頗覺歸期緩，老境難堪此段清。想得詩成正蕭瑟〔五〕，竹窗燈火夜微明。

【注】

〔一〕次韻：也稱步韻，和詩的一種。即按照原詩的韻脚及用韻次序來和詩。

〔二〕蓬瀛：蓬萊和瀛洲，海中仙山，相傳爲仙人所居之處。亦泛指仙境。

〔三〕節物：各個季節的風物景色。

〔四〕今舊雨：語自杜甫《秋述》：「常時車馬之客，舊雨來，今雨不來。」謂過去賓客遇雨也來，而今遇雨卻不來了。此亦兼指日以繼夜的連陰雨。

〔五〕蕭瑟：冷落，淒涼。

代人憶舊

緩步素絲障〔一〕，微吟紫綺裘〔二〕。醉便風側帽〔三〕，歌愛月明樓。犀軸題春恨〔四〕，銅荷滴夜愁〔五〕。風流十年夢，燈火漫揚州〔六〕。

【注】

〔一〕素絲障：用白絲織品製成的屏風步障。《晉書·石崇傳》：「愷修紫絲布步障四十里，崇作錦步障五十里以敵之。」

〔二〕紫綺裘：裝飾華貴的皮衣。

〔三〕側帽：斜戴帽子。《周書・獨孤信傳》：「在秦州，嘗因獵，日暮，馳馬入城，其帽微側。詰旦，而吏人有戴帽者，咸慕信而側帽焉。」後以謂灑脱不羈的裝束。

〔四〕犀軸：本指用犀角製的書畫卷軸。後用以代書畫。

〔五〕銅荷：古代銅製的計時儀器上的荷葉狀容器。《宋史・律曆志十三》：「又爲燭龍，承以銅荷，時正吐珠振荷，循環自運。」

〔六〕「風流」二句：化用唐杜牧《遣懷》詩句：「十年一覺揚州夢，贏得青樓薄倖名。」

梅

誰道江梅驛信遲〔一〕，碧琅玕裏見横枝〔二〕。爲尋疏影暗香處〔三〕，獨立嫩寒清曉時〔四〕。嚼蕊不妨浮白飲〔五〕，認桃休賦比紅詩〔六〕。平生東閣風流在，何遜而今鬢欲絲〔七〕。

【注】

〔一〕江梅驛信：即驛使梅花。《太平御覽》卷九七〇引南朝宋盛弘之《荆州記》：「陸凱與范曄相善，自江南寄梅花一枝，詣長安與曄，並贈花詩曰：『折花逢驛使，寄與隴頭人。江南無所有，聊寄一枝春。』」

〔二〕碧琅玕：即青琅玕。形容竹之青翠，亦指竹。杜甫《鄭駙馬宅宴洞中》：「主家陰洞細煙霧，留客夏簟青琅玕。」仇兆鼇注：「青琅玕，比竹簟之蒼翠。」横枝：梅花的一種。宋姜夔《卜算子·梅花八詠》詞：「緑萼更横枝，多少梅花樣。」夏承燾箋校：「緑萼、横枝皆梅别種。」

〔三〕疏影暗香：代梅花之神韻。語本宋林逋《山園小梅》：「疏影横斜水清淺，暗香浮動月黄昏。」

〔四〕嫩寒清曉：宋惠洪《冷齋夜話》：「衡州花光仁老以墨寫梅花，魯直歎曰：『如嫩寒春曉行孤山籬落間，但欠香耳。』」嫩寒：輕寒。清曉：清晨，拂曉時分。

〔五〕嚼蕊：本義爲咀嚼花蕊，品味芳香。常用爲「吹香嚼蕊」，或「嚼蕊嗅香」，與「含英咀華」近義。宋人詩詞中多用於賞梅，如宋釋道潛《次韻少遊和子理梅花》：「門前誰送一枝梅，問訊山僧少病惱。强將筆力爲摹寫，麗句已輸何遜早。碧桃丹杏空自妍，嚼蕊嗅香無此好。」蘇轍《復次前韻答潛師》：「萬點浮溪輒長歎，一枝過嶺仍誇早。拾香不忍遊塵汙，嚼蕊更憐真味好。」李之儀《累日氣候差暖，梅花輒已弄色，聊課童僕芟削培灌以助其發，戲成小詩三首》：「京洛三十年作客，每見梅花欲忘食。時時魂夢到江南，足跡塵埃來不得。嗅香嚼蕊不忍捨，爲憐絶韻真顔色。」宋謝逸《梅》：「暗香疏影渾無賴，雨打風吹更可憐。嚼蕊但能供我醉，點妝應是爲君妍。」張孝祥《清平樂》：「吹香嚼蕊，獨立東風裏。」等等。浮：罰人飲酒。罰飲一滿杯酒，謂之「浮大白」，簡稱「浮白」。後亦稱滿飲或暢飲酒爲「浮白」。白：指飲酒。

〔六〕「認桃」句：宋阮閲《詩話總龜》卷八引《直方詩話》：「石曼卿詠紅梅云：『認桃無緑葉，辨杏有青枝。』東坡云：『詩老不堪梅格在，更看緑葉與青枝。』荆公云：『北人初未識，渾作杏花看。』又能盡紅梅之妙處也。」一説梅堯臣詩，宋范成大《范村梅譜》：「梅聖俞詩云：『認桃無緑葉，辨杏有青枝。』當時以爲著題。東坡詩云：『詩老不知梅格在，更看緑葉與青枝。』蓋謂其不韻。」比紅詩：即「比紅兒詩」。宋朱勝非《紺珠集》卷四載：「羅虯善詩，與宗人隱、鄴齊名，號『三羅』。避亂往鄜州，依李孝恭。有官妓紅兒善歌，虯爲絶句詩百篇，令歌之，號《比紅兒詩》。以百物比擬紅兒而作詩，大行於時。」句謂若認梅爲桃，不識梅花神韻，就别像羅虯那樣作比紅詩。

〔七〕「平生」二句：用何遜賞梅賦詩典。杜甫《和裴迪登臨蜀州東亭送客逢早梅相憶見寄》：「東閣官梅動詩興，還如何遜在揚州。」宋黄希《杜詩補注》引蘇注云：「梁何遜作揚州法曹，廨舍有梅花一株，花盛開，遜吟詠其下。後居洛，思梅花，再請其往，從之。抵揚州，花方盛，遜對花徬徨終日。」絲：指白髮。

題雪浦人歸圖〔一〕

亂目寶花雨〔二〕，過眉斑竹筇〔三〕。挐音迎畫鷁〔四〕，喜態動烏龍〔五〕。水鏡千江月，風琴萬壑松。遥知永今夕，情話得從容〔六〕。

【注】

〔一〕詩題：此爲題畫詩。《雪浦人歸圖》系北宋畫家燕肅所畫，共四幅，藏於宋徽宗朝内府。《宣和畫譜》：「燕肅，字穆之。其先本燕薊人也，後徙居曹南。祖葬於陽翟，今爲陽翟人。文學治行，搢紳推之。其胸次瀟灑，每寄心於繪事，尤喜畫山水寒林，與王維相上下，獨不爲設色。……歷官至龍圖閣直學士，以尚書禮部侍郎致仕。子孫既顯，贈太師，天下止稱燕公。今御府所藏三十有七：……雪浦人歸圖四。」雪浦：有積雪的水邊。

〔二〕亂目：擾亂視覺。《莊子·天地》：「五色亂目，使目不明。」寶花：亦作「寶華」。珍貴的花。此處指雪花。

〔三〕筇：斑竹，一種莖上有紫褐色斑點的竹子，又名湘妃竹。此處指用竹子做的手杖。

〔四〕拏音：槳聲。《莊子·漁父》：「顔淵還車，子路授綏，孔子不顧，待水波定，不聞拏音而後敢乘。」成玄英疏：「不聞橈響，方敢乘車。」畫鷁：泛指船。古代常畫鷁鳥於船頭，以圖吉利，故稱。鷁：水鳥，善飛，不怕風。

〔五〕烏龍：泛指犬。明李時珍《本草綱目·獸一·狗》：「或云爲物苟且，故謂之狗……俗又諱之，以龍呼狗，有烏龍、白龍之號。」

〔六〕「遥知」二句：《詩·唐風·綢繆》：「今夕何夕，見此良人。」孔穎達疏：「美其時之善，思得其時也。」杜甫《今夕行》：「今夕何夕歲云徂，更長燭明不可孤。」二句用此典，言畫中人回家後與家人從容談笑，其樂融融的情形。

歸來圖戲作〔一〕

雲髻春風一尺高〔二〕，笑攜兒女候歸橈〔三〕。情知一首閑情賦〔四〕，合爲微官懶折腰〔五〕。

【注】

〔一〕詩題：此爲題畫詩。金人許古作《歸來圖》。金李俊民有題許古《歸來圖》詩，未知此畫是否許古所畫。

〔二〕雲髻：高聳的髮髻。《文選・曹植・洛神賦》：「雲髻峨峨，修眉聯娟。」李善注：「峨峨，高如雲也。」

〔三〕歸橈：猶歸舟。橈，船槳。亦代指小船。

〔四〕閑情賦：陶淵明有《閑情賦》，旨在防閑情流蕩，而行文鋪陳十「願」，極寫對所愛者的癡情以及爲之奉獻的情懷。

〔五〕微官折腰：用陶淵明不爲五斗米折腰典。《宋書・陶潛傳》：「郡遣督郵至縣，吏白應束帶見之，潛歎曰：『我不能爲五斗米折腰向鄉里小人。』即日解印綬去職，賦《歸去來》。」

城南庵

故鄉歸思白雲邊〔一〕，瓶鉢東來想浩然〔二〕。桑下久無三宿戀〔三〕，室中今許一燈傳〔四〕。夢驚城郭風塵窟〔五〕，興寄湖山雪月船。老矣重遊恐難得，平生四海與彌天〔六〕。

【注】

〔一〕「故鄉」句：用唐狄仁傑白雲思親典故。《新唐書·狄仁傑傳》：「薦授并州法曹參軍，親在河陽。仁傑登太行山，反顧，見白雲孤飛，謂左右曰：『吾親舍其下。』瞻悵久之。雲移，乃得去。」

〔二〕瓶鉢：水瓶與鉢盂，僧人游方所攜簡單器具。想浩然：《孟子·公孫丑》：「夫出晝而王不予追也，予然後浩然有歸志。」朱熹集注：「浩然，如水之流不可止也。」元好問《夢歸》：「憔悴南冠一楚囚，歸心江漢日東流。」

〔三〕「桑下」句：《後漢書·襄楷傳》：「浮屠不三宿桑下，不欲久生恩愛，精之至也。」李賢注：「言浮屠之人寄桑下者，不經三宿便即移去，示無愛戀之心也。」蘇軾《别黄州》詩：「桑下豈無三宿戀，尊前聊與一身歸。」句言客居他方雖時久但毫不留戀，歸心似箭。

〔四〕一燈傳：《維摩詰所説經》卷上「菩薩品」：「于是諸女問維摩詰：『我等云何止于魔宫？』維摩詰言：『諸姊，有法門名無盡燈，汝等當學。無盡燈者，譬如一燈燃百千燈，冥者皆明，明終不盡。』」佛教以「傳燈」喻傳法，意謂佛理可以破除迷暗，如燈之照明。

〔五〕風塵：風起揚塵，天地昏暗。喻世俗紛擾不潔。

〔六〕四海與彌天：南朝梁慧皎《高僧傳·道安傳》載，東晉名士習鑿齒與名僧道安初見，自稱「四海習鑿齒」，道安對以「彌天釋道安」。此句一語雙關，謂一生到處奔波，又暗示自己一生的追求是兼有名士的灑脱不拘與佛徒的清心寡欲。

書何維楨見贈詩後〔一〕

塵埃握手衆人中，草木從來臭味同〔二〕。春夏我雖迷出處〔三〕，交遊君不異初終〔四〕。赤黄晚歲徵奇夢〔五〕，清白平生繼古風〔六〕。歎息蜀州人日作〔七〕，傷心不覺涕無從〔八〕。

【注】

〔一〕何維楨：其人不詳。

〔二〕臭味：比喻同類。《左傳·襄公八年》：「季武子曰：『誰敢哉！今譬於草木，寡君在君，君之臭味也。』」杜預注：「言同類。」

〔三〕出處：謂出仕和隱退。

〔四〕初終：始終。宋曾鞏《祭歐陽少師文》：「維公平生，愷悌忠實，内外洞徹，初終若一。」此句言何維楨不因顯達後嫌棄自己。

〔五〕赤黄：紅、黄之間的顔色。《後漢書·輿服志》：「諸侯王赤綬四采，赤黄縹紺。」《史記·天官書》：「星色赤黄而沉，所居野大穰。」此句言何維楨至晚年始應驗赤黄吉夢，仕途顯達。故下文「歎息」句以唐高適晚年始爲一方諸侯比之。

〔六〕清白：謂品行純潔。没有污點，無勢利眼。可與前句「不異初終」及元好問「别李周卿三首」之「古交松柏心，今交桃李顔」合觀。

〔七〕蜀州人日作：指唐人高適在蜀州刺史任上寄懷杜甫之作《人日寄杜二拾遺》。詩云：「人日題詩寄草堂，遥憐故人思故鄉。柳條弄色不忍看，梅花滿枝空斷腸。身在南蕃無所遇，心懷百憂復千慮。今年人日空相憶，明年人日知何處？」句言何氏雖居高位而不忘故人，寄詩來問候。

〔八〕無從：指無隨從之物。謂無外物以副其内誠。《禮記·檀弓上》：「予鄉者入而哭之，遇於一哀而出涕，予惡夫涕之無從也。」朱彬訓纂：「從者，以外物副其内誠之謂。有哀涕而無賻物，是涕之無從也。」宋陳師道《觀兗文忠公六一堂圖書》：「黄絹兩大字，一覽涕無從。」

寄題薊丘僧房〔一〕

道人休去白雲邊〔二〕，老矣分明懶瓚然〔三〕。參學誰能知許事〔四〕，退休聊得息諸緣〔五〕。忘形馬跡車塵外〔六〕，適意山光水影前〔七〕。想得松根趨寂寞〔八〕，壞殘雲衲半垂肩〔九〕。

【注】

〔一〕薊丘：古地名。在北京城西德勝門外西北隅。《史記·樂毅列傳》：「樂毅報遺燕惠王書曰：『薊丘之植，植於汶篁。』」張守節正義：「幽州薊地西北隅，有薊丘。」明蔣一葵《長安客話·古薊門》：「今都城德勝門外有土城關，相傳是古薊門遺址，亦曰薊丘。」

〔二〕道人：佛教徒，僧人。

〔三〕懶瓚：唐代禪宗僧人明瓚。宋釋贊寧《宋高僧傳》：「尋於衡岳閑居，衆僧營作，我則晏如。縱被詆訶，殊無愧恥。時目之懶瓚也。」

〔四〕參學：佛教謂參訪大德，雲遊修學。許事：那些事情，有不屑的意味。宋辛棄疾《賀新郎》詞：「蓮社高人留翁語，吾醉寧論許事。」

〔五〕諸緣：佛教語。指色香等百般世相。此種種世相，皆爲我心識攀緣之所，故稱諸緣。《楞嚴經》卷一：「則汝今者，識精元明，能生諸緣，緣所遺者。」蘇軾《和陶雜詩》其九：「思我無所思，安能觀諸緣。」

〔六〕忘形：指超然物外，達到忘我境界。《莊子·讓王》：「故養志者忘形，養形者忘利，致道者忘心矣。」馬跡車塵：指世俗名利如車馬喧鬧，門庭若市那樣的顯赫。

〔七〕適意：歡悦滿足。

〔八〕松根：手指關節的隱語。《全唐詩》卷八七九載《招手令》：「亞其虎膺，曲其松根。」此處或指以手掐撚念珠而誦經念佛。憩：休歇。

〔九〕雲衲：僧衣。唐杜荀鶴《贈休糧僧》：「争似吾師無一事，穩披雲衲坐藤牀。」

虚春亭

碧琅玕裏小蘧廬〔一〕，想像幽人手植初〔二〕。不獨禪心破諸有〔三〕，還於法性識真如。古宿有翠竹真如之句〔四〕。應緣任笑風月底，出世要觀霜雪餘〔五〕。他日升堂參玉版〔六〕，會須傍出賞春蔬〔七〕。

【注】

〔一〕碧琅玕：即青琅玕。形容竹之青翠，常用以指竹。蘧廬：古代驛傳中供人休息的房子。猶今言旅館。《莊子·天運》：「仁義，先王之蘧廬也，止可以一宿，而不可久處。」郭象注：「蘧廬，猶傳舍。」

〔二〕幽人：指幽居之士。

〔三〕諸有：佛教語。衆生之作業果報，有因有果，故謂之有。有三有、四有、七有、九有、二十五有等之别，總謂之諸有。

〔四〕法性：佛教語。指諸法的本性。這種諸法的本性，在有情方面，叫做佛性，在無情方面，即叫做法性。法性也就是實相、真如、法界、涅槃的别名。真如：真是真實不虚，如是如常不變，合此二義，謂之真如。又真是真相，如是如此，真相如此，故名真如。謂永恒存在的實體、實性，亦即宇宙萬有的本體。翠竹真如：《祖堂集》卷三：「道生法師説：無情亦有佛性。乃云：青青翠竹，盡是真如；鬱鬱黄花，無非般若。」

〔五〕「應緣」二句：謂以超脱眼光看透當前的事物。應緣：隨順世緣。是一種悟道後任運自在的境界。出世：又作出塵。謂超越世俗，出離世塵。

〔六〕升堂參玉版：宋惠洪《冷齋夜話·東坡作偈戲慈雲長老》：「（蘇軾）嘗要劉器之同參玉版和尚……至廉泉寺燒筍而食，器之覺筍味勝，問此筍何名，東坡曰：『即玉版也。此老師善説法，要能令人得禪悦之味。』於是器之乃悟其戲。」後玉版成爲筍的别名。宋陸游《村舍小酌》：「玉版烹雪筍，金苞擘雙柑。」

〔七〕春蔬：春日的菜蔬。宋陸游《人日偶遊民家小園有山茶方開》：「社酒香浮甕，春蔬緑滿盤。」

雨後

塵埃日日厭風霾〔一〕，一雨方容眼界開。水底天光大圓鏡，樹頭山色小飛來〔二〕。馬牛涉地無相及〔三〕，鷗鷺知人已不猜〔四〕。更得扁舟待明月，一杯容我醉雲罍〔五〕。

【注】

〔一〕風霾：指風吹塵飛、天色陰晦的現象。《魏書·崔光傳》：「昨風霾暴興，紅塵四塞，白日晝昏，特可鷲畏。」

〔二〕飛來：杭州西湖飛來峰，謂是印度佛教聖地的靈鷲峰飛來，故名。

〔三〕「馬牛」句：即風馬牛不相及，語出《左傳·僖公四年》：「君處北海，寡人處南海，唯是風馬牛不相及也。」謂兩地相離甚遠，馬牛不會走失至對方地界。此處描述雨後天清地闊之景象。

〔四〕鷗鷺不猜：用「鷗鳥忘機」典。《列子·黄帝》載：海上喜歡鷗鳥者如無捕捉之意，鷗鳥願與其相處，及至存心捕捉，鷗鳥便飛而不下。後遂用來比喻純樸無雜念的人。宋張耒《觀魚亭呈陳公度二首》其二：「獵獵微風波面開，近人鷗鷺不相猜。」

〔五〕雲罍：飾有雲狀花紋的酒壺。用以代酒。

題歸去來圖〔一〕

筆端奇處發天藏〔二〕，事遠懷人涕泗滂。餘子風流空魏晉〔三〕，上人談笑自羲皇〔四〕。折腰五斗幾錢直〔五〕，去國十年三徑荒〔六〕。安得一堂重寫照〔七〕，爲公桂酒瀉蕉黄〔八〕。

【注】

〔一〕詩題：此爲題畫詩。《宋書·陶潛傳》：「郡遣督郵至縣，吏白應束帶見之，潛歎曰：『我不能爲五斗米折腰向鄉里小人。』即日解印綬去職，賦《歸去來》。」後世歷代畫家多以此爲題材，作歸去來圖，如唐人韓滉，宋人錢選、李伯時、孫可元等。金人許古亦作《歸來圖》。李俊民有題許古《歸來圖》詩，未知此畫爲何人所畫。

〔二〕「筆端」句：寫畫面中陶淵明的形象。天藏：指人的軀體。

〔三〕「餘子」句：《後漢書·文苑傳·禰衡》：「唯善魯國孔融及弘農楊修。常稱曰：『大兒孔文舉，小兒楊德祖。餘子碌碌，莫足數也。』」明袁宏道《與李龍湖書》：「僕嘗謂六朝無詩，陶公有詩趣，謝公有詩料，餘子碌碌，無足觀者。」句言陶氏人品詩風的雅致，冠絶魏晉，其他人相對而言，比較平庸。

〔四〕「上人」句：晉陶潛《與子儼等疏》：「常言五六月中，北窗下卧，遇涼風暫至，自謂是羲皇上人。」羲皇，指伏羲氏。古人想像羲皇之世，其民皆恬靜閒適，故隱逸之士以此自謂。

〔五〕折腰五斗：指陶淵明不爲五斗米折腰事。

〔六〕去國十年：指陶淵明離開故鄉，在外做官的十年。陶淵明三仕三隱，先後共十三年，十年是以整數稱。三徑荒：陶淵明《歸去來兮辭》：「三徑就荒，松菊猶存。」

〔七〕寫照：寫真，畫人肖像。《世説新語·巧藝》：「顧長康畫人，或數年不點目睛。人問其故，顧曰：『四體妍蚩，本無關於妙處，傳神寫照，正在阿堵中。』」

〔八〕桂酒：用玉桂浸製的美酒。泛指美酒。《漢書·禮樂志》：「尊桂酒，賓八鄉。」顔師古注引應劭曰：「桂酒，切桂置酒中也。」蕉黄：酒杯名。又稱金蕉葉，金蕉。古代一種淺底的酒杯。

過關渡水圖

短車無復駕青牛〔一〕，散策方來對白鷗〔二〕。煙水從容許君獨〔三〕，暫須分我一船秋。

【注】

〔一〕駕青牛：語本《史記·老子列傳》司馬貞索隱引《列異傳》：「老子西遊。關令尹喜望見有紫氣浮關（函谷關），而老子果乘青牛而過也。」

〔二〕散策：拄杖散步。杜甫《鄭典設自施州歸》：「北風吹瘴癘，羸老思散策。」方來：近來。

〔三〕許：稱許。

寄題孔德通東園〔一〕

花木陰陰一畝宫〔二〕，平生高興與誰同。尊罍北海無虚日〔三〕，鄉里東家有故風〔四〕。先業固知衣鉢在〔五〕，大門何惜槖奩空〔六〕。襄陽耆舊今誰識〔七〕，尚喜風流見阿戎〔八〕。

【注】

〔一〕孔德通：此人不詳。

〔二〕一畝宫：《禮記·儒行》：「儒有一畝之宫，環堵之室，蓽門圭窬，蓬户甕牖。」後用以喻貧士之居。

〔三〕「尊罍」句：漢末孔融爲北海相，時稱孔北海。性寬容少忌，喜獎益後進。及退閒職，賓客日盈其門。常歎曰：「坐上客恒滿，尊中酒不空，吾無憂矣。」見《後漢書·孔融列傳》。後常用作典實，以喻主人好客。

〔四〕東家：即東家丘，指孔子。宋黄庭堅《柳閎展如，蘇子瞻甥也。其才德甚美，有意於學，故以「桃李不言，下自成蹊」八字作詩贈之》：「聖學魯東家，恭惟同出自。」

〔五〕先業：祖先的事業，功業。衣鉢：衣，袈裟；鉢，食具。原指佛教中師父傳授給徒弟的袈裟和鉢，後泛指傳授下來的思想、學問、技能等。

〔六〕大門：大族，大户人家。《逸周書·皇門》：「乃維其有大門宗子、勢臣，罔不茂揚肅德。」朱右曾校釋：「大門，大族也。」橐奩：盛物的袋子和放梳妝用品的器具。

〔七〕襄陽耆舊：晉習鑿齒撰《襄陽耆舊傳》記載湖北襄陽之年高望重者。與下句合觀，此當指龐德公看重其侄龐統事。《三國志·龐統傳》引《襄陽記》：「諸葛孔明爲卧龍，龐士元爲鳳雛，司馬德操爲水鏡，皆龐德公語也。德公，襄陽人……統，德公從子也，少未有識者，惟德公重之，年十八，使往見德操。德操與語，既而歎曰：『德公誠知人，此實盛德也。』」

〔八〕「尚喜」句：用竹林七賢阮籍與王戎忘年交之典。《晉書·王戎傳》：「阮籍與（王）渾爲友。戎年十五，隨渾在郎舍。戎少籍二十歲，而籍與之交。籍每適渾，俄頃輒去；過視戎，良久然後出。謂渾曰：『濬沖清賞，非卿倫也。共卿言，不如共阿戎談。』」王渾，王戎父。濬沖，王戎字。後以「阿戎」爲晚輩的美稱。

次韻鄽元與贈于元直道舊二首〔一〕

人物傷心萬馬空〔二〕，於今聲價欻然東〔三〕。教條不獨行千里〔四〕，籌策曾經奉一戎〔五〕。事契百年知有自〔六〕，笑談三語記無同〔七〕。白頭賴有髯參在，解説當時喜怒公〔八〕。

【注】

〔一〕次韻：也稱步韻，和詩的一種。即按照原詩的韻脚及用韻次序來和詩。鄽元與：鄽權，字元輿（一作與），相州安陽（今河南省安陽市）人。鄽瓊次子，以門蔭仕。明昌間召爲著作郎。有《坡軒集》，已佚。《中州集》卷四有小傳。鄽原詩《中州集》未收，已佚。于元直：其人不詳。

〔二〕萬馬空：唐韓愈《送温處士赴河陽軍序》：「伯樂一過冀北之野，而馬群遂空。夫冀北馬多天下，伯樂雖善知馬，安能空其群邪？解之者曰：『吾所謂空，非無馬也，無良馬也。』」句用此典，感慨古有伯樂而今有才無人識。

〔三〕「於今」句：用「吾道東矣」典。《後漢書·鄭玄傳》：「（馬）融門徒四百餘人……因從質諸疑義，問畢辭歸。融喟然謂門人曰：『鄭生今去，吾道東矣。』」意謂鄭玄東歸，儒學即隨之東去。欻然：忽然。

《莊子·庚桑楚》：「出無本，入無竅。」晉郭象注：「欻然自生，非有本。欻然自死，非有根。」

〔四〕教條：舊時官署或學塾中所頒布的勸諭性的法令或規章。唐韓愈《許國公神道碑銘》：「公之爲治，嚴不爲煩，止除害本，不多教條，與人必信。」句言其教育理念遠近仿效。

〔五〕籌策：籌算謀劃。一戎：「一戎衣」的省稱。《書·武成》：「（武王）一戎衣，天下大定。」孔傳：「衣，服也，一著戎服而滅紂。」言與衆同心，動有成功。後泛稱用兵作戰爲「一戎衣」。

〔六〕契：諧合。有自：有其原因。《莊子·寓言》：「有自也而可，有自也而不可。」陳鼓應今注：「有自也，有所由來，即有它的原因。」

〔七〕三語記無同：晉王衍向阮修問老莊與儒教異同，修以「將無同」三字答之。猶言該是相同吧。見《世説新語·文學》：「阮宣子有令聞。太尉王夷甫見而問曰：『老莊與聖教同異？』對曰：『將無同。』太尉善其言，辟之爲掾。世謂三語掾。」後以指應對雋語。

〔八〕「白頭」二句：《晉書·郗超傳》載：「超字景興……（桓）温遷大司馬，又轉爲參軍。温英氣高邁，罕有所推。與超言，常謂不能測，遂傾意禮待，超亦深自結納。時王珣爲温主簿，亦爲温所重。府中語曰：『髯參軍，短主簿，能令公喜，能令公怒。』超髯、珣短故也。」後以「髯參軍」稱譽州郡吏。

又

倦遊方歎錦囊空〔一〕，此道誰知一夕東〔二〕。客裏簿書慚老子〔三〕，詩中旗鼓避元戎〔四〕。叩門莫厭經過數，促席聊容語笑同〔五〕。此樂祇憂兒輩覺，不應品藻待渠公〔六〕。

【注】

〔一〕倦遊：指厭倦遊宦生涯。錦囊：用錦製成的袋子，古人多用以藏詩稿。句謂厭倦遊宦生活，已久無詩興。

〔二〕「此道」句：言東來與酈氏諸友相會而詩興大發。

〔三〕「客裏」句：謂入幕爲客處理公文案牘，因勉爲其難而甚感慚愧。老子：老年人的自稱，猶老夫。

〔四〕元戎：主將，統帥。句言在詩場對抗角逐中自已難與主人比並。

〔五〕「叩門」二句：言幕府主帥不厭煩自己經常登門打擾，而且還能禮賢下士，傾心接納，促膝而談。

〔六〕「此樂」二句：《世説新語·言語》：「謝太傅語王右軍曰：『中年傷於哀樂，與親友别，輒作數日惡。』王曰：『年在桑榆，自然至此，正賴絲竹陶寫。恒恐兒輩覺，損欣樂之趣。』」此樂：指清雅之興致。品藻：品評，鑒定。渠：代指兒輩。

彦美生朝〔一〕

壯日里間俠，臂彎雙角弓〔二〕。繡韉金匼匝〔三〕，貂袖紫蒙茸〔四〕。雲態自蒼狗〔五〕，玉輝猶白虹〔六〕。爲君占壽骨〔七〕，詩句有清風〔八〕。

【注】

〔一〕彦美：王景徽，字彦美，祁國文獻公溥之後。見《中州集》卷三「張子羽」小傳。生朝：生日。

〔二〕角弓：以獸角爲飾的硬弓。《詩·小雅·角弓》：「騂騂角弓，翩其反矣。」朱熹集傳：「角弓，以角飾弓也。」

〔三〕繡韉：有刺繡裝飾的馬鞍韉。金匼匝：金製的馬絡頭。杜甫《送蔡希魯都尉還隴右因寄高三十五書記》其二：「馬頭金匼匝，駝背錦模糊。」仇兆鼇注：「《韻會》：『匼匝，周繞貌。』此言金絡馬頭，其狀密匝也。」

〔四〕貂袖：貂皮襖的袖籠。蒙茸：雜亂貌。《史記·晉世家》：「狐裘蒙茸，一國三公，吾誰適從。」裴駰集解引服虔曰：「蒙茸以言亂貌。」以上四句寫彦美壯年時的英姿與豪氣。

〔五〕「雲態」句：即白雲蒼狗。比喻事物變化不定。語出杜甫《可歎詩》：「天上浮雲似白衣，斯須改變如蒼狗。」

〔六〕玉輝：即玉暉，指透過雲層的日光。白虹：太陽周圍的白色暈圈。《後漢書·郎顗列傳》：「凡日傍氣色白而純者名爲白虹。」句言彦美雖年邁而英風不減當年。

〔七〕壽骨：相術用語。指耳後的頭骨部分。宋陳摶《神相全編·相頭併髮》：「耳後有骨，名曰壽骨，起者長年，陷者壽夭。」蘇軾《和致仕張郎中春晝》：「不禱自安緣壽骨，苦藏難没是詩名。」亦借指壽命。

〔八〕「詩句」句：《詩·大雅·烝民》：「吉甫作誦，穆如清風。」毛傳：「清微之風，化養萬物者也。」孔穎達疏：「誦其調和人之情性，如輕微之風化養萬物，使之日有長益也。」

張萱戲嬰圖〔一〕

犀顱玉頰寧馨子〔二〕，霧鬢雲鬟窈窕娘〔三〕。三十年前大門日〔四〕，憶觀群戲碧方牀〔五〕。

【注】

〔一〕張萱：唐開元年間任宫廷畫職。京兆（今陝西省西安市）人。工畫人物，以善繪貴族仕女、貴公子、嬰兒、宫苑鞍馬著稱。《宣和畫譜》載：（萱）能寫嬰兒，此尤爲難。蓋嬰兒形貌態度，自是一家，要於大小歲數間定其面目髫稚。世之畫者不失之於身小而貌壯，則失之於似婦人。又貴賤氣調與骨法，尤須各别。存世作品有《乳母抱嬰兒》等。

〔二〕犀顱：額角骨突出如犀。玉頰：臉頰潔白如玉，形容美麗的容顔。相士以爲貴相。《戰國策·中山策》：「若乃其眉目、准頞、權衡、犀角、偃月，彼乃帝王之后，非諸侯之姬也。」寧馨：本爲晉人俗語，表「如此」「這般」意。因山濤稱王衍有「何物老媪，生寧馨兒」之語，後人遂以「寧馨兒」、「寧馨子」贊美别人兒子或子弟。事見《晉書·王衍傳》。

〔三〕霧鬢雲鬟：頭髮象飄浮縈繞的雲霧。形容女子髮型之美。窈窕：美好貌。娘：指女孩。

〔四〕大門：大族。《逸周書・皇門》：「乃維其有大門宗子、勢臣，罔不茂揚肅德。」朱右曾校釋：「大門，大族也。」

〔五〕方牀：卧榻。二句言觀畫後引發的回憶感慨。

河橋

桃李香中八九家，青旗高掛緑楊斜〔一〕。晚來風色渡頭急，滿地蕭蕭楊白花〔二〕。

【注】

〔一〕青旗：酒旗。

〔二〕楊白花：指柳絮。唐柳宗元《楊白花》：「楊白花，風吹渡江水。坐令宮樹無顔色，摇盪春光千萬里。」

昌邑道中〔一〕

屋角雞號夜向晨，客牀相對話悲辛〔二〕。流離僅脱噲等伍〔三〕，老大空爲濟上人〔四〕。卻掃欲安無事貴〔五〕，累人猶屬有錐貧〔六〕。故山鄰里今安否，歸去同尋筍蕨春〔七〕。

【注】

〔一〕昌邑：縣名。金時屬山東東路維州。今山東省昌邑市。

〔二〕「客牀」句：用「對牀夜語」典，言親友、兄弟聚首傾談之情。悲辛：悲傷辛酸。杜甫《奉贈韋左丞丈二十二韻》：「殘杯與冷炙，到處潛悲辛。」

〔三〕噲等伍：《史記·淮陰侯列傳》載：韓信由楚王貶爲淮陰侯，日夜怨望，羞與絳、灌同列。「信嘗過樊將軍噲，噲跪拜送迎，言稱臣，曰：『大王乃肯臨臣。』信出門，笑曰：『生乃與噲等爲伍。』」此乃韓信自嘲語，意謂竟與樊噲這樣早年以屠狗爲業的平庸之輩混在一起。

〔四〕濟上人：《史記·留侯世家》載，張良亡匿下邳，於圯橋遇一老父，老父出「一編書，曰：『讀此則爲王者師矣。後十年興。十三年，孺子見我濟北，穀城山下黄石即我矣。』」句言年紀已大，空有黄石公之才略，卻未能建功立業。

〔五〕卻掃：不再掃徑迎客，謂閉門謝客。宋范成大《秋日雜興》其一：「我友蓬蒿士，卻掃謝四鄰。」無事：無爲之事，謂超脱人事以外之境。語本《莊子·達生》：「芒然彷徨乎塵垢之外，逍遥乎無事之業。」

〔六〕錐貧：貧無立錐之地的省稱。莊子肯定「至人無己，神人無功，聖人無名」（《逍遥遊》），倡導「知天樂者，無天怨，無人非，無物累，無鬼責」（《天道》），故詩人認爲名利累人，即使爲蠅頭微利亦如此。

〔七〕筍蕨：竹筍與蕨菜。蘇軾《與參寥師行園中得黄耳蕈》：「蕭然放箸東南去，又入春山筍蕨鄉。」

題仲山枝巢〔一〕

鏡中青鬢雪霜皤，歲月從教落魄過〔二〕。物理不容人太過，生涯休歎我無多〔三〕。百年竟似蠅鑽紙〔四〕，萬事終同鼠飲河〔五〕。祇恐徐公宿緣在，東風時夢海棠窠〔六〕。

【注】

〔一〕仲山：張仲山，家有枝巢，《中州集》卷九孟宗獻有《張仲山枝巢》。以枝巢名居室，語本《莊子·逍遥遊》「鷦鷯巢於深林，不過一枝」，言人之於享用有限，不必貪求。後世取尚簡素、易知足之意。宋范仲淹《桐廬郡齋書事》：「數仞堂高誰富貴，一枝巢隱自逍遥。」又《鄱陽酬泉州曹使君見寄》：「身甘一枝巢，心苦千仞翔。」

〔二〕落魄：窮困失意。

〔三〕「物理」二句：闡述「鷦鷯巢於深林，不過一枝」之理，言人物欲過甚，一味貪求，不僅事理不容，與己身心亦無益，所以就不要感歎自己不富有。資産再多，對我而言皆屬多餘之物。物理：事理。生涯：生計，賴以度生的生活資料。唐牛僧孺《玄怪録·杜子春》：「吾落拓邪遊，生涯罄盡。」

〔四〕蠅鑽紙：鑽紙蠅。喻指四處碰壁之人。宋釋惠洪《林間録》：「白雲守端禪師作蠅子透窗偈曰：『爲愛尋光紙上鑽，不能透處幾多難。忽然撞着來時路，始覺平生被眼瞞。』」

〔五〕鼠飲河：即偃鼠飲河，比喻所需極有限。《莊子·逍遥遊》：「偃鼠飲河，不過滿腹。」

〔六〕「祇恐」二句：用花蕊夫人典故。徐公：指徐匡璋。《蜀中廣記》卷四：「花蕊夫人者，本青城（今四川省都江堰市）費氏女，以才色嬖於後宫。吴曾《漫録》以爲徐匡璋所納。」幼能文，尤長於宫詞。得幸蜀主孟昶，賜號花蕊夫人。其《宫詞》云：「原是吾皇金彈子，海棠窠下打流鶯。」宿緣：佛教謂前生的因緣。

許内翰安仁 六首

安仁字子靖，河間樂壽人〔一〕。大定七年進士。歷禮部員外郎，出守澤州〔二〕，遷同知河南府事。以汾陽軍節度使致仕〔三〕。子古，字道真。父子俱名流也。

【注】

〔一〕樂壽：縣名，金時屬河北東路河間府獻州。《金史》本傳：許安仁，字子靜，獻州交河人。交河，大定七年析樂壽而置，今屬河北省滄州市。

〔二〕澤州：州名，金代屬河東南路。治今山西省晉城市澤州縣。

〔三〕汾陽軍節度使：金天會六年置，屬河東北路，治今山西省汾陽市。

望少室〔一〕

名山都不見真形，萬仞盤盤入杳冥〔二〕。安得雲間騎白鶴〔三〕，下看三十六峰青〔四〕。

【注】

〔一〕少室：少室山。嵩山東爲太室山，西爲少室山。

〔二〕「名山」二句：謂五嶽等名山都高插雲中，難以看到其完整的面貌。

〔三〕白鶴：古謂得道者雲遊所乘。

〔四〕三十六峰：河南省登封市少室山，上有三十六峰。唐李白《贈嵩山焦煉師》詩序：「余訪道少室，盡登三十六峰。」

送二道者歸汾州〔一〕

介休山下兩閑人〔二〕，來訪汾陽舊使君〔三〕。明日卻歸塵外去〔四〕，一雙白鶴上青雲〔五〕。

【注】

〔一〕道者：道士。汾州：州名，金時屬河東北路。治今山西省汾陽市。

〔二〕介休山：即介山。在今山西省介休市東南。春秋晉介之推隱居此山，故名。《楚辭·九章·惜往日》：「封介山而爲之禁兮，報大德之優游。」

〔三〕汾陽舊使君：自謂。許安仁以汾陽軍節度使致仕，故稱。使君：漢代稱刺史爲使君，後用以稱州郡長官。

〔四〕卻掃：不再掃路迎客，即閉門謝絶來客。塵外：塵世之外。

〔五〕白鶴上青雲：指騎鶴成仙的得道之人。此處代二位道人。

草木蟲魚詠二首

蠅鑽故紙竟不悟〔一〕，蛾撲明燈甘喪生〔二〕。大似盲人騎瞎馬〔三〕，不知平地有深坑。

【注】

〔一〕蠅鑽故紙：喻指四處碰壁者。宋釋惠洪《林間録》：「白雲守端禪師作蠅子透窗偈曰：『爲愛尋光紙上鑽，不能透處幾多難。忽然撞着來時路，始覺平生被眼瞞。』」

〔二〕「蛾撲」句：蛾有趨光的習性。晉崔豹《古今注》卷中：「飛蛾善拂燈，一名火花，一名慕光。」晉支曇諦《赴火蛾賦》：「悉達有言曰：『愚人貪生，如蛾投火。』誠哉斯言，信而有徵也。……燭曜庭宇，燈朗幽房。紛紛群飛，翩翩來翔。赴飛燄而體焦，投煎膏而身亡。」後多以「飛蛾撲火」比喻自取滅亡。

〔三〕盲人騎瞎馬：形容亂闖瞎撞，非常危險，或面臨極危險而不自知。《世説新語·排調》：桓南郡（玄）與殷荆州（仲堪）作危語。桓曰：「矛頭淅米劍頭炊。」殷曰：「百歲老翁攀枯枝。」顧（愷之）曰：「井上轆轤卧嬰兒。」殷有一參軍在坐，云：「盲人騎瞎馬，夜半臨深池。」

又

蓬在麻中應自直〔一〕，蔦生松下亦能高〔二〕。不關若輩工攀附，物理由來繫所遭〔三〕。

【注】

〔一〕「蓬在」句：語本荀子《勸學》：「蓬生麻中，不扶而直。」蓬：《莊子·逍遥遊》：「夫子猶有蓬之心也夫。」成玄英疏：「蓬，草名。拳曲不直也。」麻：草本植物，植株高而直。

〔二〕「蔦生」句：語本《詩·小雅·頍弁》：「蔦與女蘿，施于松柏。」毛傳：「蔦，寄生也。女蘿，菟絲松蘿也。」朱熹集傳：「此亦燕兄弟親戚之詩……以比兄弟纏綿依附之意。」蔦：常緑寄生灌木名。莖蔓生，寄生於他樹上。

〔三〕「不關」二句：强調環境對人事物理影響的重要性。言蓬、蔦之所以能直能高，不在於它們善攀附的本領，而在於它們所處的環境。

少室道中〔一〕

少室峰頭曉月沉，千家城郭淡陰陰。五更雞唱殘星滅，馬上看山過少林〔二〕。

【注】

〔一〕少室：少室山。嵩山西爲少室山。

〔二〕少林：少林寺。位於河南登封市西北的嵩山西麓。始創於北魏，以禪宗和武術並稱於世。

遊泰安竹林〔一〕

蕭寺天教勝處安〔二〕，峰巒騰擲水雲閑〔三〕。客來總説遊山好，不道山僧卻厭山。

【注】

〔一〕泰安：州名，本爲泰安軍，大定二十二年升爲州。位於泰山南麓，今山東省泰安市。竹林：即竹林寺，在泰安西十里處。

〔二〕蕭寺：佛教寺院。唐李肇《唐國史補》卷中：「梁武帝造寺，令蕭子雲飛白大書『蕭』字，至今一『蕭』字存焉。」後因稱佛寺爲蕭寺。勝處：山水名勝之處。

〔三〕騰擲：向上飛起貌。唐韓愈《謁衡嶽廟遂宿嶽寺題門樓》：「紫蓋連延接天柱，石廩騰擲堆祝融。」

承旨党公　六十五首

公諱懷英，字世傑。宋太尉進之十一代孫〔一〕。父純睦，自馮翊來〔二〕，以從仕郎爲泰安軍録事參軍〔三〕，卒官，妻子不能歸，遂爲奉符人〔四〕。公之在孕也，太夫人夢道士吴筠來託宿〔五〕。及公生，儀觀秀整，如神仙然。少穎悟，日授千餘言。師亳社劉嵒老〔六〕，濟南辛幼安其同舍生也〔七〕。嘗試東府取解魁〔八〕，是後困於名場，遂不以世務嬰懷，放浪山水間，詩酒自娱，簞瓢屢空，晏如也〔九〕。夫人石氏，徂徠先生之後〔一〇〕，亦能安貧守分。既久，鄉豪傑有知公者，稍料理之〔一一〕。大定十年擢進士甲科，調成陽軍事判官、汝陰令〔一二〕，入爲史館編修，應奉翰林學士，出爲泰定軍節度使〔一三〕。爲政寬簡，不言而人化①〔一四〕。召爲翰林學士承旨，致仕。大安三年九月，年七十八，終於家。是夕有大星殞於所居之堂，衆驚視之，而公已逝矣。謚曰「文獻」。禮部閑閑公墓誌云：「公之文似歐公〔一五〕，不爲尖新奇險之語；詩似陶謝〔一六〕，奄有魏晉。篆籀入神，李陽冰之後一人而已〔一七〕。嘗謂唐人韓蔡不通字〔一八〕，學八分自篆籀中來〔一九〕。故公書上軋鍾蔡〔二〇〕，其下不論也。小楷如虞褚〔二一〕，亦當爲中朝第一。書法以魯公爲正〔二二〕，柳誠懸以下不論也〔二三〕。古人名一藝，而公獨兼之，可謂全矣。皇叔永蹈伏誅〔二四〕，公作詔云：「天下一家，詎可窺於神器〔二五〕；公族三宥〔二六〕，卒莫逭於常刑〔二七〕。」非忘本根骨肉之情，蓋爲宗社安危之計。亦由涼德〔二八〕，有失睦親。乃於間歲之中，連致逆謀之起，恩以義掩，至於重典之亟行。天高聽卑〔二九〕，殆非此心之得已。興言及此〔三〇〕，惋歎奚窮。」論者謂公之制誥，百年以來亦當爲第一。閑閑公作碑，偶不及此，故表出之。

【校】

①爲政寬簡，不言而人化：趙秉文撰《翰林學士承旨文獻党公碑》：「爲政寬簡不嚴，而人自服化。」或「不言」爲「不嚴」之訛。

【注】

〔一〕宋太尉進：党進（九二七—九七七），朔州馬邑（今山西省朔州市）人。宋初名將。後周時爲鐵騎都虞候。開寶中，從征太原有功，受太祖賞識。太宗時出爲忠武軍節度使。《宋史》卷二六〇有傳。

〔二〕馮翊：郡縣名，唐宋爲馮翊郡，金爲馮翊縣，屬京兆府路同州。治今陝西省大荔縣。

〔三〕泰安軍：金天會十四年置。大定二十二年，升泰安軍爲泰安州。今山東省泰安市。

〔四〕奉符：縣名。宋大中祥符元年，改乾封縣爲奉符縣，屬泰安軍。在今山東省泰安市泰山區。

〔五〕吴筠：字貞節，華州華陰（今屬陝西）人，唐代著名道士，隱居南陽倚帝山。天寶初召至京師，請隸道士籍。後入嵩山學道。《舊唐書》卷一九二、《新唐書》卷一九六有傳。託宿：寄宿，借住。

〔六〕劉嵓老：劉瞻，字嵓老，號攖寧居士，亳州（今安徽省亳州市）人。天德三年進士，大定初召爲史館編修。作詩工於野逸，有《攖寧居士集》傳世。《中州集》卷二有小傳。

〔七〕辛幼安：辛棄疾（一一四〇——一二〇七），字幼安，號稼軒，歷城（今山東省濟南市）人。與党懷英師從劉瞻，能詩文，時號「辛党」。後參加抗金義軍，歸南宋，有《稼軒長短句》。《宋史》卷四〇一有傳。同舍生：猶同學。舍，學舍。

〔八〕東府：東平府。時府試分六路，山東東路、山東西路皆試於東平府。解魁：府試第一。

〔九〕「簞瓢」二句：用孔子學生顔回典。《論語·雍也》：「一簞食，一瓢飲，在陋巷，人不堪其憂，回也不改其樂。賢哉，回也。」顔回於窮困中安然自若，孔子盛贊其賢德。二句用晉陶淵明《五柳先生傳》句：「短褐穿結，簞瓢屢空，晏如也。」晏如：安然自若的樣子。

〔一〇〕徂徠先生：石介（一〇〇五——一〇四五），字守道、公操，兖州奉符（今山東省泰安市泰山區）人。北宋學者，與胡瑗、孫復合稱爲「宋初三先生」。讀書於泰安城東南之徂徠山，世稱徂徠先生。《宋史》卷四三二有傳。

〔一一〕料理：培育薦舉。《世説新語·德行》：「（母）語康伯曰：『汝若爲選官，當好料理此人。』」

〔一二〕成陽軍：即城陽軍。《金史·地理志》「莒州」：「本城陽軍，大定二十二年升爲城陽州。二十四年更今名。」宋徐夢莘《三朝北盟會編》卷二三七：「成陽軍者，密州之莒縣，陷僞改焉。」今山東省莒縣。汝陰：縣名。金代屬南京路潁州。治今安徽省阜陽市。

〔一三〕泰定軍：宋襲慶府魯郡，舊名爲泰寧軍，大定十九年更爲泰定軍，屬山東西路兗州。治今山東省兗州市。

〔一四〕不言而人化：即「不言而化」，不用約束、禁制，而天下平治。唐魏徵《論時政疏》：「鳴琴垂拱，不言而化。」

〔一五〕歐公：歐陽修（一〇〇七——一〇七三），字永叔，號醉翁，又號六一居士，謚文忠，世稱歐陽文忠公。北宋文壇領袖，宋代散文的奠基人。提倡簡而有法和流暢自然的文風，反對浮靡雕琢和怪僻晦澀。《宋史》卷三一九有傳。

〔一六〕陶謝：東晉末年、南朝初的詩人陶淵明、謝靈運的並稱。

〔一七〕李陽冰：字少温，譙郡（治今安徽亳州）人。官至國子監丞、集賢院學士，世稱少監。唐代書法家，以篆學名世，精工小篆，圓淳瘦勁，被譽爲李斯後小篆第一人。

〔一八〕韓蔡：唐代書法家韓擇木和蔡有鄰的並稱。韓擇木，韓愈的叔父，官至工部尚書、右散騎常侍，人稱「韓常侍」。善八分，唐竇臮《述書賦》：「韓常侍則八分中興，伯喈如在。」隸學自古推蔡邕爲最妙，韓氏追蔡邕遺風，有「中郎中興」之稱。蔡有鄰：濟陽（今屬山東）人，官至胄曹參軍。擅隸書，嚴勁而有情致。唐竇蒙《述書賦注》稱：「有鄰善八分，始拙弱，至天寶間，遂至精妙。」宋歐陽修《六一題跋》：「唐世以八分名家者四人，韓擇木、蔡有鄰、李潮、史惟則也。韓、史二家傳於世者多矣；李潮僅有存者；有鄰之書，亦頗難得，而小字尤佳。」

〔一九〕八分：漢字書體名。字體似隸而體勢多波磔。其命名説法不一，或以爲二分似隸，八分似篆，故稱八分，或以爲漢隸的波折，向左右分開，「漸若八字分散」，故名八分。見唐張懷瓘《書斷上》。

〔二〇〕鍾蔡：漢代書法家鍾繇與蔡邕的並稱。鍾繇：字元常，潁川長社（今河南省長葛市）人。蔡邕：字伯喈，陳留圉（今河南省開封市陳留鎮）人，東漢文學家、書法家。唐張彦遠《法書要録·筆法傳授人名》稱：蔡邕受於神人，而傳與崔瑗及女文姬，文姬傳之鍾繇，鍾繇傳之衛夫人，衛夫人傳之王羲之，王羲之傳之王獻之。

〔二一〕虞褚：唐代書法家虞世南和褚遂良的並稱。皆擅長楷書。

〔二二〕魯公：顔真卿，字清臣。琅邪臨沂（山東省臨沂市）人，封魯郡公，世稱「顔魯公」。唐代書法家。他創立的「顔體」楷書與趙孟頫、柳公權、歐陽詢並稱「楷書四大家」。新、舊唐書有傳。

〔二三〕柳誠懸：柳公權，字誠懸，京兆華原（今陜西省銅川市）人。官至太子少師，世稱「柳少師」。唐代書法家，以楷書著稱，與顔真卿齊名，人稱顔柳。他創立的「柳體」，以骨力勁健見長，後世有「顔筋柳骨」之美譽。新、舊唐書有傳。

〔二四〕永蹈：完顔永蹈，金世宗子，金章宗叔父。明昌三年，因勾結内侍陰謀篡奪皇位，被章宗所殺。党懷英作詔文。

〔二五〕窺於神器：窺伺機會，竊取帝位。

〔二六〕公族三宥：古代王、公家族之人犯法，有寬恕三次之制。

〔二七〕逭：免除。常刑：一定的刑法。《周禮·地官·大司徒》：「其有不正，則國有常刑。」

〔二八〕涼德：薄德，缺少仁義。《左傳·莊公三十二年》：「虢多涼德，其何土之能得！」

〔二九〕天高聽卑：原指上天神明，可以洞察人間最卑微的地方。多用以稱頌好的帝王了解民情。《史記·宋微子世家》：「天高聽卑。君有君人之言三，熒惑宜有動。」

〔三〇〕興言：語助詞。《詩·小雅·小明》：「念彼共人，興言出宿。」馬瑞辰通釋：「興言猶云薄言，皆語詞也。」《隋書·高祖紀下》：「但四海百姓，衣食不豐，教化政刑，猶未盡善，興言念此，唯以留恨。」

穆陵道中二首〔一〕

沂山一何高〔二〕，群峰鬱孱顔〔三〕。我行問遺老，云此小太山〔四〕。望秩有常祀，其神號東安〔五〕。草荒穆妃墳〔六〕，雨剥漢武壇〔七〕。神仙果何在，可想不可攀。千年等一昔〔八〕，俯仰悲人寰。東望蓬萊宫〔九〕，咫尺滄波間。

【注】

〔一〕穆陵：關名。又名大峴關，在山東益都府臨朐縣南大峴山，往來益都與莒州必經之地。王慶生《金代文學家年譜》謂此詩爲大定十年進士及第後赴任莒州時作。但據詩中「東安」之稱，詩最早亦在明昌間。

〔二〕沂山：山名，位於泰山東沂蒙山區北部，距山東臨朐縣城約五十公里，舊爲青州山鎮。元于欽《齊乘》卷一「沂山」：「臨朐縣南百里。《周禮・職方氏》：青州其山鎮曰沂山。」何：多麼。

〔三〕孱顔：險峻、高聳貌。唐李商隱《荆山》：「壓河連華勢孱顔，鳥没雲歸一望間。」

〔四〕小太山：即小泰山、東泰山，在泰山東側，一名宫山，官山。清顧祖禹《讀史方輿紀要》山東二泰安州新泰縣下：「宫山，縣西北四十里。連萊蕪縣界，泰山左翼也。舊名小泰山……宋常曾云：『漢武易小泰山爲官山，封三峰爲義山。』」

〔五〕望秩：謂按等級望祭山川。《書・舜典》：「歲二月，東巡守，至於岱宗，柴，望秩於山川。」孔傳：「東嶽，諸侯境内名山大川，如其秩次望祭之。謂五嶽牲禮視三公，四瀆視諸侯，其餘視伯子男。」常祀：歲時固定的春秋二祭。《史記・孝武本紀》：「公玉帶曰：『黄帝時雖封泰山，然風后封鉅。岐伯令黄帝封東泰山禪，凡山合符，然後不死焉。』天子既令設祠具，至東泰山，東泰山卑小，不稱其聲，乃令祠官禮之，而不封禪焉。」後歷代屢有增封，祀典不廢。東安：《金史・禮志》：「明昌間，從沂山道士楊道全之請，封沂山爲東安君。」

〔六〕穆妃墳：即穆陵。相傳周穆王曾巡遊天下，見此地山勢雄壯，風景秀美，便下令修建行宫，歷時日久，寵妃盛姬患病而逝，葬於山上，此地遂有「穆陵」之稱。元于欽《齊乘》卷一「沂山」：「山頂有二冢，相傳周穆王葬宫嬪於此。故大峴關因號穆陵云。」

〔七〕漢武壇：漢武帝東嶽泰山封禪壇。

〔八〕一昔：一夕。形容時間短暫。

〔九〕蓬萊宫：海中仙山蓬萊上仙人所居之宫。唐白居易《長恨歌》：「昭陽殿裏恩愛絶，蓬萊宫中日月長。」

又

重山復峻嶺，溪路宛盤盤〔一〕。流水滑無聲，暗瀉溪石間。岸草淒以碧，鮮葩耀紅丹。高雲映朝日，流景青林端〔二〕。我行屬朱夏〔三〕，欲愒不得閑〔四〕。山中有佳人〔五〕，風生松桂寒。

【注】

〔一〕盤盤：曲折回繞貌。李白《蜀道難》：「青泥何盤盤，百步九折縈巖巒。」

〔二〕流景：閃耀的光彩。漢張衡《西京賦》：「流景内照，引曜日月。」

〔三〕朱夏：夏季。《爾雅·釋天》：「夏爲朱明。」三國魏曹植《槐賦》：「在季春以初茂，踐朱夏而乃繁。」

〔四〕愒：同「憩」，休息。

〔五〕佳人：美好之人。杜甫《佳人》：「絶代有佳人，幽居在空谷。」此處代指超脱塵世的隱者，用以反襯自己「不得閑」，表羨慕之情。

瓊花木后土像〔一〕

皇媧化萬象〔二〕，賦受無奇偏。胡爲墮愛境，亦爲尤物牽〔三〕。煌煌靈祠花，玉蕊冠春妍〔四〕。婉如傾國姝〔五〕，獨立江湖邊。顧惜怨奪移，含秀梁宮煙〔六〕。青黄竟自寇〔七〕，始信臃腫全〔八〕。珍材歸好事〔九〕，肌理緻且堅〔一〇〕。瑑刻方寸餘，遺像規汾壖〔一一〕。願言税靈馭〔一二〕，要復安所憐〔一三〕。神遊妙難詰，豈以大小懸〔一四〕。槐根開夢國〔一五〕，橘實遊棊仙〔一六〕。静想寶龕中，坐納東南天〔一七〕。况有大者存，指顧超八埏〔一八〕。

【注】

〔一〕詩題：用瓊花木雕刻成的女媧像。瓊花木，一種珍貴的木材。后土：土神或地神，即后土聖母女媧氏。相傳軒轅黄帝平定天下後，在汾陰掃地設壇，祭祀聖母女媧氏，是爲后土祠。

〔二〕皇媧：女媧氏。古代神話傳説中人類的始祖。相傳她與伏羲由兄妹而結爲夫婦，産生人類。又説她曾用黄土摶人，煉五色石補天，平治洪水，使民安居並繼伏羲爲帝。見《淮南子·覽冥訓》、《史記》司馬貞補《三皇本紀》等。萬象：宇宙間一切事物或景象。

〔三〕「胡爲」二句：《左傳·昭公二十八年》：「夫有尤物，足以移人。」謂絶色的女子能移易人的情態。此處尤物指瓊花。二句謂女媧對瓊花情有獨鍾，賦予瓊花諸多珍貴的資質。

〔四〕「煌煌」二句：宋宋敏求《春明退朝録》卷下：「揚州后土廟有瓊花一株，或云自唐所植，即李衛公所謂玉蕊花也。」靈祠：神祠，神社。靈祠花：指揚州后土祠之瓊花。

〔五〕傾國姝：《漢書·外戚傳上》：「（李）延年侍上起舞，歌曰：『北方有佳人，絶世而獨立。一顧傾人城，再顧傾人國。寧不知傾城與傾國，佳人難再得。』」傾國，極言女子容貌之美。姝，美女。

〔六〕「顧惜」二句：宋周密《齊東野語·琼花》：「揚州后土祠瓊花，天下無二本，絶類聚八仙，色微黄而有香。仁宗慶曆中，嘗分植禁苑，明年輒枯，遂復載還祠中，敷榮如故。淳熙中，壽皇亦嘗移植南内，逾年憔悴無花，仍送還之。」梁宫：指汴梁宋仁宗之禁苑。

〔七〕「青黄」句：《莊子·天地》：「百年之木，破爲犧尊，青黄而文之，其斷在溝中。」唐韓愈《祭柳子厚文》：「凡物之生，不願爲材。犧尊青黄，乃木之災。」自寇：比喻因有用而不免於禍。語出《莊子·人世間》：「山木自寇也，膏火自煎也。」山上的樹木，因長成有用之材，而被人砍伐。

〔八〕「始信」句：《莊子·逍遥遊》：惠子謂莊子曰：「吾有大樹，人謂之樗。其大本臃腫而不中繩墨，其小枝捲曲而不中規矩。立之塗，匠者不顧。」莊子答曰：「今子有大樹，患其無用，何不樹之於無何有之鄉，廣莫之野，彷徨乎無爲其側，逍遥乎寢卧其下。不夭斤斧，物無害者，無所可用，安所困苦哉。」臃腫全：因材質不平直而得以保全自身。

〔九〕「珍材」句：謂珍貴的瓊花被喜好雕刻神像的人獲得。

〔一〇〕肌理：指木材的紋理。緻：細密；精細。

〔一〕規：效法摹仿。汾壖：汾陰后土祠的外牆，此處代指后土祠的女媧像。

〔二〕願言：思念殷切貌。《詩·衛風·伯兮》：「願言思伯，甘心首疾。」鄭玄箋：「願，念也。我念思伯，心不能已。」稅：解脱，釋放。《吕氏春秋·慎大》：「乃稅馬于華山，稅牛于桃林。」高誘注：「稅，釋也。」句言雕像者想像女媧之貌，希望超越藩籬，神思飛馳，靈感驟至。

〔三〕要復：猶待機，等候時宜。《文選·王褒·洞簫賦》：「要復遮其蹊徑兮，與謳謡乎相龢。」張銑注：「要復，猶伺候也。」謂簫曲伺候歌者發聲，如遮其道路而與之相和，合其音律也。句言雕像者刻意期待與其所愛的女媧神一模一樣才心安。

〔四〕「豈以」句：謂怎能因爲神像的大小差距甚遠而區别對待。懸：區别。

〔五〕「槐根」句：唐李公佐《南柯太守傳》載，淳于棼醉古槐樹下，夢入蟻穴大安槐國，盡享榮華富貴。因所詠雕像「方寸餘」，故取其蟻穴國相比擬。

〔六〕「橘實」句：用橘中棋仙事。唐牛僧儒《幽怪録》：巴人有橘園。霜後，諸橘盡收，餘有二大橘，如三四斗盎。巴人異之，即令攀摘，輕重亦如常橘。剖開，每橘有二老叟，鬚眉皤然，肌體紅潤，皆相對象戲，身僅尺餘，談笑自若，剖開後亦不驚怖，但與決賭。因所詠雕像「方寸餘」，故取橘中老叟相比擬。

〔七〕東南天：指揚州的后土祠。

〔八〕「況有」二句：謂女媧像雖小，其所寓之義理卻甚大，放眼八荒即可領悟女媧的豐功偉績。《淮南子·覽冥訓》：「往古之時，四極廢，九州裂，天不兼覆，地不周載……於是鍊五色石以補蒼天，斷鼇足以立四極，殺黑龍以濟冀州，積蘆灰以止淫水。蒼天補，四極正，淫水涸，冀州平，狡蟲死，顓民生。」指顧：手指目視，指點顧盼。八埏：即八殥。八方邊遠的地方。《淮南子·墬形訓》：「九州之外，乃有八殥，亦方千里。」高誘注：「殥，猶遠也。」

君錫生子四月八日 左君錫，薊北名士。〔一〕

堂前種諼憂可忘〔二〕，不如生兒喜殊常〔三〕。嘔啞啼笑綵衣側〔四〕，滿堂和氣生嘉祥。燕寢香凝佳夢兆〔五〕，與佛同生佛親抱〔六〕。我來初見出錦綳〔七〕，肌肉照人眉宇好。世間兒子空紛紛，如君此兒真慰人。薊山東盤出英秀，政與德門宜子孫〔八〕。天馬駒〔九〕，海鶴子〔一〇〕，氣骨初成便超異，翽雲冲霄從此始〔一一〕。

【注】

〔一〕君錫：即左光慶，字君錫，薊州人。金初太傅、中書令左企弓之孫。以蔭補閤門祗候，遷同知宣徽使，改少府監。喜爲詩，喜篆隸，尤工大字。《續通志》卷四一八有傳。

〔二〕堂前種諼：種植在堂前的諼草，忘憂草。《詩·衛風·伯兮》：「焉得諼草，言樹之背。」朱熹注：「諼草，令人忘憂；背，北堂也。」

〔三〕「不如」句：諼草又名「宜男草」。晉周處《風土記》：「妊婦佩其草則生男，故稱此名。」殊常：異常。

〔四〕嘔啞：象聲詞。小兒説話聲。綵衣：指小兒所着的五綵衣服。

〔五〕燕寢：指卧室。唐韋應物《郡齋雨中與諸文士燕集》有「宴寢凝清香」句。

〔六〕與佛同生：舊説陰曆四月初八爲佛的生日，故云。

〔七〕錦綳：指用錦緞做成的嬰兒繈褓。

〔八〕德門：指通德門。東漢時爲表彰鄭玄之德在其故鄉建立。《後漢書·鄭玄傳》：「昔東海于公僅有一節，猶或戒鄉人侈其門閭，矧乃鄭公之德，而無駟牡之路？可廣開門衢，令容高車，號爲『通德門』。」宜子孫：用于公高大其門，以使子孫富貴顯達典。《漢書·于定公傳》載，西漢于定國父于公爲縣獄吏，治獄公平，自謂有陰德，子孫必有興者。因高大其門，令能異日容高車駟馬。

〔九〕天馬：《史記·大宛列傳》載：「及得大宛汗血馬，益壯……名大宛馬曰『天馬』云。」「初，天子發書《易》，云『神馬當從西北來』。得烏孫馬好，名曰『天馬』。」

〔一〇〕海鶴：海鳥名。或説即江鷗。杜甫《寄常徵君》：「楚妃堂上色殊衆，海鶴階前鳴向人。」仇兆鼇注引《西京雜記》：「海鶴，江鷗。」趙彦材注：「下句言徵君如海鶴之高，非階墀物爾。」

〔一一〕籋雲：《漢書·禮樂志》：「籋浮雲，晻上馳。」顔師古注引蘇林曰：「籋音躡。言天馬上躡浮雲也。」

立春〔一〕

冰結東溪凍未漪〔二〕，風凌枯木怒猶威。不知春力來多少〔三〕，便有青蠅負暖飛〔四〕。

【注】

〔一〕立春：二十四節氣之一。在陽曆二月三、四或五日。《逸周書·時訓》：「立春之日，東風解凍；又五日，蟄蟲始振；又五日，魚上冰。」

〔二〕漪：風吹水面形成的波紋。

〔三〕春力：指春天温煦之氣催發萬物之力。

〔四〕「便有」句：《詩·小雅·青蠅》：「營營青蠅，止于樊。豈弟君子，無信讒言。」鄭箋：「蠅之爲蟲，汙白使黑，汙黑使白，喻佞人變亂善惡人。」與「冰結」「風凌」二句合觀，句有皇恩來臨之季亦即趨炎附勢之徒詆毁之時的意思。

端午日照道中〔一〕

幾年客舍逢端午，今日東行復海隅。三歲已無平老艾〔二〕，一杯聊作辟愁符〔三〕。

【注】

〔一〕端午：即端午節，又稱端陽節，在每年農曆的五月初五。日照：縣名，金大定二十四年置，屬山東東路莒州。今山東省日照市。王慶生《金代文學家年譜》謂此詩作於莒州城陽軍判官任時。

〔二〕艾：又名家艾、艾蒿。可驅蚊蠅、蟲蟻。民諺有「清明插柳，端午插艾」。插艾是端午節習俗之一。古人認爲「重午」爲犯禁忌之日，此時五毒盡出，因此端午風俗多爲驅邪避毒，如在門上懸掛菖蒲、艾葉等。

〔三〕辟愁符：驅除憂愁之符。符：道士畫的驅使鬼神的圖形。

夏日道出天封寺〔一〕

疊澗重岡掩復開，鳥啼人寂路縈回。微涼暫逐行雲過，細雨俄從遠樹來。世事自嗟吾老矣，山僧那識興悠哉〔二〕。婆娑十畝溪邊櫟〔三〕，借汝清陰感不材〔四〕。

【注】

〔一〕天封寺：寺院名。位於泰安東南。唐時稱乾封寺，金代曾重修。大定二十四年党懷英撰《重修天封寺記》曰：「泰安東南三十里，得故廢縣曰古博城。在唐爲乾封，宋開寶間移治嶽祠下，居民從之而縣廢焉。城西南隅，有寺號郭頭，地故沮濕，諸僧乘其閑曠而遷之今地。」

〔二〕「世事」二句：感世、嗟老以及山僧不識等，當與科試不第有關。據《重修天封寺記》，党懷英曾下第過寺，托宿，醉卧僧榻上，夢有人言「前路通矣，何爲醉而眠？」詰旦，問老僧，僧曰是伽藍神在警示，固非久滯。按此，詩作於未第前。王慶生《金代文學家年譜》称其作於大定七年。吾老矣：《論語·述而》：「子曰：『甚矣吾衰矣！』」悠哉：《詩·周頌·訪落》：「訪予落止，率時昭考。於乎悠哉，朕未有艾。」孔穎達疏：「於乎，可歎也。此昭考之道悠然至遠哉……言其遠不可及，不能循之。」二句言山僧哪懂得我的理想抱負遠不可及。

〔三〕「婆娑」句：《詩·陳風·東門之枌》：「東門之枌，宛丘之栩。子仲之子，婆娑其下。」毛傳：「婆娑，舞也。」此指盤桓，逗留。櫟：樹名。落葉喬木，葉子長橢圓形，結球形堅果，葉可喂蠶；木材堅硬，可製傢俱及供建築用，樹皮可鞣皮或做染料。

〔四〕清陰：指櫟樹高大清涼的樹蔭。不材：不成材，無用之材。句言自己科考失利是因才能不足之故。

龍池春興〔一〕

三十餘年惜别心，重來獨興此登臨。佳人何在暮雲合〔二〕，遊子不歸春草深〔三〕。曲檻憑欄花冪冪〔四〕，扁舟繫岸柳陰陰。避人白鳥忽驚去，雙影飛翻明翠岑〔五〕。

【注】

〔一〕龍池：在詩人家鄉附近的新泰縣。清顧祖禹《讀史方輿紀要·山東二·新泰縣》「小汶河」條：「縣東北三十里。源出東北四十里之龍池。池在龍亭山下，西南流百里入汶河。」

〔二〕「佳人」句：杜甫《春日憶李白》：「渭北春天樹，江東日暮雲。何時一樽酒，重與細論文。」言好友天隔一方，彼此想念。

〔三〕「遊子」句：《楚辭·招隱士》：「王孫游兮不歸，春草生兮萋萋。」

〔四〕羃羃：濃密貌。唐韓愈《叉魚招張功曹》：「蓋江煙羃羃，拂棹影寥寥。」

〔五〕岑：小而高的山。

宿宣灣〔一〕

清潁去無極〔二〕，悠悠楚甸深〔三〕。人家半臨水，村徑曲穿林。積雨猶行潦〔四〕，荒煙易夕陰。夜涼淮浦月〔五〕，寂寞照邊心〔六〕。

【注】

〔一〕宣灣：由潁入淮處。

〔二〕清潁：潁河，水名，源於河南，流經安徽入淮河。

〔三〕悠悠：悠遠貌。楚甸：猶楚地。甸，古代指郊外的地方。唐劉希夷《江南曲》：「潮平見楚甸，天際望維揚。」

〔四〕行潦：道旁流水。潦，雨水盛貌。

〔五〕淮浦：淮河邊。

〔六〕邊心：身在邊疆心思故鄉之情。杜甫《白帝樓》：「去年梅柳意，還欲攪邊心。」王嗣奭釋：「邊心，身在邊而心思鄉也。」金與南宋以秦嶺淮河爲界，故云。

黄彌守畫吴江新霽圖〔一〕

江雲卷宿雨，江風散晨煙。山光煙雨潤欲滴，影墮江水空明間。修蛾新妝翠連娟〔二〕，下拂塵鏡窺明鐲〔三〕。漁舟來何許，觸破青茫然。中流水肥魚逆上，受網應有松鱸鮮〔四〕。借問張季鷹，西風幾時還〔五〕。漁郎理網唤不應，但見水碧江涵天。如何塵埃中，眼界有許寬。道人胸次陂萬頃〔六〕，爲寫此境清而妍。蒼崖無塵樹影寒，直欲坐我苔磯邊。我家竹溪陰〔七〕，小艇横青漣。異時赤脚踏兩舷〔八〕，不應尚作披圖看〔九〕。

【注】

〔一〕黄彌守：畫家。據詩中「道人胸次陂萬頃，爲寫此境清而妍」句，或爲道士。吴江：吴淞江的別稱。

〔二〕「修娥」句：以美婦蛾眉喻秀麗的青山。

〔三〕明蠲：明淨，潔淨。宋黄庭堅《次韻曾子開舍人游籍田載荷花歸》：「紅妝倚荷蓋，水鏡寫明蠲。」

〔四〕松鱸：松江所産的鱸魚。以四鰓著名，也稱四鰓鱸，肉嫩味美。《太平御覽》卷九三七引唐杜寶《大業拾遺録》：「六年，吴郡獻松江鱸魚乾膾，鱸魚肉白如雪，不腥，所謂金齏玉鱠，東南之佳味也。」

〔五〕「借問」二句：用張翰秋風思歸典故。張季鷹：張翰，字季鷹，東晉吴郡人。齊王執政，辟爲大司馬東曹掾，見禍亂方興，以秋風起思吴中菰菜、蓴羹、鱸魚爲由辭官而歸。事見《晉書·張翰傳》。

〔六〕道人：道士。此指畫家黄彌守。胸次：胸間。陂：湖泊。

〔七〕竹溪：王慶生《金代文學家年譜》党懷英下引《金石匯目分編》卷十之一：「泰安府泰安縣，金『竹溪』二字，党懷英篆書，無年月，徂徠山攢石崮北巖。」徂徠山，在泰安市東南。党懷英《重修天封寺碑》：「余昔家徂徠之下。」竹溪亦唐時李白隱居處，時有「竹溪六隱」文號。党懷英居於此，亦號「竹溪」，有步武前賢之意。

〔八〕赤脚踏兩舷：《晉書·夏統傳》：「（夏統）時在船中……以足叩船，引聲喉轉，清激慷慨。」

〔九〕披圖：展閲圖籍、圖畫等。

雪中四首

詩人固多貧〔一〕，深居隱茅蓬〔二〕。一夕忽富貴，獨卧瓊瑶宫〔三〕。夢破窗明虚，開門雪迷空。蕭然視四壁〔四〕，還與嚮也同。閉門撚鬚坐〔五〕，愈覺生理窮〔六〕。天公巧相幻，要我齊窮通〔七〕。衝寒起沽酒，一洗芥蔕胸〔八〕。

【注】

〔一〕「詩人」句：宋歐陽修《梅聖俞詩集序》：「予聞世謂詩人少達而多窮。夫豈然哉？蓋世所傳詩者，多出於古窮人之辭也……蓋愈窮則愈工。然則非詩之能窮人，殆窮者而後工也。」

〔二〕茅蓬：用茅草修建成的小屋，代指簡陋房屋。

〔三〕瓊瑶宫：指雪後色如瓊玉的茅屋。

〔四〕四壁：喻極度貧窮。語出《史記·司馬相如列傳》：「文君夜亡奔相如，相如乃與馳成都。家居徒四壁立。」後以「四壁」形容家境貧寒，一無所有。宋陳師道《答張文潛》：「我貧無一錐，所向皆四壁。」

〔五〕撚鬚：捋須。本蘇軾《和柳子玉喜雪次韻仍呈述古》：「燈青火冷不成眠，一夜撚鬚吟喜雪。」

〔六〕生理：生計。杜甫《春日江村》其一：「艱難昧生理，飄泊到如今。」

〔七〕齊窮通：對困厄與顯達同等看待。《莊子·讓王》：「古之得道者，窮亦樂，通亦樂，所樂非窮通也，道德於此，則窮通爲寒暑風雨之序矣。」

〔八〕芥蔕：本指細小的梗塞物，後比喻心裏的不滿或不快。漢司馬相如《子虛賦》：「吞若雲夢者八九於其胸中，曾不芥蔕。」

又

翻翻雪中鴉〔一〕，飛鳴覓遺粟。雪深不可求，遶屋啄寒玉〔二〕。顧我如鴟鳶，多儲有餘肉。我亦生理拙，凍卧僵雪屋。日午甑無煙〔三〕，飢吟攪空腹。豈不知屠沽，肥甘隨取足。幸待春雪消，吾猶多杞菊〔四〕。

【注】

〔一〕翻翻：翻飛，飛翔貌。《文選·劉楨·贈徐幹詩》：「輕葉隨風轉，飛鳥何翻翻。」張銑注：「翻翻，孤飛貌。」

〔二〕寒玉：指積雪。

〔三〕甑：古代蒸飯的一種瓦器。

〔四〕「豈不」四句：用唐陸龜蒙語。其《杞菊賦》序曰：「天隨子宅荒，少牆屋，多隙地，著圖書所前後皆樹杞菊。夏苗恣肥日，得以採擷之，以供左右杯案。……生笑曰：『我幾年來忍飢誦經，豈不知屠沽兒有酒食邪？』」屠沽：宰牲和賣酒。泛指職業微賤的人。杞菊：枸杞與菊花。其嫩芽、葉可食。菊，或説爲菊花菜，即茼蒿。

又

歲晏苦風雪〔一〕，曠野寒崢嶸〔二〕。濕薪燒枯棘，距刺相拏撐〔三〕。濃煙久伊鬱〔四〕，微焰方晶熒〔五〕。津津膏乳漲〔六〕，中有蚯蚓鳴〔七〕。蓬蒿掇快炬〔八〕，倏作飛灰輕。餘暖未及愜，睫淚先已盈〔九〕。幸有鄰家酒，時澆肌粟平〔一〇〕。

【注】

〔一〕歲晏：一年將盡之時。

〔二〕崢嶸：猶凜冽。句本唐羅隱《雪霽》：「南山雪乍晴，寒氣轉崢嶸。」

〔三〕距刺：《漢書·五行志中之上》：「未央殿輅軨中雌雞化爲雄，毛衣變化而不鳴不將，無距。」顔師古注：「距，雞附足骨，鬬時所用刺之。」拏撐：撐拏。伸展拏攫。二句言所燒枯棘枝幹互相撐張刺手難弄的情形。

〔四〕伊鬱：聚而不散貌。

〔五〕晶熒：此指火焰光亮的微小。

〔六〕津津：流出的樣子。膏乳：指濕薪被燒時冒出的水沫。

〔七〕蚯蚓鳴：即蚓竅蠅鳴，從蚯蚓孔發出像蒼蠅一樣的聲音。此處指濕薪燃燒時發出絲絲的聲響。

〔八〕蓬蒿：蓬草和蒿草。泛指不經燒的輕柔柴草。掇：拾取。快炬：用於點燃引火的易燃物。

〔九〕睫淚先已盈：指被煙所熏而流淚。

〔一〇〕「幸有」二句：寫借酒禦寒。肌粟：因遇寒冷而在皮膚上隆起小疙瘩，俗稱雞皮疙瘩。

又

歲晏雪盈尺，農夫倍欣然〔一〕。不作祁寒怨〔二〕，應知有豐年〔三〕。笑我寄一室，歸耕無寸田。無田吾不憂，飲啄當問天〔四〕。我看多田翁，租賦常逋懸〔五〕。低頭負呵責〔六〕，顔色慘可憐。不如拾滯穗〔七〕，行歌兩無牽〔八〕。

【注】

〔一〕欣然：喜悦貌。

〔二〕祁寒怨：語自《書·君牙》：「冬祁寒，小民亦惟曰怨咨。」蔡沈集傳：「祁，大也。」

〔三〕豐年：豐收之年。農諺曰：「瑞雪兆豐年。」

〔四〕飲啄：飲水啄食。語本《莊子・養生主》：「澤雉十步一啄，五步一飲，不蘄畜乎樊中。」成玄英疏：「飲啄自在，放曠逍遥，豈欲入樊籠以求服養！譬養生之人，蕭然嘉遁，唯適情于林籟，豈企羡于榮華。」

〔五〕逋懸：拖欠。

〔六〕負：承受。

〔七〕捨滯穗：撿拾遺失在田裏的禾穗。《詩・小雅・大田》：「彼有遺秉，此有滯穗，伊寡婦之利。」

〔八〕行歌：邊走邊唱。《晏子春秋・雜上十二》：「梁丘據左操瑟，右挈竽，行歌而出。」

雪

寶花天雨曉紛紛，佛界妝嚴盡白銀〔一〕。待臘風雲初接勢〔二〕，犯寒糟麴若爲神〔三〕。園中芳草誰能賦，江上梅花獨自春。半臂騎驢得佳句，九原誰喚灞陵人〔四〕。

【注】

〔一〕「寶花」二句：用「天女散花」典故。《維摩經・觀衆生品》：「時維摩詰室有一天女，見諸天人聞所説法，便現其身，即以天華散諸菩薩、大弟子上。華至諸菩薩即皆墮落，至大弟子便着不墮。」後用以形容大雪紛飛。妝嚴：妝束打扮。

〔二〕待臘：等到臘月。杜甫《小至》：「岸容待臘將舒柳，山意衝寒欲放梅。」

〔三〕糟麴：用於發酵的酒母。亦泛指酒。

〔四〕「半臂」二句：用宋黄庭堅《奉和慎思寺丞太康傳舍相逢並寄扶溝程太丞尉氏孫著作二十韻》詩句：「不似灞橋風雪中，半臂騎驢得佳句。」孫光憲《北夢瑣言》卷七：「唐相國鄭綮，雖有詩名，本無廊廟之望。……或曰：『相國近有新詩否？』對曰：『詩思在灞橋風雪中驢背上，此處何以得之？』」九原：墓地。此指鄭綮、黄庭堅。

蟬

槁壤陰潛罷轉丸〔一〕，飄飄便作飲風仙〔二〕。幽叢何處拳枯蜕〔三〕，别樹還來續斷絃〔四〕。小院日長清夢覺，空庭人靜緑陰圓。無情物化誰能料〔五〕，觸撥羈懷一慨然〔六〕。

【注】

〔一〕槁壤：乾土。《孟子·滕文公下》：「夫蚓上食槁壤，下飲黄泉。」陰潛：暗藏。轉丸：推轉成丸。寫生活於地下的蟬蛹。

〔二〕飲風仙：古人以蟬棲於高枝，吸風飲露，不食人間煙火，故云。蘇軾《定惠顒師爲余竹下開嘯軒》：「飲風蟬至潔，長吟不改調。」

〔三〕拳：通「蜷」。屈曲，捲曲。蜕：蟬自幼蟲變爲成蟲時所脱下的殼。

〔四〕續斷絃：以時斷時續的絃音喻蟬鳴聲。《方言》第一：「蟬，續也。」丁惟汾音釋：「續斷謂之蟬。」唐劉禹錫《答白刑部聞新蟬》：「蟬聲未發前，已自感流年。一入淒涼耳，如聞斷續絃。」宋石孝友《鷓鴣天》：「噪晚哀蟬斷續絃。」

〔五〕物化：事物的變化。《莊子·齊物論》：「昔者莊周夢爲蝴蝶，栩栩然蝴蝶也，自喻適志與！不知周也。俄然覺，則蘧蘧然周也。不知周之夢爲蝴蝶與，蝴蝶之夢爲周與？周與蝴蝶，則必有分矣。此之謂物化。」成玄英疏：「夫新新變化，物物遷流，譬彼窮指，方茲交臂。」句以蛹蟬的蜕變喻人的生老病死。

〔六〕觸撥：觸動撩撥。宋范成大《秋前風雨頓涼》：「酒杯觸撥詩情動，書卷招邀病眼開。」羈懷：羈旅情懷。

漁村詩話圖

江村清境皆畫本〔一〕，畫裏更傳詩語工。漁父自醒還自醉，不知身在畫圖中。

【注】

〔一〕畫本：泛指畫册。

曉雲次子端韻〔一〕

灤溪經雨浪生花〔二〕，曉碧翻光漾曉霞。川上風煙無定態〔三〕，盡供新意與詩家。

【注】

〔一〕子端：王庭筠（一一五一——一二〇二），字子端，號黄華山主，又號雪溪。蓋州熊岳（今遼寧省蓋州市）人。大定十六年進士，仕爲翰林直學士。《金史》卷一二六有傳，《中州集》卷三有小傳。

〔二〕灤溪：灤河。古稱濡水，發源於河北省北部，流入渤海。

〔三〕川：指灤河。

送高智叔歸濟南〔一〕

已作西溪約，還爲汶上行〔二〕。漂流知分際〔三〕，會合見平生〔四〕。旅枕勞歸夢〔五〕，家山入去程。空齋桃李月，寂寞照清明。

【注】

〔一〕高智叔：其人不詳。濟南：府名，屬山東東路。今山東省濟南市。

〔二〕汶上：縣名，金代屬山東西路東平府。本名中都，貞元元年更爲汶陽，泰和八年更今名。今屬山東省濟寧市。

〔三〕分際：猶情分。

〔四〕平生：指平素的志趣、情誼、業績等。晉陶潛《停雲》：「安得促席，説彼平生。」

〔五〕旅枕：旅途夜卧。蘇軾《二十七日自陽平至斜谷宿於南山中蟠龍寺》：「板閣獨眠驚旅枕，木魚曉動隨僧粥。」句言友人歸心似箭。

日照道中〔一〕

路轉清溪樹蔚然〔二〕，解鞍坐愒午陰圓〔三〕。避人鷗鳥驚飛盡，時有遊魚弄柳綿〔四〕。

【注】

〔一〕日照：縣名，金時屬山東東路莒州，今山東省日照市。王慶生《金代文學家年譜》繫此詩於莒州任時。

〔二〕蔚然：草木茂密貌。

〔三〕愒：同「憩」，休息。

〔四〕柳綿：柳絮。蘇軾《蝶戀花》詞：「枝上柳綿吹又少，天涯何處無芳草。」

夜發蔡口〔一〕

落霞墮秋水，浮光照船明。孤程發晚泊，倦楫摇天星。藹藹野煙合〔二〕，翛翛水風生〔三〕。遠浦浩渺漭，微波澹彭觥〔四〕。畸鳥有時起〔五〕，幽蟲亦宵征〔六〕。懷役歎獨邁〔七〕，感物傷旅情。夜久月窺席，慷慨心未平。

【注】

〔一〕蔡口：蔡河入潁水處。《江南通志》卷一九九「二月周主發大梁命王環將水軍自閔河沿潁入淮」注曰：「閔河名琵琶溝，亦曰蔡河，即汴水分流自大梁城東經蔡口入潁。」

〔二〕藹藹：雲霧彌漫貌。南朝宋鮑照《采桑詩》：「藹藹霧滿閨，融融景盈幕。」

〔三〕翛翛：形容清涼。

〔四〕彭觥：象聲詞。唐韓愈《記夢》：「側身上視溪谷盲，杖撞玉版聲彭觥。」

〔五〕畸：孤單。

〔六〕宵征：夜行。《詩·召南·小星》：「肅肅宵征，夙夜在公。」毛傳：「宵，夜；征，行。」宋玉《九辯》：「獨申旦而不寐兮，哀蟋蟀之宵征。」

〔七〕懷役：謂擔負着任務。獨邁：獨自行走，孤行。句出晉陶潛《辛丑歲七月赴假還江陵夜行塗口》：「懷役不遑寐，中宵尚孤征。」

西湖晚菊〔一〕

重湖滙城曲〔二〕，佳菊被水涯。高寒逼素秋〔三〕，無人自芳菲。鮮飈散幽馥〔四〕，晴露墮餘滋〔五〕。蹊荒綠苔合，采采歎後時〔六〕。古瓶貯清泚〔七〕，芳樽湔塵霏〔八〕。遠懷淵明賢〔九〕，獨往誰與期〔一〇〕。徘徊東籬月，歲晏有餘悲〔一一〕。

【注】

〔一〕西湖：潁州西湖，位於安徽阜陽城西北。大定十五年，党懷英調任汝陰令，汝陰即潁州倚郭縣，今安徽阜陽市。王慶生《金代文學家年譜》：「兩詩（《西湖晚菊》與《西湖芙蓉》）皆比興成章，抒寫自己『歎後時』、望汲引之情。」

〔二〕重湖：兩湖相通之謂。城曲：城角。

〔三〕素秋：秋季。古代五行之説，秋屬金，其色白，故稱素秋。

〔四〕鮮飈：清新的風。《文選·江淹·效許詢自序》：「曲櫺激鮮飈，石室有幽響。」吕向注：「鮮飈，鮮潔之風。」幽馥：清淡的香氣。

〔五〕餘滋：指不斷地滋長繁殖。陶淵明《和郭主簿二首》其一：「園蔬有餘滋，舊穀猶儲今。」逯欽立

注：「餘滋，不盡的滋長繁殖。《國語・齊語》：『滋，長也。』《文選・思玄賦》注：『滋，繁也。』」

〔六〕采采：衆多而形形色色。《詩・秦風・蒹葭》：「蒹葭采采，白露未已。」毛傳：「采采，猶萋萋也。」

後時：失時。指晚菊開花晚，已錯過季節。

〔七〕清泚：清澈的水。唐徐牧《省試臨淵》：「清泚濯纓處，今來喜一臨。」

〔八〕湔：洗，灑。《廣雅》：「湔，灑也。」塵霏：塵汙。霏：紛落貌。

〔九〕「遠懷」句：謂自己因愛菊而懷念陶淵明之高潔。

〔一〇〕期：約會。

〔一一〕歲晏：一年將盡之時。

西湖芙蓉〔一〕

林飈振危柯〔二〕，野露委荒蔓。孤芳爲誰妍，一笑聊自獻。明妝炫朝麗，醉態羞晚困。脈脈懷春情〔三〕，悄悄驚秋怨〔四〕。豈無桃李媒，不嫁惜嬋媛〔五〕。悠哉清霜暮，共抱蘭菊恨〔六〕。

【注】

〔一〕芙蓉：荷花的别名。《楚辭・離騷》：「製芰荷以爲衣兮，集芙蓉以爲裳。」洪興祖補注：「《本草》云：其葉名荷，其華未發爲菡萏，已發爲芙蓉。」

〔二〕飈：風。危柯：高枝。

〔三〕春情：春心蕩漾愛戀之情。

〔四〕秋怨：秋日凋傷之悲怨。

〔五〕「豈無」二句：用桃李嫁東風典。唐李賀《南園》：「可憐日暮嫣香落，嫁與東風不用媒。」宋張先《一叢花》：「沉恨細思，不如桃杏，猶解嫁東風。」嬋媛：嬋娟，姿態美好的樣子。

〔六〕蘭菊恨：蘭菊秋季開花不得其時之恨。

浪溪別吴安雅 浪音郎〔一〕

浪水清且白，頻年照行役〔二〕。褰裳涉微波〔三〕，微波去無極〔四〕。悠悠溪上山〔五〕，送我往復還。與君臨水別，幽恨寄山間〔六〕。

【注】

〔一〕浪溪：又稱狼溪水。《明統一志》卷二三：「源發東阿縣東南二十八里狼山下，西北流經縣城内，又北流入汶水。」吴安雅：其人不詳。

〔二〕行役：舊指因服兵役、勞役或公務而出外跋涉。《詩·魏風·陟岵》：「嗟！予子行役，夙夜無已。」

〔三〕褰裳：撩起下裳。《詩·鄭風·褰裳》：「子惠思我，褰裳涉溱。」

〔四〕無極：無窮盡；無邊際。

〔五〕悠悠：連綿不盡貌。

〔六〕幽恨：深藏於心中的怨恨。唐元稹《楚歌》其十：「各自埋幽恨，江流終宛然。」

奉使行高郵道中二首〔一〕

野雪來無際，風檣岸轉迷〔二〕。潮吞淮澤小〔三〕，雲抱楚天低〔四〕。蹚踏船鳴浪〔五〕，聯翩路牽泥〔六〕。林鳥亦驚起，夜半傍人啼。

【注】

〔一〕詩題：詩人曾作爲副使出使南宋，具體時間未詳。王慶生《金代文學家年譜》繫此詩於明昌二年下，謂「其奉使年月無考，疑在明昌初。由詩中『雪風』『細雪』等句，知使事在冬月。冬月往使，多爲賀正旦」。據詩中「潮吞淮澤小」句，詩或作於明昌五年（一一九四）。是年黄河奪淮，淮水自洪澤湖以下主流合於運河，經江都縣高郵入長江。高郵：宋代軍名，領淮南東路兵馬鈐轄。今江蘇省高郵市。

〔二〕風檣：風帆桅竿，代指帆船。

〔三〕淮澤：此處指淮河與高郵湖。

〔四〕楚天：戰國時長江中下游一帶屬楚國，後人常以楚天泛稱南方的天空。

〔五〕蹚踏：當作「鏜鞳」。象聲詞，形容波浪拍擊船舷的聲響。宋范成大《煙江疊嶂》：「水空發聲夜鏜鞳，中有晴江煙嶂疊。」

〔六〕聯翩：形容連續不斷。牽：挽船的繩。句言船隊在運河中前進時岸上縴夫在泥濘中持續牽拉的情形。

又

細雪吹仍急，凝雲凍未開〔一〕。牽閑時掠水，帆飽不依桅〔二〕。岸引枯蒲去，天將遠樹來〔三〕。行舟避龍節〔四〕，處處隱漁隈〔五〕。

【注】

〔一〕凝雲：濃雲，密雲。隋薛道衡《出塞》：「凝雲迷代郡，流水凍桑乾。」

〔二〕「牽閑」二句：言順風吹撐船帆飽漲，無需縴夫用力牽挽。挽船的繩索鬆弛下垂，點擊水面。

〔三〕「岸引」二句：描寫船上人在行進中的視覺感受：兩岸牽引着枯萎的蒲草（香蒲，水生植物）後退，高天牽領着遠樹前來。

〔四〕龍節：泛指奉王命出使者所持之節。唐王維《平戎辭》：「卷旆生風喜氣新，早持龍節靜邊塵。」

此指詩人出使乘坐的大船。

〔五〕漁隈：水流彎曲、魚聚集之處。《淮南子》：「田者不侵畔，漁者不侵隈。」高誘注：「隈，曲深處，魚所聚也。」

孤雁集句〔一〕

萬里銜蘆至〔二〕，寒空半有無〔三〕。蹤分沙岸靜〔四〕，聲入塞垣孤。影早銜關月，飛高望海隅。不知天外侶，何處下平蕪〔五〕。

【注】

〔一〕集句：輯前人詩句以成篇什。宋嚴羽《滄浪詩話·詩體》：「有擬古，有連句，有集句，有分題。」宋沈括《夢溪筆談·藝文一》：「荆公始爲集句詩，多者至百韻，皆集合前人之句。」

〔二〕「萬里」句：化用唐許渾《雁》句：「萬里銜蘆別故鄉，雲飛水宿向瀟湘。」

〔三〕「寒空」句：輯杜甫《反照》句：「反照開巫峽，寒空半有無。」

〔四〕「蹤分」句：化用南朝宋謝靈運《去永嘉郡》：「野曠沙岸靜，天高秋月明。」

〔五〕「何處」句：化用宋李綱《江行七首》其三：「雲間有行雁，冉冉下平蕪。」

黄菊集句〔一〕

九月欲將盡〔二〕，鮮鮮金作堆〔三〕。逶籬殘艷密〔四〕，擁鼻細香來〔五〕。五色中偏貴〔六〕，群花落始開。可憐陶靖節，共此一傾杯〔七〕。

【注】

〔一〕集句：見前首注〔一〕。

〔二〕「九月」句：用唐釋齊己《庭際晚菊上主人》：「九月將欲盡，幽叢始綻芳。」

〔三〕「鮮鮮」句：化用《錦繡萬花谷》後集卷三八引宋鄭剛中《北山集》：「地有鮮鮮金菊對，賞時莫惜醉千鍾。」

〔四〕「逶籬」句：化用唐元稹《菊老》：「秋叢逶舍似陶家，遍逶籬邊日漸斜。不是花中偏愛菊，此花開盡更無花。」

〔五〕「擁鼻」句：用唐杜牧《折菊》：「籬東菊逕深，折得自孤吟。雨中衣半濕，擁鼻自知心。」擁鼻：掩鼻，捂、捏住鼻子。

〔六〕「五色」句：用唐魏野《詠菊》：「五色中偏貴，千花後獨尊。」古人以五色配五行五方，土色黄，居中，故以黄爲中央正色。菊以黄爲正宗，故云。

〔七〕可憐：可愛。陶靖節：晉陶淵明，字元亮，世稱靖節先生。其《飲酒》其五：「采菊東離下，悠然見南山。」歷來膾炙人口。結尾二句非集陶句，而爲用陶詩典。

金山〔一〕

我從渡淮涉高郵〔二〕，雪風連日吹行舟。維揚地西闖夜色〔三〕，星月隱見邊城樓。晴光破曉射瓜步〔四〕，照耀玉宇開瓊洲〔五〕。馮夷收威浪妥帖〔六〕，容我一到金山頭。金山勝槩冠吴楚〔七〕，萬礎磻峙江中流①〔八〕。平生夢寐不到處，乃以王事從私遊〔九〕。鍾山雨花落眼底〔一〇〕，海門鶴崖波際浮〔一一〕。川開林闔望不極〔一二〕，但見遠色明輕鷗。風煙渺漭異吾土〔一三〕，行役有程難久留〔一四〕。一杯未舉帆影轉，已看浙樹稍旗旒〔一五〕。

【校】

①磻：毛本作「蟠」。

【注】

〔一〕詩題：詩人曾作爲副使出使南宋，具體時間難定，與《奉使行至高郵道中》爲同時期所作，約作於明昌五年。金山：舊在江蘇省鎮江市西北長江中，因長江水流變遷，今已與南岸相接，位於長江岸邊。山上有金山寺，又名龍遊寺。《元豐九域志》卷五：金山寺，在揚子江中。寺記云，金山舊名浮玉山，唐時有頭陀掛錫於此，因爲頭陀巖。後斷手以建伽藍，忽一日於江獲金數鎰，尋以表聞，因賜名金山。

〔二〕高郵：宋高郵軍，屬淮南東路。今江蘇省高郵市。

〔三〕維揚：揚州的别稱。《書·禹貢》：「淮海惟揚州。」惟，通「維」。後因截取二字以爲名。唐劉希夷《江南曲》之五：「潮平見楚甸，天際望維揚。」

〔四〕瓜步：瓜步山。在江蘇省南京市六合東南，亦名桃葉山。古時此山南臨大江，相傳吴人賣瓜於江畔，因以爲名。

〔五〕玉宇開瓊洲：傳説中天帝或神仙所住的殿宇和海島。此喻覆雪的瓜步山。

〔六〕馮夷：傳説中的黄河水神。此處代指江水之神。

〔七〕勝概：美景。

〔八〕萬礎磻峙：衆多的巨石堆積高聳。礎：堆砌。磻：通磐，巨石。

〔九〕王事：王命差遣的公事。此處指奉命出使南宋。

〔一〇〕鍾山：即紫金山。在今江蘇省南京市東北郊。三國吴孫權避祖諱，更名蔣山。至宋復名鍾山。晉張勃《吴録》云：「劉備曾使諸葛亮至京，因睹秣陵山阜，乃歎曰：『鍾山龍盤，石頭虎踞，帝王之宅也。』」雨花：雨花臺，在今南京市中華門外。相傳梁武帝時，有靈光法師在此講經，落花如雨，故名。

〔一一〕海門：内河通海之處。鶴崖：即《瘞鶴銘》，摩崖刻石，在今江蘇省鎮江市焦山崖石上。南北朝時隱士華陽真逸書，銘文大字正書，左行，被稱爲「大字之祖」。黄庭堅《題樂毅論後》：「大字無過瘞鶴銘，隨人作計終後人。」宋蘇舜欽《丹陽子高得逸少〈瘞鶴銘〉於焦山之下》：「山陰不見換鵝經，京口今存《瘞鶴銘》。」

〔二〕川開林闔：謂長江水開闢山林。李白《望天門山》：「天門中斷楚江開，碧水東流至此回。」闔：門扇。不極：無邊無際。

〔三〕渺漭：水勢遼闊貌。吾土：指金朝北國。

〔四〕行役：指因公務而出外跋涉。此指出使南宋。

〔五〕浙樹：浙地之樹。二句言使船飛快，轉眼間已由吴入越，能看到浙樹外的旌旗。

趙飛燕寫真〔一〕

昭陽宫裏千蛾眉〔二〕，中有一人輕欲飛〔三〕。姊妹夤緣特新寵①〔四〕，六宫鉛粉無光輝〔五〕。春回太液花如繡〔六〕，花底輕風扶翠袖。君恩不許作飛仙，襞積宫裙留淺皺〔七〕。君王貪宴温柔鄉〔八〕，木門不省摇倉琅〔九〕。避風臺成略今古〔一〇〕，空使遺妒驚霓裳〔一一〕。當年傾城復傾國〔一二〕，誰寫餘妍入丹碧〔一三〕。背燈擁髻一潸然，不應尚有樊通德〔一四〕。

【校】

①姊：李本、毛本作「娣」。

【注】

〔一〕趙飛燕：漢成帝的皇后。吴縣（今江蘇省蘇州市）人，以美貌著稱。通音樂，善歌舞。因舞姿輕盈如燕飛鳳舞，人稱「飛燕」。寫真：人物肖像畫。

〔二〕昭陽宫：漢代宫殿名。漢成帝爲趙飛燕所建。蛾眉：美女的代稱。

〔三〕「中有」句：舊題漢劉歆《西京雜記》卷一：「趙后體輕腰弱，善行步進退。」舊題漢伶玄《趙飛燕外傳》：「（飛燕）長而纖便輕細，舉止翩然，人謂之『飛燕』。」白居易等《白孔六帖》：「趙飛燕體輕，能爲掌上舞。」

〔四〕姊妹：姐妹。指趙飛燕與妹趙合德。二人俱得成帝寵愛。夤緣：本指攀附上升，喻攀附權貴。《漢書·外戚傳下》載：「上（成帝）見飛燕而説（悦）之，召入宫，大幸。有女弟復召入，俱爲倢伃，貴傾後宫。……姊弟顓（专）寵十餘年。」

〔五〕「六宫」句：唐白居易《長恨歌》：「六宫粉黛無顔色。」

〔六〕太液：古池名。漢太液池，在陝西省長安縣西。武帝元封元年開鑿，周迴十頃。池中築漸臺，起三山，以象瀛洲、蓬萊、方丈三神山，刻金石爲魚龍奇禽異獸之屬。漢班固《西都賦》：「前唐中而後太液。」事見《三輔黄圖》卷四。

〔七〕「君恩」二句：晉王嘉《拾遺記》卷六：「帝嘗以三秋閑日與飛燕遊戲太液池。以沙棠木爲舟，貴其不沉没也……帝每憂輕蕩以驚飛燕，命佽飛之士，以金鎖纜雲舟於波上。每輕風時至，飛燕殆欲隨風入水，帝以翠纓結飛燕之裾。遊倦乃返。飛燕後漸見疏，常怨曰：『妾微賤，何時復預纓裾之遊？』今太液池中尚有避風臺，即飛燕結裾之處。」

〔八〕温柔鄉：喻美色迷人之境。漢伶玄《趙飛燕外傳》：「是夜進合德，帝大悦，以輔屬體，無所不靡，謂爲温柔鄉。語嬺曰：『吾老是鄉矣，不能效武皇帝求白雲鄉也。』」

〔九〕倉琅：又名倉琅根，裝置在大門上的青銅鋪首及銅環。《漢書·五行志中之上》：「木門倉琅根。」顔師古注：「門之鋪首及銅鍰也。銅色青，故曰倉琅。鋪首銜環，故謂之根。」

〔一〇〕避風臺：相傳趙飛燕身輕不勝風，成帝爲築七寶避風臺。

〔一一〕「空使」句：用唐白居易《長恨歌》「驪宫高處入青雲，仙樂風飄處處聞。緩歌慢舞凝絲竹，盡日君王看不足。漁陽鼙鼓動地來，驚破霓裳羽衣曲」詩意，指唐玄宗因寵幸楊貴妃而導致叛亂。二句言君王沉溺女色，爲所愛大興土木，窮奢極欲，導致政亂國衰的情況古今大致略同。後代帝王不能以史爲鑒，屢犯同樣的錯誤。遺妒：李白《清平樂》三首贊美楊貴妃有「可憐飛燕倚新妝」句，高力士進讒言，謂以飛燕之苗條譏玉環之肥胖。或指此事。

〔一二〕傾城復傾國：多形容婦女容貌極美。用漢武帝李夫人典故。《漢書·外戚傳》：「北方有佳人，絶世而獨立，一顧傾人城，再顧傾人國。」傾：傾覆；城：國。

〔一三〕丹碧：猶丹青。指飛燕的肖像畫。

〔一四〕「背燈」二句：用樊通德典故。樊通德：漢朝名臣伶玄之妾。能言飛燕姊妹故事，助伶玄成《趙飛燕外傳》一書。舊題漢伶玄《趙飛燕外傳》附《伶玄自叙》：「通德占袖，顧視燭影，以手擁髻，淒然泣下。」擁髻：謂捧持髮髻，話舊生哀。蘇軾《九日舟中望見有美堂上魯少卿飲處以詩戲之》之二：「遥知通德淒涼甚，擁髻無言怨未歸。」

村齋遺事〔一〕

人生天地真蘧廬〔二〕，外物擾擾吾何須。與其羈馬齊轅駒〔三〕，豈若飲齕隨駘駑〔四〕。不知掉尾忘江湖，呴呴濡沫胡爲乎〔五〕。誰念挾卷矜村墟，磨丹點勦圍樵蘇〔六〕。申鞭示箠嚴範模〔七〕，矍如狙翁調衆狙〔八〕。爾雅細碎編蟲魚〔九〕，辭嚴義密字見疏〔一〇〕。烘齋睥睨音語粗〔一一〕，諷誦誰敢忘須臾。萬中有一差錙銖〔一二〕，呷啞坐使爲呻呼〔一三〕。咄哉倡言口囁嚅〔一四〕，等爲兒戲夫何殊〔一五〕。霜風入户寒割膚，生薪槎牙供燎爐〔一六〕。漫漫濕煙迷四隅，白鶴日見黔如烏〔一七〕。此間縱樂能何如〔一八〕，其誰相與歌歸歟〔一九〕。投籠嗟我自摯拘①〔二〇〕，垂翅更待窮年徂〔二一〕。

【校】

① 投：原作「技」，據毛本改。

【注】

〔一〕村齋：鄉村屋舍。唐白居易《冬夜》：「眼前無一人，獨掩村齋卧。」遣事：緣事抒懷。

〔二〕蘧廬：旅館。《莊子·天運》：「仁義，先王之蘧廬也，止可以一宿，而不可久處。」郭象注：「蘧廬，猶傳舍。」

〔三〕轅駒：指車轅下不慣駕車之幼馬，十分局促，畏縮不安。《史記·魏其武安侯列傳》：「今日廷論，局趣效轅下駒。」張守節正義引應劭曰：「駒馬加著轅。局趣，纖小之貌。」

〔四〕飲齕：飲水齧草或嚼穀。南朝宋鮑照《與伍侍郎别》：「民生如野鹿，知愛不知命。飲齕具攢聚，翹陸歘驚迸。」駘駑：指劣馬。

〔五〕「不知」二句：用莊子典故。《莊子·大宗師》：「泉涸，魚相與處於陸，相呴以濕，相濡以沫，不如相忘於江湖。」郭象注：「與其不足而相愛，豈若有餘而相忘。」成玄英疏：「江湖浩瀚，游泳自在，各足深水，無復往還，彼此相忘，恩情斷絶。」後以「相忘江湖」形容逍遥自在的隱逸生活，以「相濡以沫」喻同處困境的人互相幫助。掉尾：摇尾。

〔六〕樵蘇：柴草。二句言其爲村夫子時的生活困境。

〔七〕申鞭示箠：謂舉教鞭和戒尺，以指點勸戒。

〔八〕矍：驚異四顧貌。狙翁調衆狙：《莊子·齊物論》：「狙公賦芧，曰：『朝三而暮四。』衆狙皆怒。曰：『然則朝四而暮三。』衆狙皆悦。名實未虧而喜怒爲用，亦因是也。」此處以馴猴喻調教頑皮的小孩。

〔九〕爾雅：書名。最早解釋詞義的專著。由秦漢間學者綴輯周漢書舊文，遞相增益而成，爲考證詞義和古代名物的重要資料，是古代小學教科書。

〔一〇〕疏：指闡釋經書及其舊注的文字。《爾雅》至唐代列入儒家「十二經」，有晉郭璞注，宋邢昺疏。

〔一一〕烘：同哄，衆人同時發聲。睥睨：眼睛斜着看。句言村學兒童讀書的情形。

〔一二〕錙銖：舊制錙爲一兩的四分之一，銖爲一兩的二十四分之一。比喻極其微小的數量。

〔一三〕咿啞：象聲詞，形容讀書聲。坐使：致使。呻呼：高吟，吟嘯。二句言有個别學生誦讀較差，就讓他單個高聲朗讀。

〔一四〕咄哉：感歎聲。表示感慨。倡言：高呼，揚言。囁嚅：欲言又止貌。唐韓愈《送李愿歸盤谷序》：「伺候於公卿之門，奔走於形勢之途，足將進而趑趄，口將言而囁嚅。」

〔一五〕何殊：猶何異。二句謂教學小兒猶如兒戲，大材小用。

〔一六〕生薪槎牙：新砍的、濕的柴禾錯雜不齊。燎爐：供取暖用的爐子。

〔一七〕黔：染黑，熏黑。白鶴被煙熏成黑烏鴉。《莊子·天運》：「烏不日黔而黑。」

〔一八〕縱：縱然。

〔一九〕相與歌歸：《論語·先進》：「（曾皙）曰：『莫春者，春服既成，冠者五六人，童子六七人，浴乎沂，風乎舞雩，詠而歸。』」後用作與志同道合者隱逸瀟灑儒雅風流的典故。

〔二〇〕「投籠」句：以「籠中之鳥」喻其受困窘迫不自由的處境。唐韓愈《與張十八同效阮步兵〈一日得一夕〉》：「譬如籠中鶴，六翮無所摇。」

〔二一〕垂翅：典出《後漢書・馮異傳》：「始雖垂翅回谿，終能奮翼黽池。」以鳥翅垂喻失意的情形。更待：豈待。窮年徂：窮盡天年而逝。句言我不能就這樣失意到死，要像馮異那樣不甘失敗，反敗爲勝。

和張德遠伐松之什〔一〕

社櫟賦散材，乃遭匠石嗤〔二〕。高梧中宫徵，不能保孫枝〔三〕。全傷隨用否〔四〕，理固不可移。堂堂十八公〔五〕，端勁出天姿〔六〕。蟠根借餘潤，茂鬱清溪湄。雨師夜失律〔七〕，偶此遺神螭〔八〕。煙鱗漬寒雨〔九〕，霧鬣明朝曦〔一〇〕。騰拏困愈壯〔一一〕，偃蹇僵不疲〔一二〕。未能走沆漭〔一三〕，聊與草木嬉。長風動頭角，吟嘯舒鬱伊〔一四〕。塵埃詎能久，雷電會有時。昨宵卧溪月，老影閑横欹〔一五〕。天明竟不舉，俯仰益怪奇。拏拳攀半崖〔一六〕，渴喙吞清漪〔一七〕。希珍價不售〔一八〕，復病樵柯危〔一九〕。材高輒爾耳，咄彼造化兒〔二〇〕。樛枝飽霜雪〔二一〕，遽與蓬蒿衰。孤標挽萬牛，未爲廊廟知〔二二〕。窈窕桃李春，奈爾千歲期〔二三〕。枯桑豈自賈，取敗以老龜〔二四〕。兹非爨下材〔二五〕，梁棟終見施〔二六〕。長短歸自然，勿爲凫鶴悲〔二七〕。

【注】

〔一〕張德遠：其人不詳。什：《詩經》中的雅、頌，以十篇爲一卷，故稱詩篇爲「什」。

〔二〕「社櫟」二句：用莊子典。《莊子·人間世》：「匠石之齊，至于曲轅，見櫟社樹，其大蔽數千牛，絜之百圍……（匠石曰）：散木也，以爲舟則沉，以爲棺槨則速腐，以爲器則速毁，以爲門户則液樠，以爲柱則蠹，是不材之木也，無所可用，故能若是之壽。」後以「社櫟」謂里中不材之木。二句言物無用則無害，可保盡天年。

〔三〕「高梧」二句：《太平御覽》卷九五六引漢應劭《風俗通》：「梧桐生於嶧山陽巖石之上，採東南孫枝爲琴，聲甚清雅。」宫徵：古代五音宫、商、角、徵、羽中的兩音。後泛指音樂。孫枝：從樹幹上長出的新枝。二句言物因有用而壽命不保。

〔四〕「全傷」句：謂物或得保全或遭傷害，皆隨其有用無用而定。

〔五〕十八公：指松。松字拆開爲十、八、公三字，故稱。《藝文類聚》卷八八引晉張勃《吴録》：「丁固夢松樹生其腹上。人謂曰：『松字，十八公也。後十八年，其爲公乎！』」

〔六〕端勁：正直、勁挺。

〔七〕雨師：古代傳説中司雨的神。失律：不守紀律，失去約束。

〔八〕螭：古代傳説中没有角的龍。二句以龍喻松樹主幹。

〔九〕煙鱗：雲煙中龍的鱗片。此處喻指松樹皮。

〔一〇〕霧鬣：雲霧中龍的鬣毛。此處喻松針。

〔一一〕騰拏：拽拉騰空貌。宋陸游《老學庵筆記》卷三：「處士李璞一日登樓，見淮灘雷雨中一龍騰拏而上。」

〔一二〕偃蹇：高聳貌。

〔一三〕走沆漭：以龍升空入雲喻松高聳貌。

〔一四〕鬱伊：不舒貌。《後漢書·崔寔傳》：「智士鬱伊於下。」

〔一五〕攲：傾斜。

〔一六〕拏拳：形容松身高聳凌雲、松根盤曲石隙的雄姿。

〔一七〕「渴喙」句：謂松根像狹長的鳥喙一樣，伸到山脚的清溪之中。喙：鳥嘴。

〔一八〕「希珍」句：謂稀少珍貴之物乃無價之寶。此處代松樹。

〔一九〕病：擔憂。樵柯：指砍柴的斧頭。柯，斧柄。

〔二〇〕咄：叱責。造化兒：「造化小兒」的省稱，戲稱司命之神，喻命運。《新唐書·杜審言傳》：「審言病甚，宋之問、武平一等省候何如，答曰：『甚爲造化小兒相苦，尚何言？』」陳世宜《寒夜與楚傖秋心共飲編》：「古今欲結忘年友，狡獪曾叱造化兒。」

〔二一〕樛枝：向下彎曲的樹枝。南朝齊謝朓《敬亭山》：「交藤荒且蔓，樛枝聳復低。」

〔二二〕「孤標」二句：反用杜甫《古柏行》：「大厦如傾要梁棟，萬牛回首丘山重。」言此松堪作棟梁之材，卻未爲修建朝廷大殿者所知。挽萬牛：極言老松遒勁有力。

〔二三〕「窈窕」二句：言桃李樹只能嬌豔一時，爲人注目，怎能禁得起可用千年之久而不壞的期待。

〔二四〕「枯桑」二句：《事類賦・木》「復聞枯桑之禍延于老龜」下注：「《異苑》曰：孫權時永康有人入山，遇一大龜，即束之歸。龜便言曰：『游不得，得良時，爲君所得。』人甚怪之，載出欲上吴主。夜泊越里，纜舟于大桑樹。宵中，樹呼龜曰：『勞乎元緒，奚事爾耶？』龜曰：『我被拘縶，方見烹臛，雖盡南山之樵，不能潰我。』樹曰：『諸葛元遜博識，必致相苦，令求如我之徒，計從安出？』龜曰：『子明無多言，禍將及爾。』樹寂而止。既至，權命煮之，焚柴萬車，語猶如故。諸葛恪曰：『燃以老桑，乃熟。』獻人因説龜樹共言，權發使令伐，取煮龜，止爛。」

〔二五〕爨下材：謂燒火所用之木。晉干寶《搜神記》卷一三：「吴人有燒桐以爨者，（蔡）邕聞火烈聲，曰：『此良材也。』因請之，削以爲琴，果有美音。」句謂此松爲良材。

〔二六〕「梁棟」句：謂此松最終會被用爲棟梁而起到重要作用。

〔二七〕「長短」二句：典出語自《莊子・駢拇》：「是故鳧脛雖短，續之則憂；鶴脛雖長，斷之則悲。」表達順其自然的思想。

題獐猿圖〔一〕

雲山空，岡阜重〔二〕，槲葉半濕新霜紅〔三〕。溪猿得意適其適，閑攀靜掛晴光中①。孤麕何從來〔四〕，寂歷野竹風〔五〕。舉頭相視不相測〔六〕，昂藏卻立如癡童〔七〕。鯤鵬負雲天，斥鷃處蒿蓬〔八〕。萬生所樂自不同，恝然胡爲之二蟲〔九〕。

【校】

① 掛：毛本作「桂」。

【注】

〔一〕獐猿圖：宋人易元吉、惠崇等都作有此畫。元好問曾作《惠崇獐猿圖》一詩，未能確定此畫是否惠崇所作。

〔二〕岡阜：山丘。

〔三〕槲：落葉喬木或灌木，木材堅硬。每至暮秋，槲葉遇霜變紅。

〔四〕麕：獐子。《詩·召南·野有死麕》：「野有死麕，白茅包之。」

〔五〕寂歷：零落淒清貌。唐孟郊《過彭澤》：「不見種柳人，霜風空寂歷。」

〔六〕測：懷疑。

〔七〕昂藏：昂首挺胸、無所畏懼的樣子。

〔八〕「鯤鵬」二句：典出《莊子·逍遥遊》：「有魚焉，其廣數千里，未有知其修者，其名爲鯤。有鳥焉，其名爲鵬，背若太山，翼若垂天之雲，摶扶摇羊角而上者九萬里，絶雲氣，負青天，然後圖南，且適南冥也。斥鴳笑之曰：『彼且奚適也？我騰躍而上，不過數仞而下，翱翔蓬蒿之間，此亦飛之至也。而彼且奚適也？』」謂鵬志雀樂，各得其所，不必强分高下。

〔九〕恝然：無愁貌。胡爲：何爲，爲什麽。之二蟲：指畫中的猿獐。

和濟倅劉公傷秋〔一〕

川流爲瀦鉅野闊〔二〕，水色天容兩開豁。山隨水遠勢奔騖，駿馬西來銜轡脱。山前雲木散不收〔三〕，坐看木末來歸舟〔四〕。秋容澄明納萬象，畫本寂默横雙眸。謫仙曾來釣煙磧〔五〕，想見夕陽寒影隻。騎鯨去作汗漫遊〔六〕，只有荒臺壓澄碧。臺邊昨夜西風來，倦遊羈宦心悠哉〔七〕。豈無瓊艘百柂載〔八〕，春色是中可以忘形骸〔九〕。官居得秋況不惡，高吟何遽悲摇落〔一〇〕。君不見中郎詩翰憶湖山，秋色正滿連雲閣〔一一〕。

【注】

〔一〕濟倅：濟南知府的佐貳官，同知或通判。劉公：其人不詳。

〔二〕瀦：水積聚的地方。鉅野：廣袤的原野。

〔三〕雲木：高聳入雲的樹木。

〔四〕木末：樹梢。

〔五〕「謫仙」句：李白遷家東魯任城（今山東省濟寧市）後，曾到濟南一帶遊歷，在匡山傳有讀書堂。其《古風》：「昔我遊齊都，登華不注峰。」煙磧：煙霧迷蒙的沙灘。

〔六〕騎鯨：即騎鯨魚、騎長鯨。杜甫《送孔巢父謝病歸游江東兼呈李白》：「幾歲寄我空中書，南尋禹穴見李白。」清仇兆鼇注：「騎鯨魚，出《羽獵賦》。俗傳太白醉騎鯨魚，溺死潯陽，皆緣此句而附會之耳。」後用爲詠李白之典。汗漫遊：世外之遊。形容漫無涯際的遠遊。汗漫：假託的某神仙名，或形容漫無涯際。典出《淮南子·道應訓》：盧敖周遊各地，遇一人，邀其同遊，此人曰：「吾與汗漫期於九垓之外，吾不可以久駐。」遂入雲中。唐杜甫《奉送王信州崟北歸》：「復見陶唐理，甘爲汗漫遊。」天寶四年，李白將由東魯南遊越中（今浙江省一帶），作《夢遊天姥吟留别》，有「且放白鹿青崖間，須行即騎訪名山」句。

〔七〕悠哉：思念家鄉。《詩·周南·關雎》：「優哉遊哉，輾轉反側。」毛傳：「悠，思也。」二句典出《晉書·張翰傳》：「翰因見秋風起，乃思吴中菰菜、蓴羹、鱸魚膾，曰：『人生貴得適志，何能羈宦數千里以要名爵乎？』遂命駕而歸。」李白《于五松山贈南陵常贊府》：「長鋏歸來乎，秋風思歸客。」又《南奔書懷》：「不因秋風起，自有思歸歎。」

〔八〕柂：同「舵」。

〔九〕忘形骸：《晉書·阮籍傳》：「籍尤好莊老，嗜酒能嘯，善彈琴。當其得意，忽忘形骸。」謂因高興而物我兩忘。形骸，人的軀體。《莊子·天地》：「汝方將忘汝神氣，墮汝形骸，而庶幾乎？」

〔一〇〕「高吟」句：戰國楚宋玉《九辯》：「悲哉秋之爲氣也。蕭瑟兮，草木摇落而變衰。」杜甫《詠懷古跡五首》其二：「摇落深知宋玉悲，風流儒雅亦吾師。」

〔一一〕「君不見」二句：用潘岳作《秋興賦》事。其序云：「晉十有四年，余春秋三十有二。始見二毛，以太尉掾兼虎賁中郎將，寓直於散騎之省。……譬猶池魚籠鳥，有江湖山藪之思。於是染翰操紙，慨然而賦。於是秋也，故以《秋興》命篇。」

題《春雲出谷圖》〔一〕

春雲乍出山有無，春雲已去春山孤。山光空濛不可寫，正要雲氣相縈紆〔二〕。山吞雲吐變明晦，半與嵓谷生朝晡①〔三〕。輕林蕭蕭暗溪樹〔四〕，餘影漠漠開樵居〔五〕。舟人艤棹並沙尾〔六〕，坐看縹緲摇空虚。巧分天趣出畫外，韻遠不與丹青俱〔七〕。今人重古不知畫，但愛屋漏煙煤汙〔八〕。惜哉東坡不及見此本，詩中獨有疊嶂煙江圖〔九〕。輕林蕭蕭，一作輕陰霏霏。

【校】

①晡：原作「脯」，據毛本改。

【注】

〔一〕《春雲出谷圖》：宋人許道寧和米友仁都曾作過。未能確定此畫爲誰所作。

〔二〕縈紆：盤旋環繞。

〔三〕朝晡：早晨和傍晚。晡：申時，下午三點到五點。

〔四〕輕林：春日林葉稀小，故稱。蕭蕭：稀疏貌。

〔五〕漠漠：迷蒙貌。

〔六〕艤棹：划船靠岸。沙尾：沙灘的邊緣。

〔七〕「巧分」二句：謂畫家巧寄大自然天生的風致於畫外，其韻味深遠與一般畫匠截然不同。

〔八〕屋漏煙煤汙：當指古人仿造古書畫時所用的做舊技法。唐張彦遠《法書要録》卷二《梁虞龢論書表》：「新渝惠侯雅所愛重，懸金招買，不計貴賤。而輕薄之徒鋭意摹學，以茅屋漏汁染變紙色，加以勞辱，使類久書，真僞相糅，莫之能別。」

〔九〕「惜哉」二句：蘇軾有《書王定國所藏煙江疊嶂圖王晉卿畫》長詩一首。《清河書畫舫》卷九上載：「元美公藏王晉卿《煙江疊嶂圖》卷，筆意古雅，墨暈精微，極得唐人遺法。後有東坡長歌一篇，淋漓委曲，尤爲遒勁刺眼。」二句謂蘇軾如若見到此畫，一定會作詩大加贊賞。

新泰縣環翠亭〔一〕

官居坐官府，不見青山青。閑來亭上看，青山遶重城。左見青山縱，右見青山横。具敖浮虛碧峥嶸〔二〕，群峰連娟相繚縈〔三〕。縣庭無事苔蘚生，獨攜珍琴寫溪聲。琴聲鏘鏘激虛亭，罷琴舉酒招山英〔四〕。山英莫相嘲，我雖朝市如林坰〔五〕。客有山中來，聞説令尹清〔六〕。山英異時合有情〔七〕，周遮不放公馬行〔八〕。

【注】

〔一〕新泰：縣名，金時屬山東西路泰安州。今山東省新泰市。王慶生《金代文學家年譜》定此詩爲大定十三年（癸巳）調任新泰令時作。

〔二〕具敖：即敖山、具山。新泰境内二山。《左傳·魯桓公六年》：公問名于申繻。對曰：「先君獻、武廢二山。」晉杜預注：「二山，具、敖也。魯獻公名具，武公名敖，更以其鄉名山。」清《新泰縣誌》：「具山，縣東十五里，西連敖山，四峰特起，色若潑靛。」又云：「敖山，縣東南十五里。……山形尾乾而首巽，其勢欲走，孤峰嵯峨，懸崖壁立，見於百里之外。」浮虚：謂在層雲之上漂浮。

崢嶸：形容山的高峻突兀。

〔三〕連娟：接連不斷，長曲秀麗。

〔四〕山英：山之英靈，山神。

〔五〕朝市：朝廷和市集。《史記·張儀列傳》：「臣聞爭名者於朝，爭利者於市。」此指名利之場。林坰：《爾雅》：「野外謂之林，林外謂之坰。」

〔六〕令尹：泛稱縣、府等地方行政長官。此處指詩人，時爲新泰縣令。

〔七〕異時：將來。

〔八〕周遮：猶阻攔；遮攔。

喜雨

山雲駃如驅〔一〕，山雨沛如傾。幽人夢初醒〔二〕，卧聽檐溜聲〔三〕。雷霆怒相搏，似與陰陽爭。蛟龍久何蟠，始此幽蟄驚。餘花曉猶落，竟日方破晴。明朝東皋望〔四〕，照眼生意明〔五〕。焦枯被沾濡〔六〕，相與迴春榮。忻然野桃李〔七〕，新緑棲殘英。漸漸麥壠翠，溜溜溪流清。蛙鳥亦解喜，飛沉互喧鳴。萬物皆得時，棲遲感吾生〔八〕。直應掛儒冠，便逐春農耕〔九〕。

【注】

〔一〕駃：快馬。

〔二〕幽人：指幽居之士。蘇軾《定惠院寓居月夜偶出》：「幽人無事不出門，偶逐東風轉良夜。」

〔三〕檐溜：順屋檐流下的雨水。

〔四〕東皋：水邊向陽高地。也泛指田園、原野。晉陶潛《歸去來兮辭》：「登東皋以舒嘯，臨清流而賦詩。」

〔五〕生意：生機，生命力。

〔六〕沾濡：浸漬；濕潤。

〔七〕忻然：喜悦貌；愉快貌。

〔八〕棲遲：落魄失意貌。此句慨歎萬物皆得時，唯獨自己無用武之地。

〔九〕「直應」二句：表示捨棄仕途隱居躬耕的人生抉擇。

睡覺 門外月色如晝，霜風過，翏然成聲，作一絶〔一〕。

老木經霜衆竅空，月明深夜響秋風。始知天籟非人籟〔二〕，吹萬由來果不同〔三〕。

【注】

〔一〕翏然：象聲詞。長風聲。《莊子·齊物論》：「夫大塊噫氣，其名爲風，是唯無作，作則萬竅怒呺，而獨不聞之翏翏乎？」陸德明釋文：「長風聲也。」

〔二〕天籟：自然界的聲響，如風聲、鳥聲、流水聲等。人籟：本指人吹簫所發出的音響。籟，古代管樂器。後泛指人發出的聲音。《莊子·齊物論》：「子游曰：『地籟則衆竅是已，人籟則比竹是已。敢問天籟。』」

〔三〕「吹萬」句：用莊子典故。《莊子·齊物論》：「夫吹萬不同，而使其自己也。」成玄英疏：「風唯一體，竅則萬殊。」吹萬：謂風吹萬竅，發出各種音響。由來：來由。

題張維中《華山圖》〔一〕

苡珠散遺胄，我姓出馮翊〔二〕。空聞華山名，未始見顔色。三峰擢觚稜〔三〕，經眼但石刻〔四〕。那知玉井蓮〔五〕，香落清渭北〔六〕。巔崖劃變轉〔七〕，勢走關輔窄〔八〕。豈無愛山人，不解傅粉墨〔九〕。多才曲江裔〔一〇〕，公暇日招揖。歸裝貯新圖，尚帶煙霧濕。明窗一傳玩，恍若到鄉國〔一一〕。我生隨宦遊，久作東南客〔一二〕。有田泰山下，繞屋皆泉石。懷恩戀官廩，老大歸未得。況復秦川遥〔一三〕，便恐此生隔。崚嶒蒼煙面〔一四〕，只許畫中識。詩成持送君，想像三歎息。

【注】

〔一〕張維中：張庸，字維中，張甫之弟。甫爲大定二十二年詞賦狀元，庸亦同年進士。《陝西通志·選舉志》載之。按張爲陝西人。爲人剛正，曾任宫籍監丞、中都右警巡使等。《金史·孟鑄傳》：「明昌元年，御史臺奏薦户部員外郎李獻可、完顔掃合、太府丞徒單繹、宫籍監丞張庸……及鑄十一人皆剛正可用。詔除……庸中都右警巡使。」

〔二〕「苡珠」二句：追述党姓的遠祖及郡望。党氏姒姓，出自夏朝，系大禹後裔，以馮翊爲郡望。《史記·夏本紀》「夏禹名曰文命」張守節正義引《帝王紀》云：「父鯀妻脩己，見流星貫昴，夢接意感，又吞神珠薏苡，胸坼而生禹。」遺胄：子孫，後裔。馮翊：郡縣名，漢代爲京城三輔之一，稱左馮翊,三國魏改爲馮翊郡,治今陝西省大荔縣。

〔三〕三峰:指華山的蓮花、毛女、松檜三山峰。唐陶翰《望太華贈盧司倉》:「行吏至西華,乃觀三峰壯。」擢:聳出。觚棱:也作觚稜。棱角。

〔四〕「經眼」句:謂前此對三峰的索解只從石刻文獻中獲得。

〔五〕玉井蓮:傳説華山峰頂玉井所産之蓮。唐韓愈《古意》:「太華峰頭玉井蓮,開花十丈藕如船。」錢仲聯集釋引韓醇曰:「《華山記》云:『山頂有池,生千葉蓮花,服之羽化。因曰華山。』」

〔六〕清渭:渭水。源出甘肅西鳥鼠山,東南入陝西境,至潼關入黄河。古人謂渭水清,涇水濁。杜甫《秋雨歎》:「濁涇清渭何當分。」也有涇清渭濁説。

〔七〕巔崖:高崖。

〔八〕關輔:指關中及三輔地區。《文選·鮑照·升天行》:「家世宅關輔,勝帶宦王城。」李善注:「關,關中也。《漢書》曰:『右扶風、左馮翊、京兆尹,是爲三輔。』」

〔九〕粉墨:借指圖畫。宋王安石《題燕侍郎山水圖》:「仁人義士歸黄土,只有粉墨歸囊楮。」傅粉墨:指作畫。

〔一〇〕曲江:即唐人張九齡(六七八——七四〇),韶州曲江(今廣東省韶關市)人,故稱「張曲江」。官至中書侍郎同中書門下平章事。有《曲江集》。新、舊唐書有傳。曲江裔:指張維中。

〔一一〕鄉國:家鄉。

〔二〕「我生」二句：《金史》本傳：「父純睦，泰安軍録事參軍，卒官，妻子不能歸，因家焉。」

〔三〕秦川：古地區名。泛指今陜西、甘肅的秦嶺以北平原地帶。因春秋、戰國時地屬秦國而得名。

〔四〕崚嶒：指高峻的山。

題馬賁畫《鸂鶒圖》〔一〕

雙眠雙浴水平溪，共看秋光卧兩堤。誰信瀟湘有孤雁，冷沙寒葦不成棲〔二〕。

【注】

〔一〕馬賁：河中（今山西省永濟市）人。宋宣和畫院待詔。工佛像、人物、山水，尤長鳥獸，喜作百圖，如作百雁、百猿、百馬、百鹿等圖。鸂鶒：水鳥名。體形大於鴛鴦而多紫色，好並遊。俗稱「紫鴛鴦」。

〔二〕孤雁：離群的孤單的雁。唐劉長卿《湘中憶歸》：「平湖流楚天，孤雁渡湘水。」

書因叔北軒壁〔一〕

生涯自分老林泉〔二〕，欲止還行信有緣〔三〕。未許綸竿歸醉手〔四〕，且教煙水入吟鞭〔五〕。雲山聊欲追聱叟〔六〕，風腋何妨借玉川〔七〕。獨卧北軒元不寐，竹間寒雨夜琅然〔八〕。

【注】

〔一〕因叔：賈因叔。党懷英鄉友，久困科場。家築有北軒。參見党詩《寄賈因叔》。

〔二〕自分：自料。《漢書·蘇武傳》：「自分已死久矣！王必欲降武，請畢今日之驩，效死於前。」林泉：指隱居之地。唐駱賓王《上兗州張司馬啟》：「雖則放曠林泉，頗得閒居之趣。」

〔三〕欲止還行：用「坎止流行」典。謂自己本欲終老林泉，但因種種機會因緣，還是走上仕途。《漢書·賈誼傳》：「寥廓忽荒，與道翱翔。乘流則逝，得坎則止。」顔師古注：「孟康曰：『《易》坎爲險，遇險難而止也。』張晏曰：『謂夷易則仕，險難則隱也。』」

〔四〕綸竿：釣竿。宋徐積《漁父樂》詞：「漁唱歇，醉眠斜，綸竿蓑笠是生涯。」

〔五〕吟鞭：詩人的馬鞭。多以形容行吟的詩人。宋陳亮《七娘子·三衢道中作》詞：「賣花聲斷藍橋暮，記吟鞭醉帽曾經處。」

〔六〕聱叟：唐元結的别號。元結自稱浪士，及有官，人呼爲漫郎。後客居樊上，左右皆漁者，少長相戲，又呼爲聱叟。見《新唐書·元結傳》。

〔七〕風腋：兩腋生風。玉川：即玉川子，唐詩人盧仝自號。其《走筆謝孟諫議新茶》：「七碗吃不得也，唯覺兩腋習習清風生。蓬萊山，在何處？玉川子，乘此清風欲歸去。」

〔八〕琅然：聲音清朗貌。

和元卿郊行〔一〕

馬駃車驅起路塵〔二〕，傍山陰翳作春温〔三〕。東風欲放萌芽動，已有疲牛噛燒痕〔四〕。

【注】

〔一〕元卿：其人不詳。

〔二〕駃：通「快」，迅疾。

〔三〕陰翳：樹木枝葉繁茂。春温：春天的温暖。蘇軾《送魯元翰少卿知衛州》：「時於冰雪中，笑語作春温。」

〔四〕燒痕：野草火後的痕跡。蘇軾《正月二十日往岐亭》：「稍聞决决流冰谷，盡放青青没燒痕。」

世華將有登州之行，作是詩以送之〔一〕

少陵兄弟蓋三人〔二〕，坡老相知只卯君〔三〕。五畝有期將共隱〔四〕，一尊何意便輕分①。秋鴻渺渺看孤往〔五〕，夜雨瀟瀟忍獨聞〔六〕。他日書來問無恙，我應深釣竹溪雲〔七〕。

【校】

①意：毛本作「易」。

【注】

〔一〕世華：党懷英弟，字世華。登州：州名，金時轄蓬萊、黄縣、福山、棲霞四縣，治蓬萊，屬山東東路。今山東省煙臺市。

〔二〕少陵：漢宣帝許后之陵，在陝西省西安市南。因規模比宣帝的杜陵小，故稱。杜甫曾家居此地，故自稱「少陵野老」（《哀江頭》），後世因稱杜甫爲「少陵」。杜甫有弟，手足之情見《憶弟二首》、《得舍弟消息》等詩。

〔三〕坡老：蘇軾號東坡居士。後人遂以「坡老」稱之。宋楊萬里《和陸務觀見賀歸館之韻》：「平生憐坡老，高眼薄蕭統。」卯君：蘇軾稱其弟蘇轍。蘇轍，字子由，己卯年生，故稱。蘇軾《子由生日以檀香觀音像及新合印香銀篆盤爲壽》：「東坡持是壽卯君。」又《出局偶書》：「傾杯不能飲，留待卯君來。」

〔四〕五畝有期：相傳古代一個丁男可分得五畝土地供建置住宅之用。《孟子·梁惠王上》：「五畝之宅，樹之以桑。」

〔五〕秋鴻：秋日的鴻雁。古人常象徵離别。唐李益《賦得早燕送别》：「一别與秋鴻，差池詎相見。」

〔六〕夜雨：暗用「夜雨對牀」典故。指風雨之夜，兄弟卧牀相對，傾心談心。宋蘇轍《逍遥堂會宿》詩序：「轍幼從子瞻讀書，未嘗一日相舍。既壯，將游宦四方，讀韋蘇州詩至『安知風雨夜，復此對牀眠』，惻然感之，乃相約早退，爲閒居之樂。」蘇氏兄弟嚮往風雨之夜，對牀共語，傾心交談。後遂用夜雨對牀形容親友兄弟相聚時的歡樂之情。

〔七〕竹溪：在泰安縣徂徠山。唐李白隱居之所，時有「竹溪六逸」之號。党懷英家居於此，其《黄彌守畫吴江新霽圖》有「我家竹溪陰，小艇横清漣」句，故因以爲號。

濰密道中懷古〔一〕

十二全齊勢〔二〕，興亡俯仰中。地傾濰水北〔三〕，山斷穆陵東〔四〕。破冢餘殘甓，荒蹊足轉蓬〔五〕。燕齊舊懸隔，不接馬牛風〔六〕。

【注】

〔一〕濰密：濰州（治今山東省濰坊市）、密州（治今山東省諸城市），先秦時屬齊國，金時均屬山東東路。

〔二〕「十二」句：概述歷史上齊國的强盛。武王伐紂，建立周朝，封開國功臣吕尚於齊。齊國是春秋十二諸侯之一，《史記》有《十二諸侯年表》。據《史記·齊太公世家》：「太公至國，修政，因其俗，簡其禮，通商工之業，便魚鹽之利，而人民多歸齊，齊爲大國。」至此，齊國成爲經濟大國。武王崩，成王就位，周公旦攝政。管、蔡作亂，淮夷叛周。周天子命太公曰：「東至海，西至河，南至穆陵，北至無棣，五侯九伯，實得征之。」於是，齊國獲得征伐的權力，成爲政治大國。此後，齊桓公任管仲爲相，進行改革，「尊王攘夷」，聯合諸夏，討伐戎、狄，安定周室，成爲春秋第一霸主。春秋末年，齊國衰落，卿大夫相互兼併，吕氏被田氏取代。戰國時期，齊威王任用鄒忌改革政治，以田忌、孫臏爲將，齊國遂變得强大。齊宣王時，成爲戰國七雄之一。

〔三〕濰水：濰河。《山東通志》卷六：「濰河，自莒州西北箕屋山發源，東北流逕古箕城。」

〔四〕穆陵：穆陵關。沂山東麓古齊長城沿線上的一座重要隘口。

〔五〕轉蓬：隨風飄轉的蓬草。《文選·曹植·雜詩》：「轉蓬離本根，飄飖隨長風。」

〔六〕燕齊：指戰國時燕國和齊國。後亦泛指其所在地，即今河北、山東一帶。不接馬牛風：風馬牛不相及，語出《左傳·僖公四年》：「君處北海，寡人處南海，唯是風馬牛不相及也。」詩末兩句謂燕、齊相離甚遠，馬牛不會走失至對方地界。

過棠梨溝〔一〕

地僻人煙少，山深澗谷重。坡陁下長阪〔二〕，迤邐失諸峰〔三〕。問俗知懷土〔四〕，聽歌識相舂〔五〕。幾家茆屋外，田畝自衡從〔六〕。

【注】

〔一〕棠梨溝：又稱棠梨涇，在今江蘇省淮陰市西南，屬宋金使臣往來必經之地。此詩應作於明昌中使宋途中。

〔二〕坡阤：不平坦。長阪：亦作「長坂」。猶高坡。漢司馬相如《哀二世賦》：「登陂阤之長阪兮，坌入曾宫之嵯峨。」

〔三〕迤邐：漸次，逐漸。

〔四〕問俗：訪問風俗。《禮記·曲禮上》：「入竟而問禁，入國而問俗，入門而問諱。」鄭玄注：「俗，謂常所行與所惡也。」懷土：安於所處之地，謂安土重遷。《論語·里仁》：「君子懷德，小人懷土。」

〔五〕相春：春相。春穀時的送杵號子。語出《禮記·曲禮上》：「鄰有喪，春不相。」鄭玄注：「相，爲送杵聲。」

〔六〕衡從：縱横。《詩·齊風·南山》：「蓺麻如之何，衡從其畝。」

昫山驛亭阻雨

東海地名蒼梧。舊説云：此島自蒼梧浮來。又州有景疏樓。〔一〕

脱葉蕭蕭山木稠，連檣飄泛海蓬秋〔二〕。浪回昫島馮夷舞〔三〕，雲暗蒼梧帝子愁〔四〕。欲往未行淹僕馬〔五〕，乍來還去羨鶬鶖〔六〕。景疏樓下無邊水，暫濯塵纓可自由〔七〕。

【注】

〔一〕昫山：縣名，金時屬山東東路海州，今江蘇省連雲港市。東海：海州之屬縣。蒼梧：山名，即九嶷山，在今湖南省寧遠縣南。景疏樓：樓名，在海州，宋葉祖洽所建。《江南通志》卷三三：「景疏樓在州治東北。石延年通判海州，以州西北二古墓爲二疏墓，刻碑其旁，後遂收入圖經。建有景疏樓，皆仍延年之誤也。」《明一統志》卷一三：「景疏樓，在海州治東北。舊有石刻云：宋葉祖洽慕漢人疏廣、疏受之賢，遂建此樓。」

〔二〕連檣：桅杆相連。形容船多。晉郭璞《江賦》：「舳艫相屬，萬里連檣。」

〔三〕馮夷：河伯，神話中黄河水神。《史記》張守節正義：「河伯，姓馮名夷，浴於河中而溺死，遂爲河伯」。

〔四〕「雲暗」句：杜甫《同諸公登慈恩寺塔》：「回首叫虞舜，蒼梧雲正愁。」蒼梧：《山海經》：「南方蒼梧之丘，蒼梧之淵，其中有九疑山，舜之所葬。」帝子：指娥皇、女英。傳説爲堯的女兒，舜的二位妃子。《楚辭・九歌・湘夫人》：「帝子降兮北渚，目眇眇兮愁予。」王逸注：「帝子，謂堯女也。」南朝任昉《述異記》：「昔舜南巡而葬於蒼梧之野，堯之二女娥皇、女英追之不及，相與慟哭。」

〔五〕淹：因受水阻而停留。

〔六〕鶬鶿：即鶿鶬，鶬鶿。一種凶猛貪殘的水鳥。狀似鶴而大，青蒼色，長頸赤目，頭頸皆無毛，好吃魚、蛇等。

〔七〕濯塵纓：洗濯冠纓。比喻超脱世俗，操守高潔。典出《楚辭・漁父》：「漁父莞爾而笑，鼓枻而去，歌曰：『滄浪之水清兮，可以濯吾纓；滄浪之水濁兮，可以濯吾足。』」

弔石曼卿

曼卿嘗通守昫山，遣人以泥封桃李核，彈之巖石間，其後花開滿山。又嘗攜妓飲山之石室間，鳴琴爲冰車鐵馬聲。〔一〕

城頭山色翠玲瓏〔二〕，尚憶清狂四飲翁〔三〕。鐵馬冰車斷遺響〔四〕，桃花石室自春風〔五〕。生平詩價千鈞重①〔六〕，身後仙遊一夢空。想見蓬萊水清淺，芙蓉城闕五雲中〔七〕。

【校】

① 生平：李本、毛本作「平生」。

【注】

〔一〕石曼卿：石延年（九九二——一〇四〇），字曼卿，北宋文學家。尤工詩，善書法，有《石曼卿詩集》行世。《宋史》卷四四二有傳。昫山：縣名，金時屬山東東路海州（今江蘇省連雲港市）。

〔二〕玲瓏：明徹貌。《文選·揚雄·甘泉賦》：「前殿崔巍兮，和氏玲瓏。」李善注引晉灼曰：「玲瓏，明見貌也。」

〔三〕四飲翁：當爲「囚飲翁」。因字形相似而致誤。代指石延年。宋張舜民《畫墁録》：「蘇舜欽、石延年輩有名曰：鬼飲，了飲，囚飲，鱉飲，鶴飲……囚飲者露頭圍坐。」《説郛》卷二四引宋彭乘《續墨客揮犀》：「（石曼卿）每與客痛飲，露髮跣足，着械而坐，謂之囚飲。」

〔四〕「鐵馬」句：即詩序中所言石室中鳴琴之聲。

〔五〕「桃花」句：指石曼卿種桃事。詩序稱曼卿守朐山，遣人以泥封桃李核，彈之巖石間，花開滿山事。石室：指山中石室，曼卿攜妓遊飲處。

〔六〕詩價：詩的聲譽，指詩歌本身被他人認可、傳頌的程度。

〔七〕「想見」二句：寫石曼卿成仙主芙蓉城一事。宋歐陽修《六一詩話》：「曼卿卒後，其故人有見之者，云恍惚如夢中，言：『我今爲鬼仙也，所主芙蓉城。』欲呼故人往遊，不得，忿然騎一素騾，去如飛。」民間據此將石延年奉爲芙蓉花神，於花朝日祭拜。

朐山道中三首〔一〕

二年三到水雲鄉〔二〕，瘦馬凌兢怯路長〔三〕。野雪未乾春未雨，落鳶飛起暗塵黄〔四〕。

【注】

〔一〕朐山：縣名，金時屬山東東路海州，今江蘇省連雲港市。

〔二〕水雲鄉：水雲彌漫、風景清幽的地方。此處指海州。

〔三〕凌兢：恐懼顫抖貌。

〔四〕鳶：隼。

又

吴歌楚語海山間〔一〕，織葦苫菰便自安〔二〕。已作稻塍猶未種〔三〕，小溝流澀水車乾。

【注】

〔一〕吴歌楚語：指長江中下游吴楚一帶的語言歌謡。

〔二〕苫菰：用生長於池沼中的菰葉覆蓋爲屋。唐陸龜蒙《田舍賦》：「屋以菰蔣（即菰葉），扉以籧篨。」

〔三〕稻塍：稻田間的土埂，小堤。

又

海路東南萬壑傾，青山孤起壓重城〔一〕。驛亭春半餘寒雪〔二〕，牆角無人草自生。

【注】

〔一〕重城：有戰略意義的重要城市。金之海州鄰近南宋淮南東路，故稱。

〔二〕驛亭：驛站所設的供行旅止息的處所。古時驛傳有亭，故稱。杜甫《秦州雜詩》其九：「今日明人眼，臨池好驛亭。」仇兆鼇注：「顔注：『郵，行書之舍，如今之驛。』據此，則驛亭之名起於唐時也。」

應制粉紅雙頭牡丹二首[一]

卿雲分瑞兩嫣然[二]，鏡裏妝成穀雨天[三]。曉日倚闌閑妒艷，春風拾翠兩駢肩[四]。水南水北何曾見[五]，桃葉桃根本自仙[六]。夢想沉香亭北檻[七]，略修花譜記芳妍。

【注】

〔一〕應制：指詩人應帝王之命依題賦詩。

〔二〕卿雲：即慶雲。一種彩雲，古人視爲祥瑞。《史記·天官書》：「若煙非煙，若雲非雲，鬱鬱紛紛，蕭索輪囷，是謂卿雲。卿雲見，喜氣也。」用以形容粉紅牡丹。嫣然：美好貌。

〔三〕穀雨：二十四節氣之一。此時爲洛陽看牡丹的最好時節。宋歐陽修《洛陽牡丹記》：「洛陽，以穀雨爲開候。」洛陽俗諺：穀雨三朝看牡丹。

〔四〕拾翠：拾取翠鳥羽毛以爲首飾。後多指婦女游春。駢肩：並肩，肩挨着肩。此以並肩拾翠的美女形容雙頭牡丹之緑葉。

〔五〕水南水北：洛陽地名。元好問《送李同年德之歸洛西二首》：「水南水北相逢在，剩醉酴醿十日春。」《滿江紅·再過水南》：「問柳尋花，津橋洛，年年寒節。佳麗地，梁園池館，洛陽城闕……

記水南，昨暮賞春回，今華髮。」

〔六〕桃葉桃根：相傳桃葉是東晉名士王獻之妾，桃根是桃葉的妹妹。詩用此姐妹比擬所詠雙頭牡丹之美。

〔七〕「夢想」句：李白曾爲楊貴妃作《清平調詞》三首，其三曰：「名花傾國兩相歡，長得君王帶笑看。解釋春風無限恨，沉香亭北倚闌干。」沉香亭：唐時宫中亭名。

又

春意應嫌芍藥遲〔一〕，一枝分秀伴雙蕤〔二〕。並肩翠袖初酣酒〔三〕，對鏡紅妝欲鬭奇。上苑風煙工獻巧〔四〕，中天雨露本無私。更看散作人間瑞，萬里黄雲麥兩岐〔五〕。

【注】

〔一〕芍藥：多年生草本植物。五月開花，有紫、粉紅、白等多種顏色，花大而美，常與牡丹相提並論。

〔二〕蕤：草木之花下垂的樣子。雙蕤：雙頭花。

〔三〕翠袖：青緑色衣袖。泛指女子的裝束。杜甫《佳人》：「天寒翠袖薄，日暮倚修竹。」

〔四〕上苑：皇家的園林。《新唐書·蘇良嗣傳》：「帝遣宦者采怪竹江南，將蒔上苑。」

〔五〕黄雲：祥瑞之氣。《周禮·春官·保章氏》：「以五雲之物，辨吉凶水旱，降豐荒之祲象。」鄭玄注引鄭司農曰：「以二至二分觀雲色，青爲蟲，赤爲兵荒，黑爲水，黄爲豐。」麥兩岐：麥一莖生雙穗，豐年之候，祥瑞之象。《後漢書・張堪傳》：「（堪）拜漁陽太守……勸民耕種，以致殷富。百姓歌曰：『桑無附枝，麥穗兩岐。張君爲政，樂不可支。』」

次文孺韻〔一〕

病眼花生紙，羈懷棘遶牆〔二〕。挑燈檐溜急〔三〕，到枕漏聲長。響徹雞塒曙〔四〕，寒迎雁背霜。淒涼三徑菊〔五〕，無夢到壺觴〔六〕。好問按：此詩是貢院中唱和，故有「花生紙」、「棘遶牆」之句。

【注】

〔一〕次……韻：即次韻，也稱步韻，和詩的一種。即按照原詩的韻脚及用韻次序來和詩。文孺：趙渢，字文孺，自號黄山，東平人。大定二十二年進士，仕至禮部郎中。性冲淡，尤工書。《金史》卷一二六有傳，《中州集》卷四有小傳。詩題所次當爲趙渢《貢院聞雨》詩：「燈暗風翻幔，蛩吟葉擁牆。人如秋已老，愁與夜俱長。滴盡堦前雨，催成鏡裏霜。黄花依舊好，多病不能觴。」見《中州集》卷四。王慶生《金代文學家年譜》謂大定二十七年党薦趙入翰林，「趙渢、懷英皆與廣道、明道兄弟遊，二人交誼亦深」。

〔二〕棘遶牆：棘牆，指置有荆棘的牆。此處代指貢院（試士之所）。

〔三〕檐溜：順屋檐流下的雨水。

〔四〕雞塒：雞窩。

〔五〕三徑菊：陶淵明《歸去來兮辭》：「三徑就荒，松菊猶存。」

〔六〕壺觴：酒器。晉陶潛《歸去來辭》：「引壺觴以自酌，眄庭柯以怡顔。」

白莊道中

暖風遲日弄春晴〔一〕，渾似龍眠畫裏行〔二〕。沙路半隨堤尾曲，幾家桃李鵯鵊鳴〔三〕。

【注】

〔一〕遲日：指春日。語出《詩·豳風·七月》：「春日遲遲。」

〔二〕龍眠：北宋著名畫家李公麟别號。李公麟（一〇四九——一一〇六）字伯時，號龍眠居士。廬江舒州（今安徽省桐城市）人。神宗熙寧三年進士。以畫著名，凡人物、釋道、鞍馬、山水、花鳥，無所不精，時推爲宋畫中第一人。

〔三〕桃李鵯鵊鳴：化用蘇軾《望江南》詞句：「百舌無言桃李盡，柘林深處鵯鵊鳴。」

花品〔一〕

翠裙襞積破黄薇〔二〕，新樣丁香結玉蕤〔三〕。最愛東風木芍藥，淡紅深紫兩相宜。

【注】

〔一〕花品：對花的品評。

〔二〕襞積：褶襉，本指衣服上懸垂的疊縫裝飾。此處用以形容緑葉的脈絡。黄薇：黄薔薇。

〔三〕玉蕤：潔白如玉的花。蘇軾《南鄉子·梅花詞和楊元素》詞：「寒雀滿疏籬，爭搶寒柯看玉蕤。」

上皇書扇後〔一〕

便面團圞字點鴉〔二〕，天風吹墮委塵沙。燕泥庭草爭工拙〔三〕，何似當年陌上花〔四〕。

【注】

〔一〕上皇：指隋煬帝。《隋書·煬帝下》：「（大業十三年）十一月丙辰，唐公入京師。辛酉，遥尊（煬）帝爲太上皇，立代王侑爲帝，改元義寧。」

〔二〕便面：團扇。團圞：渾圓貌。前蜀牛希濟《生查子》詞：「新月曲如眉，未有團圞意。」字點鴉：暗用隋煬帝句：「寒鴉千萬點，流水繞孤村。」

〔三〕「燕泥」句：用隋煬帝典故。宋吴曾《能改齋漫録》卷四：「唐劉餗《隋唐嘉話》載，隋煬帝爲《燕歌行》，群臣皆以爲莫及。王胄獨不下帝，因此被害。帝誦其句云：『庭草無人隨意緑』，能復道耶？又唐潘遠《紀聞》載：隋煬帝作詩有押泥字者，群臣皆以爲難和。薛道衡後至，詩成，有

『空梁落燕泥』之句。帝惡其出己上，因事誅之。臨刑問：復能道得『空梁落燕泥』否？」

〔四〕陌上花：用吴越王典故。蘇軾《陌上花三首》詩序云：「遊九仙山，聞里中兒歌陌上花。父老云：吴越王妃每歲春必歸臨安，王以書遺妃曰：陌上花開，可緩緩歸矣。」其三：「生前富貴草頭露，身後風流陌上花。已作遲遲君去魯，猶歌緩緩妾回家。」

送崔深道東歸〔一〕

君從鬱蔥幾時來〔二〕，鬱蔥山色空崔嵬〔三〕。白雲已自動歸意〔四〕，蟰蛸蛜蝛況可懷〔五〕。薰風濁酒非莓苔〔六〕，那知空齋響蚊雷〔七〕。酒酣臨風解相憶，喚取玉笛傳清哀〔八〕。

【注】

〔一〕崔深道：與党懷英、趙渢等有交往。趙渢有《和崔深道春寒》詩，見《中州集》卷四。餘不詳。

〔二〕鬱蔥：草木蒼翠茂盛貌。與詩題合觀，崔氏當爲懷英之鄉友，其東歸當歸泰安，「郁蔥」應指泰山。

〔三〕崔嵬：高大貌。句言友人離鄉後，泰山雄偉之美無人賞愛。

〔四〕「白雲」句：《新唐書·狄仁傑傳》：「薦授并州法曹參軍，親在河陽。仁傑登太行山，反顧，見白雲孤飛，謂左右曰：『吾親舍其下。』瞻悵久之，雲移，乃得去。」後以「白雲親舍」爲客中思念父母之辭。也省作「白雲」、「孤飛」。元好問《帝城二首》：「帝城西下望孤雲，半廢晨昏媿此身。」

〔五〕「蠨蛸」句：化用《詩·豳風·東山》詩句：「伊威在室，蠨蛸在户。町畽鹿場，熠耀宵行。不可畏也，伊可懷也。」表思念妻室之情。蠨蛸：蜘蛛的一種，又稱「喜蛛」，長脚，多在室内牆壁間結網，民間以爲喜兆。蛜蝛：即伊威。余冠英《詩經今譯》：「伊威：蟲名。橢圓而扁，多足，灰色，今名土鼈，常在潮濕的地方。《本草》一作『蛜蝛』。」

〔六〕薰風：南風。《孔子家語·辨樂解》：「昔者舜彈五絃之琴，造《南風》之詩。其詩曰：『南風之薰兮，可以解吾民之愠兮；南風之時兮，可以阜吾民之財兮。』」濁酒：用糯米、黄米等釀製的酒。非：必須，定要。莓苔：青苔。唐陸龜蒙《襲美醉中寄一壺並一絶走筆次韻奉酬》：「酒痕衣上雜莓苔，猶憶紅螺一兩杯。」句謂崔氏歸鄉後無憂無慮、野餐聚飲的情形。

〔七〕蚊雷：許多蚊子聚到一起，聲音象雷聲那樣大。語出《漢書·中山靖王傳》：「夫衆煦漂山，聚蚊成雷。」

〔八〕玉笛：笛子的美稱。宋辛棄疾《臨江仙·醉宿崇福寺》詞：「莫向空山吹玉笛，壯懷酒醒心驚。」清哀：清淒哀傷。

和道彦至〔一〕

山光凝黛水浮空，地僻偏宜叔夜慵〔二〕。尚喜年登更冬暖〔三〕，敢論人厄與天窮〔四〕。君方有志三重浪，我已無心萬里風〔五〕。擬葺小園師老圃〔六〕，緑畦春溜引連筒〔七〕。

【注】

〔一〕道彦至：党懷英友人，潦倒文士。餘不詳。

〔二〕「地偏」句：用嵇康典故。嵇康字叔夜，魏晉名士。自稱賦性疏懶，不堪禮法約束。其《與山巨源絶交書》：「性復疏懶，筋駑肉緩，頭面常一月十五日不洗，不大悶癢，不能沐也。每常小便而忍不起，令胞中略轉乃起耳。又縱逸來久，情意傲散，簡與禮相背，懶與慢相成。」「叔夜慵」多入唐宋詩，唐陸龜蒙《江墅言懷》：「大春雖苦學，叔夜本多慵。」宋王安石《丁年》：「壚間寂寞相如病，鍛處荒涼叔夜慵。」

〔三〕年登：穀物豐收。《新唐書·吕元泰傳》：「水旱爲災，不謂年登；倉稟未實，不謂國富。」

〔四〕人厄：人爲的困苦、災難。與自然災害造成的「天窮」相對。蘇軾《海市》：「率然有請不我拒，信我人厄非天窮。」

〔五〕「君方」二句：《宋書·宗慤傳》：「慤年少時，（叔）炳問其志。慤曰：『願乘長風，破萬里浪。』」後以「乘風破浪」喻志向遠大，勇於進取。

〔六〕老圃：有經驗的菜農。《論語·子路》：「樊遲請學稼，子曰：『吾不如老農。』請學爲圃，曰：『吾不如老圃。』」何晏集解：「樹菜蔬曰圃。」

〔七〕春溜：指春水。唐弓嗣初《晦日重宴》：「年華藹芳陽，春溜滿新池。」連筒：鑿通大竹之節，使頭尾相接而汲引泉水。元王禎《農書》卷一八：「連筒，以竹通水也，凡所居相離水泉頗遠，不便汲用，乃取大竹，内通其節，令本末相續，連延不斷，閣之平地，或架越澗谷，引水而至。」

楚清之畫樂天「小娃撑小艇，偷採白蓮回。不解藏蹤跡，浮萍一道開」詩，因題其後〔一〕

樂天歸卧湖山邊，閑買池塘娱暮年〔二〕。小蠻已老樊素去〔三〕，心地玲瓏如白蓮〔四〕。室中誰遣散花天，故點禪衣香破禪〔五〕。鴛鴦爲報竊花處，題詩要戲小嬋娟〔六〕。紅妝秋水照明躅〔七〕，清之粉本清且妍〔八〕。道人無心被花惱〔九〕，對畫作詩真適然〔一〇〕。君不見元亮投名蓮社裏〔一一〕，不妨更賦閑情篇〔一二〕。

【注】

〔一〕楚清之：畫家。餘不詳。樂天：白居易，字樂天。白居易此詩題爲《池上》。

〔二〕「樂天」二句：白居易晚年居洛陽，家有池塘，與友人遊樂其間。其《醉吟先生傳》云：「宦遊三十載，將老，退居洛下。所居有池五六畝，竹數千竿，喬木數十株，臺榭舟橋，具體而微，先生安焉。家雖貧，不至寒餒；年雖老，未及耄。性嗜酒，耽琴，淫詩，凡酒徒、琴侶、詩客，多與之遊。」

〔三〕「小蠻」句：小蠻、樊素，皆白居易家妓。唐孟棨《本事詩·事感》：「白尚書（居易）姬人樊素善歌，妓人小蠻善舞，嘗爲詩曰：『櫻桃樊素口，楊柳小蠻腰。』」後白居易年老多病，決定賣馬放妓，樊素和小蠻都不忍離去。白氏《不能忘情吟》序云：「樂天既老又病風，乃録家事，會經費，去長物。妓有樊素者，年二十餘，綽綽有歌舞態，善唱《楊枝》，人多以曲名名之，由是名聞洛下。籍在經費外，將放之。……素聞馬嘶，慘然立且拜。婉孌有辭，辭畢涕下。」

〔四〕「心地」句：語本唐寒山《詩》之二六七：「我自觀心地，蓮花出淤泥。」心地，佛教語，指思想、意念等。玲瓏：清潔明淨貌。

〔五〕「室中」二句：用「天女散花」佛教故事。天女散花以試菩薩和弟子道行。《維摩經·觀衆生品》：「時維摩詰室有一天女，見諸天人聞所説法，便現其身，即以天華散諸菩薩、大弟子上，華至諸菩薩即皆墮落，至大弟子便着不墮。一切弟子神力去華，不能令去。」香破禪：言小娃偷采回的白蓮散發出的香氣薰來，破掉平日修行禪定的功夫。宋周紫芝《竹坡詩話》引黄庭堅詩句：「花氣薰人欲破禪，心情其實過中年。」

〔六〕小嬋娟：指詩題中的小娃，小女孩。二句謂鴛鴦報告小娃「偷采白蓮」之處，故白氏題詩嘲弄她。

〔七〕明蠲：明淨，潔淨。宋黄庭堅《次韻曾子開舍人游籍田載荷花歸》：「紅妝倚荷蓋，水鏡寫明蠲。」

〔八〕清之：楚清之。粉本：中國古代繪畫施粉上樣的稿本。也泛指畫稿。元夏文彦《圖繪寶鑒》：「古人畫稿謂之粉本。」

〔九〕「道人」句：黄庭堅《王充道送水仙花五十枝欣然會心爲之作詠》：「凌波仙子生塵襪，水上輕盈步微月。是誰招此斷腸魂，種作寒花寄愁絕。含香體素欲傾城，山礬是弟梅是兄。坐對真成被花惱，出門一笑大江橫。」黄庭堅自號山谷道人，其「被花惱」有看到水仙花後遂浮想聯翩，想入非非有損道力之意。句用以借指畫家楚清之，謂其雖力戒女色，也不能不因此心亂而惱恨，有調侃意。

〔一〇〕適然：順其引發的情思自然而然。《漢書・禮樂志》：「至於風俗流溢，恬而不怪，以爲是適然耳。」顔師古注：「言正當如此，非失道也。」

〔一一〕「君不見」句：《祖庭事苑》載：「遠法師結白蓮社，嘗以書召陶淵明。陶曰：『弟子性嗜酒，法師若許飲，即往矣。』遠許之，遂造焉。」元亮：陶淵明字。蓮社：東晉慧遠大師居廬山，與劉遺民等同修淨土，寺中有白蓮池，因號蓮社，又稱白蓮社。

〔一二〕閑情篇：陶淵明所作《閑情賦》，是描寫愛情的佳篇。

寄賈因叔〔一〕

鶵居鷇食兩迷陽〔二〕，四十猶貪桂子香〔三〕。石汶爲君抛水月〔四〕，憲陵回首見冰霜〔五〕。蟲魚細碎成書癖〔六〕，荆棘崢嶸失醉鄉〔七〕。舉白北軒真一夢〔八〕，竹間猶記雨浪浪〔九〕。

【注】

〔一〕賈因叔：党懷英鄉友，久困科闈的不遇之士。餘不詳。參見前《書因叔北軒壁》。

〔二〕鶉居鷇食：比喻生活簡約，無心於侈靡與滋味。語出《莊子·天地》：「夫聖人鶉居而鷇食。」成玄英疏：「鶉，鶴鶉也，野居無常處。鷇者，鳥之子，食必仰母而足。」迷陽：無所用心。《莊子·人間世》：「迷陽迷陽，無傷吾行。」成玄英疏：「迷，亡也；陽，明也……宜放獨任之無爲，忘遺應物之明智。」

〔三〕桂子：桂花。猶貪桂子香，猶心羨折桂。二句謂賈因叔於食住無所期求，一心一意致力科舉，屢敗不餒。

〔四〕石汶：石汶水，古稱環水，汶河支流，出泰山東北，東南流會大汶河。《水經注》卷二四：「古引水爲辟雝處，基瀆存焉，世謂此水爲石汶。《山海經》『環水出泰山，東流注於汶』，即此水也。環水又左入於汶水。」水月：水中之月。喻所欲可望而不可得。宋黄庭堅《沁園春》詞：「鏡裏拈花，水中捉月，覷着無由得近伊。」

〔五〕憲陵：漢順帝陵，在洛陽西北。《河朔訪古記》卷下：「順帝憲陵，在洛陽縣西十五里。陵週三百步，高八丈四尺，北邙山下，制度並同前。」句言賈氏赴京科考遭遇打擊。

〔六〕蟲魚：孔子認爲讀《詩經》可多識草木鳥獸蟲魚之名，漢代古文經學家注釋儒家經典，注重典章制度及名物的訓釋、考據。《爾雅》有《釋魚》、《釋蟲》等篇，後因稱繁瑣細碎的考訂訓詁爲「蟲魚之學」。党詩《村齋遺事》有「《爾雅》細碎編魚蟲，辭嚴義密字見疏」語。

〔七〕醉鄉：指醉酒後神志不清、物我兩忘的境界。失醉鄉：此處指科場失意，美夢破滅。

〔八〕舉白：舉杯告盡。猶乾杯。宋張表臣《珊瑚鉤詩話》：「飲酒痛釂，謂之舉白。」也泛指飲酒。白：即大白，酒杯名。北軒：賈因叔家有北軒，懷英曾作詩書其壁。

〔九〕「竹間」句：追憶昔日詩句。党懷英曾作《書因叔北軒壁》：「獨卧北軒元不寐，竹間寒雨夜琅然。」

題大理評事王元老雙橘堂〔一〕

朱橘復朱橘〔二〕，傳分包貢實〔三〕。煌煌中堂榜奇畫〔四〕，照公堂前諼草碧〔五〕。公今致養豐禄食〔六〕，更取蠻珍奉顏色〔七〕。舉觴一笑三千秋，坐看諸孫索梨栗〔八〕。

【注】

〔一〕大理：大理寺的簡稱。掌審斷天下奏案，詳讞疑獄。評事：大理寺屬官，正八品，掌參議疑獄、搜詳法狀。王元老：王寂，字元老，薊州玉田人。天德三年進士，興陵朝以文章政事顯，官至中都路轉運使。《中州集》卷二有小傳。

〔二〕朱橘：橘子。橘成熟後常呈紅色，故稱。

〔三〕傳：驛站的車馬。《左傳·成公五年》：「梁山崩，晉侯以傳召伯宗。」杜預注：「傳，驛。」貢實：地方進貢的果實。二句謂詩題中的「雙橘」乃地方官用驛站車馬傳遞的貢品，朝廷分賜給王寂。

〔四〕「煌煌」句：謂王寂對分賜雙橘甚感榮寵，親書匾額，掛在中堂，以爲堂名。煌煌：昭彰，醒目。中堂：正中的廳堂。榜：題書的匾額。

〔五〕堂前諼草：諼草，忘憂草。《詩·衛風·伯兮》：「焉得諼草，言樹之背。」朱熹注：「諼草，令人忘憂；背，北堂也。」

〔六〕致養：奉養親老。《後漢書·明帝紀》：「昔曾閔奉親，竭歡致養。」

〔七〕蠻珍：指南方所産珍貴的朱橘。奉顔色：敬奉尊親，使其歡悦。宋梅堯臣《寄滁州歐陽永叔》：「此外有甘脆，可以奉親慈。」

〔八〕索梨栗：小孩子索要水果零食，叙天倫之樂。語自晉陶潛《責子》：「通子垂九齡，但覓梨與栗。」

宿舊縣四更而歸，道中摭所見，作《行路難》〔一〕

三星排空山月明〔二〕，思歸客子夜半行。單衣短褐風淒清〔三〕，嚮踏黄葉棲禽驚。匆匆曉轉沙岸側，枯蓼寒蘆鳴索率〔四〕。山月欲隨山煙黑，前途無人脚無力。行路難，堪歎息。

【注】

〔一〕舊縣：村名，在今山東省泰安市岱嶽區東部，屬邱家鎮。歷爲縣治，宋開寶五年，乾封縣治自此遷岱嶽鎮（今泰安城），故名。村北有天封寺遺址，原寺内有党懷英書天封寺碑，云：「余昔家徂徠山之下，而遊於所謂天封者舊矣。蓋嘗下第歸，過而托宿焉。」味其「短褐」「行路難」諸語，當未第有感而作。摭：采集。行路難：本爲漢樂府雜曲歌辭篇名。《樂府解題》：「《行路難》，備言世路艱難及離別悲傷之意。」

〔二〕三星：星名，即參星。排空：在空中排列。

〔三〕短褐：粗布短衣，古代貧賤者或僮豎之服。

〔四〕枯蓼：乾枯的水蓼。蓼，草名，生長在水邊，花淡紅或白色，葉味辛辣。索率：猶窸窣。象聲詞，形容枯蓼、寒蘆在風中發出的細微聲響。

途中 壬辰正月〔一〕

平明發郊墟〔二〕，獨步踏躞蹀〔三〕。引領發前程〔四〕，日出煙未滅。林迥鳥始喧〔五〕，麥短牛已嚙。春陽氣未壯，道左尚殘雪〔六〕。長風拂歸袂〔七〕，凜欲變冬洌。指凍僵不拳，膠凝仍欲折〔八〕。而我竟何事，犯此寒正切〔九〕。修途去未幾，行意先已苶①〔一〇〕。安得兩翼生，高飛度林樾〔一一〕。

【校】

① 苶：毛本作「薾」。

【注】

〔一〕壬辰：金世宗大定十二年（一一七二）歲次壬辰。時党任莒州軍事判官。

〔二〕郊墟：郊外村野荒丘之間。

〔三〕蹌：脚步不穩貌。躞蹀：小步行走貌。

〔四〕引領：伸頸遠望。發：展望。

〔五〕迥：高。南朝宋鮑照《學劉公幹體五首》：「樹迥霧縈集，山寒野風急。」

〔六〕道左：路邊。

〔七〕袂：衣袖。

〔八〕「指凍」二句：言手指凍得僵直，即使手指併攏如膠粘凝合仍將近斷折。

〔九〕寒正切：寒氣嚴酷逼人。

〔一〇〕茶：疲困的樣子。

〔一一〕林樾：林木，林間隙地。唐皮日休《桃花塢》：「夤緣度南嶺，盡日寄林樾。」

徐茂宗蝸舍〔一〕

萬生擾擾安其安，鷽鳩不羨鵬飛搏。端知扶摇上九萬，無異跳躍蓬蒿間〔二〕。是身江海一漂粟〔三〕，身外紛然皆外物①。一廛儻可容所寓〔四〕，何用渠渠作高屋〔五〕。知君從道由心成，昔焉忘俗今忘形〔六〕。物來弭角不知競，觸蠻血戰良虚名〔七〕。我夢敲門訪君舍，舍小不容相對話。覺來驚見壁間蝸，俯仰人間真物化〔八〕。

【校】

①然：毛本作「紛」。

【注】

〔一〕徐茂宗：其人不詳。蝸舍：比喻簡陋狹小的房舍。晉崔豹《古今注·魚蟲》：「野人結圓舍，如蝸牛之殼，故曰蝸舍。」

〔二〕「萬生」四句：用《莊子》中小鳥取笑大鵬典。《莊子·逍遥遊》：「蜩與學鳩笑之曰：『我決起而飛，搶榆枋，時則不至而控於地而已矣，奚以之九萬里而南爲？』」擾擾：紛亂貌。

〔三〕江海一漂粟：漂在江海中的一粒穀子。比喻極其渺小，身不由己。蘇軾《前赤壁賦》：「寄蜉蝣於天地，渺滄海之一粟。」

〔四〕一廛：古時一夫所居之地。後泛指一塊土地，一處居宅。唐柳宗元《柳長侍行狀》：「無一廛之土以處其子孫，無一畝之宫以聚其族屬。」

〔五〕渠渠：深廣貌。《詩·秦風·權輿》：「於我乎，夏屋渠渠。」朱熹集傳：「渠渠，深廣貌。」

〔六〕「知君」二句：《莊子·讓王》：「故養志者忘形，養形者忘利，致道者忘心矣。」二句言徐氏由養形至養志與致道三種境界的演進歷程。忘俗：淡忘世俗名利。

〔七〕「物來」二句：《莊子·則陽》：「有國於蝸之左角者曰觸氏，有國於蝸之右角者曰蠻氏，時相與爭地而戰，伏屍數萬，逐北旬有五日而後反。」後人以「蝸角虚名」比喻微小而没用的名聲。弭角：止息角鬬。

〔八〕「我夢」四句：《莊子·齊物論》：「昔者莊周夢爲蝴蝶，栩栩然，蝴蝶也。自喻適志與！不知周也。俄然覺，則蘧蘧然周也。不知周之夢爲蝴蝶與？蝴蝶之夢爲周與？周與蝴蝶則必有分矣。此謂之物化。」四句用此典，將夢訪蝸舍和覺見壁蝸聯繫思索，遂對莊子的人生哲學更爲信服。

壬辰二月六日夜夢作一絶句，其詞曰：「矯亢連天花，春風動光華。人眠不知眠，我佩絳紅霞。」夢中自以爲奇絶。覺而思之，不能自曉。故作是詩以紀之〔一〕

夢中作詩真何詩，夢中自謂清且奇。覺來反覆深諷味，字偏句異誠難知。豈非夢語本真語，無乃造物爲予嬉〔二〕。君不見莊周古達士，栩栩尚作蝴蝶飛〔三〕。我生開眼尚如此〔四〕，況在合眼夫何疑。

【注】

〔一〕壬辰：金世宗大定十二年（一一七二）歲次壬辰。時党懷英任莒州軍事判官。矯亢：錯雜紛繁貌。

〔二〕無乃：表示委婉測度的語氣，相當於「恐怕是」。造物：造物者。指創造萬物的神。《莊子·大宗師》：「偉哉，夫造物者將以予爲此拘拘也。」

〔三〕「君不見」二句：用莊周夢蝶典故。《莊子·齊物論》：「昔者莊周夢爲蝴蝶，栩栩然蝴蝶也。自喻適志與！不知周也。俄然覺，則蘧蘧然周也。不知周之夢爲蝴蝶與？蝴蝶之夢爲周與？」達士：通達事變，見識高超之人。

〔四〕開眼：指醒着。此指意識清醒。唐元稹《遣悲懷》其三：「唯將終夜長開眼，報答平生未展眉。」

黄華王先生庭筠 二十八首

庭筠字子端，熊岳人〔一〕。父遵古，字仲元。正隆五年進士，仕爲翰林直學士，才行兼備，道陵所謂昔人君子者也〔二〕。子端早有重名，大定十六年甲科〔三〕，文采風流，照映一時。歷州縣，用薦者，供奉翰林。承安中，爲言事者所累，謫鄭州幕官〔四〕。未幾，復應奉。稍遷修撰，卒官。年四十七。子端詩文有師法，高出時輩之右。字畫學米元章〔五〕，其得意處頗能似之，墨竹殆天機所到，文湖州已下不論也〔六〕。平生愛天平黃華山水〔七〕，居相下十年〔八〕，自號黃華山主。有集傳於世。其殁也，道陵有詩悼之。其引云：「王遵古，朕之故人也。乃子庭筠，復以才選直禁林者，首尾十年。今茲云亡，玉堂東觀中無復斯人矣〔九〕。其家以遺文來上，尋繹之久，良用愴然。」詩不録。屏山《故人外傳》云〔一〇〕：「子端，世家子，風流醞藉，冠冕一時。爲人眉目如畫，美談笑，俯仰可觀。外視若簡貴，人初不敢與接，一見之後，和氣津津，溢於衡宇間。又其折節下士，如恐不及，苟有可取，極口稱道之。故人人恨相見之晚也。」子萬慶，字禧伯①。詩筆字畫俱有父風，仕爲行尚書省左右司郎中。猶子明伯，幼歲學書，書家即稱賞之。倜儻無機，膂力絶人。曾有詩云：「釣鼇公子鐵心胸，興在三山碧海東。千尺雲帆已高揭，不知何日得秋風。」死於鄧州〔一一〕，年未四十也。

【校】

① 禧：毛本作「僖」。

【注】

〔一〕熊岳：縣名，金時屬東京路遼陽府蓋州。今屬遼寧省蓋州市。

〔二〕「道陵」句：元好問《王黃華墓碑》：「遵古，字元仲……明昌應詔，有『昔人君子』名所居之山，而

「君子」名其泉，所爲志也。」道陵：金章宗廟號。昔人：古人。

〔三〕甲科：猶甲等。

〔四〕鄭州：州名，金代屬南京路。今河南省鄭州市。

〔五〕米元章：米芾，字元章。祖籍太原，後遷居湖北襄陽。善詩，工書法，宋四大書法家之一。其繪畫擅長枯木竹石，尤工水墨山水。《宋史》四四四有傳。

〔六〕文湖州：即文同（一〇一八——一〇七九），字與可。四川梓潼（今四川省綿陽市鹽亭縣）人。北宋皇祐年間進士。曾官司封員外郎、秘閣校理。元豐初，赴湖州就任，世稱「文湖州」，未到任而卒。能詩文，擅書畫，尤長於畫竹。《宋史》四四三有傳。

〔七〕天平黄華：今河南省林州市西諸山名。劉祁《游林慮（金縣名，治今林州市）西山記》：「望林慮諸山，若蟻尖，若黄華，若天平，若洪谷，齒立。」其山勢險要，瀑布懸掛，有「太行之秀」的美稱。

〔八〕相下：金彰德府治安陽縣，宋置相州，故稱。今河南省安陽市。

〔九〕玉堂東觀：借指翰林院。玉堂原指西漢未央宫玉堂殿，與金馬署爲文人學士待詔之所。東觀是東漢時宫中藏書和著書之處。

〔一〇〕屏山：金末文壇領袖李純甫，號屏山。

〔一一〕鄧州：鄧州武勝軍節度，金時屬南京路。今河南省鄧州市。

楊秘監下槽馬圖〔一〕

龍眠悔畫馬，政恐墮馬趣〔二〕。我今破是説，試下第一句〔三〕。道人三昧手，游戲萬象具〔四〕。萬象初莫逃，畢竟無所住〔五〕。譬如大圓鏡，照物隨其遇。少焉物四散，影果在何處。楊侯具此眼〔六〕，透脱向上路〔七〕。萬馬落人間，蓋證龍眠誤〔八〕。

【注】

〔一〕楊秘監：即楊邦基，字德茂，號息軒，華陰（今陝西省華陰市）人，金大定中進士，仕至秘書郎、禮部尚書。善畫鞍馬，時人比之北宋李公麟。趙秉文《題楊秘監畫馬》：「驊騮萬匹落人間，一紙千金不當價。」稱其爲「三百年來無此筆」。《金史》卷九〇有傳、《中州集》卷八有小傳。下槽馬：指位於槽櫪之下的馬。元揭傒斯《曹將軍下槽馬圖》：「曹霸畫馬真是馬，宛頸相摩槽櫪下。」

〔二〕「龍眠」二句：龍眠，北宋畫家李公麟（一〇四九——一一〇六），字伯時，號龍眠居士。廬江舒州（今安徽省桐城市）人。神宗熙寧三年進士。善畫人物，尤工畫馬。《宋史》卷四四四有傳。其悔畫馬、墮馬趣事，見宋鄧椿撰《畫繼》卷三「李公麟」：「尤好畫馬。故坡詩有云：『龍眠胸中有千駟，不惟畫肉兼畫骨。』以其好禪，多交衲子。一日，秀鐵面忽勸之曰：『不可畫馬，他日恐墮其趣。』於是絶筆不爲，專意於諸佛矣。」政恐：只恐。趣：佛教語。指衆生輪回的去處。《俱舍論》卷八：「謂前所説地獄、傍生、鬼及人、天，是名五趣。」墮馬趣：指死後轉生爲馬。

〔三〕第一句：佛教禪宗謂指示人悟道的關鍵語。《人天眼目》：「據虎頭，收虎尾，第一句下明宗旨。」

〔四〕「道人」二句：《壇經·頓漸品》：「普見化身，不離自性，即得自在神通，遊戲三昧，是名見性。」三昧：佛教語。意譯爲「正定」。謂屏除雜念，心不散亂，專注一境。晉慧遠《念佛三昧詩集序》：「夫三昧者何？專思、寂想之謂也。」二句謂深通佛理的高手，在禪定之際，世間萬物紛入腦海，於參悟中遊戲其間，「普見化身，不離自性」，從而明心見性。

〔五〕無所住：不執着。不被任何意念事物所拘執。《金剛經》：「應無所住而生其心。」。

〔六〕楊侯：指楊邦基。《金史·百官·封爵》：「正從三品曰郡侯。」楊任秘書監爲從三品，禮部尚書爲正三品，故稱。具此眼：具眼，指有洞察力，有眼力。

〔七〕透脱：謂盡知其詳而能釋疑。《古尊宿語録·題〈南泉和尚語要〉》：「王老師真體道者也，所言皆透脱，無毫髮知見解路。」向上路：即「向上一路」。佛教禪宗謂不可思議的徹悟境界。《碧巖録》卷二：「向上一路，千聖不傳。學者勞形，如猿如影。」

〔八〕「萬馬」二句：謂楊邦基畫馬很多，可以此證實李公麟顧忌之誤。

書西齋壁

世事雲千變，浮生夢一場〔一〕。偶然攜拄杖，來此據胡牀〔二〕。有雨夜更静，無風花自香。

出門多道路，何處覓亡羊〔三〕。

【注】

〔一〕浮生：人生。莊子認爲人生在世，空虛無定，故稱。《莊子・刻意》：「其生若浮，其死若休。」

〔二〕胡牀：亦稱「交牀」、「繩牀」，古時一種可以折疊的輕便坐具。

〔三〕「出門」二句：用歧路亡羊典故。《列子・説符》：「楊子之鄰人亡羊，既率其黨，又請楊子之豎追之。楊子曰：『嘻！亡一羊，何追者之衆？』鄰人曰：『多歧路。』既反，問：『獲羊乎？』曰：『亡之矣！』曰：『奚亡之？』曰：『歧路之中又有歧焉，吾不知所之，所以反也。』」二句用此典喻人生前途歧路迭出，不知所從的渺茫困惑。

八月十五日過泥河見雁〔一〕

家在孤雲落照間〔二〕，行人已上雁門關〔三〕。憑君爲報平安信〔四〕，才是雲中第一山〔五〕。

【注】

〔一〕泥河：與詩合觀，當在雁門關附近。疑指渾源河。其河及匯入之桑乾河皆挾帶大量泥沙，水渾濁，故稱。

〔二〕「家在」句：用「白雲親舍」典。《新唐書・狄仁傑傳》：「薦授并州法曹參軍，親在河陽。仁傑登太行山，反顧，見白雲孤飛，謂左右曰：『吾親舍其下。』瞻悵久之，雲移，乃得去。」後用此典爲客中思念父母之辭。

〔三〕雁門關：關名。王象之《輿地記》：「天下九塞，雁門關爲首。」群峰挺拔，地勢險要。在今山西省代縣城西北二十公里處。

〔四〕君：指詩題中的雁。句暗用「鴻雁傳書」典。

〔五〕雲中：唐州名，宋曰雲中府，治今山西省大同市。

示趙彦和〔一〕

四柳危亭坐晚陰〔二〕，殷勤雞黍故人心〔三〕。兒孫滿眼田園樂，花木成陰年歲深①。十畝蒼煙秋放鶴，一簾涼月夜横琴。家山活計良如此〔四〕，歸興秋風已不禁〔五〕。

【校】

① 年歲：毛本作「歲月」。

【注】

〔一〕示：猶語，訴告。趙彦和：其人不詳。

〔二〕危：高。

〔三〕雞黍：指豐盛的飯菜。《論語·微子》：「丈人止子路宿，殺雞爲黍而食之。」唐孟浩然《過故人莊》：「故人具雞黍，邀我至田家。」後用爲接待友人的真率情意之語。

〔四〕家山：故鄉。活計：即生活。

〔五〕歸興秋風：用西晉張翰因見秋風思歸典故。句言對趙彥和田園閒適生活的羡慕，歸隱之情自然流出，放任不禁。

大安寺試院中寒食〔一〕

東風日日漲黄沙，供佛牀頭始見花〔二〕。寒食清明好時節，年年憔悴獨離家。

【注】

〔一〕大安寺：寺院名，其地不確。試院：科舉考試的考場。寒食：寒食節。在清明前一二日，有禁煙、寒食、詠詩等習俗。

〔二〕供佛：以花果時饈等列置佛前以祭祀。《南史·齊晉安王子懋傳》：「有獻蓮華供佛者，衆僧以銅甖盛水漬其莖，欲華不萎。」

獄中賦萱〔一〕

沙麓百戰場〔二〕，舄鹵不敏樹〔三〕。況復幽圄中〔四〕，萬古結愁霧。寸根不擇地，於此生意具〔五〕。婆娑緑雲杪〔六〕，金鳳掣未去〔七〕。晚雨沾濡之〔八〕，向我泫如訴。忘憂定漫説〔九〕，相對清淚雨。柳州《戲題堦前芍藥》、東坡《長春如稚女》及《賦王伯颺所藏趙昌畫梅花黄葵芙蓉山茶》四詩，党承旨世傑《西湖芙蓉》《（西湖）晚菊》、王内翰子端《獄中賦萱》凡九首〔一〇〕，予請閑閑公共作一軸寫〔一一〕，自題其後。云：「柳州怨之愈深，其辭愈緩，得古詩之正。其清新婉麗，六朝辭人少有及者。東坡愛而學之，極形似之工，其怨則不能自揜也。党承旨出於二家，辭不足而意有餘。王内翰無意追配古人，而偶與之合，遂爲集中第一。大都柳出於雅〔一二〕，坡以下皆有騷人之餘韻〔一三〕。所謂生不並世，俱名家者也。

【注】

〔一〕詩題：《金史·趙秉文傳》：「上書論宰相胥持國當罷，宗室守貞可大用。章宗召問，言頗差異，於是命知大興府事内族膏等鞫之。秉文初不肯言，詰其僕，歷數之交遊者，秉文乃曰：『初欲上言，嘗與修撰王庭筠、御史周昂、省令史潘豹、鄭贇道、高坦等私議。』庭筠等皆下獄，決罰有差。」按《金史·章宗紀》趙上書在明昌六年十二月初五。詩當是年或下年作。萱：萱草，又稱忘憂草。

〔二〕沙麓：沙丘。

〔三〕舄鹵：亦作「潟鹵」。含有過多鹽鹹成分不適於耕種的土地。《史記·貨殖列傳》：「故太公望封於營丘，地潟鹵。」裴駰集解引徐廣曰：「潟鹵，鹹地也。」不敏樹：謂無草木。《禮記·中庸》：「人道敏政，地道敏樹。」鄭注：「敏，猶勉也，樹，謂殖草木也。」孔穎達疏：「地道敏樹者，樹，殖草木也。言爲地之道,亦勉力生殖也。」二句言監獄所處之地的荒凉。

〔四〕幽圄:牢獄。《文選·江淹·詣建平王上書》:「跡墜昭憲,身陷幽圄。」劉良注:「幽圄,謂獄也。」

〔五〕生意:生機,生命力。

〔六〕婆娑:指萱草枝葉扶疏的様子。杪:草木的末梢。

〔七〕金鳳:本爲鳳仙花的别稱。明王象晉《群芳譜·花譜》:「鳳仙……開花頭翅羽足俱翹然如鳳狀,故又有金鳳之名。」萱草花,俗稱黄花菜、忘憂草,其形與之相似,故藉以稱之。

〔八〕沾濡:浸漬,濕潤。

〔九〕「忘憂」句:《説文·艸部》:「萱,令人忘憂草也。」詩人認爲此説空泛不切實際。漫説:泛語,空話。

〔一〇〕柳州:柳宗元曾任柳州,世稱柳柳州。東坡:蘇軾之號。党承旨世傑:即党懷英。王内翰子端:即王庭筠。

〔一一〕閑閑公:金末文壇領袖趙秉文之號。

〔一二〕雅:指《詩經》中的大小雅。

〔一三〕騷人:以屈原爲代表的騷體詩人,辭多怨憤之氣。

獄中見燕〔一〕

笑我迂疏觸禍機〔二〕,嗟君底事入圜扉〔三〕。落花吹濕東風雨,何處茅檐不可飛。

【注】

〔一〕詩題：《金史》本傳：「承安元年正月，坐趙秉文上書事，削一官，杖六十，解職。」此詩與上一首詩皆作於承安元年入獄之後。

〔二〕「笑我」句：劉祁《歸潛志》卷十：「初，趙秉文由外官爲王庭筠所薦入翰林。既受職，遽上言云：『願陛下進君子退小人。』上召入宫，使内侍問：『當今君子、小人爲誰？』秉文對：『君子故相完顔守貞，小人今參政胥持國也。』上復使語，問：『汝何以知此二人爲君子、小人？』秉文惶迫不能對，但言：『臣新自外來，聞朝廷士大夫議論如此。』時上厭守貞直言，由宰相出留守東京。嚮持國諂諛，驟爲執政，聞之大怒，因窮治其事，收王庭筠等俱下吏。」迂疏：迂腐疏闊。觸禍機：觸碰到隱伏待發之禍患。指因所薦之人趙秉文上書言事，獲罪，受牽連。此實爲朝臣黨爭之禍。

〔三〕圜扉：獄門。借指牢獄。唐駱賓王《獄中書情通簡知己》：「圜扉長寂寂，疏網尚恢恢。」陳熙晉箋注：「圓扉，獄户以圓木爲扉也。」

偕樂亭

日暮西風吹竹枝，天寒杖屨獨來時。門前流水清如鏡，照我星星兩鬢絲〔一〕。

【注】

〔一〕星星：借指白髮。

野堂二首

緑李黄梅繞屋疏，秋眠不著鳥相呼。雨聲偏向竹間好，山色漸從煙際無〔一〕。

【注】

〔一〕煙際：雲煙迷茫之處。

又

雲自知歸鳥自還，一堂足了一生閑。門前剝啄定佳客〔一〕，檐外孱顔皆好山〔二〕。

【注】

〔一〕剝啄：亦作「剝琢」。象聲詞。敲門聲。

〔二〕孱顔：指高峻的山嶺。

韓陵道中〔一〕

石頭犖确兩坡間〔二〕，不記秋來幾往還。日暮蹇驢鞭不動〔三〕，天教仔細數前山。

【注】

〔一〕韓陵：韓陵山。位於河南省安陽市東北。《彰德府志》：「漢韓信嘗屯兵焉，故號韓陵。」

〔二〕犖確：怪石嶙峋貌。唐韓愈《山石》：「山石犖確行徑微，黄昏到寺蝙蝠飛。」

〔三〕蹇驢：跛蹇駑弱的驢子。《楚辭·東方朔·七諫》：「駕蹇驢而無策兮，又何路之能極？」王逸注：「蹇，跛也。」

絶句

竹影和詩瘦，梅花入夢香。可憐今夜月，不肯下西廂〔一〕。

【注】

〔一〕「竹影」四句：用唐元稹《會真記》張生與鶯鶯事，抒才子思佳人之情。元作載鶯鶯給張生的書箋題詩《明月三五夜》云：「待月西廂下，迎風户半開。拂牆花影動，疑是玉人來。」董西廂引《本傳歌》云：「丹誠寸心難自比，寫在紅箋方寸紙。……詩中報郎含隱語，郎知暗到花深處。三五月明當户時，與郎相見花間路。」金代騷人墨客亦頗期慕這位美麗多情的崔鶯鶯。大定間王仲通作《普救寺鶯鶯故居》，有「我恐返魂窺宋玉，牆頭亂眼竊憐才」。泰和間趙元有《余丁卯春三月銜命陝右，道出於蒲東普救之僧舍……》詩云：「並燕鶯爲字，聯徽氏姓崔。非煙宜采畫，秀玉勝江梅。薄命千年恨，芳心一寸灰。西廂舊紅樹，曾與月徘徊。」其詩題中亦欲蓋彌彰地説「意非登徒子之用心」。按此，「瘦」有爲伊消得人憔悴之意。「可憐」二句有期待佳人而終不至意。

孫氏午溝橋亭

閑來橋北行，偶過橋南去。寂寞獨歸時，沙鷗晚無數。

送士選山東外臺判官〔一〕

秋天寥廓使星明〔二〕，光動山東七十城〔三〕。玉署文章厭閑冷〔四〕，繡衣風采試澄清〔五〕。人隨白雁霜前到〔六〕，詩繞青山馬上成。才力如君君未老，只愁無地避功名。

【注】

〔一〕外臺：官名。漢代州郡長官。此處代山東路最高長官。判官：地方長官的僚屬，輔理政事。

〔二〕寥廓：高遠空曠。使星：中央派往地方具有監察性質的官員。《後漢書·李郃列傳》：「和帝即位，分遣使者，皆微服單行，各至州縣觀采風謡。使者二人當到益部，投郃候舍。時夏夕露坐……郃指星示云：『有二使星向益州分野。』」後因稱使者爲「使星」。

〔三〕「光動」句：以樂毅伐齊下七十城典喻欽差使者下山東之威風。《史記·樂毅傳》：「燕昭王悉起兵，使樂毅爲上將軍……樂毅留徇齊五歲，下齊七十餘城。」

〔四〕玉署：指玉堂。翰林院别稱。唐吴融《聞李翰林游池上有寄》：「花飛絮落水和流，玉署詞臣奉詔遊。」閑冷：清閑冷落。此就翰林院所從事的職務而言。

〔五〕繡衣：繡衣直指。官名。漢武帝天漢年間，民間起事者衆，地方官員督捕不力，因派直指使者衣繡衣，持斧仗節，興兵鎮壓，刺史郡守以下督捕不力者亦皆伏誅。後因稱此等特派官員爲「繡衣直指」。繡衣，表示地位尊貴；直指，謂處事無私。一般由侍御史充任，故亦稱「繡衣御史」。澄清：治理混亂的政局，使天下太平。典出《後漢書·范滂傳》：「時冀州饑荒，盜賊群起，乃以滂爲清詔使，案察之。滂登車攬轡，慨然有澄清天下之志。」唐皇甫冉《寄江東李判官》：「澄清佐八使，綱紀按諸侯。」

〔六〕「人隨」句：宋孔平仲《孔氏談苑·白雁爲霜信》：「北方有白雁，似雁而小，色白。秋深至則霜降，河北人謂之霜信。」此句之「霜」有嚴明法典、冷峻嚴厲雙關意。古代御史職司彈劾，爲風霜之任，故稱御史臺爲「霜臺」。唐盧照鄰《樂府雜詩序》：「樂府者，侍御史賈君之所作也……霜臺有暇，文律動於京師；繡服無私，錦字飛於天下。」宋黄庭堅《次韻晁仲考進士試卷》：「御史威降霜，行私不容粟。」白雁：候鳥。體色純白，似雁而小。

張禮部《溪山真樂圖》〔一〕

悠悠春天雲，想見平時閑。朝遊溪橋畔，暮宿山堂間。澹然不知愁〔二〕，亦復忘所歡。出山初無心〔三〕，既出還思山。人間待霖雨〔四〕，欲歸良獨難。山堂悵何許，蕭蕭松桂寒〔五〕。

【注】

〔一〕張禮部：當指王氏之舅張汝霖，大定間任禮部尚書。此詩又見元許有壬《圭塘小稿》別集卷下，故清代《御定歷代題畫詩類》及顧嗣立《元詩選》均謂許有壬所作。

〔二〕澹然：恬淡貌。蘇軾《祭陳君式文》：「澹然無求，抱潔没身。」

〔三〕「出山」句：言張禮部之出仕原初並非汲汲以求。

〔四〕霖雨：甘雨，時雨。借指恩惠、仁政。就張氏所任之禮部言，句偏指執掌文柄類事。

〔五〕「山堂」二句：仿唐上官昭容《游長寧公主流杯池》詩：「暫過仁知所，蕭然松桂情。」悵：失意；怨望。二句言張氏不用想念昔日在山堂的悠閒之趣，在畫圖中松與桂相伴，亦可得山林野逸之樂。上官昭容《流杯池》詩：「山林作伴，松桂爲鄰。」

内鄉淅江張浮休窪尊爲二兄賦①〔一〕

巖花覆我酒，酒面照幽妍〔二〕。風如惜花影，不肯生微漣。空山悄無人，花枝自留連。懷人成獨醉，日暮山蒼然。

【校】

①淅：原作「浙」，淅江在内鄉，此乃形訛，逕改。

【注】

〔一〕内鄉：縣名，金時屬南京路鄧州，治今河南省西峽縣。淅江：江名，流經内鄉。源出廬氏縣，南流至淅川縣入丹江。張浮休：張舜民，字芸叟，自號浮休居士，邠州人。《宋史》卷三百四十七有傳。其在内鄉淅江建朱山亭，有窪尊石刻。窪尊：亦作「窪樽」。唐開元中李適之登峴山，見山上有石竇如酒尊，可注斗酒，因建亭其上，名曰「窪樽」。後因稱形狀凹陷、可以盛酒的山石爲「窪樽」。

〔二〕酒面：指杯内酒的表面。幽妍：幽雅美麗之意。此指巖花。

超化寺〔一〕

隔竹微聞鐘磬音〔二〕，牆頭修緑冷陰陰。山迎初日花枝靚〔三〕，寺裹清潭塔影深。吾道蕭條三已仕〔四〕，此行衰病獨登臨。簡書催得匆匆去〔五〕，暗記風煙擬夢尋。

【注】

〔一〕超化寺：在河南省新密市超化鎮，寺中有佛舍利阿育王塔。王慶生《金代文學家年譜》謂作者承安二年(一一九七)降授鄭州防禦官時因至密縣。

〔二〕鐘磬：用金、石製成的樂器。佛教法器。

〔三〕靚：豔麗，美好。

〔四〕「吾道」句：用春秋時楚國令尹子文的典故。《論語·公冶長》：「令尹子文三仕爲令尹，無喜色；三已之，無愠色。」皇侃義疏：「已，謂黜止也。」蕭條：寂寞冷落。

〔五〕簡書：用於告誡、策命、盟誓、徵召等事的文書。亦指一般文牘。《詩·小雅·出車》：「豈不懷歸？畏此簡書。」朱熹集傳：「簡書，戒命也。」

舍利塔〔一〕

蒼山亭亭如覆盎〔二〕，佛塔東西屹相向〔三〕。林頭朝日射重檐，黄金丹砂曄生光。中華此塔第十五〔四〕，圖記所傳知不妄〔五〕。智慧薰成舍利羅〔六〕，夜半奇芒時一放。想見當時阿育王，麾叱神工鞭鬼匠〔七〕。雲車瘴海挽炎沙〔八〕，沙底黄腸三萬丈〔九〕。石排方面蔑石段〔一〇〕，鐵錮瘦中腰鼓樣〔一一〕。功夫精密業長久，位置尊嚴氣高張。地皮浮水膚寸許〔一二〕，旱溢與之俱下上。崧山歸山夏秋雨〔一三〕，雨潦從衡歲相盪〔一四〕。天龍圍護夜叉守〔一五〕，終劫不敢生波浪〔一六〕。塔前樹秀老不死，樹下水流多益壯。再拜初嘗一勺甘，洗我三生煩惱障〔一七〕。

【注】

〔一〕舍利塔：供奉佛舍利的塔。此處應指河南新密超化寺佛舍利塔。舍利：梵語音譯。意爲「骨身」，釋迦牟尼遺體火化後結成的堅硬晶瑩的珠狀物。後泛指佛教徒火化後的遺物。

〔二〕盎：盆類盛器。《急就篇》卷三：「甀、缶、盆、盎、甕、罃、壺。」顔師古注：「缶、盆、盎一類耳。缶即盎也，大腹而斂口，盆則斂底而寬上。」此處用「覆盎」形容山形。

〔三〕東西屹相向：寺中原有東西兩塔。清修《密縣誌》：「超化寺……隋開皇元年建，地有竹、木、魚、稻，頗具江南風致，爲宋元遊賞名區。天啟二年掘地得唐碑一，今嵌寺壁上。西崗舊有塔二，今存一，世傳在阿育王所造八萬四千塔之内。」

〔四〕第十五：唐釋道世《法苑珠林》中列出阿育王在中國建造的十九座寶塔塔名、建塔時代與立塔地點。排十五的是隋鄭州超化寺塔，即位於河南省新密市超化鎮的超化寺塔。

〔五〕圖記：方志。宋歐陽修《豐樂亭記》：「修嘗考其山川，按其圖記。」

〔六〕「智慧」句：佛教傳説得道高僧屍骨火化後，才會有舍利子，謂爲智慧所薰而成。《紫柏尊者全集》：「聞古賢聖，去來如意。定慧力故，結成舍利。」

〔七〕「想見」二句：唐釋道世《法苑珠林》：「吾滅度後一百年滿，有王出，世號爲阿育……一切鬼神並皆臣屬。且使空中地下四十里内所有鬼神開前八塔，所獲舍利役諸鬼神，於一日一夜一億家施一塔，廣計有八萬四千塔。」阿育王，或譯作阿輸迦，意爲無憂王，爲古印度名王賓頭沙羅之子，初奉波羅門教，後皈依佛教，崇之爲國教，頒布許多以佛教治國的敕令，刻在山巖或石柱上，並派人到國外傳教。北魏酈道元《水經注·河水》：「阿育王壞七塔，作八萬四千塔。」

〔八〕雲車：傳説中仙人的車乘。仙人以雲爲車，故稱。《文選·曹植·洛神賦》：「載雲車之容裔。」劉良注：「神以雲爲車。」瘴海：南方瘴氣之海。炎沙：熱沙。

〔九〕黄腸：即黄腸題湊。漢時帝王陵寢槨室四周用柏木枋堆壘成的框形結構，爲漢代皇帝及諸侯王特用葬具。

〔一〇〕「石排」句：謂舍利塔用石條排砌，其四面、頂部又用石精雕細刻。蔑，通「末」。《逸周書·祭公》：「兹申予小子，追學于文武之蔑。」王念孫《讀書雜誌·逸周書四》：「予謂蔑與末同。穆王在武王後四世，故曰追學于文武之末。《小爾雅》曰：『蔑，末也。』」段：雕刻。《墨子·經説下》：「段、椎、錐俱事於屨，可用也。」

〔一一〕「鐵錮」句：用鐵加固塔身，使之成爲兩頭大中腰細的鼓形。

〔一二〕膚寸：古代度量單位。一指寬爲寸，四指寬爲膚。

〔一三〕崧山：即嵩山。在河南省登封縣北，爲五嶽之中嶽。

〔一四〕盪：推撞摇動。

〔一五〕天龍：諸天與龍神，爲佛教護法神。夜叉：梵語的譯音。佛經中一種形象醜惡的鬼，勇健暴惡，能食人，後受佛之教化而成爲護法之神，列爲天龍八部衆之一。《維摩詰經·佛國品》：「並餘大威力諸天、龍、夜叉、乾闥婆、阿修羅、迦樓羅、緊那羅、摩睺羅伽等悉來會坐。」

〔一六〕終劫：泛指極久遠的時間。劫爲古印度婆羅門教極大時限的時間單位。

〔一七〕「再拜」二句：謂超化寺塔前的泉水清澈甘冽，飲一勺可洗去心中的所有煩惱。煩惱障：煩惱能障礙聖道，不得涅槃，故稱。

夏日

西窗近事香如夢〔一〕，北客窮愁日抵年〔二〕。花影未斜貓睡外，槐枝猶顫鵲飛邊。

【注】

〔一〕「西窗」句：暗用唐李商隱《夜雨寄北》「何當共剪西窗燭，卻話巴山夜雨時」事。近事：淺俗之事。香如夢：即美夢，甜蜜的夢境。

〔二〕窮愁：窮困愁苦。日抵年，一日相當於一年，謂度日如年。唐張署《贈韓退之》：「九疑峰畔二江前，戀闕思鄉日抵年。」

中秋

虛空流玉洗〔一〕，世界納冰壺〔二〕。明月幾時有〔三〕，清光何處無。人心但秋物〔四〕，天下近庭梧〔五〕。好在黄華寺〔六〕，山空夜鶴孤〔七〕。

【注】

〔一〕玉：喻色澤晶瑩如玉之物，指月光。宋黄庭堅《念奴嬌》詞：「萬里青天，姮娥何處，駕此一輪玉。」

〔二〕冰壺：借指月光下冰清玉潔的天地。宋楊萬里《中秋前二夕釣雪舟中静坐》：「人間何處冰壺是，身在冰壺卻道非。」

〔三〕「明月」句：用蘇軾《水調歌頭》詞成句：「明月幾時有，把酒問青天。」

〔四〕但：只。秋物：秋季雜色斑斕的景物。

〔五〕庭梧：庭屋中的斜柱。《文選·司馬相如·長門賦》：「羅豐茸之遊樹兮，離樓梧而相撑。」李善注引臣瓚曰：「邪柱爲梧。」《文選·何晏·景福殿賦》：「桁梧複疊，勢合神離。」二句言人心世道卻不同於澄澈的冰心玉壺，雜念叢生，勾心鬭角，貌合神離。

〔六〕黄華寺：黄華山有慈明、覺仁（又名黄華下寺）二寺。山在今河南省林州市西北。山勢險要，瀑布懸掛，有「太行之秀」的美稱。王庭筠曾在此隱居、讀書。

〔七〕鶴孤：鶴性孤高，故稱。唐孟郊《送李尊師玄》：「松骨輕自飛，鶴心高不群。」元好問《病中》：「風柳留蟬蜕，霜松映鶴孤。」

被責南歸至中山 丙申春〔一〕

短轅長路兀呻吟〔二〕，行李遲遲日益南〔三〕。親老家貧官職重，恩多責薄淚痕深。向人柳色渾相識，着雨花枝半不禁〔四〕。回首觚稜雲氣隔〔五〕，六年侍從小臣心〔六〕。

【注】

〔一〕被責南歸：明昌六年，王庭筠因趙秉文上書事入獄。承安元年，被杖六十，削一官，解職南歸。中山：春秋戰國時國名，漢置郡國，景帝子劉勝爲中山王。治今河北省定州市。丙申：大定十六年（一一七六）歲次丙申。是年王庭筠二十一歲，甲科及第。既無被責南歸事，也無六年侍從之説。「丙申」或爲「丙辰」（一一九六）之誤。見金毓黻《王黄華年譜》。

〔二〕短轅：指代牛車或粗陋小車。兀：獨自。

〔三〕行李：行旅。遲遲：徐行貌。《詩·邶風·谷風》：「行道遲遲，中心有違。」毛傳：「遲遲，舒行貌。」

〔四〕不禁：經受不住，承受不住。杜甫《舍弟觀赴藍田取妻子到江陵喜寄》其二：「巡檐索共梅花笑，冷蕊疏枝半不禁。」

〔五〕觚稜：宫闕上轉角處的瓦脊成方角稜瓣之形。借指都城宫闕。《文選·班固·西都賦》：「設壁門之鳳闕，上觚稜而棲金爵。」呂向注：「觚稜，闕角也。」

〔六〕六年侍從：王庭筠明昌元年入京，爲書畫局都監。後入翰林院爲應奉、修撰，至明昌六年因趙秉文上書事入獄，共六年。二句承「恩多責薄」，表達對君主眷戀不舍之情。

送子貞兄歸遼陽〔一〕

青峭江邊玉數峰〔二〕，煙梳雨沐爲誰容。到時爲向山靈道〔三〕，歸意如君一倍濃。

【注】

〔一〕子貞：王庭堅，字子貞，王庭筠次兄。遼陽：府名，金時屬東京路。今遼寧省遼陽市。

〔二〕玉：比喻色澤晶瑩如玉之物。此處指山石。

〔三〕山靈：山神。《文選·班固·東都賦》：「山靈護野，屬御方神。」李善注：「山靈，山神也。」

采蓮曲〔一〕

南北湖亭競采蓮，吴娃嬌小得人憐〔二〕。臨行折得新荷葉，卻障斜陽入畫船。

【注】

〔一〕采蓮曲：樂府詩舊題，又稱《采蓮女》、《湖邊采蓮婦》等，爲《江南弄》七曲之一。

〔二〕吴娃：吴地美女。《資治通鑑·周赧王二十年》：「主父初以長子章爲太子，後得吴娃，愛之。」胡三省注：「吴娃，吴楚之間謂美女曰娃。」

秋郊

瘦馬踏晴沙，微風度隴斜〔一〕。西風八九月〔二〕，疏樹兩三家。寒草留歸犢，夕陽送去鴉。鄰村有新酒，籬畔看黄花〔三〕。

【注】

〔一〕隴斜：當指隴山（今陝西省隴縣一帶）、斜水（源出陝西岐山縣）。

〔二〕西風：秋風。借指秋天。

〔三〕黄花：菊花。

憶澠川〔一〕

極目江湖雨，連陰甲子秋〔二〕。青燈十年夢〔三〕，白髮一扁舟。

【注】

〔一〕澠川：水名。合觀「青燈」句，當在詩人家鄉。

〔二〕「連陰」句：指甲子日下的雨。俗謂可兆天時和人事。唐張鷟《朝野僉載》卷一：「春雨甲子，赤地千里。夏雨甲子，乘船入市。秋雨甲子，禾頭生耳。冬雨甲子，鵲巢下一，其年大水。」

〔三〕青燈：青燈黄卷。借指清苦的讀書生活。

夏日

檀欒倒影硯波清〔一〕，注了黄庭譜鶴銘〔二〕。且喜過門無褦襶〔三〕，卻憐涴壁有寧馨〔四〕。劉賓客詩「寧」字，平聲呼。

【注】

〔一〕檀欒：秀美貌。多用以形容竹。唐王叡《竹》：「成韻含風已蕭瑟，媚漣凝淥更檀欒。」此指竹管筆。硯波：硯臺中的墨水。

〔二〕黄庭：指《黄庭經》，道教的經典著作。譜：按照事物的類别或系統編排記録。鶴銘：即《瘞鶴銘》，摩崖刻石，在今江蘇鎮江焦山崖石上。南北朝時隱士華陽真逸書，銘文正字大書左行，被稱爲「大字之祖」。

〔三〕過門：登門，上門。褦襶：愚蠢無能，不懂事。清胡文英《吴下方言考·褦襶》：「褦襶，不能事而笨也。吴諺呼笨人爲褦襶。」

〔四〕涴壁：把牆壁弄汙、弄髒，此指小孩在牆上寫字。寧馨：本爲晉人俗語，表「如此」「這般」意。因山濤稱王衍有「何物老媪，生寧馨兒」之語，後人遂以「寧馨兒」贊美别人兒子或子弟。事見《晉書·王衍傳》。

河陰道中二首〔一〕

梨葉成陰杏子青，榴花相映可憐生〔二〕。林深不見人家住，道上唯聞打麥聲〔三〕。

【注】

〔一〕河陰：金縣名。位於今河南省鄭州市北黄河南岸。詩當承安二年任鄭州防禦判官期間作。

〔二〕榴花：石榴花。可憐生：可愛的樣子。生，語助詞，用於形容詞後，無實義。元好問《賦南中楊生玉泉墨》：「涴袖秦郎無藉在，畫眉張遇可憐生。」

〔三〕打麥：即打場，在麥場上人們通過捶打使麥子脱粒。

又

微行入麥去斜斜〔一〕，才過深林又幾家。一色生紅三十里〔二〕，際山多少石榴花〔三〕。

【注】

〔一〕微行：小徑。《詩·豳風·七月》：「遵彼微行，爰求柔桑。」

〔二〕生紅：鮮紅。指下句石榴花的顔色。

〔三〕際山：漫山。

禮部閑閑趙公秉文 六十三首

秉文字周臣，滏陽人〔一〕，閑閑其自號也。幼穎悟，讀書若夙習。大定二十五年進士，應奉翰林文字。上書論宰相胥持國當罷〔二〕，宗室守貞可大用〔三〕。又言，獄訟征伐，國之大政，自古未有君以爲可、大臣以爲不可而可行者。坐譏訕，免官。未幾，起爲同知岢嵐軍州事〔四〕，轉北京路轉運司度支判官〔五〕。承安五年冬十月，陰晦連日。宰相萬公入對〔六〕，上顧謂萬公曰：「卿昨言天日晦冥，亦猶人君用人邪正不分者，極有理。趙秉文曩以言事降授，聞其人有才藻，工書翰，又且敢言。朕非棄不用，以北邊軍興，姑試之耳。」泰和二年，改户部主事，翰林修撰。出爲寧邊州刺史〔七〕。二年改平定州〔八〕。治化清淨，所去人思之。貞祐初，中國仍歲被兵，公建言時事可行者三：一遷都，二導河，三封建。朝廷略施行之。四年，除翰林侍講學士。明年轉侍讀。興定中，拜禮部尚書，兼侍讀，同修國史，知集賢院。開興正月，京師戒嚴，時公已老，日以時事爲憂，雖食息頃不能忘。每聞一事可便民，一士可擢用，大則拜章〔九〕，小則爲當路者言。殷勤鄭重，不能自已。竟用是得疾，薨，年七十四。自幼至老，未嘗一日廢書不觀。著《易叢説》十卷，《中庸説》一卷，《揚子發微》一卷，《太玄箋贊》六卷，《文中子類説》一卷，《南華略釋》一卷，《列子補注》一卷，删集論語、孟子解各一十卷，《資暇録》一十五卷。所著文章號《滏水集》者，前後三十卷。大概公之文出於義理之學〔一〇〕，故長於辨析，極所欲言而止，不以繩墨自拘。七言長詩筆勢縱放，不拘一律。律詩壯麗，小詩精絶，多以近體爲之。至五言大詩，則沉鬱頓挫學阮嗣宗〔一一〕，真淳簡澹學陶淵明，以他文較之，或不近也。字畫則有魏晉以來風調，而草書尤警絶，殆天機所到，非學能至。宣徽舜卿使河湟〔一二〕，夏人多問公及王子端内翰起居狀〔一三〕。朝廷因以公報聘〔一四〕，其爲四方所重如此。論者謂公至誠樂易，與人交不立崖岸〔一五〕，主盟吾道將三十年，未嘗以大名自居。仕五朝，官六卿，自奉養如寒士，不知富貴爲何物。蓋學道所得云。

【注】

〔一〕滏陽：古縣名。北周析臨水縣置，以城在滏水之陽，故名。今河北省磁縣。

〔二〕胥持國：字秉鈞，代州繁峙（今山西省繁峙縣砂河鎮）人。經童出身，爲人柔佞有智術。官至參知政事，尚書右丞。與李妃結納干政，附其門下者有「胥門十哲」。《金史》卷一二九有傳。

〔三〕守貞：完顔守貞。金朝宗室，完顔希尹之孫。世宗大定初起用，不久被棄，至大定末再起。章宗明昌年間歷任參知政事、平章政事等職，封蕭國公。通曉法律，熟悉典章，爲章宗更定禮樂、刑政等制度。後被胥持國排擠，死於濟南知府任上。《金史》卷七三有傳。

〔四〕岢嵐：嵐州軍州名。宋稱岢嵐軍，金大定二十二年改稱州。今山西省岢嵐縣。

〔五〕北京：遼中京，金初因之，海陵貞元間改稱北京。治大定縣，今内蒙古寧城西。

〔六〕萬公：即張萬公，字良輔。東平東阿（今山東省東阿縣）人。正隆二年進士。後拜平章政事，遷資善大夫，封壽國公。《金史》卷九五有傳，《中州集》卷九有小傳。

〔七〕寧邊：古州縣名。遼置寧邊州，屬西南招討司。金仍爲寧邊州，正隆三年兼置寧邊縣。屬西京路，治今山西省偏關縣北。

〔八〕平定：州縣名。本宋平定軍，金大定二年升爲州，屬河東北路，領平定縣。治今山西省平定縣。

〔九〕拜章：給皇帝上奏章。《南史·蕭子雲傳》：「齊建武四年，封新浦縣侯。自製拜章，便有文采。」

〔一〇〕義理之學：指宋以來之理學。

〔一一〕阮嗣宗：即阮籍，字嗣宗。三國魏詩人。詩風悲憤哀怨，隱晦曲折。

〔一二〕舜卿：即奥屯舜卿，又稱奥屯良弼，又稱鄂屯良弼。金哀宗時曾任宣徽使、尚書左丞、禮部尚書等。河湟：黄河與湟水兩水之間的地區，代指西夏國。

〔三〕夏人：西夏人。王子端内翰：王庭筠（一一五一——一二〇二），字子端，號黄華山主，又號雪溪。蓋州熊岳（今遼寧省蓋州市）人。大定十六年進士，仕爲翰林直學士。《金史》卷一二六有傳，《中州集》卷三有小傳。起居狀：指飲食寢興等一切日常生活狀況。

〔四〕報聘：謂派使臣回訪他國。

〔五〕崖岸：喻矜莊孤高的情態。宋曾鞏《故翰林侍讀學士錢公墓誌銘》：「公平居樂易，無崖岸。」

雜擬三首〔一〕

朱明變氣候〔二〕，大火向西流〔三〕。六龍整征轡〔四〕，倏忽夏已秋〔五〕。閶闔來悲風〔六〕，霜稜被九州〔七〕。豈不念時節〔八〕，歲律聿其周〔九〕。精衛填溟海，木石安所投〔一〇〕。獨攜羨門子，高步登崑丘〔一一〕。千秋長不老，永謝區中囚〔一二〕。

【注】

〔一〕雜擬：古詩詩體的一種。指各種類比前人作品所寫的詩。《文選·詩·雜擬上》唐劉良注：「雜謂非一類。擬，比也，比古志以明今情。」

〔二〕朱明：夏季。《尸子》卷上：「春爲青陽，夏爲朱明。」唐劉禹錫《代謝端午賜物表》：「朱明仲月，端午佳辰。」

〔三〕大火：星宿名，即心宿。《爾雅·釋天》：「大火謂之大辰。」郭璞注：「大火，心也，在中最明，故時候主焉。」向西流：火星漸向西下，是暑退將寒之季。《詩·豳風·七月》：「七月流火，九月授衣。」

〔四〕六龍：指太陽。傳説日神乘車，駕以六龍，羲和爲御者。漢劉向《九歎·遠遊》：「貫澒濛以東朅兮，維六龍於扶桑。」征轡：遠行之馬的韁繩，代遠行。

〔五〕倏忽：形容時間迅速流逝。

〔六〕閶闔：傳説中的天門。悲風：淒厲的寒風。

〔七〕霜稜：寒威。唐陳子昂《登黄城西北樓送崔著作融入都》：「仲冬邊風急，雲漢復霜稜。」

〔八〕念時節：感念四季的節日。

〔九〕歲律：歲時，節令。聿：助詞。《詩·唐風·蟋蟀》：「蟋蟀在堂，歲聿其莫。」周：指年終。

〔一〇〕「精衛」二句：謂何必像精衛那樣爲志所驅，勤勉不已地做勞而無功之事。精衛：古代神話中鳥名。精衛以木石填滄海故事出《山海經·北山經》：精衛鳥本爲炎帝之少女，名曰女娃。女娃遊於東海，溺而不返，故爲精衛。於是常銜西山之木石，以湮於東海。溟海：大海。

〔一一〕羨門子：古仙人，名子高。《史記·秦始皇本紀》：「始皇至碣石，使燕人盧生求羨門、高誓。」《集解》：「羨門，古仙人。」崑丘：即昆侖山。傳説中仙人居處，此指仙界。

〔一二〕區中：人世間。唐王昌齡《裴六書堂》：「窗下長嘯客，區中無遺想。」囚：指被名利驅使奴役的世俗之人。

又

猗猗南山竹〔一〕，並生凡卉藂〔二〕。歲晏多霜雪〔三〕，見別蕭艾中〔四〕。我欲食鵷雛〔五〕，千歲不一逢。留之和律吕〔六〕，截作嶰谷筒〔七〕。一變爲清商，日暮來悲風〔八〕。清泉溉石根〔九〕，上有白雲封。虚心抱静節〔一〇〕，知音爲誰容〔一一〕。不如歸去來〔一二〕，一竿釣清灃〔一三〕。

【注】

〔一〕猗猗：美麗而茂盛的様子。《詩·衛風·淇奥》：「瞻彼淇奥，緑竹猗猗。」毛傳：「猗猗：美盛貌。」南山：指終南山，盛産竹。蘇軾《篔簹谷》：「料得清貧饞太守（文與可），渭濱千畝在胸中。」

〔二〕凡卉：普通花草。藂：同叢，聚集。

〔三〕歲晏：一年將盡的時候。

〔四〕蕭艾：艾蒿，臭草，即惡草。

〔五〕鵷雛：傳説中鸞凰一類的鳥。《莊子·秋水》：「夫鵷雛，發於南海而飛于北海，非梧桐不止，非練食不食，非醴泉不飲。」「練實」即竹實，也稱竹米，竹子開花後的果實。食：指飼養，餵養。以竹米餵食鵷雛。

〔六〕律吕：古代校正樂律之器。以竹管或金屬管製成，共十二管，管徑相等，以管之長短定音。從低音管算起，成奇數之六個管稱「律」；成偶數之六個管稱「吕」，合稱「律吕」。後亦用指音樂。

〔七〕嶰谷筒：即嶰竹，簫、笛等竹製樂器。傳説黄帝命伶倫取嶰谷之竹定律，製作樂器，故後世以之統稱管樂器。漢應劭《風俗通·聲音序》：「昔黄帝使伶倫自大夏之西，昆侖之陰，取竹於嶰谷，取其竅厚均者，斷兩節而吹之，以爲黄鐘之管。」嶰谷：昆侖山北谷名。

〔八〕「一變」二句：言樂器之美，一經吹奏，便能感動天地。清商：商聲，古代五音之一。因調淒清而得名。也指秋風。

〔九〕石根：扎在石頭上的竹根。

〔一〇〕虚心：以竹子中空寓没有雜念，心神專注之意。静節：清高的節操。唐方干《書桃花塢周處士壁》：「自學古賢修静節，唯應野鶴識高情。」

〔一一〕「知音」句：本司馬遷《報任少卿書》：「蓋鍾子期死，伯牙終身不復鼓琴。何則？士爲知己者用，女爲説己者容。」

〔一二〕歸去來：回去。唐杜甫《發劉郎浦》：「白頭厭伴漁人宿，黄帽青鞋歸去來。」

〔一三〕清灃：水名，又作豐水，在今陝西境内。源出秦嶺山中，北流至西安市西北注入渭水。

又

白日淪西汜〔一〕，滄海無回波〔二〕。四時更代謝，奈此遲暮何〔三〕。我欲制頹光，惜無魯陽戈〔四〕。憑高望八荒〔五〕，睊晲迷山河①〔六〕。驚風振江海〔七〕，山林無靜柯〔八〕。獸狂走四顧，曠野迷絓羅〔九〕。西登廣武山〔一〇〕，北顧望三河〔一一〕。蓬蒿蔽極目，人少虎狼多。喟然發長歎〔一二〕，拊劍徒悲歌〔一三〕。

【校】

① 睊晲迷山河：《滏水集》作「睛昏迷山阿」。

【注】

〔一〕淪：降落，隱没。西汜：神話傳説中太陽落下的地方。

〔二〕滄海：大海。回波：向後回流的波浪。

〔三〕遲暮：以傍晚喻晚年。《楚辭·離騷》：「惟草木之零落兮，恐美人之遲暮。」

〔四〕「我欲」二句：《淮南子·覽冥訓》：「魯陽公與韓搆難，戰酣日暮，援戈而撝之，日爲之反三舍。」制：制止，阻止。頽光：落日餘暉。魯陽：指魯陽公。戰國時楚魯陽邑公，相傳能揮戈返日。

〔五〕八荒：八方荒遠之處。古人將東南西北四方，加東南、西南、東北、西北四隅統稱八方，《漢書·項籍傳贊》：「併吞八荒之心。」顔師古注：「八荒，八方荒忽極遠之地也。」

〔六〕睊晲：視覺迷蒙不清貌。

〔七〕驚風：强勁猛烈的風。

〔八〕静柯：静止不動的樹枝。

〔九〕迷：通「彌」。布滿。絓羅：指懸掛的網羅。語自漢揚雄《太玄·玄瑩》：「周流九虚，而禍福絓羅。」

〔一〇〕廣武山：在河南鄭州市西北的黄河南岸。《滎澤縣誌》：「廣武山在縣西十里許。山勢自河邊陡起，由北而南，綿亘不斷。」秦亡時，劉邦和項羽曾在此交戰。漢魏時阮籍登臨此山，發出「時無英雄，使豎子成名」的慨歎。

〔一一〕三河：漢代指河内、河東、河南三郡。今河南洛陽黄河南北一帶。《後漢書·劉祐列傳》：「政爲三河表。」李賢注：「三河，謂河東、河内、河南也。」

〔一二〕喟然：形容歎息的樣子。

〔一三〕「拊劍」句：寓空有壯心，報國無門之意。

花下墓

山前樹，今人看花昔人墓。昔人栽花待邀賓①，花開墓上人何處。今年花盡復明年，今人復爲後人憐。酒澆墓上喫不得，留與飢鴉作寒食。

【校】

①邀賓：《滏水集》作「游晏」。

傚王右丞獨坐幽篁裏①〔一〕

獨坐幽林下，談玄復觀易〔二〕。西日隱半峰②，返照林間石。石上多古苔，山花間紅碧。花落人不知，山空水流出。

【校】

① 詩題《滏水集》作《仿摩詰獨坐幽篁裏》。

② 隱半峰：《滏水集》作「半銜峰」。

【注】

〔一〕王右丞：王維（七〇一——七六一），字摩詰，開元進士。官至尚書右丞。故稱。唐代山水田園詩派的代表人物。「獨坐幽篁裏」出自《竹裏館》：「獨坐幽篁裏，彈琴復長嘯。深林人不知，明月來相照。」趙秉文仿傚古人詩衆多，除王維詩外，還有仿陶淵明、韋應物之作。

〔二〕談玄：談論玄理。易：即《易經》。秉文頗精《易》理，著有《易叢説》十卷。

和陶淵明擬古五首

小智多自私〔一〕，大方乃無隅〔二〕。一毫納萬象，萬象非卷舒〔三〕。日月爲我牖，天地爲我廬〔四〕。

曲士窘拘囚①〔五〕，一身無容居〔六〕。我夢登日觀〔七〕，青天入平蕪〔八〕。俯視但一氣，一豪彼何如〔九〕。

【校】

① 拘囚：《滏水集》作「囚拘」。

【注】

〔一〕「小智」句：語自漢賈誼《鵬鳥賦》：「小智自私兮，賤彼貴我。」小智：小聰明。

〔二〕「大方」句：語自《老子》：「大方無隅，大器晚成。」大方：謂方正之極。隅：邊角。

〔三〕「一毫」二句：言以小納大，大物則窘迫不能舒展自如。

〔四〕「日月」二句：化用晉劉伶《酒德頌》句：「有大人先生，以天地爲一朝，以萬期爲須臾，日月爲扃牖，八荒爲庭衢。行無轍跡，居無室廬，幕天席地，縱意所如。」

〔五〕曲士：鄉曲之士。比喻孤陋寡聞之人。《莊子·秋水》：「曲士不可以語於道者，束於教也。」陸德明釋文引司馬彪曰：「曲士，鄉曲之士也。」拘囚：拘束，束縛。宋王安石《寄丁中允》：「顧惜五斗米，無辜自拘囚。」

〔六〕容居：容身，安身。

〔七〕日觀：泰山峰名，爲著名觀日出之處。

〔八〕平蕪：草木叢生的平曠原野。

〔九〕「俯視」二句：用劉伶《酒德頌》：「俯觀萬物，擾擾焉，如江漢之載浮萍；二豪侍側焉，如蜾蠃之與螟蛉。」表達作者視萬物爲浮萍，觀豪傑如螻蟻之豪情。二豪：兩位豪傑之士，指《酒德頌》中所謂貴介公子、搢紳處士。一氣：指混沌之氣，構成天地萬物之本原。語本《莊子·大宗師》：「彼方且與造物者爲人，而遊乎天地之一氣。」句借用杜甫《同諸公登慈恩寺塔》「俯視但一氣，焉能辨皇州」詩句。

又

昔日穆天子①，侈心窮八荒〔一〕。崑崙入馬蹄〔二〕，蘧廬視明堂〔三〕。王母爲之謠，白雲何茫茫〔四〕。憑高俯九州〔五〕，塊如螻蟻場〔六〕。歸來越河關〔七〕，萬家壓嵩邙〔八〕。遂令學仙者〔九〕，聞風爲激昂〔一〇〕。漢武千秋露〔一一〕，淮南八公方〔一二〕。至今瑶池宴〔一三〕，空爲後代傷〔一四〕。

【校】

①「昔日」：《滏水集》作「憶昔」。

【注】

〔一〕「昔日」二句：用周穆王典故，事見《穆天子傳》。穆天子：周穆王。侈心：恣肆之心。八荒：八方荒遠之處。《左傳·昭公十二年》：「昔穆王欲肆其心，周行天下，將皆必有車轍馬跡焉。」

〔二〕崑崙：昆侖山。神話傳説昆侖山上有瑶池、閬苑、層城、縣圃等仙境。《列子·周穆王》：「（穆王）不恤國事，肆意遠遊，命駕八駿之乘……遂宿於昆侖之阿，赤水之陽。」

〔三〕蘧廬：古代驛傳中供人休息的房舍。猶今之旅館。《莊子·天運》：「仁義，先王之蘧廬也，止可以一宿，而不可久處。」郭象注：「蘧廬猶傳舍。」明堂：古代帝王宣明政教的地方。凡朝會、祭祀、慶賞、選士、養老、教學等大典，都在此舉行。《孟子·梁惠王下》：「夫明堂者，王者之堂也。」

〔四〕「王母」二句：《竹書紀年》：穆王十七年，西征昆侖山，見西王母。乙丑，天子觴西王母於瑶池之上。西王母爲天子謡曰：「白雲在天，山陵自出。道里悠遠，山川間之。將子無死，尚能復來。」王母：西王母，古代神話傳説中的女神。

〔五〕九州：古代分中國爲九州。説法不一。後以「九州」泛指天下、中國。

〔六〕塊：大地。《文選·張華·答何劭詩三首》：「洪鈞陶萬類，大塊稟群生。」李善注：「大塊爲地也。」螻蟻場：螻蛄、螞蟻活動之所。

〔七〕河關：指黄河和潼關。

〔八〕萬冢：衆多墳墓。壓：覆蓋。嵩邙：嵩山和邙山之並稱。嵩山在登封西北，邙山即北邙山，在洛陽東北。東漢和北魏時，王公貴族多葬於此。《後漢書·五行志》：「靈帝之末，京都童謡曰：『侯非侯，王非王，千乘萬騎上北邙。』」

〔九〕「遂令」句：唐陳子昂《感遇》其二六：「荒哉穆天子，好與白雲期。」學仙者：修煉、學習道家長生不老之術的人。

〔一〇〕聞風：聽到音訊或傳聞。激昂：亦作「激卬」。振奮激勵，受到鼓舞。

〔一一〕「漢武」句：漢武帝迷信神仙，於建章宫築神明臺，立銅仙人舒掌捧銅盤承接甘露，冀飲以延年。後三國魏明帝亦於芳林園置承露盤。《漢書·郊祀志上》：「其後又作柏梁、銅柱、承露仙人掌之屬矣。」顔師古注：「《三輔故事》云：建章宫承露盤高二十丈，大七圍，以銅爲之，上有仙人掌承露，和玉屑飲之。」

〔一二〕「淮南」句：漢淮南王劉安門客蘇非、李尚、左吴、田由、雷被、毛被、伍被、晉昌八人，稱「八公」。晉葛洪《神仙傳》等書以八公爲神仙。八公方：指成仙之方術。

〔一三〕瑶池宴：西王母宴請穆天子於瑶池。《穆天子傳》卷三：「乙丑，天子觴西王母於瑶池之上。」

〔一四〕「空爲」句：李白《古風》其四三：「周穆八荒意，漢皇萬乘尊。淫樂心不極，雄豪安足論。」李商隱《瑶池》：「瑶池阿母綺窗開，黄竹歌聲動地哀。八駿日行三萬里，穆王何事不重來？」

又

吾道無緇磷，萬古常如兹。奈何中智下，謂彼不知時〔一〕。與世頗殊好〔二〕，譬彼澠與淄〔三〕。
我欲質所從〔四〕，登高望九疑〔五〕。路逢古漁父，長歌滄浪辭〔六〕。出門異所見〔七〕，退坐還自思。當世固殊古，古人不吾欺①。翩翩出林鳥，日暮將何之〔八〕。倚檐送歸盡，聊欲絃吾詩。

【校】

①吾：毛本作「我」。

【注】

〔一〕「吾道」四句：《論語·陽貨》：「不曰堅乎？磨而不磷。不曰白乎？涅而不緇。」何晏集解：「孔（安國）曰：磷，薄也；涅，可以染皂。言至堅者，磨之而不薄；至白者，染之於涅而不黑。喻君子雖在濁亂，濁亂不能汙。」四句謂吾儒者爲道而任，志向堅定，不因環境的影響而改變初衷。爲何中等以下智力的人對此不能理解而認爲不識時務呢？

〔二〕「與世」句：言儒者與世俗之人爲功名而仕者志趣不同。

〔三〕澠與淄：澠水與淄水。二水在山東，戰國時屬齊。二水味道不同，齊桓公臣易牙能辨別其味。見《吕氏春秋·精諭》。南朝梁沈約《君子行》：「良御惑燕楚，妙察亂澠淄。」

〔四〕質：詢問就正。

〔五〕九疑：亦作「九嶷」，山名。在今湖南省寧遠縣南。相傳舜葬於此。《山海經·海内經》：「南方蒼梧之丘，蒼梧之淵，其中有九嶷山，舜之所葬，在長沙零陵界中。」郭璞注：「其山九溪皆相似，故云『九疑』。」

〔七〕「路逢」二句：《楚辭·漁父》載：屈原既放，游於江潭，行吟澤畔。所逢漁父針對屈原所說的「舉世皆濁我獨清，衆人皆醉我獨醒，是以見放」的原因，開導曰：「聖人不凝滯於物，而能與世推移。」乃歌曰：「滄浪之水清兮，可以濯吾纓；滄浪之水濁兮，可以濯吾足。」二句借此舉出另一種與世推移、隨運乘化的人生觀。

〔八〕「出門」句：謂出門所見漁父等人隨運乘化的人生觀與孔子等爲道而任截然相反。

〔九〕「翩翩」二句：反用晉陶淵明《歸去來兮辭》「雲無心以出岫，鳥倦飛而知還」，寓自己於仕隱出處的人生歸宿始終茫然。

又

西北有佳人〔一〕，樓上拊雲和〔二〕。一鼓別鶴操〔三〕，再弄求凰歌〔四〕。絃聲幾欲絶〔五〕，哀響何其多①。昔爲掌中珠②，今爲路傍花〔六〕。壯年不再得，華落將如何〔七〕。

【校】

① 響：《滏水集》作「音」。

② 珠：毛本作「珍」。

【注】

〔一〕「西北」句：語本《漢書·外戚傳》：「李延年侍上起舞，歌曰：『北方有佳人，絶世而獨立。一顧傾人城，再顧傾人國。』」

〔二〕拊：同「撫」。彈奏。雲和：琴瑟、琵琶等絃樂器的統稱。《文選·張協·七命》：「吹孤竹，拊雲和。」李周翰注：「雲和，瑟也。」李白《寄遠》其一：「遥知玉窗裏，纖手弄雲和。」

〔三〕别鶴操：亦稱「鶴操」、「鶴琴」。樂府琴曲名。晉崔豹《古今注》卷中：「《别鶴操》，商陵牧子所作也。娶妻五年而無子，父兄將爲之改娶。妻聞之，中夜起，倚户而悲嘯。牧子聞之，愴然而悲，乃歌曰：『將乖比翼隔天端，山川悠遠路漫漫，攬衣不寢食忘餐！』後人因爲樂章焉。」後用以指夫妻分離，抒發别情。

〔四〕弄：撥弄，彈奏樂器。求凰歌：漢司馬相如《琴歌》之一：「鳳兮鳳兮歸故鄉，遨遊四海求其凰。」相傳司馬相如曾歌此向卓文君求愛。

〔五〕絶：悲傷之至。

〔六〕「昔爲」二句：晉傅玄《短歌行》：「昔君視我，如掌中珠。何意一朝，棄我溝渠。」

〔七〕華落：喻年老色衰。

又

張衡詠思玄〔一〕，屈平賦遠遊〔二〕。高情薄雲天〔三〕，意氣隘九州〔四〕。朝攀扶桑枝〔五〕，夕飲弱水流〔六〕。翻然不忍去，無女哀高丘〔七〕。嚴霜下百草〔八〕，歲律聿其周〔九〕。蕭蘭共憔悴〔一〇〕，已矣吾何求〔一一〕。

【注】

〔一〕「張衡」句：張衡（七八——一三九）字平子，南陽（今屬河南）人。東漢科學家、文學家。因受宦官讒毁，以爲吉凶倚伏，幽微難明，遂仿屈原《離騷》作騷體《思玄賦》，以宣寄情志。

〔二〕屈平：屈原，名平，字原。戰國時楚國政治家，楚辭代表作家。遠遊：《楚辭》中的名篇。王逸《楚辭章句》認爲是屈原所作。但不少研究者認爲是漢人仿《離騷》之作。開篇云：「悲時俗之迫阨兮，願輕舉而遠遊。」

〔三〕高情：高尚情懷。薄雲天：直上雲天。形容精神之崇高。

〔四〕隘：充塞。

〔五〕扶桑：神話中樹名，在東方太陽升起處。傳説日出於扶桑之下，拂其樹杪而升。晉陶潛《閒情賦》：「悲扶桑之舒光，奄滅景而藏明。」

〔六〕弱水，古水名。《禹貢》稱其爲最西邊的河水。《水經注》卷二：「長老傳聞條支有弱水，西王母亦未嘗見。自條支乘水西行，可百餘日近日所入也。或河水所通西海矣。」

〔七〕「翻然」二句：化用屈原《離騷》詩句。《楚辭·離騷》：「忽反顧以流涕兮，哀高丘之無女。」王逸注：「楚有高丘之山。女以喻臣。言已離去，意不能已，猶復顧念楚國無有賢臣，心爲之悲而流涕也。」《遠遊》亦有「涉青雲以汎濫兮，忽臨睨夫舊鄉。僕夫懷余心悲兮，邊馬顧而不行」之句。翻然：高飛貌。高丘，楚國山名。

〔八〕「嚴霜」句：化用唐薛曜《子夜冬歌》「朔風扣群木，嚴霜凋百草」詩句。

〔九〕歲律：歲時，節令。聿：助詞。用《詩・唐風・蟋蟀》句：「蟋蟀在堂，歲聿其莫。」周：年終。

〔一〇〕蕭：艾草，蕭艾，常喻奸佞小人。蘭：蘭草，香草。喻正人君子。《楚辭・離騷》：「何昔日之芳草兮，今直爲此蕭艾也。」張衡《思玄賦》：「珍蕭艾於重笥兮，謂蕙芷之不香。」

〔一一〕已矣：罷了。

中秋

天風吹河漢〔一〕，明月懸清光。清光不可掇，流影入杯觴。吸此風露魄〔二〕，洗我冰炭腸〔三〕。向來功名心，一笑雪沃湯〔四〕。人生幾中秋，彈指三萬場〔五〕。胡爲置熱惱〔六〕，不使心清涼〔七〕。此心如秋月，虛明洞八方〔八〕。此身萬化中，太山一毫芒。尚無物與我，何者爲彭殤〔九〕。推琴黄葉落，矯首白雲翔〔一〇〕。解衣一盤礴〔一一〕，清境墮渺茫〔一二〕。

【注】

〔一〕河漢：指銀河。《古詩十九首・迢迢牽牛星》：「河漢清且淺，相去復幾許。」

〔二〕風露：金風和玉露。魄：指月亮和月光。唐太宗《遼城望月》：「魄滿桂枝圓，輪虧鏡彩缺。」宋朱淑真《夜留依緑亭》：「三更好月十分魄，萬里無雲一樣天。」

〔三〕冰炭：冰塊和炭火。比喻性質相反，不能相容。語本唐韓愈《聽潁師琴歌》：「無以冰炭置我腸。」

〔四〕雪沃湯：即以湯沃雪。熱水澆雪，頃刻消融。比喻事物消失，或問題解決。

〔五〕彈指：撚彈手指作聲。佛家多以喻時間短暫。場：量詞。用於事情的經過或行爲的次數。三萬場：代一生。一年三百多天，人生百年，盡其量三萬天而已。李白《襄陽歌》：「百年三萬六千日，一日須傾三百杯。」宋辛棄疾《鵲橋仙·壽徐伯熙察院》：「好將三萬六千場，自今日，從頭數起。」

〔六〕熱惱：佛教語，謂焦灼苦惱。

〔七〕清涼：佛教語，指清靜無煩擾。

〔八〕虚明：佛教用語，謂心中空明澄澈，洞明一切。

〔九〕「此身」四句：用阮籍《達莊論》：「自小視之，則萬物莫不小；由大觀之，則萬物莫不大。殤子爲壽，彭祖爲夭；秋毫爲大，泰山爲小。」四句用莊子齊物論觀，認爲大小壽夭無多差别。

〔一〇〕矯首：昂首，抬頭。杜甫《又上後園山脚》：「窮秋立日觀，矯首望八荒。」

〔一一〕「解衣」句：本《莊子·田子方》：「宋元君將畫圖，衆史皆至，受揖而立……有一史後至者，儃儃然不趨，受揖不立，因之舍。公使人視之，則解衣般礴贏。」解衣盤礴：指隨性任情，不受拘束的情狀。解衣：脱衣。盤礴：箕踞而坐，伸開兩腿坐。

〔三〕渺茫：遼闊廣大貌。

送雷希顔赴涇州録事，李君美治中公廨南樓坐中作〔一〕

嚴霜枯百草〔二〕，摇蕩鴻鵠心〔三〕。翩翩萬里翼，隨雲落西南。涇水東流不到燕〔四〕，送君落日孤雲邊〔五〕。聲名一日天下白，還作南樓坐中客〔六〕。西州自古多豪英〔七〕，作者凜凜氣猶生〔八〕。太尉清風萬萬古①，不勞折箠笞此虜〔九〕。男兒生不功名死無益，莫言簿領卑凡職〔一〇〕。君不見當時髯張一尉耳，至今雙廟令人起〔一一〕。

【校】

①萬萬：毛本作「邁萬」。

【注】

〔一〕雷希顔：雷淵（一一八四—一二三一），字希顔，别字季默。應州渾源人。《金史》本傳：「登至寧元年詞賦進士甲科，調涇州録事。」涇州：金州名，因涇水得名，屬慶原路（舊作陝西西路）。今甘肅省涇川縣。録事：金代官名，正八品。《金史·百官三》：「諸府節鎮録事司：録事一員，正八品。」李君美：李革，字君美，河津人。時爲大興府治中。見《金史》卷九九《李革傳》。

〔二〕「嚴霜」句：用宋晁冲之《田中行》句：「嚴霜枯百草，清此山下溝。」

〔三〕鴻鵠心：鴻鵠之志。比喻遠大的志向。

〔四〕涇水：水名。發源於寧夏，東流經甘肅、陜西，入渭河。燕：指送别地。金大興府治中都，宋稱燕山府。

〔五〕落日孤雲：蘇軾《虔州八境圖》其二：「倦客登臨無限思，孤雲落日是長安。」句指金都燕京。兼用杜甫《春日憶李白》「渭北春天樹，江東日暮雲」詩意，寓仰慕懷念友人之情。

〔六〕「聲名」二句：用李賀《致酒行》「我有迷魂招不得，雄雞一聲天下白。少年心事當拏雲，誰念幽寒坐鳴呃」詩意。上句指雷淵進士及第，下句典出《晉書·庾亮傳》：「亮在武昌，諸佐吏殷浩之徒，乘秋夜往共登樓。俄而不覺亮至，諸人將起避之。亮徐曰：『諸君少住，老子於此處興復不淺。』便據胡牀，與浩等談詠竟坐。」以庾亮喻主人李君美，兼及主客風流融洽之關係。

〔七〕「西州」句：本《漢書·趙充國辛慶忌傳贊》：「山東出相，山西出將。」西州：指涇州。因位於西部而稱之。

〔八〕「作者」句：言秦漢以來西州所出白起、王翦、李廣等英雄如死而復活，其威嚴仍能使人敬畏。《國語·晉語八》：「趙文子與叔向遊於九原，曰：『死者若可作也，吾誰與歸。』」韋昭注：「作，起也。」唐劉禹錫《蜀先主廟》：「天下英雄氣，千秋尚凜然。」元好問《雷希顔墓銘》謂雷淵軀幹雄偉，食兼三四人，「辭氣縱横，如戰國遊士；歌謡慷慨，如關中豪傑」。

〔九〕「太尉」二句：用唐太尉段秀實事。段秀實（七一八——七八三），字成公。授涇州刺史，封張掖郡王。仁愛百姓，爲人正直。後因當廷笏擊叛臣朱泚而被殺。死後追封太尉。《舊唐書》卷一二八有傳。唐柳宗元《段太尉逸事狀》載，郭晞「寓軍邠州，縱士卒無賴。邠人偷嗜暴惡者，率以貨竄名軍伍中，則肆志。吏不得問」。時爲荆州刺史的段秀實捕斬其十七人。後隻身赴晞營，義正辭嚴地將其説服，邠州因此無禍。句指此。元好問《雷希顔墓銘》謂雷淵：「爲人軀幹雄偉，髯張口哆，顔渥丹，眼如望羊。遇不平，則疾惡之氣見於顔間，或嚼齒大駡不休。釋褐涇州録事，不赴。换東平府録事……希顔在東平。東平河朔重兵處也。驕將悍卒倚外寇爲重，自行臺以下皆務爲摩拊之。希顔涖官，所以自律者甚嚴，出入軍中，偃然不爲屈，故頗有謳譁者。不數月，閭巷間家有希顔畫像。雖大將，亦不敢以新進書生遇之。」「蔡下一兵與權貴有連，脱役遁田間，時以藥毒殺民家馬牛，而以小直脅取之。希顔捕得，數以前後罪，立杖殺之。」由此可見趙秉文的識人預見之明。箠：策馬之杖。《後漢書·鄧禹列傳》：「赤眉無穀，自當來東。吾折箠笞之，非諸將憂也。」謂用短杖即可輕易制敵取勝。

〔一〇〕簿領：官府記事的簿册或文書。元好問所作雷淵《墓銘》謂「釋褐涇州録事，不赴」。此詩趙秉文勸勉雷淵赴任。

〔一一〕「君不見」二句：用唐張巡事。髯張：張巡（七〇九——七五七），鄧州南陽人，唐開元末舉進士，爲人剛正不阿。安禄山起兵，張巡與許遠合兵守睢陽，堅守數月，因援絶糧盡，城陷被殺。後在睢陽建雙廟紀念之。事見《舊唐書》卷一八七下、《新唐書》卷一九二。

魯直烏絲欄黄庭①〔一〕

太清虚皇玉景經〔二〕，琅函瓊笈秘始清〔三〕。囊以雲錦金鈿扃〔四〕，四神守衛訶百靈〔五〕。中夜一氣存黄庭〔六〕，玄霜瓊膏清子形②〔七〕。方瞳緑髮魂魄寧〔八〕，上壽千秋下百齡〔九〕。天書夜降敕六丁〔一〇〕，控駕三素乘風泠〔一一〕。鳳笙龍管超冥冥〔一二〕，揚旌抗旆燿飛星〔一三〕。八威吐毒驅雷霆〔一四〕，擲火萬里流金鈴〔一五〕。仙人拂石劫不聽〔一六〕，笑視人世風中螢〔一七〕。世間醉夢紛羶腥〔一八〕，三尸調汝丹田螟〔一九〕。有如尾閭泄滄溟〔二〇〕，一朝神離鳥飛瓶〔二一〕。涪翁書法出蘭亭〔二二〕，名書此經實自銘〔二三〕。開卷恍然如酒醒，養生新發庖丁硎〔二四〕。

【校】

① 詩題《滏水集》作《題魯直書黄庭經》。

② 清：毛本、李本、日本皆作「灌」。

【注】

〔一〕魯直：黄庭堅（一〇四五——一一〇五），字魯直，號山谷道人，晚號涪翁，洪州分寧（今江西省修水縣）人。北宋詩人、書法家。烏絲欄：指上下以烏絲織成欄，其間用朱墨界行的絹素。後亦指有墨線格子的箋紙。唐李肇《唐國史補》卷下：「宋、亳間，有織成界道絹素，謂之烏絲欄、朱絲欄。」宋袁文《甕牖閑評》卷六：「黄素細密，上下烏絲織成欄，其間用朱墨界行，此正所謂烏絲欄也。」黄庭：即《黄庭經》，道教重要典籍。現傳《黄庭經》有《黄庭内景經》、《黄庭外景經》、《黄庭中景經》三種，首次提出了三丹田的理論。東晉書法家王羲之曾以小楷書於黄素絹上，共一百行，到宋代摹刻上石，有拓本流傳。合觀《滏水集》詩題及「涪翁書法出蘭亭，名書此經實自銘」可知，此詩所詠爲黄庭堅仿王羲之帖，書於烏絲欄絹本者。

〔二〕太清：三清之一，道教謂元始天尊所化法身道德天尊所居之地。其境在玉清、上清之上，唯成仙方能入此處。後亦泛指仙境。虚皇：道教太虚之神。玉景：指《黄庭經》。

〔三〕琅函：書匣的美稱。瓊笈：以玉裝飾之書箱，多指道書。秘：存藏。始清：三清之始，當指《黄庭經》。

〔四〕囊：盛書的袋子，以絲或皮革製成。雲錦：織有雪紋圈案的絲織品。金鈿扃：用金鑲嵌的環鈕。指書套上收納竹簽或象牙籤、金屬簽的環。

〔五〕四神：指蒼龍、白虎、朱雀、玄武四星之精。訶：保護。百靈：各種神靈。

〔六〕「中夜」句：句指修仙學道者半夜煉内丹運氣三丹田。黄庭：《黄庭内景經》務成子題解：「黄者，中央之色也；庭者，四方之中也。外指事即天中、人中、地中。内指事即腦中、心中、脾中，故曰黄庭。」古人將用《黄庭經》理論煉内丹者稱爲黄庭客。唐孟郊《傷哉行》：「豈知黄庭客，仙骨生不成。」

〔七〕玄霜：神話中的一種仙草。《初學記》卷二引《漢武帝内傳》：「仙家上藥有玄霜、絳雪。」瓊膏：神話中的玉膏，出蓬萊山。晉王嘉《拾遺記·唐堯》：「(重明之鳥)能搏逐猛獸虎狼，使妖災群惡不能爲害。飴以瓊膏，或一歲數來，或數歲不至。」句謂煉内丹如玄霜瓊膏滋潤，使清氣灌滿形體。

〔八〕方瞳：方形的瞳孔。古人以爲長壽之相。緑髮：青黑而有光澤的頭髮。

〔九〕上壽：三壽中之上者。《莊子·盜跖》：「人上壽百歲，中壽八十，下壽六十。」

〔一〇〕天書：道家稱元始天尊所説之經書，或托言天神所賜之書。六丁：道教認爲六丁(丁卯、丁巳、丁未、丁酉、丁亥、丁丑)爲陰神，受天帝之役使。道士則可用符籙召致，以供其驅使。《後漢書·梁節王劉暢列傳》：「從官卞忌自言能使六丁。」李賢注：「六丁，謂六甲中丁神也。若甲子旬中，則丁卯爲神，甲寅旬中，則丁巳屬神之類也。役使之法，先齋戒，然後其神至，可使致遠方物及知吉凶也。」

〔一一〕三素：《黄庭内景經·上有》：「四氣所合列宿分，紫煙上下三素雲。」務成之注：「三素者，紫素、白素、黄素也。」此指各色雲彩。風泠：泠風。柔和的小風。《莊子·齊物論》：「泠風則小和，飄風則大和。」成玄英疏：「泠，小風也。」

〔一二〕鳳笙：漢應劭《風俗通·聲音·笙》引《世本》：「隨作笙。」長四寸、十二簧，像鳳之身，正月之音也。」後因稱笙爲「鳳笙」。龍管：笛的美稱。冥冥：指高遠的天際。句言管樂聲響徹雲霄。

〔三〕揚旌：高舉軍旗。抗旆：舉旆，旆亦指旌旗。燿：火光閃爍貌。

〔四〕八威：道教稱八方之神。《黄庭内景經・黄庭》：「重堂煥煥明八威。」梁丘子注：「八卦之神，曰八威也。」驅：駕馭，役使。

〔五〕流金鈴：金鈴都被熔化了。誇張八威吐毒的温度之高。《楚辭・招魂》：「十日代出，流金鑠石些。」王逸注：「其熱酷烈，金石堅剛，皆爲消釋也。」

〔六〕「仙人」句：《法苑珠林》卷一：「有一大石方四十里，百歲諸天來下，取羅縠衣拂，石盡，劫猶未窮。」劫：原爲古代印度婆羅門教極長的時間單位。佛教沿用，而視之爲不可計算的長大年月。句易佛教中護法諸天神以仙人，謂神仙長生不老，天上一日，世間千年，其生命長度遠超佛教之「劫」，不聽信限制於此。

〔七〕風中螢：風中飛的螢火蟲，瞬息即滅。喻人生百年之短暫。

〔八〕羶腥：牛羊味羶，魚蝦味腥，此泛指魚肉類食物。比喻利禄或世俗的生活。唐高適《送郭處士往萊蕪兼寄苟山人》：「身上未曾染名利，口中猶未知羶腥。」

〔九〕三尸：道家稱在人體内作祟的神有三，即「三尸」或「三尸神」。《雲笈七籤》卷八三《庚申部・説三尸》：「真人云：上尸名彭倨，好寶物；中尸名彭質，好五味；下尸名彭矯，好色欲。」丹田：道教謂人體丹田有三，在兩眉間者爲上丹田，在心下者爲中丹田，在臍下者爲下丹田。見晉葛洪《抱朴子·地真》。通常人們指下丹田。《黄庭外景經·上部經》:「呼吸廬間入丹田。」務成子注:「呼吸元氣會丹田中。丹田中者,臍下三寸陰陽户。俗人以生子,道人以生身。」螟:蛾的幼蟲。句言三尸神作祟損害丹田中幼弱之氣的成長。

〔一〇〕尾間泄滄溟:語自《莊子·秋水》:「天下之水,莫大于海,萬川歸之,不知何時止而不盈。尾間泄之,不知何時已而不虚。」成玄英疏:「尾閭者,泄海水之所也。」《文選·嵇康·養生論》:「自力服藥,半年一年,勞而未驗。志以厭衰,中路復廢,或益之以畎澮而泄之以尾閭。」

〔一一〕鳥飛瓶:南朝梁沈宏《答釋法雲書》:「至如經喻,雀飛瓶在,火滅字存。」

〔一二〕涪翁:黄庭堅晚年之號。蘭亭:指王羲之《蘭亭序》帖。行書帖中的極品。

〔一三〕自銘:作爲自己的座右銘。

〔一四〕「養生」句:典出《莊子·養生主》「庖丁解牛」篇。庖丁爲文惠君解牛,「奏刀騞然,莫不中音」,文惠君稱贊其技藝高妙。庖丁云:平生宰牛數千頭,而今宰牛全以神運,「未嘗見全牛」,刀入牛身若「無厚入有間」而遊刃有餘。故牛刀雖用十九年,而其鋒仍「若新發於硎」。後常用「庖丁解牛」狀技藝高超精妙。句以庖丁解牛其刀始終如新磨之鋒利的養生論喻黄庭堅所書《黄庭經》,言自己讀後有醍醐灌頂之效果。

同粹中師賦梅〔一〕

寒梅雪中春,高節自一奇。人間無此花,風月恐未宜〔二〕。不爲愛冷艷,不爲惜幽姿。愛此骨中香〔三〕，花餘嗅空枝。影斜清淺處，香度黄昏時〔四〕。可使飢無食，不可無吾詩〔五〕。

【注】

〔一〕粹中：性英，字粹中，號木庵。金末詩僧。曾爲嵩山少林、龍門寶應等寺住持。其生平事跡，詳見元好問所作《木庵詩集序》。粹中爲趙秉文方外好友。據劉祁《歸潛志》卷九稱，趙秉文詩文中涉及佛道内容的《閑閑外集》，由性英刊行。

〔二〕「人間」二句：謂世間若無梅花，僅有清風明月恐怕遠遠不夠，難以稱心。風月：清風明月。泛指美好的景色。

〔三〕骨中：内部實質。

〔四〕「影斜」二句：減裁宋林逋《山園小梅》：「疏影横斜水清淺，暗香浮動月黄昏。」

〔五〕「可使」二句：奪胎於蘇軾《於潛僧緑筠軒》：「寧可食無肉，不可居無竹。」

遊華山寄元裕之〔一〕

我從秦川來〔二〕，遍歷終南遊〔三〕。暮行華陰道〔四〕，清快明雙眸①〔五〕。東風一夜横作惡，塵埃咫尺迷巖幽〔六〕。山神戲人亦薄相〔七〕，一杯未盡陰霾收。但見兩崖巨壁插劍戟，流泉夾道鳴琳璆〔八〕。希夷石室緑蘿合〔九〕，金仙鶴駕空悠悠〔一〇〕。石門劃斷一峰出〔一一〕，婆娑石上爲遲留〔一三〕。上方可望不可到，崖傾路絶令人愁。十盤九折羊角上〔一四〕，青柯坪上得少休〔一四〕。三峰壁立五千仞〔一五〕，其下無址傍無儔〔一六〕。巨靈仙掌在霄漢〔一七〕，銀河飛下青雲頭〔一八〕。或云奇勝在高頂，脚力未易供冥搜〔一九〕。蒼龍嶺瘦苔蘚滑〔二〇〕，嵌空石磴誰雕鎪〔二一〕。每憐風自四山而下不見底，惟聞松聲萬壑寒颼颼〔二二〕。捫參歷井到絶頂〔二三〕，下視塵世區中囚〔二四〕。酒酣蒼茫瞰無際，塊視五嶽芥九州〔二五〕。南望漢中山〔二六〕，碧玉簪亂抽〔二七〕。況復秦宫與漢闕，飄然聚散風中漚〔二八〕。上有明星玉女之洞天〔二九〕，二十八宿環且周〔三〇〕。又有千歲之玉蓮，花開十丈藕如舟〔三一〕。五鬣不朽之長松，流膏入地盤蛟虬〔三二〕。采根食實可羽化〔三三〕，方瞳緑髮三千秋〔三四〕。時聞笙簫明月夜，芝輧羽蓋來瀛洲〔三五〕。乾坤不老青山色，日月萬古無停輈〔三六〕。君且爲我挽回六龍轡〔三七〕，我亦爲君倒卻黄河流〔三八〕。終期汗漫遊八極〔三九〕，乘風更覓元丹丘〔四〇〕。

【校】

①快：毛本作「使」。

【注】

〔一〕詩題：華山，五岳之西岳，在陝西東部，爲秦嶺東段。元好問字裕之，興定初以詩拜見趙秉文。趙大爲稱賞，謂少陵以來無此作，遂名震京師。興定五年，在趙主持的科考中及第。正大元年又得趙引薦，中博學宏詞科。趙視之爲接替其主持文壇的最佳人選。正大二年冬，趙出使西夏，未入境而返。按其《希夷先生祠堂記》所云「正大三年，道士某始克棟而宇之，會余以使事道華」可知，趙使西夏次年春在華山作此詩。

〔二〕秦川：泛指陝西、甘肅秦嶺以北平原地帶。

〔三〕終南：即終南山，又名太乙山、南山，是秦嶺山脈的一段。《長安縣誌》：「終南横亘關中南面，西起秦隴，東至藍田，相距八百里。昔人言山之大者，太行而外，莫如終南。」

〔四〕華陰：地名，位於華山之北。地處關中盆地南部，東至潼關，西臨華縣，南依秦嶺，北臨渭河。

〔五〕明雙眸：謂欣喜興奮之情使雙眼發亮。

〔六〕巖幽：山巖幽深處。

〔七〕「山神」句：化用蘇軾《次韻黄魯直赤目》詩句：「天公戲人亦薄相，略遣幻翳生明珠。」山神：主管某山的神靈。薄相：玩耍，遊戲。今吴方言作「白相」。

〔八〕「流泉」句：道路兩旁流泉叮咚，有如美玉相擊時發出的聲音。琳璆：又作「琳球」，美玉。

〔九〕希夷石室：宋初道士陳摶隱居華山時的居處。陳摶（八七一—九八九），字圖南，號「扶摇子」，宋太宗賜號「希夷先生」，人稱陳摶老祖。曾隱居華山雲臺觀少華石室。《宋史》卷四五七有傳。

蘿：女蘿，此處泛指藤蔓植物。

〔一〇〕「金仙」句：用唐崔顥《黄鶴樓》「昔人已乘黄鶴去，此地空餘黄鶴樓。黄鶴一去不復返，白雲千載空悠悠」語意。謂陳摶石室仍在，但人已仙去。金仙：學道者煉金丹以求長生不老，故稱。

〔一二〕劃斷：劈開。

〔一三〕婆娑：徘徊，停留。

〔一三〕羊角上：盤旋而上。

〔一四〕青柯坪：華山地名。位於峪山谷口約二十里處，三面環山，地勢平坦，林草茂盛。廟宇古樸，浮蒼點黛，故名。

〔一五〕三峰：指華山的蓮花、毛女和松檜三峰。唐陶翰《望太華贈盧司倉》：「行吏到西華，乃觀三峰壯。」

〔一六〕「其下」句：陡絶的三峰之下好像没有基址，旁邊也没有峰巒輔翼。形容山勢的險峻與獨峭。

〔一七〕巨靈仙掌：即「仙人掌」，也稱「巨靈掌」。在華山東峰之崖壁上。傳説黄河流經此處，遇華山與首陽山阻攔。玉帝派巨靈神下凡。巨靈神掌撑華山，脚蹬首陽，用力一推，給黄河開出一條入海之路。因用力過猛，山崖上留下一枚五指分明的巨靈掌。見北魏酈道元《水經注·河水注》。仙掌崖是華山奇境之一。

〔一八〕銀河：天河。此處比喻華山的瀑布。

〔一九〕「或云」二句：用宋王安石《遊褒禪山記》「世之奇偉瑰麗非常之觀，常在險遠……有志矣，不隨以止也，然力不足者，亦不能至也」文意。脚力：走路的能力，兩腿的力氣。冥搜：搜訪幽渺勝境。

〔二〇〕蒼龍嶺：華山著名險道之一。指救苦臺南、五雲峰下的一條刃形山脊，因嶺呈蒼黑色，勢若游龍而得名。嶺西臨青柯坪深澗，東臨飛魚嶺峽谷，長約百餘米，寬不足三尺，中突旁收，遊人行走上面，心旌神摇，如置雲端，非常驚險。莓苔：青苔。

〔二一〕石磴：石臺階。雕鎪：鑿雕。

〔二二〕颼颼：象聲詞，表示風聲。

〔二三〕捫參歷井：本指自秦入蜀途中，山勢高峻，可以摸到參、井兩星宿。語自李白《蜀道難》：「捫參歷井仰脅息，以手撫膺坐長歎。」後多用以形容山勢高峻，道路險阻。參、井，均爲星宿名，即參星和井星，分别爲蜀、秦分野。

〔二四〕塵世：人世間。區中囚：將人寰比作囚人之牢籠。

〔二五〕「塊視」句：以五嶽爲土塊，以九州爲芥草。塊：土塊。芥：小草，喻輕微纖細的事物。

〔二六〕漢中：秦郡名，在陝西秦嶺南部。

〔二七〕碧玉簪：唐韓愈《送桂州嚴大夫》：「山如碧玉簪。」抽：抽拔。

〔二八〕「况復」二句：至於秦宫漢闕，更是像飄蕩在風中聚散無常的水泡。秦宫漢闕：秦漢時的宫殿。秦都咸陽，漢都長安都在陝西。漚：水泡，泡影。常喻指消失無痕的事物，虚幻無常的世事。

〔二九〕明星玉女：華山中峰，居東、西、南三峰中央，是依附於東峰西側的一座小峰，峰頭有道舍名玉女祠，傳説是春秋時秦穆公女弄玉的修身之地，故名。中峰景觀如明星玉女崖、玉女洞、玉女石馬、玉女洗頭盆等，多與蕭史弄玉故事有關。洞天：神仙所居的洞府。

〔三〇〕二十八宿：環繞在周天的二十八個星座，東西南北四方各七宿。此喻四周的小山峰。

〔三一〕「又有」二句：唐韓愈《古意》：「太華峰頭玉井蓮，開花十丈藕如船。」玉蓮：玉井蓮。古代傳説中華山峰頂玉井所産之蓮。錢仲聯集釋引韓醇曰：「《華山記》云：『山頂有池，生千葉蓮花，服之羽化，因曰華山。』」

〔三二〕五鬣松：松樹的一種。唐段成式《酉陽雜俎》卷十八：「松言兩粒、五粒者，粒當言鬣。」宋朱勝非《紺珠集》卷五：「自有一種名鬣，皮無鱗甲，而結實多，新羅多此種。」相傳華山有五鬣松，《舊五代史·晉書·鄭雲叟傳》：「俄聞西嶽有五鬣松，淪脂千年，能去三尸，因居於華陰。」鬣：本指馬頸上的長毛，也指松針。

〔三三〕羽化：指飛升成仙。

〔三四〕方瞳：方形的瞳孔。古人以爲長壽之相。晉王嘉《拾遺記·周靈王》：「老聃在周之末，居反景日室之山，與世隔絶，有黄髪老叟五人……瞳子皆方，面色玉潔，手握青筠之杖，與聃共談天地之數。」李白《遊太山》：「山際逢羽人，方瞳好容顔。」王琦注：「按仙經云：八百歲人瞳子方也。」

〔三五〕芝輧：緇輧。有帷蓋的車子。《説文》：「輧，輜車也。」朱駿聲曰：「輜輧皆衣車，前後皆蔽曰輜，前有蔽曰輧。」帷蓋爲靈芝狀之車。羽蓋：古時以鳥羽爲飾的車蓋。芝輧羽蓋：泛指仙人車駕。

緑髪：烏黑而有光澤的頭髪。

瀛洲：傳説中的東海仙山。

〔三六〕無停輈：神話認爲日、月御車行於天空，永無休止地運行。輈：本意爲小車上彎曲的車杠，此處代指車。

〔三七〕「君且」句：奪胎於李白《江夏贈韋南陵冰》：「我且爲君槌碎黄鶴樓，君亦爲吾倒卻鸚鵡州。」《淮南子·覽冥訓》：「魯陽公與韓構難，戰酣，日暮，援戈而揮之，日爲之反三舍。」君：指詩題中的元好問裕之。六龍：代指太陽。神話稱羲和駕馭六龍拉的車載日神運行。轡：韁繩。

〔三八〕「我亦」句：《論語·子罕》：「子在川上，曰：『逝者如斯夫！不舍晝夜。』」二句謂你爲我援戈駐日，我也爲你讓黄河倒流。趙長元三十一歲，欲年歲相仿共遊，故要彼此合力讓歲月倒流。

〔三九〕終期：最終的約會。汗漫：假託的某神仙名，或形容漫無涯際。典出《淮南子·道應訓》：盧敖周遊各地，遇一人，邀其同遊。此人曰：「吾與汗漫期於九垓之外，吾不可以久駐。」遂入雲中。八極：八方極遠之處。清陳元龍《格致鏡原》卷五引《淮南子》：「九州之外有八寅，八寅之外有八紘，八紘之外有八極。」

〔四〇〕元丹丘：丹丘生。唐玄宗時道士，李白友人。李白稱之爲「逸人」，其《潁陽别元丹丘之淮陽》稱：「吾將元夫子，異姓爲天倫。」又《題嵩山逸人元丹丘山居並序》：「故交深情，出處無間。」句言要超塵脱世，尋訪仙友。

和淵明《飲酒》九首〔一〕

翩翩萬里鶴，日暮將何之。昏鴉擇所安，笑汝不知時〔二〕。孔席不暇暖〔三〕，此理吾不疑。尚愧淵明翁，濁酒時一持〔四〕。

【注】

〔一〕詩題：按第七首「去年持使節，悠悠過西秦」句，詩作於正大三年。詳見其注。

〔二〕不知時：固執一端，不能識時宜，隨遇而安。

〔三〕「孔席」句：用「孔席不暖」典。漢班固《答賓戲》：「是以聖哲之治，棲棲遑遑，孔席不暖，墨突不黔。」李善注引《文子》曰：「墨子無黔突，孔子無暖席，非以貪禄慕位，欲起天下之利，除萬民之害也。」孔子急於推行其治國之道，到處遊説，四處奔走。每至一處，坐席未暖，又急急他往，不暇安居。後人常以此形容忙於政事、奔走不停。

〔四〕「尚愧」二句：陶淵明《己酉歲九月九日》：「何以稱我情，濁酒且自陶。」

又

貧賤豈不苦，仰慕冥鴻飛〔一〕。富貴豈不樂，乃有黄犬悲〔二〕。苦樂各異趣，嗜好從所依。

我欲作九原，獨與淵明歸〔三〕。掛冠不待年〔四〕，況此齒髮衰。遥酹一杯酒，毋令寸心違〔五〕。

【注】

〔一〕冥鴻飛：典出漢揚雄《法言·問明》：「治則見，亂則隱。鴻飛冥冥，弋人何慕焉？」鴻雁飛向高遠的天空。比喻隱者遠走高飛，全身避害。

〔二〕黄犬悲：用李斯典故。《史記·李斯列傳》：秦相李斯因受趙高陷害，被腰斬咸陽市中。「斯出獄，與其中子俱執，顧謂其中子曰：『吾欲與若復牽黄犬，俱出上蔡東門，逐狡兔，豈可得乎！』遂父子相哭，而夷三族。」後指爲官受害而追悔莫及。

〔三〕「我欲」二句：《國語·晉語八》：「趙文子與叔向遊於九原，曰：『死者若可作也，吾誰與歸？』」作：起死回生。九原：因春秋時晉國卿大夫的墓地多在九原，後因稱墓地。

〔四〕掛冠：指辭官、棄官。《後漢書·逢萌列傳》：「時王莽殺其子宇，萌謂友人曰：『三綱絶矣！不去，禍將及人。』即解冠掛東都城門，歸，將家屬浮海，客於遼東。」待年：謂等待年老致仕。

〔五〕寸心：心事，心願。

又

秋菊有至性〔一〕，霜松無俗姿〔二〕。采采黄金花〔三〕，笑拊蒼煙枝〔四〕。偶有杯中物〔五〕，成此一段奇〔六〕。白雲南山來，出岫復何爲〔七〕。醉卧東籬下〔八〕，聊脱人間羈。

【注】

〔一〕「秋菊」句：本宋王安石《黄菊有至性》：「黄菊有至性，孤芳犯群威。」至性：天賦卓越的禀性。

〔二〕「霜松」句：《世説新語·言語》：「（顧悦）對曰：『蒲柳之姿，望秋而落；松柏之質，經霜彌茂。』」霜松：松能傲霜，故稱。

〔三〕采采黄金花：用杜詩原句。杜甫《九日寄岑參》：「采采黄金花，何由滿衣袖。」采采：采了又采。黄金花：指菊花。李白《憶崔郎中宗之遊南陽感舊》：「時過菊潭上，縱酒無休歇。泛此黄金花，頹然清歌發。」

〔四〕「笑拊」句：謂欣然扳彎松枝以采松籽。拊：撫。

〔五〕杯中物：指酒。陶淵明《責子》：「天運苟如此，且進杯中物。」

〔六〕「成此」句：古人常採集松籽、菊花浸酒而飲，以期長壽。句當指此。

〔七〕出岫：從山中或山洞中出來。陶淵明《歸去來兮辭》：「雲無心以出岫，鳥倦飛而知還。」岫：山洞。《爾雅》：「山有穴曰岫。」

〔八〕東籬：菊圃，種菊之處。語自陶淵明《飲酒》其五：「采菊東籬下，悠然見南山。」

又

今日好天色，清晨雪雲開①。東風如故人，適我平生懷〔一〕。坐見南來燕②〔二〕，孤雌與雄乖③。暮歸主人堂，梁間有雙棲〔三〕。巢傾覆其子，又補新巢泥。翩翩隨陽雁〔四〕，幽貞苦難諧〔五〕。江湖偶相失，咫尺雲路迷。哀哀霜雪際，獨向胡天回〔六〕。

【校】

①雪雲開：《滏水集》作「雲雪開」。

②坐：《滏水集》作「忽」。

③乖：原作「來」，據《滏水集》改。

【注】

〔一〕「東風」二句：言東風之來，如重逢舊友，十分喜悦。適：悦。平生：舊交。

〔二〕坐見：徒然地看着。猶言眼睜睜地看着。

〔三〕雙棲：此舊日雌雄雙棲之巢。

〔四〕隨陽雁：大雁。語本《書·禹貢》：「彭蠡既豬，陽鳥攸居。」孔傳：「隨陽之鳥，鴻雁之屬。」隨陽，跟着太陽運行，指候鳥依季節而定行止。因大雁爲最有代表性的候鳥，故稱。

〔五〕幽：幽居無偶。漢劉向《新序·雜事》：「後宫多幽女，下民多曠夫。」貞：守一而終，忠貞不二。諧：諧合。舊傳大雁爲情鳥，一旦失偶，不再匹配。孤雁白日引路，夜宿放哨，甚爲孤苦。

〔六〕「獨向」句：言孤雁獨自北飛。宋賀鑄《鷓鴣天》詞：「重過閶門萬事非，同來何事不同歸。」

又

鷙鳥閉籠中〔一〕，舉翮觸四隅〔二〕。騏驥駕鹽車，踢蹩困中途〔三〕。雖然遭識拔①，未免爲人驅。傍觀信美矣〔四〕，自愧良有餘〔五〕。不如兩無累〔六〕，還我田園居。

【校】

① 雖然：《滏水集》作「一朝」。

【注】

〔一〕鷙鳥：凶猛的鳥。

〔二〕「舉翮」句：用晉左思《詠史》其八詩句：「習習籠中鳥，舉翮觸四隅。」翮：鳥羽毛中間的硬管，泛指鳥的翅膀。

〔三〕「騏驥」二句：用「驥伏鹽車」典故，喻才華遭受抑制，處境困厄。典出《戰國策・楚策四》：「夫驥之齒至矣，服鹽車而上太行。蹄申膝折，尾湛胕潰，漉汁灑地，白汗交流，中阪遷延，負轅不能上。伯樂遭之，下車攀而哭之，解紵衣以冪之。驥於是俛而噴，仰而鳴，聲達於天，若出金石者，何也？欣見伯樂之知己也。」騏驥：千里馬。踢蹩：亦作「踢蹴」，徘徊不前貌。

〔四〕傍觀：局外人從旁邊觀察。信美：確實好。

〔五〕自愧：言因自己無騏驥之能而感到慚愧。謂自己雖被提拔，但被人驅使，身不由己，因而感到羞愧。

〔六〕兩無累：指不能勝任職務和自己勉爲其難兩方面的累贅。

又

千載淵明翁〔一〕，誰謂不知道〔二〕。漫賦責子詩〔三〕，調戲以娱老①。杜陵蓋自況，亦豈恨枯槁〔四〕。壺觴清濁共，適意無醜好〔五〕。歸來五柳宅〔六〕，守我不貪寶。長嘯天地間〔七〕，獨立萬物表。

【校】

①以：《滏水集》作「乃」。

【注】

〔一〕「千載」句：宋黄庭堅《跋子瞻和陶》：「彭澤千載人，東坡百世士。」本《孟子外書·性善辨》：「千年一聖。」謂陶淵明是千年一出的聖人。

〔二〕知道：謂通曉天地之道，深明人世之理。此句針對杜甫《遣興》詩言，詳見下。

〔三〕漫：指隨意逗趣調笑。責子詩：指晉陶淵明《責子》詩。其云：「白髪被兩鬢，肌膚不復實。雖有五男兒，總不好紙筆。阿舒已二八，懶惰故無匹。阿宣行志學，而不愛文術。雍端年十三，不識六與七。通子垂九齡，但念梨與栗。天運苟如此，且進杯中物。」

〔四〕「杜陵」二句：宋胡仔《苕溪漁隱叢話·前集》卷三：「又杜子美詩『陶潛避俗翁，未必能達道。觀其著詩集，頗亦恨枯槁。達生豈是足，默識蓋不早。有子賢與愚，何其掛懷抱。』子美困頓於山川，蓋爲不知者詬病，以爲拙於生事，又往往譏議宗文、宗武失學，故聊解嘲耳。其詩名曰《遣興》可解也。俗人便爲譏病淵明，所謂癡人前不得説夢也。」

〔五〕「壺觴」二句：言飲酒不分清濁好壞，適意就行。

〔六〕五柳宅：代隱士所居。語出陶淵明《五柳先生傳》：「先生，不知何許人也，亦不詳其姓字；宅邊有五柳樹，因以爲號焉。」

〔七〕長嘯：撮口發出悠長清越的聲音。古人常以此述志。蘇軾《和林子中待制》：「早晚淵明賦《歸去》，浩歌長嘯老斜川。」

又

幽居澹無事〔一〕，雅志了玄經〔二〕。眼花憎文字，悠悠竟無成。中夜起不寢，披衣守寒更〔三〕。梅竹散清影，素月流廣庭〔四〕。孤鶴闋逸響〔五〕，切切寒蟲鳴〔六〕。拊卷長歎息①，慨慷惻中情〔七〕。

【校】

①拊：《滏水集》作「撫」。

【注】

〔一〕幽居：僻靜閒居之所。澹：淡泊。

〔二〕雅志：平素的意願。蘇軾《八聲甘州·寄參寥子》詞：「約他年，東還海道，願謝公雅志莫相違。」

了：《廣韻》：「慧也，曉解也。」玄經：又稱玄書，即《老子》。因《老子》有「玄之又玄，衆妙之門」之語，後遂以「玄書」指稱《老子》。白居易《新昌新居書事四十韻》：「梵部經十二，玄書字五千。」

〔三〕寒更：寒夜的更點。唐駱賓王《别李嶠得勝字》：「寒更承夜永，涼景向秋澄。」

〔四〕素月：皎潔的月亮，皓月。流：指月光的流瀉。廣庭：寬廣的院落。

〔五〕闋：終止。逸響：高遠的鳴叫聲。

〔六〕「切切」句：宋趙文《汶歸舟中》：「咿咿軋軋櫓聲歇，淒淒切切寒蛩鳴。」

〔七〕慨慷：感慨。惻：悲傷淒涼。中情：内心的思想感情。

又

漢儒傳注學，未爲世所得①〔一〕。秦火少完書〔二〕，豈免烏焉惑〔三〕。後儒補罅漏〔四〕，聖道少開塞〔五〕。俗士喜持戈②〔六〕，又一秦相國〔七〕。且共歡一觴，多言不如默〔八〕。

【校】

① 世:《滏水集》作「無」。

② 持:《滏水集》作「操」。

【注】

〔一〕「漢儒」二句:謂兩漢儒家注解經書注重文字訓詁、名物考訂,至兩宋遂興起重視闡發思想的義理之學。趙秉文對漢儒持肯定態度。傳注學:解説注釋經書的理路體系。傳,傳授。注,以水之流下喻傳上達下。二者雖略有區别,重心則同,故連用復指。

〔二〕秦火:指秦始皇焚書一事。

〔三〕烏焉惑:即「烏焉成馬」。指文字因形體相似而産生的傳寫訛誤。烏、焉、馬三字字形相近,幾經傳抄而出錯。典出《周禮·天官·縫人》「喪,縫棺飾焉」漢鄭玄注:「故書焉爲馬,杜子春云『當爲焉』。」古諺云:「書經三寫,烏焉成馬。」

〔四〕罅漏:疏漏,遺漏,缺失。句指漢儒重文字修訂,校勘訛誤。

〔五〕「聖道」句:謂漢儒在儒經義理的闡釋方面有疏通之功。

〔六〕俗士:見識淺陋的人。持戈:操戈。此處指互相辯駁。

〔七〕秦相國:指李斯。秦始皇三十四年,儒生以儒家立場來議論秦政。李斯認爲儒生以古非今,攪亂民心,有損皇帝的權威,建議秦始皇下令焚書。趙秉文《性道教説》:「周、程二夫子紹千古之絶學……其徒遂以韓、歐諸儒爲不知道，此好大之言也。」

〔八〕多言不如默：宋李邦獻《省心雜言》：「多言獲利，不如默而無害。寡言省謗，寡欲保身。」

又

淵明非嗜酒，愛此酒中真①。謂言忘憂物，中有太古淳〔一〕。回首市朝中，萬事牛毛新〔二〕。去年持使節，悠悠過西秦〔三〕。宮闕隨飛煙，衣冠化埃塵。當時憑軾士②〔四〕，慷慨歎徒勤〔五〕。所以山林客，樂與魚鳥親。西登太華頂〔六〕，曠望長河津〔七〕。寄謝三峰雲③〔八〕，聊欲灑吾巾〔九〕。誓將從此去，笑謝當塗人〔一〇〕。

【校】

①酒：《滏水集》作「醉」。

②時：毛本、《滏水集》作「年」。

③峰：毛本作「山」。

【注】

〔一〕「淵明」四句：陶淵明《飲酒》其七：「泛此忘憂物，遠我遺世情。」元好問《飲酒五首》其二：「去古日已遠，百僞無一真。獨餘醉鄉地，中有羲皇淳。」

〔二〕牛毛：比喻繁密細小。

〔三〕「去年」二句：指正大二年冬奉使西夏事。悠悠：遥遠。西秦：秦國故地，漢唐故都。就詩之内容，當指長安。

〔四〕憑軾：倚在車前横木上，謂駕車出征。後來也借指做官。晉陸機《長安有狹邪行》：「鳴玉豈樸儒，憑軾皆俊民。」

〔五〕徒勤：徒勞。

〔六〕太華：即西嶽華山，在陝西省華陰市南，因其西有少華山，故稱太華。詩人登華山事在正大三年春，參見《游華山寄裕之》注〔一〕。

〔七〕曠望：縱目遠望。長河：指黄河。

〔八〕三峰：指華山的蓮花、毛女和松檜三峰。

〔九〕瀝：洗。

〔一〇〕當塗人：指居要職掌大權的人。《韓非子·三守》：「何謂三守？人臣有議當途之失，用事之過，舉臣之情。」唐孟浩然《留别王維》：「當路誰相假，知音世所稀。」

和韋蘇州《秋齋獨宿》①〔一〕

冷暈侵殘燭〔二〕，雨聲在深竹〔三〕。驚鳥時一鳴〔四〕，寒枝不成宿。

【校】

① 詩題《滏水集》作「題秋齋獨宿」。

【注】

〔一〕和：和韻。謂依照别人詩作的原韻作詩。韋蘇州：唐代詩人韋應物（七三七——七九二），長安（今陝西省西安市）人。曾任蘇州刺史，世稱「韋蘇州」。其詩風恬淡高遠，以善於寫景和描寫隱逸生活著稱。《韋蘇州集》卷八有《同褒子秋齋獨宿》：「山月皎如燭，風霜時動竹。夜半鳥驚棲，窗間人獨宿。」

〔二〕暈：燭光周邊色澤模糊的部分。侵：逼近。殘燭：燃燒將盡的蠟燭。

〔三〕深竹：茂密的竹林。

〔四〕「驚鳥」句：化用唐王維《鳥鳴澗》：「月出驚山鳥，時鳴春澗中。」

擬兵衛森畫戟①〔一〕

冠帶事朝謁〔二〕，清坐彈鳴琴〔三〕。以彼塵外趣，遠我遺世心〔四〕。岸幘送歸鳥〔五〕，隱几見遥岑〔六〕。聊同靜者樂〔七〕，豈必居山林。

【校】

① 詩題《滏水集》作「擬『兵衛森畫戟，燕宴凝清香』」。

【注】

〔一〕兵衛森畫戟：唐韋應物《韋蘇州集》卷一《郡齋雨中與諸文士燕集》：「兵衛森畫戟，燕寢凝清香。海上風雨至，逍遥池閣凉。煩痾近消散，嘉賓復滿堂。自慚居處崇，未睹斯民康。理會是非遣，性達形跡忘。鮮肥屬時禁，蔬果幸見嘗。俯飲一杯酒，仰聆金玉章。神歡體自輕，意欲凌風翔。吴中盛文史，群彦今汪洋。方知大藩地，豈曰財賦强。」

〔二〕冠帶：整冠束帶。朝謁：入朝覲見。

〔三〕清坐：安閒静坐。宋王安石《對棋與道源至草堂寺》：「北風吹人不可出，清坐且可與君棋。」

〔四〕遺世：遺棄世間之事。指遠離塵世生活，少與人往來。

〔五〕岸幘：推起頭巾，露出前額。形容態度灑脱，或衣着簡率不拘。

〔六〕隱几：靠着几案。《莊子·齊物論》：「南郭子綦隱几而坐。」成玄英疏：「隱，憑也。」遥岑：遠處陡峭的小山崖。唐韓愈、孟郊《城南聯句》：「遥岑出寸碧，遠目增雙明。」

〔七〕静者：深得清静之道、超然恬静的人。多指隱士。南朝宋謝靈運《過始寧墅》：「拙疾相倚薄，還得静者便。」黄節注引《論語》：「智者動，仁者静。」

寄王學士子端①〔一〕

寄語雪溪王處士②〔二〕，年來多病復何如。浮雲世態紛紛變〔三〕，秋草人情日日疏〔四〕。李白一杯人影月〔五〕，鄭虔三絶畫詩書〔六〕。情知不得文章力，乞與黄華作隱居〔七〕。

【校】

① 詩題《滏水集》作《寄王學士》。

② 語：《滏水集》作「與」。

【注】

〔一〕詩題：此詩爲趙秉文的成名之作。劉祁《歸潛志》卷八：「趙閑閑少嘗寄黄華，黄華稱之，曰：『非作千首，其功夫不至是也。』其詩至今爲人傳誦，且趙以此詩初得名。詩云：『寄語雪溪王處士……』」王學士子端：即王庭筠（一一五一——一二〇二），字子端，號黄華山主，又號雪溪。蓋州熊嶽（今屬遼寧蓋州市）人。大定十六年進士，仕爲翰林直學士。出入經史，旁及釋老，工書畫。喜奬掖後進，號爲識人。《金史》卷一二六有傳，《中州集》卷三有小傳。趙秉文學詩與書法，皆以王庭筠爲師。

〔二〕寄語：傳語，轉告。雪溪：應指王庭筠所隱林慮（今河南省林州市）西之黄華山瀑布。王《游黄華山詩》有「掛鏡臺西掛玉龍，半山飛雪舞天風」之句。處士：未仕或不仕的文人。此時王庭筠罷官卜居彰德，讀書黄華寺，故稱。

〔三〕「浮雲」句：杜甫《可歎》：「天上浮雲如白衣，斯須改變如蒼狗。」

〔四〕秋草人情：形容人情疏遠冷漠，如同日益枯黄的秋草一樣。

〔五〕「李白」句：將王庭筠比作花間獨酌、舉杯邀月的李白，表現其才華横溢、曠達磊落之風度。李白《月下獨酌》：「花間一壺酒，獨酌無相親。舉杯邀明月，對影成三人。」

〔六〕「鄭虔」句：將王庭筠比作唐代鄭虔，贊揚其高超的藝術造詣和卓越成就。鄭虔（六八五——七六四）：字若齊，河南滎陽人，盛唐詩人。學富五車，精通經史，工於書畫。《新唐書》卷二〇二有傳。傳曰：「虔善圖山水，好書……嘗自寫其詩並畫以獻，帝大署其尾曰：『鄭虔三絶。』」後世因以贊譽人善畫山水或詩、書、畫三者皆精妙。王庭筠詩書畫皆工，故比之鄭虔。元好問《王黄華墓碑》：「暮年詩律深嚴，七言長篇尤以險韻爲工……世之書法，皆師二王，魯直、元章號爲得法，元章得其氣而魯直得其韻……公則得於氣韻之間。百年以來，公與黄山、閑閑兩趙公，人俱以名家許之……至於筆墨遊戲，則山水有入品之妙，墨竹殆天機所到，文湖州以下不論也……馮内翰挽章云：『詩名摩詰畫絶世，人品右軍書入神。』人以爲實録云。」

〔七〕「情知」二句：言王庭筠深知其空有才藝，無濟於政事，權貴用人提拔並不看重這方面的優勢，於是隱居黄華山。元好問《王黄華墓碑》：「公早有重名，天下士夫想聞風采，謂當一日九遷，乃今碌碌常選，限於賢愚同滯之域。簿書期會，隨俗俯仰，殊不自聊。秩甫滿，單車徑去……乃置家相下，買田隆慮，借一寺爲棲息之地。時往嘯詠，若將終身焉……山居前後十年，得悉力經史，務爲無所不窺，旁及釋老家，尤所精詣。」

上清宫二首①〔一〕

霜葉蕭蕭覆井欄，朝元閣上玉箏寒〔二〕。千年遼鶴歸華表〔三〕，萬里宫車泣露盤〔四〕。日上霧塵迷碧瓦，夜深月露洗荒壇。斷碑膾炙人何在，吏部而今不姓韓〔五〕。

【校】

① 詩題《滏水集》作「游上清宫二首」。

【注】

〔一〕上清宫：宋金道觀名，在汴京。蘇軾《上清儲祥宫碑》：「太宗皇帝……作上清宫於朝陽門之内，旌興王之功，且爲五代兵革之餘遺民赤子請命上帝。以至道元年正月宫成，民不知勞，天下頌之。」又《東京夢華録》卷三「上清宫」：「在新宋門裏街北以西。」《金史·哀宗上》（正大五年）：「八月乙卯，以旱，遣使禱於上清宫。」

〔二〕朝元閣：宋代樓閣名。《東京遺跡志》卷八：「周密《癸辛雜識》：汴城樓閣最高而見存者，惟相國寺資聖閣、朝元宫閣……朝元宫閣即舊日上清儲祥宫移至者。」由此可知，朝元閣原在上清宫，後移至朝元宫。又云：「朝元宫在城内汴河之側，金兵毁之，今延壽觀即朝元萬壽宫之齋堂也。」玉箏寒：以箏聲在高空爲寒氣所浸喻朝元閣之高及宋皇驕奢淫樂。

〔三〕「千年」句：用丁令威化鶴典故。舊題晉陶潛《搜神後記》卷一：丁令威，遼東人，學道於靈虚山。後化鶴歸遼，集城門華表柱。時有少年舉弓欲射之。鶴乃飛，徘徊空中而言曰：「有鳥有鳥丁令威，去家千年今始歸。城郭如故人民非，何不學仙冢壘壘。」後人常以此歎世事變遷。句指上清宫之樓閣已蕩然無存。

〔四〕「萬里」句：唐李賀《金銅仙人辭漢歌》序：「魏明帝青龍元年八月，詔宫官牽車西取漢孝武捧露盤仙人，欲立置前殿。宫官既拆盤，仙人臨載，乃潸然淚下。」宫車：此處代被擄金國的宋徽、欽二帝。

〔五〕「斷碑」二句：用韓愈書平淮西碑事。唐憲宗元和十二年，裴度平定淮西藩鎮吴元濟，結束了蔡州長達五十二年的割據，穩定了大唐基業。韓愈撰寫《平淮西碑》記述此事。事見《舊唐書》卷一六〇本傳。此碑文古意盎然，膾炙人口。蘇軾《平淮西碑》云：「淮西功業冠吾唐，吏部文章日月光。千古殘碑人膾炙，不知世有段文昌。」

又

暇日登臨近吹臺〔一〕，夷門城下訪寒梅〔二〕。鼇頭他日幾人在〔三〕，尊酒而今一笑開。秋潦滲餘村徑出，夕春歇處野禽來。醉歸扶路人爭看，知是詩仙閬苑回〔四〕。

【注】

〔一〕吹臺：相傳是春秋時樂師師曠學藝彈琴之處。宋樂史《太平寰宇記》卷一《河南道·開封府》：「吹臺，在縣南五里。《陳留風俗傳》：縣有蒼頡嶺、師曠城，其城有列仙吹臺，梁孝王亦增築焉。朱梁開平二年改繁臺爲講武臺，此即吹臺也。」

〔二〕夷門：戰國魏都城大梁的東門。故址在今河南開封城内東北隅。因在夷山之上，故名。

〔三〕「鼇頭」句：唐宋時翰林學士、承旨等官朝見皇帝時立於鐫有巨鼇的殿陛石正中，因稱入翰林院爲上鼇頭。南渡後，趙秉文久在翰林院任學士、承旨等要職，故有此句。

〔四〕「醉歸」二句：以李白醉歸自比。《新唐書·李白傳》：「知章見其文，歎曰：『子謫仙人也。』」故後世稱爲「詩仙」。《舊唐書》本傳載，李白待詔翰林時，「既嗜酒，日與飲徒醉於酒肆。玄宗度曲，欲選樂府新詞，亟召白，白已卧於酒肆矣。召入，以水灑面，即令秉筆，頃之而十餘章，帝頗嘉之」。閬苑：閬風苑，傳説在昆侖山之巔，西王母居住之處。後泛指神仙居住的地方。元李好古《張生煮海》第二折：「你看那縹緲間十洲三島，微茫處閬苑、蓬萊。」唐太宗置文學館，以房玄齡等十八人爲學士。時人慕之，稱入館者爲「登瀛洲」。文學館之職掌，與後世翰林院略同，後因以「瀛洲」爲翰林院的美稱。因而「閬苑」亦借指翰林院。清龔自珍《己亥雜詩》其九三：「金鑾並硯走龍蛇，無分同探閬苑花。」劉逸生注：「後人因翰林院地位清貴，比作閬風之苑。」

寄陳正叔〔一〕

渺渺西風去翼輕，長林風葉動秋聲①。嵩邙競秀容多可〔二〕，河洛交流忌獨清②〔三〕。廣武山川迷故壘③〔四〕，成皋草木閟空城〔五〕。憑高一掬英雄淚，寄與窮途阮步兵〔六〕。

【校】

① 長：《滏水集》作「霜」。風：李本、毛本作「楓」。

② 交：《滏水集》作作「爭」。

③ 迷：《滏水集》作「留」。

【注】

〔一〕陳正叔：即陳規（一一七一——一二二九），字正叔，絳州稷山（今山西省稷山縣）人。明昌五年辭賦進士。南渡後爲監察御史，以直諫著稱。後出爲中京副留守兼倅河南府事，未赴，卒。爲人剛毅質實，博學能詩文。與趙秉文、雷淵諸人多有唱和。《金史》卷一〇九有傳，《中州集》卷五有小傳。按「嵩邙」、「河洛」諸語，詩當作於正大五年由諫院出爲中京留守之後。中京留守撤合輦曾被陳規彈劾外放，對其懷恨在心。陳規知哀宗之用心，故終未赴任。

〔二〕嵩邙：嵩山和邙山之並稱。嵩山在登封西北，邙山即北邙山，在洛陽東北。

〔三〕河洛：亦作「河雒」。黄河與洛水的並稱。兩水在河南鞏義的神都山下清濁交匯，河洛分明。屈原《漁父》：「舉世混濁而我獨清，衆人皆醉而我獨醒。」二句勸誡陳規不能再愛恨分明，冒犯淫威。

〔四〕廣武：廣武山在今河南省滎陽市東北，山上原有廣武城，分爲東西二城，中隔一澗，爲劉邦、項羽對峙處。故壘：古代的堡壘。

〔五〕成皋：即虎牢關，古來軍事重地。漢置縣，故城在今河南省滎陽市汜水鎮西。閎：關門。此指掩蔽。

〔六〕阮步兵：阮籍，字嗣宗，陳留尉氏（今屬河南）人。因官至步兵校尉，故稱「阮步兵」。阮籍時率意獨駕，不由徑路，車跡所窮，輒慟哭而反。曾登廣武城，觀楚、漢戰處，慨歎：「時無英雄，使豎子成名！」事見《晉書・阮籍傳》。此代指陳規。

寄裕之①〔一〕

久雨新晴散痺頑〔二〕，一軒涼思坐中間。樹頭風寫無窮水〔三〕，天末雲移不定山。宦味漸思生處樂〔四〕，人生難得老來閑。紫芝眉宇何時見〔五〕，誰與嵩山共往還〔六〕。

【校】

①詩題《滏水集》作「寄元裕之」。

【注】

〔一〕裕之：元好問，字裕之。時居嵩山。

〔二〕痺頑：痺疾頑症。《説文》：「痹，濕病也。」中醫指由風、寒、濕等引起的肢體疼痛或麻木的疾病。

〔三〕「樹頭」句：形容風吹樹梢，樹林起伏如水波。

〔四〕生處：生長之地，代指家鄉。

〔五〕紫芝眉宇：用唐人元德秀典故。元德秀（六九六——七五四）：字紫芝，世居太原（今屬山西），後移居河南陸渾（今河南省嵩縣）。唐開元進士。爲人寬厚，道德高尚，學識淵博，爲政清廉，名重當時。房琯每見德秀，歎息曰：「見紫芝眉宇，使人名利之心都盡！」事見《新唐書·元德秀傳》。後常用以稱頌德行高潔。此處以元德秀比況元好問。

〔六〕「誰與」句：元氏隱居嵩山，多與詩友高僧交遊。趙企慕之，句有嚮往加入其中之意。

古瓶臘梅

石冷銅腥苦未清，瓦壺温水照輕明〔一〕。土花暈碧龍紋澀〔二〕，燭淚痕疏雁字横〔三〕。未許功名歸鼎鼐〔四〕，且收風月入瓶罌〔五〕。嬌黄喚醒昭陽夢①，漢苑荒涼草棘生〔六〕。

【校】

①昭：原作「朝」，據《滏水集》改。

【注】

〔一〕輕明：輕麗明媚。形容臘梅的柔美。二句謂臘梅在古銅瓶中清冷腥臭的生存苦境。

〔二〕土花：金屬器皿表面長期受泥土剥蝕而留下的痕跡。土花斑駁，古香古色。暈碧：指銅銹。句言花瓶之古老。元楊載《卧鐘》：「漢殿經焚石，喝然卧草中。雕殘牙板廢，鏽澀土花蒙。」

〔三〕蠟淚：喻指花露。元高明《琵琶記·五娘到京》：「龍瓶中插九紅蓮。開淨土春秋不老；鳳蠟吐千枝絳蕊，照佛天晝夜長明。」以絳蕊喻蠟淚。按此，句當指臘梅。雁字：成列而飛的雁群。群雁飛行時常排成「一」或「人」字，故稱。

〔四〕鼎鼐：古代視爲立國的重器，喻三公、宰辅重臣之位。

〔五〕風月：泛指美好的景色。此處指梅花。瓶罌：亦作「瓶甖」，泛指小口大腹的容器。唐杜牧《雨中作》：「濁醪氣色嚴，皤腹瓶甖古。」

〔六〕「嬌黄」二句：古代女子化妝，用黄粉塗額。臘梅黄色，故以趙飛燕姐妹等美人爲喻。嬌黄：指臘梅。昭陽：漢代宫殿名。漢苑：漢代皇家園林。

暮春得寒字

九日聊偷一日閑〔一〕，三分春事二分闌〔二〕。鄉關夢裏人空老〔三〕，風雨夜來花又殘①。乍拆泥封餻酒熟②〔四〕，未開火禁粥餳寒③〔五〕。卻思投劾歸田去〔六〕，楊柳陰中把釣竿。

【校】

①又：《滏水集》作「更」。

②拆：毛本作「折」。泥封：《滏水集》作「甕泥」。

③未開：毛本作「未聞」。

【注】

〔一〕「九日」句：金代沿襲唐宋官員十日一休假制，每月逢十這天放假，稱「旬假」。《資治通鑑·唐文宗太和五年》：「是日，旬休。」元胡三省注：「一月三旬，遇旬則下直而休沐，謂之旬休，今謂之旬假是也。」

〔二〕「三分」句：用宋蘇洞《聽雨詩》：「三分春事二分休，造化明明百草頭。」寫暮春景色。闌：殘，將盡。

〔三〕鄉關：猶故鄉。唐崔顥《黄鶴樓》：「日暮鄉關何處是，煙波江上使人愁。」

〔四〕泥封：酒壇、酒甕口的封泥。酒釀成後，裝入壇甕等器皿中，以黄泥封口，窖藏使之醇香。餻酒：用黄米釀成的酒，冬釀春熟。餻，即「糕」。

〔五〕火禁：指寒食禁火，相傳春秋時晉文公爲紀念介子推而設。晉陸翽《鄴中記》：「并州俗，冬至後一百五日，爲子推斷火，冷食三日。」粥餳：甜粥，糖粥。舊俗寒食日以粳米或大麥煮粥，研杏仁爲酪，以餳沃之，謂之寒食粥。南朝梁宗懍《荆楚歲時記》：「去冬至節一百五日，即有疾風甚雨，謂之寒食。禁火三日，造餳、大麥粥。」

〔六〕投劾：呈遞彈劾自己的狀文。古人棄官常用的一種方式。《後漢書·閔仲叔列傳》：「〔仲叔〕遂辭出，投劾而去。」李賢注：「自投其劾狀而去也。」

靈感寺〔一〕

徒河岸北白蓮東〔二〕，法鼓驚飛碣石鴻〔三〕。塔上風煙高鳥路〔四〕，山頭雲雨化人宫〔五〕。松林礙日蜂房冷〔六〕，石砌頹沙蟻穴空〔七〕。欲盡休公揮塵樂〔八〕，鬢絲羞對落花風。

【注】

〔一〕靈感寺：金代寺院。故址在金北京大定府大定縣，即今内蒙古寧城縣。《欽定熱河志》卷八一：「《元一統志》：靈感寺在大寧縣西二里。金趙秉文詩『徒河岸北白蓮東，法鼓驚飛碣石鴻』，知寺在土河之北。又金承安五年，《精嚴禪寺圓蓋和尚墓銘》，爲北京靈感禪寺沙門崇顯立石。則此寺在金承安前。」元之大寧縣，即金之大定縣。趙秉文於承安五年（一二〇〇）調任北京路轉運司度支判官。

〔二〕徒河：又稱土河，流經金北京大定府，即今之老哈河。《金史·地理志》載：大定府大定縣有土河。又《欽定熱河志》卷七〇：「老河，亦名土河。蒙古名老哈穆楞，源出平泉州。屬喀喇沁右翼南一百九十里之永安山，在州治西北境會諸小水東北流自大寧故城之西南，逕大寧之東北故城，又北流入赤峰縣境。」白蓮：當爲佛寺名。

〔三〕法鼓：禪宗寺院使用的大鼓之一。法堂設二鼓，其東北角之鼓，稱爲法鼓；西北角之鼓，稱爲茶鼓。法鼓乃於法會之前告知大衆之用，或用於住持之上堂、小參、普説、入室之際。碣石：碑石。

〔四〕鳥路：鳥道。《晉書・郤詵傳贊》：「鳥路曾飛，龍津派泳。」

〔五〕化人宫：本指仙人所居之處。語自《列子・周穆王》：「化人之宫，構以金銀，絡以珠玉；出雲雨之上，而不知下之據，望之若屯雲焉。」後因代指寺廟。

〔六〕礙日：遮蔽日光。蜂房：比喻房屋密集衆多。此處指靈感寺院規模大，禪房多。

〔七〕石砌頹沙：石臺階被風沙淹没，形容破敗景象。蟻穴：螞蟻的巢穴。亦喻密集的房舍。《石門文字禪》：「禪學者分處山間林下蜂房蟻穴，百丈大雄之風陵夷至此極矣。」

〔八〕休公：貫休（八三二——九一二），婺州蘭溪人，唐末五代僧人。博學多才，能詩善書畫，世稱休公。五代歐陽炯《禪月大師應夢羅漢歌》：「西嶽高僧名貫休，高情峭拔凌清秋。……休公休公，逸藝無人加，聲譽喧喧遍海涯，五七字詩一千首，大小篆字三十家。」元辛文房《唐才子傳》：「一條直氣，海内無雙。意度高疏，學問叢脞。天賦敏速之才，筆吐猛鋭之氣。」揮麈：晉人清談時，常揮動麈尾以爲談助。後因稱談論爲揮麈。亦指和尚説法。

五月牡丹應制〔一〕

好事天工養露芽〔二〕，陽和趁及六龍車〔三〕。天香護日迎朱輦〔四〕，國色留春待翠華〔五〕。縠雨曾霑青帝澤〔六〕，薰風又卷赤城霞〔七〕。金槃薦瑞休嗟晚〔八〕，猶是人間第一花。

【注】

〔一〕應制：舊指應皇帝之命而作文賦詩的一種活動，多以娛帝王、頌升平、美風俗爲創作目的。

〔二〕天工：上天所行的職事。露牙：指草木的嫩芽。

〔三〕陽和：春天的暖氣。也借指春天。趁及：追隨，搭乘。六龍車：指太陽。神話傳説日神乘車，駕以六龍，羲和御之。漢劉向《九歎·思古》：「貫澒濛以東揭兮，維六龍於扶桑。」

〔四〕天香：稱贊牡丹之辭，謂其芳香非他花可比。唐李濬《松窗雜録》：「會春暮内殿賞牡丹花，上頗好詩，因問修己曰：『今京邑傳唱牡丹花詩誰爲首出？』修己對曰：『臣嘗聞公卿間多吟賞中書舍人李正封詩，曰：天香夜染衣，國色朝酣酒。』」朱輦：古代帝、后乘的車子。宋曾鞏《和史館相公上元觀燈》：「法曲世人聽未足，卻迎朱輦下端闈。」

〔五〕國色：牡丹因色極豔麗，故有國色之稱。唐劉禹錫《賞牡丹》：「惟有牡丹真國色，花開時節動京城。」翠華：天子儀仗中以翠羽爲飾的旗幟或車蓋。《文選·司馬相如·上林賦》：「建翠華之旗，樹靈鼉之鼓。」李善注：「翠華，以翠羽爲葆也。」句言此牡丹夏五月始開，是天公有意保留春華以供帝王賞悦。

〔六〕穀雨：二十四節氣之一。春季最後一個節氣，穀雨後，牡丹吐蕊。歐陽修《洛陽牡丹記》：「洛陽以穀雨爲開候。」青帝：司春之神。亦稱「蒼帝」、「木帝」。古代傳説中五帝之一，掌管東方。五行中對應木，季節中對應春，五色中則對應青。

〔七〕熏風：南風。《孔子家語》：「舜歌《南風》之詩曰：『南風之薰兮。』」後人遂以薰風爲夏風。赤城霞：紅色雲霞。東晉孫綽《游天台山賦》：「赤城霞起而建標。」李善注引「孔靈符云：『赤城，山名，色皆赤，狀如雲霞。』」句言北方牡丹至五月始開花，色彩豔麗壯觀，如同雲霞。

〔八〕金盤：喻牡丹花。薦瑞：進獻祥瑞。

代州①〔一〕

金波曾醉雁門州〔二〕，端有人間六月秋〔三〕。萬古河山雄朔部〔四〕，四時風月入南樓〔五〕。漢家戰伐雲千里〔六〕，唐季英雄土一丘〔七〕。繫馬朱闌重回首，煙波誰在釣魚舟②。

【校】

① 詩題《滏水集》作「過代州」。

②繫馬朱闌重回首，煙波誰在釣魚舟：《滏水集》作「系馬曲欄搔首望，晚來閑殺釣魚舟。」

【注】

〔一〕代州：即宋之雁門郡，金稱代州，治雁門（今山西省代縣）。

〔二〕金波：酒名。後亦泛指酒。宋朱弁《曲洧舊聞》卷七：「（張次賢）嘗記天下酒名，今著於此：后妃家……河間府金波，又玉醖。」

〔三〕端：恰巧。六月秋：謂代州氣候涼爽，夏六月已有秋意。

〔四〕朔部：指塞北地區。句言代州雁門關歷來爲中原北方軍事重鎮，威鎮塞北外敵。

〔五〕南樓：位於代州城南門外東側。始建於金代以前，明代重修。面臨沱水，遥覿鳳山，登樓遠眺，河水如練，悠悠西去，風景絶佳。

〔六〕「漢家」句：寫漢將與匈奴的交戰情況。漢朝名將衛青、霍去病、李廣等曾馳騁雁門内外，多次大敗匈奴，爲漢朝立下汗馬功勞。

〔七〕「唐季」句：唐末將領李克用（八五六——九〇八），沙陀部人，性格勇猛。黄巢攻入長安，唐僖宗任命李克用爲雁門節度使，南下平叛，很快攻克了長安。因此被封晉王。不久唐朝滅亡，李克用仍沿用唐王朝年號。卒後葬於代州城西。土一丘：指李克用墓。《山西通志》卷一七四「代州」：「五代唐晉王李克用墓，在州西八里柏林寺側。」

開元寺〔一〕

歲久開元寺，黄花落石龍〔二〕。瓶深添碧甃①〔三〕，蝸壁篆金容〔四〕。窗影年年塔，禽棲夜夜鐘。平生睡秋雨，竹閣味偏濃。

【校】

① 瓶深添碧甃：《滏水集》作「僧瓶深碧甃」。

【注】

〔一〕開元寺：寺名。開元二十六年，唐玄宗下令在曾發生過重大戰爭的地方建開元寺，借水陸法會超度戰士亡靈。

〔二〕黄花：指菊花。石龍：龍形巨石。

〔三〕瓶：指陶製汲水器。碧甃：深緑色的井壁，此處指井。

〔四〕蝸壁篆：即蝸篆，蝸牛爬行時留下的涎液痕跡，屈曲如篆文，故稱。金容：指金色的佛像面容。《敦煌變文匯録·維摩詰經菩薩品變文（甲）》：「金容現而日月藏暉，神力呈而乾坤振動。」

謁北嶽〔一〕

四大神儀一〔二〕，群山太茂尊〔三〕。奠方荒冀宅〔四〕，視禮配天孫〔五〕。西送虞淵暮〔六〕，東瞻碣石暾〔七〕。寶符臨代郡〔八〕，鐵甕扼并門①〔九〕。九河探禹跡〔一〇〕，萬里叫虞魂〔一一〕。在昔登封始〔一二〕，前驅羽衛繁〔一三〕。控趙襟形壯，包燕氣象渾〔一〇〕。千官②騈部曲〔一五〕，萬騎隘山樊〔一六〕。卜地恒陽曲，移祠泰始元〔一七〕。晉移祠曲陽。荒碑刓歲月〔一八〕，飛石碕乾坤〔一九〕。帝秩加黄屋〔二〇〕，宫居象紫垣〔二一〕。雲楣朽芝瑞〔二二〕，雨砌裂槐根〔二三〕。天業恢弘大〔二四〕，山靈翊衛屯〔二五〕。巫閭歸帝制〔二六〕，長白發金源〔二七〕。九廟龍盤接〔二八〕，三邦地勢吞〔二九〕。雲煙浮近甸〔三〇〕，日月遶中原。款謁天香重〔三一〕，封題御署存〔三二〕。銀鏐諸産富〔三三〕，雹雨萬靈奔〔三四〕。神聽羞回德〔三五〕，天聰納正言〔三六〕。負時身九死，去國淚雙痕〔三七〕。日近趨天闕〔三八〕，生還託聖恩。許身徒稷契〔三九〕，無術補羲軒〔四〇〕。帝籙長桑洞〔四一〕，仙巖張果村〔四二〕。卜居如可近〔四三〕，重整北山轅〔四四〕。

【校】

① 鐵甕：《滏水集》作「巨鎮」。

② 官：毛本作「家」。

【注】

〔一〕北嶽：即恒山，又名「常山」、「大茂山」。在今河北省曲陽西北。與東嶽泰山、西嶽華山、南嶽衡山、中嶽嵩山並稱五嶽。北魏時爲祭祀恒山在山前建北嶽廟，經唐宋發展爲規模宏大的建筑群。清順治年間改祀北嶽於山西渾源恒山後，此廟逐漸荒廢。

〔二〕四大：五嶽中的其他四嶽。神儀：祀嶽神的禮制。

〔三〕「群山」句：太茂：大茂山。恒山別名。《山西通志》卷二一：「大茂山在唐縣西北百五十里，山勢巃嵸。登其巔，俯視河北、雲中諸山，羅列兒孫。山陰冰雪，盛夏不消。黄帝問道大茂山即此。」又曰：「大茂山在阜平縣東北七十里，接曲陽界。乃恒山之脊，土人名神尖石。石晉與遼分界地也。阜平、曲陽、唐縣皆緣大茂之麓。」

〔四〕奠：供奉食品。方：古代祭祀名。《詩・小雅・甫田》：「以我齊（齋）明，與我犧羊。」朱熹集傳：「方，秋祭四方，報成萬物。」荒：大。《詩・周頌・天作》：「天作高山，大王荒之。」毛傳：「荒，大也。」冀宅：冀州乃唐虞舜宅都之地。《穀梁傳》：「鄭，同姓之國也，在乎冀州。」唐楊士勛疏：「冀州者，天下之中州，唐、虞、夏、殷皆都焉。則冀州是天子之常居。」此處代古帝王，藉以追述祭祀北嶽禮俗之久遠。宋李思聰《洞淵集》載：「恒山，洞名太乙總玄之天，即顓頊爲黑帝，治北嶽。又俗傳舜帝巡狩四方至此，見山勢雄偉，遂封爲北嶽。」

〔五〕「視禮」句：言古帝王祀北嶽，禮與泰山同。事見《史記・封禪書》：「《尚書》曰：舜在璿璣玉衡，以齊七政。遂類于上帝，禋于六宗，望山川，遍群神。輯五瑞，擇吉月日，見四嶽諸牧，還瑞。歲二月，東巡狩，至於岱宗。岱宗，泰山也。柴，望秩於山川。遂覲東后。東后者，諸侯也。合時月正日，同律度量衡，修五禮，五玉三帛二生一死贄。……十一月，巡狩至北嶽。北嶽，恒山也。皆如岱宗之禮。」天孫：泰山的别名。晉張華《博物志》卷一：「泰山一曰天孫，言爲天帝孫也，主召人魂。」

〔六〕虞淵：亦稱「虞泉」。傳説中日没之處。《淮南子·天文訓》：「日至於虞淵，是謂黄昏。」《晉書·束晳傳》：「亦豈能登海湄而抑東流之水，臨虞泉而招西歸之日？」

〔七〕碣石：山名。在河北省昌黎縣北。碣石山餘脈的柱狀石亦稱碣石，該石自漢末起已逐漸沉没海中。《水經注》卷四〇：「碣石山在遼西臨渝縣南水中也。」《漢書·武帝紀》：「行自泰山，復東巡海上，至碣石。」此處代東海，太陽升起之處。暾：剛升起的太陽。

〔八〕「寶符」句：《史記·趙世家》：「簡子乃告諸子曰：『吾藏寶符於常山上，先得者賞。』諸子馳之常山上，求，無所得。毋恤還，曰：『已得符矣。』簡子曰：『奏之。』毋恤曰：『從常山上臨代，代可取也。』簡子於是知毋恤果賢，乃廢太子伯魯，而以毋恤爲太子。」寶符：古代朝廷用作信物的憑證，也指上天所賜的符命。代郡：戰國趙武靈王置，因故代國地，故名。秦、西漢治代縣，在今河北省蔚縣東北代王城。

〔九〕鐵甕：堅固的甕城。并門：指并州。恒山自古爲并州山鎮，西控雁門雄關，東跨冀北原野，故云。《周禮·職方氏》：「并州山鎮曰恒山。」句言恒山之西太行山的井陘等關隘如同金城扼住并州入冀的門户。

〔一〇〕「控趙」二句：謂恒山近控趙地，遠包燕地，險峻扼要。襟形：古代衣襟左右相交，因以比喻地勢的交會扼要。襟，古指衣的交領（《爾雅・釋器》），後指衣的前幅。

〔一一〕禹跡：大禹的蹤跡。宋夏僎《尚書詳解》卷八：「恒山在常山上曲陽縣西北，碣石在右北平驪城縣西南。禹導岍岐既逾河，歷王屋以上六山，然後東北流經此太行、恒山、碣石，而後入海。」

〔一二〕虞：指舜。《尚書・虞書・舜典》載：舜帝北巡時，曾遥祭北嶽。宋夏僎撰《尚書詳解》卷二：「舜之巡守，既以二月有事于岱宗……因而北巡。而以十有一月至於北嶽恒山，其禮同於西嶽之禮，四方巡行，其禮如一。」

〔一三〕登封：登山封禪。指古代帝王北巡祭祀北嶽事。

〔一四〕羽衛：帝王的衛隊和儀仗。

〔一五〕千官：衆多的官員。駢：即駢聚。聚集，羅列之意。部曲：本爲古代軍隊編制單位。大將軍營五部，校尉一人；部有曲，曲有軍候一人。後借指軍隊。

〔一六〕隘：通「溢」，充盈。杜甫《草堂》：「城郭喜我來，賓客隘村墟。」山樊：山旁。《莊子・則陽》：「冬則擱鱉於江，夏則休乎山樊。」成玄英疏：「樊，傍也。」以上二句具體描繪古代帝王祭祀北嶽情形。旌旗杖幔遮天蔽日，車馬轅駕塵土飛揚。

〔一七〕「卜地」二句：謂祭祀北嶽神選擇恒山之南的曲陽縣地，於西晉武帝泰始年間修建北嶽廟。

〔一八〕刓：磨損。

〔一九〕「飛石」句：指唐代飛石墜地建祠一事。《真定府志·山川》：「恒山在曲陽縣西北一百四十里……唐貞觀間，忽有飛石墜於縣西，因建祠。自是皆於祠望而祭之。」碕：指巨石落地之聲響。

〔二〇〕「帝秩」句：謂祭祀北嶽神依照皇帝的等級，增加帝王專用的黄繒車蓋。秩，通「迭」，屢次，連着。加：通「架」，架造，營構。黄屋：帝王所居宫室。

〔二一〕紫垣：星座名。即紫微垣，有星十五顆，分兩列，以北極爲中樞，成屏藩狀。《晉書·天文上》：「紫宫垣十五星，其西蕃七，東蕃八，在北斗北。一曰紫微，大帝之座也。天之子常居也。」後用指帝王的宫殿。

〔二二〕「雲楣」句：雲楣：有雲狀紋飾的横梁。《文選·張衡·西京賦》：「雕楹玉碣，繡栭雲楣。」薛綜注：「栭，門也。楣，梁也。皆雲氣畫如繡也。」朽：作國畫用土筆色勒草圖。宋鄧椿《畫繼》·巖六上土》：「畫家於人物，必九朽一罷。」芝瑞：應指畫梁上人物畫中帝王之車蓋。《文選·揚雄·甘泉賦》：「于是乘輿迺登夫鳳皇兮而翳華芝。」李善注引服虔曰：「華芝，車蓋也。」

〔二三〕「雨砌」句：《關中勝跡圖志》引《長安志·雲陽宫記》曰：「甘泉宫北有槐樹，今謂之玉槐。根幹盤峙，二三百年木也。耆舊相傳，咸以爲此樹即揚雄《甘泉賦》所謂玉樹青葱者也。」按此，砌，指石階，句言北嶽高古蒼翠。唐盧照鄰《同崔少監作雙槿賦》：「觀其兩砌分植，雙階並耀。葉鏤五衢，榮回四照。」

〔二四〕天業：帝王之業。

〔二五〕山靈：山神。翊衛：弼輔護衛。《文選·陳琳·爲袁紹檄豫州》：「故使從事中郎徐勳就發遣操，使繕修郊廟，翊衛幼主。」張銑注：「翊，輔；衛，護也。」

〔二六〕巫閭：即醫巫閭，山名，古稱於微閭、無慮山。屬四鎮之一的北鎮。在遼寧省北鎮市境内。《宋史·禮志五》：「立冬祀北嶽恒山、北鎮醫巫閭山並於定州。」

〔二七〕長白：長白山。金源：《金史·地理上》上京路：「金之舊土也。國言『金』曰『按出虎』，以按出虎水（今黑龍江哈爾濱市東南阿什河）源於此。故名金源，建國之號蓋取諸此。」

〔二八〕九廟：指帝王的宗廟。古時帝王立廟祭祀祖先，有太祖廟及三昭廟，三穆廟，共七廟。王莽增爲祖廟五，親廟四，共九廟。後歷朝皆沿此制。

〔二九〕三邦：三苗。語出《書·禹貢》，指雲夢附近地域，爲今長江中游一帶。

〔三〇〕近甸：指都城近郊。

〔三一〕款謁：叩見，拜謁。天香：祭神、禮佛所用之香。宋吴自牧《夢粱録·元旦大朝會》：「元旦侵晨，禁中景陽鐘罷，主上精虔炷天香，爲蒼生祈百穀於上穹。」

〔三二〕封題：即封奏，古代臣子封牘上奏帝王。此處泛指臣屬請金主祭封北嶽的奏章。元好問《東游略紀》言泰山嶽祠誠享殿「此殿是貯御香及御署祝版之所」，可合觀。

〔三三〕鏐：成色好的金子。

〔三四〕萬靈：衆神。蘇軾《次韻張昌言喜雨》：「精貫天人一言足，雲興嶽瀆萬靈趨。」

〔三五〕神聽：英明的聽察力。三國魏曹植《求自試表》：「聖主不以人廢言。伏惟陛下少垂神聽，臣則幸矣。」代指聖明的君主。回德：邪惡污穢的品行。

〔三六〕天聰：對天子聽聞的美稱。三國魏曹植《求通親親表》：「冀陛下儻發天聰，而垂神聽也。」正言：直言，説實話。《管子・法法》：「人主不周密，則正言直行之士危。」

〔三七〕負時：違時，不合時宜。去國：離開京都或朝廷。二句叙自己因言事坐譏訕，免官遭貶事。

〔三八〕日近：取「日近長安遠」之意，指向往帝都而難以達到之意。典自《世説新語・夙惠》：明帝少時，晉元帝問曰：「長安何如日遠？」答曰：「日遠。不聞人從日邊來，居然可知。」次日於朝上重問之，答曰：「日近。」元帝問：「爾何故異昨日之言邪？」答曰：「舉目見日，不見長安。」長安：即西安，古都城名，後爲國都的統稱。天闕：天子的宫闕，亦指朝廷或京都。

〔三九〕稷契：稷和契的並稱。唐虞時代的賢臣。詩人以稷契自許。語本杜甫《自京赴奉先縣詠懷五百字》：「許身一何愚，竊比稷與契。」

〔四〇〕羲軒：伏羲氏和軒轅黄帝的並稱。代指明君，此處指金章宗完顔璟。李白《金陵鳳凰臺置酒》：「明君越羲軒，天老坐三臺。」

〔四一〕帝籙：天帝的符命。長桑：長桑君。戰國時的神醫。傳説扁鵲與之交往甚密，事之唯謹，乃以禁方傳扁鵲，又出藥使扁鵲飲服。於是扁鵲視病盡見五臟癥結，遂以精通醫術聞名當世。事見

〔四二〕張果：亦稱張果老。唐代方士，隱居中條山，自言生於堯時，常倒騎白驢，日行數萬里，休息時即將驢折迭起來，藏於巾箱之中。開元間，玄宗遣使迎入京師，賜銀青光禄大夫，號通玄先生。世傳爲八仙之一。新、舊唐書有傳，列方技類。

〔四三〕卜居：擇地居住。南朝齊蕭子良《行宅》：「訪宇北山阿，卜居西野外。」

〔四四〕北山轅：南朝齊孔稚珪《北山移文》言周顒隱居北山（即鍾山，因在京都建康之北，故稱），應詔出仕後，欲過此山，山靈拒之。二句用此典，言北嶽神如能接納，自己將隱居於此。

陪李舜咨登憫忠寺閣〔一〕

日月躔雙栱①〔二〕，風煙納寸眸〔三〕。雲山浮近甸〔四〕，宇宙有高樓。鳥外餘殘照〔五〕，天邊更去舟。登臨有如此，况接李膺遊〔六〕。

【校】

① 躔：《滏水集》作「纏」。

【注】

〔一〕李舜咨：其人不詳。憫忠寺：《畿輔通志》卷五一「順天府」下云：「憫忠寺，在府西南。唐貞觀十九年，太宗愍東征士卒，於幽州城内建。愍忠寺中有高閣，諺云『愍忠高閣，去天一握』是也。東西有磚塔，高可十丈，云是安禄山、史思明所建。」現名法源寺，位於北京市宣武區法源寺前街，是北京城内現存歷史最久的寺院之一。中國佛教協會、中國佛教圖書館的所在地。

〔二〕「日月」句：漢蔡邕《獨斷》：「京師天子之畿内千里，象日月，日月躔次千里。」躔，指日月星辰在黄道上運行及其軌跡。栱：斗栱。立柱與横梁交接出向外伸出呈弓形的承重結構。句言日月如在斗栱上運行。

〔三〕寸眸：眼睛的代稱。《文選・左思・魏都賦》：「八極可圍於寸眸，萬物可齊於一朝。」李周翰注：「高臺遠視，八極之地可入於寸目。」

〔四〕近甸：指都城近郊。

〔五〕鳥外：指高空。唐岑參《虢州西亭陪端公宴集》：「紅亭出鳥外，驄馬繫雲端。」

〔六〕李膺（一一〇——一六九）：字元禮，潁川襄城（今屬河南）人。東漢著名學者，政治家。以反對宦官專權著稱，有「天下楷模李元禮」之譽。在二次「黨錮」事件中被處死。《後漢書》卷六七有傳。此處代李舜咨。

廬州城下〔一〕

月暈曉圍城〔二〕，風高夜斫營〔三〕。角聲寒水動〔四〕，弓勢斷鴻驚〔五〕。利鏃穿吴甲〔六〕，長戈斷楚纓〔七〕。回看經戰處，慘淡暮寒生〔八〕。

【注】

〔一〕詩題：金章宗泰和六年（一二〇六）宋人攻金，金命僕散揆南伐，十一月圍攻宋廬州城。趙秉文入僕散幕，掌管書檄，隨軍南下。詩當作於此時。廬州：宋州名，屬淮南西路，治今安徽省合肥市。

〔二〕月暈：月亮周圍的光圈。月光經雲層中冰晶的折射而産生的光學現象。常被認爲是天氣變化起風的徵兆，俗稱風圈。

〔三〕斫營：劫營，偷襲敵營。

〔四〕「角聲」句：謂號角聲使寒冷的河水振盪。角聲：畫角之聲。古代軍中吹角以爲昏明之節。

〔五〕「弓勢」句：用「驚弓之鳥」更羸拉弓虚射孤雁落地之典。事見《戰國策·楚策四》。弓勢：弓的威力。斷鴻：失群的孤雁。

〔六〕利鏃：鋒利的箭頭。吴甲：吴地的甲胄，指南宋軍士兵所穿鎧甲。

〔七〕纓：繫冠的帶子。以二組繫於冠，結在頷下。《禮記·玉藻》：「玄冠朱組纓，天子之冠也。」楚纓：代指南宋廬州守兵。廬州在古代曾屬楚國、吴國，故稱。

〔八〕「回首」二句：奪胎於唐王維《觀獵》：「回看射雕處，千里暮雲平。」此戰因宋軍援兵及時趕到，金軍未能攻陷城池，撤軍。《宋史·寧宗紀》：「（十一月）丙申，金人去廬州。」

白雁〔一〕

波淨影逾白，霜清鳴更哀。乾坤雙鬢老，風雪一聲來。林迥隱猶見，天長去復回。物情嫌太潔〔二〕，莫使羽毛摧①。

【校】

①摧：毛本作「催」。

【注】

〔一〕白雁：候鳥。體色純白，似雁而小。宋孔平仲《孔氏談苑·白雁爲霜信》：「北方有白雁，似雁而小，色白。秋深至則霜降，河北人謂之霜信。」

〔二〕物情：世俗人情。

桃花島寄王伯直①〔一〕

冰破村橋擁，春寒旅雁低。遠山封霧小，高浪與雲齊。島寺明松雪，潮船濺藕泥。詩情吟不盡，寄與畫中題。

【校】

①直：《滏水集》作「宜」。

【注】

〔一〕桃花島：又名覺華島，位於遼寧省興城市東南十多公里的遼東灣，爲遼東灣第一大島。唐宋時稱桃花島，遼代圓融大師於島上建大龍宫寺後，始稱覺華島。金人王寂有《覺華島》、《留題覺華島龍宫寺》詩。王伯直：其人不詳。

郎山馬耳峰①〔一〕

房駟落人間〔二〕，入石露雙碧〔三〕。月明聞夜嘶，驚落山頭石。

【校】

①詩題：《滏水集》作《郎山雜詠十首》，此選其二《馬耳峰》。

【注】

〔一〕郎山：即狼牙山。位於河北省易縣西部，北臨易水。山峰挺拔，形勢險要，由五坨三十六峰組成。相傳漢武戾太子以巫蠱事出奔，其子遁於此山，故名。馬耳峰：郎山峰名，因形似馬耳而得名。

〔二〕房駟：星宿名。二十八宿之一，蒼龍七宿之第四宿。即房星。古時以之象徵天馬。《晉書·天文志上》：「房四星……亦曰天駟，爲天馬，主車駕。」

〔三〕碧：青色的山石。雙碧：碧玉狀馬耳山之雙峰。

春遊三首

無數飛花送小舟，蜻蜓款立釣絲頭〔一〕。一溪春水關何事，皺作風前萬疊愁〔二〕。

【注】

〔一〕款：即「款款」，從容自如貌。

〔二〕「一溪」二句：用李璟戲馮延巳語。《南唐書·馮延巳傳》：「延巳有『風乍起，吹皺一池春水』之句，元宗（李璟）嘗因曲宴内廷，從容謂曰：『吹皺一池春水，干卿何事？』」

又

樹藏修竹竹藏門，門外清流幾股分。行過小橋人不見，背陰花氣隔牆聞〔一〕。

【注】

〔一〕背陰：陽光照不到的地方。此指樹竹所藏之門内。

又

煙外絲絲風柳斜，春光也自到天涯〔一〕。太平有象村村酒〔二〕，寒食無家處處花。

【注】

〔一〕「春光」句：反用歐陽修《戲答元珍》「春風疑不到天涯」句，有皇恩浩蕩普惠天下之意。

〔二〕太平有象：太平景象，喜象升平。形容河清海晏，民康物阜。

暮歸

貪看孤鳥入重雲，不覺青林雨氣昏〔一〕。行過斷橋沙路黑〔二〕，忽從電影得前村〔三〕。

【注】

〔一〕青林：指雲煙，雲霧。

〔二〕斷橋：殘損的橋梁。

〔三〕電影：閃電，閃電之光。宋樓鑰《浣溪沙·雙檜堂》詞：「電影雷聲催急雨，十分涼。」

清居寺五杉亭觀子野留題〔一〕

五杉今日只三株①，曾是詩人歎息餘〔二〕。君去我來杉尚在，斷腸君歿見君書〔三〕。

【校】

① 今日：《滏水集》作「亭下」。

【注】

〔一〕清居寺：亦名清居院，在河北蔚縣馬頭山上。《蔚州志》：「馬頭山在城東南三十里，一名大名山。上有奇石，形如馬頭。」趙秉文《滏水集》卷七有《馬頭山清居院》詩。子野：蘭子野，家有晚節軒，與馮延登交遊，馮氏曾作《蘭子野晚節軒》一詩，見《中州集》卷五。

〔二〕詩人：指子野。

〔三〕君書：指蘭子野在五杉亭所題之詩。

雞鳴山〔一〕

煙蒸山腹晴猶濕，河帶冰澌暖漸流〔二〕。獨上雞鳴看日出，五雲多處是皇州〔三〕。

【注】

〔一〕雞鳴山：在今河北省張家口市東南。《懷來縣誌》載：唐貞觀年間，東突厥犯中原，邊民不得安寧。太宗李世民親征，駐蹕此山，夜聞山上有雞鳴聲，故稱。

〔二〕冰澌：解凍時流動的冰。宋周邦彥《南鄉子》詞：「自在開簾風不定，颼颼，池面冰澌趁水流。」

〔三〕五雲：五色彩雲，古人視爲祥瑞之氣。後指代帝王所在之處。唐王建《贈郭將軍》：「承恩新拜上將軍，當值巡更近五雲。」皇州，帝都，京城。金之中都（今北京市）在雞鳴山東南處。

盧溝〔一〕

河分橋柱如瓜蔓，路入都門似犬牙〔二〕。落日盧溝溝上柳，送人幾度出京華〔三〕。

【注】

〔一〕盧溝：即永定河，古稱㶟水，隋代稱桑乾河，金代稱盧溝，發源於山西省寧武縣管涔山，流經今山西省北部、河北省西北部、北京市，在天津匯於海河後注入渤海。此指盧溝橋，在今北京市西南，建成於金明昌三年。

〔二〕「路入」句：形容路經中都（北京市）西側的盧溝河彎曲像犬牙般交錯。

〔三〕「落日」句：漢唐人東出長安往往在灞橋折柳贈別。盧溝橋爲金中都南北往來之要津，故亦用此典。

雨晴二首

東風時送瓦溝聲〔一〕，欹枕幽窗夢自驚〔二〕。睡起不知雲已散，夕陽偏向柳梢明。

【注】

〔一〕瓦溝：瓦楞之間的泄水溝。宋楊萬里《不寐聽雨》：「瓦溝收拾殘零水，併作檐間一滴聲。」

〔二〕欹枕：斜靠。

又

一抹平林媚夕暉〔一〕，山煙漠漠燕飛飛〔二〕。倚闌遥認天邊電〔三〕，何處行人帶雨歸。

【注】

〔一〕抹：塗敷。平林：平原上的樹木。句謂平原上的樹林在夕陽餘輝灑照下顯得嫵媚可愛。

〔二〕漠漠：迷蒙貌。宋鄭俠《煙雨樓》：「群岫西來煙漠漠，大江南去雨濛濛。」

〔三〕電：指閃電。

寓望〔一〕

蒲根閣閣亂蛙鳴〔二〕，點水楊花半白青。隔岸風來聞鼓吹〔三〕，柳陰深處有園亭。

【注】

〔一〕寓望：古代邊境上所設置的以備瞭望、迎送的樓館。《國語·周語中》：「國有郊牧，疆有寓望。」韋昭注：「境界之上，有寄寓之舍，候望之人也。」此指在邊境哨樓上眺望。

〔二〕蒲根：合觀下句，應指岸邊蒲柳之根。蒲柳亦名水楊。閣閣：象聲詞，形容蛙鳴聲。明唐寅《步步嬌·夏景》曲：「閣閣蛙鳴池塘曉，水面荷錢小。」

〔三〕鼓吹：音樂聲。

戴花

病來杯酒懶重持，强爲花殘折一枝。人老易悲花易落，東風休近鬢邊吹。

玉堂〔一〕

玉堂陰合冷窗紗，雨過銀泥引篆蝸〔二〕。萱草戎葵俱不見〔三〕，蜂聲滿院採槐花。

【注】

〔一〕玉堂：宫殿的美稱。唐宋以後，稱翰林院爲玉堂。

〔二〕銀泥：指白色泥土。篆蝸：像篆字形的蝸牛爬行痕跡。宋史愚《謁金門》詞：「深院宇，寂寂不禁風雨。苔逕流錢青莫數。銀泥蝸篆古。滿院多應無主。卻被癡兒拈取。」

〔三〕萱草：又名諼草，忘憂草。《詩·衛風·伯兮》：「焉得諼草，言樹之背。」朱熹注：「諼草，令人忘憂。」今名黄花菜，金針。戎葵：即蜀葵。多年生草本，莖直立而高，葉互生，心臟形。有紫、粉、紅、白等色，美麗可供觀賞。

夏至①〔一〕

玉堂睡起苦思茶，别院銅輪碾露芽〔二〕。紅日轉堦簾影薄，一雙蝴蝶上葵花。

【校】

① 詩題《滏水集》作「夏直」。

【注】

〔一〕夏至：二十四節氣之一。在公曆六月二十一日或二十二日。這天北半球晝最長，夜最短；南半球則相反。至，指陽氣至極，陰氣始至和日行北至。《周禮·春官·馮相氏》「冬夏致日」漢鄭玄

注：「夏至，日在東井，景尺五寸。」《逸周書·時訓》：「夏至之日，鹿角解；又五日，蜩始鳴。」

〔二〕銅輪：銅碾。露芽：茶名，尤以福州方山之露芽最有名。宋金人有碾磨芽茶煮成茶湯而飲的飲茶方式，蘇軾《九日尋臻闍梨遂泛小舟至勤師院二首》：「試碾露芽烹白雪，休拈霜蕊嚼黄金。」

華山①〔一〕

石頭犖確水縱横〔二〕，過雨山間草屨輕。未到上方先滿意〔三〕，倚天青壁看雲生〔四〕。

【校】

① 詩題：《滏水集》作《游華山四首》，此爲其一。

【注】

〔一〕華山：指西嶽華山。詩人正大三年春曾游華山，參見《游華山寄元裕之》詩。

〔二〕犖確：怪石嶙峋貌。唐韓愈《山石》：「山石犖確行徑微，黄昏到寺蝙蝠飛。」

〔三〕上方：詩人所作《游華山寄元裕之》云：「石門劃斷一峰出，婆娑石上爲遲留。上方可望不可到，崖傾路絶令人愁。」按此，上方指峰頂。

〔四〕倚天：靠着天。形容極高。

雨晴

一春不雨漫塵黄①〔一〕，碧瓦朝來泛霽光〔二〕。留得紫葳花上露〔三〕，幾招渴燕下雕梁。

【校】

①一春不雨漫塵黄：《滏水集》作「一春無雨作泥香」。

【注】

〔一〕漫：彌漫。

〔二〕霽光：雨過天晴後明淨的光色。

〔三〕紫葳：即紫薇。又稱滿堂紅、百日紅。落葉小喬木，樹皮滑澤，夏、秋之間開花，淡紅紫色或白色，美麗可供觀賞。

即事〔一〕

樓頭不見暮山重，遥認青林雨意濃〔二〕。一陣風來忽吹散，斷雲還補兩三峰。

【注】

〔一〕即事：以當前事物爲題材的詩。

〔三〕青林：指雲煙，雲霧。

同樂園二首〔一〕

春歸空苑不成妍，柳影毿毿水底天〔二〕。過卻清明遊客少，晚風吹動釣魚船。

【注】

〔一〕同樂園：以同樂名園者有二，一在金中都。金海陵王奪取帝位，遷都燕京，擴建中都城時所建。《大金國志·燕京制度》：「西出玉華門曰同樂園，若瑤池、蓬瀛、柳莊、杏村盡在於是。」另一在汴京，位開封府城東北，宋徽宗置。劉祁《歸潛志》卷七：「南京同樂園，故宋龍德宮，徽宗所修。其間樓觀花石甚盛。每春三月花發及五六月荷花開，官縱百姓觀。雖未嘗再增葺，然景物如舊。」按下首「角出」句，知此指燕京之園。金廷南遷後宣宗食羊尚豐肥不足，在已廢棄之園中不可能置養鹿的園囿。元好問《嘉議大夫陝西東路轉運使剛敏王公神道碑銘》載，宣宗時「太府監歐里白以御饍羊瘦瘠被詰問」，以致宰相高琪「自閲御羊及校計鶉鴿水食」。

〔二〕毿毿：垂拂紛披貌。

又

石作垣牆竹映門，水回山複幾桃源〔一〕。毛飄水面知鵝柵，角出牆頭認鹿園〔二〕。

【注】

〔一〕桃源：桃花源。陶淵明筆下的理想境地、世外桃園。

〔二〕「角出」句：言看到露出牆外的鹿角，知牆内是養鹿的園囿。

繫舟山圖　裕之先大夫嘗居此山之東嵓〔一〕

山頭佛屋五三間，山勢相連石嶺關〔二〕。名字不經從我改，便稱元子讀書山。

【注】

〔一〕繫舟山圖：金興定五年，畫家李遹爲元好問作《繫舟山圖》，元好問賦《家山歸夢圖》三首，趙秉文、楊雲翼、趙元、劉昂霄等同題此畫。繫舟山：山名，在今忻州城東南。傳説上古洪水泛濫時，此地一片汪洋，大禹曾繫舟於此，故名。後因趙秉文《繫舟山圖》詩有「便稱元子讀書山」句，又名讀書山。《山西通志》卷一七「忻州」：「繫舟山，在州南三十五里……上有銅環鐵軸，昔帝堯遇水繫舟於此。土人謂禹治水繫舟。」先大夫：已故之父。元好問父。元德明（一一五五——一二〇三）：忻州秀容人。自幼嗜讀書，口不言世俗鄙事。累舉不第，放浪山水間，飲酒賦詩自適，以詩文爲業。居繫舟山福田寺首尾十五年，教授鄉學。自號東嵓。著有《東嵓集》三卷，已佚。《金史》卷一二六有傳，《中州集》卷一〇有小傳。

〔三〕石嶺關：關名。在忻州城南與陽曲交界處，是晉北通往太原的交通要塞。《山西通志》卷九：在忻州南四十里，乃并代雲朔要衝之路。舊有戍兵，金置酒官，後廢，置巡檢司。

虎牢〔一〕

兩崖峽束枕洪濤，自古英雄爭虎牢〔二〕。蒼天胡爲設此險，長使戰骨如山高。

【注】

〔一〕虎牢：古邑名，一名成皋。春秋時屬鄭國，舊城在今河南省滎陽市汜水鎮。形勢險要，歷代爲軍事重鎮。《穆天子傳》卷五：「有虎在乎葭中。天子將至，七萃之士曰高奔戎請生搏虎，必全之，乃生搏虎而獻之。天子命之爲柙，而畜之東虢，是曰虎牢。」

〔二〕「自古」句：自春秋時晉、楚之霸爭鄭，虎牢成爲爭奪中原的軍事要地。其中尤以秦末劉邦、項羽之爭戰最爲慘烈。